# TRÊS

# VALÉRIE PERRIN

# TRÊS

TRADUÇÃO DE JULIA SOBRAL CAMPOS

Copyright © Éditions Albin Michel, 2021

TÍTULO ORIGINAL
Trois

COPIDESQUE
Luisa de Mello

REVISÃO
Rayana Faria
Júlia Ribeiro

LEITURA SENSÍVEL
Manuela Rodrigues

PROJETO GRÁFICO E ILUSTRAÇÕES
Antonio Rhoden

DIAGRAMAÇÃO
Inês Coimbra

CIP-BRASIL. CATALOGAÇÃO NA PUBLICAÇÃO
SINDICATO NACIONAL DOS EDITORES DE LIVROS, RJ

P541t

Perrin, Valérie, 1967-
    Três / Valérie Perrin ; tradução Julia Sobral Campos. - 1. ed. - Rio de Janeiro : Intrínseca, 2023.

    Tradução de: Trois
    ISBN: 978-65-5560-664-5

    1. Romance francês. I. Campos, Julia Sobral. II. Título.

23-83833
          CDD: 843
          CDU: 82-31(44)

Gabriela Faray Ferreira Lopes - Bibliotecária - CRB-7/6643

[2023]
Todos os direitos desta edição reservados à
EDITORA INTRÍNSECA LTDA.
Av. das Américas, 500, bloco 12, sala 303
22640-904 – Barra da Tijuca
Rio de Janeiro – RJ
Tel./Fax: (21) 3206-7400
www.intrinseca.com.br

*Para Nicola Sirkis e Yannick Perrin.*

*Em memória de Pascale Romiszvili.*

# 1

*4 de dezembro de 2017*

Hoje de manhã, Nina me olhou sem me ver. Seu olhar escorregou como as gotas de chuva na minha capa impermeável, logo antes de ela desaparecer dentro de um canil.

Estava caindo uma tempestade.

Vislumbrei sua palidez e seu cabelo preto debaixo do capuz. Ela usava galochas grandes demais e segurava uma mangueira comprida. Avistá-la provocou uma espécie de descarga elétrica na minha barriga, quinhentos mil volts, pelo menos.

Entreguei trinta quilos de ração. Faço isso todo mês, mas nunca entro no abrigo. Ouço os cães, mas não os vejo. A não ser quando um dos passeadores cruza meu caminho.

Há sacos alinhados, lado a lado, diante do portão de entrada. Um funcionário, sempre o mesmo, um rapaz alto com a barba por fazer, me ajuda a carregá-los até uma porta onde vejo os avisos ABANDONO MATA e FAVOR FECHAR BEM A PORTA AO SAIR.

Todo ano, perto do Natal e entre junho e julho, mas nunca no mesmo dia, eu enfio um envelope com algum dinheiro e o nome NINA BEAU escrito em canetinha preta na caixa de correio do abrigo. Dinheiro anônimo. Não quero que ela saiba que sou quem faz as doações. Não faço isso pelos animais; faço por ela. Sei que tudo será gasto com tigelas e cuidados veterinários, mas quero que o dinheiro passe por ela sem deixar rastros. Só para que saiba que aqui fora não há apenas seres humanos que jogam seus filhotes de gato no lixo.

Trinta e um anos atrás, ela me olhou sem me ver, como hoje de manhã. Nina tinha dez anos, estava saindo do banheiro masculino. O das meninas estava ocupado, e ela já era impaciente naquela época.

Seu olhar deslizou por mim e ela se desmanchou nos braços de Étienne.

Estávamos no Progrès, o bar e tabacaria dos pais de Laurence Villard. Era uma tarde de domingo, e o estabelecimento estava fechado. Tinham reservado o bar para o aniversário da filha. Eu me lembro das cadeiras em cima das mesas, os pés para o ar, umas sobre as outras; de uma pista de dança improvisada entre uma máquina de pinball e o balcão; dos embrulhos de presente rasgados por cima, ao lado das batatas fritas e dos biscoitos recheados, dos canudos amarelos dentro de copos de papel cheios de suco de fruta e limonada.

A turma inteira do quinto ano estava lá. Eu não conhecia ninguém. Tinha acabado de chegar em La Comelle, cidade operária no centro da França com cerca de doze mil almas.

Nina Beau. Étienne Beaulieu. Adrien Bobin.

Observei o reflexo deles nos espelhos incrustados ao longo do balcão.

Tinham nomes antiquados. A maioria de nós se chamava Aurélien, Nadège ou Mickaël.

Nina, Étienne e Adrien eram inseparáveis. Nesse dia, como em todos os outros, eles não me viram.

Nina e Étienne dançaram ao ritmo de "Take on Me" da banda A-ha a tarde inteira. Era um vinil maxi de 45 rotações. Durava vinte minutos. As crianças da minha turma o deixaram tocando sem parar, como se não existissem outras músicas.

Nina e Étienne dançaram como adultos, como se tivessem feito aquilo a vida toda. Foi o que eu pensei enquanto os observava.

Sob a luz da pista de dança improvisada, pareciam dois pássaros marinhos batendo as asas durante uma noite de ventania, iluminados por um farol distante.

Adrien ficou sentado no chão com as costas apoiadas na parede, não muito longe deles. Quando Cindy Lauper começou a cantar "True Colors", ele foi até Nina e a tirou para dançar.

Étienne esbarrou em mim. Nunca vou esquecer seu cheiro de vetiver e açúcar.

Moro sozinha na parte alta de La Comelle, que não é muito alta, porque o campo tem apenas leves subidas. Voltei para cá depois de um tempo longe. Aqui, reconheço o barulho das coisas, os vizinhos, os dias ensolara-

TRÊS

dos, as duas ruas principais, os corredores do supermercado onde faço as compras semanais. Faz cerca de dez anos que o preço do metro quadrado é uma mixaria, estão praticamente dando os terrenos de graça. Então comprei uma casinha por meia dúzia de francos e a reformei. Quatro cômodos e um jardim com uma tília que dá sombra no verão e chá no inverno.

Aqui, as pessoas vão embora. Menos Nina.

Étienne e Adrien foram embora, voltam para o Natal e vão embora outra vez.

Trabalho de casa, revisando e traduzindo manuscritos para editoras. E, para conseguir socializar com os locais, substituo o jornalista *freelancer* da região em agosto e dezembro. No verão, cubro o obituário, as bodas de casamento e as competições de buraco. No inverno é a mesma coisa, a diferença são os espetáculos infantis e os mercados natalinos.

As traduções e revisões são resquícios do meu passado.

As memórias, o presente e o passado mudam de cheiro. Quando nossa vida muda, nosso cheiro muda.

A infância tem cheiro de piche, de boia de piscina, de algodão-doce, de desinfetante das salas de aula, de fumaça que escapa das lareiras das casas nos dias frios, de cloro das piscinas municipais, de suor que fica nos casacos pendurados na volta da aula de educação física, de balas cor-de-rosa na boca, de cola que faz fiapos entre os dedos, de caramelos grudados nos dentes, de árvore de Natal.

A adolescência tem cheiro de um primeiro trago, de desodorante almiscarado, de torrada com manteiga mergulhada em uma xícara de chocolate quente, de uísque com Coca-Cola, de adegas transformadas em salões de festa, de corpo que deseja, de creme antiacne, de gel para cabelo, de xampu, de batom, de manchas de sabão na calça jeans.

As vidas seguintes cheiram a um cachecol que foi esquecido pela primeira pessoa que partiu seu coração.

E aí tem o verão. O verão pertence a todas as lembranças. É atemporal. O seu cheiro é o mais forte. É aquele que fica nas roupas, aquele que buscamos a vida inteira. O de frutas muito doces, de brisa do mar, de rosquinha, de café, de protetor solar, do pó de arroz das avós. O verão pertence a todas as idades. Não tem infância nem adolescência. O verão é um anjo.

Sou alta e desengonçada, nem muito magra, nem muito gorda. Uso franja e tenho cabelo castanho-escuro cortado na altura dos ombros. Há alguns fios brancos na cabeleira, que escondo com rímel marrom.

Meu nome é Virginie. Tenho a mesma idade deles.

Hoje, dos três, só Adrien ainda fala comigo.

Nina me despreza.

Quanto a Étienne, eu é que não quero mais saber dele.

No entanto, eles me fascinam desde a infância. Passei a vida inteira apegada aos três.

E a Louise.

# 2

## 5 de julho de 1987

Começa com uma dor de barriga depois do sanduíche com batatas fritas mergulhadas no ketchup. Nina está sentada debaixo de um guarda-sol em frente ao vendedor de batata frita. Há algumas mesas de ferro coloridas e uma varanda com vista para as três piscinas do clube municipal. Ela está escutando "La Isla bonita", de Madonna, enquanto lambe a ponta dos dedos suja de sal e observa, com um ar sonhador, um garoto loiro bronzeado saltar do trampolim de cinco metros. Ela enfia os dedos na caixa vazia para pegar os restos. Étienne se balança na cadeira enquanto beberica um refresco de framboesa, e Adrien morde um pêssego muito maduro, que escorre em suas mãos, ao redor da boca, sobre as coxas; há suco por toda parte.

Nina encara Étienne e Adrien sem hesitar. Ela nunca os olha de soslaio. Fixa o olhar em uma parte de seus corpos e o deixa lá. Isso incomoda Étienne, e ele muitas vezes reclama: "Para de me olhar desse jeito." Adrien parece não ligar: Nina é desse jeito, não tem medo de nada.

Ela sente as pontadas na barriga de novo, e então um líquido morno escorre por entre suas coxas. Nina entende. Ainda não. Nova demais. Não quero. Onze anos em duas semanas... Achava que *ela* chegaria mais tarde, entre o sétimo e o nono ano. Ia começar o sexto ano em dois meses... *Que vergonha, se as outras meninas souberem que fiquei menstruada, vão achar que eu repeti de ano.*

Ela fica de pé e se enrola numa toalhinha áspera. É muito magra. "Um fiapo", diz Étienne o tempo todo para irritá-la. Ela devolve o walkman para ele sem dizer nada, e anda em direção ao vestiário feminino. Costuma ir no dos meninos para que o processo de tirar e botar a roupa na cabine leve menos tempo.

Étienne e Adrien ficam esperando. Nina saiu de repente sem lhes dirigir a palavra. Esses três nunca se separam sem dizer aonde vão.

— O que deu nela? — pergunta Étienne com o canudo no canto da boca.

Adrien comenta que o refresco deixou a língua do amigo cor-de-rosa.

— Sei lá — diz. — Talvez seja a asma dela.

Neste dia, Nina não volta para a piscina. Há uma mancha marrom no seu biquíni. Ela troca de roupa rapidamente e enfia uma bola de papel higiênico na calcinha. Parece que há um inchaço entre as coxas. Passa na farmácia para comprar absorventes com o troco das batatas fritas. Um pacote com dez. O mais barato.

Quando chega em casa, sua cadela, Paola, a observa com uma cara estranha, abanando o rabo. Ergue o focinho e vira as costas para se juntar a Pierre Beau, avô de Nina, que está ocupado no jardim. Ele não a viu chegar. Ela se fecha em seu quarto, no andar de cima.

Está muito calor. Nina gostaria de estar com Étienne e Adrien na fossa. É como chamam a piscina mais funda, com quatro metros de profundidade. Três trampolins se elevam dali: a um metro, três metros e cinco metros de altura. A fossa é profunda demais para que a água esquente. E o desafio de sempre é tocar o fundo gelado depois de saltar.

À noite, Étienne liga para Nina. Adrien tenta falar com ela na mesma hora, mas a linha está ocupada.

— Por que você foi embora sem dizer nada?

Ela hesita na resposta. Pensa em alguma mentira. Para quê?

— Fiquei menstruada.

Para Étienne, menstruação é algo que só acontece com meninas que já têm peito, pelos, com as mães, com as mulheres casadas. Não com Nina. Étienne coleciona figurinhas e ainda chupa o dedo escondido.

Nina é que nem ele. Étienne viu as Barbies enfileiradas, uma ao lado da outra, no quarto dela.

Após um longo silêncio cheio de dúvidas, ele pergunta:

— Você contou pro seu avô?

— Não... que mico.

— O que você vai fazer?

— O que você quer que eu faça?

— Talvez não seja normal na sua idade.

— Parece que depende da mãe. Se a minha menstruou com essa idade, é normal. Não tenho como saber.

— Dói?

— Aham. Como uma dor de barriga. Dor de sopa de cebola nojenta.
— Ainda bem que eu não sou menina.
— Você vai ter que fazer serviço militar.
— Talvez... mas mesmo assim, ainda bem. Você vai no médico?
— Não sei.
— Quer que a gente vá com você?
— Pode ser. Mas vocês me esperam do lado de fora.

Os três se conheceram dez meses antes, no pátio da escola Pasteur, no primeiro dia de aula do quinto ano.

É a idade em que tudo vira uma bagunça. A idade em que as crianças não se parecem mais. Umas são grandes, outras, pequenas. Puberdade, não puberdade. Algumas parecem ter catorze anos, outras, oito.

As duas turmas do quinto ano estão reunidas no pátio. Diante de cerca de sessenta alunos, a professora, madame Bléton, e o professor, monsieur Py, fazem a chamada lado a lado.

É a manhã em que descobrimos os golpes do acaso e os golpes do destino, em que aprendemos a ver a diferença.

As crianças rezam em silêncio — até as que nunca puseram os pés numa igreja — enquanto aguardam serem chamadas pela madame Bléton. Monsieur Py tem uma péssima reputação. Gerações de antigos alunos traumatizados contaram aos mais novos. Um tremendo babaca que não hesita em dar tapas, em erguer uma criança do chão pela gola da blusa, nem em quebrar cadeiras contra a parede quando está com raiva. Todo ano escolhe um alvo e depois não larga mais. Geralmente é um mau aluno. "Então é melhor estudar, senão você está ferrado."

Madame Bléton, fileira da direita. Monsieur Py, fileira da esquerda. Eles fazem a chamada em ordem alfabética.

Ouvimos suspiros de alívio discretos na fileira da direita. Os ombros relaxados, como se tivessem agradecido aos céus. E vemos ares de condenados à morte nos que se juntam à fileira da esquerda.

Há um silêncio perturbador na escola Pasteur esta manhã. Apenas as vozes dos dois professores ressoam no pátio. Chamam os alunos cujos sobrenomes começam pela letra A, um por vez.

Adam Éric, fileira da direita.

Antard Sandrine, fileira da esquerda.

Antunès Flavio, fileira da direita.

Aubagne Julie, fileira da esquerda.

Então os nomes com B.

Beau Nina, fileira da esquerda.

Beauclair Nadège, fileira da direita.

Beaulieu Étienne, fileira da esquerda.

Bisset Aurélien, fileira da direita.

Bobin Adrien, fileira da esquerda.

É assim que Nina Beau, Étienne Beaulieu e Adrien Bobin se conhecem, no dia 3 de setembro de 1986. Como os dois meninos parecem petrificados, Nina os pega pela mão e os puxa até a fileira diante do monsieur Py. Étienne não hesita. Deixar-se guiar por uma menina é um constrangimento, mas ele não se dá conta por causa da dupla sentença: acaba de perder seu colega, Aurélien Bisset, pois está com Py. Na escola Pasteur, do primeiro ao quarto ano, todos os alunos veem essa última fase antes do ensino fundamental II como um teste. "Você pegou o Py, que droga, é um inferno ficar na turma dele."

Os três aguardam o fim da chamada lado a lado.

Étienne é muito mais alto que os outros dois. Tem traços finos, cabelo louro, a pele clara das crianças perfeitas ilustradas em pinturas, e seus olhos azul-piscina chamam a atenção de qualquer um.

Adrien é muito magro, tem o cabelo castanho-escuro, bagunçado, com mechas indomáveis, sua pele é macia, e é tão tímido que parece se esconder atrás de si mesmo.

Nina tem a graça de uma corça. Suas sobrancelhas e seus longos cílios pretos emolduram os olhos de ébano. Após dois meses de verão, sua pele está bronzeada.

Por trás dos óculos, monsieur Py observa seus futuros alunos, parecendo satisfeito, sorri e pede que o sigam para dentro da sala, onde para diante do quadro-negro.

Sempre aquele silêncio terrível. Cada passo, cada gesto é assustador.

Cada um escolhe uma carteira aleatoriamente. Os que se conhecem se reúnem em pares. Étienne empurra Adrien discretamente com o quadril para ficar ao lado de Nina. Adrien obedece e ocupa o lugar atrás dela. Ele a olha, esquecendo o professor. Perde-se em suas tranças, seu cabelo castanho-escuro repartido no meio, na ponta dos fios clareada pelo sol, seus dois elásticos, nos botões perolados do vestido de veludo vermelho, nos pelos em seu pescoço. A beleza vista de costas. Ela sente seu olhar e se vira furtivamente para lhe lançar um sorriso malicioso. Um sorriso que o tranquiliza. Ele tem uma amiga. Uma colega. Vai poder voltar para casa e dizer à sua mãe: "Fiz uma amiga." Torce para que Nina também coma na cantina, como ele.

— Podem se sentar.

Monsieur Py se apresenta, escrevendo seu nome no quadro. A tensão diminui. No fundo ele parece gentil, quase sorri, explica as coisas com calma. Talvez tenha mudado. Não dizem que os adultos podem ficar mais bonzinhos com o tempo?

A manhã passa depressa. Os livros escolares são distribuídos e devem ser encapados na mesma noite, não no dia seguinte.

— Detesto procrastinação... — diz monsieur Py, vasculhando sua mala de couro.

Há um grande silêncio de incerteza na sala de aula.

— Vejo que vocês não conhecem o significado dessa palavra.

Monsieur Py se levanta, apaga o nome com o apagador e escreve no quadro: PROCRASTINAÇÃO: DO VERBO PROCRASTINAR, e sublinha três vezes.

— Significa deixar para amanhã o que podemos fazer hoje.

Em seguida, ele pede que os alunos se levantem, um de cada vez, digam nome e sobrenome e definam um ponto fraco e um ponto forte.

Ninguém se move.

— Ai, ai, ai, vocês estão dormindo acordados! Precisam acordar! Bem, vamos na sorte então.

Ele aponta para a menina ao lado de Adrien, uma lourinha muito pálida. Ela fica de pé.

— Meu nome é Caroline Desseigne, meu ponto forte é gostar de ler, meu ponto fraco é que tenho vertigem...

Caroline fica um pouco corada e se senta.

— Próximo! Esse ao seu lado — diz Py.

Adrien se levanta. A testa vermelha. As mãos úmidas. O terror de falar em público.

— Meu nome é Adrien Bobin. Meu ponto forte é gostar de ler também... Meu ponto fraco... tenho medo de cobra.

Nina levanta a mão. O professor a encoraja, meneando a cabeça.

— Eu me chamo Nina Beau. Meu ponto forte é desenhar... Meu ponto fraco, a asma.

Étienne fica de pé.

— Você não levantou a mão! — grita Py.

Silêncio.

— Tudo bem, é o primeiro dia, geralmente no primeiro dia estou mais tranquilo. Sente-se. Se quiser falar, vai ter que levantar a mão. Próximo!

Étienne se senta imediatamente, suando frio nas costas. Suas mãos tremem.

É meio-dia, o sinal toca em todas as salas de aula. Ninguém ousa se mover. Monsieur Py pede aos alunos que ainda não se apresentaram que terminem o exercício. Étienne levanta a mão diversas vezes para falar, mas o professor o ignora até o momento em que manda todos irem almoçar.

Assim que saem da sala, Étienne e Adrien ficam esperando Nina diante da porta, na esperança de que o grupo se junte novamente. Quando ela chega, Étienne está arrasado.

— Todo mundo se apresentou, menos eu — diz ele, gemendo.

— Como é que você se chama mesmo? — pergunta Nina.

— Étienne Beaulieu. Meu ponto forte são os esportes, meu ponto fraco... não sei... sou mais ou menos bom em tudo.

— Você não tem nenhum defeito? — indaga Nina.

— Acho que não.

— Não tem medo de nada? — questiona Adrien, espantado.

— Não.

— Mesmo numa floresta, sozinho, de noite?

— Acho que não. Não sei. Teria que tentar.

Eles caminham lado a lado, apressados. Estão vinte minutos atrasados para o almoço.

Nina no meio, Adrien à direita, Étienne à esquerda.

Aluno: Adrien Bobin, rua John-Kennedy, 25, 71200, La Comelle, nascido em 20 de abril de 1976 em Paris, francês.

Pai: Sylvain Bobin, rua Rome, 7, 75017, Paris, bancário, nascido em 6 de agosto de 1941 em Paris, francês.

TRÊS

Mãe: Joséphine Simoni, rua John-Kennedy, 25, 71200, La Comelle, auxiliar de enfermagem pediátrica, nascida em 7 de setembro de 1952 em Clermont-Ferrand, francesa.

~~Outro responsável legal, endereço, profissão, data de nascimento, nacionalidade, telefone domicílio, telefone trabalho.~~

Em caso de emergência, telefonar para: Joséphine Simoni, 85 67 90 03.

Aluno: Étienne Joseph Jean Beaulieu, rua Bois-d'Agland, 7, 71200, La Comelle, nascido em 22 de outubro de 1976 em Paray-le-Monial, francês.

Irmão: Paul-Émile, 19 anos. Irmã: Louise, 9 anos.

Pai: Beaulieu, Marc, rua Bois-d'Agland 7, 71200 La Comelle, funcionário administrativo em Autun, nascido em 13 de novembro de 1941 em Paris, francês.

Mãe: Marie-Laure Beaulieu (sobrenome de solteira: Petit), rua Bois-d'Agland, 7, 71200, La Comelle, funcionária jurídica em Mâcon, nascida em 1º de março de 1958, francesa.

Em caso de emergência, telefonar para: Bernadette Rancoeur (trabalhadora doméstica), 85 30 52 11.

Aluna: Nina Beau, rua Gagères, 3, 71200, La Comelle, nascida em 2 de agosto de 1976 em Colombes, francesa.

Pai: desconhecido.

Mãe: Marion Beau, rua Aubert, 3, 93200, Saint-Denis, profissão desconhecida, nascida em 3 de julho de 1958 em La Comelle, francesa.

~~Outro~~ responsável legal: Pierre Beau (avô), rua Gagères, 3, 71200, La Comelle, funcionário dos Correios, viúvo, nascido em 16 de março de 1938, francês.

Em caso de emergência, telefonar para: Pierre Beau, 85 29 87 68.

# 3

*5 de dezembro de 2017*

Repasso a informação muitas vezes na minha mente, sem acreditar. Como uma pessoa solitária... o que será que eu estava pensando no dia em que me candidatei para escrever para o jornal? Um desafio? Uma loucura passageira? Não me interesso pelas fofocas, nem pelas aposentadorias e muito menos pelas competições de petanca. Mas aqui estou. É como se eu estivesse me afogando.

Sem dúvidas é um acaso infeliz.

O lago da floresta. Uma antiga pedreira de areia ao sul de La Comelle, no caminho para Autun. Lençóis freáticos em contato com o rio Saône encheram cerca de cem hectares de água. Quando éramos crianças, mergulhávamos lá o tempo todo. Sabíamos que era arriscado, gostávamos de brincar com o perigo, mas também não nos afastávamos muito das margens por conta dos deslizamentos de terra que causavam buracos perigosos. Só alguns meninos tinham coragem de ir até o meio. Gostavam de se exibir. E existiam várias lendas a respeito do lago. Diziam que à noite dava para ver os fantasmas daqueles que tinham se afogado nele, nadando na superfície em suas mortalhas. Nunca vi nada além de pessoas acampando e latinhas de cerveja abandonadas. Muitos de nós não entravam na água descalços. Quando estava com muito calor, eu entrava sem tirar o tênis do pé. Não era raro alguém se machucar com um caco de vidro ou um pedaço de ferro. Eu preferia nadar na piscina municipal. Mas, nas noites de verão, íamos até o lago escutar música e beber ao redor da fogueira.

Faz anos que não vou lá.

Como estão restaurando uma das margens, é a primeira vez em cinquenta anos que drenam parte do lago. A prefeitura está realizando um estudo de viabilidade para instalar uma praia artificial com tobogãs e uma barraca de lanches. Uma área que contaria com a supervisão de salva-

# TRÊS

-vidas. Querem também controlar os acampamentos e os banhistas que se arriscam demais.

Na semana passada, quando drenaram a parte oeste do lago, encontraram um carro. Para acessarmos a margem, temos que pegar trilhas sinuosas e estreitas. Geralmente, quem vem dirigindo estaciona em um terreno improvisado entre dois campos, a cerca de trezentos metros do acesso principal.

A placa do carro naufragado foi identificada: um Twingo roubado em 17 de agosto de 1994, em La Comelle. Até aí, nada de anormal: o ladrão ou os ladrões queriam se livrar do veículo. Mas o que deixou os policiais intrigados foi que a data corresponde ao desaparecimento de Clotilde Marais.

Dia 17 de agosto de 1994. Quando ouvi o editor do jornal pronunciar essa data, meu sangue gelou. Perguntei se não podia enviar alguém da sede, um jornalista mais experiente, mas todos estavam de férias, e eu era a única de plantão. "Temos uma investigação em curso, você precisa ir até o lago o quanto antes. Queremos uma foto do carro e a matéria pronta antes do anoitecer..."

Procuro meu crachá de imprensa no fundo de uma gaveta. Não costumo usá-lo. Nunca me pedem para apresentá-lo na hora de escrever uma matéria sobre a eleição da Miss Petanca.

Eu não gostava de Clotilde Marais. Tinha inveja de suas longas pernas torneadas, que ela passava ao redor da cintura de Étienne. Essa imagem me volta à mente. Ela sentada sobre uma mureta, ele de pé, os dois trocando beijos de língua. Ela está vestindo um short, suas pernas abraçam a cintura dele. Está descalça, as unhas pintadas de vermelho, pedicure impecável. Suas sandálias gladiadoras douradas jazem na calçada. É o auge da feminilidade. Tenho vontade de empurrá-la. De tomar seu lugar. De ser ela. É claro que não fiz nada. Segui meu caminho prendendo a respiração.

Clotilde Marais sumiu durante o verão, aos dezoito anos. Quando desapareceu, a cidade inteira ficou perturbada. Por que ir embora sem deixar explicações, uma carta sequer? Ao mesmo tempo, não fiquei surpresa; era uma menina arrogante e reservada, não tinha amigos e andava quase sempre sozinha.

Tenho vontade de ligar para Nina, no abrigo, para contar sobre os destroços no lago. Mas eu nunca faria isso. É só um impulso que contenho imediatamente.

Quanto a Étienne, nem imagino o que sentirá quando descobrir.

# 4

O ano letivo de 1986-1987 foi o único em que o professor Antoine Py trocou de alvo no meio do ano.

Entre 1955 e 2001, a cada volta às aulas, ele se dedicava a adivinhar quem seria seu saco de pancada. Já se preparava mentalmente enquanto fazia suas palavras cruzadas em Sables-d'Olonne, para onde ia todo verão.

Seria louro, moreno, ruivo? Grande, porque estava repetindo de ano, ou magrelo, porque era medroso? Um aluno que ele não suportaria desde o começo, desde que colocasse a bunda em um dos assentos da sala, desde que dissesse a palavra "presente" e que sua voz o irritasse como o um garfo arranhando o fundo de um prato.

Só meninos. Garotas não o interessavam. Ele passava horas lendo e decifrando as fichas pessoais dos alunos para encontrar alguém ideal.

Como gostava de decifrar os nomes, sobrenomes, as situações familiares de seus alunos! Como se deleitava com todas aquelas informações! Era como se estivesse do lado de fora, observando no escuro o que acontece dentro de uma casa com as luzes acesas.

Profissões do pai e da mãe. Ele nunca escolhia um aluno cujos pais fossem funcionários públicos. Foi o que salvou Étienne Beaulieu no primeiro dia de aula em 1986. Se Py não tivesse lido na sua ficha que os pais dele eram funcionários públicos de cargos importantes, o teria maltratado o ano inteiro. Levantar e falar sem pedir permissão, vejam só!

E ele nunca mexia com um Abdel Kader, como gostava de chamar os alunos de religião muçulmana na presença de alguns amigos escolhidos a dedo: professores que lecionavam em outras escolas, reunidos nas varandas dos cafés de Sables-d'Olonne.

Antoine Py não tinha amigos em La Comelle, tinha uma posição, e, por conta disso, todos o respeitavam e mantinham certa distância.

Depois de ter feito uma triagem, examinando a situação profissional dos pais e as respectivas nacionalidades, três dias eram suficientes para eleger, a partir de vários critérios invariáveis, quem lhe causaria antipatia: o aluno deveria ter um ar de estupidez, um olhar de besta, uma lentidão na compreensão, um tique, uma camisa amassada, um pouco de gordura na barriga, sapatos sujos, uma postura insegura. Também poderia azucrinar aquele que parecesse seguro demais, pretensioso, com um sorrisinho no canto da boca, um olhar ousado, um engraçadinho. Adorava calar esses meninos.

Procurava a rachadura mais imperceptível da turma para se enfiar lá dentro.

Sempre tinha dado aula no quinto ano, a última série antes que os alunos entrassem na segunda parte do ensino fundamental, que ele considerava ser a "grande lixeira da educação nacional". A sensação era a de talhar pedras preciosas para que terminassem numa sarjeta. "É que nem mijar num violino", como dizia à esposa enquanto engolia sua sopa à noite.

Em setembro de 1986, ele se decidiu por Martin Delannoy, que tinha repetido o segundo ano. Ele havia sido diagnosticado com dislexia e se consultava com um fonoaudiólogo. Py não o mandava ler textos em voz alta diante da turma toda: isso seria simples demais, não era cruel o suficiente, além de ser muito arriscado. O professor não queria provocar a desconfiança dos pais; afinal, os alunos falavam, contavam tudo o que acontecia diante de seus pratos de ravióli. Em vez disso, seu prazer perverso era mandar Martin Delannoy resolver problemas de matemática irresolvíveis todas as manhãs no quadro.

Escondia sua satisfação atrás do sorriso falso quando via o aluno tremer e ficar pálido. Gostava de observar o brilho das finas gotículas de suor em suas têmporas e na testa, as lágrimas contidas até que uma minúscula poça caísse sobre o estrado de madeira, uma gota de sangue translúcida, a tristeza contida por tempo demais, depois eram rios nas bochechas, como uma barragem que cede. E ele, Py, assumia uma voz melosa e dizia: "Volte para o seu lugar, meu garoto, você vai ficar aqui durante o recreio pra eu explicar."

Ele raramente gritava, era de uma brandura nojenta. Então, sem aviso, porque um aluno estava falando, porque sua esposa tinha lhe virado as costas na noite anterior, porque não fizeram algo que ele queria pela manhã, Py agarrava a gola da camisa de uma criança e a erguia. Nota ruim, tema irrelevante, risos, falação, falta de atenção, bocejo... nesses casos, os muros tremiam e a voz do homem ressoava até os cumes dos grandes castanheiros plantados no pátio.

Os pais dos alunos não reclamavam, porque todos que passavam pela turma do monsieur Py conseguiam aumentar a média. Diziam seu nome com delicadeza, sussurrando "Está na turma do monsieur Py", com um sorriso e um contentamento evidente.

No fim do ano, lhe ofereciam diversos presentes, que ele recebia com os olhos marejados, dizendo: "Vocês sabem que eu só estou fazendo o meu trabalho."

Py era um professor extremamente eficiente. Ele podia passar horas explicando algo até que todos entendessem. Era capaz de repetir mil vezes a mesma explicação. Obrigava os alunos a copiar uma lição até que ela fosse assimilada de uma vez por todas. Mandava uma lista de trabalhos de casa longuíssima, que ocupava noites e domingos inteiros.

Era um professor impressionante, então podia muito bem escolher um alvo para compensar. Até mesmo o diretor da escola, monsieur Avril, fechava os olhos para suas atitudes pouco ortodoxas tendo em vista seus resultados excepcionais.

O ano letivo de 1986-1987 começou com Martin Delannoy, até o dia em que a foto da turma foi distribuída logo antes do recreio. Um envelope por criança com o preço da foto e dos retratos individuais transformados em calendários, marca-páginas e cartões.

Nessa manhã, Adrien Bobin e Martin Delannoy ficaram na sala para terminar de copiar a lição sobre concordâncias no plural. Py foi até a sala dos professores para tomar um café. Voltou para a sala de aula lá pelas onze, alguns minutos antes de a aula começar outra vez.

Empurrou a porta silenciosamente. Adorava chegar de surpresa atrás de um aluno para assustá-lo. Observou Martin Delannoy com a cara enfiada no caderno, a cabeça de lado, passando a língua nos lábios enquanto copiava a lição. Py ia fazer um comentário sobre o seu jeito de segurar a caneta-tinteiro quando Adrien Bobin chamou sua atenção. O menino cabeludo que não reclamava nunca. Estudioso. O tipo de garoto que deixaria em paz, de modo geral — mas naquela manhã ele não resistiu.

Py foi atravessado por uma espada gelada quando seu olhar repousou em Adrien. Seu cérebro afiado levou um quarto de segundo para analisar. Sua raiva silenciosa, sua perversão, passaram de um para o outro. Parecia uma descarga elétrica passando de Delannoy, sentado à esquerda da sala, a Bobin, à direita.

# TRÊS

Adrien ergueu a cabeça e só viu a escuridão no olhar de Py. Atrás dos óculos, uma tempestade louca se lançava sobre ele. Ameaçadora e mortal. Daquelas que matam. Adrien entendeu imediatamente. Baixou os olhos e voltou ao trabalho, mas já era tarde demais.

# 5

*6 de dezembro de 2017*

Ouço os sinos da igreja ao longe. Quando eles se manifestam em plena tarde é porque alguém está sendo enterrado. Um idoso, sem dúvida. Se fosse uma pessoa jovem, eu teria descoberto durante o meu plantão. Aqui só tem velhos. Das duas escolas, a Pasteur e a Danton, só uma sobrou, e até quando? Quando uma usina perde seus funcionários, perdemos também seus filhos. Nos últimos vinte anos, houve muitas demissões em massa e aposentadorias precoces. A usina Magellan, que fabrica peças de automóveis, passou de três mil funcionários assalariados em 1980 para 340 em 2017. O golpe final veio em 2003, quando a empresa de transporte Damamme foi vendida, e depois, alguns anos mais tarde, transferida de local.

Chove em minha tília.

Estou revisando um manuscrito enquanto espero para saber mais a respeito do carro que foi encontrado no fundo do lago. O veículo foi levado até Autun. Os policiais não me deixaram chegar perto. Tirei algumas fotos da carcaça retirada da água. Hoje de manhã, a história ocupou um espaço minúsculo do jornal. Mas se encontrarem um ou mais cadáveres lá dentro, vai passar para a primeira página. Tenho a impressão de que os policiais estão pisando em ovos com os jornalistas. Segundo uma fonte, parece que há ossos dentro do carro. Não consigo não pensar em Clotilde Marais.

Agora há pouco, enquanto arrumava algumas coisas, a reconheci na minha foto da turma do quinto ano. Em março de 1987, a garota tinha apenas onze anos. Tinha esquecido que Clotilde estava na nossa turma. Foi um choque revê-la criança. Por muito tempo, seu retrato ficou exposto nos arredores. Mas, como na noite do seu desaparecimento uma testemunha a identificou formalmente na estação de trem, todo mundo achou que Clotilde havia fugido.

TRÊS

Na foto vejo também o velho Py, com sua camisa cinza, e os três B lado a lado. Beaulieu, Beau, Bobin. Eu, na segunda fileira, a quarta a partir do lado esquerdo, magra demais, invisível, inexistente.

Durante o "ano Py", Nina, Étienne e Adrien se encontravam na frente da escola dez minutos antes de o sinal tocar. Não tinham outros colegas. Andavam quase colados um ao outro, como cãezinhos de uma mesma ninhada. No entanto, não se pareciam em nada. Nem fisicamente, nem no comportamento.

Onze anos é aquela idade em que a maioria das meninas anda com as meninas e os meninos, com os meninos.

Nina dormia tarde e parecia estar sempre cansada. Diziam que ela ajudava o avô a organizar as cartas em ruas e bairros para a distribuição no dia seguinte. Não era verdade, a seleção era feita de manhã, no correio. Ela certamente ficava desenhando até tarde da noite. Estava sempre com os dedos sujos por causa dos lápis de carvão. Mesmo esfregando com uma escovinha e sabão, o grafite deixava suas unhas cinza.

Eu adorava as olheiras sob os olhos de Nina. Tinha inveja delas. Aquilo a envelhecia, a fazia parecer mais madura. Eu queria roubar suas marcas de cansaço. Queria roubar tudo dela. Seu nariz pequeno, sua aparência, sua postura, seu sorriso.

Quando criança, Nina lembrava Audrey Hepburn. Mais velha também, só que uma versão triste dela. Se bem que Audrey sempre teve um olhar melancólico. No caso de Nina, era um pouco mais sombrio, como se já tivesse passado por tudo, mesmo que ainda fosse uma menina. Ninguém sabia quem era seu pai, mas achavam que ele era do norte da África ou do sul da Itália, porque, segundo os boatos, sua mãe era ruiva de olhos verdes, e Nina tinha os olhos tão escuros que mal dava para ver suas pupilas.

Os três B iam para a escola a pé. Étienne e Adrien só andavam de skate à noite, nas tardes de quarta-feira e nas férias.

Nina e o avô moravam em uma vila operária, numa dessas casas de tijolo todas idênticas, coladas umas às outras em uma dezena de ruas, com uma pequena horta nos fundos. Cada jardim alimentava uma família inteira, e alguns vizinhos também, se a colheita fosse boa.

Adrien e sua mãe, Joséphine, moravam em um apartamento no quarto e último andar de um prédio dos anos 1960.

Étienne, seus pais e sua irmã mais nova, Louise, moravam em uma bela casa cercada de árvores centenárias. O filho mais velho, Paul-Émile, tinha ido estudar em Dijon.

Nina era criada por um velho.

Étienne era filho de um velho.

O pai de Adrien era ausente, e sua mãe participara do movimento de 1968. Ela fumava maconha e escutava *Say It Ain't So, Joe*, de Murray Head, enquanto limpava as janelas da sala de jantar.

Os três moravam perto da escola.

Eram unidos por um mesmo ideal: ir embora dali quando crescessem. Deixar aquele interior para morar numa cidade cheia de semáforos, barulho e fervor, de escadas rolantes e vitrines. E de luzes por toda parte, mesmo à noite. Cheia de gente nas calçadas, desconhecidos, estranhos sobre os quais não se pode fofocar.

Passavam a maior parte do tempo livre juntos, incluindo recreios e almoços. Riam das mesmas coisas. Pegavam listas telefônicas, abriam numa página qualquer, discavam um número e faziam reservas disfarçando a voz. Viam as revistas *Magnum* e *Fame* com as cortinas fechadas, comendo bala. Jogavam Mastermind e batalha naval. Liam Tintim ou o *Almanach de l'étrange* juntos, deitados na cama de Nina. "Acabei...", diziam Adrien e Étienne em uníssono. Então, só quando os dois garotos se pronunciavam, Nina virava a página.

Eles adoravam meter medo uns nos outros, contar histórias, colocar bombas de fedor nos corredores do supermercado, se gravar cantando durante horas no gravador de fita cassete e ouvir depois, rindo feito bobos. Étienne era o vocalista, Nina, o coro e Adrien acompanhava sem hesitar.

Seus rituais também eram ritmados pelas crises de asma de Nina. Os três dependiam de seus brônquios temperamentais. Algumas crises podiam durar horas, apesar da bombinha. Durante as crises mais intensas, Nina preferia ficar sozinha, com sua respiração desregulada.

Adrien e Étienne voltavam para suas respectivas casas. Adrien para ler ou pensar sobre o que tinham conversado. Étienne para andar de skate ou assistir ao fim de *Récré A2* na televisão com Louise, sua irmã mais nova.

Nina era o elo que unia os dois. Sem ela, Adrien e Étienne não se encontravam. Eram três, ou nada.

Os dois meninos gostavam de Nina porque ela não julgava ninguém, enquanto em La Comelle todo mundo fofocava sobre todo mundo. Boatos eram herdados. Eram passados de geração em geração. Nina levava a reputação da mãe, era apenas a "pequena bastarda de uma zé-ninguém". Adrien, devido a sua timidez, só atraía o interesse de Nina, que o achava inteligente e misterioso. Sua mãe, Joséphine Simoni, uma riponga cujas saias compridas se arrastavam pela calçada, havia acabado de ser contratada na creche municipal. Não tinha pai. Viam mãe e filho como dois hippies. Quanto a Étienne, era desdenhado por muitos alunos por ser "filho de burgueses". Em La Comelle, as pessoas não se misturavam. Os guardanapos de pano ficavam com os guardanapos de pano e os panos de chão com os panos de chão. Os operários eram respeitados, os mestres de obras nem tanto. Os filhos de funcionários públicos eram malvistos, o conforto e a riqueza eram quase suspeitos.

Os três sempre iam ao cinema juntos. Sempre se sentavam na primeira fileira. Ali, Adrien não ficava abandonado lá atrás como na sala de aula, ficava ao lado de Nina. Ela no meio, ele à sua direita, Étienne à esquerda dela.

No dia em que viram *A Vingança de Manon*, Nina agarrou a mão dos dois no momento em que Ugolin costura o lenço de Manon na própria pele, e as continuou segurando muito tempo depois de Ugolin ter se enforcado.

*A Vingança de Manon* se tornou o filme preferido de Adrien e Étienne, por mais que não admitissem. Quando perguntavam "Qual é o seu filme preferido?", eles respondiam: "*O Retorno de Jedi*." Mas estavam mentindo.

# 6

## *7 de dezembro de 2017*

Quinta-feira, dia de ir ao supermercado. Sempre torço para cruzar com Nina, mas nunca acontece. Pego os produtos essenciais, depois desço até a feira. Torço novamente para encontrá-la, observo todos os carros que passam, mas não a vejo. É como se ela vivesse escondida.

Depois de comprar minhas frutas e legumes, tomo um café em um bistrô que fica no terraço da igreja. Observo as pessoas passando com seus carrinhos de feira e suas cestas. Casais, mulheres sozinhas, viúvos.

Gosto da garçonete. Ela não me reconhece. Seu nome é Sandrine Martin. Cursamos o sétimo ano juntas, na mesma turma que os três. Depois, ela foi fazer um estágio em outra cidade. Tinha a estranha mania de cuspir no chão o tempo todo. Era bonita. Ainda é. Mas os cigarros e uma vida de trabalhos temporários são visíveis nos sulcos do seu rosto e nos lábios rachados. No inverno, seus casacos escondem uma sereia azul desbotada em seu antebraço. Uma sereia que nunca relaxou nas varandas dos palácios.

Às vezes tenho vontade de dizer: "Sou eu, Virginie." Mas para quê? Para conversar sobre o quê?

"Você tem filhos?"

"Não. E você?"

"Sim. Dois."

"Quantos anos eles têm?"

"Quinze e dezoito."

"Faz muito tempo que você trabalha aqui?"

"Por que ainda está na cidade? É muito parado por aqui."

Prefiro que Sandrine não me reconheça. Sorrimos uma para a outra. Ela me entrega o jornal do dia. Deixo trinta centavos de gorjeta. Quero deixar cinquenta, mas para um café de 1,20 euro seria demais. Ela prestaria atenção em mim.

TRÊS

— Tchau.

Às vezes é bom não ser reconhecida. Fico mais tranquila assim.

Na volta para casa, faço um desvio para passar em frente à minha antiga escola. Está fechada há muito tempo. Muito amianto e muitas correntes de vento. Foi depredada diversas vezes. Os ocupantes jogaram pedras e tentaram atear fogo ao prédio. Algumas janelas estão tapadas com papelão. Está cercada de mato alto.

Construíram uma escola nova, a Georges-Perec, que fica fora da cidade. Ela acolhe alunos de várias regiões.

Sempre que passo em frente à minha antiga escola, penso em um velho navio abandonado pelo capitão em um mar de concreto esverdeado e acidentado. Nesta manhã, quando passei por ela, parei o carro.

Geralmente passo por ela sem olhar direito, como eu desviava ao passar perto da Torre Eiffel antigamente.

Freei e estacionei no acostamento. Todo mundo dizia que aquilo aconteceria... As retroescavadeiras tinham iniciado seu trabalho: o prédio da Vieux-Colombier estava sendo demolido. Passei dez minutos observando o passado ser destruído. As chapas de metal azuis desmontadas, as paredes desmembradas à velocidade da luz, como se fosse um cenário, não um prédio de verdade onde haviam ensinado por décadas.

Daqui a alguns dias não sobrará nada.

Eu me lembrei da época em que, na sala de estudos, durante as pausas, eu observava do terceiro andar os alunos andando no pátio lá embaixo. Olhava muitas vezes, pensando: *Daqui a cem anos, eles terão morrido.*

Nunca teria imaginado que as paredes da minha antiga escola cederiam antes dos alunos.

O esvaziamento da usina Magellan e a transferência da sede da transportadora Damamme haviam condenado bairros inteiros. Apenas as duas ruas principais tentavam manter alguma dignidade. Os últimos heróis deste mundo moderno, os "pequenos comerciantes", como são chamados nos jornais da TV, se mobilizam para manter o coração do centro da cidade batendo.

Aqui, as ervas daninhas ganharam terreno. Os lugares onde costumávamos circular quando eu era criança foram reduzidos a muros rachados, janelas fechadas, letreiros pálidos e enferrujados, e calçadas onde o concreto está coberto de musgo.

Restaram apenas terrenos baldios onde Adrien e Étienne andavam de skate.

# 7

A partir da segunda-feira, 9 de março de 1987, o dia em que Py passou a desprezar Adrien, ele passou a contar os dias como um prisioneiro conta os que o separam da liberdade. Tirando as tardes de sábado, os domingos, as quartas-feiras — dia em que a escola não funcionava — e os feriados, teria de aguentar sessenta e um dias e meio até chegar as férias.

Sessenta e um dias e meio entrando na sala com a sensação de estar com chumbo na barriga e nos sapatos. Sessenta e um dias e meio riscando o dia passado, a cada noite, com uma canetinha preta, empurrando a ponta com força para se aliviar. Ele riscava os dias num calendário dos bombeiros onde havia fotografias de homens intervindo em acidentes de trânsito, inundações e incêndios: era exatamente o estado de espírito em que Adrien se encontrava, atormentado pelo professor.

Era obrigado a ficar na sala durante os recreios e depois da aula todos os dias. Py alegava uma lição não aprendida, um texto mal redigido que ele deveria refazer com atenção para a caligrafia, obrigava Adrien a redesenhar um paralelepípedo retângulo, a rever os prefixos, sufixos, as ordens de grandeza, a escrever cem vezes: "Eu não sonho em sala de aula."

Desde o dia 9 de março de 1987, Adrien não sonhava mais. Não observava mais a nuca de Nina, seu cabelo, seus elásticos, seus vestidos, seus ombros, suas costas.

Py estava sempre debruçado acima do seu ombro, fungando.

Sempre que Adrien baixava a guarda, Py o mandava até o quadro para humilhá-lo melhor diante da turma toda. Em vão.

Os tímidos não são fracos ou covardes. Os carrascos não necessariamente levavam a melhor. Adrien não chorou nenhuma vez. Olhava bem nos olhos de Py e se esforçava para responder suas perguntas, por mais perniciosas e incompreensíveis que fossem, enquanto o colega Martin Delannoy, a primeira vítima daquele ano, podia respirar melhor. Não conseguia acreditar naquele milagre: a violência havia acabado.

À noite, depois do reforço, Nina e Étienne esperavam Adrien como duas almas penadas, sentados numa calçada. Eles o acompanhavam até em casa. Adrien sentia dores no corpo todo, seus músculos estavam doloridos de tanto contraí-los.

Nina perguntava sem parar:

— Mas por que ele cismou com você?

E Adrien sempre respondia:

— Um dia eu te conto.

— Me conta o quê?

Então Adrien fechava a cara e ficava calado.

Étienne perguntava se o amigo queria que ele furasse os pneus do velho Py ou colocasse merda de cachorro na sua caixa de correio.

— Sei onde ele mora...

Mas Adrien recusava. Py suspeitaria de algo, e seria pior se começasse a perturbar os dois.

Adrien chorava dormindo. Quando acordava, sua fronha estava molhada.

Eles já não liam o mesmo livro juntos no quarto de Nina, e a TV ficava desligada. Era como se os heróis de suas novelas preferidas tivessem morrido.

— Ele está estragando nossos dias de folga...

— Ele está estragando nossa vida! Antes era bom.

— Um dia eu o vi na cidade, o corpo dele é feio, por isso que veste uma camisa larga, pra esconder a bunda enorme.

Os três repetiam o tempo todo: "Chega logo, verão."

As idas ao cinema haviam se tornado raras, o silêncio era imposto até mesmo no intervalo entre as aulas, mas quando iam, sentavam-se como sempre: Nina no meio, Étienne à sua esquerda, Adrien à direita dela.

Foi assim que descobriram juntos *Aprendendo a Viver*, de Jean-Loup Hubert. Nesse dia, Adrien entendeu que graças a uma obra de arte, era possível esquecer as dificuldades da vida.

No dia 4 de maio de 1987, Py percebeu que estavam faltando provas a serem corrigidas na sua pasta. Sem pensar, se lançou na direção de Adrien e deu um tapa no rosto dele na frente das outras crianças aterrorizadas, acusando-o de ter roubado as provas durante o reforço.

Nina e Étienne se levantaram ao mesmo tempo para intervir, mas um olhar, um único olhar de Adrien, bastou para que eles se sentassem imediatamente.

O corpo de Adrien não resistiu àquela nova ofensiva, ele adoeceu. Ninguém nunca havia batido nele. Seu pai nunca o tocara, ainda que sua quase completa indiferença tivesse deixado marcas invisíveis, porém permanentes, em sua pele. Sua mãe era meiga, jamais levantaria a mão para o filho.

No caminho de volta, Adrien fez com que Étienne e Nina jurassem que não contariam nada a ninguém. Seus dois amigos ergueram a mão e juraram.

Quando o filho chegou em casa, Joséphine o achou muito pálido. Preocupado, disperso. Tentou fazê-lo falar, mas em vão. Após o jantar, ela telefonou para Nina e perguntou se havia acontecido alguma coisa na escola, mas a menina respondeu que não, nada de especial, tinha sido um dia normal.

De noite, Adrien foi tomado por tremores, depois pela febre. Diagnosticaram uma bronquite que se transformou em pneumonia grave. Ele passou alguns dias no hospital. Ficou longe da escola por três semanas. Nina e Étienne pegavam a matéria e as apostilas e levavam até a casa dele todas as noites, depois da aula.

Joséphine, que tinha passado a fumar na pequena varanda da casa, fazia um lanche para eles, que comiam ao redor da mesa de fórmica.

Havia resquícios de fios loiros e brancos aqui e ali no cabelo de Joséphine. Tinha uma cabeça pequena que lembrava a de um roedor. Mas seus traços eram finos. Seu olhar continha doçura e incredulidade.

Ela não refizera a própria vida após ter sido amante do pai de Adrien. Era um homem inconstante, distante e casado com outra mulher, que não abandonaria nunca. Tinha avisado: "Nunca." Quando soube que Joséphine estava grávida, não reagiu. Não demonstrou nem raiva, nem amargura, nem alegria. No dia em que foi embora sem avisar que não voltaria, Joséphine estava preparando uma torta de maçã. Suas mãos estavam sujas de farinha e manteiga quando ele lhe entregou algo. Ela só entendeu quando leu a quantia no cheque. Deixou um rastro de gordura na assinatura.

Sylvain Bobin voltou apenas para reconhecer a criança. Joséphine não encontrara forças para dizer que não precisava. Ela não o amava mais. Porém, havia esperado por ele, o tinha desejado. Só que isso foi antes da decepção, das palavras sujas e dos gestos covardes. Ela permitiu que ele se aproximasse do berço, mas ele se manteve longe.

Às vezes, ele reaparecia. Como um supervisor de obras públicas, ou um policial. Mal tocava a campainha antes de entrar. Dava uma olhada no apartamento, nas pinturas, na encanação, nas notas de Adrien, largava o enésimo cheque na mesa da sala e ia embora, sem dúvida com a consciência em paz.

Quando Adrien foi parar no hospital, Joséphine telefonou para Sylvain. Era a primeira vez em onze anos. Sylvain Bobin estava no exterior, ela deixou um recado no seu hotel. Ele retornou a ligação. Chiados na linha. Ao telefone, Joséphine o tranquilizou. Havia sido apenas um susto, Adrien já estava melhor. Uma bronquite que havia piorado.

Naquele instante, Joséphine observava os três levando suas boquinhas às tigelas fumegantes. Ela gostava dos novos amigos de Adrien, sobretudo de Nina. Joséphine teria gostado de ter uma filha parecida com ela, uma bonequinha de olhos castanhos. Duas estrelas plantadas em um rosto meigo. *E que ainda vão brilhar muito*, ela pensou.

Depois do dever de casa, Nina ia embora abraçando Adrien, e Étienne lhe dava um tapinha nas costas, e sempre com as mesmas palavras, feito uma prece: "Chega logo, verão."

Quando voltou a frequentar a escola, Adrien continuou riscando os dias que o separavam da liberdade. Tinha calculado que, tirando os feriados, as quartas-feiras, as tardes de sábado e os domingos, só faltavam trinta e um dias e meio.

Adrien tinha lido em algum lugar que "ter o diabo no corpo" significava fazer algo sobre-humano. Parecia-lhe sobre-humano se levantar, beber um leite quente, se vestir, fazer aquele caminho, subir os degraus, deixar o casaco no gancho, tomar seu lugar, sentir o perfume do sujeito soterrado na sua camisa cinza e cruzar o olhar atrás dos óculos durante trinta e um dias e meio.

Parecia-lhe sobre-humano não ter um pai para defendê-lo, para lhe dizer: "Eu te protejo, meu filho, fique tranquilo."

No dia em que voltou a pisar na sala de aula, nem a presença de Nina e Étienne bastou para acalmar seu coração acelerado. Sentiu uma súbita vontade de cagar. O estômago revirado. A garganta inchada.

Naquela manhã, Adrien se convenceu de que a asma de Nina o havia contaminado, de tão difícil que lhe parecia respirar.

O professor lhe lançou imediatamente um sorriso, a voz num tom calmo e aveludado. Nada de quadro durante horas, nada de reforço. Nem durante o recreio, nem no fim do dia.

Py tinha ficado com medo. Era a primeira vez que um dos seus sacos de pancada ficava doente. Geralmente, ele pressentia esse tipo de coisa e acalmava o jogo antes que a situação azedasse.

As semanas passaram. Adrien tirou boas notas nos trabalhos e viu palavras de incentivo do professor em tinta vermelha, na margem superior direita: "Muito bem, ótimo trabalho, aluno comprometido."

Um dia, em junho, Adrien ficou na sala depois da aula por iniciativa própria, enquanto Py trabalhava em sua mesa. Os alunos tinham de fabricar eletricidade usando um ventilador de doze volts, colando um imã em cada pá do aparelho e conectando-o a um transformador com a ajuda de dois dominós. Adrien ficou obcecado pelo exercício, fabricou uma pequena tábua de madeira que tomou o cuidado de pintar de branco e conectou a ela três lâmpadas coloridas. Como ainda não tinha terminado, às seis da tarde, o professor, querendo ir embora, pediu que ele terminasse a tarefa em casa.

Adrien trabalhou no projeto durante todo o fim de semana, acrescentando variações na intensidade elétrica com a ajuda de um interruptor, o que impressionou Nina.

— Você é muito inteligente.

— Não é inteligência, é física.

— Dá no mesmo.

Quando Adrien, Nina e Étienne chegaram na porta da sala de aula na segunda-feira de manhã, o diretor, monsieur Avril, aguardava os alunos com um ar grave. Avril os fez entrar em fila única e pediu que ocupassem seus lugares e pegassem os livros de gramática para ler as últimas lições em silêncio.

Py não estava na sala. Nunca tinha faltado, em toda a sua carreira de professor.

Os alunos se interrogavam com os olhos, sem dizer uma palavra, até que um deles teve coragem de levantar a mão.

— Onde está o monsieur Py?

— Na minha sala — respondeu o diretor.

Ouviu-se uma onda de decepção percorrer a sala. Tinham achado que poderiam voltar para casa, andar de bicicleta, jogar jogos de tabuleiro, assistir televisão mesmo que não houvesse programas infantis na segunda-feira.

TRÊS                                                                    35

Não, Py não havia sido raptado, não estava nem doente nem morto, eles teriam aula naquele dia.

Foi então que Avril procurou Adrien com os olhos antes de falar:

— Adrien Bobin, pode me acompanhar, por favor?

Ao ouvir seu nome, ele sentiu o estômago se revirar. Levantou-se como um inocente que é condenado sem saber por quê, lançou olhares preocupados para Nina e Étienne e acompanhou Avril de cabeça baixa.

Olhava os azulejos no chão. Mal alinhados. Tentava contá-los para não pensar em mais nada. Um, dois, três, quatro. Um mau pressentimento. Por que Py não estava na sala? Por que o diretor o estava convocando, a ele, Adrien? Ele e apenas ele?

Sim, um mau pressentimento.

Quando Avril e Adrien entraram na sala do diretor, uma antiga sala de estudos reformada para abrigar um secretariado, armários com fichas escolares, um telefone e uma máquina de escrever, Py estava lá, sentado, as pernas cruzadas. Não usava sua camisa cinza. Estava com uma camiseta azul-clara e uma calça de poliéster. Era a primeira vez que Adrien via o professor com roupas casuais.

Py não ergueu os olhos, não os levou a Adrien, nem mesmo quando este o cumprimentou. Contentou-se em sorrir para o diretor, fingindo que Adrien não existia.

— Bem, vamos direto ao assunto. Monsieur Py me disse que você roubou materiais.

Adrien não entendeu. Procurou o olhar de Py, ainda fixo no diretor sentado à sua frente.

— Você sabe que o material utilizado nas atividades práticas deve permanecer dentro da escola… Está no regulamento interno da escola.

Adrien foi incapaz de dizer uma palavra sequer. Estava sendo acusado de roubo, Py o havia encurralado, ganhara a partida. Adrien sentiu as lágrimas subirem. Mas não, Py não teria suas lágrimas. Eles as engoliu imediatamente, como se fossem uma sopa amarga. Enfiou as unhas na pele dos antebraços. Um detalhe o ajudou. Primeiro, imperceptível. Depois deixou de ser um detalhe e tornou-se uma evidência. À medida que Adrien respirava, que seu coração se acalmava, ele o sentiu. Primeiro, levemente acre, então cada vez mais tenaz, formando círculos cada vez mais amplos, até que já não podia passar despercebido dentro da sala: um cheiro de suor. Py fedia. Emanava o cheiro da mentira.

Avril o trouxe de volta de seus pensamentos:

— É tudo que tem a dizer em sua defesa, Bobin?

Seu silêncio o condenava. Quem cala consente. Ele consentiu em ser punido até o fim do ano escolar. Teria de copiar linhas e linhas das lições todos os dias e entregá-las ao diretor.

Foi acusado de roubo diante da turma toda e separado dos colegas. Sua mesa foi colocada no fundo, contra o radiador frio.

Nenhuma advertência ou nota entrou para sua ficha escolar porque Adrien Bobin era um bom aluno e trouxera os materiais de volta na mesma manhã. Além disso, eram apenas três lâmpadas, fios elétricos e materiais sem qualquer valor. A punição era mais pelo princípio, para que aquilo não passasse despercebido.

Quando Joséphine Simoni soube do ocorrido, quis falar com Avril e Py imediatamente e entrar em contato com o reitor por causa das acusações falsas.

Adrien recusou.

— Py estava certo, eu roubei as coisas.

— Você acha que eu sou idiota? Por que está defendendo ele?

— Só faltam dezenove dias para as férias.

— Vou ligar pro seu pai!

— Eu não tenho pai nenhum! Ele está pouco se lixando pra mim! Se você ligar pra ele, eu fujo! Juro pra você que fujo! E você não vai me ver nunca mais na vida!

Joséphine cedeu. Não ligou para ninguém. Nem para Sylvain Bobin, nem para o reitor.

Joséphine acreditou nas palavras do filho: Adrien era capaz de desaparecer.

Ela sempre sentira aquilo, sempre soubera. Era como uma ameaça insidiosa. Havia algo preocupante em seu filho, que não tinha nada a ver com o universo infantil. Adrien nunca estava relaxado. Era doce, mas sério. Não precisava pedir para que ele fizesse os deveres de casa, escovasse os dentes, colocasse a mesa, ajudasse a arrumar o apartamento: ele fazia tudo aquilo por iniciativa própria. Ria com frequência, uma risada cristalina que Joséphine amava. Sabia se entregar à alegria, sobretudo quando Nina e Étienne estavam presentes, assistindo a um filme de comédia ou a um programa qualquer na televisão. Mas ele sempre voltava à sua seriedade natural. Como um adulto que calça quarenta e quatro.

A partir desse dia, Adrien passou a desconfiar dos outros, de sua perversidade.

Nunca mais confiou em ninguém.

O ano escolar tinha lhe dado dois amigos e tirado sua inocência.

# 8

*8 de dezembro de 2017*

Devo ter pegado uma amidalite. Coloco um cachecol no pescoço. De tanto silêncio, de tanto viver sozinha, minha garganta é frágil.

Não é dia de ração. Mesmo assim, deixo trinta quilos no portão do abrigo.

Como sempre, ouço os cães, mas não os vejo.

Como sempre, o sujeito alto com a barba por fazer vem buscá-los, murmurando:

— *Eles* agradecem.

— Nina está aí? — pergunto.

O sujeito alto faz uma pausa, como um vídeo interrompido. Geralmente, não digo nada além de um "olá" e um "tchau". Mudo imediatamente de ideia, não dou tempo para que ele me responda e corro em direção ao carro. Ele me segue com os olhos. Faço um gesto vago para me despedir. Não sei o que me deu.

Uma mistura de emoções, sem dúvida.

A escola Vieux-Colombier destruída, a foto da turma reencontrada, a memória que vem à tona tantas vezes nos meus sonhos, inclusive no que tive ontem à noite, em que me vi de volta lá. Na casa de Nina. É a noite do enterro. O medo, o estupor, os gestos lentos, Étienne, sua palidez, suas olheiras, sua respiração, e Nina trepando em outro lugar.

Mas o que mais me assombra é que encontraram um corpo dentro do carro no lago da floresta. A informação foi confirmada. A polícia vai fazer uma pesquisa para tentar identificar o corpo. Não sei por que, mas não tenho autorização de mencionar isso no jornal por enquanto.

E queria tanto contar para Nina.

# TRÊS

Nina está sentada diante da escrivaninha. Ela morde a tampa da caneta.

Dia péssimo. Dois animais levados para o canil. Cães de caça. Não identificados. Cheios de vermes. Nenhuma adoção em dois meses. Uma das voluntárias foi embora. Felizmente, no meio de toda aquela merda, uma luzinha de esperança: alguém estava interessado no velho Bob. Faz quatro anos que ele está lá. Dezesseis estações cinza. A pessoa acaba de telefonar, vai passar esta tarde às três para vê-lo. Viu a foto dele no site do abrigo. Gostou de Bob. O álbum dos cachorros que Nina criou é quase tão eficiente quanto um site de encontros.

Ela sorri sozinha. Deveria tentar usar algum aplicativo de relacionamento. Mas pensar em se encontrar pessoalmente com um desconhecido numa corrida de cavalos a faz abandonar a ideia. Além disso, não há desconhecidos em La Comelle. Nina conhece todos os caras da sua idade. Homens casados e barrigudos com os dentes amarelados pelo cigarro, sujeitos grisalhos ou ex-atletas envelhecidos. Ela ri sozinha. Faz bem. É como uma luz por dentro. É necessário sorrir quando só temos isso, sorrir para seguir em frente.

Christophe entra na sala, serve um café morno para si e mergulha um bolinho lá dentro.

— A pessoa que traz ração todo mês voltou hoje. Ela me perguntou se você estava aqui. Geralmente, ela não fala nada. Sabe quem é?

Nina tira os olhos do seu planejamento. O olhar dela fica inquieto. Como se estivesse assimilando a informação.

— Sim, sei muito bem.

— Ah, é? — pergunta Christophe, surpreso.

— É um fantasma.

Nina veste o casaco e se dirige à enfermaria, que fica ao lado do gatil. Está na hora de dar uma injeção em Orlan, que está com suspeita de rinite infecciosa. Precisa conter aquilo imediatamente, antes que os outros peguem.

# 9

*Julho de 1987*

— Adrien, você acha que eu fiquei menstruada porque a minha mãe é uma puta?

— Não, a Madre Teresa ficou menstruada com dez anos... que nem você.

— Madre Teresa?

— É.

— Tem certeza?

— Tenho. Li na revista *Science et Vie*.

Étienne e Adrien estão ao lado de Nina, a caminho do consultório médico. Eles não a viam desde o dia em que Nina foi embora da piscina de repente, sem avisar.

Os meninos estão de skate, Nina, a pé. Avançam ao ritmo dos passos dela.

Desde a piscina, o sangue não para de correr. Ela marcou uma consulta com o dr. Lecoq sem disfarçar a voz. Uma consulta de verdade, em seu nome, Nina Beau. Todos a conhecem muito bem lá. Devido a sua asma, ela precisa de acompanhamento regular. É a primeira vez que vai ver seu médico sozinha. Geralmente, o avô vai junto. Nina tem a impressão de estar cometendo alguma desobediência, e aquilo a incomoda.

— Você contou pro seu avô? — pergunta Étienne.

— Não — responde Nina, irritada.

— Pode ir na piscina?

— Não...

— Quanto tempo dura? — indaga Étienne, preocupado.

— Não sei bem... Seis dias, mais ou menos... Mas vão vocês, na piscina.

— Não vamos deixar você sozinha! — exclama Adrien com indignação.

Étienne deixa sua alegria explodir:

TRÊS 41

— Vamos alugar filmes! O jardineiro e a madame Rancoeur estão de férias! Vamos ter a casa só pra gente!

— E a sua irmã, a gente não vai atrapalhar? — pergunta Nina.

— Ela nunca está em casa.

Quando os três chegam ao edifício, Nina pede que os garotos a esperem mais longe.

— Não quer que a gente entre com você na sala de espera?

— Não. Prefiro ir sozinha.

O estacionamento de uma loja de jardinagem fica ali ao lado. Os dois meninos vão circular e fazer manobras nas linhas de estacionamento dos caminhões.

Pegam impulso, saltam. Étienne é muito mais talentoso e corajoso do que Adrien. Mais rápido também. Parece levitar no skate. Os dois lembram um professor e seu aluno, pensa Adrien. Um profissional e um amador. Étienne tem um domínio perfeito do próprio corpo, uma agilidade e flexibilidade inatas. Cresceu muito e tem duas cabeças a mais de altura do que Adrien. Sobre rodas, na água, sobre terra, Étienne controla o equilíbrio e a beleza de seus gestos. Não dá para acreditar quando ele atravessa a piscina grande nadando crawl.

É uma fatalidade que Adrien já internalizou: não nascemos todos no mesmo nível.

Ele decide fazer uma pausa. Seus joelhos e braços estão feridos, e os pulsos doem por causa das manobras que ele tenta fazer para imitar Étienne. Adrien se abaixa para amarrar um de seus cadarços, quando sente um olhar, como uma faca plantada nas suas costas. Surpreendido pelo mal-estar vertiginoso que o atravessa, ele se vira e congela. É como um chute na barriga. Sua respiração para.

*Ele* está ali. A cerca de trezentos metros dele. Há quanto tempo observa Adrien? Será que o seguiu? Um quarto de segundo se passa, então ele dá meia-volta, fecha a porta do carro a toda velocidade e entra na loja de jardinagem.

É como um impulso, como se alguém o estivesse empurrando com uma violência que ele nunca viu. Talvez seja a pessoa atrás da qual ele tenta se esconder o tempo todo, a que ele usa para disfarçar aquela timidez insuportável. Os muros que ele criou estão caindo. Tudo o que Py não conseguiu fazê-lo chorar sai de uma só vez.

Adrien se precipita, largando o skate em uma mureta, sem ouvir a voz de Étienne perguntando aonde ele vai. Atravessa o estacionamento correndo, abre a pesada porta da loja e bate a cara nela: seus gestos estão muito desordenados, o corpo não responde mais, as pernas estão carregadas de eletricidade.

Um primeiro corredor, vazio. O segundo também.

Adrien procura Py como um cão de caça persegue um animal.

Ele cruza o caminho de um funcionário, que abre um sorriso.

— Olá, rapaz.

Adrien não ouve mais nada. Sente seus batimentos nas têmporas, feito um peixe preso na rede.

O cheiro da sala de aula vem à tona, uma mistura de papel, cola, amônia, giz e suor.

Terceiro corredor. Lá está ele, pesando sacolas, escolhendo calmamente sementes para o seu jardim. Com um sorriso indiferente que pregou no rosto antes de sair de casa, como todas as manhãs.

Adrien conhece bem aquele sorriso. Ainda o faz acordar no meio da noite.

Py não tem tempo de ver Adrien pular, recebe o golpe bem no meio da cara. No entanto, é um pequeno punho fechado, o de um menino nanico de onze anos. Mas há tanta ira naquela mão, tanta tensão e tanto sofrimento que o golpe tem a potência de uma bala atirada a queima-roupa.

Os óculos se quebram e o ferem. Sangue no nariz. Sua visão fica turva. Então um chute nas bolas, de uma violência impressionante. Py se debruça para a frente e se encolhe, sentindo vertigem, enquanto Adrien bate e grita como um louco. Um funcionário o segura, mas ele continua se debatendo como se estivesse possuído.

Então outro grito, terrível, desesperado. É Nina:

— Adrien!

O rosto de Nina está deformado pelo medo, com lágrimas nos olhos, e Étienne, ao lado dela, está incrédulo, a boca bem aberta.

Um calor toma seu corpo. Os membros todos formigando. Suas pernas não o sustentam mais. Então, nada. Um véu negro.

Adrien volta a si. Percebe que está em um depósito com cheiro de plantas e terra molhada. Dois policiais e três funcionários da loja de jardinagem o encaram, ele compreende algumas palavras:

— Monsieur Py não vai prestar queixa... a mãe vai pagar pelos óculos... ferimentos superficiais... preocupados com o menino... um médico vai vir... mas o que deu nele?

Nina está em plena crise de asma, seu fôlego ofegante, a respiração às vezes aguda, como um apito descontrolado na garganta.

Étienne continua observando Adrien com o skate debaixo do braço, como se não reconhecesse o amigo. Um estranho deitado perto dos sacos de terra. Adrien machucou a mão ao quebrar os óculos de Py.

Joséphine chega, desesperada.

*Onde está Py?*, pergunta-se Adrien, antes de desmaiar outra vez.

Como não podem mais ir à piscina, eles têm escutado o álbum *The Joshua Tree*, do U2, aos berros, sem parar. Dançam e cantam com as cortinas fechadas, na sala espaçosa da casa de Étienne. Como estão no escuro, fazem o que querem. Seus gestos são descoordenados. Eles se entregam à escuridão, rindo bem alto, como crianças no jardim de infância.

— With or without you...

Essas tardes alegres os curam do acesso de loucura de Adrien. Os dias passaram sem que tocassem no assunto. Adrien foi ver um médico, mas o garoto ficou mudo. Não confia nos profissionais de medicina desde os seis anos de idade.

No dia em que Adrien espancou Py, o dr. Lecoq tranquilizou Nina. Ficar menstruada na idade dela era o curso natural das coisas. Nada com que se preocupar. Talvez um ou dois anos antes da média das meninas, mas nada grave.

— O senhor conheceu a minha mãe? — perguntou ao médico.

— Sim, claro — respondeu, correndo o estetoscópio por suas costas.

— Ela ficou menstruada aos dez anos?

O médico vasculhou as gavetas de correr e tirou lá de dentro uma pasta rotulada "Marion Beau, nascida em 3 de julho de 1958." Tentou decifrar suas próprias anotações.

— Sinto muito, Nina, não sei... Não consigo ler o que escrevi.

O médico fez um pedido de exame de sangue, falando sobre taxas de progesterona e hormônios, mas ela já não ouvia mais. Olhava fixamente para a ficha médica da mãe sobre a mesa. Datas em caneta vermelha, datas de consultas. Como provas de sua existência. Marion tinha entrado naquela sala, tinha se deitado ali, Lecoq havia medido sua pressão, sua altura, a havia pesado, tinha escutado seu coração.

Em casa não havia fotos de Marion. Pierre Beau fez todos os rastros da filha desaparecerem.

Não sobrara nada dela, a não ser Nina.

Lecoq recusou o cheque que Nina lhe estendeu para pagar a consulta. Ela o pegara no talão de Pierre, o último, para que ele demorasse a perceber. Era inimaginável para ela conversar com o avô sobre menstruação.

Antes que saísse do consultório, o médico perguntou se Nina tinha namorado, ao que ela respondeu que não, corando.

— Se arrumar um, você vai ter que voltar aqui para que eu receite pílulas anticoncepcionais.

Será que ele disse a mesma coisa para sua mãe?

Ela saiu do consultório em transe, imaginando as amidalites e febres de Marion, suas quedas de bicicleta, seus hematomas e suas dores de barriga.

Procurou os meninos no estacionamento da loja de jardinagem, ansiosa para contar tudo, como quando voltamos de uma longa viagem.

Dentro da loja, ela avistou Étienne de costas, paralisado, Py caído no chão e Adrien batendo nele como um louco. Distribuindo chutes, desfigurado pela raiva, vermelho como um tomate, o cabelo molhado de suor.

Nina sentiu um medo terrível. Algo semelhante ao pânico. Iam tirar Adrien dela, iam separá-los. Como nos filmes que a faziam chorar, em que prendiam delinquentes em reformatórios dignos de pesadelos. Adrien ia abandoná-la como a mãe havia feito pouco depois de seu nascimento.

Ela gritou o nome dele.

Adrien parou de repente. Estupefato, chegou para trás, olhou para o professor caído no chão e desmaiou. Os brônquios de Nina começaram a falhar. Uma crise forte. Pessoas vieram socorrer. Py se levantou sem olhar para ninguém.

— *With or without you...*

Os três cantam a plenos pulmões. Dançam de olhos fechados, por mais que o cômodo esteja imerso na penumbra. Há alguns dias que o piso da sala serve de pista. Eles comem porcarias, assistem a fitas VHS que enfiam no aparelho, várias vezes seguidas quando gostam do filme, hipnotizados. Nina sempre se posiciona entre Étienne e Adrien. Às vezes, Étienne chupa o dedão discretamente.

Também decidiram fazer música juntos, começar uma banda. Étienne já largou o piano, prefere o sintetizador e o microfone que instalou em uma parte do porão. Nina e Adrien escrevem as letras enquanto

Étienne busca o ritmo. Começaram a escrever umas letras complicadas, rebuscadas, em inglês, que não fazem sentido. Querem ser originais, ignorando que, muitas vezes, as músicas mais bonitas são as mais simples.

No dia 20 de julho, Étienne vai para Saint-Raphaël, como todos os anos. É a primeira vez que os três se separam desde que se conheceram, à exceção da temporada que Adrien passou no hospital de Autun, durante o que mais tarde chamariam de "mal de Py".

Depois da partida de Étienne, Nina e Adrien ficam como duas almas perdidas brincando na água com cloro. Entre dois mergulhos, estiram uma canga no gramado amarelado perto da piscina, atrás das barreiras de segurança onde se pode comer e fumar, onde adolescentes trocam beijos de língua sob os olhares incrédulos das duas crianças de dez e onze anos. Nina e Adrien sempre se instalam debaixo da mesma árvore e criam desenhos imaginários no céu, um tentando adivinhar o do outro. Têm um walkman, que ouvem alternadamente. Trocam a fita quando colocam os fones macios nas orelhas. Adrien ouve Niagara e Nina ouve Mylène Farmer.

— Você já beijou alguém? — pergunta Nina a Adrien.
— Na boca?
— É.
— De língua?
— É.
— Tá maluca, eu tenho onze anos... E você?
— Também não.
— De qualquer jeito, parece nojento.

Num fim de tarde, com os olhos vermelhos por causa do cloro e do sol, Adrien acompanha Nina até a casa dela. São recebidos pelos gatos e pela cadela, Paola. Pierre Beau está dormindo. Depois do seu turno, antes de ir até o correio para devolver o que não distribuiu, ele sempre tira um cochilo.

Nina pede a Adrien que a siga até um cômodo sem janelas no fim do corredor.

— Relaxa, meu avô tá dormindo... Vou te mostrar uma coisa, mas você tem que jurar pela minha vida que não vai contar pra ninguém. Nem pro Étienne.

Adrien jura.

No cômodo, três pastas de couro ocupam uma bancada antiga. Nina abre uma e a revira nas mãos. Faz calor, não tem ar lá dentro, só um leve odor de cera e poeira. O conteúdo se espalha: dezenas de cartas e cartões postais onde se vê o mar. Paisagens que Nina passaria horas admirando. E sempre as mesmas palavras no verso: "Está sol, tudo vai bem, beijos." Nina imagina que, nos lugares onde há mar, tudo sempre vai bem e sempre faz sol.

— Quando ele tá dormindo eu aproveito para roubar algumas. Às vezes, eu... leio.

— Por quê?

— Ah, pra ler.

— Seu avô sabe que você faz isso?

— Tá doido? Ele nunca reparou. Eu devolvo tudo logo depois. Quer experimentar?

Adrien tem medo do que ouviu.

— Experimentar o quê?

Nina pega uma pilha de envelopes e faz uma seleção. Escolhe os que estão escritos à mão. Os que parecem ser contas ou papéis administrativos não a interessam. Ela faz um leque e o estende para Adrien.

— Fecha os olhos e escolhe uma carta.

Adrien obedece. Pega uma como se estivesse participando de um truque de mágica. Sente Nina tirá-la de suas mãos imediatamente. Quando abre os olhos, ela já está atrás da porta.

— Vamos pro meu quarto!

Ela liga a chaleira elétrica em sua mesa de cabeceira e, alguns segundos depois, passa o envelope acima do vapor que a água fervente cria, abrindo-o à velocidade da luz. Estende a carta para Adrien.

— Vai, lê em voz alta.

Adrien tem a sensação de estar participando da maior fraude de todos os tempos. Já consegue se imaginar em um reformatório, onde os menores de idade são enfurnados e maltratados por sujeitos piores do que Py. Um delinquente que não apenas espancou o antigo professor, mas que lê cartas roubadas. Ele sente a respiração e os batimentos cardíacos se acelerarem. Segura o papel com força entre os dedos para que Nina não perceba que está tremendo como uma folha ao vento.

Vê uma letra fina, nervosa, em tinta roxa. Inspira profundamente antes de começar a leitura, para que sua voz não o traia.

# TRÊS

*Meus filhos queridos,*

*Mando um bom-dia aqui dos Alpes, onde faz sol.*

*As noites são frescas. Se por acaso começa a chover, nós passamos frio. Mas isso é raro no mês de julho.*

*Minha estadia está correndo muito bem. Os médicos querem me manter no sanatório por muitas semanas. Espero poder vê-los antes da volta às aulas. Espero que estejam se comportando bem com papai.*

*Meu pequeno Leo, você está estudando direito sua ortografia? Minha doce Sybille, está gostando da colônia de férias? As monitoras estão sendo gentis com você?*

*Estou morrendo de saudades, meus anjos.*

*Digam ao papai que eu o amo com todas as forças, assim como amo vocês, e que vou ficar boa bem rápido.*

*Mamãe*

Adrien devolve a carta para Nina, que está vidrada no movimento dos seus lábios.

— Minha mãe nunca me escreveu... — diz ela.

— Você sabe onde ela mora?

— Não.

— Nunca viu ela?

— Vi, sim. Ela veio aqui várias vezes. Com certeza pra pedir dinheiro pro meu avô. A última vez foi em 1981. Eu tinha cinco anos.

— Você lembra?

— Um pouco. Ela tinha cheiro de patchuli.

— Qual é o nome dela?

— Marion.

— Ela trabalha com o quê?

— Não sei...

— Por que você diz que ela é uma puta?

Nina dá de ombros.

— E você sabe quem é seu pai?

— Não.

— Seu avô sabe?

— Não, acho que não... E você? Como é o seu pai? — pergunta Nina.

— É casado, mora em Paris.

— E vocês se veem às vezes?

— De vez em quando... Ele fede a clorofila... Está sempre mastigando um chiclete nojento. Eu detesto o cheiro. Às vezes, ele me busca pra me levar no restaurante... É horrível. Não tenho nada a dizer pra ele. Ele também não tem nada pra me dizer. Espero a sobremesa fazendo perguntas que preparei antes de encontrar com ele, pra que não fique um silêncio constrangedor demais.

— Você acha que ele tem outros filhos?

— Não sei.

— Talvez você tenha uma irmã. Ou um irmão.

— Talvez.

— Ele nunca te disse?

— Nunca.

A voz grave de Pierre Beau ressoa ao pé da escada:

— Nina! O que você está fazendo?

As crianças dão um pulo. Nina esconde o envelope debaixo do travesseiro.

Adrien desce para cumprimentar o avô da sua amiga, com o skate debaixo do braço. O homem, solene, diz:

— Tenho que falar com você.

Adrien fica muito incomodado, de repente. Acha que Pierre Beau vai lhe dar uma lição de moral depois de ter agredido Py. Adrien o segue para dentro da cozinha com a expressão de um condenado. É possível que o avô peça que Adrien pare de sair com sua neta, o que seria impensável, inadmissível, impossível.

Nina é a luz de Adrien. É como sua irmã e o oposto de uma irmã, porque eles se escolheram. Nina é o norte de Adrien. Mesmo usando o banheiro masculino e lendo cartas roubadas.

Pierre Beau fecha a porta atrás de Adrien e o encara atentamente por alguns segundos. Nina não se parece com o avô. O velho tem olhos azul-acinzentados, parecidos com a cor da roupa que sua mãe tira frequentemente da máquina de lavar, gritando: "Merda! Desbotou de novo!" Sua pele é bronzeada como a jaqueta de couro que Steve McQueen usa no pôster do quarto de Adrien. Os turnos de bicicleta deram essa cor à sua pele. Ele franze a testa, olhando para Adrien com uma expressão grave no rosto. A boca de Adrien está seca. A sensação é quase a mesma de estar diante do quadro na sala de Py.

— Pensei em um presente de aniversário para Nina, mas queria sua opinião... Um cavalete e tubos de tinta... acha que ela vai gostar?

Adrien tem dificuldade para responder. Estava tão despreparado para aquelas palavras que precisa de um tempo para assimilá-las.

— Sim.

— Tem certeza?

— Sim. Eu acho.

— Você acha ou tem certeza? Porque ela só desenha com grafite preto. Achei que seria bom ela aprender um pouco de cor com pincéis.

# 10

## *10 de dezembro de 2017*

*Não se contém a espuma*
*Na palma da mão*
*Sabemos que a vida se consome*
*E não sobra nada*
*De uma vela que se acende*
*Você ainda pode decidir qual caminho*
*O seu caminho*
*Acha que tudo se resume*
*Ao sal entre nossos dedos*
*Quando mais leve que uma pluma*
*Você pode guiar seus passos*
*Sem tristeza ou amargor*
*Avançar, já que tudo se esvai.*

Ontem foi o enterro de Johnny Hallyday.

Irmã Emmanuelle, Marie Trintignant, Nelson Mandela, Cabu, Wolinski.

O que fizeram Nina, Adrien e Étienne em todos esses anos de silêncio?

Os três não cantaram junto com Stromae, não aplaudiram Roger Federer, não assistiram a *O Fabuloso Destino de Amélie Poulain*, não choraram por Michael Jackson, Prince, Alain Bashung ou David Bowie juntos.

— Soube da notícia? Acabei de saber.

Todas essas coisas que não dizemos mais depois de cruzar a soleira da porta.

Um homem que mata crianças no pátio de uma escola, um massacre numa casa de shows. O terror. O tipo de acontecimento que nos faz discar um número de telefone, pedir notícias, apagar quadros.

# TRÊS

Faz muito tempo que Nina, Adrien e Étienne se falaram pela última vez.

Quanto a mim, eu gostaria de contar a eles que amanhã todos os jornalistas da região foram convocados pelo Ministério Público de Mâcon para o caso do carro no lago.

Eu quero, mas não posso. É uma velha canção de Françoise Hardy.

*Eu quero, eu não posso...*
*Mas se um dia você achar que me ama*
*Não espere um dia, uma semana...*

Eu deveria ir dormir, mas fico acordada ouvindo música. Às vezes me levanto, canto, me imagino no palco de um estádio, Wembley, por exemplo.

*Completamente louca.*

Lá fora já está escuro faz tempo.

Estou sozinha em casa. Como poderia não estar? Foi o que busquei.

# 11

*Setembro de 1987*

No primeiro dia de aula do sexto ano, eles chegam juntos na escola Vieux--Colombier.

A divisão dos alunos em turmas está pregada em um quadro de madeira. Eles se aproximam, de dedos cruzados. *Espero que estejamos juntos.*

A sentença chega: Nina Beau e Adrien Bobin estão no 6º A, Étienne Beaulieu no 6º C.

Ao ver seu nome isolado em meio a desconhecidos, Étienne se sente excluído. Tem vontade de chorar, lágrimas generosas que ele reprime.

Adrien fica paralisado. Não acredita que ficaram separados. Ao mesmo tempo, não consegue deixar de pensar que vai ter Nina novamente só para si. E por um ano inteiro.

Nina enxuga imediatamente suas lágrimas de raiva e decepção com a manga do casaco novo. Vai ser um vexame se alguém a vir chorar na escola. Ela dá uma ordem a seus brônquios para que fiquem calados. *Nada de crise hoje, corpo, eu proíbo, proíbo, proíbo, proíbo.*

Ela está vestindo um casaco de moletom, uma calça jeans áspera e tênis brancos demais, com a mochila quase vazia nas costas.

Étienne tira o casaco. Muito quente. Joga uma mecha de cabelo para trás. Baixa a cabeça. Seu perfil é perfeito. Nina poderia passar o dia inteiro desenhando Étienne. Ele está começando a sair da infância para entrar na adolescência, e já é perceptível a diferença entre seu rosto e seu corpo. O porte de um esportista grande e musculoso, e um rosto cujos traços quase lembram os de uma menina. A mesma contradição entre a sua vestimenta clássica e o broche da banda de punk rock Bérurier Noir, que ele tem preso na mochila jeans.

Adrien fica em silêncio. Observa os alunos mais velhos. São muito mais numerosos do que no pátio dos primeiros anos do ensino fundamental.

E muito maiores. Tem alunos do nono ano que medem pelo menos um metro e oitenta. Adrien se sente minúsculo naquele espaço imenso. Vestindo uma calça jeans, tênis brancos e uma jaqueta de couro preta que seu pai comprou para ele em Paris, ele se sente fantasiado. Adrien recortou a foto do vocalista do Depeche Mode e a enviou pelo correio com o bilhete: "Quero a mesma jaqueta que ele para a volta às aulas, obrigado."

Ele observa os edifícios da escola, com inúmeras janelas. Nomes de poetas batizam cada um: Prévert, Baudelaire, Verlaine, Hugo. Percebe que não há nomes de mulheres. Será que é porque mulheres *são* os poemas e por isso não escrevem nenhum?

Ele se vira e olha para Nina. Sim, as meninas são poemas silenciosos.

Todos os outros alunos se juntam às suas turmas.

Os três ficam parados diante do painel, atordoados. Como se alguém fosse aparecer para avisar que havia ocorrido um engano, que na verdade eles estavam juntos.

— Bom, vou indo — diz Étienne com um ar despreocupado. — A gente se encontra na cantina... Me esperem, hein?

Quando ele vira as costas para os dois, morde violentamente a parte interna da bochecha. *Lista de merda*. Tenta não chorar na frente dos outros. Encontra o número da sua sala, edifício Hugo, sala doze, está atrasado, com sangue na bochecha.

A professora é muito magra e feia. Um pouco torta, com escoliose. Não está ali para brincadeiras, e já avisa logo:

— Eu vou ser paga para ensinar aqui até me aposentar. Se vocês tiverem vontade de estudar, maravilha, caso contrário, podem se sentar no fundo na sala, isso não é problema meu.

Primeiro exercício do ano: encontrar a boa aluna. Uma menina solitária. Dá para ver imediatamente pela cara quem é estudiosa, pela gola da blusa, pela postura. Étienne a localiza e se senta ao lado dela. Ele a conhece de vista. Acha que estavam juntos no primeiro ano. Ela sorri para ele. Todas as meninas sorriem para ele. Sim, é Edwige Thomassin. Um crânio. Ele vai poder copiar as respostas dela nas provas. O ideal seria conseguir se sentar ao lado dela em todas as matérias, segui-la por toda parte.

Étienne sempre convenceu a mãe de que era estudioso. Mas a verdade é que ele cola. É o Arsène Lupin da cola. No ano passado, foi bem fácil colar de Nina. No ano anterior, colava de Aurélien Bisset. Já no maternal, ele imitava os desenhos dos colegas. Ele tem capacidade de ir bem na escola, mas lhe falta coragem. Coragem ele tem no skate e em frente ao seu sintetizador.

Ele largou o tênis, com a desculpa de que sua agenda estaria lotada no sexto ano. "Sem contar a música..."

Quantas vezes Étienne ouviu o pai dizer: "Siga o exemplo do seu irmão." Marc Beaulieu é obcecado por competitividade, ser o melhor, ganhar a medalha de ouro, trabalhar como um condenado.

Sua irmã mais nova, Louise, está seguindo o mesmo caminho que o primogênito, Paul-Émile. Ele, o irmão do meio, um fracassado e preguiçoso, é apenas mediano.

A professora com escoliose se chama Comello, ela soletra o nome várias vezes. Étienne imagina o que Nina e Adrien estão fazendo, e como é o rosto do professor da turma deles. Não pode ser tão feio quanto o da sua. Devem estar sentados um ao lado do outro. Devem estar juntos. A não ser que tenham chegado atrasados e todas as mesas já estivessem ocupadas. Ele torce por isso, belisca a palma da própria mão. *Deus, se você existe, faça com que Nina e Adrien não estejam sentados um ao lado do outro. Assim, vamos ficar separados de verdade, e quando nos encontrarmos nada vai ser diferente.*

As horas passam. Os três se esbarram várias vezes nos corredores antes do almoço. Étienne tem a impressão de ser uma criança olhando os pais pela última vez antes de partir para a colônia de férias. Uma criança perdida, sem referências, sem vontade de conversar com os outros, de se misturar.

Eles se encontram na cantina ao meio-dia, perto das bandejas, depois enchem seus pratos um por vez. Comparam horários.

Os dias seguintes seguem o mesmo ritmo.

Depois das 17h, a vida volta ao normal. Vão para a casa de Adrien ou de Nina. Escutam "Never Let Me Down Again", do Depeche Mode, bebendo chocolate quente. Então se sentam a uma mesa para estudar. Ou fingir. Foi a saída que encontraram para não serem separados após as aulas. Se fizerem seus deveres de casa cuidadosamente, serão levados a sério. Se tirarem boas notas, irão até o fim da escola juntos, e darão um jeito de passar nas provas finais. Dessa forma, ficarão juntos no ensino médio, aconteça o que acontecer.

Étienne espera que Adrien ou Nina termine seu dever para copiar. Ele muda apenas algumas palavras.

Lê revistas em quadrinhos ou a revista *Rock & Folk* ao lado deles. Seja na casa de Adrien ou na de Nina, Étienne sempre se senta de frente para a porta do cômodo onde se encontra, nunca de costas. Assim, se Joséphine ou o carteiro aparecerem, ele pode se debruçar sobre um caderno ou um livro.

Nina e Adrien não o repreendem. É como se pagassem uma espécie de dívida pela injustiça de não estarem na mesma sala. Deixam Étienne copiar seus trabalhos sem reclamar. Como se fosse normal. Nina só pede que ele leia e entenda, "porque nunca se sabe".

— Nunca se sabe o quê? — pergunta Étienne.

— Nunca se sabe — responde Nina, toda vez. — Eu poderia morrer por causa da minha asma e você ia ficar sem saber nada.

Às vezes, as duas turmas pegam o ônibus escolar juntas para visitar um castelo ou uma abadia. Étienne chega primeiro para guardar três lugares no fundo. Como é maior que os outros, ninguém protesta. Os trajetos raramente duram mais de uma hora, mas ninguém pode lhe tirar essa hora.

Tirando seus amigos, Étienne definitivamente detesta o sexto ano.

### 9 de junho de 1988

O sexto ano termina dali a algumas semanas.

Eles descobrem o álbum 3 da banda Indochine no toca-discos de Étienne, que comemora seus doze anos.

Há cerca de trinta adolescentes em torno dos belos sofás de couro branco que Marie-Laure Beaulieu cobriu com lençóis. Alunos de sexto e sétimo anos misturados, sem coragem de dançar. Meninas com meninas, meninos com meninos. É como quando derramamos óleo dentro da água, as gotas de óleo se aglomeram entre si.

Étienne distribuiu convites para alunos de várias turmas porque ouviu seu pai dizer à sua mãe que ele estava sempre enfurnado em algum lugar com Nina e Adrien.

— Tem algo de doentio na relação deles.

O que ele queria dizer com "doentio"? Étienne procurou a palavra no dicionário, não entendeu direito a definição. E também não teve paciência de ler até o fim. Ele detesta dicionários. Então convidou um monte de colegas para que o pai calasse a boca e parasse de falar do filho "doentio".

Louise, sua irmã mais nova, está sentada em um canto. Ela se parece com ele. Tem a mesma pele clara, os mesmos olhos azuis, o nariz, a boca. Acaba de completar onze anos. Antes, Étienne achava que Marc não gostava dele porque não. era seu pai. Que sua mãe devia ter pecado entre o primogênito e a caçula. Mas, vendo como Louise é parecida com ele, não é possível. A mãe deles não teria transado duas vezes com outro cara.

*Mas três noites por semana*
*É a minha pele contra a dela*
*E eu estou com ela...*

Nathan Robert trouxe uma garrafa de uísque debaixo do sobretudo e enche todos os copos de plástico. Para a maioria, é a descoberta do gosto do álcool.

Nadège Soler, uma menina do 6º B de quem Nina gosta porque está sempre sorrindo, pergunta:

— Você está saindo com Adrien ou Étienne?

— Saindo pra onde?

— Vocês se dão beijos de língua? Dão uns amassos? Como é fazer isso a três?

Nina fica chocada com as perguntas.

— Ah, não... A gente não faz isso.

Nadège parece não acreditar em Nina, mas não liga para a resposta. Vai dançar. Outras garotas a imitam, cantando: *Such a shame...*

Nina, que tinha se recusado a beber o uísque de Nathan, serve um pouco para si, cobrindo-o de Coca-Cola. Um primeiro gole, desagradável, fica preso em sua garganta.

Ela já bebeu um restinho de vinho ao tirar a mesa, horrível. Álcool é nojento, sem dúvida.

Ela observa Étienne dançar. Ele se movimenta bem e é o mais bonito. Todas as meninas olham para ele. Descarada ou discretamente. Étienne parece não notar. Não parece feliz este ano. Certamente porque estão separados.

Por que se amam tanto? Será que ela poderia se casar com um deles quando crescessem? De jeito nenhum. Eles palitam os dentes um na frente do outro, não fecham a porta do banheiro, não ligam para a cara que têm de manhã, cuidam das espinhas e dos machucados um do outro, dizem: "Você está fedendo, vai escovar os dentes", "Detestei essa roupa", "Vai depilar o bigode, você está parecendo a mulher barbada". Falam e agem como casais de idosos, ficam com ciúmes se um dos três olha para alguém que não seja um deles, mas não no âmbito da sedução. Nina tem plena consciência de ser a ponte entre Étienne e Adrien, mas não uma namorada. Nem de um, nem do outro. Étienne a considera uma irmã, Adrien como um exemplo, quase um ideal.

As palavras de Nadège e o álcool fazem sua cabeça rodopiar. "Vocês se dão beijos de língua? Dão uns amassos? Como é fazer isso a três?" Ela se lembra das vezes em que Étienne tentou ensiná-los a beijar, fazendo demonstrações com os dedos e a língua. Ele já fez aquilo com Solène Faulq, uma menina do 8º D que repetiu de ano. Adrien, olhando para ele, perguntou: "Você acha que tem que rodar a língua no sentido dos ponteiros do relógio?"

Nina pensa no amor desde muito nova. E no amor físico há alguns meses. No amor como o das cartas que ela continua abrindo em segredo. Pensa na última que leu e releu. Conhece a destinatária, o nome no envelope. É a mãe de uma aluna da sala de Étienne. É uma mulher que Nina vê todos os dias dentro do seu carro, no estacionamento, aguardando a filha enquanto escuta o rádio. Quando abre a janela, Nina ouve a música e vê as colunas de fumaça que ela sopra olhando para o céu.

"Eu queria tirar sua roupa como no ano passado. Despir você como no ano passado, sentir seu sexo quente debaixo da minha mão, te fazer gozar. Mas quando passo por você, você muda de calçada. Por quê? Me responda. Me diga alguma coisa. Me dê um sinal. Qualquer um."

"Te fazer gozar." Nina não para de pensar naquilo. Sua mãe devia gozar. Só devia fazer isso. E preferiu *aquilo* à própria filha.

Nina descobriu o prazer sozinha na sua cama. Procurou um calor. Como uma coceira. Esfregou seu sexo no lençol e, então, noite após noite, sentiu a cabeça girar e o corpo se contorcer. Foi atravessada por uma sensação de exaltação ainda melhor do que a água da piscina.

Ela ainda não conversa com Adrien e Étienne sobre o amor físico. Só sobre beijos de língua. Ela pressente que um dia eles não poderão mais passar o tempo todo juntos. Em breve eles terão vontade de beijar meninas grandes do oitavo ano, de acariciá-las lá onde ela se toca. Ela sabe que vai acabar acontecendo. E que a deixarão de lado.

Por enquanto, Étienne e Adrien ainda são pequenos. Menores que ela, mesmo tendo a mesma idade. Com as meninas é assim mesmo, elas são mais velhas desde o nascimento.

Nina sente que seus peitos estão crescendo, enquanto nem Adrien nem Étienne têm um pelo sequer no queixo e pensam basicamente em fazer música e andar de skate.

Seus peitos doem. Por enquanto, ainda não são visíveis, e ela veste casacos largos. Não quer que os meninos percebam que ela está mudando. Seu cheiro, seus pelos púbicos, seus desejos, seus pensamentos, como uma revolução por debaixo da pele. Ela não gosta disso. Gostaria de poder voltar à infância, à menininha que era. Na doçura do leite quente que ela bebia antes de dormir. Como é violento crescer, mudar, ter que se adaptar. Ainda bem que ela pode desenhar. Riscar linhas para reproduzir no papel os traços de quem ela ama lhe permite afastar o medo do desconhecido. Quando desenha, não pensa em mais nada. Sua mente alça voo, ela tem várias vidas. Cada desenho que termina é uma delas. O rosto de alguém. Uma paisagem. Um perfil. Um sorriso. Ela começou a pintar. É difícil usar o pincel. Com o lápis, ela está em contato com o papel. É carnal. Com a pintura, ela se sente obrigada a tomar distância. Há menos precisão. Ela não gosta das cores. Não sabe lidar com o vermelho e o azul.

Todo mundo dança ao som de "Troisième sexe", da Indochine. Nina se junta a Étienne.

Hálitos repletos de álcool, corpos desengonçados, que ainda não sabem, corpos de crianças atrapalhadas que cantam em coro:

*E a gente se dá as mãos*
*E a gente se dá as mãos*
*As meninas no masculino*
*Os meninos no feminino...*

# 12

## *10 de dezembro de 2017*

Alguém abre a porta. Nina não presta atenção, está com a cara enfiada no livro de contabilidade. Acha que é Christophe ou um dos voluntários entrando para pegar um café. Todas as manhãs, ela faz um bule de café para todos.

— Olá, eu liguei ontem, vim ver o cachorro... Bob.

É raro aparecer um homem sozinho. Geralmente são mulheres ou famílias com crianças que vêm para uma primeira visita, antes da adoção.

O rosto de Nina se ilumina com um belo sorriso. Não é todo dia que aparece alguém no abrigo.

Ela se levanta para cumprimentá-lo. Tem um aperto de mão firme, ele também. Nina aprecia aquilo. É um homem grande, a faz pensar em Étienne, que, com dezesseis anos, já media um metro e oitenta e dois.

— Prazer, me chamo Romain Grimaldi.

— Prazer, Nina Beau, sou a responsável pelo abrigo.

Nina fica intrigada. É a primeira vez que um potencial adotante exala certo charme. Ele não é como os outros, mesmo ela tendo certeza de já ter visto, encontrado e vivido de tudo nesses dezessete anos trabalhando no abrigo.

Ele lembra um pouco os amigos de Adrien. Os que ela conheceu quando ele morava em Paris. Tem um estilo meio artista, exuberante, ou algo parecido. Uma certa elegância. Não é um sujeito qualquer.

Quanto a ela, sabe que não exala mais nada há muito tempo, a não ser um leve cheiro de cachorro molhado. Cortou o cabelo curto porque é mais prático. Maquiagem, nem pensar, quando se começa o dia catando cocô. Suas roupas são quase um uniforme que lembra o do Exército: as cores cáqui ou marrom, confortáveis e duradouras. Eternas galochas nos pés. Nas mãos, unhas curtas. Unhas feitas são para outras mulheres, para outras vidas diferentes da sua.

Ela acompanha o visitante pelo abrigo até o compartimento de Bob. Uma garoa fria os recebe.

Romain Grimaldi lança olhares de culpa para os cães latindo atrás das grades. Para quem vem de fora, é preciso ter o coração forte, o abrigo é uma espécie de lixeira da humanidade. Para quem trabalha lá, o olhar é outro. Os animais estão a salvo, têm o que comer e beber, recebem carinho e são levados para passear todos os dias. São respeitados e tratados quando ficam doentes. O pessoal que trabalha ali conversa com eles, como se estivessem conversando com amigos que estão na mesma roubada que nós. A mesma colônia de férias horrível. Aquela cujo fim a gente espera ansiosamente, para então voltar para casa.

— Vocês têm cães de raça? — indaga Romain Grimaldi.

Nina não gosta da pergunta. Aquilo ali não é um petshop. Não é para quem está atrás de pedigree e beleza. Ali se vive em meio a vira-latas. Olhos azuis e pelo branco são raros.

— Aqui é mais rural. Os poucos cães de raça que passaram pelo abrigo foram cães de caça, setter, spaniel, bracos, fox... Mas é muito raro... Enquanto o animal ainda pode dar dinheiro as pessoas não largam dele, tentam vender. Ou trocar... Viu as fotos de Bob no nosso site?

— Sim.

— É um bom cachorro. Já adotou alguma vez?

— Sempre adotei, na verdade.

Nina gosta da resposta.

— Mora por aqui?

— Acabei de ser transferido para La Comelle. Sou o novo diretor da escola Georges-Perec.

*A escola...* Nina pensa na sua, que acaba de ser destruída. Pensa nela sem tristeza. Para Nina, o que passou, passou.

— Tem outros animais?

— Um gato velho. Radium.

— Como ele é com cachorros?

— Está acostumado com eles, e dorme o tempo todo. Tem dezessete anos.

Nina abre o compartimento de Bob e pede que Romain Grimaldi aguarde ali fora. Ela nunca deixa um desconhecido entrar. O animal se aproxima dela abanando o rabo. Bob é um pequeno vira-lata preto, sem dúvida um cruzamento de fox com cocker spaniel.

— Você tem visita, amigão — Nina lhe diz.

Ela se abaixa e faz carinho no cachorro. O pelo é áspero. Romain Grimaldi fala com ele da porta:

— Oi, adorei a sua carinha...

Bob não o olha. Nina coloca a coleira nele.

— Vamos passear para ver como ele se comporta com você.

— Acha que ele vai gostar de mim?

Nina sorri.

— Acho, sim. Bob é tímido. Nunca vai espontaneamente na direção de desconhecidos.

— Ele parece o primeiro cachorro que eu tive quando era criança. Me chamou atenção no site. Quantos anos ele tem?

— Segundo o veterinário, uns oito.

— Sabe de onde ele é?

— Foi achado em uma vila perto daqui... Já está aqui faz quatro anos.

— Por que ninguém quer ele?

— Talvez porque ele esteja esperando por você.

Eles caminham lado a lado. Nina estende a coleira para Romain Grimaldi. Estão em um terreno baldio anexo ao abrigo. Um terreno que não pertence a ninguém, como os cães que passeiam ali todos os dias.

— Mora sozinho? — pergunta Nina.

— Sim.

— Em casa ou apartamento?

— Numa casa. Com jardim.

— Já pensou na organização da sua rotina com o Bob?

— Estou pensando em levar ele pro trabalho comigo.

— Na escola?

— É. Por isso não quero um cachorrinho bebê. Durante o dia ele fica na minha sala. Na hora do almoço, passeio com ele, e no fim do dia voltamos juntos para casa.

— Pode levar ele pro trabalho?

— Sim, se ele ficar na minha sala. Antes eu era diretor de uma instituição em Marnes-la-Coquette, e sempre levava meu cachorro comigo.

— Por que veio para cá?

— Queria uma mudança... O que eu preciso fazer pra adotar Bob?

— Preencher formulários. E pode vir buscar ele amanhã.

— Tenho que pagar alguma coisa?

— Como ele é velho, pode dar o quanto quiser.
— E se não fosse velho, quanto custaria?
— Quatrocentos euros por um cachorro, trezentos por um gato. Isso inclui as vacinas, a esterilização, a identificação e todo o resto: comida, cuidados extras...
— Não posso levar ele comigo hoje?
— Não posso deixar que você o leve sem que o veterinário dê uma olhada nele antes de sair daqui.

Nina está com frio na barriga. Observa Bob de esguelha. Fica assim sempre que encontra um lar para um deles. Vai finalmente sair dali. É a diferença entre ela e os bichos.

Ela nunca mais sairá.

Nina tem sete anos. Um domingo de junho. No rádio, Jean-Jacques Goldman canta "Au bout de mes rêves". Faz sol. Na véspera, seu avô lhe disse:
— Amanhã vou te levar pra um lugar, é surpresa.

Ela escolheu um vestido bonito, calçou sapatos novos. Fez duas tranças no cabelo, que prendeu com uma presilha em forma de margarida.

O trajeto no Renault 5 azul dura mais de uma hora. Pierre Beau tem um ar de conspirador. *Aonde estamos indo?*, se pergunta Nina, sentada no banco de trás.

— Vai poder sentar na frente quando tiver dez anos.

Nina vê uma primeira placa trinta quilômetros antes de chegarem: "Pa... Parque de animais". Ela dá uma pulo de alegria e diz ao avô:
— Vô, já sei aonde a gente tá indo!

Quanto mais se aproximam, mais fotos ela vê de animais e de carrosséis em grandes painéis coloridos. Ela se agita. Se remexe. Pierre Beau sorri, ele acertou em cheio.

Na região, todos falam do parque de animais como se fosse o paraíso: carrosséis, um trenzinho que dá a volta no parque, batata frita e algodão-doce. Animais como não se vê nunca: hipopótamos, pumas, elefantes, lobos, macacos, girafas.

Ao redor de Nina, famílias, risos, alguns choros, malcriações de crianças. Com um balão na mão, ela observa os outros observando os animais. Nina passa muito tempo isolada. Vê as coisas e as pessoas à distância.

Ela está de mãos dadas com o avô. A mão dele é como uma ilha. No entanto, ela se sente mal. Está com dor de cabeça, a barriga pesada, uma fraqueza nas pernas. Seria por causa da multidão? Do calor? Da ausência dos pais? De seus pais? As pessoas em volta, as que têm sua idade, estão encaixadas entre um pai e uma mãe.

Ela ouve: "Mamãe! Vem ver!", "Papai! Olha!". Ela própria nunca disse essas palavras. Dentro de fossos, atrás de barreiras de vidro ou de grades, ela acha que os animais se parecem. É como se o cativeiro os uniformizasse, lhes desse os mesmos comportamentos, os mesmos olhares.

Uma pantera negra, com o filhote na boca, anda de um lado para outro dentro da jaula, buscando uma saída diante do olhar curioso e fascinado dos visitantes. Não tem nenhum canto onde possa se esconder. Nenhuma intimidade. Entregue, submissa, dissecada.

Nina tem vergonha. O que diverte os outros a paralisa. É pequena demais para entender o que aquela vergonha significa. Só sente que não é igual. Que algo ruge dentro dela.

Fica aliviada ao subir no trenzinho que dá a volta no parque a dois quilômetros por hora. Adormece apoiada no ombro do avô, exausta de tudo que está sentindo desde que chegou naquele lugar.

— Quer ir ver os lobos antes de ir embora? — pergunta o avô, segurando sua mãozinha, a dele morna e macia.

— Não, estou com medo.

Ela mente. Nina nunca teve medo de nenhum animal.

Fica aliviada quando entram de novo no carro e pegam a estrada. Fica aliviada de dar as costas para aquele lugar.

— Gostou?

— Gostei. Obrigada, vovô.

— Do que você mais gostou? Das girafas ou dos leões?

— Do trem.

— Por quê?

— Porque ele é livre. Vai aonde quer.

# 13

*Julho de 1988*

Os três passam para o sétimo ano. Escolhem alemão como terceira língua para garantir que ficarão na mesma sala. O novo lema deles é: não vamos mais nos separar. São poucos os que escolhem a língua de Goethe, à exceção de alguns alunos muito bons. No sétimo ano, a maioria escolhe inglês avançado ou espanhol.

A princípio, os pais de Étienne se opõem: "Você não tem nível para isso." Mas os três tinham previsto aquilo e aprendido de cor o que dizer caso alguém os repreendesse: "O alemão é o futuro. O professor disse que é a melhor coisa para entender a etimologia das palavras. Estatisticamente falando, todos os alunos que escolhem alemão melhoram nas outras matérias, é um motor para a motivação, o alemão melhora a resistência mental e física... E se eu encontrar a Claudia Schiffer quero poder falar com ela na sua língua materna."

Os três estão na piscina. As meninas da idade deles olham para Étienne. Ele se exibe, faz toda uma cena. Percorre a piscina de vinte e cinco metros, fingindo concentração, sobe o bloco de saída número três, o do meio, se alonga, se lança dentro da água em um mergulho perfeito, atravessa toda a extensão da piscina debaixo d'água, sai imediatamente pela escada e volta para mergulhar de novo. Sua pele é da cor de um *pain au chocolat*. Seu corpo continua esguio e musculoso. Ele já tem um metro e sessenta de altura.

Nina boia de barriga para cima. Olha para o céu. Alguns carneirinhos brancos perdidos. Ela os reúne mentalmente, brincando de cão pastor. Faz calor. O sol está forte. Ela está bem.

Adrien está colado na beirada da piscina, distraído. Parece sonhar. Dá um mergulho de vez em quando, fechando os olhos.

Dali a quinze dias, Étienne vai para Saint-Raphaël e os dois ficarão sozinhos outra vez, Adrien e Nina.

TRÊS                                                                65

— No ano que vem, vou levar vocês comigo — disse Étienne, empolgado. — Meus pais estão quase deixando. Só preciso aumentar a minha média em dois pontos...

No ano seguinte, quando tiverem doze anos... parece faltar uma eternidade. Mas Nina gostaria de ver o mar. Então torce para que, dali a uma eternidade, ela possa vê-lo finalmente. Vai ajudar Étienne para conseguir realizar seu sonho.

— Estou morrendo de fome! — diz Étienne, saindo da água.

Os três vão em direção à varanda e colocam as toalhas debaixo da bunda para não se queimarem nos assentos de ferro.

Étienne pede três porções de batatas fritas, que eles mergulham em ketchup.

É a hora menos movimentada. Os nadadores da manhã, adultos e aposentados, voltaram para casa. As crianças só chegam a partir das duas da tarde. Só sobraram alguns adolescentes desocupados como eles, que se cobrem de protetor solar e olham de esguelha uns para os outros. As meninas riem alto em suas espreguiçadeiras de plástico enquanto os meninos saltam das pranchas.

Seus corpos mudaram. Eles cresceram, se engrossaram. Quando Étienne e Adrien descobriram os seios de Nina por baixo do biquíni, arregalaram os olhos.

— Dói? — perguntou Adrien.

— Um pouco — respondeu Nina, lacônica.

Étienne não se espantou. Já está começando a flertar regularmente. Mas nunca dura muito. Fica com as meninas por cerca de dois dias. No primeiro, parece apaixonado, no segundo, nem um pouco.

Nina está apaixonadinha por um menino do nono ano chamado Gilles Besnard. Um menino alto e desengonçado que fuma e frequenta boates. Nina acha que ele se parece com o ator Richard Anconina. É a única. Eles nunca se falaram, só trocam olhares quando se cruzam nos corredores da escola ou na cantina. No ano que vem, ela não vai mais vê-lo. Ele vai estudar em uma escola técnica. Por isso, ela vaga pelas ruas de La Comelle esperando encontrá-lo. Nina acompanha a correspondência dele e dos pais. Gilles Besnard nunca recebe nada. E seus pais, só contas desinteressantes. Ela se sente como uma garimpeira de ouro que só encontra areia e nenhuma pepita nas pilhas de correspondência.

Étienne não sabe que Nina abre uma parte da correspondência que seu avô distribui. Só Adrien sabe. É o segredo que os une.

Quando Étienne vai para Saint-Raphaël, Nina e Adrien pegam diversas cartas e descobrem a vida corriqueira dos moradores de La Comelle e de seus correspondentes. Eles se dão notícias sobre o clima e sobre netos que estão crescendo.

Antes de abrir os envelopes, Nina os cheira, fecha os olhos, tenta adivinhar seu segredo. E, depois de abri-los, muitas vezes se decepciona. Decididamente, as pessoas não têm imaginação, ou lhes falta amor.

Quando Étienne volta, eles passam o resto do verão juntos, entre a piscina, o porão com música e o quarto de Nina, onde ela os desenha.

Étienne cresceu ainda mais. Estão sentados lado a lado, na borda da piscina, olhando distraidamente para os banhistas que passam, chupando balas.

Nina prendeu o cabelo com um elástico. Como em todos os verões, sua pele está bronzeada. Seus olhos parecem mais escuros também.

Adrien detesta seu tom de pele que não bronzeia nunca, só fica vermelho como uma pessoa tímida.

— Transei com uma menina em Saint-Raphaël — diz Étienne, de repente.

— De verdade? — pergunta Nina.

— De verdade... Foi estranho. Ela tem dezesseis anos. Deitou em cima de mim. Estava quente. Digo, a pele dela estava quente como quando a gente está com febre. Ela me queimou, eu fechei os olhos, mas transei com ela mesmo assim.

— Foi bom?

— Foi molhado... e fedeu um pouco.

Eles riem. Uma mistura de incômodo, curiosidade e avidez. As perguntas se seguem, se cruzam, se amontoam.

— Onde foi? — indaga Adrien.

— Na vagina.

Eles riem.

— Eu quis dizer onde, tipo, na sua casa?

— Não. Na praia, como todo mundo.

— Na frente de todo mundo?! — exclama Nina.

— Não... estava de noite. Não tinha mais ninguém.

— Você está apaixonado?

— Não.

— Então, por que fez?

— Um dia ia acontecer... E agora não sou mais virgem.

— Como ela se chama?

— Cynthia.

— Parece nome de atriz... Você conhece ela há muito tempo?

— Desde pequeno. Vejo ela todos os anos lá.

— Ela está apaixonada por você?

— Não sei.

Os três se perdem em pensamentos. Nina rompe o silêncio incômodo:

— Só vou fazer quando estiver apaixonada...

— Você é menina. Não é a mesma coisa — afirma Étienne.

— Por que não? — se espanta Adrien.

— Porque meninas são românticas. Ainda mais a Nina.

— Ela gozou? — pergunta Nina.

Étienne cora. É a primeira vez que falam de sexo. É a primeira vez que Nina faz uma pergunta tão direta, que lhes parece quase brutal.

— Não sei bem... ela estava ofegante.

Eles têm um ataque de riso juntos. Um riso de crianças que já não querem tanto assim ser crianças. Mas, de qualquer forma, a infância era boa.

Presos entre balas de coco e o futuro. Entre besteiras e uma voz que muda. Entre as rodas de uma bicicleta e os sonhos de andar de moto na estrada.

# 14

*11 de dezembro de 2017*

Nina estaciona o carro na frente do abrigo. Cumprimenta Joseph e Simone, os voluntários que a aguardam no portão.

Joseph é um pedreiro aposentado, um homem miúdo e com a pele vermelha que está sempre com um cigarro de palha nos lábios. Volta e meia, ele se dá ao trabalho de acendê-lo. Simone perdeu o filho em um acidente de carro. Se não levasse os cachorros para passear todos os dias, ela se mataria. As coleiras que ela segura a fazem se manter de pé, os animais abandonados são sua bengala.

Desde que começou a trabalhar no abrigo, Nina viu passar muitos voluntários. Eles chegam e partem, numa espécie de desfile eclético. Maçons, cuidadoras, burguesas, viúvos, velhos, jovens meio perdidos. Almas solitárias e meio sensíveis demais, que se remendam limpando as gaiolas, consertando as grades, conhecendo pessoas, batendo papo ao redor de um café quente, trocando as chapas metálicas que cobrem o canil. E, um dia, eles partem porque estão melhores ou porque estão de mudança, ou porque vão se casar. Um dia, avisam que está difícil demais ou tarde demais, e desaparecem tão subitamente quanto chegaram.

Nesta manhã, Nina tem um encontro marcado com Romain Grimaldi. Nesta manhã, Bob vai embora.

No abrigo, quando um gato ou cachorro é adotado, todo mundo carrega uma festa silenciosa no peito. Os dias de adoção são especiais. Um olho chora a partida do animal ao qual, inevitavelmente, eles se afeiçoaram, e que não vão mais rever, enquanto o outro sorri porque o abandono teve fim. Acabou para ele. É graças a esses momentos de alívio que a gente aguenta o tranco nesse jogo de Tetris da vida.

Romain Grimaldi aguarda Nina na porta da sala dela. Os dois entram juntos, depois de se darem um aperto de mão. *O cheiro dele continua bom.*

TRÊS                                                                69

Ela adora o seu jeito. A faz pensar no seu marido, no início da relação. *Tudo é uma questão de sensorialidade,* ela pensa.

— Preparei os papéis. Daqui a um mês, Bob será oficialmente seu.

— Ele não é meu agora?

— Você tem um mês para voltar atrás.

— Não precisa.

— Nunca se sabe. Adoção é como um casamento. Podemos ter vontade de divorciar no primeiro ano.

— Acontece muito?

— Não muito, mas às vezes o dono devolve o cachorro porque o
animal não correspondeu às expectativas.

Simone entra na sala com Bob. Cumprimenta Romain e diz:

— É um bom cachorro, cuide bem dele.

Entrega a coleira a ele e vai embora.

Antes, Simone estava pouco se lixando para os animais. Ela nunca
lhes faria mal, mas também não os via.

Dois dias antes do enterro do seu filho, Éric, quando ela teve que
entrar no apartamento dele para encontrar roupas para o funeral, deu de
cara com uma cadelinha velha que Éric tinha resgatado sem nunca contar
a ninguém. Simone lembrou que aquela cadela era o sonho do seu filho,
um sonho que ela lhe negou por toda a sua infância. Simone e o animal
se entreolharam por um longo instante. Ela reconheceu sua própria dor
no olhar da cadela. Havia entendido que seu dono não voltaria mais. Foi
consolando ela que Simone se consolou. Pegou-a nos braços e não soltou
mais. Quando morreu e o veterinário disse "Não tem mais jeito", Simone
foi ver Nina.

— Tenho que levar os cachorros para passear.

Nina a contratou no mesmo dia. Conhecia Simone de vista. Sabia da
morte de Éric, que tinha frequentado a mesma escola que ela durante o
ensino médio. Depois do enterro, Simone e a cadela eram vistas sempre juntas, uma sombra passeando com um animal pelas calçadas de La Comelle,
como se passeia com uma tristeza. Nina entendeu sua necessidade de trabalhar ali, mais uma perturbada. Seria difícil de administrar a doença, a
velhice, a morte de alguns animais, mas não tinha outro jeito. Ela não teve
coragem de recusar, de mandá-la de volta para casa. Eles dariam um jeito.

— Admiro muito o que você faz — diz Romain para Nina, assinan-
do os papéis da adoção.

— Eu também… Não deve ser fácil administrar uma escola.

— O mais difícil de administrar não são as crianças, são os pais.

Nina sorri. Romain preenche um cheque.

— Você não é obrigado — lembra Nina.

— Eu sei.

— Eles agradecem.

Romain leva Bob consigo, em direção ao carro. Abre a porta do passageiro e faz com que Bob suba no banco da frente.

— Vou dar notícias.

Nina tira uma foto de Bob com o seu celular. Um aceno de mão e o carro desaparece. Nina fica plantada ali por alguns segundos, sentindo o cheiro de gasolina e cachorro molhado.

Então volta para sua sala, entra no site do abrigo e posta a foto de Bob que acabou de tirar, escrevendo BOB ADOTADO, com um coração ao lado.

# 15

*10 de novembro de 1989*

Eles estão no oitavo ano. É a primeira aula do dia. Mesma configuração da aula de Py. Nina está sentada ao lado de Étienne, e Adrien, atrás dela, observa sua nuca. Ela cortou o cabelo recentemente. Está parecendo um pouco um menino, Adrien não gosta muito. Nina começou a passar lápis debaixo dos olhos, um traço malfeito que realça seu olhar sombrio. Étienne diz que "parece sujo". Ela responde que ele "não é nada rock n' roll".

Monsieur Schneider, o professor de alemão, entra na sala completamente eletrizado. Aconteceu alguma coisa. De repente, todos param de conversar para observá-lo. Costuma ser um sujeito reservado, cuja cabeça parece entrar no meio dos ombros como se tivessem batido nela para que desaparecesse pouco a pouco dentro de um corpo desajeitado e rígido. Ele fala num tom de voz bem baixinho e entedia gerações de alunos há mais de vinte anos. Usa uma mochila, como se estivesse indo viajar e estivesse ali para se despedir dos alunos.

— *Eins, zwei, drei, die Mutter ist in der Küche...*

Geralmente, ninguém para de conversar quando ele entra na sala. Mas, naquela manhã, algo parecia diferente. Nina chega a achar que o professor andou bebendo, de tanto que seus olhos brilham. Ele derruba todos os livros no chão ao abrir a mochila. Os alunos gargalham. É uma turma pequena: só quinze alunos estão na aula de alemão, juntando o sexto e o sétimo anos.

Monsieur Schneider sobe no estrado, inspira profundamente e anuncia em tom solene:

— *Meine lieben Kinder, ich habe gute Nachrichten, eine Nachricht, die das Gesicht der Welt verändern wir: die Berliner Mauer ist gefallen.*

Ninguém reage. Ninguém parece entender uma palavra sequer do que ele diz. É a primeira vez que se dirige aos alunos em alemão, fora da lição.

Mas o que acontece em seguida faz os alunos continuarem mudos, mergulhando-os numa espécie de sonho acordado. Monsieur Schneider tira quatro garrafas de champanhe da mochila, abre uma atrás da outra rindo e soltando gritinhos esquisitos. Uma alegria louca tomou conta dele, desconcertando os alunos que odeiam a rigidez da escola, mas se sentem seguros ali. O professor põe as taças de plástico sobre a mesa e começa a enchê-las, gritando:

— *Lang lebe die Freiheit!*

São 9h10 da manhã e todos começam a beber. O professor brinda alegremente com cada um dos alunos.

Acabou o muro da vergonha, diz ele, a Alemanha está reunificada. Não dá para acreditar, é histórico, inacreditável, miraculoso e inesperado! Os alunos acabam compreendendo que o que deixou monsieur Schneider naquele estado de transe foi a queda do muro de Berlim. Ele conta precipitadamente, e às vezes com lágrimas nos olhos, que muitos foram assassinados tentando pular o muro. Nina pergunta se ele tem família lá, e de que lado. Ele responde, emocionado, que seus pais vivem do lado Oriental.

Depois de duas taças bebidas em um só gole, Schneider entra nas outras salas de aula sem bater e convida todos os professores e seus alunos a irem festejar o acontecimento com ele. Às dez da manhã, no terceiro andar do edifício Charles Baudelaire, há mais de duzentas pessoas escutando ou dançando *African Reggae*, de Nina Hagen. Monsieur Schneider colocou uma fita cassete no toca-fitas que costuma usar para as lições de gramática. Assim que a música termina, ele rebobina para ouvir de novo a mesma canção.

Schneider dança e rebola, gritando:

— *Lang lebe die Freiheit!*

Faz os alunos rodopiarem, um por um, meninas e meninos, sem distinção.

Étienne acha a escola interessante pela primeira vez. Pensa que deveria ser assim sempre. Que todos os muros do mundo deveriam cair.

Os alunos nunca teriam imaginado que seu professor de alemão escutava Nina Hagen, muito menos que tinha uma gota de diversão no sangue.

Naquela manhã, Adrien entende a consequência da liberdade: uma alegria sem limites, que transforma corpos e rostos.

De noite, à frente da televisão, vendo o jornal e sentado ao lado da mãe, que segura um lenço e enxuga os olhos, tentando conter a emoção, Adrien olha as imagens transmitidas ao mundo todo: as lágrimas dos alemães, as famílias que se reencontram, as meninas beijando policiais, os golpes inúteis de martelo, os pedaços de muro caindo, a multidão, os fragmentos de concreto que enfiam nos bolsos, pedaços que viram memórias.

Adrien se questiona sobre seu próprio muro, aquele que o separa de si mesmo, o muro atrás do qual se esconde desde que começou a respirar: qual é a altura desse muro?

# 16

*11 de dezembro de 2017*

Desaparecida. Só sobrarão algumas fotos nos arquivos e as fotos de turma nos armários.

A escola Vieux-Colombier não existe mais. Se tornou um terreno baldio. Removeram todos os entulhos. Acabou Prévert, Baudelaire, Verlaine, Hugo. A prefeitura já colocou painéis comunicando que no lugar vão construir residências para idosos. Que já é possível entrar em contato com tal agência para reservar um apartamento no projeto, que sairá do papel em 2020.

Eu me pergunto o que Nina pensou, ao ver que a escola tinha sido demolida. Ela passa ali todos os dias a caminho do abrigo, não existe outro trajeto possível. Não deve ter sentido nada, sempre detestou nostalgia.

Eu nunca a vejo enquanto faço minhas compras, mas a vejo de carro de vez em quando. Dirige uma minivan Citroën com as letras ADPA (Associação de Defesa e Proteção dos Animais) dos dois lados. Parece minúscula atrás do enorme volante. Está sempre perdida em pensamentos, como se os pedestres e motoristas que encontra não existissem de verdade.

Será que ela sabe que eu voltei a morar aqui? Será que vê meus artigos no jornal? Será que lê o jornal?

Esta noite, o terreno baldio da Vieux-Colombier está parecendo o lago, quando fui até lá fotografar na semana passada. Não é possível saber se estamos vendo terra ou água. Nada se move. Está tudo mergulhado no esquecimento. As formas das árvores, trêmulas e nuas, parecem se manter de pé por despeito, fantasmagóricas. Uma garoa sinistra, a noite glacial nos faróis do meu carro. É como se o sol tivesse decidido não nascer mais. Um piquete.

Volto da coletiva de imprensa em Mâcon. O procurador confirmou que um esqueleto foi encontrado dentro do Twingo pescado no "lago da floresta" pelos mergulhadores da polícia. O veículo foi identificado pelo

TRÊS 75

número da placa. Havia sido roubado de Guillaume Desnos e de sua esposa no dia 17 de agosto de 1994, no início da tarde, em frente à casa deles, no município de La Comelle. É quase certo que os destroços encontrados estavam submersos desde essa data, ou seja, há vinte e três anos.

A esta altura da investigação, a identificação do cadáver será muito demorada e complexa, visto o estado dos ossos. Eles serão submetidos a uma análise de DNA para comparação com o DNA das famílias de pessoas desaparecidas nessa época na região.

O Twingo cheio de lodo estava a sete metros de profundidade. A brigada náutica dá continuidade às buscas com a ajuda de um sonar onde o veículo foi encontrado, a fim de detectar possíveis objetos que pertencessem à vítima.

Caso se trate de Clotilde Marais, será que vamos descobrir seu segredo? O segredo que só os três acreditam saber?

Eu me lembro dos ricochetes que fazíamos no lago nas noites de verão. Na adolescência, fumávamos maconha lá. Bebíamos qualquer coisa no gargalo, o que viesse parar em nossas mãos; roubado em um armário, o martíni de um pai, o licor de uma avó, o uísque de um irmão. Étienne levava seu gravador. Gravava fitas nas quais misturava todos os estilos de música. Atrás de nós, nossas bicicletas largadas no chão aguardavam que terminássemos nossa bagunça para nos levarem de volta para casa.

# 17

*20 de abril de 1990*

No térreo, a turma do oitavo ano festeja os catorze anos de Adrien. Os pais de Étienne emprestaram a sala espaçosa de sua casa para a ocasião.

Nina está sozinha no banheiro da família Beaulieu. Fechou a porta atrás de si. Foi atraída pelos perfumes e pelos reflexos luminosos do sol que entrava pela janela.

A música está aos berros nas caixas de som, as paredes estremecem.

Nina ouve e canta baixinho a letra de "Lullaby" junto com Robert Smith. Inspira o cheiro dos hidratantes, da espuma de banho na borda da grande banheira, dos sabonetes coloridos. Ela abre um primeiro armário e encontra várias bolsas de maquiagem, pinças e remédios organizados em caixas. Nina adora bisbilhotar, buscar, descobrir o avesso das coisas. Para ela, os armários guardam tantos segredos quanto as cartas que surrupia.

Tem um sobressalto, acha que viu alguém atrás dela, mas era só seu reflexo no espelho de corpo inteiro. Observa sua silhueta mal definida. Está curvada. Ela corrige a postura, encolhe a barriga, braços longos e corpo pequeno. Passa a mão no cabelo curto que fica oleoso em poucas horas, observa a pele marrom, os cravos, a cara pavorosa de adolescente. Parece um menino, e aquilo não lhe agrada. Mas se tivesse o cabelo comprido pareceria uma menina, o que também não lhe agradaria. Ela dá um sorriso falso para si mesma, para ver seu aparelho. Por que somos tão feios aos treze anos? Que cara é essa? Ela espera que aquilo se resolva. Senão ela pode ir direto para o lixo.

Ela se vira para longe do seu reflexo e continua sua exploração. O imenso banheiro familiar da casa dos Beaulieu parece ser o abrigo de Marie-Laure.

Nina observa os inúmeros frascos de perfume. Alguns parecem estar vazios há muito tempo, como se tivessem pertencido a outras mulheres.

Tem uma ideia.

Desce a escada e vai em direção à cozinha, cuja porta está fechada. Nina empurra a porta e dá de cara com Marie-Laure e Joséphine. A mãe de Étienne e a mãe de Adrien estão sentadas ao redor da mesa e conversam, bebendo um chá. Nina as acha tão diferentes uma da outra que nunca imaginou encontrá-las em um mesmo cômodo.

— Por que não está com os outros? — pergunta Joséphine, espantada. — Falta alguma coisa na mesa?

— Não... — responde Nina.

*Está faltando alguém nesta cozinha: minha mãe*, ela pensa.

Marion deveria estar com elas, comendo biscoitos enquanto esperam que a festa de seus filhos termine.

Nina olha para Marie-Laure, que sorri gentilmente.

— Então, Nina, vamos levar você para Saint-Raphaël com a gente este verão? Étienne fala nisso todo dia.

— Adrien também — acrescenta Joséphine. — Só fala nisso.

*O mar está próximo*, pensa Nina. *O mar está próximo.* Aquele pensamento a faz sorrir. A média de Étienne aumentou graças a ela e a Adrien. Estão muito perto de uma passagem de ida para a felicidade.

— É, seria legal — responde ela. — Mas... eu queria saber... Vocês conheceram a minha mãe, Marion Beau?

Marie-Laure não pensa nem um segundo antes de responder:

— Sim. Eu fui da sala dela no primário. Acho que fizemos o segundo e o terceiro anos juntas... E também um ou dois anos no ensino fundamental.

Nina olha para Marie-Laure por alguns instantes. As palavras dela ecoam. Como não tinha pensado naquilo antes?

— Como ela era? — pergunta Nina, finalmente.

— Marion era engraçada... gentil... faladora, também.

— Eu me pareço com ela?

— Não pelo que eu me lembro. Ela era loura, um louro que puxava para o ruivo. E tinha olhos verdes, eu acho. Você não tem fotos da sua mãe?

— Não. Nenhuma.

Nina fica impaciente. Queria fazer mil perguntas, mas se atrapalha.

— E fora isso, como ela era?

— Muito gentil. Ela mudou muito depois da morte da sua avó. Se fechou demais.

— Querem que eu deixe vocês duas sozinhas para conversar? — perguntou Joséphine.

— Não, tudo bem — respondeu Nina, com mais rispidez do que gostaria. — Obrigada, vou voltar para a festa.

Ela dá meia-volta e sai da cozinha. Sente os olhos se encherem de lágrimas. Não queria ser tão sensível, mas assim que seus brônquios despertam ou que mencionam sua mãe, ela não controla mais nada. Perde a noção das coisas. *Perde pai. Perde mãe.* Escreveu uma letra sobre aquilo: "Perde pai, perde mãe, pervertido, um pai ímpar, perdido." *Completamente imbecil, essa música.*

Marion se fechou demais depois da morte de Odile, disse Marie-Laure Beaulieu. Se ao menos Nina pudesse tocar no assunto com seu avô... Mas ela não ousa, sente que é muito difícil.

Nina encontra Adrien sentado em uma cadeira, distraído. Os outros estão dançando ao som de "Charlotte Sometimes". Adrien volta para a Terra quando sente a presença de Nina ao seu lado. Reconhece seu perfume de baunilha, o que ela vem usando há alguns meses. Olha para ela. Tem que gritar para que ela ouça:

— O que houve? Você chorou?

— A mãe do Étienne... conhecia a minha.

— Aqui parece que todo mundo se conhece.

— Você morava onde antes de chegar em La Comelle? — pergunta Nina.

— Em Clermont-Ferrand.

— Por que veio pra cá? Você nunca me contou.

Adrien dá de ombros.

— Porque eu sabia que você morava aqui.

Nina sorri.

— Você acredita que às vezes a vida é mais generosa para compensar tudo o que ela tirou?

— ...

— Por exemplo, minha mãe me abandonou... Até as gatas choram quando levam seus bebês embora.

— Talvez a sua mãe tenha chorado quando te abandonou.

— Não acho. Senão ela teria vindo me buscar. Mas você está aqui. É como se a vida tivesse me dado de volta uma parte do que ela tirou de mim quando eu era pequena. Entende?

— Entendo — responde Adrien.

Ele fica com um nó na garganta frequentemente, para conter as lágrimas. É como o rio subterrâneo que viu na caverna de Labeil, durante as férias em Larzac com sua mãe. Uma água que não vai até a superfície.

— Você não vai me deixar nunca? — pergunta Nina.

— Nunca.

— Jura pra mim?

— Juro.

— Vai sempre estar aqui quando eu precisar?

— Sempre.

Étienne se junta a eles. Não gosta de ver os dois juntos por muito tempo e não saber sobre o que estão conversando.

— O que vocês estão fazendo? Vamos dançar.

Nina vai atrás dele. Adrien prefere ficar sentado. Ele aproveita, gosta de observá-los.

Sente uma espécie de corrente de ar atrás dele. É sua mãe.

— Está tudo bem, meu amor? Está se divertindo?

— Sim.

— Não vai dançar?

— Para, mãe.

Quando Adrien se vira, Joséphine já não está mais lá. Ele pensa novamente na pergunta de Nina: por que foi morar em La Comelle? Certa manhã, Joséphine avisou que ia mudar de creche, que ia cuidar de outras crianças, em outro lugar. Que os dois iam morar a cento e cinquenta quilômetros dali, em Saône-et-Loire. E ele ficou indiferente. Não tinha amigos em Clermont.

Até o dia em que conheceu Nina e Étienne, Adrien se via como algo que não saía no papel. Um cartucho de tinta vazio. Sempre teve a sensação de ter nascido sem cor, todo transparente. Antes de Nina e Étienne, podiam apertar todas as teclas que o papel continuava em branco. Nina e Étienne lhe devolveram seus cinco sentidos. Além do fôlego. E certamente a esperança. Por isso ele era tão apegado aos dois.

De repente, as luzes se apagam, então desligam a música. Joséphine e Marie-Laure avisam em coro que o presente de Adrien está no porão... Um sintetizador. O mesmo modelo de Étienne, para que possam tocar juntos. Marie-Laure acrescenta que ele pode ir lá sempre que quiser... Como sempre.

Um sintetizador. Ele é engolido pela emoção, estava sonhando com aquilo.

Começam a cantar parabéns.

No bolo, catorze velas acesas. Nina grita para ele fazer um pedido. Adrien fecha os olhos. Seu pedido é sempre o mesmo.

# 18

## *11 de dezembro de 2017*

Há vinte e três anos que o carro estava no fundo do lago. Étienne lê e relê o artigo na tela do seu computador.

Aliviado. Quase sorrindo, apesar da situação trágica.

*Eu não sou louco.*

Dia 17 de agosto de 1994. Um carro roubado. Um corpo encontrado lá dentro. Se for Clotilde, o que ela fazia ali? Alguém teria ido buscá-la aquela noite? Mas quem?

*Não, impossível, é só uma coincidência, uma simples obra do acaso.*

Por que aquela lembrança vem à tona depois de tantos anos? Teria um significado? Alguns dias antes de ir passar o Natal na casa dos pais?

Por que seu colega em La Comelle não o informou? Adrien e Nina estariam cientes?

Óbvio.

Faz tanto tempo que não os vê.

Às vezes ele chega a discar o número do abrigo, mas desliga antes que alguém atenda. Às vezes ele também liga no meio da noite, só para ouvir a voz de Nina na secretária eletrônica: "Nosso escritório fica aberto de segunda a sexta, das nove ao meio-dia e das duas às seis. No sábado, das nove ao meio-dia. Para qualquer emergência relacionada a animais, entre em contato com os agentes da cidade pelo…"

Sua voz grave, peculiar. "Uma voz de fumante que nunca fumou", como dizia tão bem Adrien.

Ele sente falta dos amigos.

Ou será que é a sua juventude que ele está sentindo se esvair? Aquele tempo que ele gostaria de se agarrar?

A última vez que viu Nina foi em 2003. Desde então, nunca mais se falaram.

Eles prometeram que ficariam juntos por toda a eternidade. Os três haviam feito um pacto de sangue no sexto ano. Furaram a ponta do dedo e misturaram as gotas de sangue. "Na vida e na morte." Coisa de criança.

Ele pega seu violão e toca alguns acordes. A esposa e o filho estão dormindo. Ele gosta daquele horário tardio, daquela solidão, quando a cidade dorme. Ouvir música nos fones. Tomar banho. Procurar shows no YouTube. Assistir vídeos no Facebook. Poderia enviar uma solicitação de amizade a Nina. "Oi, tudo bem?" Bastaria ir até o perfil dela e clicar em "Adicionar como amiga".

Mas ele sempre desiste. Tem medo de quê?

Se ela respondesse ao seu "Oi, tudo bem?", o que ele diria? Fica atordoado só de pensar.

Ele faz uma careta ao sentir uma dor em suas costas. Toma um anti-inflamatório potente, que só se compra com receita. É prático ter um médico na família, pensa.

Volta para o computador e digita as palavras-chave: "lago da floresta, La Comelle, carro encontrado".

# 19

*21 de abril de 1990*

Nina está sozinha no quarto, pensando na véspera, no aniversário de Adrien, no seu sintetizador, nas palavras de Marie-Laure: "Marion era engraçada... gentil... faladora, também... um louro que puxava para o ruivo, os olhos verdes... Depois da morte da sua avó, ela se fechou demais."

Nina ouve alguém empurrar o portão da casa. Reconhece os passos pesados de Étienne, o ruído das rodas do skate que ele deixa na entrada. E Paola não late, porque conhece quem está entrando no seu território.

Nina sai de seus devaneios e enfia o conteúdo de um envelope debaixo do travesseiro. O que a deixou intrigada, enquanto vasculhava a maleta do avô, foi que o nome e o endereço do destinatário estavam escritos com letras cortadas do jornal. Como no velho filme de Clouzot, *Sombra do Pavor*.

Nina enfiou imediatamente o envelope no bolso, enquanto Pierre Beau estava de costas. Depois, leu e releu estas palavras:

JEAN-LUC, TU, O IDIOTA, O CORNO, O VECHAME DO BAIRRO ALTO, TU VAI MORRÊ, É TEU ÚLTIMO ANO, TODU MUNDO VAI AXAR QUE FOI UM ACIDENTE, NINGÉM VAI SABER DI NADA, SÓ TU. TU SABE O QUE TU FEZ E PORQUE VAI PAGÁ TEM QUE SABÊ VÃO COMÊ TUA VIÚVA.

Ela ficou chocada com todo aquele ódio. Pela primeira vez, decidiu queimar a carta. Não devolvê-la ao correio.

Ou será que era melhor ir à polícia? Não, ela seria presa e seu avô demitido dos Correios. E se encontrassem suas impressões digitais e a acusassem? Mas e se ela destruísse a carta e aquelas palavras horríveis não fossem um blefe? E se acontecesse algo com o destinatário? Jean-Luc

Morand. Quem é Jean-Luc Morand, praça Charles-de-Gaulle número 12, em La Comelle?

Antes de tomar uma decisão, ela desce até o térreo para receber Étienne. Ele quer virar policial, ela pensa ao abrir a porta. E se pedisse conselho a ele?

Étienne tem uma expressão estranha no rosto. Eles se dão dois beijinhos e ele pergunta como ela está. Então, diz que trouxe algo para ela. Com isso, Nina esquece a carta anônima.

— Mas antes de eu te mostrar, vai buscar sua bombinha de asma — ordena ele, com um ar solene.

— Por quê?

— Porque eu te conheço.

— Mas...

— Anda — diz ele.

Nina sobe até o quarto para pegar o medicamento revirando os olhos. Às vezes tem vontade de matar Étienne, de tanto que ele a irrita. Só por isso não vai mostrar a carta a ele, que quer mandar em tudo.

Ela o encontra de novo na cozinha. Ele pega um copo de água da torneira. Deixou a mochila em cima da mesa.

Étienne muda a cada dia. Dos três, ele é o que está crescendo mais rápido. Tem uma penugem acima do lábio superior agora. Acha aquilo tão horroroso que raspa todos os dias. Não tem espinhas, ao contrário de Adrien. E, se por algum acaso alguma vermelhidão aparece no seu rosto, ele acaba com ela enchendo de cremes e produtos de todo tipo. Étienne se olha no espelho o tempo todo. Sua voz está começando a mudar. Parece ter dezessete anos, mas ainda nem soprou as velas do o décimo quarto aniversário.

Nina dá uma sugada seca na sua bombinha, na frente dele.

Étienne pega um envelope com três fotografias na mochila.

— Minha mãe me deu isso pra dar pra você... São fotos da sua mãe que ela achou.

Nina vê uma foto de turma em preto e branco. Meninas com uniformes escolares. A do meio segura uma placa na mão, onde se lê: "Escola Danton 1966-1967". Nina arregala os olhos. São muitas meninas. Antes de procurar sua mãe entre elas, Nina olha as outras duas fotos, que parecem mais recentes. São quase idênticas. Um grupo de sete alunas do ensino fundamental posando lado a lado e sorrindo. No verso está escrito:

"Abadia de Cluny, 1973". Dá para perceber que ventava, todas estão segurando o cabelo e estreitando os olhos por causa do sol.

— Minha mãe falou que foi uma viagem que fizeram com a escola.

Étienne aponta para duas pessoas.

— A minha é essa. A sua é essa, bem do lado dela.

Nina se debruça sobre a jovem de quinze anos. É um fantasma de olhos claros. Marion Beau sorri. Parece levemente dentuça, o cabelo preso em um rabo de cavalo. Usa uma saia curta, um casaco e meias brancas. Nina também observa Marie-Laure, de pé ao lado dela. Tem o mesmo rosto de hoje em dia, apesar dos traços de menina.

— Tem certeza de que é a Marion? — sussurra Nina.

— Tenho. A de meias brancas.

— Eu não pareço com ela.

— Nem um pouco...

— Mas então pareço com quem?

— Ah... com o seu pai... com certeza. Pode ficar com as fotos, minha mãe disse pra te dar.

— Não ligo. Ela me abandonou.

Étienne fica desconfortável. Às vezes, acha que Nina tem reações estranhas, que é muito imprevisível. Foi ela que perguntou a Marie-Laure se ela conhecia Marion, e agora não quer mais saber. Meninas são realmente complicadas.

— Vai fazer o que hoje? — pergunta ele, tentando mudar de assunto.

— Não sei. Vou dar uma estudada. Adrien está esperando a gente na casa dele às quatro pra ver um filme. Quer ficar comigo até lá?

— Não, te encontro na casa dele.

Étienne fica aliviado de ir embora. Não fecha a porta. Uma corrente de ar passa pela casa. As três fotos deixadas sobre a mesa da cozinha caem no chão.

Nina fecha a porta atrás dele, cata as fotografias e sobe até seu quarto.

O dia seguinte é dia de lavar roupa. Pierre Beau só trabalha à tarde. Ele tira os lençóis do quarto, abre a janela, deixa o vento bater no colchão nu. Então, entra no quarto de Nina. Geralmente, ele bate na porta antes de entrar, mas ela está na escola.

Um monte de roupas no chão. Roupa suja misturada com roupa limpa. Dois gatos dormem em cima delas. Ao vê-lo entrar, um dos gatos se espreguiça languidamente.

Xícaras de chocolate quente vazias. Cadernos e blocos da escola uns sobre os outros. Centenas de folhas de papel desenhadas, no chão, em caixas de papelão, algumas pregadas na parede acima da escrivaninha. Sobretudo desenhos de animais e dos dois amigos da sua neta. Ela desenha tão bem... Talvez um dia fique famosa e suas obras sejam disputadas no mundo todo.

Até lá, ele tem que arrumar a zona que ela faz. Pierre Beau suspira. Não é fácil criar uma menina sozinho. Ele pensa em Odile, sua esposa. Se ainda estivesse neste mundo, aquela bagunça não existiria. Nada seria igual com a presença dela.

Nas paredes, pôsteres pregados lado a lado: Indochine, The Cure, Depeche Mode. Odile só gostava de Joe Dassin. Pierre tinha até um pouco de ciúme. Depois da morte da esposa, ele não conseguiu jogar fora os discos. Poderia tê-los doado, mas era insuportável para ele pensar em outra pessoa os escutando. Cinco anos depois de Odile, Joe Dassin morreu. Pierre pensou: *Ele vai encontrar ela lá em cima. Agora eu a perdi de verdade. Não tenho como competir.*

*E se você não existisse*
*Me diz por que eu existiria...*

Ele, pelo menos, estava sempre penteado e bem vestido, com ternos brancos. Não era como os idiotas que Nina exibe nas paredes do quarto, com o cabelo em pé e todos desgrenhados. Homens que usam maquiagem, onde já se viu isso? Que época doida.

Pierre conheceu Odile depois que os pais dela se mudaram para a casa em frente à dele. O único jeito que Pierre encontrou de falar com ela foi roubando sua bicicleta numa tarde de sexta-feira e devolvendo-a no sábado seguinte. Ele escondeu a bicicleta durante três dias.

— Oi, eu acho que essa bicicleta é sua. Encontrei ela no bairro alto, apoiada numa cerca.

Odile fingiu acreditar. Os dois se casaram aos dezessete anos. Marion nasceu de sua união. Depois, nenhum outro filho. Pierre queria três: uma menina, um menino, uma menina. Odile parou na primeira.

# TRÊS

Pierre Beau passa por cima da bagunça de Nina, tira a capa do edredom, os lençóis e as fronhas da cama. Três envelopes caem no chão. Entre eles, uma carta.

*JEAN-LUC, TU, O IDIOTA, O CORNO, O VECHAME DO BAIRRO ALTO, TU VAI MORRÊ, É TEU ÚLTIMO ANO, TODU MUNDO VAI AXAR QUE FOI UM ACIDENTE, NINGÉM VAI SABER DI NADA, SÓ TU. TU SABE O QUE TU FEZ E PORQUE VAI PAGÁ TEM QUE SABÊ VÃO COMÊ TUA VIÚVA.*

Pierre Beau lê o nome dos destinatários nos envelopes. Leva alguns segundos para entender que Nina vem abrindo a correspondência. Ele já suspeitava. Não queria acreditar. Um dia, achou que Nina fez uma cara estranha enquanto rodeava sua maleta. Uma expressão de culpa. Era a mesma de quando levava um gato para dentro de casa e o escondia para que ele não soubesse de nada. Até o dia em que dizia:

— Tenha dó, vô, vamos ficar com ele, já faz um tempão que ele mora aqui mesmo.

Ele entra em pânico. São como raios na sua visão. Aquilo o faz pensar imediatamente na filha, Marion. Seu castigo. A mesma coisa. Parece que a desgraça corre nas veias delas. A mãe contaminou a filha. A mãe e a filha. Uma doença.

A raiva o faz tremer. Ele larga os lençóis e os envelopes no chão, e sai sem fechar a porta atrás de si.

Seria incapaz de dizer o que sentiu ao longo do trajeto, a não ser ira. Uma vontade de matar. Tudo o que ele fez por ela. Levantar da cama todos os dias, tomar banho, trabalhar, almoçar, trabalhar de novo, voltar, preparar o jantar, se manter vivo. Tudo por ela. Apertava o cinto para ela ficar segura. Tomava todos os cuidados. Para que nunca lhe faltasse nada. Ele a revê em sua mente, quando ainda era um bebê. As mamadeiras, o leite em pó premium, os dentes nascendo, as vacinas, seus primeiros passos. Lembra-se dos dias em que precisou comprar seus vestidos, mesmo não sabendo escolher o tamanho, os sapatos. Todas as manhãs ela está ali, e ele mal consegue acreditar que ela esteja ali. Que esteja crescendo. Que ele a esteja criando e ela esteja se criando.

Nina vem abrindo a correspondência pelas suas costas. Uma traição. Será que fazia isso há muito tempo? Se alguém descobrir, ele vai perder o emprego. Será mandando embora por justa causa. Não pode levar correspondência para casa. Será julgado. Certamente será condenado. Pena suspensa, ou não. E ela? O que aconteceria com ela? Quem cuidaria dela? O que diriam as pessoas? Prestariam queixa. Abrir a correspondência alheia era uma ofensa grave. Nina iria parar num lar adotivo, o pior pesadelo de Pierre desde que ela nascera. *Se eu morrer, onde ela vai parar? Não vai ser com a mãe dela.*

Ele vai dizer que quem abriu os envelopes foi ele. Vai dizer que Nina é inocente, que não teve nada a ver com aquilo, que ele é o único responsável. Foi uma estupidez.

Ele estaciona na entrada da escola. É meio-dia. Grupos de jovens começam a sair. Nina come na cantina. Ele entra no edifício, esbarra nos alunos parecendo um louco, com tiques incontroláveis que o fazem piscar os olhos. Vê primeiro Adrien, depois Étienne. Então, ela. Os três inseparáveis estão conversando em meio a outro grupo de alunos, um círculo de três cercado por uma dezena de estudantes.

Nina está de moletom. Não vestiu seu casaco de lã. Ele sempre pede que ela se agasalhe, por causa da asma, mas ela só faz o que quer. Está ali, com a garganta exposta em pleno mês de abril. Há um ditado que diz: "Não dê mole para o frio de abril." Mas de que adiantam os ditados se não os usamos? O preferido de Odile era: "Mais vale um pássaro na mão do que dois voando." Adrien sussurra para Nina que *ele* está ali, então ela ergue a cabeça na sua direção, o olha e esboça um sorriso que quer dizer: "O que você está fazendo aqui? Esqueci alguma coisa em casa?"

Ao avistar a raiva no olhar dele, no rosto, ao ver os punhos cerrados e brancos, Nina logo entende — a correspondência — e, dentro de dois segundos, muda de cor. Ele lhe dá um primeiro tapa na cara, então um segundo. Um estalo surdo, que ecoa. O silêncio se expande feito um rastro de poeira no pátio. Os outros alunos ficam chocados. Não gritam, ficam paralisados, sem entender o que está acontecendo. Um adulto está agredindo uma aluna dentro do colégio...

É a primeira vez que Pierre Beau bate em Nina, à exceção de um chute na bunda quando ela tinha seis anos e pintou os legumes do jardim com tinta acrílica azul.

Ele a segura pela gola do casaco e a ergue do chão, sacudindo seu corpo e dizendo, com um tom gélido e ao mesmo tempo suplicante:

TRÊS

— Você sabe o que fez? Sabe?

Ele poderia matá-la ali mesmo, desintegrá-la. É o silêncio ao seu redor que o faz voltar a si.

*E eu, o que eu estou fazendo?*

Ele pousa a neta no chão bem devagar. É como se seus gestos estivessem mais lentos devido ao estupor. Nina fica feito uma marionete, com as bochechas vermelhas, a marca dos dedos do homem que a criou. Lágrimas nos olhos, como reflexos, uma febre. Pierre Beau percebe que todos os alunos olham para ele. Um supervisor de cerca de vinte anos se aproxima, resmungando:

— O que está acontecendo aqui?

— Desculpa — murmura Nina baixinho para seu avô.

Desamparado, Pierre Beau dá meia-volta e foge quase como um ladrão. Quando volta para o carro, agarra o volante e cai em prantos, com espasmos nervosos. Imagina que Odile o observa de onde está, com Joe Dassin por perto. Imagina que ela nunca o perdoará pelo que acaba de fazer com a neta.

— Você tem que admitir que ela fez por merecer!

Odile não responde. Está decepcionada com ele. Joe Dassin vai se aproveitar da situação, aquele filho da mãe.

# 20

*12 de dezembro de 2017*

Vinte e sete anos depois, eu penso naquela manhã de abril, naquele momento suspenso. Nós, paralisados, olhando para Pierre Beau. Os dois tapas, a violência do avô dentro do colégio, agredindo Nina, a incompreensão, entre sonho e realidade. A rapidez da cena. Aquilo tudo durou menos de um minuto. Sua cabecinha morena, parecendo solta do corpo. Ela vestia um casaco de moletom preto com borboletas cinza. As borboletas pareciam flores murchas. Ela pediu perdão ao avô. Ainda consigo ouvir aquele pedido de desculpas murmurado. Ela não se defendeu, nem pareceu sentir raiva dele. Todo mundo se perguntou o que ela fez. Depois, teve os que viram e os que não viram nada. Mais tarde, após o "acontecido", ao voltarem para casa, todos imaginaram, supuseram, inventaram:

— Ela deve ter transado. É que nem a mãe. O velho deve ter descoberto e não suportou. Ela está transando com qual? Beaulieu ou Bobin? Ou os dois ao mesmo tempo? Deve estar grávida. Grávida aos catorze anos. É, é isso. Um bebê no forno. Que desgraça.

Em um primeiro momento, após a partida de Pierre Beau, apenas uma pergunta percorreu o pátio da escola, feito um bastão que passa de mão em mão: "Quem era aquele velho?" Em seguida, a resposta: "O avô dela."

Expressões de incômodo, rostos franzidos, risos forçados.

— Você tem aula hoje de tarde?

— Uma hora de estudo. A professora de ginástica está doente. E você?

— Inglês. Duas horas de matemática e prova…

Algumas alunas, meninas, perguntaram a Nina se ela estava bem. Mantinham alguns centímetros de distância, agiam como se houvesse uma barreira separando Nina dos outros, e Étienne Beaulieu e Adrien Bobin fossem os únicos permitidos a ultrapassá-la. Cada gesto, olhar e palavra dela transmitia a sensação de "não encoste".

Depois, lembro que Adrien levou Nina até a enfermaria e que Étienne ficou sozinho no pátio, antes de ir encontrar a irmã na cantina. Naquele dia, os dois tapas do avô fizeram o trio explodir.

Nina acusou a mãe. Contou a Adrien que tinha passado o dia anterior aos prantos na frente de três fotos que Étienne levou para ela. E que, por isso, tinha esquecido de todo o resto. E que foi esse resto que o avô dela encontrou debaixo do seu travesseiro. Aquele negócio que só Adrien sabia, as cartas roubadas. O segredo que eles partilhavam.

Sua mãe sempre lhe traria azar, não tinha jeito. Tinha que parar de procurar fotos e provas da sua existência. Tinha que parar de tentar entender quem era sua mãe e por que a havia deixado feito um saco de roupa suja na casa do próprio pai, o único que se importava com Nina, e que agora estava decepcionado.

Estou preparando o envelope de Natal para o abrigo de Nina. Enfio os euros lá dentro. Escrevo "Nina Beau, pessoal e confidencial" em maiúsculas para que ela não reconheça minha letra. Como se pudesse imaginar que sou eu.

Ao preparar o envelope, lembro da carta anônima que a traiu. A origem do drama. Acho que Nina nunca soube o que Pierre Beau acabou fazendo com ela, se a tinha jogado fora ou entregado. A única coisa que eu sei hoje é que o destinatário daquela porcaria de carta, Jean-Luc Morand, ainda está vivo, assim como sua suposta viúva. Eles nunca deixam de participar das competições de buraco.

Sempre espero o anoitecer para ir até o abrigo, feito uma ladra, para colocar esses presentes peculiares na caixa de correio. Sou como as pessoas que não têm coragem e preferem abandonar seus cães amarrando-os na grade no meio da noite do que enfrentar o olhar de outros homens à luz do dia.

É a terceira vez que vou ao abrigo desde o início do mês. Nunca tinha acontecido isso. Meu envelope está em cima do banco do passageiro.

No inverno, eu nunca saio de casa depois das nove da noite. Tenho meus hábitos, agora. Pequenos. Porque hábitos costumam ser pequenos. Meu trabalho, minhas séries, meus programas, as redes, minhas refeições, um monte de romances ao lado da cama.

Na luz do farol vejo Papais Noéis de plástico pendurados nas casas, guirlandas de pinheiro nas portas, luzinhas piscando ao redor das janelas, um *Merry Christmas* quase caindo de uma entrada.

Um Natal sem neve. Aqui, ela chega mais tarde, em meados de janeiro.

Percorro o longo terreno baldio no qual, um mês atrás, a escola Vieux--Colombier ainda envelhecia, apodrecia sozinha. Abandonada por todos, até mesmo pelas matérias de que gostávamos, a música, o desenho, os trabalhos manuais.

Nessa noite, sinto como se ela tivesse naufragado.

Névoa. Eu desacelero. A rua está coberta de gelo. Pego a estradinha que leva ao abrigo. Duas ou três casas esparsas. Luzes verdes e vermelhas dentro de uma delas, ao longe.

Natal. Daqui a cerca de quinze dias, Étienne vai aparecer na casa dos pais. Como todos os anos. Como uma criança obediente que volta na hora certa. É o único momento do ano em que o vemos percorrer as ruas de La Comelle para comprar seus cigarros na tabacaria. Seu carro grande estacionado na praça da igreja, onde ele costumava encontrar Nina e Adrien de skate para ir à piscina.

Será que pensa neles? Será que pensa *nisso*? Será que vai se preocupar se o corpo encontrado no carro for o de Clotilde?

Nas duas vezes em que o revi, parei tudo. Estacionei minha lata-velha num canto e esperei passar, feito um vento glacial, uma chuva repentina e violenta, ou um sol quente demais.

Étienne Beaulieu paralisa meus gestos, impede minhas palavras.

No ano passado, quase esbarrei nele ao entrar na igreja. Não estava esperando vê-lo, mesmo sabendo que a única chance de cruzar com ele é entre os dias 23 e 26 de dezembro. Eram 18h20. Em La Comelle, a missa da meia-noite acontece às 18h30. Empacotada no meu sobretudo, eu caminhava em direção à entrada onde algumas pessoas conversavam do lado de fora, quando reconheci seu vulto, a maneira como se move. Estava a menos de um metro de mim. Sozinho, com um grande casaco forrado, a cabeça coberta por um capuz. Minha pele em estado de alerta, arrepiada. *É ele*. Ele não me viu, eu vislumbrei sua boca, um cigarro, sua mão, um trago. Alto. Muito alto. Sempre esqueço sua altura. Eu me virei, o vi de costas, caminhando rumo ao centro, ou ao que sobrou dele.

Depois, tremi por muito tempo. Muito tempo. Naquela noite, tirei fotos do menino Jesus para o jornal. Elas ficaram fora de foco. Fiquei me relembrando de Étienne passando bem perto de mim, desmontando cada milésimo de segundo daquele momento.

O estacionamento do abrigo está vazio. Nenhum ruído. Os cachorros devem estar dormindo. Deixo o motor ligado e os faróis acesos ao sair do carro. A caixa de correio está enferrujada e a tampa range quando enfio o envelope lá dentro. Sinto um calafrio. Estou quase com medo, como se estivesse fazendo algo de errado.

— É você?

Dou um pulo, interrompendo meu gesto.

— É você? — pergunta ela outra vez.

Como se fosse óbvio. Como se fossem duas pessoas casadas há vinte anos que se encontram no fim do dia: "É você? Teve um bom dia? Fica à vontade, servi uma taça para você. As crianças já chegaram? Sua mãe ligou? Tem o quê na geladeira?"

O vulto de Nina se destaca feito um fantasma atrás da porta gradeada. Então vejo seu rosto na luz do farol, sua palidez. As gotículas de chuva no seu cabelo, feito purpurina, cristais de gelo.

— Sim, sou eu.

# 21

*Abril de 1990*

Ao voltar da escola, tremendo, Pierre Beau fecha os envelopes roubados, os coloca de volta entre a correspondência a ser entregue, lava os lençóis, arruma as camas e não toca mais no assunto. Nem mesmo com Nina. De noite, quando ela volta para casa, despedaçada pela culpa, com vontade de desaparecer, de se enterrar viva, ele serve dois mistos-quentes com salada e diz a ela que coma antes de esfriarem. Nina ainda tem a marca dos dedos dele nas bochechas. Não ousa dizer que não está com fome, engole as lágrimas e a salada sem dizer uma palavra. Depois, sobe para o quarto, vê sua cama feita, a colcha limpa. Procura automaticamente a carta anônima embaixo do travesseiro: nada. Abre a primeira gaveta de sua escrivaninha, pega o envelope com as três fotos de sua mãe, entreabre a janela, taca fogo no envelope com um isqueiro que Étienne deixou lá, e joga-o no telhado dizendo várias vezes as palavras: "É culpa sua, sua puta safada."

Na véspera, ela se debulhou em lágrimas enquanto tentava desvendar o rosto e o corpo da mãe nas três fotografias. *No que ela pensava? Estava apaixonada? Quem eram suas amigas entre as outras meninas? A mãe de Étienne? Será que a amizade podia passar entre gerações? Será que ela dividia seus segredos? Já conhecia meu pai? Será que tenho o mesmo formato de olhos? O mesmo nariz? O mesmo sorriso? Como era sua voz? Onde foram parar as roupas que ela usava naquele dia?*

Nina observa o envelope terminar de queimar dentro da calha.

Alguns dias depois, encontra uma carta endereçada a ela na mesa da cozinha. Segundo o carimbo postal, foi enviada de La Comelle. Reconhece a letra no envelope, o jeito de desenhar as palavras.

Sobe até o seu quarto para abrir.

TRÊS

*Meu pequeno,*
*Esta carta você não vai precisar roubar na minha maleta. Esta carta te*
*pertence. Ler a correspondência dos outros é uma coisa muito grave, mas eu*
*te peço perdão. Não deveria ter batido em você. Tive medo. O medo de um ve-*
*lho que se preocupa demais. O que você fez não era motivo para que eu batesse*
*em você na frente de todos os seus colegas. Eu nunca deveria ter encostado a*
*mão em você, tão pequenina. Você, indefesa. Você, a menina dos meus olhos.*
*Estou envergonhado. E sempre terei vergonha daquele gesto equivocado e inad-*
*missível. Espero que me perdoe.*

*Do seu avô que te ama*

A letra hesitante e infantil de Pierre emociona Nina. Ela envia um
cartão-postal em resposta. No verso, uma bela gravura de um pássaro
azul, em referência ao conto que seu avô lia para ela todas as noites quando
ela era criança.

*Vô,*
*Recebi sua carta e sou eu que te peço perdão.*
*Eu estava procurando cartas de amor. E só de pensar que poderia ter*
*alguma na sua maleta, eu fiquei meio maluca. Mas vou tentar não fazer isso*
*nunca mais.*
*Desculpa mais uma vez, vô.*

*Seu pequeno*

# 22

*15 de julho de 1990*

Nina vai comemorar seus catorze anos à beira-mar, em Saint-Raphaël. Ela arrumou a mala. Pierre Beau lhe deu a de Odile.

— Pode ficar com ela — disse.

Uma mala que ela sempre vira guardada em cima do armário no quarto do avô. Marrom, imitando couro e papelão, fora de moda.

Ela telefonou para Adrien.

— Como é a sua mala?

— É tipo uma bolsa de hippie da minha mãe... Com flores cor-de-rosa, parece um negócio de Woodstock.

— Minha mala tem cem anos. Fede a naftalina.

— Quer trocar?

— Não posso... Era da minha avó... Se meu avô perceber, vai ficar chateado.

Pierre Beau lhe deu dez notas de cem francos. É a primeira vez que ela tem tanto dinheiro na sua pequena carteira. Ele também preparou uma caixa de legumes para que ela levasse nas férias. Nina acha um vexame aparecer com tomates e vagens, mas não ousou dizer isso ao avô. Percebe que ele está fazendo o possível, que ele também gostaria de levá-la para ver o mar.

Nina está deitada na cama, os olhos arregalados. São três horas da manhã. Ela ouve os batimentos do seu coração. Dali a uma hora, seu avô vai bater na porta, ela estará pronta. Então, ele a levará até a casa dos Beaulieu. Ela entrará no carro com Adrien, Étienne e Louise.

E no fim do percurso, haverá o mar. Como em *Imensidão Azul*, filme que eles já viram três vezes.

— Vamos fazer a nossa versão — brincou Adrien.

É a vigésima vez que ela se levanta, abre a mala, verifica o conteúdo e fecha outra vez. Se sente culpada por deixar Paola e os gatos em casa, mas pelo menos é para ir ver o mar. Ela está esperando por esse momento há anos. É como ter um encontro marcado com o seu sonho.

O que vai fazer durante uma hora? Impossível dormir.

No quarto ao lado, Pierre Beau também está acordado, pensando na mala de Odile. Nunca conseguiu jogá-la fora. A última vez em que a abriu foi ao voltar do hospital. As coisas de Odile ainda estavam lá dentro. Ela fora embora em poucos dias.

Tinham chegado tarde demais.

Se pudessem voltar no tempo...

Tinham comprado a mala em 1956, no Grande Bazar de Autun. Odile queria um varal para dentro de casa, para os dias de chuva. Quando viu a mala em promoção, disse a Pierre:

— Vamos comprar? Para nossas férias.

Eles nunca tiraram férias. Até o dia em que Odile se foi, mas sozinha.

Nos domingos de verão, Pierre e Odile tomavam banho de rio e no lago da floresta, dançavam nos bailes e nas festas da comunidade. De vez em quando, iam até o lago de Settons para andar de pedalinho e fazer um piquenique à sombra das árvores, mas nunca tinham saído da região do Morvan.

Um dia, adormeceram dentro do mesmo saco de dormir, espremidos feito sardinhas.

Pierre Beau ouve a risada de Odile, seus olhos contando estrelas.

É a primeira vez que Nina viaja. Desde o dia em que Marion a deixou lá, ela nunca ficou longe de casa. Ele se prepara para o vazio. Percorre mentalmente os dias que estão por vir. Dias de folga sem descanso como todos os anos no mês de julho. Ele vai trabalhar no jardim, passear com Paola, pintar os acabamentos, fazer a faxina de primavera no verão. Vai ocupar as mãos.

Tem um pouco de vergonha de nunca ter levado a neta para ver o mar. Não é tão caro alugar uma casa de veraneio com a ajuda da comissão de trabalhadores. Não é uma questão de dinheiro, mas de romper os hábitos, sair das ruas de La Comelle, pegar a estrada, ir longe, rumo ao desconhecido, se perder, decifrar os mapas, conhecer pessoas novas, vestir um calção de banho.

Ele tenta se lembrar da última vez em que usou um calção de banho. Foi há pelo menos trinta anos...

Pronto, chegou a hora. Todos se despedem diante do Renault Espace. Nina vê Joséphine abraçar o filho. Seu avô lhe dá um beijo atrapalhado, com a ponta dos lábios. Mas não é isso que importa. O que importa é o amor. Nina está com um nó na garganta, é a primeira vez que vai ficar longe do avô. Ele murmura ao seu ouvido:

— Pegou sua bombinha?

Cada um toma seu lugar dentro do carro, coloca o cinto. Marc Beaulieu está ao volante, Marie-Laure, no banco do passageiro. Ela vai dirigir um pouco quando ele cansar. As crianças e as caixas de legumes estão no banco de trás. Dão tchauzinho. Pierre Beau e Joséphine Simoni lado a lado na calçada, no escuro.

Nina pensa que, na vida, há aqueles que ficam e aqueles que vão. E há aqueles que abandonam.

# 23

*12 de dezembro de 2017*

— Eu imaginei que fosse você, os envelopes de dinheiro... — diz Nina.

Eu sinto como se tivesse sido pega no flagra. Quase culpada. Vou até o carro, desligo o motor, o farol, volto até ela.

Ela vira a chave na fechadura para abrir a grade.

— Você sabia que eu tinha voltado?

— Sabia — responde ela.

Nina serve um pouco de café para mim numa xícara em que se lê *I love La Comelle*.

Dentro do seu escritório, três luzes de néon pálidas.

Pôsteres sobre esterilização.

Um retrato de um gato caolho: "Aqui, todos temos uma chance de ser adotados."

Fotos de cães e gatos pregadas num quadro. Todos têm um nome. Diego, Rosa, Blanquette, Nougat... Eu me pergunto se é Nina quem os batiza.

Na biblioteca da escola tinha um dicionário de nomes. Nina os circulava a lápis. Eram os que daria mais tarde aos seus filhos.

Sinto que ela me encara, mas não tenho coragem de olhar nos seus olhos. Miro suas mãos. Na adolescência, ela passava esmalte vermelho nas unhas, que acabava descascando. Eu detestava aquilo, aquele desleixo.

Tenho vontade de me levantar e abraçá-la. Mas, levando em consideração o que fiz na última vez em que nos vimos, como ousaria?

Já tenho sorte de ela ter me deixado entrar e oferecido seu café fraco.

Após um longo silêncio, eu digo:

— O que você está fazendo aqui no abrigo a uma hora dessas? Está tarde.

— Estava esperando você. Enfim, eu acho — responde ela.

*15 de julho de 1990*

Saint-Raphaël.
— Estamos chegando...
Cada um diz essas palavras alternadamente, de um jeito diferente. Marie-Laure, alegre. Marc, aliviado. Louise, tímida. Étienne, para Nina.

O coração de Nina bate de um jeito anormal, a felicidade o acelera, os olhos vasculham a paisagem em busca de azul.

Dentro do carro, um cheiro de batata frita. Sacos vazios. Horas de estrada ficaram para trás. Param para abastecer e tomar um café perto de Valence. O cansaço nas pernas, os músculos doloridos.

Entreabrem as janelas. Ao longe, uma linha azul. O mar é o céu sentado no chão. Aquilo faz Adrien pensar em uma música de Alain Souchon.

*Tu verras bien qu'un beau matin fatigué*
*J'irai m'asseoir sur le trottoir d'à côté...*

Étienne sussurra:
— Nina, olha, é o seu mar.
Adrien leva a mão ao ombro de Nina e o aperta de leve, como quem diz: "Pronto, está aqui."
— Crianças, enquanto a gente vai buscar as chaves da casa, vocês podem esperar na praia — diz Marie-Laure.

Louise quer ficar no carro com os pais. Prefere deixar os outros sozinhos. Os três juntos são como um muro, uma barreira intransponível.

Adrien, Étienne e Nina descem do carro. A luz é intensa. É meio-dia, faz muito calor. Há toalhas e brinquedos de criança na areia. O mar está adiante, imenso, infinito, brilhante, vivo. *O mar é uma água que se arrepia,* pensa Nina. *É uma água que inspira e expira.* A cor é diferente de tudo o que ela já viu. É muito mais bonita ao vivo do que nos cartões-postais e na TV. É impressionante, paradoxal, encantadora e inquietante ao mesmo tempo, exatamente como Nina imagina que seja a liberdade. *A cabra do senhor Seguin.* A pior história, a mais monstruosa que ela já leu, mas que relê com frequência. Quando seu avô doou coisas a uma instituição de caridade, no ano anterior, ela tirou seus *Contos para crianças comportadas* da sacola.

Seu avô. Ela gostaria que ele estivesse ali, vendo o que ela está vendo, respirando o mesmo ar que ela, sentindo o vento que carrega o sol, o açúcar e o almíscar.

Étienne ergue Nina sobre seu ombro direito e caminha rapidamente pela areia, desviando das toalhas. Nina ri alto, dá gritinhos. Adrien vai atrás dos dois, olhando enlouquecido ao seu redor, barracas de sol e seios nus. É a primeira vez que vê torsos de mulheres expostos ao sol. Já os viu em filmes e revistas, mas nunca pessoalmente. Enquanto Nina descobre o mar pela primeira vez, ele descobre seios. Esboça um sorriso guloso.

Étienne tira seus tênis e os de Nina. Ela se debate, gritando:

— Não! Para!

Étienne entra no mar, ainda com Nina no ombro. Ele anda alguns metros e a joga dentro d'água, de roupa e tudo. Arde, é frio, é salgado. Adrien entra na água, também sem tirar a roupa. Os três nadam vestidos, rindo, chapinhando. Estão no auge da empolgação. Étienne grita:

— Eu sou o rei do mundo!

Ele pega Nina novamente em seus ombros para que ela mergulhe de cabeça.

Faz tempo que Étienne não se sente assim, livre, como se não precisasse controlar mais nada: sua aparência, seu estilo, suas roupas, seu cabelo, sua pele, suas boas notas.

Ficam ali por muito tempo, os três, se acalmando aos poucos. Permitem que a lentidão invada todos os seus poros, lambem a água, cospem-na. Suas roupas lembram boias de tecido, asas de borboleta molhadas. Eles boiam de costas, a pele engolindo os movimentos do corpo. Ficam de mãos dadas, formando uma estrela caída na água.

De vez em quando, Nina canta "Tes yeux noirs", misturando a letra de propósito.

*Vem aqui, vem comigo, não vai mais embora sem mim...*
*Vai, vem comigo, fica aqui, não vai mais embora sem mim...*
*E a gente vai se rever todos os dias desde a nossa volta...*
*E brilham seus olhos pretos*

*Aonde você vai quando vai, a lugar nenhum...*
*E você pega suas roupas, as veste no corpo...*

Nadando no céu.

Por educação, termino de beber o café horrível que Nina serviu para mim. *Fraco demais*, eu penso, observando a foto de um cão pastor. Banjo, sete anos.

— Vi seu nome no *Jornal de Saône-et-Loire* — diz ela.

— Trabalho como freelancer quando o correspondente sai de férias... tipo agora... Você viu a história do lago da floresta?

— O carro, vi... Você acha que é *ela*? Que ela esteve lá durante todos esses anos?

— Eles ainda não sabem... Encontraram um esqueleto...

— Que horror...

— A única coisa que liga Clotilde àquele carro roubado é a data.

— 17 de agosto de 1994... o dia do enterro — sussurra Nina.

Um longo silêncio se segue. Eu sei que ela está pensando em Étienne, assim como eu. Mas não menciona o nome dele.

— Você não quer um gato, por acaso? — pergunta ela.

— Por acaso?

Nina se debruça, levanta um cobertor: um minúsculo gatinho preto dorme dentro de uma caixa de sapatos masculinos, tamanho quarenta e três.

Aproveito para observar as mãos de Nina, seus dedos finos, graciosos, suas unhas curtas. Finjo que estou olhando o animal enquanto respiro seu cheiro. Busco seu aroma de baunilha desaparecido. Tenho vontade de fechar os olhos, de passar o tempo que me resta perto dela. Às vezes, a nostalgia é uma maldição, um veneno.

— Acabamos de encontrar esse gatinho perto de umas lixeiras. Não quer levar ele com você? É muito difícil achar um lar para gatos pretos, por causa da velha superstição do azar...

— Está bem.

— Vai cuidar bem dele?

— Vou.

— Melhor do que de mim?

— ...

— E Étienne? — pergunta ela. — Você o viu outra vez?

— Não.

Ela se perde em pensamentos. Tira uma poeira imaginária de seu casaco e acaba perguntando:

— E Adrien? Ele está bem?

— Acho que sim.

Ela me olha fixamente. Não mudou nada. Sempre direta, sem rodeios.

— Tenho saudade dele.

Ela coloca a caixa de sapatos no meu colo, tentando desconversar, como se estivesse arrependida do que dissera. O gatinho abre um olho, depois fecha. Colo meu nariz ao seu pelo. Um cheiro de palha.

— Ele já foi desmamado. Vou te dar alguns saquinhos de ração. Nos primeiros dias, você precisa deixar ele dentro de casa. De qualquer forma, estamos no inverno, ele não tem nada pra fazer lá fora. Vou te dar também uma caixa e um saco de areia. Nunca se esqueça de deixar uma tigela de água limpa à disposição dele.

— Como sabia que eu ia vir hoje?

— No fim do ano você sempre vem entre os dias 15 e 20 de dezembro... Não? Obrigada pelo dinheiro.

— Você sabia mesmo que era eu?

— Quem mais seria?

Ela veste um sobretudo.

— Pode me deixar em casa? Christophe foi ao veterinário com o carro do abrigo. Estou exausta, quero ir para casa.

— Cristophe é o seu marido?

— Não, ele trabalha aqui. É o barbudo alto para quem você dá a ração.

— Você também sabe que sou eu que trago a ração?

— Sei.

— Está bem. Eu levo você em casa.

Ela sobe no banco do passageiro, eu ligo o rádio e a música "La vie est belle", da banda Indochine, começa a tocar. Eu desligo o aparelho, e ela diz:

— Deixa, por favor, adoro essa música.

— Ainda gosta deles?

— Óbvio.

*Íamos fazer a vida, conseguir pelo menos isso*
*Íamos fazer a noite, o mais longe possível...*
*A vida é bela e cruel ao mesmo tempo, parece com a gente às vezes*
*Eu nasci para estar só com você...*

Nina canta baixinho, olhando a estrada à frente como se fosse ela quem dirigisse.

— Que nome vai dar? — pergunta finalmente.

— Pra quem?

— Pro seu gato.

— É macho ou fêmea?

— Acho que é macho. É muito bebê para eu ter certeza.

— Nicola. Sem *s*. Como Nicola Sirkis.

Nina sorri pela primeira vez.

# 24

*22 de setembro de 1991*

Eles estão com quinze anos. Acabaram de entrar no ensino médio, escolheram as matérias juntos.

A orientadora não pareceu nada surpresa quando viu os três entrando juntos na sala.

Étienne está no 1ºA, literatura e matemática, Adrien no 1ºB, literatura e línguas, Nina no 1ºC, literatura e artes plásticas. Têm várias matérias em comum, partilham os mesmos professores e as mesmas salas.

Nunca fizeram nada separados. As decisões são tomadas em conjunto. Qual calça, qual vestido, qual música, qual camiseta, qual festa, qual filme, qual livro, na casa de quem.

Nina e Étienne se provocam o tempo todo. Ela diz que Étienne acha que é seu irmão mais velho e lhe dá ordens: "Não usa esse penteado", "Fala mais baixo", "Não, aí você está sendo muito burra", "Anda, para de ser metida"... Parece que ele a contradiz só para irritá-la.

Adrien acalma as coisas, nunca levanta o tom de voz. Se sente mais próximo de Nina do que de Étienne. Adora os momentos raros em que ficam sozinhos no quarto de Nina. Só para ouvi-la falar, contar o que ela está sentindo, para ajudá-la a arrumar suas coisas, posar para que ela o desenhe pela milésima vez.

— Não se mexa.

Quando ela entrega o retrato que fez dele, Adrien nunca se reconhece.

Dos três, Étienne é o mais rebelde, Adrien o mais influenciável, Nina a mais sensível.

Eles nunca se distanciaram como Nina temia. Ela não teve que procurar uma melhor amiga, mesmo depois de Étienne se perguntar em voz alta sobre o tamanho do seu pênis:

— Será que vai ser comprido ou grosso, ou os dois? Cresce por quanto tempo? Será que para quando a gente faz vinte anos? Você acha que é genético? Que eu vou ter o mesmo tamanho que o meu pai e o meu irmão?

Essas perguntas não a deixam constrangida. Eles falam sobre assuntos que dois irmãos não falariam. É como se, para Étienne, Nina fosse um território neutro, sem gênero.

— Eu sou a sua Suíça — diz ela, frequentemente.

Além da amizade inabalável, eles são unidos pelas melodias e letras das músicas que passam horas compondo. E por um projeto de futuro que nada nem ninguém poderá impedir: ir embora depois de terminar o ensino médio. Vão achar um apartamento e dividir o aluguel. Farão pequenos bicos até conseguirem tocar no palco do teatro Olympia.

Adrien sonha em segredo com a fama, quer que sua música e seus textos sejam celebrados para poder calar a boca do seu pai e nunca mais sentir seu cheiro de clorofila. Étienne sonha com o que a fama traz: o disco de ouro e uma vida fácil. Nina quer cantar, desenhar e viver um grande amor. Ela diz isso em alto e bom som:

— Tem que ser um grande amor ou nada.

Quer se casar e ter três filhos. Duas meninas e um menino. Já escolheu os nomes: Nolwenn, Anna e Geoffroy. Vai desenhá-los e cantará para eles e o marido.

— Primeiro você vai ter que encontrar um marido — repete Étienne, provocador.

Apesar dos flertes com outros jovens, da puberdade, dos hormônios que os levam rumo a outros desejos, outros corpos, eles não se cansam de partilhar suas angústias, seus chicletes e suas opiniões.

— Eu sou de esquerda — afirma Nina. — Sou a favor da partilha.

— Eu também — concorda Étienne, para se opor ao pai.

— Idem — murmura Adrien, que idolatra François Mitterrand porque seu romance preferido é *Belle du Seigneur*.

Como todo ano, a feira de atrações se instala na praça da igreja. La Comelle se fantasia durante um fim de semana. Nas ruas, os cheiros de marshmallow e queimado.

Desde o início da tarde, Étienne dá tiros de rifle, enquanto Adrien e Nina estão colados um no outro no trenzinho, cantarolando as músicas que soam aos berros nos autofalantes: "Bouge de là", "Auteuil Neuilly Passy", "Black and White", "À nos actes manqués".

Com o cabelo ao vento, Nina lança olhares na direção dos garotos mais velhos. Os da sua idade não a interessam.

Esqueceu totalmente de Gilles Besnard, por quem ficara apaixonada dois anos antes. Certa noite, ele a beijou no ginásio da escola. Ela detestou sentir a língua dele enfiada na sua boca, a saliva com gosto de tabaco. Eles se separaram com os lábios rachados, dizendo: "Tchau, até amanhã."

Nina telefonou para Adrien em pânico.

— O que eu vou dizer pra ele quando a gente se encontrar no corredor? Que estresse.

Adrien respondeu que era só ela cumprimentar o garoto normalmente, com dois beijinhos. E pronto.

Com Adrien, tudo era simples, calmo e transparente. À exceção do dia em que destruiu os óculos de Py, Adrien era um rio com correntes e tempestades imperceptíveis.

De vez em quando, Étienne se mete entre Nina e Adrien para dar uma volta no trenzinho com eles, depois volta para atirar mais um pouco. Quando ganha, pede para Nina escolher entre um urso branco e uma caneta com glitter. Ele tenta ganhar os prêmios maiores: aparelho de som, televisão, câmera, mesmo já tendo tudo isso em casa. Meninas se juntam a ele. Ficam plantadas ao seu lado durante horas, observando-o mirar. Às vezes, ele sai com uma delas, geralmente a mais bonita, a mais maquiada, a que tem peitos e o rosto sem espinhas — morre de medo que seja contagioso. Dá uma volta de carrinho de bate-bate com a felizarda, a beija, e volta para atirar nos balões de novo.

No sábado, eles criaram o hábito de dormir juntos. Os meninos têm uma cama de armar no quarto de Nina. Pierre Beau não vê nada de errado naquilo, considera Adrien e Étienne membros da família. Mas não gosta que Nina durma na casa de um dos meninos, prefere que os dois fiquem na casa dele.

A Nina gentil se transformou. Pierre mal consegue reconhecer a neta. Era melhor quando ela levava animais escondidos para casa.

Ultimamente ela tem feito muito barulho. Bate as portas, coloca o volume do aparelho de som no máximo, até as paredes estremecerem, grita dizendo que ele não a entende, desaba em prantos com qualquer coisa, revira os olhos quando ele faz algum comentário, passa horas no banheiro, esquece de limpar os restos de tinta de cabelo na pia, se tranca no quarto, se esconde embaixo de muita maquiagem, clama contra a injustiça quando alguma espinha aparece no seu rosto.

Volta a ficar amável quando pede permissão para ir ao aniversário de um amigo ou amiga.

— Todo mundo vai dormir lá. Os pais dele vão estar lá... Por favor, vô... Por favor... Acertei dezessete questões de vinte na minha prova de cinat...

— Que matéria é essa, "cinat"? — ele ousa perguntar.

Ela revira os olhos.

— Ciências naturais, ué — responde ela, como se ele fosse senil.

Pierre sabe que essa matéria não está no programa que ela escolheu, mas não discute.

Não tem coragem de dizer não. Nina fica furiosa. Então ele cede. Só concorda para finalmente ter paz. E, como ela é boa aluna, vai saber se virar na vida.

Quando um dos seus colegas de turma faz aniversário, cada convidado aparece com um saco de dormir na casa do aniversariante e passa a noite lá. Os pais estão presentes, mas em outro cômodo. Eles batem na porta antes de entrar e as janelas ficam abertas para as nuvens de fumaça saírem.

Acabaram os lanchinhos com suco de laranja. Eles querem experimentar novas sensações, flertam com tudo o que lhes é proibido: álcool, cigarros, cannabis, narguilé.

Como é asmática, Nina é a única que não encosta em nada disso. Está sempre menos alucinada que os outros. Mesmo bêbada, é ela que segura o cabelo das meninas quando vomitam, que fica de olho nas mãos ousadas dos garotos que gostariam de se aproveitar da situação, que não hesita em dar chutes na bunda deles. Todo mundo sabe e já aceitou. "Se você convidar Étienne, Nina e Adrien vão vir também. Se convidar Nina, Étienne e Adrien vão vir também." Raramente convidam Adrien. Mas como ele nunca reclama, eles o toleram. É muito calado para as adolescentes de quinze anos sentirem qualquer interesse, a não ser por algumas meninas maduras que apreciam sua companhia e seus silêncios. Ele lê, escreve letras de músicas, toca sintetizador e toma chá. Algumas garotas adoram músicos que leem e tomam chá.

# 25

*12 de dezembro de 2017*

Nina abaixa o quebra-sol, dá uma olhada no espelho e o levanta.

Sobre suas pernas, o gatinho Nicola ainda parece dormir dentro de uma caixa de sapatos. O que vou fazer com ele quando acordar? Será que sou capaz de cuidar dele? Me dou conta de que nunca tive um animal de estimação. Nem sequer um caracol.

— Você acha que eu mudei? — pergunta ela.

— Não.

— Um pouco, vai.

— Não, nem um pouco.

— Tenho quarenta e um anos!

— Não é a idade que muda as pessoas.

— Ah, é? É o quê?

— Não sei. A vida, talvez.

— Pois então… eu vivi muita coisa!

— Sim, mas *a vida* não levou tudo de você. A prova é que você não mudou, te juro. É a mesma Nina Beau.

— Não, não sou a mesma.

— Onde você mora? — pergunto.

— Você sabe muito bem.

— Como poderia saber?

— Você acha que não te vejo passar na frente da minha casa volta e meia? Olhando pra ver se estou lá dentro…

— …

Ela não diz mais nada. Volta a olhar fixamente para a rua. Dali a três minutos vai sair do carro. Avanço muito devagar. Gostaria de fingir que o carro enguiçou, mas estamos a quinhentos metros da casa dela. Eu deveria ter errado o caminho.

— Quer que eu coloque música de novo?
— Não, obrigada — responde ela, com tristeza na voz.
Estaciono diante da casa dela. Quando sai do carro, ela murmura:
— Obrigada pelo passeio.
— Vou te ver de novo? — pergunto.
Ela olha para o gato.
— Tchau, Nicola. Comporte-se.
Bate o portão e se vira. Um vulto de adolescente. De costas, parece que ainda tem quinze anos. Meus olhos lacrimejam. Ela abre a porta de casa e desaparece dentro da noite.
Não me respondeu.

Nina entra e fecha a porta atrás de si enquanto escuta o motor do carro desaparecer. Tira os sapatos, havia uma pedrinha no calcanhar. Sente o cansaço bater. Os músculos doloridos. Gatos se enroscam entre suas pernas, seis no total, velhos, mancos, caolhos. Ela acolhe os que mais apanharam, os que têm menos chances de ser escolhidos.
— Oi, seus peludos!
Ela tosse, deve ter pegado friagem. Ou então é sua asma. Depois de tanto tempo convivendo com ela, aprendeu a diferenciar entre uma possível crise e o início de uma gripe forte. Ela vai em direção à cozinha, pega a comida dos gatos e os alimenta enquanto cantarola:

*A vida é bela e cruel ao mesmo tempo, parece com a gente às vezes*
*Eu nasci para estar só com você...*
*Seu sangue e o meu, vamos formar um só*
*E seríamos invencíveis, conseguir pelo menos isso...*

Nina esquenta uma sopa do dia anterior no micro-ondas. Pega dois biscoitos e uma pasta de queijo. Passa o aspirador para tirar os pelos, depois entreabre as janelas por cinco minutos.
Aumenta o aquecedor do quarto, que está frio por causa do gatil e das idas e vindas constantes entre a casa e o jardim.
Toma um banho pelando e se deita na cama, que já está ocupada por três gatos. Liga o computador, olha seu perfil no Facebook e o do abrigo.

TRÊS                                                                        111

Recebeu uma mensagem na sua conta pessoal. Uma mensagem de Romain Grimaldi, dando notícias de Bob, com uma foto do cão adormecido em um sofá ao lado de um gato grande.

*Olá, sra. Beau, está tudo bem por aqui. Soube que Bob seria meu cachorro assim que vi a foto dele no site do abrigo. Somos inseparáveis agora. Meu velho gato Radium também o adotou. Espero que esteja bem. Até breve.*

*Romain G*

Sem pensar, Nina digita:

*Tem planos para hoje à noite?*

Ela vê que ele está on-line, e ele responde imediatamente:

*Nada de mais, são nove da noite, já jantei. Bob e Radium também. Por quê?*

*Quer me encontrar?*

*Agora?*

*É, agora.*

*Para falar de Bob?*

*Não. Onde você mora?*

*Rua Rosa-Muller, nº7.*

*Estou indo.*

*Ok...*

Ela se levanta. Vai até o banheiro. Passa hidratante nos lábios rachados. Veste sua calça jeans preferida, a que não usa há séculos, e seu único casaco possível, o preto, que usa em ocasiões especiais, ou seja, nunca. Só o usou uma vez para assistir ao discurso do prefeito no começo do ano. Passa a mão no cabelo. Não pensa. Sobretudo, não pensa. Está sem o carro. A rua Rosa-Muller fica ao lado da igreja. Dez minutos a pé da sua casa.

Ela anda rápido, sente o calor da sua respiração na metade do rosto, coberto pela gola do sobretudo. Se aquecer, não pensar. Ela percorre aquelas calçadas que já conhece de cor. Passa pelas cercas, as casas, os jardins, os barracões, as garagens, as fachadas que ela poderia recitar feito um poema. Anda em direção à igreja como quando encontrava Adrien e Étienne para ir à piscina. Seus passos de adulta dentro dos passos de criança. O gelo no cabelo. Há quantos anos não caminha em direção a alguém?

# 26

*Fevereiro de 1993*

Eles pegam o ônibus às sete da manhã para a escola, situada a dez quilômetros de La Comelle, e chegam em torno das 7h35, o tempo necessário para buscar no caminho os alunos que moram nos cantos mais isolados, os que esperam na beira da estrada feito condenados. Eles são resgatados em meio ao silêncio do cansaço matinal, em que não se ouve nada além das portas do ônibus se abrindo e fechando. Os adolescentes ainda estão acordando. Foram dormir tarde, estavam escutando o programa *Lovin' Fun* no rádio, com Doc e Difool. Os apresentadores costumam responder perguntas sobre identidade, paquera, acne, medo, fobia, ponto G, vergonha, preservativo, lubrificantes, sodomia, e os jovens escutam com as orelhas coladas no aparelho, tentando adivinhar se conhecem aquela pessoa que se arriscou a fazer uma pergunta existencial ao vivo ou a contar sobre seus relacionamentos e sua sexualidade. "Minha namorada não fica excitada, não tem jeito."

Durante quase meia hora, no pátio, debaixo dos toldos, os alunos conversam, fumam, terminam seus deveres num canto para não receberem detenção. Marcam seus calendários com xis, separando os dias de aula dos dias de férias. Fazem perguntas sobre a matéria da próxima prova. Falam sobre aids, sobre a fome no mundo, sobre os rasgos nas calças jeans, sobre os grunges, sobre o conflito entre Israel e Palestina, sobre a série *Barrados no Baile*. As meninas querem ser iguais a Madonna ou Mylène Farmer, e leem Verlaine. Os meninos querem ser Kurt Cobain ou Bono e admiram Jim Courier e Youri Djorkaeff na TV.

As aulas começam às oito.

Mesmo estando no segundo ano do ensino médio, os três sempre fazem os deveres juntos. Étienne continua não gostando de estudar. Enrola um pouco, dá uma olhada nas anotações de Adrien e Nina, copia suas respostas. Um professor de matemática vai até a sua casa aos domingos de tarde para ajudá-lo a recuperar o atraso acumulado. Ele não tem coragem de dizer aos pais: "Caramba, no domingo!"

Seu pai ainda o enxerga com decepção ou indiferença, ele não sabe ao certo. Étienne vê muito bem como Marc Beaulieu olha para o filho mais velho sorrindo, como faz carinho em Louise com um olhar sempre amoroso. Mas com ele, nada. Indiferença. Quando se dá ao trabalho de olhar para Étienne, é à força.

Lá pelas sete e meia, enquanto Pierre Beau prepara o jantar, Adrien e Étienne voltam para casa.

Adrien encontra a mãe, eles comem alguma coisa na mesa da sala enquanto assistem ao jornal das oito. Adrien gosta de não ter que jantar no silêncio com Joséphine. Apesar do barulho das bombas, das imagens terríveis de guerras civis ou outros conflitos, os pratos o fazem lembrar que as noites podem ser iguais aos recreios, é como um piquenique entre quatro paredes.

Étienne sempre volta arrastando os pés. Fica extremamente angustiado com a noite que cai às cinco da tarde. Se pudesse, beberia todos os dias para aliviar aquele peso que sente em seu peito quando a noite cai. O uísque com Coca-Cola adoça seu sangue, o faz rir de tudo, é como se ele voasse, como se cada um de seus órgãos estivesse cheio de hélio.

Quando chega em casa, Étienne encontra Louise. Mal nota sua presença e não a cumprimenta. Desce até o porão para tocar o sintetizador. Depois, janta com a irmã na bancada da cozinha. Madame Rancoeur é quem prepara tudo e cuida deles antes de ir para casa.

Depois do jantar, Étienne desce outra vez para tocar ou jogar videogame. Quando seus pais chegam em casa, lá pelas nove, ele sobe e troca algumas palavras com Marie-Laure.

— Como foi a escola? Você foi legal com a sua irmã? Comeu bem? Já tomou banho?

Depois, sobe até o quarto, assiste TV ou folheia as revistas pornô que pegou debaixo de uma pilha de lençóis no armário de Paul-Émile, seu irmão mais velho. Revistas antigas, com páginas amassadas, mas nas quais as mulheres ainda aparentam ter vinte anos. Ele se masturba e dorme um sono pesado.

Nessa manhã de fevereiro de 1993, os alunos não pegam o mesmo ônibus de sempre. Conversam e riem alto. Deixaram o cansaço em casa. Seus livros e cadernos ficaram para trás. Vão festejar a terça-feira de Carnaval. Todos os alunos e professores da região vão se reunir em Chalon--sur-Saône para desfilar nas ruas. Cada um traz no colo uma mochila com um sanduíche e uma garrafa de água.

Meninos fantasiados de meninas, com perucas e saltos altos, erguem seus vestidos com risadinhas, exibindo as longas pernas peludas. Outros, fantasiados de Bioman, Darth Vader ou Homem-Aranha, veem a paisagem passar enquanto conversam sobre algum programa de TV. Étienne está fantasiado de jogador de futebol americano, e seu capacete o impede de flertar com uma menina do 2º C. Ela está sentada no seu colo. Uma nádega sobre sua coxa esquerda. Faz grandes gestos, fala alto demais, toca as mãos de Étienne e se debruça sobre ele. Nina, fantasiada de fada, morre de vontade de dar umas pancadas com sua varinha de condão na cabeça dela.

— Essa daí me irrita. Que vontade de bagunçar esse cabelo escovado dela — sussurra Nina para Adrien, incomodada.

Adrien está cabisbaixo desde que entrou no ônibus, e responde dizendo que ela está com ciúmes.

— Até parece. Estou acostumada a ver o Étienne com piranhas, mas essa aí me irrita. E o que é que você tem? Está mal-humorado desde cedo.

— Nada — responde Adrien. — Nadinha.

— Não parece. É sua fantasia de caubói que está te chateando?

Adrien dá de ombros. Três músicas de Étienne Daho passam pela sua cabeça. "Il ne dira pas", "Mythomane" e "Cow-boy".

*Caubói, pegue de volta seu cavalo e sua carabina*
*O estacionamento está cheio, então vire essa página no seu livro ilustrado...*

Louise está nas primeiras fileiras com outros alunos. Os mais jovens, do primeiro ano, vão na frente.

*Tem sempre alguém menor que a gente,* pensa Adrien. Os que ficam na frente nas fotos de grupo.

Louise está fantasiada de Colombina, com três lágrimas pretas desenhadas na bochecha. De vez em quando, ela se vira para olhar o irmão, Nina e Adrien. Cruza várias vezes o olhar com o de Adrien, que não baixa os olhos. Ele esboça um sorriso.

Saint-Raphaël, suas lembranças furtivas se misturam.

Adrien tem vontade de gritar, mas tenta se acalmar enfiando as unhas na palma das mãos. Nina fica emburrada. Ele percebe que ela está com lágrimas nos olhos. Seu rostinho adorável está contrariado. Adrien respira fundo e dá uma cutucada nela com o cotovelo. Nina se vira na sua direção de cara fechada. Adrien mostra o revólver de brinquedo que tem na cintura, o tira do coldre, mira na menina sentada no colo de Étienne.

— Quer que eu mate ela?

Nina tem um ataque de riso.

# 27

*12 de dezembro de 2017*

Não tenho coragem de tirar Nicola da caixa, fico com medo de quebrá-lo. Ele ronrona enquanto dorme. A caixa de areia ainda está embalada dentro de um saco de papel. Larguei tudo no meio do cômodo. Observo o gatinho como alguém observa um erro cometido. A lista de erros que começou há muito tempo. O peixinho vermelho comprado na feira, matar aula, colar, roubar em lojas, beber e dirigir, soltar fogos de artifício em pleno verão em um jardim abandonado, a água do banho esquecida, o pedido de casamento, a resposta errada, a pessoa errada, saber disso, mas ir adiante mesmo assim, fazer promessas que não serão cumpridas, perder trens, pegar empréstimos, desmarcar na última hora um compromisso pelo qual você aguardava há muito tempo, sair de manga curta no frio, baixar a cabeça para não cumprimentar alguém porque não é o dia nem o momento certo e se arrepender para sempre, assinar uma escritura de venda no cartório, se comprometer, se descomprometer, o álcool nojento, as noites repugnantes, o famoso copo a mais, as manhãs difíceis, entrar num carro com um desconhecido, o casaco estampado que você comprou para variar um pouco do preto, mas que nunca será usado, o último romance de um autor que você gosta, mas não consegue terminar nunca — "Mas dessa vez eu vou amar" —, comprar coisas na promoção, os fundos das gavetas, vasculhar, fofocar, criticar, zombar, a calça minúscula que você jura que vai vestir quando emagrecer, todas essas coisas nos armários de nossa vida, mas que são a nossa vida.

E sentir vergonha de Nina quando eu tinha vinte e quatro anos. Cruzar com ela em Paris no saguão de uma casa de shows e me comportar mal. Ela se aproxima, me abraça. Eu fico tensa. Ela me dá boa-noite com alegria, tímida.

— Boa noite. Viu? Eu vim, estou orgulhosa de você.

— Ah, oi.

Sim, de verdade, responder apenas: "Ah, oi."

Que vexame. Sou jovem. Tenho roupas bonitas. Meu nome está no cartaz da peça de teatro a que ela veio assistir. Acho que sou aquilo que não sou, que ninguém nunca é. Nunca se deve achar que somos algo que não somos.

Ouço seu sotaque do interior. Só consigo ouvir isso. No entanto, Nina nunca teve sotaque. Quero falar com aqueles que sabem falar, aqueles que usam palavras bonitas. Não com os moradores de La Comelle, como se eles fedessem a uma infância que eu renego, minhas origens provincianas.

Nina fica pálida, sorri na roupa que eu percebo ser nova. Ela se arrumou para a ocasião. Queria me surpreender.

Ela fica, não vai embora, não me dá as costas, encontra seu assento na sala com o ingresso na mão, o ingresso que ela comprou.

Ela não recebeu convite.

Está nas fileiras do fundo. No fim, vejo-a aplaudir com empolgação.

Dou um jeito de desaparecer na coxia. Imagino-a aguardando na calçada. Não vendo ninguém. Voltando sozinha. Arrumando desculpas para mim.

A vergonha e os arrependimentos não se atenuam com os anos.

# 28

*12 de dezembro de 2017*

Romain Grimaldi abre a porta. Só vê os olhos escuros dela. A água turva.

Nina o cumprimenta e joga seu sobretudo em uma cadeira. Ela se livra do frio, largando-o longe de si. Sopra dentro das mãos em concha. No sofá, Bob ergue o focinho, a reconhece e faz uma festa para ela.

— Oi, amigão.

— Quer beber alguma coisa? — pergunta Romain.

Ela se vira na sua direção, olha-o fixamente, se aproxima. Ele sorri para ela, incomodado. Ela diz:

— Meu corpo está morto há anos. Uma pele que deixa de ser tocada morre. Um corpo que deixa de ser olhado vive no inverno. As camadas de frio se sobrepõem. Neve eterna. Não há outras estações. Não há mais desejo, esperança de retorno. Ele está preso no passado, estagnado em algum lugar. Não sei onde. Tem medo. Eu tenho medo. Meu corpo não tem mais presente. Eu gostaria de fazer amor. Gostaria de saber se ele esqueceu tudo. Se ainda sabe de alguma coisa. Você me atrai. E eu, atraio você?

Ele responde que sim.

Um sim que é também uma pergunta. Um sim desconfiado, que tem medo dela, da sua franqueza. A música da insegurança.

— Quero beber uma coisa forte — afirma ela.

— Eu também.

Romain vai até a cozinha. Nina ouve os armários serem abertos, o tilintar de copos. Seu coração bate forte como quando ela conheceu o mar. Ela observa lentamente a sala. Luminárias, livros, uma mesa de centro, a televisão sem som, um documentário sobre a Índia, o rio Ganges, mulheres de sári. Não pensar. Confiar em si mesma, só uma vez.

Ele volta com dois copos na mão, um líquido castanho dentro: Bourbon. Bebem de uma vez sem parar de se olhar. Ele veste uma calça jeans e um casaco preto, assim como ela. Parecem gêmeos usando roupas escolhidas pela mãe.

Ele abre a boca para falar, mas antes que possa dizer alguma coisa, eles se beijam. Nenhum dos dois dá o primeiro passo, eles o fazem juntos. Apesar da tremedeira e de algumas oscilações desajeitadas, sabem se encontrar, se tocar. Eles redescobrem a maciez dos gestos, a lentidão e a prontidão das mãos. As tentativas. Ele tira o casaco e a camiseta. Ela gosta do cheiro da sua pele, o primeiro degrau. Quando gostamos do cheiro da pele do outro, quando o identificamos como algo familiar, membro de uma mesma categoria sensorial, temos todo o resto. Ele beija bem.

Ela não se enganou ao ir até ele. É delicado e sensual.

Sua língua contra a dela. Nina realmente achava que aquilo não aconteceria mais. E com outra pessoa.

Ela não consegue assimilar. Está quase em estado de hipnose. Passa a mão pelo cabelo espesso dele. Agora gostaria que ele entrasse nela, inteiro. A barba por fazer espeta suas bochechas, seu queixo, sua boca. Ela tira as próprias roupas. Ele prova sua pele, um coquetel adocicado de férias.

Ele diz:

— Vamos ficar mais à vontade no meu quarto.

Ela responde:

— Apaga a luz.

Ele pergunta se ela tem certeza de que é isso que quer, a escuridão. Sim, ela tem.

Ele sorri. Eles sorriem.

Romain serve mais um copo de Bourbon para eles antes de subirem. A saideira. Todo um caminho a percorrer. A escada. Descalços no carpete. Estão descabelados e excitados. Transpiram um contra o outro. Gemem. Um prelúdio. *Nada mais delicioso do que as preliminares*, pensa Nina. É a adolescência eternizada. É ainda melhor do que promessas. Eles se seguram, se agarram, se encontram, se precipitam, têm tempo. A noite diante deles lhes pertence. Têm a riqueza do instante. As mãos cheias.

# 29

*Maio de 1994*

— Estou grávida.

Os dois estão nus no quarto de Étienne. Ele tira o preservativo com a ponta dos dedos. Clotilde está deitada ao seu lado, as pernas recolhidas. Ele observa sua boca. Parece um roedor. Ele sempre achou isso, que a boca da Clotilde é feia, fina e pequena demais. Ainda por cima, ela usa batom, o que acentua seu defeito. Dentes brancos, alinhados, mas um pouco protuberantes. Olhos azuis que ela pinta com uma sombra lilás. Seu ponto forte. Todo mundo observa seus olhos, meninas e meninos. Um narizinho reto, fino. A pele branca como leite. Ele adora os seios dela, os mamilos rosa-claro, a barriga lisa. O corpo alongado de esportista. Não é muito alta, tem quase a mesma altura de Nina. Ele sempre compara suas conquistas com Nina. Nunca com Louise, sua irmã. Não se compara uma irmã mais nova. Nina é diferente de uma irmã, é indefinível. Uma amiga de infância. É isso que ele diz quando a apresenta: "Minha amiga de infância." Aquilo dispensa maiores explicações, tipo: "Não é minha namorada. Passamos o tempo todo juntos, mas não estamos juntos." Sobre Adrien, ele diz: "É meu melhor amigo." Mesmo que não pense isso. Adrien também é outra coisa. Antes, os dois nunca faziam nada juntos sozinhos, sem a presença de Nina. Mas desde que completaram catorze anos, Adrien vai até a casa de Étienne sozinho para tocar sintetizador e jogar videogame. O console fica plugado na televisão vinte e quatro horas por dia, ao lado dos teclados. Eles se sentam num velho sofá, escolhem *Cosmic Carnage* ou *Sonic* e jogam por horas a fio. Quando Nina aparece, Étienne empresta seu controle de má vontade, mas ela rapidamente perde a paciência, o que irrita os garotos.

Ele dá um trago no baseado. Fecha os olhos. Só os abre quando Clotilde murmura:

— Não sei o que eu fiz com a minha pílula.

Ele faz uma pausa, cobre seu sexo com o lençol, cheio de pudor de repente, ou como se quisesse encerrar a proximidade, a intimidade entre eles.

Étienne pensa no pai. O que ele dirá se souber? Com certeza se sentirá livre para insultá-lo. Marc só ficava calado porque Marie-Laure não suporta que comparem Étienne com Paul-Émile. Mas se ele descobrir que o filho engravidou uma garota, não hesitará em dizer palavras que machucam.

— Que merda... Que merda — geme Étienne.

— Eu sei — responde Clotilde.

— Tem certeza?

— Tenho.

— Foi no médico?

— Ainda não.

— Tem que ir logo.

— Eu sei.

— A gente tem o vestibular daqui a um mês.

Toda quarta-feira, Clotilde e Étienne fazem amor na casa dele. Eles se trancam no quarto, sem pressa, se aquecem, experimentam. Dois novatos de dezessete anos explorando, buscando, descobrindo o prazer. Uma recreação, nada mais. Quanto ao amor, Étienne pensará nisso mais tarde. Quando pensa no futuro, se vê morando com Nina e Adrien em Paris.

É a primeira vez que ele fica tanto tempo com uma garota, cinco meses. Também é a primeira vez que se diverte com uma.

Ainda não registrou de verdade o que Clotilde acaba de dizer. "O reverso da moeda", diria seu pai. O baseado o deixa um pouco zonzo. Há uma dualidade nele. Fugir e se orgulhar. Ele a engravidou. É quase uma prova de que é um homem de verdade, dá até vontade de estufar o peito. E uma angústia crescente: ser pai aos dezessete anos, que pesadelo. Um pesadelo que significaria ficar em La Comelle, ser como seus pais. Sair cedo, voltar tarde. Esquecer seus sonhos. A criança tomaria seu lugar na piscina, no skate, na boate, tocaria sintetizador e jogaria videogame no seu lugar enquanto ele trabalharia para alimentá-la. Nunca.

Nina só pensa nisso. Casar, ter filhos e uma casa. Que angústia. Étienne não acredita nela quando sonha com essa vida fictícia, diz a si mesmo que aquilo vai mudar à medida que ela crescer, que os três vão viver de liberdade e água fresca. Que certamente farão shows em todos os cantos, talvez até turnês mundiais.

# TRÊS

Étienne se veste. Vai encontrar Adrien e Nina na casa dela para estudar. Passam horas decorando fichas e fazendo perguntas uns aos outros. Sem eles, Étienne nunca teria passado para o primeiro ano, muito menos para o segundo. Ainda não acredita que está no terceiro ano e aproveita as vantagens de ter chegado lá: seus pais permitem que ele saia com os amigos, contanto que seus resultados continuem bons. Se quiser ir para Paris no ano que vem, vai ter que ir para a faculdade, qualquer uma. Seus pais nunca o deixarão "viver de música". Enquanto assistia *Navarro* e *Commissaire Moulin*, ele decidiu que gostaria de virar policial. Policial e músico seria estiloso. Além disso, ele tinha uma vantagem: seu talento para os esportes.

Étienne assiste Clotilde se vestir. Grávida. É tão surreal quanto Nina ficando menstruada aos dez anos. Algo que não existe no seu mundo.

— Eu levo você em casa — diz ele.

Eles passam por Louise, sentada no sofá, imersa na sua leitura. Trocam um rápido "tchau, até mais tarde". Étienne se pergunta como é possível ler um livro quando não se é obrigado, simplesmente por prazer. Adrien e Louise emprestam livros um para o outro. Étienne sente que há alguma coisa entre a irmã e Adrien, mas finge que a relação dos dois não existe, ainda que seja evidente. É melhor não saber.

Estende o capacete para Clotilde, dá partida na moto, percorre as ruas de La Comelle em alta velocidade. Ela se agarra nele. Étienne tem vontade de frear bruscamente para que ela caia, para que o largue, que deixe de existir. Está desesperado. Fica quase aliviado ao deixá-la em casa. Antes de ir embora, ele pede que ela vá ver um médico o mais rápido possível. Não consegue acreditar naquela história. Como é possível que suas brincadeiras sexuais tenham acabado em gravidez? Ela diz que toma pílula e eles usam camisinha. É verdade que às vezes o negócio escorrega ou rasga, mas isso deve ter acontecido no máximo duas vezes, não mais.

— Você vai se encontrar com *eles?* — pergunta Clotilde.

Há uma repreensão subentendida naquela pergunta: "Larga um pouco seus dois amigos. Vocês estão sempre juntos."

— Vou, vamos estudar juntos.

Étienne foge, literalmente, para a casa de Nina. Abre a porta, sobe até o segundo andar. Há anos que não batem na porta quando chegam na casa uns dos outros. É como se estivessem em suas próprias casas. Os adultos tinham se acostumado. Quando eles eram crianças, os pais achavam que aquilo passaria, que era uma fase, que depois eles mudariam, sobretudo no ensino médio, quando fariam outros amigos. Mas como nada mudou, ainda era *assim*, eles se acostumaram. É natural. São jovens que parecem pertencer a uma mesma família, que cresceram juntos, que dormiram na mesma casa, partilharam refeições e dias de folga. É um apego muito forte. Joséphine adora Étienne e Nina, está sempre mexendo no cabelo deles, beijando-os com afeto. Sabe quais são seus pratos preferidos e os prepara especialmente para eles. Pierre se apegou a Adrien e Étienne como se fossem os filhos de um irmão ou uma irmã que ele nunca teve. Marie-Laure e Marc sempre incluem os outros dois nos jantares, e se Nina e Adrien ficam algum tempo sem aparecer na casa deles, sem dar notícias, sentem um vazio. Cada família viu os filhos das duas outras mudarem de pele e de olhar, viu seus corpos passarem por uma metamorfose.

Étienne sobe os degraus de dois em dois, empurra a porta do quarto. Nina e Adrien já estão sentados no chão de pernas cruzadas. Eles se fazem perguntas em inglês. Étienne dá um "oi" e se deita na cama. Não gosta de sentar no chão.

— O que você tem? — pergunta Nina. — Está pálido, parece até eu depois de ver *O Exorcista*.

Étienne não quer falar no assunto. Está um pouco envergonhado. Étienne e Nina não têm o hábito de esconder coisas um do outro, conversam abertamente sobre tudo. Adrien ouve, mas permanece em silêncio, quieto. Intervém raramente. Ao contrário dos outros dois, Adrien só fala do ódio pelo pai, de suas leituras, de suas letras de música, mas nunca de sexualidade ou de amor. Quando estão a sós, Nina insiste:

— E você? Ama quem? Prefere meninas ou meninos? É verdade que está apaixonado por Louise? Já beijou ela? Já transaram?

E Adrien sempre responde:

— Eu amo você.

Então Nina se irrita:

— Que saco isso de você não responder nunca. Fica tentando me enrolar. Eu te conto tudo.

Nas noites de sábado eles vão ao Club 4, uma boate a trinta quilômetros de La Comelle. São os pais que os levam, alternadamente, e vão buscá-los no estacionamento às quatro da manhã.

Eles se arrumam juntos, escolhem as roupas cuidadosamente, jantam cedo e bebem algumas doses escondidos. Perfumam-se e escovam os dentes lado a lado. Às vezes, Adrien e Nina trocam de blusa um com o outro.

Étienne, muito maior que os dois, não pode participar da troca. Nina se maquia de leve, sob o olhar dos garotos.

— Não exagera, senão fica vulgar — diz Étienne.

Os três olham revistas e se penteiam como estrelas do rock, passando o pote de gel de mão em mão. Étienne joga seu cabelo louro de lado. Quer parecer com Kurt Cobain, que acaba de morrer. Adrien seca seu cabelo preto e cacheado de cabeça para baixo, sonha em ter o carisma de David Bowie. Nina cuida de seu corte quadrado para ficar parecida com Debbie Harry quando jovem. Muda a cor do cabelo como quem muda de roupa. Experimenta todos os cortes.

Quando se arrumam na casa de Étienne, Louise se junta a eles no banheiro que cheira a perfume, laquê, cigarro, vodca e xampu. Ela gostaria de ir ao Club 4 com eles, bate o pé, implora um pouco, mas os pais negam:

— Você só tem dezesseis anos.

— Quase dezessete! E o Adrien é maior de idade! Ele pode ficar de olho em mim.

— Não insista.

## 12 de dezembro de 2017

O Club 4… Eu me lembro que adorava ir lá no terceiro ano. Encontrava os baladeiros da minha turma e alguns jovens da região. O Club 4 era seletivo, não entrava qualquer um. Aqueles que pareciam jovens demais, bêbados e maltrapilhos não eram aceitos.

Chegávamos por volta das onze da noite e bebíamos um primeiro drinque com o ingresso na mão, que dava direito a duas consumações. Em seguida, um de nós tinha sempre uma garrafa consigo e servia a todos debaixo dos casacos. A dona sabia, mas fazia vista grossa. Jovens bonitos atraíam mais gente ao seu estabelecimento.

Todo tipo de pessoa se esbarrava no Club 4: alunos do ensino médio, idosos, gays, festeiros, casais, travestis. Para uma boate de interior, até que era um lugar descolado. Alguns clientes vinham de Paris. Eu me lembro de uma sala nos fundos na qual nós nunca pusemos os pés, mas sabíamos que as pessoas trepavam atrás da cortina vermelha que escondia a entrada.

Hoje em dia, acho uma completa loucura pensar que nós, um bando de jovens menores de idade, podíamos entrar naquele lugar que explorava os limites da depravação, e que eram nossos próprios pais que nos levavam, como se fosse uma boate "normal". Sem dúvida eles não faziam a menor ideia do que rolava lá dentro.

Nossa maior diversão era cheirar poppers — vendido livremente no bar — a noite inteira. Passávamos os frasquinhos de mão em mão e nos olhávamos nos espelhos: nossas percepções ficavam alteradas, turvas, cambaleávamos, ríamos, sentíamos que estávamos transgredindo uma lei.

A música era excelente, e o DJ era um artista talentoso que mixava tech trance a maior parte do tempo. A música nos dava asas, acelerava nossa pulsação. Dançávamos colados uns nos outros, embriagados com as sensações que descobríamos simultaneamente. Brincávamos de ser adultos, descomplicados e livres, quando, na verdade, ainda éramos crianças que se beijavam na boca e estavam começando a explorar a sexualidade.

À uma da manhã, o DJ interrompia a música eletrônica, e travestis de vestidos de paetê tomavam nosso lugar na pista de dança para imitar as divas americanas: Gloria Gaynor, "I Will Survive", Dona Summer, "I Feel Love", Eruption, "One Way Ticket".

Após o espetáculo, sempre tinha uma "dança do tapete".

Nina nunca escolhia Étienne na roda depois de beijar alguém no centro do círculo. Perigoso demais. Complicado demais. Flertar com ele seria colocar a amizade deles em risco. E, além disso, eles se conheciam demais. Só os desconhecidos pareciam desejáveis, intrigantes. Eram como aqueles velhos casais que não olham mais um para o outro.

Adrien nunca participava. Ficava sentado no bar, observando Nina e Étienne de longe, sorrindo. Quantas meninas e meninos estendiam a echarpe para Étienne? Ele era o mais cobiçado, estava sempre no centro do círculo. Fazia aquilo com todo o prazer, beijando as meninas de língua e, se estivesse bêbado, dando selinhos nos garotos. Durante o terceiro ano, Étienne estava namorando Clotilde Marais, mais um motivo para beijar outras garotas durante a dança do tapete. Era o único lugar em que ela permitia aquilo, por mais que ficasse brava quando um beijo se eternizava, ou se vingasse agarrando outro garoto. Étienne não suportava aquilo. Levar um chifre na frente dos outros. Preferia morrer.

Nina ainda não tinha "dado", como diziam, e só pensava nisso. Era sua obsessão. Queria fazer aquilo com um cara por quem estivesse apaixonada. Sobretudo a primeira vez. Estava louca por um tal Alexandre, com quem devia ter trocado no máximo um: "Oi, tudo bem? Tudo, e você? Boa noite." Aquelas palavras a haviam deixado trêmula, eufórica e enfraquecida. Ele sempre aparecia no Club 4 lá pelas duas da manhã. Quando ela o avistava na penumbra, quando descobria seu vulto, as roupas que usava, ela deixava a pista de dança. Nina e ele se rondavam, davam um jeito de nunca estar muito longe um do outro, mas ele tinha uma namorada que não largava do seu pé. Até quando ia ao banheiro, ela ficava na porta feito uma guarda-costas, pensando que Nina entraria lá para evitar a fila no banheiro feminino. Na única vez em que os dois tinham se cruzado, Alexandre tinha prensado e beijado Nina contra a parede, um beijo sensual que a nocauteara de pé. Quando ela abriu os olhos, ele já tinha ido embora.

Nina sentia os olhares de Alexandre nela, os dois trocavam sorrisos, se esperavam, às vezes roçavam as mãos ou os ombros, mas a sanguessuga estava sempre de olho. Os dois estavam juntos desde os catorze anos. Eram aquele tipo de jovens bem maduros, casados de alma, porque namoravam há muito tempo.

— Ele não ama ela, mas não tem coragem de terminar — insinuara uma amiga em comum.

Nina adorava contar aquela história de amor impossível para si mesma. Que se Alexandre fosse livre, eles estariam juntos.

Alexandre tinha vinte e um anos, estudava direito em Dijon e morava com a namorada grudenta. No fundo, Nina sonhava com aquilo, o pacote completo: apartamento, sofá vermelho, cozinha equipada e o príncipe encantado. Dizia a quem quisesse ouvir que, depois do ensino médio, iria morar com Étienne e Adrien em Paris. Mas, no fundo, ela oscilava o tempo todo: um dia, sonhava com uma história de amor intensa, com filhos e casa própria, no outro, com uma liberdade plena, cheia de amantes, tantos amantes quanto países visitados, cantando e desenhando sua vida de artista.

Por mais que seus sonhos fossem de um extremo a outro, uma coisa era certa: ninguém a separaria de Adrien e Étienne.

# 30

*12 de dezembro de 2017*

— Faz isso com todos os homens que adotam um cachorro no abrigo?
Nina sorri.

— Quantos anos você tem? — pergunta ele.

— Em idade de cachorro ou de gente?

— Tem que multiplicar por quanto, mesmo, com os cachorros?

— Depende do tamanho. Eu devo ter cento e dezoito anos, e você?

— Também.

— Eu vou indo — diz ela.

— Pode ficar.

— Não durmo com ninguém há uma eternidade.

— É a eternidade longa.

— E você?

— Eu o quê?

— Há quanto tempo não dorme com alguém?

— Acho que faz uma eternidade também.

— Você não é casado?

— Divorciado. E você?

— Idem.

— Já são duas coisas em comum entre a gente.

— Você tem filhos?

— Não. E você?

— Também não.

— Não sei como se chama um homem e uma mulher que não tiveram filhos.

— Órfãos ao avesso? Perdidos, contrários, solitários, sem-fraldas, sem-descendência, sortudos, egoístas, estéreis, sem-mãos, sem-barriga, sem-embriaguez, sem-chateação, sem-herdeiros, felizardos, efêmeros, eternos adolescentes, crianças perpétuas, sem-rastro, sem-alegria, sem-enxoval, sem-carinho, sem-vida-após-a-vida, não-vai-ter-nem-um-gato-pingado-no-seu-enterro...

Nina dá uma gargalhada.

— Você fica linda quando ri — diz ele.

— Ainda estou bêbada. Seu Bourbon me matou.

— Você só ri quando está bêbada?

Nina se levanta e se veste.

— Homens podem ter filhos até os oitenta anos. Acho que Chaplin foi pai bem tarde. Nem tudo está perdido para você.

— Estou salvo então... e para você? Tudo está perdido?

— Deve estar.

— Te levo em casa?

— Não, vou voltar a pé.

— Vamos nos ver de novo?

— Vamos, se você for adotar outro cachorro.

Romain sorri.

— Eu não te interesso mais?

Nina não responde. Ela já lhe deu as costas. Desce a escada para pegar a calça jeans e o casaco, largados na sala. Os vestígios do amor. A TV ainda está ligada. O programa mudou, imagens em preto e branco, Hitler, uma multidão, suásticas. Bob não saiu do sofá. Ele olha para Nina com seus belos olhos tristes.

— Oi, amigão.

Ela veste o sobretudo. Não sobe para se despedir de Romain. Vai enviar uma mensagem. Palavras simples: "Obrigada por ter me ressuscitado." Ou simplesmente: "Obrigada." Ou: "Tchau, obrigada."

Ela fecha a porta bem devagar atrás de si. Quando chega na rua, pensa de novo na pergunta: "Não te interesso mais?" *Não*, pensa Nina. *Você fala bem demais, desconfio das pessoas que falam bem demais.*

Ela estremece. Não se arrepende de ter ido até lá. O amor não se esquece.

# 31

*15 de dezembro de 2017*

Encontro Nicola no fundo de uma caixa no porão. Fazia uma hora que eu o procurava por toda parte. Já estava chorando. Tinha medo de que ele tivesse fugido quando abri a porta de manhã. Eu o pego no colo com cuidado e o abraço.

— O que você está fazendo aí?

Ele começa a ronronar. Adoro seu calor e seu cheiro. Faz só alguns dias que chegou aqui com sua caixa de sapatos e já não consigo mais me imaginar longe dele. Entregá-lo a uma família mais apta que eu? Mas eu já não sou sua família? Essa bolinha, esse coração que bate, devora, corre, adormece, mia e me procura já é capaz de me reconhecer e me distinguir dos outros. Eis que sou proprietária de uma vida. Responsável. Eu, que não queria nada, agora tenho tudo.

Ele estava deitado em cima dos meus diplomas. Sopro neles para tirar os pelos antes de fechar a caixa. Não os tiro lá de dentro desde que vim morar nesta casa. Para quê? Para enquadrá-los? Pregá-los nas paredes a fim de impressionar as poucas almas que entram aqui? Esses troféus empilhados uns nos outros não me servem mais de nada. Não passam de um colchão de papel para o meu gato.

Seus nomes na lista.

Nina Beau: aprovada, com conceito "ótimo".

Étienne Beaulieu: aprovado.

Adrien Bobin: aprovado, com conceito "excelente".

Eles tinham segurado a respiração enquanto aguardavam para ter certeza de que seus nomes estariam na lista antes de comemorar. Os três gritam ao mesmo tempo. Até Adrien, que normalmente é mais reservado, que fala tão baixo que os outros vivem pedindo para ele repetir as coisas, até ele dá uma espécie de grito que lembra o de Tarzan. Nina chora nos braços do avô.

— Eu passei, vô, eu passei.

Pierre Beau não consegue conter as lágrimas. Olha para o céu, agradecendo Odile.

*À vida, ao amor*
*Às nossas noites, aos nossos dias*
*Ao eterno retorno da sorte...*

Étienne, embriagado de gratidão, vai dos braços de Nina aos braços de Adrien, murmurando:

— Obrigado, meus amigos, obrigado.

É a primeira vez que ele abraça Adrien. Depois, encontra o olhar do pai, um olhar que diz muito, e se desmancha nos braços da mãe, que murmura:

— Parabéns, meu filho, muito bem! Está vendo só, quando você se esforça...

Marc Beaulieu fica calado, ao longe. A avaliação de Étienne foi mediana, o suficiente para passar. Sempre há um aluno medíocre nas famílias.

Joséphine derrama lágrimas generosas, abraçando Adrien. O abraço deles dura muito tempo. Ela conseguiu criá-lo sozinha. O que será que o pai dele vai dizer quando souber que o filho recebeu o conceito "excelente"? O que será que ele, que sempre os viu como dois erros da sua juventude, vai pensar?

Adrien, Nina e Étienne rompem o círculo para se misturar aos outros alunos, para compartilhar sua alegria. Feliz, Joséphine propõe uma celebração improvisada em sua casa. Todos concordam alegremente.

— Temos que nos recompor juntos depois de tantas emoções, com *nossos três filhos* e todos que quiserem vir, vamos arrumar espaço.

Eu sou como Louise, minha preciosa amiga. Observamos os outros discretamente, sem nos manifestar. Louise acaba de fazer sua prova final de francês, tirou 17/20 na prova oral e 19/20 na escrita. Está no 2º C. Quer ser médica e sabe que nada vai detê-la. É o que mais gosto nela, sua determinação.

Na multidão de alunos, Clotilde encontra Étienne e se lança no seu pescoço. Ele a beija, a abraça. Não tem coragem de terminar com ela depois do aborto. Acompanhou-a no hospital, esperou por ela, levou-a em casa. O peso da culpa. Está esperando o mês de julho, as férias de um mês. Vai terminar com ela quando voltar. No início do ano letivo seguinte, ela vai para uma faculdade em Dijon e ele vai se mudar para Paris. Clotilde se tornará apenas uma lembrança distante. Ela sussurra um "eu te amo" no seu ouvido. Ele gela e responde, com um breve "Eu também."

São seis da tarde, estamos na casa de Joséphine, que abriu todas as janelas de casa para deixar o sol do mês de julho entrar. Há cerca de vinte pessoas no pequeno apartamento. Ela serviu grandes sacos de amendoim dentro de tigelas e colocou garrafas de vinho do porto, martíni, uísque e *pastis* na mesa de centro.

— Sirvam-se! Se faltar gelo, peguem na geladeira.

Os fumantes se revezam na minúscula varanda. Por medo de ela desabar, vão de dois em dois.

Todos conversam sobre o futuro. Eles se misturam junto ao álcool. Falam sobre outras cidades. Dijon, Chalon-sur-Saône, Autun, Paris, Lyon. A maioria dos jovens vai para a faculdade. Adrien, Nina e Étienne solicitaram vagas em residências estudantis de Paris ou dos arredores. O apartamento de seus sonhos vai ter que ficar para depois. Étienne tem poucas chances de conseguir um quarto em alguma residência estudantil, mas Marie-Laure prometeu: "Vou alugar um quarto pra você perto de Nina e Adrien." Os dois terão bolsas de estudos e vão se virar para fazer bicos aqui e ali. Os três jovens de La Comelle traçam as linhas de seus destinos: Adrien fará um curso preparatório de dois anos para conseguir uma vaga numa instituição de ensino renomada, Étienne prestará concurso para a polícia, e Nina fará belas-artes. Dizem sim para tudo com o intuito de concretizar "o" sonho em comum, a busca silenciada: fazer música. Tocar em bares, nas ruas, no metrô. Gravar um álbum.

Esta noite, estou perto de Louise e aproveito a alegria. Bebo o vinho do porto de Joséphine, observando-a ir e vir. Parece um pássaro que anda de lá para cá, saltitando, preparando-se para voar. Nunca vou esquecer o olhar orgulhoso e decidido de Pierre Beau para a neta, nem o de Marie-Laure, que não presta atenção na cara emburrada do marido e bebe um martíni atrás do outro. O sorriso de todos os pais, o alívio em comum: acabou, nos formamos.

Os copos são erguidos mais de dez vezes. O brinde é sempre o mesmo: "À saúde de nossos filhos!"

Percebo também que podemos sentir que estamos no paraíso até dentro de um apartamento feioso de no máximo quarenta e cinco metros quadrados, no quarto andar sem elevador, sem qualquer charme a não ser

TRÊS

a vida lá dentro. Ali há uma alegria que não se compra na planta de uma casa. Esta noite, aproveito a nossa juventude, nossas esperanças, nossos pais que têm fé em nós, essa sorte de termos crescido juntos numa cidade de interior que nos protegeu de tudo.

E eu? O que será de mim? Quais serão minhas escolhas? O que farei com elas?

Depois da comemoração na casa de Joséphine, os alunos se encontram a partir das dez da noite em uma das margens do lago da floresta. A palavra de ordem é levar o máximo de garrafas de bebida.

Nós nos encontramos ao redor de uma imensa fogueira. Somos mais de cem. Alunos do segundo ano se juntam a nós, entre eles Louise. Bebemos cerveja e uísque, cantamos e dançamos juntos. Étienne trouxe seu toca-fitas e duas caixas de som. Os outros trouxeram fitas do Nirvana, Bruce Springsteen, NTM, Mano Negra, IAM. Cantamos cem vezes a música de KOD, em coro:

*Cada um com a sua rota, cada um com o seu caminho*
*Cada um com seu sonho, cada um com seu destino...*

Às onze, estamos quase todos de calcinha e sutiã ou de cueca dentro do lago. Alguns garotos estão pelados. Algumas meninas ficaram ao redor da fogueira. Não quiseram se despir na frente dos outros. Louise e Clotilde estão entre elas.

Já é dia quando o último grupinho decide ir embora.

# 32

*Sexta-feira, 15 de julho de 1994*

Pierre Beau deixa Nina na recepção da empresa de transportes Damamme. Ele não quis que ela tentasse uma vaga nos correios durante o verão, mesmo os filhos de funcionários tendo prioridade. Não quer vê-la encostar em cartas, nem de longe nem de perto. Ele não sabe que ela ainda mexe, rouba e abre alguns envelopes para se deleitar com palavras alheias. É mais forte do que ela, um vício secreto.

— Tenha um bom dia, trabalhe bem, meu pequeno.

Ele sempre a chamou assim, de "meu pequeno." Quando criança, ela perguntou, certa vez: "Vovô, por que você me chama de 'meu pequeno'? Sou menina." Ele respondeu: "Coração é masculino. E você é meu pequeno coração."

— Até mais tarde, vô.

Nina se apresenta na recepção:

— Olá, meu nome é Nina Beau. Hoje é meu primeiro dia.

Foi a mãe de Étienne que a ajudou a conseguir o emprego. Marie-Laure redigiu um currículo para ela e o deixou pessoalmente nas mãos do responsável de recursos humanos, um amigo seu. Levam Nina até a sala que ela vai ocupar durante um mês e meio. Está substituindo a srta. Dalem durante suas férias de agosto. Vão treiná-la por dez dias. Não é nada complicado: receber fax, enviar fax, organizar as faturas em ordem alfabética na sala de arquivos do porão, digitar algumas cartas.

— Sabe usar o Word?

— Sei.

— Comete muitos erros de ortografia?

— Não.

Naquele mesmo momento, Étienne está no banco de trás do carro da família, ao lado de Louise. Está aliviado de ter deixado La Comelle aquela manhã. Não aguenta mais ver Clotilde, nem pintada de ouro. Ela insinuou que talvez fosse vê-lo em Saint-Raphaël. Ele disse imediatamente que não estaria lá. Disse que este ano iria com a família passear de barco pela Córsega.

Mentira. Tudo bem. Não aguentava mais aquela garota. É louco pensar que podemos amar alguém, seu cheiro, seu corpo, sua saliva, sua voz e, de repente, detestar tudo isso. É como o lado B de um disco de vinil cujo lado A escutamos sem parar: uma música que não reconhecemos mais. Não suportava sequer sua presença. Uma sanguessuga, uma chata, um peso grande demais para carregar. "Você me ama? Jura? Vamos ficar juntos para sempre?"

*Não, não vamos*, pensa ele.

Étienne observa a irmã, que parece perdida em pensamentos. Tentou ler um de seus livros, mas fica enjoada no carro.

— Você está apaixonada por Adrien? — pergunta ele baixinho para que seus pais não ouçam.

Ela o encara fixamente por alguns segundos, estupefata.

— É a primeira vez que você me faz uma pergunta pessoal. Geralmente, só me dirige a palavra para pedir alguma coisa emprestada ou para me pedir pra mentir e te acobertar.

Étienne se ofende com o comentário de Louise.

— Você é uma chata mesmo.

Ele vira a cabeça e finge olhar a paisagem.

— Sim. Estou apaixonada por ele. Dá pra perceber, não?

Ele a observa, desconfiado.

— Eu sabia… Vocês transaram? — pergunta ele, um pouco mais agressivo do que gostaria.

Louise dá de ombros e cora. Fica calada. Étienne sabe que não vai mais abrir a boca até chegarem a Saint-Raphaël.

Adrien olha seu reflexo no espelho do banheiro. Diz a si mesmo que, no fim das contas, não é tão feio quanto achava. A cada dia, ele se parece mais com a mãe. Mais gracioso, mais suportável. As maçãs do rosto altas, o nariz fino, os lábios mais grossos do que o esperado, os dentes brancos e bem alinhados. Desde que se formou no ensino médio com honras, seu olhar mudou, como se a vitória tivesse ateado fogo aos seus olhos cor de avelã. Ele ainda é magro, quase demais, mas parece que isso muda com a idade. De qualquer forma, tudo mudaria com a idade. Ele certamente não vai passar de um metro e setenta e cinco. Detesta sua pele leitosa, é como uma roupa da qual ele gostaria de se livrar. Venderia sua alma para o diabo para ter a pele de Étienne, seu tom cor de cobre. Observa seu rosto pálido, suas olheiras. Pensa que pelo menos vai ficar mais bronzeado no verão, sua aparência estará melhor quando chegar em Paris.

Ele também começa seu trabalho de verão hoje, assim como Nina. Vai ganhar um salário mínimo para distribuir gasolina e recolher as taxas dos botijões de gás num supermercado. Dois meses o separam de Paris. Até lá, está disposto a fazer qualquer coisa para ganhar a vida.

*Domingo, 31 de julho de 1994*

Faz quinze dias que Nina e Adrien estão trabalhando.
*Só mais um mês até Paris...*
Deitados lado a lado na mesma toalha, os dois passaram bronzeador no corpo inteiro para acelerar o processo. Adrien sugeriu que fossem até o lago da floresta, mas Nina prefere a piscina municipal. O azul da sua infância está ali. O azul e aquele cheiro de cloro que ela adora sentir na pele todo verão.

— Fede a água sanitária. Você é muito estranha — disse Adrien.

— Estranha, eu? Olha quem fala — respondeu ela.

Ela gosta dos gritinhos das crianças, de seus corpos fazendo a água respingar quando se jogam dos trampolins. Nina ainda sente o gosto do picolé de chocolate na língua. Adrien adormeceu. Ela escuta sua respiração. Todas as noites, eles ligam de um telefone público para Étienne e contam sobre seu dia, se escutam, dizem banalidades, contam sobre os respectivos trabalhos. Nina pergunta sobre o mar. "Está bom", responde Étienne toda vez. Ele pediu aos dois que não contassem a ninguém que vinham falando com ele, sobretudo a Clotilde. "Sim, a gente jura. De qualquer forma, a gente nunca encontra com ela, parece que está trabalhando na pizzaria do Porto."

Adrien distribui gasolina e diesel. "Tem que tomar cuidado para não confundir." Ele aceita pagamentos, limpa para-brisas, ouve rádio na pequena barraca enquanto espera o próximo cliente.

— É tranquilo, os dias passam rápido.

TRÊS  137

Nina diz a mesma coisa. Está gostando do trabalho, é secretária e sente como se estivesse atuando numa série norte-americana. E, sobretudo, tem novidades: Emmanuel Damamme chacoalhou sua vida. O filho do chefe, vinte e sete anos, bonito, alto, misterioso, olha para ela o tempo todo. Quando levanta a cabeça, ele está olhando para ela. Os dois não ousam conversar. Trocam algumas palavras. Ele não tem o que fazer na sala dela, não tem nenhum motivo para pedir o que quer que seja para ela. Emmanuel tem um assistente pessoal. Ela tem que conseguir atraí-lo para algum lugar, mas onde? Se ele aparecesse no Club 4 num sábado seria um milagre. Eles precisam conversar antes do fim do seu contrato. Antes que ela vá para Paris.

Observando o vento que balança as folhas de uma árvore no gramado ao lado da piscina pequena, Nina pensa em um plano para fazer Emmanuel ir até *lá*. Com um ou dois drinques vai ser mais fácil conversar do que no escritório. Ela não sabe onde encontrá-lo em La Comelle. Ele tem carro, parece morar com os pais em uma belíssima propriedade com várias construções, quadra de tênis e piscina. Não há a menor possibilidade de cruzar com ele no clube municipal. Ela sabe que ele estudou em Lyon antes de voltar à cidade para assumir o negócio da família.

Ela quase desmaiou da primeira vez em que o viu. Sentiu-se corar. Ele disse um "bom-dia" que ela nunca vai esquecer. Adorou sua voz, com um timbre grave e sensual. Ela respondeu gaguejando feito uma idiota. Embora nem saiba se toda idiota gagueja. Nina dá uma gargalhada. Adrien acorda, abre os olhos.

— Você está rindo sozinha?

— É, estou pensando em Emmanuel.

— De novo?

— É. Você sabe muito bem que quando estou apaixonada só penso nisso.

— E o Alexandre?

— Não quero mais saber dele.

— Achei que era o homem da sua vida...

— Como vamos fazer pro Emmanuel ir no Club 4 sábado que vem? — interrompe Nina.

— Você pode colocar um convite na mesa dele.

— Impossível.

— No para-brisa dele?

— Impensável.

— Quem é o cantor preferido dele?
- Não sei... Por quê?
Descobre e depois finge que ele vai cantar no Club 4 sábado que vem. Besteira. Como ele ia acreditar nisso?
— Um show privado. Não seria a primeira vez. Eles já receberem artistas famosos.
— E se o cantor preferido dele já tiver morrido... Como vamos fazer?
Os dois gargalham ao mesmo tempo.
— Onde esse seu Emmanuel estaciona o carro?
— Quê?
— Onde ele estaciona quando vai trabalhar?
— No estacionamento da Damamme, ué.
— Tenta ver se tem alguma fita cassete no painel do carro. Assim você descobre o que ele gosta de ouvir.
— Que vergonha, imagina eu dando voltas no carro dele?
— Eu faço isso. Ninguém sabe quem eu sou.
— Você?
— É, eu. Que horas ele chega?

## Sábado, 6 de agosto de 1994

Emmanuel Damamme entra no Club 4. Assim que Nina o avista, ela se dirige até ele, fingindo decepção.
— O show foi cancelado. Étienne Daho está com bronquite, não pôde vir.
Ela vê um risinho no seu olhar. Nenhuma decepção. Nina entende que em nenhum momento ele acreditou na história que ela inventou:
— Étienne Daho vai cantar no Club 4 no sábado à noite, é uma surpresa para os clientes, um show particular. Ele é superamigo dos donos. Você gosta de Étienne Daho?
Emmanuel sorriu antes de responder:
— Imagino que já esteja cheio.
— Não, é surpresa. Um sábado como outro qualquer... Ainda tem vários lugares.

— Se é surpresa, como você sabe?

— Tenho minhas fontes.

Agora, Emmanuel está ali, bem perto dela. Está mais relaxado do que no escritório, também, mais solto. Seus olhos brilham. *Ele nunca foi tão bonito e desejável*, pensa Nina.

— Posso te pagar uma bebida? — pergunta ele.

— Sim.

Os dois sorriem e vão até o bar. Precisam gritar para se ouvir. Nina pensa que as coisas estão correndo ainda melhor do que no seu sonho.

Na pista de dança, Adrien os observa. Nunca viu Nina assim, totalmente focada numa pessoa. Nada nem ninguém parece capaz de tirar sua concentração. Adrien observa Emmanuel. Ele se destaca, não se parece com as outras pessoas na boate. Não se parece nem mesmo com os moradores de La Comelle. Tem a elegância de um dândi inglês. Parece ter saído da série antiga *Os Vingadores*. Adrien sente imediatamente o perigo. *Esse aí*, diz sua voz interior, *esse aí pode roubar a Nina de você*. Adrien lamenta que Étienne esteja viajando. Se estivesse ali esta noite, tudo seria diferente. Ele iria buscá-la, a puxaria pela mão e diria: "Vem, vamos dançar." Ou: "Vem, vamos voltar pra casa, nós três, e ver um filme." Ou então, simplesmente: "Vem, esse sujeito tem dez anos a mais que você, é velho demais para tirar sua virgindade."

Juntos, Adrien e Étienne são mais fortes. Podem argumentar com Nina, acalmar seu ardor. Dos dois, é sempre Étienne que a faz voltar à realidade.

Naquele instante ela parece levitar.

— Você vem muito aqui? — pergunta Emmanuel.

— Todo sábado — responde Nina.

— Eu vinha aqui antes de ir morar em Lyon... Um lugar muito ousado para uma jovem.

Nina dá uma gargalhada. Emmanuel a observa. Ela tem um quê de Audrey Hepburn que lhe agrada. Nina está usando um vestido de algodão preto colado ao corpo. Seu rosto está emoldurado por um quadrado, a franja escondendo sua testa. Sua boca é sensual, seus olhos, escuros e profundos. *Uma combinação magnífica*, pensa ele. Ela chamou sua atenção imediatamente. Tem algo de delicado nela. Neta de um carteiro, lhe contaram. Amiga dos Beaulieu, que Emmanuel conhece de longe.

— Qual é a sua história?

— Pai desconhecido e mãe depressiva — responde ela num tom sarcástico.

— Interessante.

— Vou morar em Paris em setembro — diz ela.

— Paris?

— Com os meus dois melhores amigos. Eles são como meus irmãos, temos uma banda. Vamos gravar um disco.

— Que tipo de música vocês tocam?

— Eletrônica. Temos sintetizadores e eu sou a vocalista.

— Você canta?

— Sim...

— Pode cantar alguma coisa para mim agora?

*Et toi, dis-moi que tu m'aimes*
*Même si c'est un mensonge*
*Puisque je sais que tu mens*
*La vie est si triste*
*Dis-moi que tu m'aimes*
*Tous les jours sont les mêmes*
*J'ai besoin de romance...*

— Muito bem. Perdi Daho mas tive direito a Lio.

— Eu nunca fiz amor, e você?

— É o título de uma música? — pergunta ele, sarcástico.

Ela sorri, o álcool lhe dá confiança. Eles se aproximam um do outro. Ela sente a boca dele contra sua orelha, a voz, o perfume. Seus corpos se roçam, eletrizantes. Ela poderia casar com ele ali mesmo, sem pensar duas vezes. Poderia renegar seus pais. O que não seria um problema, porque ela não os conhece.

Estão colados no balcão do bar. As pessoas esbarram neles, que sequer percebem. Emmanuel começa a acariciar o dorso da sua mão com o dedo indicador.

— Já me aconteceu.

— O quê?

— De fazer amor.

Nina bebe alguns goles para tomar coragem.

— Pode me ensinar? Eu queria experimentar antes de ir pra Paris.

— Podemos dar um jeito.

# 33

*22 de dezembro de 2017*

Nina entrou pela primeira vez na lojinha do centro para comprar três camisas, um casaco branco, duas calças e um vestido.

*Um vestido e um casaco branco... o que eu vou fazer com isso?*

Faz dez dias que ela passa todas as noites com Romain Grimaldi. Depois do trabalho, ela volta para casa, come qualquer coisa com pressa, toma um banho e troca de roupa. Então vai a pé até a rua Rosa-Muller. Ela vai embora depois de fazer amor, dizendo que seus gatos a estão esperando em casa.

Acaba de gastar trezentos euros em coisas que não vai vestir. Mulheres são tolas a esse ponto mesmo? *Fique em paz,* lhe murmura uma voz. *Aproveite e não se preocupe.*

Nina está na enfermaria. Observa três gatinhos adormecidos sob uma lâmpada de luz infravermelha. A mãe está desaparecida, e eles não foram desmamados. Alguns alunos do ensino médio se revezam para alimentá-los. Adolescentes adoram cuidar dos filhotes no abrigo.

Hoje é o aniversário da morte de Éric, filho de Simone. Será que não dá para inventar uma palavra específica para *isso?* O termo "aniversário" parece tão inapropriado. Nina poderia perguntar a Romain, ele conseguiu encontrar muitas descrições para pessoas que não têm filhos.

Nina observa Simone pela janela da enfermaria. Ela prende uma longa guia à coleira dos cães, um após o outro, e passeia com eles, a postura sempre ereta. Simone parece uma dançarina profissional. Com um casaco de flanela e um lenço Hermès na cabeça, lembra uma grande dama perdida em meio àquelas construções de cimento. Uma rainha da Inglaterra no interior. Naquela manhã, ela simplesmente disse a Nina, enquanto procurava suas luvas na bolsa: "Faz três anos hoje." E acrescentou: "Vou vir trabalhar no dia 25. Você pode tirar um dia de folga dessa vez."

São só 8h30 e Simone já passeou com Rosy, um pastor dos Pireneus, e com Perrengue, um belo e grande griffon de Nivernais preto ao qual Nina chamou assim porque voltou sozinho para o abrigo duas vezes depois de ser adotado. Um ano depois das duas adoções, ele fugiu, encontrou o caminho e se sentou diante da grade, esperando para voltar ao seu cercado. Nina o colocou próximo à entrada, perto da sua sala, no maior canil. Ela abre a porta para que ele possa circular livremente todas as manhãs. Não o oferece mais para adoção, vai viver o resto de seus dias ali. Ela pensou em levá-lo para casa, mas, no fundo, sua casa é ali. É ali que ela passa a maior parte do tempo.

A manhã estava fria. Uma luz de inverno, um céu azul-acinzentado. Nina entra no gatil, onde todos se espreguiçam, bocejam, esperam. Aguardam um colo, um apartamento, uma casa, uma varanda, um jardim, uma vista. Hábitos de outro lugar. Um velho solitário ou uma família numerosa, rica ou pobre, pouco importa, o que importa é a atenção e o carinho. Durante os dias de portas abertas do abrigo, eles são observados e afagados. Preferem alguns a outros. Então, enquanto esperam, eles dormem nas cestas forradas que as pessoas doam.

Nina veste luvas de plástico, troca as caixas de areia, limpa o chão, se dirige aos felinos que a observam com um ar cansado, os olhos semicerrados. Os mais novos brincam, correm uns atrás dos outros, escalam as coisas e arranham os postes de gato. Os mais velhos reclamam quando há muita confusão ao redor.

— Eu fiz amor ontem à noite.

Os olhos amarelos, azuis ou verdes a observam com interesse, como se ela contasse uma história para crianças.

— Não façam essa cara, eu sou uma mulher, poxa... Não sou só a faxineira de vocês... Vocês lembram do cara alto que veio adotar o Bob? É ele. Sim, é verdade, eu não fui muito longe para conseguir o que queria e vocês devem estar me achando patética... mas, enfim, a gente faz o que pode com aquilo que tem... Vocês sabem bem disso.

Simone se junta a ela no gatil.

— Está falando sozinha?

— Não, estou contando coisas sexuais para os gatos.

— Eu também teria coisas pra contar a eles... Lembranças do passado.

Simone vai acariciá-los, pegá-los no colo. Atualmente, são mais de cinquenta. Em breve, Nina não poderá aceitar mais nenhum. Vai ter que encaminhá-los a outros abrigos. Antigamente, o gatil ficava cheio só na primavera, agora é o ano todo. Um desastre. A maioria acaba sendo dada ou vendida para qualquer um, ou vai parar dentro de uma lata de lixo em meio a restos de comida, ou na rua, com os olhos colados, famintos e infestados de parasitas.

Nina gostaria de iniciar uma campanha de castração com a ajuda do prefeito.

*A vida é muito estranha. Eles geram um monte de filhotes, enquanto eu sou incapaz de gerar um, e Simone perdeu o seu...*, pensa Nina.

— Está tudo bem? — pergunta ela a Simone.

— Sim. Queria que o dia acabasse. Desde que Éric foi embora eu sempre quero que o dia acabe... O presente me atrapalha... Não sei o que fazer com ele.

— Somos muitos aqui hoje, pode voltar pra casa se estiver cansada.

— Não, de jeito nenhum... Bom, vou voltar ao trabalho.

Nina entra no canil. Tudo se dá no olhar. Ela sabe qual animal vai se aproximar de tal pessoa. Quando alguém entra no abrigo e pede para ver as "gatinhas brancas", é comum que a pessoa saia de lá com um macho tigrado. Cada um tem uma personalidade, seu modo de vida, suas particularidades.

Se alguém se apaixona por um cão e o animal ignora essa pessoa, Nina não deixa que o animal seja adotado. Estaria fadado a problemas, a um retorno precipitado. Nina não busca adoções a qualquer preço, quer construir uma história de verdade entre a pessoa e o animal. Em dezessete anos no abrigo, já cometeu erros, mas isso faz parte dos riscos de qualquer trabalho. Não há nada pior do que os que devolvem os animais: "No fim das contas, não vai dar, ele tem medo de tudo, chora muito", "Ele é agressivo, parece que não gosta da gente", "Estou me divorciando e minha esposa não quer ficar com ele", "Ele fede, solta pelo, é feio, solta pum", "É muito caro"...

Enquanto ela atravessa o abrigo, um vulto familiar chama a atenção de Nina, se balançando num pé só. Um adolescente parado na frente do escritório. Ela pega a bombinha e faz uma inalação curta e seca. O frio cai, uma espécie de chuvisco começa, o céu ficou encoberto em poucos minutos, ela sente um calafrio percorrer o corpo. A semelhança é assustadora. Parece um soco no estômago à medida que ela se aproxima. Ele parece estar sozinho. Por reflexo, Nina olha ao redor do estacionamento para ver se algum adulto espera por ele dentro de um carro. Ele sorri para ela quando Nina chega perto. É o sorriso *dele*. Nina empalidece, sente a garganta seca e apertada. Pensa imediatamente em uma má notícia. Tem medo de ser a primeira a falar.

— Olá — diz ele, alegre.

— Olá.

— Eu queria dar um gato de presente de Natal pra minha avó.

A mesma voz. Os olhos são ligeiramente diferentes. O formato mais arredondado, mas a cor é idêntica. O nariz é igual. A boca parecida. Nina não sente mais as pernas. Tem vontade de sair correndo e, ao mesmo tempo, de abraçá-lo com força. Fugir para longe e fazer carinho nele. Segurar seu rosto e sentir seu cheiro. Passar a mão no seu cabelo.

— Sua avó sabe que você quer dar esse presente pra ela? — Nina pergunta com a voz trêmula.

— Não, é surpresa.

— Acha que vai ser uma boa surpresa?

— Aham. Desde que o dela morreu, ela está triste. Diz que não quer outro… mas eu não acredito.

— Onde ela mora?

— Em La Comelle.

— Quantos anos ela tem?

— Não sei direito, uns sessenta e tantos… mais ou menos isso.

Nina não consegue conter a pergunta:

— E você? Quantos anos você tem?

— Catorze.

— Como se chama?

— Valentin.

Nina o encara. Não há nenhuma dúvida. O flashback é de uma violência absurda.

— Valentin… Beaulieu? — arrisca ela.

O adolescente a observa, como se tivesse sido pego no flagra.

— Como você sabe?

— Você parece com seu pai.

O menino arregala os olhos, mal disfarçando a surpresa.

— Você conhece ele?

— Estudamos juntos.

— Era com você que ele tocava música?

Segundo soco no estômago. Ela pega a bombinha, faz outra inalação rápida.

— O que é esse negócio? — pergunta Valentin, apontando para o inalador que ela tem na mão.

— Remédio pra asma.

— Dói?

*Menos do que ver você*, pensa Nina.

— Não. Ao contrário, me ajuda.

— É caro comprar um gato de vocês?

— Depende da idade do gato.

— Quanto tempo eles vivem?

— Entre quinze e vinte anos. Quer ver eles?

Valentin sorri.

— Quero.

— Você tem algum bicho de estimação?

— Minha mãe não deixa... Eu queria muito um pastor alemão.

"Minha mãe"... Quem será a mulher com quem Étienne teve um filho?

— Eu tinha um pastor alemão quando era criança... O nome dela era Paola.

— Que sorte...

Valentin a acompanha. Parece extremamente perturbado com a presença dos cães ali presos. Eles latem quando os dois passam, os farejam, choram, ganem. Valentin vê um cão isolado, em outra parte do abrigo, cujo olhar é tão triste quanto o tempo lá fora. O menino aponta para ele.

— Por que aquele está lá? Parece que está de castigo.

— Ele chegou ontem. Se os donos não vierem buscá-lo em três semanas, ele vai se juntar aos outros. Por enquanto, sou obrigada a deixá-lo de quarentena.

— Mas por quê?

— É a lei.

— Que triste — diz ele.

— A gente cuida bem deles, não se preocupe.

Eles entram na enfermaria e percorrem os corredores que levam ao gatil. Do outro lado de um vidro, Valentin vê três gatinhos numa cabine acima da qual está acesa uma lâmpada de luz infravermelha. Ele para.

— Que lindos.

— É — responde Nina —, é o grande azar deles.

— Por quê?

— Porque todo mundo quer gatos quando são pequenininhos, mas quando crescem, pouca gente se interessa por eles.

— Você fica com raiva?

— Fico. Mas não estou aqui para julgar os seres humanos, meu trabalho é só proteger os animais.

Está tudo calmo no gatil.

— Eu te apresento todos os nossos gatinhos.

Valentin faz carinho neles.

— Aqui é menos triste, é diferente do lugar dos cachorros — ele murmura.

Nina espera. Ela o observa. Acaba fazendo a pergunta que tanto queria:

— Seu pai sabe que você está aqui?

— Não, ninguém sabe. Eu vim sozinho.

Valentin parece saber exatamente o que quer.

— Como está a Louise? — pergunta Nina.

— A titia? Ela está bem.

"Titia". Nina diz a si mesma que ela própria não é nem mãe, nem tia. Diz a si mesma que não é nada. Pensa nas palavras de Romain que a fizeram rir: "Não vai ter nem um gato pingado no seu enterro."

Sem sentir as pernas, ela vai se sentar num banco, o das "acariciadoras". Toda semana, alunos do colegial, sobretudo meninas, vão até ali passar um tempo fazendo carinho nos gatos. São as mesmas que alimentam os filhotes. Nina se acalma, respira devagar, enquanto Valentin continua sua busca e uma dezena de gatos se esfrega nas suas pernas.

— Como você achou nosso endereço? — Nina acaba perguntando.

— Minha avó tem o calendário de vocês na cozinha.

Tinha sido ideia de Simone. A equipe tira fotos dos animais para adoção e cria calendários com a ajuda de um programa no computador. Eles ficam à venda todo fim de ano nas lojas de La Comelle para coletar doações. *Marie-Laure Beaulieu compra o calendário... Não me espanta, ela é tão generosa. Sinto tanta vergonha,* pensa Nina. *Ela me abrigou, me protegeu, me apoiou, me amou e eu nunca mais fui vê-la, nem para ter notícias dela.*

— Como vou escolher? São todos muito fofos — murmura Valentin, aborrecido.

— Tenho uma ideia... Na noite de Natal você coloca um envelope debaixo da árvore com o nome da sua avó. Dentro dele vai ter um vale para um gato do abrigo, e ela mesma pode vir escolher um.

O rosto de Valentin se ilumina.

— Vem, vamos fazer o vale juntos na minha sala.

— Temos que passar de novo pelos cachorros para ir até a sua sala?

— Sim.

Valentin faz uma careta.

— Não tem outro caminho?

— É só você fechar os olhos, eu seguro sua mão.

— Está bem.

Nina tira as luvas. Queria que aquela travessia pelo abrigo durasse mil anos. Aquela mão jovem, já maior que a sua, mas tão macia. Aqueles dedos que seguram os seus lembram os de Étienne e de Adrien. Eles a conectam à sua adolescência, à despreocupação, feito um cabo ligado a uma fonte. Uma luminária no inverno. Um banho de sol. De olhos fechados, Valentin se deixa guiar, como se andasse numa corda bamba e tivesse vertigem. Seu perfil é perfeito, como o do pai. Agora chove. A neve derretida no seu cabelo.

Eles entram na sala de Nina e soltam a mão um do outro.

Nina se vê novamente só.

Ela abre uma das gavetas, pega o carimbo do abrigo e dois adesivos. Começa a fabricar uma espécie de vale de Natal numa folha de caderno quadriculada. Nunca fez aquilo. E nunca mais vai fazer. Animais não podem ser trocados por um vale, mas aquela é uma situação excepcional.

— Como o meu pai era quando pequeno?

— Ele nunca foi pequeno. Sempre foi imenso.

Os olhos de Valentin faíscam, o mesmo brilho de alegria do olhar de Étienne. Um longo silêncio se faz entre eles enquanto Nina desenha um gato com caneta esferográfica. Não é um silêncio incômodo, já é um silêncio como aqueles partilhados por pessoas que se conhecem bem, que não se sentem obrigadas a preencher vazios.

— Você desenha superbem.

— Obrigada. Vou levar você em casa — diz Nina, entregando o vale para ele.

— Posso voltar a pé.

— Está nevando.

Ele tira uma nota de vinte euros do bolso.

— Quanto eu devo pelo gato?

— Excepcionalmente, nada.

— Quero fazer uma doação.

— Não posso aceitar dinheiro de um menor de idade.

— Por quê?

— É a lei.

— A lei é idiota. É que nem o cachorro sozinho ali, é idiota. É só você dizer que foi meu pai que te deu essa nota de vinte.

Nina pega o dinheiro, enfia a nota numa caixinha e em troca entrega adesivos com o símbolo do abrigo ao adolescente.

— Pronto, eu posso vender isso pra você. Pode colar onde quiser.

Os dois se levantam ao mesmo tempo. Valentin segue Nina. Ele também a observa de esguelha. Não a olha de um jeito normal, como um adotante qualquer. Ela não acredita mais na história do gato que ele quer dar de presente para a avó. Com certeza foi um pretexto que ele encontrou. Ela se vira e olha bem nos olhos de Valentin.

— Você não veio até aqui por acaso, veio?

Valentin finge não entender o que ela quer dizer. Ele desvia o olhar.

— Você veio aqui para me ver? — insiste ela.

A expressão de Valentin muda, seus traços ficam tensos.

— Era... porque... meu pai vai morrer.

# 34

*Sexta-feira, 12 de agosto de 1994*

*Daqui a três semanas Nina vai morar em Paris, pensa Pierre Beau, subindo um meio-fio. É bom, ela vai ter uma vida boa, eu consegui, no fim das contas acabei me virando bastante bem, é uma menina gentil. E não vai ficar sozinha, com Étienne e Adrien por perto, não tenho com o que me preocupar...*

Ele para e enfia um envelope por baixo da porta da srta. Brulier, uma mulher simpática que mora na rua John-Kennedy, número 15. Suas cortinas estão fechadas, ela está de férias. Como todos os anos, antes de viajar, ela pediu ao carteiro para não colocar nada na caixa de correio.

Pierre Beau conhece de cor as ruas de La Comelle. Ele as percorre de bicicleta há trinta e seis anos. Uma bolsa na frente, duas atrás, uma nas costas e a pochete de dinheiro na barriga, presa na transversal por uma tira de couro entre o ombro esquerdo e o quadril direito. Ele já mudou pelo menos dez vezes de bicicleta e uniforme desde que começou. Já perdeu as contas.

Começou em 1958, quando completou vinte anos de idade. Viu aquelas ruas escuras, as ruelas ensolaradas, os becos sem saída, as praças sombreadas em todas as condições meteorológicas. Trinta e seis anos pedalando davam cento e quarenta e quatro estações, cento e noventa mil quilômetros, sete mordidas de cachorro e três quedas, entre as quais uma quebrou seu ombro. Dois meses de licença em 1971. Em média, quinhentas caixas de correio por dia. Do quepe ao boné, de De Gaulle a Chirac, passando por Giscard e Mitterrand. Ele foi ultrapassado por 4CVs da Renault, por Tractions da Citroën, e agora por Twingos e Safranes. Faz a mesma rota desde que entrou para os Correios. As curvas difíceis, os meios-fios, as antigas contramãos, as novas contramãos, os semáforos, as prioridades, os quebra-molas, as placas que ninguém respeita, as ruas mal frequentadas, os vira-latas que o detestam, que o ameaçam, os bonzinhos, os medrosos. Como seus donos. Os que se mudam, que vão embora sem deixar endereço, as cartas que ficam. Os que morrem, que oferecem um café, uma taça de vinho que ele finge beber de um só gole, um suco de laranja, um bolinho. Os que não abrem a porta quando ele tem um pacote que precisa de assinatura, que moram no sexto andar sem elevador, as caixas de correio sem nome, que transbordam, dentro das quais crianças mijaram, os capachos, os parapeitos de janela, os bilhetes colados nas portas: "Carteiro, se eu não estiver em casa, deixe o pacote com os vizinhos da direita." As pessoas que esperam boas notícias, as meninas que dão um beijo nele, os pais de família que tremem de medo com a possibilidade de receber uma conta de água muito alta, que o insultam ao receber uma carta do imposto de renda. As adoráveis senhorinhas para quem ele troca uma lâmpada, faz compras, preenche a declaração fiscal, busca os remédios na farmácia. Ele é sua única referência, o carteiro, a única pessoa que elas veem nos dias em que não têm fisioterapia ou o enterro de uma amiga.

Ele sempre começou seu turno às cinco, depois do descarregamento dos caminhões, espalhando as cartas sobre as mesas de triagem. Primeiro a triagem geral, depois a triagem por bairro, e enfim a triagem por rua, *suas* ruas. Antes de sair, ele faz a seleção das cartas registradas e das ordens de pagamento. Desde que começou a trabalhar como carteiro, ele carrega milhões de francos consigo. Até o último mês de março, era Pierre Beau quem pagava os subsídios, as aposentadorias e as pensões dos filhos dos moradores da sua rota. Durante trinta e seis anos, ele chegou a pedalar com dez milhões de francos por dia na pochete, às vezes, fazia até cinquenta pagamentos por dia. Há cinco meses sua pochete está vazia, desde que inventaram transferências que podem ser feitas diretamente para a conta dos beneficiários. Ele não entende nada de tecnologia. Dizem que é o progresso. Agora, as pessoas enviam fax e digitam no Minitel. Se isso continuar, vão começar a enviar cartas nas porcarias dos computadores e os carteiros não servirão mais para nada. Seus colegas dizem que não haverá mais serviço militar, não haverá mais cartas de soldados para jovens mulheres e que as pessoas vão andar por aí com o telefone no bolso. Papéis de carta floridos e canetas-tinteiro não serão mais vendidos. Só sobrarão músicas sem texto. A morte das palavras escritas à mão.

Ele sempre terminou sua rota lá pelas 15h45. Sempre voltou para casa entre quatro e cinco horas para almoçar e tirar uma soneca. Mesmo na época em que sua esposa era viva. Um sono pesado, profundo, sem

TRÊS

sonhos. O cansaço nos músculos. No início, ele pedalava rápido. Hoje, sente o peso dos anos nas pernas e no fôlego. Avança cada vez mais lentamente, o que o enche de raiva.

Ele sempre voltou aos Correios lá pelas 17h15. Antes de março de 1994, ele devolvia o dinheiro que não tinha distribuído e reconferia as contas. Agora, ele só devolve as cartas registradas, que serão reapresentadas na manhã seguinte. Às vezes ele deixa o resto da correspondência em casa, para simplificar a triagem. Tudo é notificado e deve ficar nos Correios, mas seus colegas fazem a mesma coisa. Todo mundo sabe, mas não se toca no assunto. O chefe faz vista grossa. Foi por isso que Pierre perdeu a cabeça quando descobriu que Nina furtava cartas. Era um erro profissional imperdoável. Ele, que nunca cometera nenhum. A não ser com Odile, quando ela adoeceu.

Esta noite, Pierre está de férias. É a primeira vez na vida que tira férias depois do 15 de agosto. E tudo isso por causa do *Preço Certo*, o programa de televisão apresentado por Philippe Risoli.

Bertrand Delattre, seu colega de trabalho e amigo, participou do programa no fim do ano passado. Quinze moradores de La Comelle pegaram uma van até Paris. Quando Bertrand voltou de seu périplo, fez o maior suspense e disse a Pierre de um jeito estranhíssimo: "Assista ao programa na segunda-feira da semana que vem e no domingo da semana seguinte, vou manter a surpresa. Podemos trocar nossas férias esse ano?"

Na segunda-feira, Pierre interrompeu sua rota na hora do almoço para ver o colega na televisão. Pierre nunca tinha assistido àquele programa. Não sabia nem que ele existia.

Seu amigo Bertrand foi selecionado por acaso entre quatro outros candidatos. Desceu uma escada ao som de aplausos da plateia. Pierre reconheceu algumas pessoas de La Comelle. Bertrand se posicionou atrás de um púlpito. Quando o apresentador, Philippe Risoli, perguntou a ele de onde vinha, Bertrand respondeu: "De La Comelle, em Saône-et-Loire." E atrás dele todo mundo gritou, como se fosse um acontecimento vir de lá. Como se tivessem ganhado a Copa do Mundo.

— E o que o senhor faz em Saône-et-Loire, Bertrand? — perguntou Philippe Risoli.

— Sou carteiro.

Então, a mesma coisa, todo o mundo aplaudiu, gritando. Como se os carteiros tivessem andado na lua.

Em seguida, houve o presente selecionado. Uma jovem bonita acariciou um "abajur de cerâmica perfeitamente equilibrado sobre seu tripé redondo com cúpula da mesma cor". Cada um dos quatro candidatos disse um preço, um por vez. Uma tal Sandrine de Dordogne ganhou, dizendo que o preço era de 2.615 francos.

Pierre nunca tinha visto um jogo mais estúpido.

Um tal Gilles Lopez, de Ardèche, fez sua entrada.

— O que o senhor faz da vida?

— Sou agricultor.

Gritos da plateia. Então não eram só os carteiros que impressionavam, os agricultores também.

Tiveram que adivinhar o preço de um "conjunto de acessórios para mulheres elegantes". Foi o agricultor quem se juntou a Philippe Risoli e ganhou um anel de noivado de trinta e dois diamantes lado a lado. O escolhido pareceu bem chateado porque já era casado. Então Philippe Risoli encontrou a solução: sugeriu que ele desse o anel "a uma criatura imaginária".

Ao ouvir aquilo, Pierre começou a rir sozinho na frente da televisão, sob o olhar perplexo de Paola.

Finalmente, foi Bertrand quem adivinhou o preço de um "sofá de linhas puras, forrado com um tecido vermelho para passar uma noite agradável". Ele quase caiu quando foi se juntar ao animador no palco, e Pierre ficou com lágrimas nos olhos. Um chorava de emoção, o outro de consternação.

Antes que Bertrand jogasse, Philippe Risoli fez um anúncio:

— Se você sonha em assistir ao *Preço Certo*, preencha o formulário que aparece na *Télé Z* toda segunda-feira.

Então voltaram às coisas sérias, ao "conjunto de jardim externo, de resina com massa colorida".

Bertrand acertou todas as respostas.

Pierre teve que abaixar o volume da televisão, de tão estridente que era a campainha da vitória. Histeria geral. A plateia batia palmas, parecia que tinham drogado ou embebedado as pessoas. Talvez os dois.

Bertrand parecia incomodado de estar ganhando todo aquele dinheiro. Permaneceu firme, não se deixou levar por nenhuma emoção, o que pareceu decepcionar o público.

— O senhor costuma ter muita sorte?

Bertrand respondeu:

— Não, não muita.

TRÊS

— E como veio parar aqui no programa?

— Foi a minha esposa que preencheu e enviou o formulário...

O apresentador olhou para a câmera e disse:

— Minitel, 3615, código TF1...

No fim do programa, três candidatos giraram uma imensa roda e Bertrand foi o selecionado para participar da final. Os perdedores foram embora com um broche contendo uma foto de Philippe Risoli e uma cesta cheia de coisas.

— Nos encontramos amanhã, às 12h20!

Créditos.

Pierre Beau subiu novamente na bicicleta para terminar sua rota. Pensou em tudo aquilo no caminho entre duas caixas de correio. Era segunda-feira, ele teria que esperar o domingo seguinte para saber se Bertrand ganharia a "vitrine", ou seja, o lote final, "enorme, gigantesco, extraordinário", tinham dito as senhorinhas a quem ele entregava a correspondência.

Pierre não recebeu nenhuma notícia de Bertrand até o domingo seguinte. Parecia que ele estava se escondendo. A gravação do programa ocorrera meses antes da transmissão e sua participação fora tratada como um segredo de estado.

E o grande dia chegou. Pierre assistiu à final com Nina, Étienne e Adrien. As crianças não paravam de rir daquele jogo terrível.

Gritavam a plenos pulmões, diziam qualquer besteira. E Nina acabou falando:

— O Bertrand parece muito chato!

Pierre se perguntou se a vida tinha um preço certo. E se a vida de alguns tinha o mesmo preço que a vida de outros. A das pessoas que não conhecemos. A da sua esposa, falecida tão nova. E a da sua filha, Marion. Onde estaria?

Para ele, a vida mais preciosa era a de Nina. Valia todas as outras somadas.

Bertrand adivinhou o preço certo de uma "coluna de cerâmica com lâmpada" de 5.290 francos, de um "forno micro-ondas de setecentos volts com grelha, grelha turbo e degelo automático para sete famílias de alimentos" de 3.490 francos.

*Mas como Bertrand sabia tudo aquilo?*, se perguntava Pierre. Ele o conhecia há trinta anos e ignorava aquele talento, o conhecimento do preço das coisas.

Bertrand se viu na final com outra candidata. Uma tal Martine, aposentada, de Cagnes-sur-Mer.

Quando moças com poucas roupas apresentaram a vitrine, Bertrand ficou boquiaberto: um dormitório, um banheiro com móveis e banheira de hidromassagem, uma lâmpada halógena, uma mesa de vime com tampo de vidro chanfrado, poltronas, um vaso transparente "que evoca o oceano mais puro", um carro, uma moto, uma geladeira, uma estadia na Tunísia, um trem elétrico.

Ele tinha que adivinhar a quantia aproximada de todos aqueles lotes somados. Aquele que dissesse o valor mais próximo do preço certo ganharia.

Cada um dos dois finalistas escreveu um valor num pedaço de papel. Philippe Risoli leu as duas respostas em voz alta:

— Para Bertrand, a vitrine proposta esta semana vale 134.000 francos, para Martine, 220.000 francos. O preço certo da vitrine é de... 163.459 francos! Bertrand ganhou!

Nina gritou: "Cacete, vô! Seu amigo ganhou!"

Eles estavam um pouco atrasados, disse o apresentador. Uma voz em off anunciou a vitrine da semana seguinte com uma nova plateia e novos candidatos. Então, passaram para os créditos.

Pierre não acreditou. Seu amigo tinha ganhado tudo aquilo e não dissera nada. Só falara em trocar as férias. Mas onde tinha colocado aquele banheiro, aquele carro e aquela moto? Seu apartamento era minúsculo e ele não tinha garagem. Seu carro velho dormia na rua.

"Eu vendi", respondeu Bertrand quando ele fez a pergunta. Só ficara com as férias na Tunísia, e dera o dinheiro aos dois filhos que lhe restavam. Bertrand tivera três, o mais novo partira com um ano de idade.

Foi assim que Pierre Beau mudou as datas de suas férias pela primeira vez na vida, por causa do *Preço Certo*.

Se não estivesse tão cansado, aquilo o faria sorrir. A gente tem que ver o lado bom das coisas também: dali a três semanas, ele poderia acompanhar Nina até Paris e passar alguns dias com ela.

No dia 6 de maio de 1981, uma mulher completamente nua abrira a porta para pegar seu pacote. Ele sentira um choque tão grande que quase tivera um ataque cardíaco. Foi exatamente o que sentiu quando um caminhão da Transportadora Damamme não lhe deu a preferência e o atingiu em cheio.

# 35

## 22 de dezembro de 2017

Marie-Laure Beaulieu está na cozinha. Seus três filhos chegaram na noite anterior. Era o único momento do ano em que todos se reuniam. Cinco dias de parênteses. Fora isso, eles nunca iam até lá na mesma época, mas nunca deixariam de passar um Natal em família.

Ela prepara dois frangos para o almoço. Sempre tempera com alho, sal e tomilho por dentro. Nunca põe gordura, só os temperos que ela deixa de molho na véspera em algumas gotas de azeite. Vai assar batatas para Valentin e Étienne, que adoram, vagens com cebola frita para Louise e preparar um gratinado de abobrinhas para Paul-Émile.

Abre as cortinas e vê o carro do abrigo estacionar diante da casa. Acha que Nina veio ver Étienne, finalmente. Mas Valentin salta do lado do passageiro e Nina vai embora logo depois. Marie-Laure não tem tempo de sair para convencê-la a ficar, para pedir que entre, para oferecer um café. Olhá-la, ouvi-la, tocá-la. Há anos que não a vê. Às vezes a avista, sempre ao volante daquele carro, nunca na calçada. Marie-Laure sabe que Nina trabalha no abrigo há anos, poderia ir até lá para conversar com ela. Poderia também passar na casa dela. Mas não tem coragem. Mesmo depois de todo aquele tempo, ainda fica mexida com o fato de Nina e Étienne não se falarem mais.

— O que você estava fazendo com Nina Beau, meu amor? — pergunta Marie-Laure quando o neto entra na cozinha.

— Oi, vó. Você conhece ela?

— Ela foi como uma filha pra mim. Muito tempo atrás.

— Ela vem hoje à noite.

— ...

— Eu a convidei pra comer aqui com a gente lá pelas seis da tarde. Antes ela quis ir em casa pra tomar banho e ficar cheirosa... Foi o que ela me disse.

Marie-Laure observa Valentin, chocada. Como a conheceu? E, sobretudo, como a convenceu a ir até a casa deles?

— Vou subir pra ver se o papai está acordado! — diz Valentin antes de sumir na escada.

Marie-Laure preaquece o forno a cento e oitenta graus, e puxa uma cadeira para se sentar, o olhar perdido, na ausência do presente.

Foi no dia 12 de agosto de 1994. Ela nunca vai esquecer a data. Todas as vidas têm alguns antes e depois.

Ela voltava da praia. A cada fim de tarde, ela ia embora sozinha, deixando Marc e as crianças para trás. Adorava ter aquele tempo para si. A casa vazia. Reabituar-se ao escuro, as cortinas fechadas para não deixar o sol bater, o azulejo frio sob seus pés, o calor das paredes, o canto das cigarras, o banho frio, o creme no corpo todo, a leitura do seu romance em uma espreguiçadeira na sombra, antes de preparar o jantar bebendo um vinho rosé com gelo. O gosto do paraíso na boca.

O telefone fixo da casa tocou, ela atendeu depois de uma dezena de vezes, achando que não era para ela, e sim para os proprietários de quem alugavam a casa no verão. Era cedo demais para que fossem Adrien e Nina, os únicos que tinham aquele número. Eles ligavam toda noite, lá pelas nove. Do outro lado da linha, Marie-Laure ouviu alguém arfar, expirar, chorar, fungar. Não reconheceu logo a voz de Adrien, não entendeu suas palavras. Acabou entendendo, teve vontade de desligar o telefone na cara dele, de dar marcha a ré, de voltar para a praia, tirar a roupa, olhar o mar, matar o céu. Ela só conseguiu falar:

— A Nina sabe?

— Não, ainda não. Bom, eu acho que não, ela está no trabalho.

— Cadê a sua mãe, Adrien? Cadê a Joséphine?

— Está na rua o dia todo, eu estou sozinho, o que eu faço?

Marie-Laure tinha esquecido o horário. Depois de quatro semanas em Saint-Raphaël, ela nem lembrava mais onde estavam guardados os relógios. *Não tem relógio nessa casa de veraneio.* Ela pensou isso. *Também não tem calendário.*

— Adrien, que horas são?

— 16h25.

Ela fez um cálculo rápido: o tempo de avisar Marc e as crianças, empacotar tudo e partir, eles não chegariam em La Comelle antes das duas ou três da manhã.

— Adrien, que dia é hoje?
— Sexta-feira.
— Certo, quer dizer que amanhã você e Nina não trabalham.
— Eu, sim. Ela, não.
— Certo... Dane-se. Escuta bem. Está me ouvindo?
— Sim.
— Você vai secar os olhos e vai buscar a Nina na saída do trabalho. Arruma alguma desculpa e leva ela pra longe, bem longe. Até a gente chegar. Ela não pode voltar pra casa. Faz ela acreditar que vocês dois têm dois dias livres pela frente... inventa.
— Mas ela vai saber que eu chorei! Não vou conseguir!
— Vai, sim! — disse Marie-Laure, quase gritando. — Você vai conseguir! Vai fazer isso pela Nina!

Ela ouviu os soluços de Adrien ao telefone. *Ele só tem dezoito anos, estou pedindo o impossível.* Ela pensou na família Damamme, talvez fosse melhor passar por eles, telefonar para avisá-los. Mas Nina mal os conhecia. É, mas eles dariam um jeito de levá-la a algum lugar até que ela chegasse em La Comelle e lidasse com o "depois". Ela pensou em Marion. Lembrou-se dela no pátio da escola. Ouviu sua risada. Eram tão novas e despreocupadas. Por que ela havia decidido deixar todos para trás? Por que a gente perde o contato? O pai dela havia acabado de morrer. Como avisar a ela? Como tinha podido abandonar Nina? Por quê? Não devia julgar...

A voz de Adrien tirou Marie-Laure do seu torpor:
— Eu vou conseguir — sussurrou ele, e desligou o telefone.

Naquele mesmo instante, Nina, sentada atrás de uma escrivaninha, arquivava velhos recibos de 1993: primeiro por mês, depois por ordem alfabética. Estava no mês de março. Ela se perguntou o que devia estar fazendo em março de 1993. Ainda estava no segundo ano. Não tinha vontade de voltar atrás. Prestar vestibular outra vez, não, muito obrigada. Ela não sabia que dali a algumas horas daria tudo para voltar atrás, refazer as provas todos os anos, se tivesse alguma chance de voltar para março de 1993.

Fazia sol lá fora. Ela estava entediada no escritório. Pensava em setembro, em Paris, como numa libertação. Pensava naquilo como pensava no mar, um campo de possibilidades, um infinito, uma intranquilidade.

Descobrir, desenhar, cantar, compor, conhecer, e encontrar Étienne e Adrien todas as noites. Os três vivendo juntos, em breve.

Fazia seis dias que ela saía com Emmanuel Damamme, que ele esperava por ela depois do trabalho. Eles jantavam na casa dele. Nina nunca tinha visto aquilo, uma refeição para dois aguardando na mesa da cozinha. Bastava esquentar. Como nos restaurantes, com várias entradas, dois pratos diferentes e uma sobremesa. Então era assim que viviam os ricos, não faziam compras, não passavam aspirador, não lavavam a roupa. Havia alguém responsável por fazer todas as tarefas de casa para Emmanuel, até arrumar a cama. Ele vivia na propriedade dos pais, numa casa isolada e independente. Na véspera, tinha ido passar alguns dias com amigos em Saint-Tropez. Telefonou para ela uma hora antes, rindo, para saber estava tudo bem no trabalho. Tinha dito: "Estou com saudades." Ela havia respondido: "Eu também."

Ela não conseguia acreditar que agradava aquele rapaz de boa família. Ela, que se via como uma garota de família ruim, por causa da mãe, "a puta". Sempre tinha a sensação de ser como um cão abandonado que um cara legal acabara abrigando.

No sábado do Club 4, a noite em que Daho supostamente tocaria lá, Emmanuel a fizera beber. Os dois haviam ficado no bar, colados um ao outro. Nina tinha esquecido Adrien na pista de dança, tinha esquecido tudo. Era como se ela fosse outra pessoa, uma menina cuja vida havia pegado emprestada só para ser feliz um pouco. Emmanuel a beijara. Sua língua contra a dela, uma promessa e tanto. Não sabia que existiam beijos como os de Emmanuel. Aquele rapaz era de uma sensualidade inegável. Nina tinha a sensação de estar flutuando, se entregando. Emmanuel poderia ter feito o que quisesse com ela. Era como se tivesse se dado conta de que a vida é bem maior do que se imagina. Ele a acariciara, as mãos no seu vestido. Depois de três gins, ele ousara baixar as mãos, roçar seu sexo pelo tecido, cada vez mais forte. Ela havia gemido, um desejo que cobria sua pele, que a fazia formigar, uma invasão de sensações deliciosas. Mas não tinha vontade de fazer o mesmo com ele. Mal esbarrara no sexo ereto dele e já ficara apavorada. Como uma violência.

Ele acabara falando: "A gente vai ter que ir embora." Ele a puxara pela mão, a fizera subir no seu conversível e dissera: "Como é a primeira vez, não vou te comer no carro. Vamos pra minha casa."

"Te comer". Aquelas palavras a haviam chocado. Ela voltara a pôr os pés no chão, de repente sóbria. Como se alguém a tivesse empurrado. Ela tivera medo. Será que ia doer? Será que ia sangrar? Será que ela ia saber o que fazer? Ela não achara que as coisas correriam tão rápido entre a chegada de Emmanuel ao Club 4 e o primeiro beijo deles. Menos de uma hora. E agora estavam indo embora juntos. Ela não tivera tempo de avisar a Adrien. Era Joséphine que iria buscá-los depois da festa: "Encontro vocês às quatro no estacionamento, como sempre." Nina estava torcendo para ir embora com Emmanuel, tinha dito aquilo para Adrien na véspera, rindo, rezando, pulando na cama, mas agora já não ria mais. Estava com medo. Só podia rezar. *Meu Deus, não sei no que estou me metendo, mas faça com que tudo corra bem.*

O que Joséphine pensará quando encontrar Adrien sozinho no estacionamento?

Ela não conseguia acreditar que estava sentada naquele carro que fazia seu coração acelerar sempre que o avistava na esquina. Um Alpine A 610 vermelho. Um carro esportivo, de gente rica, de gente grande. Ela, que ainda era uma criança, se sentia como a Cinderela no país dos Damamme.

Trinta quilômetros separavam o Club 4 de La Comelle. Um mundo separava Nina Beau de Emmanuel Damamme. Um bilhão de anos-luz. Então, era aquilo que significava ser "uma beldade"? Era uma expressão que ela ouvia sempre ao andar na rua. Era poder agradar um homem que parecia um príncipe encantado?

Percorreram trinta quilômetros. No caminho, Emmanuel pediu para ela escolher a música.

— Olha no porta-luvas e no painel.

Dezenas de fitas, entre as quais dois álbuns de Étienne Daho: *Pop Satori* e *Pour nos vies martiennes*. Ela teve vontade de rir ao colocar uma fita do Oasis no aparelho e ouvir a voz de Liam Gallagher. Emmanuel abaixou o volume.

— Fala mais sobre você, Nina.

Ela se sentiu inútil, boba, minúscula, ignorante. A timidez tomou conta.

— Eu prefiro que você me fale de você — respondeu ela.

— E se a gente não falar nada?

Ele pegou a mão de Nina e a colocou sobre seu pau. Ele se acariciou com os dedos dela, delicadamente, só roçando a calça jeans. Não como um brutamontes. Era delicado, mas determinado. De novo, Nina detestou a sensação de violência. Depois de tanto tempo sonhando com aquilo, o sonho tomava um rumo estranho. Ela teve pressa de chegar na casa dele. De beber mais drinques. Se encher daquele álcool que faz a gente acreditar que está sol mesmo nos dias de chuva. Eles passaram por um portão. Nina viu uma espécie de mansão ao longe, cercada de árvores, e avistou uma piscina na frente. Tudo estava mergulhado na escuridão.

— Você pode me levar pra casa depois? — perguntou ela, quase implorando.

Ele sorriu e respondeu:

— Se tiver um "depois".

Então, percebendo o mal-estar de Nina, ele a tranquilizou:

— Tudo vai correr bem, eu prometo.

Ele avançou mais uns duzentos metros e estacionou diante de uma casa menor, de pedra. A fachada era coberta de hera. As venezianas de madeira estavam abertas e pareciam estar assim desde sempre. A porta de entrada não estava trancada. O interior era ainda mais bonito do que o da casa de Étienne. Tudo parecia antigo e precioso. Nina nunca tinha visto tantos quadros nas paredes.

Emmanuel serviu uma bebida para ela, gim com água tônica, muito gim para ela e para ele. Eles brindaram. Antes de ir até o banheiro no andar de cima, ele disse a ela:

— Fica à vontade, pode escolher a música — e apontou para o aparelho de som.

Ele queria devorá-la, trepar com ela, sentia que estava ficando enlouquecido, mas diante da expressão apavorada de Nina, tinha que se controlar.

*Controle-se*, ele disse a si mesmo no espelho do banheiro.

Ele sentia uma atração muito forte por aquela menina. Era de uma intensidade sexual que nunca sentira até então. Nenhuma das garotas com quem já transara tinha lhe causado aquele efeito. No entanto, ela era inexperiente, jovem. Muito jovem. Ele tinha que ir com calma. Tivera dificuldade em acreditar que ela nunca havia transado, ela saía muito, emanava uma energia viva, irreverente. Ele a havia observado no escritório. Ela olhava para os outros com segurança. Ele chegou a achar que ela estava mentindo, como com a história de Étienne Daho. Que ela o estava fazendo de trouxa. Mas desde que saíram do Club sua expressão estava diferente, os sorrisos amarelos, uma tensão nos gestos, uma voz hesitante. Tinha perdido dez anos. Ele tinha visto a menininha, não a jovem mulher. E tinha entendido que ela realmente era virgem.

TRÊS                                                                    161

Emmanuel a encontrou no térreo, em pé na cozinha com o nariz no copo já vazio. Ele a envolveu nos seus braços e disse: "Vem cá." Os dois se deitaram no sofá, vestidos. Ele a acariciou. Primeiro, tinha que tranquilizá-la, sentiu que ela aos poucos estava relaxando. Depois, tinha que encontrar o desejo dela, como na boate mais cedo. Tinha que ser compartilhado, senão não tinha o menor interesse. Ela tinha que curtir também, e ele, independentemente do que acontecesse, tinha que ser uma boa lembrança para ela. Emmanuel não era um bruto. Ele dava muita importância à própria imagem. Queria agradar, de qualquer maneira.

Quando Nina o viu descer a escada, disse a si mesma como ele era bonito, muito bonito. Estava descabelado, o desejo por ela escapando dos olhos, duas brasas. Ela sentia, via, respirava aquele desejo. Seu olhar sobre ela, um desejo animal. Era o que a apavorava. Sabia que não sairia a mesma daquela casa. Que ele ia desvirginá-la. Ela pensou em Adrien e Étienne, o que eles diriam se a vissem ali, naquela casa, com *ele*? Étienne, com certeza, zombaria dela, não suportaria que encostassem nela, então se esconderia atrás de risinhos e sarcasmos. Quanto a Adrien, daria aquele sorriso enigmático que ela nunca conseguira desvendar, desde a infância. Sentiu uma falta violenta dos dois, e mandou-os para longe de seus pensamentos, como afastamos uma mosca.

Emmanuel a pegou pela mão, disse "vem cá", e a doçura passou de um para o outro. Ele a levou até o sofá, se deitou de barriga para cima, ela em cima dele, leve com uma pluma. Suas mãos contra o corpo dela ergueram seu vestido, ele tocou o sutiã que ela usava e o abriu. Ela se deixou levar, ele já sabia coisas que ela ignorava. Gestos que a faziam gemer, traziam calor e prazer ao seu ventre, irradiando até o sexo, sem que ele o tocasse. Só enfiando a língua na sua orelha, mordiscando sua pele onde era mais sensível. Partes do seu corpo que Emmanuel acordava ou revelava para ela.

Certa noite, mudando os canais enquanto Étienne e Adrien dormiam ao seu lado, ela encontrara um filme pornô. Tinha se certificado de que os garotos dormiam profundamente, com o controle na mão, pronta para mudar de canal caso um dos dois abrisse os olhos. Ela teria preferido morrer a ser descoberta. Tinha abaixado o volume e olhado aqueles sexos abertos, molhados. Ao mesmo tempo nojentos e fascinantes. Os atores não se acariciavam. Não havia amor. Era mecânico, feito uma máquina de salsicha. Era um abatedouro. A câmara fria de um açougueiro.

No dia seguinte, ela dissera aos dois garotos:

— Eu vi um filme pornô na TV ontem à noite. Fiquei chocada.
Étienne tinha respondido:
— Fica quieta, não quero saber nada sobre a sua vida sexual.
— Você me conta como são os peitos das suas namoradas!
— Comigo é diferente.
— Diferente por quê?
— Você é menina.
E Adrien tinha sorrido com timidez.

Emmanuel a acariciou por muito tempo. De vez em quando a olhava, perguntava se estava tudo bem, seu rosto estava vermelho, suava, havia perdido um pouco do esplendor e ele parecia um desequilibrado. Ela respondia que sim.

Só conseguia dizer aquilo, sim.

Ele se levantou para apagar a luz. Fazia aquilo por ela. Ele não ligava a mínima. Deitou-se novamente, tirou seu vestido e seu sutiã, com um gesto seguro. Então tirou as próprias roupas, libertou seu cheiro, uma mistura de perfume e suor. Eles se viram nus um contra o outro, ela o achou pesado. Ele desceu, lambeu seu sexo. Para Nina era uma mistura de alegria e tristeza ficar exposta daquele jeito à língua de um desconhecido, seus dedos lá dentro como se a vasculhasse. Desejo e repulsa de mãos dadas, prazer e nojo, um dentro do outro. Ele subiu outra vez, rosto com rosto, sua boca cheirava a sexo úmido, ela teve vontade de sair correndo, de voltar a ser uma criança de sete anos, de ser mais baixa do que a cerca de madeira branca da casa do avô. Ele abriu suas pernas, entrou nela sem forçar. Ela sentiu dor, parou de respirar, enquanto ele fazia idas e vindas no seu corpo, respirando com força. Ele fechou os punhos, tensionou o corpo, soltou: "Que tesão por você." E acabou. Ele parou de se mexer, respirando no pescoço dela. Tirou a camisinha com a ponta dos dedos. Sussurrou no ouvido dela que eles iam recomeçar, demorar bastante.

*Então é isso que faz o mundo girar e as canções existirem. Eu tenho que reescrever as letras,* pensou Nina.

Adrien revia a cena em sua mente sem parar. Estava enchendo o tanque de gasolina da dona de um Renault 5 branco, com o número 69 na placa, quando o caminhão dos bombeiros passou diante do posto, as sirenes aos berros. Ele não prestara atenção. Tinha pressa de terminar, os olhos fixos nos números que mudavam na tela, para voltar à barraca e terminar de ler um romance que estava adorando.

O caminhão parara a trezentos metros dali sem desligar as sirenes. Adrien tinha visto por reflexo, percebeu uma aglomeração se formando, espectadores correndo. A dona do Renault tinha dito: "Acabei de passar na frente, um horror. Alguém me disse que é um carteiro que foi atropelado." Adrien entendera imediatamente que se tratava de Pierre. Conhecia sua rota, as ruas pelas quais passava, de qual bairro ele cuidava em La Comelle.

Adrien tinha jantado na casa dos Beau na noite anterior, porque Emmanuel tinha ido para Saint-Tropez. Desde que tinha transado com ele, Nina não o largava mais. Ela nem mencionava o assunto nos telefonemas para Étienne de noite. Adrien tinha perguntado: "E aí? Como foi? Você ama ele?" Mas Nina fora evasiva, até soltar esta frase peculiar: "Não é lá essas coisas." Adrien achara aquilo tão inesperado que tivera uma crise de riso. Nina fez igual, e não acrescentou mais nada.

Enquanto os três jantavam no jardim, Pierre reclamara de dor nos músculos, sorrindo. "Não sou mais um rapaz."

Adrien largou a mangueira, os números haviam parado, ele deixou o tanque aberto e saiu correndo na direção das sirenes. Aqueles trezentos metros lhe pareceram intermináveis, como nos pesadelos em que corremos sem sair do lugar, ou tentamos gritar, mas não sai som algum. Ele acabou vendo o homem estirado no chão, as pernas inertes. O sangue em poças, fragmentos vermelhos. Adrien pensou: *O que vai acontecer com Nina?* O caminhão não sofrera dano algum, não ficara nenhuma marca na tinta, como se o motorista tivesse simplesmente parado no meio da rua para fazer compras. O motorista estava ali, pálido, abatido, ileso, repetindo: "Eu não vi ele, eu não vi ele." Uma das rodas da bicicleta de Pierre estava visível debaixo do caminhão, como se o veículo tivesse engolido a bicicleta e cuspido o que não queria. A parte superior do corpo de Pierre estava oculta por um cobertor, assim como seu rosto, como nos filmes, logo depois que as vítimas são assassinadas. Adrien tinha visto uma bolsa abandonada em um banco, um pouco afastada. O que estava fazendo ali? Ela também tinha sido atingida, esmagada. Ele a pegou sem pensar e entrou numa cabine telefônica. Na casa dele, o telefone chamou sem resposta, e ele lembrou que a mãe tinha ido passar o dia em Lyon. Se sentiu só no mundo, ergueu a cabeça, viu os bombeiros levarem o corpo de Pierre numa maca. Vasculhou seus bolsos e encontrou o pedaço de papel em que Nina havia anotado o número de telefone da locação dos Beaulieu.

E Marie-Laure finalmente atendeu.

Depois de desligar, Adrien começou a correr feito um louco. Voltou até a barraca, pegou dois mil francos no caixa. Era uma loucura, ele precisava daquele trabalho para ir a Paris, se mudar, comer. Ia perder tudo, mas só agiu por instinto naquele momento, sua razão foi embora junto com Pierre Beau na maca. Ele tinha que levar Nina para longe, muito longe dali, até que os Beaulieu voltassem de Saint-Raphaël.

Tinha que ser rápido, muito rápido. Antes que alguém contasse para Nina.

Ele entrou no prédio da Damamme sem se apresentar, vermelho feito uma papoula. Na recepção, uma mulher gorda de cabelo branco e óculos de armação preta o olhou, chocada. Conhecia aquele rapaz de vista, lembrou que era amigo de Nina Beau, talvez até seu namorado. Os jovens não tinham mais noção, saíam entrando na empresa em pleno horário comercial.

— Preciso ver a Nina!

— Olá. Ela está trabalhando — respondeu a mulher, ríspida.

— Preciso levar ela pra longe.

— Como?

— Ela sabe?

A mulher o olhou como se ele estivesse possuído ou drogado. Naquele mesmo instante, a polícia telefonou para avisar à mulher-dos-óculos-de-armação-preta que um motorista da empresa acabava de atropelar um homem na praça de Gaulle. Um acidente mortal. O sr. Damamme tinha que ir até lá urgentemente, ainda não tinham determinado nem a causa nem o responsável pelo acidente.

Enquanto isso, Adrien empurrava todas as portas. Escritórios, salas de impressão, depósitos. Ele escondeu a bolsa de carteiro no alto de uma estante, atrás de umas caixas, para que Nina não a encontrasse.

Adrien acabou achando Nina sentada atrás de uma escrivaninha. Quando ele a viu, ela o interrogou com o olhar sem dizer uma palavra. Adrien respondeu da mesma forma, como fazia desde sempre.

— Hoje é sexta-feira, nós somos jovens, daqui a um mês vamos embora, Nina, vamos pra Paris. Antes, eu quero fazer uma loucura. Temos um fim de semana. Eu te levo pra onde você quiser, agora. Avisei pro seu avô. Ele sabe que você está comigo, disse que tudo bem, ele até riu. Vem, vamos embora.

TRÊS                                                                                     165

Ela sorriu. Naquele instante, por causa daquele sorriso, Adrien beliscou a parte interna do próprio braço com força para não desabar. Era sua
irmã, sua pessoa preferida, quem ele mais amava no mundo. Foi naquele
instante, naquela sala cinza com vista apenas para paredes que ele soube
de maneira definitiva. Nina ia sofrer, e era insuportável. Até lá, ele ia presenteá-la com seus dois últimos dias de despreocupação. Seus dois últimos dias de infância. Ela tinha tempo para descobrir a verdade, para virar
adulta do dia para a noite.

Para não passar de novo pela recepção, Adrien abriu a janela atrás
dela, passou uma perna por dentro e disse:

— Vem comigo.

— Mas eu não acabei de trabalhar!

— Dane-se, você está transando com o patrão.

— Seu bobo...

Ela vestiu um casaco e pegou a bolsa. Os dois passaram por ruas
estreitas para chegar na estação de trem sem cruzar com ninguém. Foram
até Mâcon no trem regional expresso das 17h10. Em Mâcon, Nina escolheu Marselha no quadro de avisos. Adrien comprou duas passagens com
o dinheiro roubado.

— Que dinheiro todo é esse?

— O meu pai me deu... uma recompensa pelas minhas notas. Então
vamos aproveitar!

Às onze da noite, eles chegaram na estação Saint-Charles. Adrien
telefonou para a mãe de uma cabine telefônica enquanto Nina comprava dois sanduíches de chocolate com banana. Joséphine ficara sabendo a
respeito de Pierre Beau, todo mundo estava morrendo de preocupação.
Emmanuel Damamme estava procurando Nina por toda parte, o gerente
do posto de gasolina telefonara para Joséphine, furioso, querendo prestar queixa contra Adrien. Joséphine devolvera a quantia roubada para ele
para que não se tocasse mais no assunto e explicara a situação com o avô
de Nina. Adrien pediu que a mãe passasse na casa dos Beau para cuidar de
Paola e dos gatos. "A porta fica sempre aberta, mas, caso precise, tem uma
chave debaixo do vaso vermelho grande, do lado do capacho." Os dois
voltariam no domingo, Adrien levaria Nina direto da estação para a casa
de Étienne. Eles deviam esperar lá no fim da tarde para dar a notícia a ela
todos juntos. Ele já tinha desligado quando Joséphine perguntou: "Onde
vocês estão?"

Adrien comprou passagens de volta para o domingo, então os dois pegaram um ônibus que ia até o mar, pararam num pequeno porto chamado Praia do Profeta. O tempo estava ameno, jovens acendiam uma fogueira, e Nina e Adrien se juntaram a eles. Conversaram, beberam cerveja, comeram pizza, dançaram ao som de "Sous le soleil de Bodega". Nina parecia feliz, olhava Adrien como se olha uma pessoa amada. A areia estava fria, ele perguntou se Nina queria dormir sob as estrelas. Ela respondeu: "Quero, vai ser o máximo." Às duas da manhã, eles se acomodaram perto de uma cabana na praia, se deitaram abraçados. Adrien sussurrou: "Eu te amo, Nina, vou te amar pra sempre." Ela respondeu: "Eu sei." Adrien não dormiu, pensando na morte de Pierre, nas consequências, na tristeza. Como a vida podia seguir caminhos tão radicais?

Nina foi acordada pela luz do sol. Eles se despiram, entraram no mar Mediterrâneo. O ar ainda estava frio, mas o céu era de um azul puro e promissor. Diante deles, as ilhas Frioul refletiam uma luz branca, quase lunar. Os dois ficaram muito tempo no mar, calmo feito um lago naquela manhã, como se as ondas não passassem de uma lenda.

Aproveitando cada segundo, eles passaram o dia na praia lotada, em pleno mês de agosto. Nina adorou o sotaque de Marselha. Ouvia as pessoas falarem à sua volta como se escuta a letra de uma música.

À tarde, enquanto ela descansava, Adrien comprou um sabonete, pasta e escovas de dentes, duas garrafas de água, alguns tomates, uma melancia e uns biscoitos salgados. Não trocaram de roupa durante dois dias: uma calça jeans, uma camiseta e o casaco, que vestiram durante a noite. De dia, ficaram só com as roupas de baixo. Nina não quis ir embora daquela praia. Tinha um chuveiro público nas cabanas. Eles se lavaram no fim do dia e se secaram ao sol, sentados numa rocha, assistindo ao movimento dos veleiros e à agitação dos últimos banhistas. Nina falou:

— Hoje foi o dia mais bonito da minha vida. Pena que o Étienne e o vovô não estavam aqui pra ver.

# 36

## *22 de dezembro de 2017*

Ela toca a campainha. Étienne abre a porta. Um mal-estar, um longo silêncio, frente a frente, olhos nos olhos. Eles não se veem há catorze anos. Tudo murcha como um suflê saindo do forno. No fundo, não é tão grave nem tão importante. Não é porque a gente se amou antes que precisa se amar agora. O tempo passou. Parece que ele leva tudo embora. A prova disso é que ela não está tremendo.

Ele usa pantufas nos pés, certamente emprestadas pelo pai. Ele sabia que ela viria, poderia ter feito um esforço, trocado de roupa. Nina tem certeza de que ele fez de propósito, para mostrar uma versão ruim de si mesmo.

Ele está mais forte, tem os traços de um homem maduro, um começo de barba grossa. Seu cabelo ficou mais escuro, sua beleza evaporou um pouco — um pássaro de passagem, enquanto Nina achava que não migraria nunca. Que estava inscrita em seus genes. A beleza se torna o que fazemos dela. Resta apenas um olhar no qual se vê que ele desistiu das coisas, dessa coisa a que chamamos vida, da alegria, da vontade. Não há mais esperança, há poucos risos e muita lassidão. Um homem entediado. Ele acaba lhe dirigindo um sorriso torto, malicioso. Isso ele não perdeu.

— Achei que você não viria.

A voz dele está mais grave, mais arrastada. Onde está sua arrogância? Ele leva sua mão grande ao ombro de Nina e dá um beijo em sua bochecha. Um único beijo. Ele bebeu. Ela sente o cheiro de álcool no seu hálito.

— Prometi ao Valentin — explica Nina.

— Você viu como o meu filho é legal? Estávamos te esperando, preparamos um aperitivo, entra.

O corredor que ela conhece tão bem, o mesmo cheiro de sempre. Um aroma sintético de rosa. A escada que leva ao andar de cima, os móveis no mesmo lugar, o do telefone onde ficavam as listas telefônicas, agora vazio, a internet as substituiu. O armário de sapatos onde ela jogou os tênis tantas vezes, antes de subir os degraus de dois em dois, descalça, para encontrar Étienne no quarto dele. A cozinha à esquerda, a porta está aberta. Uma cozinha nova como vemos em toda parte, com uma bancada central, um aparador branco, a madeira azul clara. No corredor, o mesmo papel de parede. O que parecia tão elegante quando ela era mais nova, hoje parece antiquado. Como se a casa tivesse envelhecido mal, assim como Étienne. No fundo, eles não têm tanto bom gosto.

Valentin aparece de meias nos pés, um celular na mão.

— Adicionei você como amiga no Facebook, você viu? Você tem Instagram e Snapchat?

— Não — responde ela, com um sorriso forçado.

Naquela casa, Valentin se parece ainda mais com o pai quando era jovem. É a presença dele que a perturba, não a de Étienne. O que ela sente agora é que *seu* Étienne foi embora, que só restou a pele morta dele. Que todas as células do seu corpo se regeneraram para dar lugar àquele desconhecido que a leva até outro cômodo. Muita água tinha rolado. O que ele gostava de comer agora? A que horas? Quais eram seus hábitos? Qual era sua banda preferida? E filme? Como se chamavam seus amigos? Ele mudou de cheiro. Antes, ela conhecia seu cheiro de cor. Era de açúcar.

Ela segue pai e filho até a sala de jantar. Sentada no sofá, Marie-Laure parece emocionada. Ela se levanta, avança na direção de Nina e a abraça. Ela mudou. A bela mulher bronzeada ficou cheia de rugas. *Quantos anos ela tem? Uns sessenta e poucos*, calcula Nina mentalmente.

— Como é bom te ver, Nina.

Nina retribui o abraço. Ainda usa o mesmo perfume, Fleur de rocaille.

— Desculpa, Marie-Laure, desculpa.

— Desculpa por quê?

— Por nunca ter vindo te ver.

— Eu também poderia ter ido até o abrigo. Tenho muitos motivos pra me desculpar... Quando você foi embora... eu deveria ter entendido... Mas não vamos falar nisso. Vem, senta.

Nina dá uma olhada por cima do ombro e vê Marc lhe dirigir um sorriso. Ele engordou. Dá dois beijinhos nela. Ele, outrora tão reservado, parece mais acolhedor.

Quantas vezes Étienne se queixara de não ser amado pelo pai? Teriam finalmente conversado, se entendido, se encontrado?

TRÊS          169

Foi a vez de Louise se levantar, com seu esplêndido olhar azul, a adolescência abandonada, ainda resplandecente, alegre. O irmão mais velho, Paul-Émile, sua esposa, Pauline, e os dois filhos, um menino e uma menina, Louis e Lola, oito e dez anos. Uma mulher loura faz sua entrada, pequena, magra, cerca de quarenta anos, um aperto de mão enérgico.

— Sou Marie-Castille, a mulher de Étienne.

— Boa noite.

Marie-Castille olha Nina como uma rival, como se tivesse que temer alguma coisa. É imediato. Seu aperto de mão e seu jeito de dizer "a mulher de Étienne" significam: "Ele é meu."

*Decididamente*, pensa Nina, *no instante em que Étienne encosta em uma mulher nasce uma sensação de propriedade paranoica.*

Nina pega uma caixa de chocolates na bolsa e estende para Marie-Laure.

— Não precisava.

— Precisava, sim.

Nina escolheu usar o vestido que comprou na véspera, e se sente fantasiada. Chegou a passar rapidamente no supermercado para comprar uma base e um batom vermelho, que misturou com hidratante labial, só para dar um pouco de cor, e fez um traço marrom nas pálpebras, na base dos cílios. Ela achou que tinha esquecido aquele gesto, mas foi ele que não se esqueceu dela.

— Então, você cuida do abrigo?

— É.

— Não me espanta. Você ainda desenha? Não? Que pena. Eu guardei um monte de retratos que você fez de Étienne e Louise. Até mandei enquadrar. Estão no nosso quarto.

Louise é cirurgiã e mora em Lyon, solteira, sem filhos.

— Eu ainda sou policial — diz Étienne. — Conheci Marie-Castille no trabalho, é minha chefe.

Marie-Laure e Marc estão aposentados. Nina escuta distraidamente que Paul-Émile e Pauline são engenheiros e trabalham em Genebra. Ela não ouve mais ninguém. Sorri. Diz sim, não.

Étienne não parece doente. Valentin teria mentido para ela? Não, não era o tipo de garoto que mente. O jovem tira algumas fotos com o celular, faz uma selfie e pede a todos que sorriam atrás dele.

Nina sente o olhar de Étienne sobre ela várias vezes. Sente que ele a observa. No que está pensando? Que ela também mudou, envelheceu, as rugas, o tempo ao ar livre, passeando com os cachorros, resgatando gatos, as preocupações, os canis sempre cheios, os dias de portas abertas, os velhos que morrem lá, a tristeza de não ter encontrado um lar para eles, a oferta de alguns meses numa cestinha quente antes da grande ceifa.

*Tudo isso é obviamente visível no meu rosto e nas minhas mãos*, pensa Nina.

Assim que ela olha para Étienne, que ela busca seu olhar, ele vira a cabeça. Ela encontra a irritação que ele costumava lhe causar. Seu amor irritado. Suas implicâncias: "Não faz assim, não faz assado", "Para de fazer charminho"...

Étienne se levanta.

— Aonde você vai, querido? — pergunta Marie-Castille.

Étienne responde, a voz lenta:

— Onde você não pode ir por mim.

Ele passa pela cozinha. Abre um armário. Bebe três goles do Grand Marnier que a mãe usa para flambar os crepes. Anestesiar a dor. Tem ânsia de vômito. Sobe a escada, se fecha no banheiro, abaixa as calças, se senta. Está zonzo.

Uma lembrança.

Está na praia em Saint-Raphaël, flertando com uma garota de quem ele gosta. Qual era o nome dela mesmo? Camille. Sim, é isso, Camille. Os outros a chamam de Camomille. "Mas pode acreditar, meu camarada, não é o tipo de garota que te dá sono." Ele não entende, sorri tolamente, não sabe que chá de camomila acalma. Segura o cabelo comprido dela ná mão esquerda para tirá-lo do seu rosto, a mão direita passeando sobre seu corpo, nos lugares interessantes. Ao lado, uma sombra entre ele e o sol que surge. Uma presença fixa. Ele pensa ter ouvido seu nome. Vira a cabeça, abre um olho, é sua mãe. Naquele instante, Étienne quer matá-la. Ele a detesta por estar se intrometendo naquele momento íntimo. O que ela está fazendo ali? Está na contraluz. Ele pergunta, agressivo:

— Que foi?

— A gente tem que ir, aconteceu uma coisa grave.

Ao lado dela, aparece seu pai. Só faltava essa. O pai e a mãe em cima dele. Camille ergue o corpo. *Nãããão, não vai embora, estava muito bom.* Ele está de sunga, com uma leve ereção, que vergonha estar na frente dos pais. O que estão dizendo? Ir? Ir aonde?

— Pierre Beau morreu.

TRÊS 171

Na sala, Marie-Laure serve uma segunda taça de champanhe para Nina.

— Depois dessa vou parar, estou dirigindo.

Os gritos de Louis e Lola correndo por causa de um boneco de *Game of Thrones* que um pegou do outro cobrem sua voz.

— De qualquer forma, você vai jantar com a gente — diz Marie-Laure para Nina.

Ela sente a necessidade de arrumar uma desculpa imediatamente.

— Não posso, tenho que buscar um cachorro no veterinário antes das oito.

— Qual cachorro? — pergunta Valentin.

Precisa de uma segunda mentira. Ela pensa em Romain, depois no velho Bob roncando no sofá enquanto ela se vestia com pressa na frente dele na noite anterior.

— Ele se chama Bob, é um griffon de Nivernais. Você não viu ele hoje de manhã, ele já estava no médico.

— O que ele tem?

— Está mal do coração.

Nina respondeu no automático. *Quem mais nesta sala estará mal do coração?*, ela pensa. O tempo separa quem se ama... Nina tinha escrito uma música sobre isso na época dos três. Era:

*O tempo separa quem se ama*
*Até mesmo os dois noivos que acompanha*
*Ao amor resta fraca memória de herança*
*O tempo separa quem se ama...*

Ela não lembra mais o que vem depois. Nem a letra, nem o ritmo.

Certa manhã, seu ex-marido queimou seus cadernos e desenhos. Ele disse: "Vamos nos livrar das velharias." Nina viu suas letras e seus esboços partirem em chamas. Não sentiu tristeza alguma. Deixou-o agir sem dizer nada, estava perto dele, como uma boneca em cujos lábios um sorriso permanente foi desenhado.

Marie-Castille não diz nenhuma frase sem mencionar o nome de Étienne, como uma aposta, ou um desafio que ela tenta vencer: "Étienne acha que...", "Étienne tem vontade de", "Étienne não gosta muito", "Étienne diz que ele", "Étienne estava dormindo quando..."

Étienne volta e retoma seu lugar ao lado da esposa no sofá.

No mesmo instante, Marie-Castille pergunta a Valentin se "o papai sabe que você foi lá hoje de manhã".

— Não. Eu não contei pra ninguém — responde o adolescente.

— O que é que eu devia saber? — pergunta Étienne.

— Que o Valentin foi até o abrigo sozinho hoje de manhã.

— Mãe, relaxa, eu tenho catorze anos! E não fui vender crack na saída de uma escola, fui até o abrigo da Nina.

— Em todo caso — diz Marie-Castille, em tom falsamente cúmplice —, espero que Nina não tenha te convencido a adotar um animal...

Nina responde de imediato:

— Eu nunca faço isso. Um animal é algo que a gente tem que merecer.

Étienne zomba:

— Você não mudou nada.

— Étienne me contou que vocês faziam música, que tinham uma banda? — emenda Marie-Castille para mudar de assunto.

— Sim — responde Nina. — Podemos dizer que sim...

Ela não tem nenhuma vontade de falar sobre aquilo.

— Adoro quando Étienne toca piano — acrescenta Marie-Castille.

*Bravo*, pensa Nina. *Você conseguiu usar o nome do Étienne nas suas dez últimas frases.* O próprio Étienne pergunta de repente:

— Quer ir fumar um cigarro comigo?

— Eu não fumo — responde Nina.

— Está na hora de começar.

— Com a asma dela... — reage Marie-Laure.

Étienne fica de pé, Nina o imita sem olhar para Marie-Castille, que certamente está contrariada. Ela o segue até o cômodo que leva ao jardim.

— Veste um casaco, está muito frio lá fora — diz ele.

— Sim, papai.

Ele sorri. Os dois saem no frio cortante. Dão pulinhos para se esquentar. Étienne oferece um cigarro, ela recusa.

— Você sabe que eu não posso. Nunca pude.

Ela observa uma cicatriz na sobrancelha dele.

— Você tem uma cicatriz acima do olho.

Ele sorri.

— Ferimento de guerra... Se eu te contasse quem fez isso comigo, você não acreditaria...

— Alguém que eu conheço?

Étienne ignora a pergunta e indaga:

— Você está feliz?

— Mais tranquila do que feliz. Estou em paz. E você? Está feliz?

— Como você com o cigarro, você sabe que eu não posso. Nunca pude.

— Está doente?

Étienne a encara fixamente. Ela continua direta como sempre. Ele vê raiva em seu olhar, depois percebe que está abatida, como se estivesse baixando as armas.

— Quem te disse isso?

— Valentin.

Étienne parece perturbado. Entre eles, paira um longo silêncio. Só resta a respiração dos dois, a fumaça no frio. A cada vez que Étienne dá um trago, parece que sua boca pega fogo.

— Não quero falar sobre isso — diz ele, finalmente.

— O que você tem? — insiste Nina.

— Não quero.

— Por quê?

— Porque não quero.

Ele está com a expressão contrariada, aquela que faz quando está num dia ruim ou quando lhe negavam alguma coisa. A gente envelhece, muda de pele, mas algumas manias nunca se perdem. Só o cabelo é que acaba caindo.

— Sua mulher sabe?

— Não... Mas achei que o Valentin... Ele deve ter xeretado. Vamos entrar? Está muito frio.

Ela não tem tempo de responder. Ele empurra a porta e Nina sente o calor lá dentro, o cheiro dos bolinhos, as vozes, as risadas.

— Tenho que ir — anuncia Nina a todos.

— Já? — pergunta Marie-Laure, desolada. — Mas você mal chegou.

— É, o veterinário acabou de me ligar, sinto muito.

Todos se levantam e se despedem de Nina.

— Foi uma alegria ver você.

Louise aperta suas duas mãos.

— Vou passar no abrigo para beber um café com você antes de voltar para Lyon.

Nina sabe que ela não vai.

— Vai passar as festas de fim de ano com quem? — pergunta Marie-Laure.

— Com os meus colegas e amigos do abrigo. Fazemos isso juntos todo ano, alternamos o anfitrião.

— Você vai voltar? — pergunta Valentin.

— Sim... E você pode passar lá quando quiser. Estou lá todos os dias.

— Ok.

— Eu também vou — diz Marie-Laure. — Dessa vez, eu vou.

Valentin dá uma piscadela para Nina.

— Eu te acompanho até o carro — murmura Étienne.

Os dois saem da casa, param diante do carro de Nina.

— Belo carro — diz Étienne, sem conseguir impedir a ironia na voz diante do velho Citroën.

— ...

— Por que está com tanta pressa de ir embora? Não tem cachorro nenhum pra buscar no veterinário.

— Não.

— Por que você veio?

— Valentin.

— ...

— Ele parece com você.

— *Eu* parecia com ele, muito tempo atrás. Você, em compensação, ainda está bonita.

— Para.

— No fundo, eu deveria ter te comido. Como as outras.

— Quer parar com isso?

— Eu bebi, desculpa. Desculpa. Eu não presto.

Ela tem vontade de falar sobre Clotilde, mas não diz nada. Não é a hora. Não é o lugar. Ela acaricia a bochecha dele. A mão no seu rosto, um velho gesto. Como o delineado nas suas pálpebras, são gestos que permanecem. Ele sorri, e ela vê a tristeza. Bate duas vezes no capô do carro e dá meia-volta.

— Estou feliz por ter te visto outra vez.

Ela o observa desaparecer dentro da casa. A luz da varanda se apaga.

Ela liga o motor, as mãos trêmulas, parece uma bomba-relógio. Vira o retrovisor para si e dá uma olhada em seu reflexo. A maquiagem quase sumiu, engolida por uma pele que não está mais habituada ao supérfluo.

Ela tem duas possibilidades: voltar para casa e passar o aspirador enquanto aquece um prato no micro-ondas, ou ir atrás de notícias do velho Bob na casa de Romain Grimaldi.

A menos que... são só sete da noite. Não é tarde demais para checar como vai o gatinho Nicola.

# 37

*14 de agosto de 1994*

Aquilo era algo que ela considerava impossível. O cérebro parou de processar. Ele não envia as informações certas. Está a anos-luz: quando você finalmente entende as palavras, todo o resto já está morto há séculos.

Foi Marie-Laure que lhe contou:

— Senta, minha querida, eu tenho uma notícia triste. Seu avô sofreu um acidente, foi atropelado, eles não conseguiram salvar a vida dele.

Quem não conseguiu? Quem eram eles?

— Ele não sofreu — acrescenta Marc.

Nina não consegue se mover. Tudo fica paralisado. Ela já viu aquilo num desenho animado. *Candy*, é, isso.

*No país de Candy*
*Como em todos os países*
*A gente se diverte, chora, ri*
*Existem bandidos e mocinhos*
*E para sair dos tempos difíceis*
*Ter amigos é muito útil,*
*Um pouco de amor, de brincadeira*
*Esta é a vida de Candy.*

Sim, ela viu um episódio em que a jovem, atingida por uma maldição, se transforma em estátua de pedra.

Estão todos diante dela, bronzeados, voltando de férias, esperando sua reação. Étienne, Adrien, Louise, Paul-Émile, Marc, Marie-Laure e Joséphine. Ela não reconhece mais ninguém.

Uma estátua de pedra. Com um martelo e uma talhadeira, feito Isabelle Adjani no filme *Camille Claudel*, Marie-Laure grava aquelas palavras em Nina:

TRÊS

— O funeral de Pierre vai ser na terça-feira, 17 de agosto, na igreja de La Comelle. Ele vai ser enterrado ao lado de Odile, sua avó. Eu cuidei de todas as questões burocráticas. Escolhi as flores e o caixão, você é nova demais para essas coisas. Foi um acidente de trabalho. Você pode passar alguns dias na nossa casa, depois é você quem decide. Joséphine está cuidando do cachorro e dos gatos.

Nina abre a boca para ouvir a própria voz, o som da sua voz pronunciando uma palavra: se ela a murmurar, ele vai aparecer, mudar a maldição.

— Vô?

Ninguém se move. Só Adrien estende a mão para ela, encosta no seu braço, que ela afasta. Já que nada é verdade. Já que tudo o que ela está vivendo não pode ser verdade.

Outra vez Marie-Laure pega sua talhadeira para gravar mais uma frase em Nina:

— Você quer ir ver ele na câmara mortuária?

Nina chama por ele outra vez. Chega disso. Ele precisa ir buscá-la.

— Vô! — implora ela.

Pierre Beau nunca vai entrar naquela casa sem avisar. Ela vai ouvi-lo, ele vai tocar a campainha, como quando toca a das pessoas que não têm caixa de correio, ou quando é importante. Um pacote registrado, uma ordem de pagamento. "Porcaria de campainha", ele reclama, às vezes.

Quando ela era pequena, uma vez ele a colocou sobre o guidão e fez sua rota com ela ali. Orgulhoso, mostrou as ruas que percorria, a rapidez das suas pernas. Disse a todos: "É minha neta!"

Talvez seja a campainha que não esteja funcionando. Nina se levanta, suas pernas têm dificuldade de sustentá-la, ela se dirige até a entrada, abre a porta. Ninguém. Ela precisa fazê-lo reagir, ela tem que dizer uma última frase. Palavras que vão deixá-lo fora de si. Ela murmura:

— Vô, eu continuo mexendo nas suas cartas.

Ela espera. Fecha os olhos numa oração silenciosa. Espera que ele apareça para dar um tapa no rosto dela. Nada acontece.

# 38

## *22 de dezembro de 2017*

Ainda estou trabalhando quando vejo os faróis de um carro iluminarem a porta de vidro da cozinha. E se apagarem. Alguém desliga o motor. Aos meus pés, Nicola parece brincar com um passarinho imaginário.

Recebo pouquíssimas visitas, e neste horário é mais raro ainda. Tocam a campainha. Nina está maquiada. Resta um pouco de marrom nos seus olhos. Ela diz:

— Acabo de ver Étienne. Me serve alguma coisa pra beber.

Não consigo reprimir um calafrio. A simples menção do nome de Étienne me faz cambalear. Eu gostaria de fechar a porta na cara dela para que ela não falasse. Para que ficasse muda para sempre. Reprimo um arrependimento por ter aberto a porta. Por não ter me escondido, como uma criança que não quer aparecer. No entanto, sonhei por muito tempo em encontrar Nina na minha porta, tanto aqui quanto em Paris.

— Entra.

Ela vai correndo até Nicola, inspira seu cheiro e diz:

— Como está esse bebê?

Dá uma olhada nos potinhos de água e comida. Ossos do ofício. Eu vejo o contentamento no seu rosto, a casa está aprovada.

Ela se senta no sofá, percorre a sala com os olhos, parando de vez em quando, e comenta:

— É uma casa agradável.

Então se levanta para olhar os livros na estante. Pega o *Branco de Espanha*, que eu reconheço pela capa, as mãos de uma criança de cachecol vermelho segurando uma bola de neve. Atrás dela, uma fachada coberta com o "branco de Espanha", a tinta que passamos nas vitrines quando há uma mudança de proprietário ou obras. O branco que significa que tudo está temporariamente fechado.

TRÊS 179

Nina folheia o livro, me observa, o fecha outra vez e devolve à estante. Eu não comento.

— Porto, uísque, martíni branco. Tenho Aperol e espumante, posso fazer um spritz.

— Está bem, mas sem gelo — responde ela.

— Eu sei.

— Você se lembra disso?

— Eu me lembro de tudo... Como ele está?

Acabei fazendo a pergunta. É mais forte que eu. Uma puta doença incurável, quando todo o meu ser recusa saber, não quer nem ouvir falar *nele*. Um enxerto que nunca mais vai vingar. Uma rejeição. Nina entende de cara que estou falando de Étienne. Ela volta para se sentar no sofá, como uma criança bem comportada. Tenho dificuldade de acreditar que ela está aqui. Na minha casa. Achei que não a veria de novo.

— Ele mudou. Muito. Parece triste. Tem um filho de catorze anos, lindo, um fofo, chamado Valentin.

— Louise me contou.

Nina parece chocada.

— Você ainda fala com ela?

— Sim. Falamos sobre Adrien, mas quase nunca de Étienne.

Ela faz uma pausa e me olha de um jeito estranho, como se eu tivesse acabado de falar um palavrão.

— Você está com alguém? — pergunta ela, me olhando fixamente com seus olhos escuros, tão escuros que não se enxerga nada lá dentro.

Ela sempre teve essa habilidade de fechar o olhar como fechamos a cortina, para não revelar nada.

— Você quer dizer um terapeuta?

Nina ri da minha piada.

— Não, um namorado.

— Nos formulários, eu sempre marco a caixinha que diz "solteira sem filhos".

Ela sorri para mim outra vez, como quem diz: "Eu também."

— Étienne me perguntou se eu estava feliz — diz ela.

— E o que você respondeu?

— Essa pergunta é muito complicada de responder. Sobretudo pra alguém que a gente não vê há catorze anos. Sobretudo para Étienne.

— Onde vocês se viram?

— Na casa de Marc e Marie-Laure. Teve um momento em que ficamos só nós dois no jardim.

Eu assimilo aquela informação. Nina voltou lá. Na rua Bois-d'Agland, número 7. De repente, eu visualizo a casa, a sala, as festas, os aniversários de uns e outros. Étienne ocupando todo o espaço e Louise sempre num canto, sentada numa cadeira com um livro na mão, feito um brinquedo sem pilha. Uma boneca loura com grandes olhos azuis cujo mecanismo interno parecia quebrado. Tão vibrante e cheia de vida por dentro, sem que ninguém soubesse quem ela era de verdade.

— Você viu Louise?

Nina responde que sim. Uma preocupação na voz.

— Por quê?

— Por que o quê? — pergunta ela.

— Por que você foi até lá? Na casa deles? Na casa dos pais *dele*?

Ela não responde, se perde nos próprios pensamentos, olhando fixamente para um ponto à sua frente. Como nos velhos tempos, quando eu passava por ela e ela não me via.

— Você e Louise se veem com frequência? — pergunta ela.

— Um pouco.

— Ela contou sobre Étienne?

— Contou o quê?

— Nada.

— Contou o quê?

— Que ele parece triste.

— A gente nunca fala sobre ele. Louise sabe que não lido muito bem com isso... Que não lido nada bem com isso, na verdade — acabo confessando.

Ela me encara. Sirvo um segundo spritz, que reforço com uma boa dose de martíni branco.

— Ele falou sobre Clotilde?

— Não... Posso deixar meu carro aqui na frente?

— Pode.

— Vou voltar a pé. Bebi demais.

— Você está longe de casa. Uns três, talvez quatro quilômetros.

— Estou acostumada a andar.

— Está frio à beça esta noite. Quer que eu chame um táxi?

Ela dá uma gargalhada.

TRÊS

— Um táxi... que coisa de parisiense. Eu estou acostumada com o frio.

— Quer dormir aqui? Eu tenho um quarto de hóspedes para amigos. É pequeno, mas tem aquecimento.

— Não, tenho que voltar pra casa, preciso cuidar dos gatos. E desde quando eu sou sua amiga?

# 39

## *17 de agosto de 1994*

Muitos moradores ainda estão de férias, no entanto, a igreja de La Comelle está lotada. Uma família a cada caixa de correio é muita gente. Todos os moradores do bairro que fazia parte da rota de Pierre Beau foram se despedir do seu carteiro. A igreja é pequena demais para tanta gente. Parece uma caixa de correio transbordando porque as cartas não foram recolhidas.

As pessoas secam os olhos com lenços de pano. Os anos de lágrimas instigadas pelo que Pierre Beau transportava agora eram derramadas por ele.

Nina chega com Adrien e Étienne, um de cada lado para segurar suas mãos. Étienne à esquerda, Adrien à direita. Nem a tristeza rompe os hábitos. Seguem o caixão até diante do altar. As famílias Beaulieu e Damamme, assim como Joséphine, estão atrás deles, feito um véu de tristeza longo demais, se arrastando. Uma noiva ao contrário: a desunião, a desintegração.

Nina está despedaçada por dentro. Órfã. Ela, que já oscilava desde a infância, dessa vez acabou, foi derrubada. A tristeza virá mais tarde. Ela está paralisada, morrendo de medo. Um medo vertiginoso.

Pierre Beau não conhecia a família Damamme, mas os pais de Emmanuel estão presentes, por amizade aos Beaulieu e para apoiar Nina, sua "jovem funcionária temporária". E, além disso, foi um dos motoristas deles que atropelou o carteiro.

Nina conhece Damamme pai, ela o vê todos os dias no trabalho, assim como vê todos mudarem seu comportamento e sua voz quando ele faz uma pergunta ou passa por um corredor. A esposa dele é bonita, com seu belo traje escuro, loura de pele clara. Um ar de Catherine Deneuve. Emmanuel se parece com a mãe, tem a mesma graça e o mesmo olhar.

Emmanuel gostaria de dar apoio a Nina, mas eles acabaram de se conhecer, enquanto os outros dois estão lá há muito tempo. Tempo demais, sem dúvida. Não se separa amigos de infância. Vendo-a naquela igreja, Emmanuel tem vontade de se casar com Nina. É estranho o que acontece na sua mente aquela manhã. Ele gostaria de limpar com uma esponja a escuridão com que ela se cobriu, esfregá-la, enxugar sua dor. Ele gostaria de colocar um vestido branco nela e fazê-la dizer sim para todo o sempre. Pegar a varinha de condão da fada madrinha de Cinderela e nunca mais devolvê-la. Está apaixonado.

Nina não ouve as palavras do padre. Aperta as mãos de Adrien e Étienne. Gostaria de não soltá-las nunca mais.

Se sentar, se levantar, se sentar, se levantar segundo as instruções do homem de Deus. Ela lança olhares desesperados para o Cristo branco suspenso na lateral, um pouco afastado, acima de algumas velas miúdas, acesas na véspera. No que está pensando o crucificado? A quantos enterros ele assistiu desde que o prenderam ali? Que pai faz um filho sofrer *aquilo*? E a Virgem Maria, ela sabia? Era cúmplice?

Como é que aquele grupo de desgraçados teve coragem de separá-la de seu avô? Seus pais não bastavam? Precisavam de mais? Não podiam ter deixado o avô com ela por mais alguns anos? Para que ele tivesse tempo de ouvi-la cantar em Paris e para que ela pudesse levá-lo para tirar férias na praia?

Às vezes ela observa o caixão dentro do qual Pierre Beau vai dormir por toda a eternidade. Ela nunca viu um caixão antes. A menos que se viva num país em guerra, não se vê um morto antes dos dezoito anos.

Há uma foto de Pierre Beau sobre um cavalete, um retrato que seus colegas encontraram. Era tão raro que ele posasse para fotos.

Nesta manhã, Nina pensa que nem ela, nem Étienne, nem Adrien fizeram catecismo. Pierre não se importava com Deus. Ele lhe dissera certa vez: "Antes, eu era comunista." Nina nunca soube direito o que queria dizer "comunista", só que supostamente eles protegiam os pobres, dividiam o dinheiro e cagavam para a Igreja. Mais tarde, ela aprendeu que também podia ser um Stálin ou Mao Tsé-Tung e que era uma ideologia pavorosa como qualquer outra. Uma potência utópica e irrealizável. Como beber o mar.

Mesmo sem ter feito catecismo, ela já entrou na igreja para acender uma vela, fazer um pedido, implorar aos céus que um garoto se apaixonasse por ela. *Meu Deus, faça Alexandre namorar comigo.* Adrien também reza, às vezes. Ela perguntou a ele o que ele pedia, como se ele estivesse fazendo um pedido por telefone numa loja e, como sempre, Adrien respondeu: "Um dia eu te conto."

Étienne, por sua vez, acha que rezar é meio como "extorquir" o céu. Ele entra nas igrejas como um turista para observar os murais e as estátuas com um ar desconfiado. Nunca se ajoelharia para falar com o nada. Acha que não é moderno o suficiente, que igrejas pertencem aos séculos passados. Que o futuro é o Minitel, os computadores e os videogames. E que se há uma divindade, ela reside no progresso, no avanço, nas grandes descobertas como o foguete *Ariane* e as cirurgias de peito aberto.

Marie-Laure pediu que Nina escolhesse uma música para o avô. Uma música que eles vão tocar depois da missa, em homenagem a quem ele era. Pierre Beau nunca ouvia música, só rádio. E Joe Dassin, em segredo.

Os discos de sua esposa, no aniversário da morte dela. Nina o pegara de surpresa, debruçado sobre o toca-discos que, no resto do ano, acumulava poeira sobre uma cômoda no seu quarto. Então, Adrien, Étienne e Nina escutaram todo o repertório do cantor de olhos arregalados. Era tão cafona, tão diferente do que eles gostavam e veneravam. Não era o mesmo mundo. Sobretudo a orquestra. Nina acabou escolhendo "Et si tu n'existais pas", por causa do verso "Como um pintor que vê nascer sob seus dedos as cores do dia". Ela não podia escolher "Aux Champs-Élysées", já que seu avô nunca havia posto os pés em Paris. Ele ia fazer isso pela primeira vez no mês de setembro, para ajudar Nina a se instalar no seu apartamento. Os dois estavam empolgados para subir até o último andar da Torre Eiffel.

Ela sente um estremecimento, um movimento na multidão amontoada, então Nina interroga Marie-Laure Beaulieu com os olhos para seguir suas indicações.

Depois da música, carregadores erguem o caixão, e Nina, Adrien e Étienne o seguem juntos em direção à saída, até que o içam dentro do carro funerário.

O sol já está muito forte. Ela pensa que o tempo poderia ter feito um esforço para o enterro do avô, poderia ter tido um mínimo de decência e chorado como os outros, se entendido com a tristeza dos humanos.

As pessoas vão cumprimentá-la. Um monte de gente que ela não conhece deposita lágrimas e muco sobre sua bochecha. Ela agradece. Não sente as pernas. Mesmo durante as condolências que recebe de todos, ela não larga as mãos de Adrien e Étienne.

Quando Emmanuel se aproxima dela, ele a segura pela nuca e dá um beijo em seus lábios. Um beijo possessivo. Algo que a revolta e a tranquiliza ao mesmo tempo. Ele está lindo, seus olhos repletos de compaixão mirando os dela, ele a beija diante de todos, diante do pai e da mãe. Sela

TRÊS                                                                                                    185

um pacto entre eles. Quando Emmanuel beija Nina, ela sente os dedos nervosos de Adrien e Étienne apertando-a ainda mais.

Agora eles têm que ir de carro até o cemitério. Seguir o carro funerário repleto de flores.

Nina está no carro dos Beaulieu, no banco de trás, entre Étienne e Adrien. Atrás deles, Louise e Joséphine. É quase como se estivessem indo até Saint-Raphaël.

Maire-Laure lhe passa uma garrafinha de água.

— Você precisa beber um pouco de água, minha querida. Vai estar quente lá, e vai ser difícil.

Ainda bem que Marie-Laure está ali. Nina vem dormindo no quarto de Étienne desde que voltou de Marselha. Marie-Laure está cuidando de tudo. Ela até lava suas roupas. Tem dedicado seus dias à organização do enterro, ao preenchimento dos formulários, aos seguros, ao banco, ela tem coordenado o futuro de Nina, pelo menos o que resta dele.

Eles estacionam diante do portão. Está tão quente que as pessoas mal conseguem se ver, a luz refletida pelos túmulos queima as retinas, são sombras que caminham até a cripta dos Beau. Nina conhece o lugar, ela acompanhou o avô diversas vezes para deixar uma flor para Odile. Odile, uma desconhecida para ela, um grande amor para ele, mas que nunca era mencionada. Os pais de Pierre Beau também descansam ali, além de um tio e uma tia, e um irmão morto aos quatro anos, antes do nascimento de Pierre.

O padre abençoa o caixão, as flores já começam a murchar, seus caules desolados sob o sol de chumbo, elas não vão resistir por mais de uma hora.

*Que ideia morrer em pleno mês de agosto, vô.*

Com a ajuda de cordas, o caixão é baixado, reunindo-se aos "outros". *Um dia*, pensa Nina, *eu também vou entrar aí.*

O padre lança um punhado de terra no buraco, Nina faz igual, depois os outros. Então, a cripta será fechada.

Três placas: "Ao meu avô", "Ao nosso amigo", "Ao nosso caro colega."

Entre a multidão suada que começa a se dispersar devido ao calor insuportável, Nina não avista uma mulher que a observa, que não tira os olhos dela desde que ela entrou no cemitério, com as mãos entrelaçadas às de Adrien e Étienne.

Ninguém a notou, um pouco distante, como que concentrada no túmulo de outra pessoa, quando na verdade foi ao enterro de Pierre Beau.

# 40

*22 de dezembro de 2017*

Nina acaba de sair. Nicola adormeceu dentro de um dos meus sapatos. E eu fico aqui, sem me mover. Não tenho mais vontade de trabalhar. Os copos de spritz estão vazios. Geralmente, eu aguento o silêncio. É até um companheiro de viagem de que gosto. Mas o silêncio depois dela é impossível.

E suas últimas palavras: "Desde quando eu sou sua amiga?"

Visto um sobretudo e saio. O frio atinge meu rosto e minhas mãos. Nina já não está mais no pátio, o jardim está vazio, escuro, a grande tília parece congelada.

Esbarro no seu carro, procuro-a na rua. Avisto-a ao longe, sob a luz de um poste. Apenas um vulto pequeno, frágil e furtivo que avança com rapidez. Eu a sigo, para não perdê-la outra vez.

Meu telefone vibra no bolso. É Louise. Sinto como se ela estivesse me observando. Ela nunca liga depois das oito da noite. Louise só entra em contato nos mesmo horários: das nove ao meio-dia ou das duas às seis.

— Alô?

— O que você está fazendo?

— Estou andando.

— Onde?

— Na rua, na frente da minha casa.

— Está de noite.

— Estou vendo — digo, sorrindo.

— Quer que eu passe aí?

— Me liga mais tarde.

— Você está com alguém?

— Não.

— Está com uma voz estranha.

— Minha voz sempre é estranha.

A ligação cai. A menos que Louise tenha desligado. Não tenho vontade de ligar de volta agora. Preciso seguir Nina, colocar meus passos dentro dos seus, algumas centenas de metros atrás dela.

Quantas vezes eu a segui quando éramos crianças? Só pelo prazer. Eu sempre adorei seu vulto. Vistas de costas, as pessoas são mais misteriosas, contam outras histórias. Os olhares me interessam menos do que as atitudes.

Nina não vai em direção à sua casa. Faz um desvio pelo centro. Estamos sozinhas, não há ninguém na rua. Ela passa sem olhar pela luz pálida nas vitrines, vira e vai em direção à rua Rosa-Muller. Para diante da porta de uma casa, mas parece hesitar. As janelas estão iluminadas. Dá meia-volta. Eu me escondo ao longe, debaixo de um pórtico.

Acaba tocando a campainha. Um vulto abre a porta alguns segundos depois e Nina desaparece lá dentro. Eu me aproximo o mais discretamente possível e leio "R. Grimaldi" escrito a caneta preta em uma caixa de correio. Por que ela hesitou em entrar ali?

Dez minutos depois, ela ainda não reapareceu. Vou embora, reprimindo um calafrio. Retorno a ligação de Louise.

— Pode vir me buscar?

— Onde você está?

— Na frente do correio.

— Estou chegando.

Eu espero menos de cinco minutos. Seu carro desacelera ao se aproximar, eu entro. Não vejo Louise desde o verão passado. Ela está agasalhada com seu casaco azul, uma roupa esportiva de inverno. Usa bastante azul, para combinar com seus olhos. Seu lado médica me analisa. Ela me olha de cima a baixo, em um quarto de segundo. Um inventário-relâmpago. Assim como Nina, mais cedo, com a ração do gato.

— Te levo em casa? — pergunta ela.

— Sim.

— Tudo bem?

— Sim.

No carro, seu perfume me entorpece. Observo seu perfil perfeito, decidido, apesar de toda a doçura que ela emana.

— Obrigada por estar aqui. Na minha vida. O que seria de mim sem você, Louise?

Ela não me responde, se contenta em sorrir tristemente.

Chegando no pátio, ela avista o carro do abrigo estacionado diante da minha casa.

— Nina está aqui?

— Ela foi embora.

— Por que o carro dela está aqui?

— Porque ela bebeu demais, voltou pra casa a pé.

Ela faz uma pausa.

— Eu não sabia que vocês estavam se encontrando.

— É muito recente. Cruzei com ela duas vezes em uma semana. Sendo que não a via há muito tempo.

Louise faz carinho na minha mão.

— Você está tremendo — diz ela.

# 41

*17 de agosto de 1994*

São duas da tarde. Nina está sentada no sofá dos Beaulieu, naquela sala de jantar onde dançou tantas vezes. Ela olha, mas não vê as últimas pessoas que vieram ao funeral para comer algo antes de pegar a estrada.

Que estrada?

Pierre só conhecia gente dali. Ele só havia viajado através dos cartões-postais que distribuía. Os Damamme não estão mais lá. Emmanuel passou rapidamente. Nina sentiu que ele queria encontrá-la esta noite, mas não ousou convidá-la. Ou fez isso e ela não lembra. Dois pratos serão preparados por empregados na mesa da cozinha, mas ela não vai até lá. Ela provavelmente não vai entrar lá outra vez. Em quinze dias, vai deixar La Comelle.

Resta saber quem vai ficar com os animais. Marie-Laure e Joséphine cuidaram deles. A cadela e dois gatos na casa de uma, os dois outros, mais velhos, no apartamento da outra.

Desde que voltou de Marselha, Nina não foi para casa. Todos insistiram que ela ficasse longe de lá, como se seu avô tivesse minado o jardim antes de morrer. Como se fosse a cena do crime.

Só Joséphine passa lá para abrir as cortinas e janelas e arejar um pouco a casa.

Agora, ela tem que voltar lá. Nina quer fugir. Ir até o seu quarto, pegar suas coisas. Ela vai fazer aquilo sozinha. Enfrentar. Escapulir da casa de Étienne, quando chegar a hora certa, para que ninguém perceba. Vai telefonar para os garotos mais tarde, para que se juntem a ela. Mas, primeiro, precisa ficar sozinha. Perder o avô a fez envelhecer. Ela tem a sensação de ter cem anos, de tão difícil que é se mover.

Lá fora, o sol ainda brilha. Nina não consegue deixar de pensar no seu avô. Está com frio ou com calor dentro do seu buraco?

Ela anda pelas ruas e se vê diante de casa. Empurra o portão e encontra Paola dormindo debaixo de uma árvore, dentro da cesta que Pierre colocou ao lado de uma cadeira de balanço, onde fez a sesta durante anos. Nina se senta lá, fecha os olhos e acaricia os pelos da cadela. Dois gatos surgem debaixo das suas pernas.

*"A vida nunca mais vai ser como antes." É uma frase boba de novela, mas, ainda assim,* pensa Nina, *a vida nunca mais vai ser como antes.* No fundo, a vida com seu avô era doce, tranquila e segura. Quando ela o vira pela última vez? Na noite em que jantaram no jardim com Adrien. Ela disse: "Boa noite, vô", rapidamente, sem descer para dar um beijo nele. No dia seguinte de manhã, ele já tinha saído para trabalhar quando ela acordou. E depois teve Marselha, sua fuga com Adrien, o esforço do amigo para protegê-la. Esforço ou fraqueza: talvez ele tivesse medo de carregar a tristeza de Nina sozinho. Então levou-a para longe, esperando que Marie-Laure fizesse o trabalho sujo. Ela acha que é muito dura com ele, mas não consegue deixar de pensar: será que aquela fuga para Marselha fora um gesto de amor ou de covardia?

Ao empurrar a porta da casa, ela sente um mal-estar, uma vertigem, um mau presságio. Como se estivesse entrando num lugar desconhecido e hostil.

Enquanto o que ela queria era simplesmente estar sozinha com os pertences de Pierre Beau para se acostumar com o nada, para arrumar, organizar, reler. Quando passa na porta da cozinha, percebe que todos os armários entreabertos foram esvaziados. Não há mais nenhum rastro de comida. Nem mesmo o sal e a pimenta estão em seu lugar. Restou apenas a mesa, sem as cadeiras. Nina abre a geladeira, também está vazia e a tiraram da tomada. Nina não entende. É como se estivessem preparando uma mudança.

Sem pensar, ela fala a palavra que mais disse desde que nasceu:

— Vô?

Nina chama por ele e sua voz ressoa sem eco.

Ela prende a respiração ao entrar no quarto de Pierre Beau, no segundo andar. Tudo desapareceu. Roubaram sua vida. A vida deles. Não há mais discos nem vitrola, não há roupas, lençóis ou cama.

Resta apenas o grande armário, desmontado. Até mesmo as fotos sumiram. Para Nina, é como uma segunda morte. Uma traição, um golpe de misericórdia.

Mas quem fez *aquilo?*

Joséphine, impossível. Marc e Marie-Laure Beaulieu não saíram de seu lado. E nunca teriam ousado fazer isso. Nunca lhe fariam mal. Com certeza foram desconhecidos, um roubo. Alguém aproveitou a morte do avô para entrar na casa. Pierre lhe contara um pouco sobre pessoas oportunistas que estudam certidões de óbito, buscam o endereço do falecido, avistam as cortinas fechadas ou a caixa de correio cheia e roubam tudo antes dos herdeiros. Mas uma casinha de trabalhador como a deles? À exceção do amor que os unia, nada ali tinha valor. Talvez os livros com capa de couro, toda a obra de Victor Hugo, que uma "grande dama" lhe dera anos atrás, quando ele era um jovem carteiro. A coleção havia desaparecido de seu quarto junto com o resto. Ele tinha tanto orgulho do seu "tesouro". Sempre que surgia um problema financeiro, Pierre dizia a Nina: "Se eu precisar, vendo o Victor Hugo."

Nina hesita em entrar no seu próprio quarto, a alguns metros dali, no fim do corredor estreito. Os ladrões podem estar escondidos lá. Ela se sente uma estrangeira na própria casa. Tiraram-lhe tudo em poucos dias.

Nina chama Paola. A cadela sobe a escada e pousa o focinho úmido na sua mão. Nina pensa que nunca vai poder se separar de seus bichos. Não mais.

Ela empurra a porta do quarto. Não parece faltar nada. Os pôsteres e as fotos ainda estão presos nas paredes. As fitas cassete, os romances, os lápis carvão, os pastéis oleosos. Ela abre as gavetas da cômoda e encontra suas calcinhas e seus biquínis. Tudo foi vasculhado e mais ou menos arrumado. É como um estupro. Tocaram seus pertences pessoais. Ela desce até a salinha, onde não há mais mesa de centro, televisão ou gravador. Até mesmo as fitas VHS sumiram. Seus filmes e os do avô. Ela havia lhe dado a obra completa de Jean Gabin de Natal no ano anterior.

O velho sofá feio que Nina havia coberto com mantas tinha evaporado. O acidente roubara a vida deles, o seu cotidiano. Nina se senta no chão, espera que sua crise de asma fulminante passe. Ela fica uma boa hora ali, até que ouve as vozes de Adrien e Étienne lá fora, tirando-a de seu torpor.

Eles a encontram ali, sentada no chão com Paola ao seu lado, no meio da casa esvaziada, com a respiração perturbada e uma irreprimível vontade de morrer.

# 42

*23 de dezembro de 2017*

A escola Georges-Perec está vazia. As salas de aula estão fechadas.

Apenas Romain Grimaldi trabalha em sua sala. Foi para lá sem pensar. Talvez porque estivesse se sentindo sozinho em casa, entediado. Passear com Bob, uma, duas vezes, é legal, mas está um frio danado lá fora. Colocou um pequeno aquecedor perto dos pés, não tirou o sobretudo. Lê a correspondência, responde uns e-mails.

Os alunos ainda devem estar na cama, esperando seus presentes e vendo televisão. As pessoas estão com suas famílias. A de Romain está na Austrália.

Ontem à noite, ele propôs a Nina que se juntasse a ele na véspera de Natal. Sem pensar, ela aceitou. Ele não esperava aquilo.

Nina.

Alguns telefonemas, incluindo um para os arquivos do departamento "em nome de...", e Romain consegue o histórico escolar dela. Alguns poucos papéis velhos. Ele leu os comentários e as avaliações que sobreviveram ao tempo. Uma boa aluna em todas as matérias. Ele reconstruiu o quebra-cabeças: tirou uma boa nota no vestibular, escolheu belas-artes, acertou dezessete de vinte questões. Ela deveria ter ido para a faculdade. Por que ficou ali? Alguns desenhos de Nina foram escaneados. Retratos em carvão, dois meninos, sempre os mesmos, cujos traços ela reproduziu de maneira impressionante. Talentosa, sem dúvida. O trabalho de Romain é reconhecer bons alunos. Deve ter sido isso que ele sentiu no abrigo na primeira vez que a viu.

Ontem à noite, ela apareceu na casa dele. Faz dez dias que ela vai até lá sem avisar. Toca a campainha e, alguns minutos depois, eles fazem amor. Ele ainda não decidiu se isso o seduz ou não. Seus alunos chamam aquilo de "ter um crush". Romain não conhecia aquela expressão, que significa que temos uma atração por alguém. "É estar a fim de alguém. Curtir a pessoa, basicamente."

Nina é rápida, seus gestos são bruscos, exatamente o contrário de sua voz e seu olhar, que são intensos, mas gentis. Ela parece danificada, desconfiada, tensa. Na cama é como se ela estivesse se servindo dele e retribuindo o favor apenas para satisfazê-lo, não porque o ama.

No entanto, se ela não viesse esta noite, o vazio seria vertiginoso.

Étienne abre os olhos, mas tem dificuldade para se levantar. Quando sua cabeça diz que é hora de acordar, algo dentro dele recusa, seu corpo o impede. Só sente vontade de mergulhar novamente em um sono imediato. Fugir das manhãs, fugir dos dias. Continuar sonhando mais um pouco. Acordar é voltar para casa. E ele não tem forças para isso.

Marie-Castille já se levantou da cama há muito tempo. A luz cinza do inverno lá fora. Étienne ouve as vozes lá embaixo. Primeiro, as de seus pais. Depois o timbre da voz de Valentin, mais agudo, que o alcança no andar de cima. Seu filho. Deus, como ele ama seu menino. Nunca achou que seria capaz de amar alguém mais do que a si mesmo. Sente cheiro de café. De pão torrado. Do almoço. Tudo se mistura na casa da sua infância. Ele dá uma olhada no relógio, 11h15. Tem que se levantar. Se lavar. Se vestir. Como sempre, Marie-Castille deve estar dizendo a quem quiser ouvir que ele precisa descansar, que precisa se recuperar, que "temos que deixar o coitado dormir".

Ele pensa em Nina outra vez. No choque quando a viu na noite anterior. Ela não mudou. A textura da pele, talvez, menos bonita do que antes. Antes, sua pele era de cetim, pó de arroz, areia escura. Ele pensa novamente no que ela lhe disse. Valentin sabe. Mas como? Étienne não contou a ninguém, e deixou os resultados de todos os seus exames médicos no trabalho, dentro de uma gaveta trancada. Ele nunca trouxe a doença para casa. Quando Marie-Castille souber, vai pirar, e Étienne quer viver aquilo tudo longe do tumulto. Imaginar o olhar dos outros mudando quando se dirigir a ele é insuportável. Empatia, piedade, impossível. Seu trabalho consistia naquilo: vítimas. Ele nunca estava do outro lado.

Só Louise sabe. Mas ela consegue ficar calada. Ela sempre se calou.

Ele está no estágio três, o que significa "localmente avançado". Tradução: metástases por toda parte. Precisa de uma cirurgia para interromper o avanço do estrago, seguida de uma primeira quimio. Um protocolo de seis meses. Para ver como o tumor se comporta. Uma sessão a cada duas semanas, em ambulatório, onde usarão um cateter para injetar o veneno nele. Ele pode ler o jornal se quiser. Já avisaram: "Durante a sessão, nada impede o senhor de assistir a um filme ou fazer o que gosta." Mas o que ele gosta é de nadar contra a corrente, surfar, tocar violão, levar o filho na escola, vê-lo rir um pouco com os amigos, beber um café no balcão perto da delegacia, a adrenalina do flagrante, capturar um criminoso, pegar Marie-Castille de surpresa comendo um picolé escondida para não tentá-lo, o cheiro do seu hidratante noturno quando ela se deita ao seu lado, ouvir música.

Ele não vai se tratar.

Vai partir para morrer ao ar livre, na beira do mar, melhor do que se arrastar por meses, se deteriorando fisicamente, até que a esposa e o filho se lembrem mais do número do seu quarto de hospital do que dos traços do seu rosto.

"Que puta presente de Natal", ela resmunga entredentes. Um cachorro amarrado diante do abrigo. Três centímetros de corda. Ele fica apavorado quando Nina se aproxima. Parece ter vergonha de ter sido deixado ali. Desde que horas está lá se estrangulando? Parece novo, cerca de um ano, encharcado, esfomeado, tudo. Um tipo de pastor dos Pireneus cruzado com o azar. Nina tem vontade de chorar. Está de saco cheio. Quanto tempo mais vai aguentar? *E todos aqueles imbecis que vão dar cachorrinhos de presente de Natal. Quem vai ficar com eles no fim de julho quando já não forem "tão fofos"? Euzinha. "O que você vai fazer nas férias? Vou abandonar meu cachorro. E talvez meus filhos e minha mulher também, se me encherem muito o saco. A vida é curta, temos que aproveitar." E você, coitada, você lida com as merdas dos outros.*

Nina vai soltá-lo, levá-lo para sua sala, enxugá-lo, tranquilizá-lo. Ele fede e treme. Ela olha o estado da pele do animal, parasita por parasita, marca por marca, identificadas e não identificadas.

Ela dá água e ração para ele. Ele devora tudo.

Nina reconhece o som do motor do carro de Simone. Fica aliviada, sem coragem de enfrentar sozinha um abandono esta manhã. Simone deixa uma caixa de chocolates na mesa de Nina, dizendo: "É pra todo mundo!" Então baixa os olhos, os arregala e solta:

— Droga. De onde veio esse?

— Presente de Natal, amarrado no portão.
— Onde vamos colocar ele?
— Boa pergunta. Vamos tirar fotos e avisar os agentes.
— Os agentes estão dormindo a essa hora.
— Eu sei.
— Você veio a pé?
— Vim.
— Que corajosa.
— Menos que você, Simone.

Simone não responde. Ela aponta para o cão morrendo de frio que se esquenta sob uma manta, observando as duas. Feito um réu que aguarda seu veredito.

— Como vamos chamar ele? Natal? Jesus? Maria?

Simone faz carinho no animal.

— Tem a cor de um bolinho de baunilha.
— Pronto, Bolinho — decide Nina.

Depois de dar banho em todos os outros cachorros, além de cuidar deles e levá-los para passear, já são três da tarde. Dois voluntários se juntaram a elas para os passeios. O prédio é antigo, e mesmo não tendo autorização, por razões sanitárias obscuras, Nina coloca palha em cada divisão quando está muito frio. Acrescenta também um cobertor nas cestas e dentro dos nichos.

Durante o inverno, Simone cozinha os restos que o açougueiro separa para ela. Nina detesta o cheiro de carne que se espalha quando Simone mexe nas grandes bacias, mas aquela comida aquece os animais. Antes de ir embora, Simone tira fotos de Bolinho e Nina as coloca nas redes sociais:

Encontrado hoje de manhã, amarrado nas grades do abrigo. Macho, cerca de um ano, não identificado. Se o conhecer, favor entrar em contato.

Aquele tipo de anúncio era um desperdício de tempo. Sua esperança é que alguém fique com pena de Bolinho. Adoções são como desaparecimentos: quanto mais tempo passa, menos chance temos de resolver.

O carro do abrigo não está mais estacionado na frente da minha casa. Nina deve ter vindo buscá-lo muito cedo, eu não a ouvi.

Procuro por toda parte algum bilhete que ela tenha deixado, na caixa de correio, debaixo da porta, na cestinha de Nicola. Qualquer coisa, só um: "Oi, até breve, beijo, feliz Natal, vou passar aí um dia desses, se cuida, fiquei feliz de te ver."

Sim, qualquer coisa.

Estou perdida.

Redijo um texto para informar aos leitores do jornal que as buscas com sonar foram oficialmente encerradas no lago da floresta. Nenhum outro corpo foi descoberto no perímetro onde o carro foi encontrado. Nem joias, nem metais, nem arma. No momento, tudo indica que há uma única vítima, a que foi encontrada no monte de ferro.

A única pista que me foi confirmada por um conhecido, um policial de La Comelle, foi a seguinte: o corpo estava no banco de trás do veículo, não no da frente. Suicídio, acidente, assassinato, há apenas suposições. Só o tempo dirá.

Ontem à noite, sonhei com Clotilde Marais. Ela estava perto de mim, sentada na minha cama. Um pesadelo. Acordei encharcada, acho que gritei dormindo.

"Virginie, precisa admitir que é inacreditável que você esteja escrevendo sobre o meu caso no jornal." Ela ria de mim, falava alto demais. E eu respondia, tremendo: "Mas, Clotilde, não é você naquele carro." Ela sorria para mim, como sorria quando a gente se cruzava nos corredores da escola. Sorria para a parede atrás de mim, e essa parede era Étienne. Eu me virara e Étienne estava ali, tinha dezessete anos e chorava lágrimas de sangue.

# 43

*17 de agosto de 1994*

São nove horas da noite. Adrien está deitado na cama do quarto de Nina. Ela escuta sua respiração, adormecendo por alguns minutos aqui e ali, então acorda com um sobressalto. Fala com ele, lança palavras que buscam a compreensão. "Por que isso está acontecendo comigo?", "O que vai ser de mim?", "Quem esvaziou a casa?", "Você acha que o vovô pode nos ver de onde está?", "Acha que existe vida depois da morte?", "Ele não pode ter se suicidado por causa da nossa ida para Paris, não é?", "Por que o motorista não viu ele?", "Qual deve ter sido o último pensamento dele?", "Como a minha mãe vai saber que o pai dela morreu?", "Você acha que ela vai vir me buscar?".

Perguntas que giram em círculos.

— Você acha que foi porque eu leio as cartas das pessoas? Estou sendo punida?

— Você não faz mais isso.

— Faço, sim, voltei a fazer...

Adrien faz um cafuné no cabelo dela, a tranquiliza, repete que ele sempre vai estar ali.

— E se você morrer também? — murmura Nina.

— Não vou morrer.

— Como você sabe?

— Eu sei.

Paola ronca ruidosamente. Ela não sabe que, dali a pouco, vai viver em outro lugar.

Aquela casa não pertence a Pierre Beau. Ele a alugava da prefeitura. Terá que ser devolvida. O drama avança rápido demais, vai longe demais, a dor é profunda e subterrânea. Um rolo compressor.

Mesmo que Joséphine e Marie-Laure tenham lhe garantido que ela nunca ficará sozinha, que sempre haverá um lugar para ela em suas casas, aquilo não passa de um lugar, de um sofá-cama ou de um colchão no quarto de outra pessoa. Adrien a lembra de que dali a algumas semanas os três vão morar em Paris, que a vida continua. Mas Nina se sente tão frágil quanto um cristal colocado nos trilhos de um trem que avança a cento e cinquenta quilômetros por hora. Pensa que o sofrimento é inevitável.

Marie-Laure e Marc Beaulieu foram até a delegacia a fim de lidar com o roubo na casa de Pierre Beau. Os vizinhos não viram nada. A maioria deles ainda está viajando em agosto. Os ladrões devem ter se aproveitado disso. Não há sinais de arrombamento, mas quando os policiais souberam que a chave estava escondida debaixo de um vaso de flores diante da porta de entrada, eles reviraram os olhos. "E o cachorro? Bonzinho demais para morder."

Adrien começa a adormecer. Eles estão exaustos. Desde que voltaram de Marselha, não conseguem dormir, e os dias têm sido difíceis. *Quantas vezes Adrien e Étienne dormiram aqui?*, pensa Nina. Embalagens de KitKat e de balas no chão. O barulho do saco de dormir quando um deles se mexia durante a noite. Quantas vezes Pierre Beau havia gritado ao ver o estado do quarto: "Nina! Arruma o seu quarto! E abre a janela, está fedendo a chulé!"

Ele não vai mais gritar. Nina se pergunta se, onde ele está, tem caixas de correio. Se há cartas para distribuir. E se ele encontrou Odile. Se os dois estão passeando pelo paraíso juntos.

Adrien dorme segurando a mão de Nina. A janela está aberta. A temperatura começa a baixar. Ao longe, uma família que ainda não foi atingida por um luto se movimenta em torno de uma churrasqueira. Nina ouve as risadas, os copos brindando, as crianças que brincam em uma piscina de plástico. A sua rua não é como a de Emmanuel: as piscinas ali são de encher.

Há pouco, o telefone — que, milagrosamente, não foi roubado — tocou três vezes seguidas em um intervalo de quinze minutos. Nina tem certeza de que era ele. Emmanuel está atrás dela.

Étienne deve estar com Clotilde. Ele não a via desde que voltara de Saint-Raphaël, usou a desculpa do enterro para evitá-la, mas esta noite não pôde fugir. Queria colocar um fim definitivo na relação, que ela entendesse que ele estava indo para Paris em breve e só queria uma coisa: ter dezoito anos sem amarras.

Nina está com sede.

No fim da tarde, Joséphine passou lá para deixar um pacote de garrafas de água e alguns mantimentos na cozinha. Ficou chocada ao encontrar a casa vazia. "Hoje de manhã, tudo estava no lugar."

Nina tem medo de descer sozinha naquela casa vazia. São os fantasmas dos ladrões que assombram o espaço, não o de seu avô. Ela acende a luz do corredor e vai até a cozinha. Um perfume desconhecido flutua pela casa. Ela sente um calafrio, pega uma garrafa e sobe correndo até o seu quarto. Adormece quase que imediatamente, mas, poucos minutos depois, acorda no meio de um pesadelo. Fica aliviada ao abrir os olhos. Tem a impressão de que ouviu um barulho no jardim, talvez sejam os gatos. Nina se debruça na janela: não há ninguém, a rua está deserta. Há apenas uma velha caminhonete azul estacionada mais à frente. Mariposas começam a dançar na luz dos postes de rua. Adrien e Paola dormem profundamente.

Nina perde o sono. Ela se levanta e calça um par de pantufas para descer até a varanda. Dois dos seus gatos a acompanham, atrás de carinho. Ela abre a porta e eles a seguem. Nina se senta sobre um degrau e olha o céu, a noite que começa a cair. Não consegue vislumbrar o futuro. Antes, ele era belo, desconhecido, cheio de esperança. Esta noite, lhe parece impossível acreditar nele. Todas as suas forças estão anestesiadas, os músculos de sua vida, atrofiados.

Uma porta se abre atrás dela. Os dois gatos saem correndo.

Mas não é a porta de entrada que acabam de abrir, é a do porão. Nina fica paralisada, como num filme de terror, feito aqueles a que ela assiste com Étienne e Adrien, no quarto escuro.

Não há mais filtro entre ela e o pavor: ali, debaixo de seus olhos, a sombra de um homem muito grande, carregando uma caixa repleta de antiguidades que ela e o avô tentavam vender todos os anos, no mês de maio. Com o dinheiro, comiam uma omelete e um queijo branco no almoço campestre organizado pelo município. Nina reconhece uma pequena lâmpada de cabeceira que pertenceu a ela, e algumas bugigangas por cima, entre as quais suas Barbies. Ao avistá-la, o homem faz uma pausa, então segue em frente, resmungando algo inaudível. Ele esbarra nela ao passar e desaparece na rua. Nina não ousa se mover, nem pedir ajuda a Adrien. Está paralisada. Seu cérebro desligou. Como quando Marie-Laure contou que seu avô tinha morrido. Incapaz de fazer qualquer gesto. À surpresa e ao susto acrescenta-se o medo: outra pessoa está subindo a escada. Quantos serão lá embaixo, naquele minúsculo porão onde as garrafas de vinho dividem o espaço com ferramentas de jardinagem, louça lascada e potes de geleia? Uma sombra se desenha, de uma mulher muito magra, esquelética, cabelo na altura dos ombros. Como a mulher está contra a luz, Nina não vê seu rosto. Carrega uma coisa pesada, imponente, maior do que ela. Um objeto que Nina reconhece de imediato: a máquina de costura Singer que pertencia à sua avó. Logo antes de apagar a luz com o cotovelo no interruptor, a mulher para ao avistar o vulto imóvel de Nina virado em sua direção, sentado num degrau da varanda. As duas ficam iluminadas apenas pelo fim do dia. Uma luz pálida que as faz parecer dois fantasmas.

Com a boca seca, Nina não consegue dizer nenhuma palavra. A desconhecida fecha a porta e dá um pequeno chute no lugar certo para fazê-la bater. Parece conhecer os gestos; os do interruptor e agora o dessa porta, como se tivesse familiaridade com o lugar, como se estivesse em casa. E Nina fosse a visita.

— Oi. Não precisa ter medo, sou só eu.

— ...

— Vim pegar o que é meu.

— ...

Uma voz trêmula, insegura.

— Vou largar isso aqui porque está pesado. Já volto.

Assim como o homem pouco antes, ela esbarra em Nina e desaparece na rua. Reaparece alguns segundos depois. Sozinha. De mãos vazias. O homem deve estar esperando por ela lá fora.

— Eu não sabia que você estava aqui. Você é bonita à beça. Te vi no enterro do velho.

— ...

— Perdeu a língua?

— ...

— Sabe, não é fácil... A vida não é fácil pra ninguém.

— ...

— É verdade que a gente não se conhece. Você não tem como se lembrar de mim, era pequenininha.

Ela se senta no degrau abaixo do de Nina e se volta para ela, acendendo um cigarro. A breve luz do isqueiro ilumina seu rosto. Usa uma calça jeans azul muito apertada e um sutiã vermelho que deixa os seus ombros ossudos visíveis. A mulher é puro osso. Sua pele é fina e branca, com veias azuladas no pescoço e nos antebraços.

— Não vou demorar. Temos um longo caminho pela frente...

Ela puxa tragos nervosos. Suas unhas estão roídas até o sabugo.

— Eu não queria encontrar ninguém, sobretudo os vizinhos...

TRÊS                                                                                                  201

Ela esmaga o cigarro na sola do sapato plataforma.

— Você tem amigos aqui. Vi eles lá no cemitério, de mãos dadas com você...

Ela fica em pé debaixo do olhar perplexo de Nina. Agora que já falou alguma coisa, dá um beijo na sua bochecha e vira as costas, o passo apertado. Alguns segundos depois, a caminhonete azul recua e some na noite. Nina avista o perfil de Marion no banco do passageiro. Ela abaixa o vidro para se refrescar sem olhar para Nina, sem sequer acenar para ela.

Nina fica alguns minutos ali, paralisada.

Ela estava no cemitério de manhã... Foi certamente durante a cerimônia na igreja que os dois entraram e fizeram sua seleção, e então o homem esvaziou a casa enquanto a outra observava o enterro de longe.

Nina se levanta, titubeando, como numa noite de bebedeira, e vomita bile nas hortênsias do avô.

Como uma velhinha, caminha até o telefone e aperta o botão de rediscagem. Emmanuel Damamme atende na hora, como se estivesse dormindo com o telefone na mão.

— Vem me buscar — implora ela.

— Onde você está?

— Na casa do meu avô.

— Estou chegando.

Ela sobe de volta até o quarto e observa Adrien adormecido. Uma criança. Ele lhe parece subitamente muito novo. Ela de repente se tornou uma adulta. Precisa de alguém mais velho. Quer esquecer sua juventude, sua infância, seu passado. É cedo demais para o futuro. Adrien e ela cresceram prejudicados. Adrien sem pai, ela sem pai nem mãe.

Nina sempre esperou, no fundo do peito, num lugar escondido, secreto, que a mãe a tivesse abandonado por bons motivos. Jovem demais, inexperiente, sozinha, amedrontada, perdida. Que um dia, ela imploraria seu perdão.

O que aconteceu entre a jovem sorridente da foto de turma, cercada de amigas, e a "coisa" que ela acabava de ver, suas atitudes desprezíveis? A realidade era realmente difícil demais de engolir. Ela gostaria de nunca ter descoberto. Não naquelas circunstâncias. Uma mulher que vai roubar o próprio pai enquanto seu cadáver ainda está quente. O que vai fazer com aquelas coisas miseráveis? Vendê-las para conseguir alguns francos? Primeiro, como soube que ele morreu? E como alguém pode ser tão indiferente em relação à própria filha? Falar com ela como se fosse uma conhecida distante, uma antiga vizinha? E quem era aquele homem com ela? Seu marido? Amante? Cafetão? Traficante?

Nina tem raiva de si mesma, por não ter falado, não ter reagido. Deveria ter furado os pneus da caminhonete, chamado a polícia, denunciado, batido, insultado, gritado com os dois. Ficou inerte feito um capacho. Queria fazer a pergunta que lhe assombra desde sempre: "Quem é o meu pai?" Deixou Marion sair voando como um pássaro azarado.

Ela reconhece o ruído do motor do Alpine de Emmanuel, tão peculiar, parando na frente da casa.

Dá uma última olhada em Adrien e Paola, antes de sair do quarto.

São só dez da noite.

# 44

*24 de dezembro de 2017*

— Petit-fours de queijo, carpaccio de cogumelos porcini, terrine vegana. Esses são os aperitivos. Para a refeição em si, planejei uma sopa de batata-doce e leite de coco de entrada, um risoto de cogumelos e ravióli com trufas. Depois, alguns docinhos e um merengue com sorvete e morangos.

— Na verdade, você é um psicopata.

— É possível.

— Ou gay...

— Também é possível.

Carregando um monte de sacolas, Nina deixa uma garrafa de champanhe e outra de vinho, chocolates e um presente embrulhado em cima da mesa da sala, enquanto observa a mesa que Romain preparou na sala de jantar. Tudo está lindo, refinado e incrivelmente apetitoso. Ele está vestido com elegância, de calça e camisa pretas. Bob está aos pés de Nina, olhando-a fixamente enquanto abana o rabo. Ela se abaixa para acariciá-lo.

— É um presente pra mim? — pergunta Romain apontando para o embrulho que ela acaba de deixar na mesa.

— Não, pro Bob — diz Nina, brincando. — Que produção, isso tudo... A mesa, os preparativos... Achei que a gente ia comer uma omelete na frente da lareira.

— Uma omelete, na noite de Natal? E eu nem tenho lareira.

Nina não consegue conter um sorriso.

— Não ligo para o Natal — confessa ela.

— Você não é católica?

— Sou órfã, divorciada e trabalho num abrigo... Não sei o que Jesus poderia fazer por mim... Ele está atrasado demais... Por que está me perguntando isso? Você é religioso?

— Sou ateu. Mas quando tenho uma convidada para a noite de Natal, quero aproveitar.

— E seus amigos?

Romain sorri enquanto abre uma garrafa de champanhe rosé Ruinart.

— Estão todos com a família.

— E a sua família?

— Meus pais moram na Austrália. Vou pra lá a cada dois anos. Você caiu no ano certo... Ou não.

Ele entrega uma taça para Nina.

— A você.

— A você.

— Feliz Natal.

— Feliz Natal.

Na véspera de Natal, Louise janta com os pais, os dois irmãos, as cunhadas e os filhos deles. Ela mima a todos, sobretudo a mãe e os três sobrinhos. Sempre teve uma preferência por Valentin, mas não faz nenhuma diferença no valor dos presentes que dá.

Deve ser hereditário ter preferências naquela família. Fica incomodada com a forma como o pai trata Étienne enquanto a chama de "a queridinha do papai." Quantas vezes ouviu aquela frase de merda?

Como era injusto da parte dele preferir um dos filhos, tanto para ele quanto para os outros. Mas o amor não se discute. E Marc não sabe fingir. Quando quer fazer um esforço, quando decide se interessar por Étienne, pergunta sobre o trabalho ou a vida de modo geral, mas Louise vê que ele se distrai muito rápido, enquanto Étienne finge não perceber.

— Eu não estou nem aí, irmãzinha, a mamãe me ama por dois.

— E eu te amo por três — responde ela, escondendo sua tristeza.

Quando todo mundo dorme, ela vai encontrar Adrien para passar a véspera de Natal com ele. De manhã cedo, volta para casa e se deita na cama por algumas horas, antes que a família se reúna ao redor do pinheiro para abrir os embrulhos.

Desde que Adrien tem dezessete anos e Louise dezesseis, eles se encontram no quarto número quatro do Hôtel des Voyageurs. É o menor

TRÊS

quarto, o mais barato, aquele que fica logo abaixo do telhado e que os outros só alugam em último caso. Outrora, aquele hotel de La Comelle estava sempre cheio, quando a usina Magellan ainda contratava e os fornecedores externos se hospedavam lá. Hoje, alguns representantes e consultores ficam ali, mas a maioria dos quartos permanece vazia. Atualmente, Louise e Adrien são os únicos que se hospedam no quarto quatro. Poderiam escolher outro, mas, por superstição, não o fazem. Onde quer que Adrien esteja no mundo, na noite do dia 24 para o dia 25 de dezembro, ele vai até La Comelle para dormir com Louise.

Louise ama Adrien desde sempre.

A primeira vez em que o viu, ela estava no primário, foi o dia da volta às aulas. Ele estava no quinto ano, ela, no quarto. Ela o viu chegar na cantina atrasado com Étienne e Nina. Ele era novo, estava ofegante e corado, observando os outros com um ar distraído, mas sempre que se aproximava dos dois amigos, parecia mais concentrado. Louise tentou não olhar para Adrien, mas, toda vez, mesmo sem querer, feito uma anomalia ocular, acabava voltando os olhos na direção dele. O olhar da menina tomava a dianteira de seu pensamento, o precedia.

Falou com ele pela primeira vez dois dias depois. No recreio, ela se posicionou intencionalmente no caminho do irmão, no meio do pátio. Calculou o momento em que os três passariam perto dela, quase como uma atiradora de elite, e saiu de sua amarelinha, apertando com muita força a pedrinha em sua mão. Surpreso de encontrá-la ali, no pátio da sua escola, Étienne resmungou para Nina e Adrien: "É a minha irmã, Louise." Ela sorriu para eles, os cumprimentou e foi se juntar às meninas da sua turma outra vez, vermelha feito um pimentão. Pelo menos tivera tempo de mergulhar seus olhos azuis nos de Adrien enquanto Nina e ele lhe sorriam com gentileza. Louise mentalizou o rosto de Adrien diversas vezes até a hora do almoço. Adrien não era bonito, mas o amor não tem nada a ver com a beleza. Colocamos as duas coisas no mesmo saco porque é mais fácil. Adrien exalava um mistério e uma intensidade sem elos com a infância. Parecia um enigma.

Em seguida, houve as quartas-feiras, as noites, os fins de semana. Às vezes, Louise voltava para casa e sentia que Adrien estava lá, no quarto do seu irmão ou no porão, ensaiando. Mesmo quando os sapatos dele não estavam no armário da entrada. Ela se escondia para observá-los. E sempre aquele olhar carinhoso que Adrien dirigia a Nina quando ela abria a boca. Louise não tinha ciúmes: era o mesmo olhar que Étienne lhe dirigia quando não sabia o que ela sentia, quando ela o surpreendia, o olhar de um irmão para uma irmã.

Depois, teve o "mal de Py". Louise não entendia por que Adrien estava adoecendo. Era a sombra dele mesmo, perdido. Os recreios sem ele. Os fins de tarde preso na escola. Ela só o via lá dentro. Étienne disse certo dia aos pais: "Py está acabando com a raça de Adrien." Mas o que significava "acabar com a raça" de alguém?

Quando Adrien foi hospitalizado por causa do professor, Louise foi até a casa de Py de bicicleta e regou suas plantas com água sanitária. Tudo queimou durante a noite. De madrugada, os canteiros de flores que cercavam a construção estavam com cor de mijo.

Então, durante as férias de verão, Louise mergulhou numa tristeza profunda. Os três entrariam para o ensino fundamental II, enquanto ela ainda estaria no ensino fundamental I, cursando o quinto ano. Os dias iriam durar eternamente e o pátio se tornaria menor.

Em um dia de julho, eles apareceram juntos na casa dela, escutaram música fechados na sala de estar. Dançaram, gritaram. Louise se escondeu no quarto a tarde toda. Quando foram embora, ela desceu e tentou adivinhar em qual das garrafas de refrigerante largadas na mesa Adrien tinha bebido. Farejou seus rastros feito um cachorro buscando o cheiro do dono em meio a outras pessoas.

Quando se cruzavam na escola, eles se cumprimentavam timidamente. Às vezes, Adrien perguntava o que ela estava achando da escola, se estava tudo bem, as matérias, os professores e tudo mais... Louise sempre respondia que sim e ia embora. Ela não conseguia sustentar seu olhar. Todas as noites, imaginava o casamento deles, a festa, as roupas, a troca das alianças, a música, Étienne e Nina como padrinhos, mas era incapaz de dizer três palavras que fizeram sentido quando estava cara a cara com ele.

As coisas mudaram quando foram juntos para Saint-Raphaël no verão de 1990. Ela não dormiu nas noites que antecederam a viagem. Fazia meses que ouvia a mãe dizer que, nas próximas férias, se Étienne conseguisse aumentar sua média, Adrien e Nina viajariam com eles.

Louise sabia muito bem que o preguiçoso do seu irmão pedia ajuda para os dois amigos. Ela acompanhava as notas dele, abria seu caderno discretamente e lia seu boletim antes da família. Descobriu a média do irmão e dançou de alegria no quarto: 14/20! Pronto! Eles ficariam hospedados na mesma casa durante o verão. Adrien no quarto ao lado do seu. Adrien na praia, partilhando as refeições, os bolinhos de chuva, as toalhas, a mesma vista. O muro dos três, que até então parecia intransponível, rachou no dia em que ela viu os comentários e as notas no boletim de Étienne. Ela fechou o envelope, o devolveu para a pilha de correio e, na mesma noite, em meio à alegria de todos, sua mãe telefonou para o avô de Nina e para a mãe de Adrien pedindo oficialmente autorização para levar as crianças até a praia.

Louise estava escondida no corredor quando Marie-Laure contou para Étienne que eles tinham dito sim. Aquele "sim" era o que Adrien lhe diria um dia diante do juiz de paz.

Adrien entra em La Comelle. Acaba passando na frente da casa de Nina, avançando devagar. Está escuro lá dentro. Ela deve estar passando o Natal em outro lugar. *Que bom*, ele pensa, *ela não está sozinha*. Adrien não consegue deixar de atravessar a cidadezinha, pegando as ruas que conhece de cor para se aproximar da casa dos Beaulieu. Fica a uma boa distância para não ser visto. Marie-Laure e Marc penduraram guirlandas na entrada. Ele imagina Louise à mesa, observando o irmão, se perguntando se aquele é seu último Natal com ele. Adrien sabe que Étienne está doente, Louise lhe contou. Está doido para sentir o corpo dela junto ao seu, sentir sua pele, acariciá-la. Avista vultos lá dentro. Sente um choque quando Étienne aparece na varanda. Mesmo dentro do seu carro estacionado a vinte metros de distância, Adrien o reconheceria. Será que deveria sair do carro para falar com ele? Tinha "data de validade", como se diz? Ele não perde tempo pensando no assunto. Dá meia-volta, os faróis apagados, feito um ladrão. Vai até o Hôtel des Voyageurs. Pega a mochila, que contém apenas uma muda de roupas e uma escova de dentes, e uma bolsa térmica com uma garrafa de champanhe, algumas ostras, manteiga salgada e um pão de centeio.

Como todo ano, não há ninguém na recepção. A dona do hotel está passando o Natal com as amigas. O código da porta não muda há séculos, 1820A. "Dezoito, a maioridade, vinte, a mais bela idade, A de amor." Ela deixou a chave do quarto de número quatro em cima da bancada. Adrien sobe os três andares, redescobre o carpete vermelho dos anos 1990, a colcha florida, as cortinas combinando, o friso nas paredes salmão. Os dois aquecedores estão no máximo. Adrien abre uma janela por alguns minutos a fim de deixar o ar gelado limpar os lençóis adormecidos, lavar seu cheiro de naftalina. Ele liga a televisão para fazer algum barulho e não se sentir sozinho. Vai até o minúsculo banheiro e começa a abrir algumas ostras, que ele arruma em um prato de faiança.

Étienne fuma um cigarro observando as estrelas. "Elas estão a anos-luz daqui", dizia Nina. "Só vemos uma parte delas. As estrelas são como mentiras."

Étienne evitou pensar em Nina o dia inteiro. Proibido. Nina pertencia a uma outra vida. Reviver aquilo não serviria para nada. Mas ele a vê agora, gravada em sua retina. Seu olhar não mudou. Continua tão puro quanto um metal precioso que alguém protegeu com um tecido de cetim.

Marie-Castille se junta a ele do lado de fora, um xale nos ombros.

— Tudo bem, meu amor? O que está fazendo? Vai pegar friagem.

— Preciso confessar uma coisa... — diz ele com uma expressão melancólica.

Marie-Castille se encolhe. Sente que Étienne está diferente há algumas semanas. Parece preocupado. Mal ousa pronunciar as palavras:

— O que houve?

Ele a olha fixamente com um meio-sorriso. Seus olhos a fazem derreter. Sempre a farão derreter. Assim que ela o viu, desde a primeira vez, soube que ele seria seu. Ela o ama com obstinação, ciúme e obsessão. Quando deu à luz Valentin, ficou mais feliz por poder dar aquele presente para Étienne do que pelo fato de ter virado mãe. Virou mãe por amor ao marido, que é doido pelo filho. E Valentin se parece com o pai.

— Você vai saber guardar segredo? — pergunta ele.

— Sim — murmura ela.

— Promete?

— Prometo.

— Estou atrás do Papai Noel.

— Quê?

— Eu fingi que saí pra fumar, mas a verdade é que acredito no Papai Noel. Estou torcendo pra encontrá-lo.

— Como você é bobo… me assustou.

— É por isso que você me ama.

Ele a abraça. Ela treme. Étienne se arrepende da piada de mau gosto. *Como posso ser tão imbecil?*, ele pensa. *E tão covarde…*

— Estou achando a Louise estranha hoje. Está com um ar triste — diz Marie-Castille ao pé do ouvido dele.

— Ela sempre está triste — responde Étienne, lacônico. — Não é só no Natal.

— Ah, é? Por quê? Eu nunca tinha reparado.

— Ah, uma velha história…

— Que história?

— Um homem.

— Achei que sua irmã preferisse mulheres.

— É mais complicado.

Ele apaga o cigarro e a beija para que fique quieta e para mostrar que a ama. Não vai conseguir esconder a doença por muito mais tempo. É uma questão de semanas. Além disso, está perdendo peso, seus músculos estão se atrofiando rápido demais.

Tudo começou com uma ressonância magnética do abdômen e uma tomografia do tórax. Ele disse aos colegas e a Marie-Castille que tinha um encontro marcado com um informante e era obrigado a ir sozinho. Como os resultados e a reação dos médicos não foram muito bons, Étienne pediu a Louise que estivesse ao seu lado quando ele acordasse. Enfiaram um endoscópio por dentro da sua garganta, até o seu duodeno. Ele nem sabia o que era duodeno. Louise explicou que ele fica enrolado em torno da cabeça do pâncreas. "Feito um pneu em volta do aro, digamos."

Com a ajuda de uma sonda, eles examinaram seu pâncreas de todos os ângulos e realizaram uma biópsia do tumor para avaliar o estágio.

O câncer do pâncreas se desenvolve sorrateiramente, sem nunca se manifestar ou fazer alarde. É de uma timidez mortal. Quando os sintomas começam é porque é grave. Avançado. É um dos piores tipos de câncer. É fulminante.

*É a primeira vez que sou o primeiro em alguma coisa*, pensou Étienne. *Passei na frente do meu irmão, sou melhor que ele em doença, meu pai finalmente vai ter orgulho de mim.*

Quando acordou, Louise estava ao seu lado. Ao ver o rosto da irmã, entendeu que estava ferrado. Ela sorria, mas seus olhos estavam corroídos pelo medo. Até mesmo suas pálpebras tremiam sob o disfarce do "está tudo bem".

Louise já tinha marcado as consultas e organizado um protocolo de cuidados com os oncologistas.

— Vão operar você, fazer sessões de quimioterapia bem agressivas para reduzir o tumor… E depois, vão tirar o seu pâncreas, dá pra viver sem ele.

Étienne pensou que já vivia sem sonhos e sem amor. Valentin era a única estrela que restava, a única que ainda brilhava no céu da sua vida repleto de estrelas mortas. O único fio que ainda o conectava ao dia. Era por esse motivo que ele preferia desaparecer a deixar Valentin assistir à sua miserável decadência.

Quinze dias antes, em Lyon, Étienne foi visitar a irmã para uma consulta. Ele pediu remédios para não sofrer.

— Pode caprichar, hein? Quero o que você tiver de mais forte. Depois, vou pra algum lugar, sabe, como nos filmes românticos que você gosta e eu detesto. Quero morrer na beira do mar, enrolado num cobertor… Sentado em um banco. Sem ninguém. Imagina o sol nascendo diante do meu corpo moribundo.

— Para, Étienne, não tem graça.

— Você nunca me chama de Étienne… Está treinando para quando for evocar as lembranças do seu irmão?

Louise começou a chorar. Ele pediu desculpas.

— Você pode melhorar.

— Não. Você sabe muito bem que não posso. Viu a cara do negócio? Estou com metástase em todo canto.

— As quimioterapias são localizadas. Podemos pelo menos tentar reduzir o tumor.

— O que eu carrego desde os dezessete anos ninguém pode reduzir.

# 45

*17 de agosto de 1994, dez horas da noite*

A cripta da família Beau fica situada à beira da rodovia federal que ladeia o muro esquerdo do cemitério público.

Pierre Beau descansa junto de sua esposa e de antepassados que levam seu sobrenome, mas que ele nunca conheceu. Ele foi enterrado há algumas horas. Uma noite estrelada, um ruído de motor, uma luz fraca vindo da estrada ilumina brevemente seu nome e sobrenome gravados no mármore. São os faróis de uma caminhonete azul dentro da qual seus pobres pertences, amontoados uns sobre os outros no banco de trás, avançam rumo à Bretanha, ao sul de Finistère.

Assim é a vida. Assim são as coisas. "*Ainsi font, font, font les petites marionnettes*", cantava Odile para a filha, mexendo suas belas mãos.

Marion está no banco do passageiro, ao lado de Arthus, um ex-marinheiro que agora ganha a vida como sucateiro. De Bénodet a Quimper todos o chamam de "Sevira", porque ele sempre encontra o que você precisa, seja um aro de alumínio para um Renault 5 GTL, um móvel de jardim inglês, uma barra de haxixe ou um disco original dos Beatles de 1966. Para qualquer pedido, Arthus responde: "Vou ver o que posso fazer", e acaba encontrando. Apenas Marion chama Arthus de "meu amor". Ela deixa Sevira para os outros, já que com ela ele não é tão competente quanto com as antiguidades.

No mesmo instante, a neta de Pierre Beau também está sentada no banco do passageiro de um carro. Segue em direção à propriedade Damamme, um pouco afastada, ao lado de uma reserva florestal. Nina não sabe, mas quando seus avós eram recém-casados, gostavam de passear de bicicleta perto do que eles chamavam de "o Castelo". Pierre e Odile passavam na frente daquele portão o ano todo, e no inverno, ao longe, quando as árvores estavam nuas, pelas grandes janelas feito pinturas de luz, eles contavam os cômodos iluminados por belos lustres, observando as sombras lá dentro. Nunca teriam imaginado que sua neta um dia seria uma daquelas sombras.

A cada linha reta, o olhar de Emmanuel deixa a estrada para observar Nina. Sua expressão está tensa. Quanto mais eles se aproximam da casa dele, mais os postes de rua se tornam escassos. O rosto da jovem fica mergulhado na escuridão, até desaparecer por completo. Desde que Emmanuel foi buscá-la, ela não disse palavra alguma.

Ele estava dormindo quando o telefone tocou. Esperava por aquela ligação. Aquele "vem me buscar" foi um presente divino, a morte de Pierre, uma bênção. Ironia do destino: foi um caminhão da sua empresa que o atropelou. Emmanuel é católico. Ele, que fez primeira comunhão e crisma, se pergunta se aquilo é um sinal, um empurrãozinho divino.

Teve medo de perder Nina depois do enterro. Achou que nunca mais iria vê-la. Por causa daqueles dois garotos que não a largam nunca, os mesmos com quem ela deve ir morar em Paris.

Por enquanto, ela não diz nada, parece atordoada enquanto observa a rua com um olhar vazio. Mas dali a pouco, quando estiverem colados um no outro, quando ela se aconchegar junto a ele, vai falar. Estará segura o suficiente para falar sobre o sofrimento que uma morte súbita pode causar, a ponto de furar seus órgãos, feito facadas sem anestesia; sobre como ela guarda tudo, inclusive seus planos para o futuro. Ela vai falar sobre a infância, sua mãe, aquele homem que viu sair do porão no meio da noite, carregando uma caixa com as suas bonecas, o pouco que eles possuíam, ela e o avô; depois aquela mulher, com seu cigarro, seu cheiro, sua pele, sua calça jeans, sua voz, a caminhonete azul, os pertences desaparecidos, até o sal e o pote de mostarda aberto. Marion e o cara grandão não deixaram nada. Como cães mastigando um bicho até chegar à carcaça. Nina nem havia parado para pensar que aquele cara poderia ser seu pai. Só o quarto dela foi poupado, mas por quê? Para ficarem com a consciência tranquila? Pessoas que saqueiam um morto têm alguma consciência?

Nina falará depois, enquanto deita a cabeça no travesseiro, e Emmanuel saberá encontrar as respostas, as palavras certas. Vai tranquilizá-la, amá-la.

Por enquanto, serve uma bebida para Nina. E uma segunda. Uísque puro, sem gelo nem água. Ela está em jejum. Esvazia os copos com a velocidade de alguém que vai ao bar com frequência. Sua cabeça gira, é quase imediato. Liga o aparelho de som entre dois goles, escolhe uma música do The Cure: "Boys Don't Cry". Nina fica aliviada por estar naquela casa ao mesmo tempo estranha e familiar. De repente, a melodia e a voz de Robert Smith a levam até Adrien e Étienne. Sente muita falta deles. Ela busca suas mãos. Fecha os olhos para esquecê-los, como se fechasse uma porta atrás de si. Começa a dançar, ali, no meio da sala, sob o olhar de Emmanuel que a deseja ardentemente. A cada vez que ele está perto dela, tem que reprimir pulsões violentas. É como se quisesse amá-la e machucá-la ao mesmo tempo. Esmagá-la e beijá-la. Tem medo do que sente. É como se Nina acordasse um desconhecido dentro dele. Um ser sombrio escondido em um canto. Emmanuel pensa que aquilo vai passar, que ele a deseja tanto que isso confunde seus sentimentos. Deve ser o que se chama de "paixão louca". Que estupidez.

Nina se move no ritmo, os pés descalços, os braços abertos, cantando "Boys Don't Cry". Emmanuel se aproxima dela, convoca toda sua doçura, a abraça pelas costas, segue seus movimentos. Eles dançam juntos, ela geme, ele a pega nos braços e a leva até o quarto, já que ela quis. Já que ela disse: "Vem me buscar."

Adrien abre os olhos, o despertador indica que são 22h04. Nina não está mais na cama. Seu lugar está frio. Ele a chama. A voz dele acorda Paola, que se levanta com dificuldade e desce até a cozinha, rumo à sua tigela de água. Adrien segue a cadela e encontra a porta da casa entreaberta. Chama Nina outra vez, sobe até o segundo andar novamente, e procura nos cômodos vazios. Aquela casa vazia é inquietante, parece o cenário de um filme de terror. Uma pergunta o assombra: quem esvaziou a casa? Não consegue acreditar na história dos ladrões aleatórios. Adrien tem medo, de repente, de esbarrar no fantasma de Pierre Beau. Ele estremece. E se fosse ele? E se ele não tivesse morrido de verdade? Se fosse outra pessoa, lá dentro do caixão? Afinal, ele não viu o rosto de Pierre no dia do acidente. Só as pernas. O resto do corpo estava coberto por um pano. Besteira. Seria fácil demais se os mortos não morressem. As aparições e os mistérios pertencem ao cinema e à literatura, não à vida real. Na vida real, seu pai é um babaca e Nina está sozinha de agora em diante.

Onde ela está? Ele vai para o jardim, arranha os pés no cascalho. Não há ninguém ali fora, apenas os três gatos em volta das suas pernas. Ele fica parado entre as hortênsias e as duas árvores frutíferas magricelas, tentando pensar aonde ela poderia ter ido. De repente, sente uma presença atrás dele, feito uma sombra ameaçadora, quase colada nele. Ele se vira, gritando. Não o reconheceu de cara. Acha que Étienne o assustou de propósito. Ele adora aquilo, piadas de mau gosto. Adrien diz, com uma raiva genuína:

— Você me deu um susto do cacete... Seu louco!

Normalmente, em uma situação semelhante, Étienne riria, teria prazer naquilo, mas agora fica sem voz, olhando fixamente para Adrien com uma expressão perturbada. Um curto silêncio paira entre os dois. Adrien tem medo de entender.

— É a Nina? Aconteceu alguma coisa com ela? — pergunta ele, a voz fraca.

— Não.

Étienne entra na casa, com um ar abatido. Adrien o segue, confuso.

— O que você tem?

— ...

— Cadê a Nina? — insiste Adrien.

— Como é que eu vou saber? Achei que vocês estavam juntos.

— A gente estava. Mas ela sumiu!

Étienne ergue as mãos, como se não ligasse a mínima. Adrien não saberia traduzir direito aquele gesto.

— A Nina é assim mesmo... — acaba soltando Étienne, com um tom de voz fatalista.

Ele sobe até o segundo andar, fica só de calção e se joga na cama, se cobrindo apesar do calor. Fecha os olhos. Adrien o observa. Além de álcool, ele cheira a lodo, aquele cheiro que fica na pele de todo mundo depois de nadar no lago. Normalmente, Étienne toma banho depois, porque "fede a ovo podre".

Adrien não entende. Étienne não costuma ser enigmático. E agora, parece estar dormindo ali, bêbado feito um gambá, na cama de Nina.

— Você está pouco se lixando pra onde a Nina está? — pergunta Adrien.

— ...

— E não era pra você estar com a Clotilde hoje?

— Vem — responde Étienne.

# 46

*24 de dezembro de 2017*

No Hôtel des Voyageurs, Louise adormece nos braços de Adrien. Ela não pode dormir, só fechar os olhos, sem apagar. Tem que voltar, feito uma adolescente que pulou o muro e tem que estar em casa antes do amanhecer. Deslizar o corpo para dentro dos lençóis frios do seu quarto de infância e, dali a algumas horas, participar do teatro do Papai Noel que acaba de passar pela chaminé, para Louis e Lola, seus sobrinhos. Mesmo que Étienne sempre tenha fingido ignorá-la, Louise nunca se sentiu tão próxima de Paul-Émile quanto se sente dele. Ela é só um ano mais nova que Étienne. A relação deles é quase como a de irmãos gêmeos. Os mesmos reflexos, emoções, medos, apreensões. Além disso, são fisicamente parecidos. Quantas vezes, ao apresentá-la como sua irmã, Étienne já não ouvira a resposta "É, dá para ver"?

Louise ainda tem esperanças de que Étienne mude de ideia e comece o tratamento. Para isso, ela precisa de apoio, não vai conseguir sozinha. Por causa do sigilo profissional, ela não pode revelar o que sabe. Na família, só ela e Valentin sabem a verdade. O sobrinho leu uma mensagem de texto que ela havia mandado para Étienne:

*Eu te imploro: vá se tratar. Você tem que manter a esperança. Já vi casos mais graves saírem dessa. Você tem que viver.*

Valentin telefonou imediatamente para a tia, tentando entender:
— Tia?
— Oi, querido.
— O papai está doente?
— Não entendi.
— Eu vi a sua mensagem no celular dele.
— Você mexe no celular do seu pai?

— Óbvio. E cuidado, porque a minha mãe também mexe. Mas eu olho primeiro pra apagar as coisas, evitar os dramas.

— Que tipo de drama?

Valentin deu um suspiro antes de repetir:

— O papai está doente?

Louise improvisou uma mentira.

— Eu mandei errado. A mensagem era para um paciente que se chama Edmond... Edmond e Étienne estão um depois do outro na minha agenda.

— Como você pode mentir pra mim, tia? Pra mim? Achei que eu podia confiar em você.

Houve um longo silêncio. Ela sabia que Valentin estava segurando o choro.

— Seu pai está com câncer e não quer se tratar. Jura pra mim que não vai contar pra ninguém que você sabe?

— Eu juro... — murmurou ele.

— Nem pra ele?

— Eu juro, tia. Você vai convencer ele a se tratar?

— Vou fazer de tudo pra que ele aceite.

— Por que ele não aceitaria?

— Porque ele acha que é tarde demais, que está condenado.

De novo, um silêncio. O adolescente assimilou aquilo. "Condenado", queria dizer que tudo estava perdido. Queria dizer que ele ia perder o pai. E então retomou as perguntas. Queria entender.

— Por que ele acha isso?

— Porque a doença já está em um estágio avançado.

— E você, tia, o que acha?

— Que nunca é tarde. A gente nunca sabe como o corpo vai reagir aos tratamentos. E temos que tentar pra saber.

— E como você vai fazer ele mudar de ideia?

— Ainda não sei.

Louise fracassou. Três semanas se passaram desde que ela teve essa conversa com Valentin, e Étienne ainda não fez uma sessão de quimioterapia. Ele não atende mais seus telefonemas, ignora qualquer tipo de contato.

Certa noite, ela ficou esperando na frente da delegacia, mas ele saiu com Marie-Castille. Ela o estava esperando no Nazir, um café ao lado da delegacia. Louise reparou que Étienne a vira, mas passara reto, falando com a esposa para distraí-la, segurando-a pelo braço, sabendo que Louise nunca o abordaria na presença de Marie-Castille.

Há três dias, quando ela chegou na casa dos pais e viu Étienne, Marie-Castille e Valentin na sala, com um copo na mão, disse a si mesma que seria durante aquelas horas em família que conseguiria convencê-lo. Ela e Valentin se isolaram para conversar. O jovem é de uma sabedoria que perturba Louise. Parece Adrien quando era criança, uma maturidade incomum para alguém da idade dele. Por que certas crianças crescem mais rápido que outras? No caso de Adrien, Louise sabia por quê. Mas, com Valentin, ela não sabe.

— Acho que vou falar com o papai, pedir pra ele se tratar, por mim.

— O problema é que não era pra você saber. E, além disso, você é muito novo pra assumir uma responsabilidade dessas.

— Eu posso dizer que mexi no celular dele. O pior que pode acontecer é ele brigar comigo... Mesmo que ele nunca brigue comigo.

— E a sua mãe? — pergunta Louise, sem acreditar muito naquilo.

— Se a mamãe souber, vai ser um drama. Papai vai embora de verdade... a gente não vai encontrar ele nunca mais. Você não conhece ninguém que possa falar com ele?

Louise não pensa por muito tempo.

— Conheço... quer dizer, eu acho.

— Quem?

— Adrien e Nina.

— Quem são?

— Amigos de infância do seu pai.

Adrien abre os olhos e sorri para ela. É a vigésima terceira noite de Natal dos dois naquele hotel.

— Quer que eu faça um filho em você?

Louise não responde. Ela tem quarenta anos, nunca se casou. Teve alguns amores passageiros, uma vida de liberdade ligada à de Adrien.

— Eu estraguei a sua vida — diz ele.

— Eu adoro a minha vida — responde Louise. — Mas agora é meu irmão que está estragando a dele. Tenho que dar um jeito de fazer ele se tratar... Não quero forçar a barra. Mas eu gostaria que você falasse com ele.

Adrien fecha os olhos outra vez. Louise não sabe o que aconteceu entre seu irmão e ele, mas uma coisa é certa: eles se detestam.

Nina não dorme. Escuta a respiração de Romain. Passou uma noite de Natal maravilhosa, doce, alegre. Não tinha uma noite tão bonita desde a morte do avô. À meia-noite, os dois já tinham aberto os presentes: chocolates e uma caneta-tinteiro para Romain, uma caixa de lápis carvão e um grande caderno de desenho para ela. Nina não reagiu, ficou de olhos arregalados como se descobrisse a caixa preta de um avião caído há vinte e três anos.

— Como você sabe? — acabou perguntando.
— Eu sei.
— Quem te disse? Eu não encosto num lápis desde os dezoito anos.
— Eu vi quanto você tirou em artes no ensino médio.
— Onde?
— Eu procurei.
— ...
— Boletins são como históricos médicos... mesmo que muito tenha se perdido... Por que você parou de desenhar?
— Porque segui em frente.
— Pra onde?
— Para a vida, a vida de verdade.
— Aos dezoito anos?
— É.
— Me desenha.
— Agora?
— É.
— Esqueci como se faz.
— Não acredito em você.

Nina abriu o caderno e pegou um lápis. Suas mãos tremiam.

— Senta de frente pra mim — pediu ela.
— Tenho que fazer uma pose?
— Não precisa, não vou demorar.

Nina riscou alguns traços e estendeu a folha para Romain.

— Pronto.

Romain encontrou no papel um boneco como os que as crianças desenham no jardim de infância. Um círculo no lugar da cabeça, mais dois para os olhos, dois pontos no nariz e um traço reto para a boca.

— Eu pareço irritado — constatou ele, com malícia. — Incrível como eu lembro meu pai.

Os dois deram uma gargalhada.

— Eu não sei mais desenhar.

— É que nem fazer amor. Você me disse que seu corpo tinha esquecido, mas...

— Mas, o quê?

— Vamos para o quarto?

Passaram a noite fazendo amor. Foi mais delicado do que nas primeiras vezes. Eles estavam começando a se conhecer. Não ficavam mais surpresos com o cheiro da pele do outro. Pelo contrário: eles se reencontraram, e foi bom. *Não devo me apaixonar*, Nina disse a si mesma. A última vez acabou virando um pesadelo, e agora que tinha saído dele, não queria voltar. Amar era como cair numa cilada. Ela esperava que o amor a elevasse, mas aconteceu o contrário, foi uma queda vertiginosa.

Nina veste uma camisa que encontrou no armário de Romain. Desce até a sala. Os restos da refeição natalina ainda estão em cima da mesa. Papéis de presente jogados no chão. No sofá, Bob dorme aninhado no gato. Nina coloca o caderno sobre as pernas e desenha os animais. Ela se demora, apaga, recomeça. Termina uma hora depois. O resultado não é desastroso. Está acostumada a desenhar bichos, passou a infância inteira fazendo aquilo com Paola e os gatos. Não esqueceu nada. Olha atentamente para o desenho e sente a tristeza chegar. Uma lágrima cai sobre a mesa de centro, ao lado das taças de champanhe vazias. Então duas, três, quatro. Ela deixa rolar. Há quantos anos não deixa rolar?

Étienne e Marie-Castille fazem amor. Ele deitado de costas, ela em cima dele. Melhor para ele, que está exausto. Desde que chegou na casa dos pais, ele bebe para calar a dor física e psicológica. As festas de fim de ano servem para isso. Mal deixavam a mesa e já começavam a beber os vinhos finos que saíam da adega. Os pais, felizes de reunirem a família, mimavam os filhos e os netos. Mesmo depois de se tornar detetive, seu pai ainda o considerava um fracasso.

Étienne percebia que ele preferia Louis e Lola do que Valentin. O olhar que dirigia a eles não era o mesmo. Sem dúvida porque Valentin se parecia demais com ele. Com Louise, seu pai era diferente. Ela era menina, parece que os pais amolecem com as filhas. No entanto, segundo a história da família, Louise é que foi um acidente. Ela foi a criança que ninguém esperava. A caçula, feito um presente envenenado. Foi por causa dela que sua mãe teve que parar de trabalhar por alguns anos. Mas ele, Étienne, ele os pais haviam planejado.

Marie-Castille o acordou no meio da noite. Ele sentiu a boca da esposa no seu sexo. Acariciou o cabelo dela, fechando os olhos, fingindo gostar. Para ter uma ereção, ele imagina cenas inverossímeis, nada mais. Peitos e bundas imaginários, uma jovem mascarada, gostosa, com os pulsos amarrados, que ele faz gozar. Ele tem que manter a ereção. Se perdê-la, ela vai chorar, gemer, dizer que ele não a ama mais. Ele ama, só que no momento está difícil. Precisa ficar sozinho. Quando voltar para Lyon, vai organizar seu desaparecimento. Fez um seguro de vida em nome do filho, para que nunca lhe falte nada. Mesmo sabendo que não vai faltar nada a Valentin, a não ser um pai. No fundo, aquela doença lhe caía bem. Era o fim das corridas, dos carrinhos de controle remoto, dos carrosséis em que ele segurava o filho pelos ombros. Acabara o tempo em que Étienne podia brincar de criança para estar em sintonia com o seu menino. Valentin estava entrando na idade em que fazemos perguntas, de homem para homem. O que Étienne lhe diria? Que conselhos poderia dar ao filho?

Marie-Castille é superintendente, ganha muito bem. A casa já está paga. Não há nenhuma dívida. Ela vai refazer a própria vida. Imaginar o filho e a esposa se recolhendo sobre o seu túmulo lhe causa repulsa.

Precisa organizar seu desaparecimento. Mesmo morto, ele tem que desaparecer. Sem documentos de identidade consigo. Acabar numa vala comum.

Por enquanto, ele se imagina em uma suruba, com mulheres em cima e debaixo dele, todas lindas de morrer, os corpos entrelaçados, bocas, o prazer na garganta, os suspiros, as lingeries, o couro e os saltos agulha. Ele goza. Tem vontade de chorar de tanto alívio. Acabou. Beija a esposa, que o agarra e murmura um "eu te amo" ao seu ouvido. Étienne fecha os olhos e ouve Louise estacionar abaixo das janelas, desligar o motor do carro. O rangido da escada, um feixe de luz debaixo da porta do quarto quando ela acende a luz do corredor, a torneira aberta no banheiro. Os sons da infância e da adolescência. Podemos saber tudo a respeito de uma casa, de seus hábitos, pelos barulhos que existem lá dentro. A luz se apaga. Louise entrou no quarto. Como todo ano, a irmã passou a noite com o *outro*.

# 47

*18 de agosto de 1994*

Nina abre os olhos. Deitado junto dela, Emmanuel a olha e sorri.

— Você fala dormindo.

— Chamei meu avô?

— Não.

— Eu sonhei que ele estava morto... e ele está morto.

— Sinto muito.

Ela se vira de lado e recolhe os joelhos contra o peito, em posição fetal.

— Estou sozinha agora.

— Eu estou aqui.

Nina o encara. Está zombando dela? Está se aproveitando da situação? Por que um homem como ele cuidaria de uma menina como ela? Eles mal se conhecem.

Ela organiza os pensamentos, cria uma lista das coisas que precisa fazer, em ordem de prioridade:

— Eu preciso fazer minha mudança, esvaziar meu quarto antes de ir pra Paris.

— Por quê?

— Porque a casa não é nossa, meu avô alugava da prefeitura.

— Eu compro ela pra você.

— ...

— De que adianta ter dinheiro se não for pra ajudar as pessoas que a gente ama?

— Mas... ela talvez nem esteja à venda... E os seus pais? O que eles vão dizer?

— Meu amor, eu tenho vinte e oito anos.

— Você me chamou de "meu amor".

— É, porque você é o meu amor. O grande amor da minha vida. Eu nunca amei ninguém como amo você, Nina.

Ela o abraça. É a primeira vez que alguém lhe faz uma declaração daquelas, como nas músicas que a fazem sonhar. Quando ouviu "Un homme heureux", de William Sheller — *Por que as pessoas que se amam são sempre um pouco iguais?* —, ela chorou.

— Eu e Adrien temos uma teoria. A gente acha que quando a vida leva alguma coisa embora, ela também dá algo em troca.

— Você está dizendo isso por minha causa?

— É.

Emmanuel a beija, acaricia, beija seu corpo como se ela fosse uma pedra preciosa, busca o prazer de Nina, o encontra, ela estremece. Ela pensa: *Eu não estou mais sozinha, alguém me ama. Ninguém mais vai me abandonar. Ele me ama.*

Adrien vai passear com Paola, já que Nina não voltou. Dando a volta no quarteirão, a velha cadela parece carregar tanta tristeza quanto ele. Os dois têm dificuldade de avançar, cabisbaixos, olhando o asfalto sem compreender o que acontece.

*Onde está Nina?*, se pergunta Adrien. *Se ela estivesse lá...*

Ao acordar, ele telefonou para Marie-Laure. Não, ela não a tinha visto. Sugeriu que ele ligasse para Emmanuel Damamme. Mas ele não quer. Algo a respeito daquele homem lhe causa repulsa. Não saberia dizer o quê, a não ser o fato de ter ciúme dele. É difícil aceitar que Nina esteja com um homem bonito, alto, inteligente, rico, irresistível. Ele costumava pensar que a juventude deles era uma vantagem, mas agora tudo está confuso, estilhaçado.

Ele se tranquiliza dizendo a si mesmo que dali a quinze dias aquilo vai terminar. Adrien vai levar Nina para longe dali. Com esse pensamento, ergue a cabeça e anda mais rápido. Então, feito um bumerangue, a raiva volta. Por que Pierre Beau morreu? Eles estavam tão bem antes, os três. Ignoravam tudo, sonhavam com um futuro em Paris sem saber que La Comelle era o paraíso — tirando o ano em que teve problemas com Py. Era a base, o apoio de que precisavam para alçar voo. O local de uma infância doce e protegida, um berço afastado da tristeza. Segurando a coleira de Paola com uma das mãos, Adrien enxuga uma lágrima com a outra. *Étienne à esquerda, Nina no meio, eu à direita.* O horizonte que lhes parecia tão límpido quando festejaram sua formatura no último mês de julho escurece. São oito da manhã, é verão. No entanto, Adrien tem a impressão de que é meia-noite de um inverno congelante.

Leva Paola de volta para casa, dá comida para ela e para os gatos e enche as tigelas de água fresca, porque Étienne não vai pensar nisso.

*Étienne...* Adrien sobe até o segundo andar, empurra a porta e o observa dormindo na cama de Nina, se certificando de que não foi apenas um sonho. Ele está deitado de bruços, com um travesseiro sobre a cabeça. Adrien pensa em Louise, reprime uma vontade de vomitar, ali, dentro da casa do morto e da desaparecida.

Sobe na bicicleta e pedala rápido, muito rápido, até perder o fôlego. Quando chega no posto de gasolina, está ofegante. Abre a barraca, liga as bombas de gasolina e diesel. Um Renault Clio vermelho se aproxima. "Enche o tanque, por favor, rapaz."

Nina sai do banheiro. Acaba de avistar seu rosto no espelho, desfigurado pela tristeza. Ela quer voltar logo para o trabalho na Damamme. Diz a Emmanuel que voltar para casa, passar dias inteiros em uma casa vazia, lhe parecia impossível. Ele responde: "Eu entendo." Ele quer levá-la ao trabalho, mas ela não quer que vejam os dois juntos. A temporária e o filho do dono não podem chegar no mesmo carro.

— Depois as pessoas vão ficar me olhando, sei lá. Já basta eu ser órfã.

Emmanuel diz que não tem a menor intenção de escondê-la.

— Quero que todo mundo saiba que a gente está junto.

E é no caminho da propriedade para a empresa de transportes Damamme, dentro do Alpine A 160 vermelho conversível que Emmanuel diz estas palavras:

— Você é tão nova, Nina. Acho que precisa se recuperar. Se mudar para Paris daqui a quinze dias seria loucura. Deixa passar um ano, aí você se junta a Étienne e Adrien em setembro.

*Seria tão mais simples,* diz Nina a si mesma imediatamente. *A solução talvez seja essa. Me recuperar antes de partir.* Por enquanto, está desorientada, como se estivesse numa *bad trip.* Já viu amigos da escola pirarem depois de tomar um ácido. Sua cabeça, seu corpo dolorido, o mal-estar, a tristeza, as lembranças a fazem pensar que ela está parecendo alguém que volta para casa às oito horas da manhã depois de uma *rave*.

— E durante esse tempo você pode continuar trabalhando com a gente, economizar um dinheiro... E eu vou poder ter você por mais um tempinho — acrescenta Emmanuel.

Ele abaixa o volume do rádio. *Uma música de verão*, pensa Nina, *fora desse carro é verão, as pessoas estão na praia.*

> *Me devore! Me devore! Me devore!*
> *É a canção do psiquiatra implorando*
> *Aquele que brinca com as almas.*
> *E abre as janelas da per-cep-ção...*

Quantas vezes Nina, Étienne e Adrien dançaram e cantaram ao som daquela letra, rindo feito baleias. Era Joséphine que usava essa expressão, "rir como uma baleia". Desde que seu avô morreu, todas as baleias do mundo devem ter parado de rir. Pensar nos meninos é como convocar memórias de infância quando se é adulto, a leveza e a alegria lhe pareciam longínquas. *Há um mês, eu fazia coreografias na pista de dança do Club 4.*

— Você pode me deixar em casa na hora do almoço? Tenho que ver se meus bichos estão bem.

— Claro.

— Obrigada.

Ele faz carinho no joelho dela. Suas mãos são grandes e bonitas. Nina segura os dedos dele e os beija, fechando os olhos. *Não estou mais sozinha, alguém me ama. Ninguém mais vai me abandonar. Ele me ama.*

— Você também vai ter que mobiliar a casa, já que sua mãe levou tudo... Vamos juntos comprar as coisas.

Minha *mãe*, pensa Nina. *Aquela* coisa *que fumou um cigarro do meu lado.* Sofrimento demais mata o sofrimento. Nina aumenta o volume do rádio e canta com tristeza:

> *Me devore! Me devore! Me devore!*
> *É a canção do psiquiatra implorando*
> *Aquele que brinca com as almas.*
> *E abre as janelas da per-cep-ção...*

No mesmo instante, Adrien avista o Alpine vermelho passando a toda velocidade. Parece uma cena de filme, só que acelerada. Adrien consegue identificar o cabelo de Nina ao vento, seu perfil, sua nuca. Então ela está com *ele*. Ela o traiu. Prefere aquele dândi a ele.

Ele, que já estava deprimido na noite anterior, poderia se matar agora. Qual seria o efeito de beber gasolina? Alguém já se suicidou enchendo o tanque? E, para piorar, ele tem que ir almoçar com o pai, que quer conversar sobre sua mudança para Paris.

— Temos que gerenciar isso — dissera ele ao telefone.

Sylvain Bobin só fazia isso, "gerenciar". Não era um pai, era um gerente. Adrien não teve coragem de responder: "Não, vou gerenciar sozinho."

Eles marcaram de se encontrar no Hôtel des Voyageurs, um lugar meio chique. Geralmente, se encontravam na Pizzaria do Porto, que ficava bem ao lado da passarela. Com exceção de alguns botes, não havia barcos em La Comelle, mas o dono da pizzaria, um nostálgico do Mediterrâneo, escolheu esse nome mesmo assim. Será certamente a última vez que Sylvain Bobin colocará os pés em La Comelle. Ele deve ter decidido mudar de restaurante só para comemorar o fim de suas obrigações.

— O restaurante do Voyageurs? Caramba, seu pai gosta de se exibir... — ironizou Joséphine.

São duas da tarde. Marie-Laure entra no jardim de Pierre e Nina Beau.

Tudo secou, as flores e os legumes já estão morrendo de tanta sede, sendo que enterraram Pierre Beau ainda ontem. É incrível a fragilidade de tudo o que um homem deixa para trás.

Quantos meses até que as chuvas baguncem o cascalho, que as fissuras dos muros se expandam, que as ervas daninhas devorem tudo, que a umidade escureça as juntas, que o vento maltrate as telhas?

Marie-Laure observa o aspecto triste dos pés de tomate sobre os vasos. Normalmente, ela cuidaria daquilo de imediato, normalmente já estaria com o regador em mãos. Mas há algo mais urgente. Ela chama Étienne várias vezes. Ele não responde. Ela entra na casa e encontra os cômodos vazios.

Quem poderia ter feito aquilo?

Sobe até o quarto de Nina e encontra o filho dormindo. Ao pé da cama, a cadela abre um olho e o fecha outra vez na mesma hora.

Marie-Laure parece contrariada de encontrá-lo sozinho. Leva uma das mãos ao seu ombro nu. Ela se lembra do dia do nascimento dele. Sua pele é a mesma, de uma maciez única, como cetim. Ela ainda gosta de sentir seu cheiro, como quando ele era criança. Não ousa mais fazê-lo, agora que ele é quase um homem, então às vezes cheira as camisetas que ele deixa no cesto de roupa suja.

Étienne abre os olhos com um grunhido.

— A Clotilde desapareceu — diz a mãe. — Os pais dela estão preocupados, procurando por toda parte... Eles me disseram que vocês estavam juntos ontem à noite.

# 48

*25 de dezembro de 2017*

— Feliz Natal, Simone.

— Feliz Natal, minha querida.

— Ninguém me chama de "minha querida" desde que o meu avô morreu.

Simone sorri e resmunga ao mesmo tempo:

— Eu tinha dito pra você não vir hoje!

— Eu não ia deixar você cuidar de tudo sozinha.

— Conheci um homem e estou gostando dele — solta Simone.

Nina fica atordoada, entre a incredulidade e o espanto, olha fixamente para Simone como se a mulher tivesse lhe confessado um crime e o local onde havia escondido o corpo. Discreta, gentil e sempre elegante, Simone é viúva há anos, e carrega o luto do filho desaparecido. Um peso que ela guarda dentro de si. Nina tinha quase esquecido que, ainda assim, era uma mulher.

— Passamos a noite juntos ontem. E foi ótimo. Ele tinha me convidado e… eu dormi na casa dele — conta ela, sorrindo para Nina.

— Que máximo, Simone!

— É, você tem razão, foi o máximo… Eu, que me achava morta pra… esse tipo de coisa.

Nina morde o lábio para não rir.

— Como vocês se conheceram?

— No baile… Todo domingo minha vizinha vai dançar no centro comunitário. É uma coisa de velhos, com gaita de foles. Um horror… Eu gosto mesmo é de Matthieu Chedid. Sabe quem é?

— Sei.

— Enfim, é um baile para viúvos. Com comida, pista de dança e luzes. No começo eu não queria ir… mas minha vizinha insistiu. Ela praticamente me arrastou até lá... E, na verdade, foi divertido. Ele se chama André. Gostou de mim assim que me viu. E você?

— Eu o quê?

— Você conheceu alguém?

Nina não estava preparada para aquela pergunta. Sobretudo vinda de Simone. Realmente, quando achamos que conhecemos uma pessoa... As duas lavam juntas os canis, e a temperatura é de cinco graus negativos esta manhã. Três cães perambulam ao redor delas. Precisam esfregar até que o cimento fique seco, caso contrário as superfícies congelam e isso seria fatal para os pezinhos e a artrose dos animais. Elas têm horas e horas de trabalho pela frente, tremendo de frio uma contra a outra, encasacadas em seus grandes sobretudos e com gorros na cabeça.

— Não, eu não tenho ninguém — responde ela, por fim.

— Ah, é? Eu achei que sim. Você está com uma cara de quem teve uma noite boa.

Nina cora feito uma adolescente.

— Eu não conheci... Digamos só que eu... passei uma bela noite de Natal, você tem razão.

— Eu sabia! — exclama Simone. — Quem é?

— O homem que adotou o Bob — confessa Nina, corando ainda mais.

— Ah, sim, sei... Bem, muito bem. E como vai o Bob?

— Bem, muito bem — brinca Nina.

— Ele está feliz?

— Muito feliz.

— Pois eu vou adotar o Bolinho. Vou levar ele pra casa mais tarde.

Nina fica perplexa.

— Achei que você não queria mais nenhum cachorro em casa!

— Eu também achei. Sabe, Nina... a gente acha as coisas. E a gente se engana.

Louise entra no quarto de Étienne e fecha a porta bem devagar atrás de si. Depois da distribuição dos presentes, seu irmão subiu para se deitar, alegando uma dor de cabeça. Ele está dormindo. Louise se senta na cama para observá-lo e leva dois dedos delicadamente ao braço dele, para medir seu pulso.

Ainda está impregnada de Adrien. Ela o carrega em si feito um sobretudo que vai demorar vários dias para despir. Então vai pendurá-lo em um cabide até uma próxima ocasião. Olhando o irmão dormir, ela se lembra de Saint-Raphaël. As férias que passou com os três. O primeiro garoto que Louise observou dormir foi Adrien. Ela foi escondida até o quarto dele, como hoje. Nina e Étienne tinham saído com Marie-Laure e Marc para mergulhar. Adrien preferiu ficar em casa. Seu pânico absoluto de cobras, seu medo de dar de cara com um bicho parecido dentro da água. Louise ficou muito tempo ao seu lado, até que ele abriu os olhos. Ele demorou alguns segundos, na penumbra, para vê-la, para percebê-la sentada em uma cadeira de balanço a dois metros dele. Ele sorriu para ela, pediu que ela se aproximasse. Ela se sentou na beira da cama.

Ele disse:

— Eu não sou um garoto como os outros, sabe...

Ela respondeu:

— É por isso que eu te amo.

— Você me ama?

— Sim, desde criança.

— Você ainda é criança.

— Não, tenho treze anos. Você já beijou uma menina?

— Na boca?

— É.

— Não. Nunca beijei ninguém.

— Você já fez amor?

— Não, já que eu nunca nem beijei ninguém.

— Quer tentar? — perguntou ela.

— Fazer amor?

— Não, me beijar.

Adrien fez que sim com a cabeça. Ela se enfiou debaixo dos lençóis ao seu lado e apoiou a cabeça no seu ombro. Seu coração batia a toda velocidade, mas naquela manhã Louise tinha toda a coragem do mundo. Poderia ter ficado daquele jeito para sempre, dentro daquele quarto, com a janela aberta, a cortina fechada, os feixes de luz vivos, o canto das cigarras lá fora. Elas cantavam a partir das dez, assim que o sol atingia os pinheiros, era seu sinal de partida. Louise se sentou na cama e tirou a roupa. Usava um vestido de algodão de alças amarelas, sem roupa de baixo. Adrien estava de calção. Ele segurou o vestido dela, o cheirou.

— Você tem um cheiro bom.

Ela se viu nua contra ele. Adrien se afastou para olhá-la. Observou cada parte do seu corpo, fascinado. Como se admirasse a pintura de um mestre.

— Você é linda, Louise.

Então, ele a tocou com a ponta dos dedos. O rosto, a boca, o pescoço, os seios, a barriga, o sexo, as coxas. Ele desceu e subiu pelo corpo dela muitas vezes, só com a ponta dos dedos. Ela ainda se lembra dos arrepios, sua pele cheia de pontinhos, um líquido morno entre as coxas. Algo como uma vontade violenta no baixo ventre de fazer xixi. Ela acabou fechando os olhos. Disse: "Eu me toco muitas vezes pensando em você, quer ver como é?" Adrien respondeu que sim.

Ela se deitou de bruços, virou a cabeça na sua direção, o olhou nos olhos e se tocou. Ele tinha colado o vestido dela contra o próprio corpo, como que para respirá-la sem tocá-la. Então ele se deitou de bruços e a imitou. Eles gozaram juntos, de mãos dadas.

Só o silêncio no quarto, os olhos de Louise nos de Adrien. Eles se aproximaram e se beijaram na boca, buscando a língua um do outro. Depois adormeceram no calor partilhado.

— Você está pensando nele — resmunga Étienne.

Louise tem um sobressalto.

— Não, estou pensando em você. Temos que conversar.

Étienne coloca um travesseiro sobre o peito.

— Sai do meu quarto. Eu vi nos seus olhos que você estava pensando nele. Você nunca soube mentir.

— É verdade, quando o assunto é mentira, o especialista é você.

— O que você quer?

— Ver você no hospital.

Ele lhe dá as costas.

— Eu não vou.

— É ridículo. Se não vai fazer isso por você, faça pelo Valentin.

— Pra que ele me veja sofrer? Me veja todo despedaçado? Perdendo o cabelo? Vomitando depois da quimioterapia, sem conseguir ficar em pé? Quer que o meu filho veja isso?

— Pelo menos ele vai ver você lutando!

Marie-Castille entra no quarto.

— O que vocês estão fazendo? Por que a gritaria?

Louise sorri para ela.

— Não, não é nada... Eu queria que a gente fosse visitar um velho amigo juntos.

— Que amigo? — pergunta Marie-Castille, desconfiada.

— Vamos encerrar o assunto — interrompe Étienne. — Eu não vou. As senhoras podem, por obséquio, se retirar do meu quarto? Gostaria de me levantar e estou pelado. Vocês conhecem meu pudor lendário.

Louise se levanta e sai, humilhada. Tenta sorrir para Marie-Castille, mas não consegue. No espaço de um instante, ela se vira na direção da cunhada para lhe contar a verdade, encontrar a ajuda de que precisa desesperadamente para convencer o irmão. Étienne, que percebe sua intenção e ouve seu pensamento, grita friamente:

— Louise! Não!

Ela reprime a vontade de gritar, engole as lágrimas e sai do quarto. Ouve seu irmão e Marie-Castille brigando atrás da porta.

— Se acalma... Está tudo bem...

— Não me enche a paciência... Um amigo da escola... não quero ver... Louise está insistindo... Estou de saco cheio de todos vocês... quero ficar sozinho... por favor... estou cansado...

— Você está escondendo alguma coisa de mim, Étienne...

— É, meu pinto... Não gosto que me vejam pelado... Não chora... É Natal... Paz... pelo amor de Deus... paz... estamos de férias... Vir me encher o saco no meu quarto...

Valentin se junta a Louise. Com um olhar, ela informa o jovem do seu último fracasso.

Volto para casa cheia de pacotes nos braços. Estavam na mala do carro há dias, mas eu estava esperando o Natal para dá-los. Pronto, enlouqueci de vez. Vou dar presentes para o meu gatinho. Deve ser sinal de uma senilidade precoce.

Daqui a alguns meses ele terá todo o campo ao redor para se divertir, mas, mesmo assim, coloco um novo cesto ultramacio ao lado do aquecedor e um arranhador ao lado do sofá. Agito alguns brinquedinhos diante de seu minúsculo rosto rosado, brinquedos feios, de plástico. Nicola pousa sua pata sobre uma bolinha que ele faz rolar. Enquanto o observo, digo a mim mesma que detestei ser filha única. E se eu adotasse outro? Outro pequenininho também, para que eles cresçam juntos e em sintonia. Nicola ficará menos entediado com um irmão de quatro patas do que só comigo, uma das pessoas mais sinistras e solitárias do planeta. Na minha casa, até as plantas acabam se suicidando, recusando alimento, caindo das janelas, se automutilando. Felizmente, minha tília é antiga, teve tempo de crescer antes da minha chegada, de frequentar o céu de perto.

Deve ter alguém no abrigo, mesmo no Natal. Se eu não for agora, não vou nunca. Se eu demorar demais vou começar a pensar, e se fizer isso, Nicola vai crescer sozinho e acabar deprimido e neurastênico como eu.

Dez minutos após esse pensamento repentino, esse desejo, esse impulso de otimismo ou pessimismo, não sei ao certo, estaciono diante do portão do abrigo. Dois carros também estão parados ali, entre eles o Citroën de Nina. Entro ali pela segunda vez na vida. Quando Nina me surpreendeu deixando o envelope de dinheiro na caixa de correio e me ofereceu um café na sua sala, já era noite, eu não vi nada do lugar. Esta manhã, eu o descubro na luz do dia. Não é grande coisa. Feito de partes aleatórias. Barracões de cimento, muita coisa pré-fabricada. À direita, um grande cachorro preto tipo grifo late sem muita convicção. À esquerda, três compartimentos isolados, dois vazios, com a inscrição "Canil". Um cão me olha fixamente, com tristeza. Baixo os olhos, envergonhada, como se o tivesse abandonado. Empurro um segundo portão e entro na área dos cachorros. Está escrito em toda parte que não se deve enfiar as mãos entre as grades. Minha entrada no espaço dos cães é ruidosa, todos latem sem parar durante a minha passagem.

Uma senhora acaba aparecendo.

— Olá.

— Olá... A Nina está?

— Ela foi passear com um cachorro. Posso ajudar?

— Eu adotei um gatinho e... queria dar um amigo pra ele.

A senhora sorri para mim e me leva até o gatil. Tem cheiro de bosta e detergente.

— Ainda não limpamos as caixas de areia — fala.

Alguns felinos me observam, desconfiados. Outros se aproximam, me farejando. Um ou dois se arriscam a roçar o corpo nas minhas pernas.

— Não fazemos adoções no Natal — me informa a senhora.

— Por quê?

— O escritório está fechado.

— Mas no Natal... é justamente quando a gente deveria poder adotar.

— É verdade — responde. — Como você se chama?

— Virginie.

A senhorinha me encara como se procurasse algo na minha expressão.

— Como é o seu gatinho? — pergunta ela.

— Pequeno. Bem pequenininho. Preto. Com o nariz rosado. A gente fala "nariz" pra gato?

— Focinho.

Nina entra no gatil. Ela parece com frio. Sopra dentro das luvas de lã.

— O que você está fazendo aqui? — indaga ela, soando amedrontada.

— Feliz Natal, Nina.

A senhora não me dá tempo de responder.

— Ela veio adotar um gato — diz, com uma voz doce, como que para se desculpar por ter me deixado entrar.

— Você perdeu o Nicola? — exclama Nina, em pânico e quase agressiva.

— De jeito nenhum. Só tenho medo de que ele fique entediado sozinho.

— Você acha que vai poder cuidar de dois gatos? Vai dar conta disso? Má, mordaz. É sua pequena vingança pessoal. Não posso culpá-la.

— Vou. Bom, acho que sim.

— Vem comigo.

Atravessamos um corredor e entramos em um cômodo superaquecido.

— Aqui é o berçário e a enfermaria. Depende do dia e dos recém--chegados.

Três gatinhos listrados dormem, amontoados uns sobre os outros.

— Posso te dar um daqui a quinze dias. Por enquanto, estão se recuperando.

— Podem ser separados?

Ela leva os belos olhos escuros para dentro dos meus. Imediatamente, me ocorre a letra que ela cantou na festa de fim de ano da escola.

*Você vai ver que em um belo dia cansado*
*Vou me sentar na calçada ao lado...*

Étienne e Adrien atrás do teclado, Nina no microfone. Estávamos no nono ano. Eles tinham organizado um show no pátio da escola Vieux--Colombier, na parte coberta. Ainda consigo ver a faixa, as letras da palavra TRÊS lindamente desenhadas em um pano branco por Nina. "Três" era o nome da banda que eles tinham criado. Uma homenagem ao álbum

3 da banda Indochine. Nesse dia, Nina cantou várias músicas desse álbum: "Tes yeux noirs", "Canary Bay", "Troisième sexe", "Trois nuits par semaine". Emendou com músicas originais escritas por ela e Adrien com melodias compostas por Étienne. Letras um pouco estranhas. Melodias antiquadas. Mas Nina tinha uma voz bonita. Eu adorava ouvi-la cantar.

— Faz parte da vida se separar. Eles têm que crescer... Não vão ficar colados uns nos outros pra sempre — diz ela, sem pestanejar.

Um anjo passa e se demora. Durante um longo instante caladas, como se alguém tivesse dito "vamos brincar de fazer silêncio", eu observo os gatinhos adormecidos. Divisões vazias, saquinhos de comida, um armário de remédios, alguns trancados a chave, um velho pôster em que se vê um cão atrás de uma grade, com as palavras: "Culpado de quê?"

Nina acaba rompendo o silêncio:

— Tem dois machos e uma fêmea. Qual você quer?

— A fêmea.

# 49

*Janeiro de 1995*

Pierre Beau descansa no cemitério há cinco meses.

Nina é assistente executiva. Trabalha com o diretor administrativo e financeiro, Yves-Marie Le Camus, um homem charmoso. Ela cuida de sua correspondência, dos seus telefonemas, do envio e da recepção de fax, da pesquisa no Minitel sobre a solidez financeira dos potenciais clientes, da redação das atas de reunião. Ganha nove mil francos por mês, com décimo terceiro. Não comete erros de ortografia, não desenha, não compõe mais.

É querida por todos na Damamme. Sua juventude seduz, suas dezoito primaveras atraem gentileza. Ela é bonita e cumpre a função de funcionária perfeita maravilhosamente bem.

Nos dias de semana, ela dorme em casa, onde mora com Paola e os gatos. Um jardineiro da propriedade dos Damamme cuida da parte externa do imóvel. E, aos fins de semana, Nina fica no Castelo.

Num intervalo de cinco meses, a engrenagem de sua vida foi perfeitamente azeitada por Emmanuel. Ele comprou a casa do avô da prefeitura por uma mixaria, mobiliou-a de acordo com o gosto de Nina, conseguiu um cargo para ela e a apresentou aos seus pais, que a consideram sua nora. Ela almoça com eles todos os domingos.

Emmanuel a cobre de flores, de atenção, de presentes e de palavras de amor.

O cotidiano de Nina é de uma tranquilidade impressionante. Tão tranquilo que às vezes ela sente ondas de calor. Deve ser felicidade. Não ter mais medo, não sentir angústia. Um belo carpete, uma grande banheira, tudo o que ela gosta nas vitrines vai parar no seu closet, como num passe de mágica. Enquanto seus amigos da escola estão em Dijon, Autun ou Lyon, se alimentando de comida enlatada e morando em quitinetes de quinze metros quadrados, ela se sente livre. É como se tivesse dez anos a mais do que eles.

Uma vez por semana, vai até o cemitério para falar com o avô e contar como anda sua vida.

— Eu estou bem, não se preocupa. Emmanuel é gentil comigo. Estamos muito apaixonados. Gosto do meu trabalho, os dias passam rápido. Seu jardim está bonito. Os bichos estão bem. No fim de semana, é Joséphine que dorme na nossa casa. Ela gosta de cuidar da casa, já que mora num apartamento. Diz que é como ter uma casa de férias. Adrien e Étienne sempre me ligam. Estão me esperando em Paris.

Aquela vida a lembra de quando ela brincava de vendedora na infância. Espalhava frutas e legumes no jardim, os vendia a clientes imaginários e fazia as vendas numa caixa registradora de plástico.

Pegar o trem em Vincennes, ir direto até Auber, pegar a linha sete do metrô, sair em Poissonnière. Liceu Lamartine, 121, rua Faubourg-Poissonnière, nono *arrondissement*. Adrien faz aquele percurso de segunda a sexta. Carrega uma mochila, dentro dela há um pote de plástico contendo um sanduíche, macarrão ou salada. As luzes pálidas, os longos corredores, as pessoas amontoadas, as portas se fechando, os anúncios nos alto-falantes: "Sua atenção, por favor: tráfego lento na linha A, devido a uma ameaça de bomba... devido a um acidente com um passageiro... devido a uma greve, devido a..." Os mendigos pedindo esmola e dormindo no chão, em bancos, sobre jornais velhos, músicos, vendedores ambulantes com torres Eiffel baratas, frutas, cigarros, flores, o cheiro de mijo e de vinho ruim, a violência em certos olhares, os punks com cachorros, os homens de terno indo até La Défense, toda essa gente que se agita, corre, se empurra, reunião sem união, na mesma direção, não se olha. O povão. Desde que ele foi morar em Paris, tem uma vontade irresistível de não se mover, de ficar em seu quarto em Vincennes, no apartamento onde está hospedado, com cheiro de vela aromatizada.

É difícil sair de lá para assistir às aulas. Ele tem vontade de dormir o dia inteiro, de fechar as janelas, de buscar o silêncio. No entanto, sai uma hora antes e, quando chega na estação Auber, se senta num canto mais vazio para ler, para esquecer aquele mundo subterrâneo e mergulhar nas palavras como se mergulhasse na piscina municipal de La Comelle com Nina. Desde que foi morar em Paris, ele tem a sensação de não ver o céu, de comer concreto. Antes, era verde, agora tudo ao seu redor é cinza. Ninguém nunca lhe contara sobre aquela violência. As pessoas conversam sobre os conflitos mundiais, as prisões, as histórias de amor, as notícias, os velhos, a prostituição, os desempregados, a fabricação de carros, mas ele nunca ouvira qualquer testemunho sobre o que sente um provinciano ao chegar em Paris. Tudo parece imenso, a gente se perde, se sente perdido mesmo que não esteja, ninguém conversa, nem olha nos olhos, nem se cumprimenta. Só olham para si mesmas, um vazio imenso, um labirinto de solidões. Como se uma tristeza em comum estivesse colada na sola dos sapatos dos frequentadores do metrô.

Paradoxalmente, apesar da opressão da multidão, Adrien se sente mais livre em meio ao povão. O fato de ser anônimo o tranquiliza. Ali, não há fofoqueiros, maledicências ou rumores. Ali, as pessoas estão pouco se lixando para os outros. Quando alguém morre em Paris, ninguém fica sabendo. Quando alguém morre em La Comelle, sai um artigo no jornal.

Para o seu alívio, ele não foi para a residência estudantil. Ficar com outros estudantes sem Nina lhe parecia insuportável. Está hospedado na casa de Thérèse Lepic, professora de piano e amiga do seu pai, o que é bastante inusitado. Como seu genitor, aquele homem taciturno, frio e desinteressante, podia ser amigo daquela mulher engraçada, enérgica, fina, artista até a ponta dos dedos? Na casa dela havia velas e rendas, diversas pinturas, retratos de musas e um desenho de Salvador Dalí que o próprio mestre lhe dera. Aquela mulher de setenta e cinco anos tem mais disposição do que Adrien. A maneira como ela anda, sua leveza, seu entusiasmo, seu jeito de rir. Fuma feito uma chaminé, mas só na sala onde recebe pessoas, e sempre deixa uma janela aberta, noite e dia. Mesmo no inverno. Seus alunos tocam piano de sobretudo, de tão gelado que fica lá dentro.

Adrien nunca teve coragem de lhe perguntar como ela havia conhecido seu pai. Acha que deve ter sido sua amante. Fotos em tom sépia emolduradas no quarto de Thérèse mostram sua beleza quando era jovem.

A pianista é magra feito um passarinho, e só come frutas e amêndoas. Ela não come, mordisca. Compra pratos prontos para Adrien no mercado embaixo de casa.

É Sylvain Bobin que paga a estadia e a comida. Adrien não sabe quanto tudo aquilo custa e nem quer saber. Ele detesta o fato de Thérèse ganhar dinheiro às suas custas, porque ele a ama. E se o pai parasse de pagar, será que Thérèse o deixaria ficar na sua casa?

Que valor financeiro tinha aquele filho caído do céu, saído do mato, que levava o sobrenome Bobin, mas de quem Thérèse nunca tinha ouvido falar?

Se ele se obrigava a se levantar a cada manhã, a enfrentar os transportes públicos e a solidão para ir até Lamartine, é porque seu pai tinha avisado: "Eu pago enquanto você tiver bons resultados. Se for mal, vai para a residência estudantil."

Adrien tem um quarto de cerca de dezessete metros quadrados com um banheiro. Tudo limpo, as paredes brancas, a cama com lençóis espessos. Suas roupas sujas são lavadas e passadas uma vez por semana. Nada de ficar de plantão na lavanderia da esquina como todo mundo. Uma escrivaninha grande para os estudos, uma janela que dá para a rua, terceiro andar sem elevador — o que não impede Thérèse de subir e descer várias vezes ao dia sem nenhum problema. Ela mora naquele apartamento de cerca de oitenta metros quadrados há trinta e cinco anos, pagando uma mixaria de aluguel. "Ainda bem", ela diz, "porque eu não tenho dinheiro guardado, gastei tudo." Todo seu dinheiro vem das aulas que dá. Thérèse se casou com um militar quando era muito jovem. Viúva aos vinte e cinco anos, ela teve uma filha com quem não se dá muito bem, e mora sozinha há décadas. Alguns amantes passaram pela sua cama — "Foram eles que me arruinaram", ela gosta de contar. As rotinas de Thérèse e Adrien se encaixaram desde o início. Jantam cedo na cozinha, às 19h30 ele vai para o quarto estudar. Thérèse vai para o seu, para ler, ouvir rádio ou assistir a *Un siècle d'écrivains*, o novo programa apresentado por Bernard Rapp no canal France 2. Thérèse é frequentadora assídua da biblioteca de Vincennes e vai até lá a cada dois dias para devolver e pegar livros que ela devora. Aquela vida pacata, que desagradaria qualquer outro estudante, convém perfeitamente a Adrien.

Duas vezes por semana, Adrien telefona para Nina. Ouve sua voz, fechando os olhos. Falam da vida dele na cidade grande, das aulas, das pessoas na turma. Ele diz que está com saudades. "É horrível sem você, qualquer coisa que eu faço, eu penso em você." Como não fala muito, não tem amigos em Paris. Só diz "bom dia" e "boa noite".

Nina conta sobre o trabalho, Emmanuel, seus colegas. Em breve, vai visitar Adrien. Vai sair de férias na primavera, o tempo vai estar bom. Ele vai mostrar a torre Eiffel e a Champs-Élysées. E Adrien responde:

— De qualquer forma, em setembro você vem morar aqui. Vamos dar um jeito com a Thérèse. Você dorme comigo e a minha mãe já disse que pode ficar na sua casa e pagar um pequeno aluguel pra você.

— É, que legal, estou animada.

No sábado à noite, Étienne insiste para que Adrien o encontre na boate Bus Palladium. Adrien se pergunta por que ele insiste tanto. Enquanto ele não cede, Étienne não desliga o telefone.

— Está combinado? A gente se encontra? Eu te espero na frente?

— Está bem.

Seria uma promessa que ele fez para Nina ou para a irmã? Tipo "Me promete que você não vai abandonar o Adrien quando estiver em Paris... Você vai tirar de letra, mas pra ele é difícil, ele é tímido."

Todo sábado, Étienne aparece com uma garota diferente. Nunca chega sozinho, mas raramente vai embora com a mesma que o acompanhou até lá. Étienne divide um apartamento com outro garoto, Arthur, um estudante que está na mesma faculdade que ele e que também está estudando para entrar na polícia. "Assim, estudamos juntos. Vamos fazer exatamente o mesmo programa. Isso simplifica nossa vida." *Até parece*, pensa Adrien. *Assim você copia dele.* Adrien admira Étienne em quase tudo, mas não se engana quanto a sua capacidade de usar as pessoas, de sugar os outros para fazer só o que lhe interessa.

No Bus Palladium, as meninas bonitas se amontoam em torno de Étienne. Então ele desaparece no banheiro ou na rua. Depois, reaparece na pista de dança, como num passe de mágica, confiante até não poder mais, com um sorriso de rei. Adrien gosta de ver os movimentos da sedução, a atração dos corpos, os jogos daqueles que se experimentam. Fica afastado, observando os gestos, as roupas, as mãos que se agitam, os cigarros entre os dedos, a fumaça que se inspira e expira, os decotes generosos, os olhares que se capturam, se absorvem.

Adrien escreve mesmo quando não está escrevendo.

Ele começou a redigir um romance e preencheu as páginas de um caderno entre as aulas.

Adrien dança muito pouco, mas adora música eletrônica. Ela o enche de imagens mentais. As sensações que ela produz em seu corpo são positivas, coloridas, alegres. É quase como escutar música clássica, sobretudo Bach. A música eletrônica o põe em um estado de torpor que alivia seu espírito atormentado. Ela libera o pássaro louco que se debate dentro dele.

De vez em quando, meninas embriagadas sentam perto dele. Adrien inala o perfume delas, se embriaga de seus cheiros corporais, mas nunca as toca. *O perfume*, de Süskind, o fascinou, uma pluma mergulhada num buquê, e aquele personagem, Grenouille.

Étienne acha que é por causa de Louise que Adrien não ousa beijar outras garotas na sua frente.

No último Natal, Étienne os pegou no flagra, saindo do hotel de La Comelle juntos. Ele estava voltando do Club 4. Eram seis horas da manhã. Nina e Damamme tinham acabado de deixá-lo no centro. Queriam levá-lo em casa, mas Étienne recusou, preferindo caminhar para fazer a bebedeira passar, para que os pais não o vissem naquele estado.

Étienne achou que estava alucinando ao ver os dois. Tinha passado a véspera do Natal em família, com Louise, poucas horas antes. À meia-noite, Nina e seu bonitão tinham ido buscá-lo para irem ao Club 4. No telefone, Adrien usara a desculpa de que queria ficar com a mãe.

*Com a mãe uma ova... era para se encontrar com a minha irmã, escondido.*

Sua irmã menor de idade e Adrien, de mãos dadas, saindo como dois ladrões do Hôtel des Voyageurs. Um hotel: com certeza estavam transando.

Étienne poderia ter denunciado os dois, dado um susto em Adrien e um tapa na cara da irmã, mas não fez nada. Passou por outra rua para não cruzar com eles, nem ser visto. Pelo menos Louise não estava ficando com babacas. E não lhe parecia estranho que aqueles dois ficassem juntos, já que ambos eram tão esquisitos. Sempre em silêncio ou falando baixinho, olhando abestalhados para a "beleza do mundo". Em êxtase por causa de uma flor, de uma borboleta ou de um quadro em um museu. Crianças bem-comportadas. Como a superfície de um lago meio tedioso. Étienne preferia ondas e fúria. O vento e o granizo.

Depois do desaparecimento de Clotilde, logo antes de ir morar em Paris, Étienne tinha ido à delegacia. Os pais da jovem procuravam por ela, sem entender por que a filha teria ido embora da noite para o dia, sem avisar a ninguém. Uma mulher a havia reconhecido na estação de La Comelle, na noite em que ela iria se encontrar com Étienne no lago. A testemunha ia pegar o último trem, o de 22h17 para Mâcon. Clotilde também aguardava esse trem.

Por insistência dos pais de Clotilde, Étienne foi, com boa vontade, ser interrogado. Perguntou sobre a carreira de policial para os dois detetives que colheram seu depoimento. Explicou que, na noite de 17 de agosto de 1994, ele e Clotilde iam se encontrar às nove da noite no lago da floresta.

Admitiu que bebeu enquanto a esperava, estava estressado porque ia terminar com ela naquela noite.

— Por quê?

— Porque eu não estava mais apaixonado por ela.

— Vocês brigaram?

— Não. Eu não via a Clotilde desde o dia 15 de julho, antes de sair de férias.

Já faz cinco meses que ninguém tem notícias de Clotilde. Ela não deixou nenhum bilhete. Nunca ligou, nunca enviou uma carta sequer. Quando desapareceu, Clotilde tinha dezoito anos. Toda pessoa maior de idade tem o direito de sumir sem ser perturbada. Clotilde desapareceu levando apenas sua bolsa com um documento de identidade e dinheiro. Tinha trabalhado como garçonete durante o verão e guardado cerca de quinze mil francos, e esvaziado sua poupança com trinta mil francos duas semanas antes de desaparecer na natureza. Tudo levava a crer que sua partida fora premeditada.

A mãe de Clotilde telefonou para Étienne diversas vezes, implorando que ele desse notícias caso ela o contatasse. Ele prometeu que daria.

Aquele desaparecimento perturbou a vida de Étienne. Provocou uma mudança radical dentro dele. Ele se sentia culpado. Uma culpa difícil de carregar. Para se redimir, ele começou a estudar, a se esforçar de verdade.

Dividir um apartamento com Arthur, um estudante sério, ajuda. Dessa vez, ele quer aprender sozinho, subir os degraus.

Étienne se permite uma saída por semana e um pouco de música aos domingos, mas nos outros dias estuda intensamente. Quer virar policial. Não um guarda. Começar na faculdade de direito, depois passar no concurso para ser contratado em uma delegacia.

Étienne e Arthur alugam um apartamento de dois quartos em Nation desde setembro. Nation fica a uma estação de Vincennes. Aos domingos, Adrien vai até o apartamento deles.

Étienne levou os sintetizadores, o dele e o de Adrien, e os instalou na sala. Eles tocam juntos, mas sem muita vontade. Param frequentemente para conversar, beber cerveja e ver televisão. Tocam músicas que Étienne compôs antes de ir para Paris. Acrescentam um ritmo, um instrumento, modificam os tempos, as notações. Mas sem a voz de Nina é uma tristeza absoluta. Uma ausência com um gosto ruim de eternidade. Ela ainda está lá, mas sem estar. É como se tivesse morrido. A música deles sem a voz dela fica incompleta. Eles não compõem mais, não têm tempo.

Adrien espera que Nina se junte a eles, enquanto Étienne não acredita mais nisso. Mas não diz nada a Adrien.

Na noite de Natal no Club 4, ele viu muito bem que Damamme não largava Nina. Até quando ela ia mijar ele a seguia feito um cachorrinho até a porta do banheiro.

Ele nunca a deixaria ir embora. Ou iria junto com ela. Ou então Nina fugiria. Tomaria medidas drásticas.

Eles certamente nunca mais seriam três. Mas tocar era como guardar um tesouro, manter aquele elo que os une. Fingir que ainda acreditavam.

Étienne começou a tocar baixo sem contar a ninguém. Ligou o baixo a um amplificador no seu quarto para que Adrien não percebesse. Feito uma criança que abandona um amigo porque encontrou outro, mas se recusa a confessar. Ele não liga mais para o sintetizador. Enquanto Adrien escuta músicas francesas, os "cantores de textos", como diz, ele prefere rock alternativo.

Ele se sente um traidor.

O telefone toca. Adrien e Étienne estão fazendo macarrão na cozinha. Arthur atende.

— Oi, é a Nina. O Étienne está aí?

— Está, sim, vou passar pra ele. O Adrien também está aqui — acrescenta ele.

— Ah, ótimo! Liguei pra ele na casa da sra. Lepic, mas não tinha ninguém... Alô, meninos?

— Oi — diz Étienne.

— Pode me colocar no viva-voz pro Adrien ouvir também?

— Está bem.

Étienne aperta no microfone. A voz de Nina inunda a sala pequena. Ela parece estranha, como se tivesse bebido. Parece empolgadíssima, com a respiração ofegante.

— O que vocês estão fazendo?

— Macarrão.

— Estão bem?

— Sim, tudo bem.

TRÊS

— Estão me ouvindo?

— Estamos — respondem Étienne e Adrien em coro.

*Pronto, eles pensam, ela está vindo. Está deixando La Comelle. Se bobear, está telefonando de uma cabine telefônica na Gare de Lyon.*

Os dois meninos se entreolham com um sorriso de esperança no olhar. Prendem a respiração. Nina é assim, ela não tem freio.

— Estão sentados?

— ...

— Vou casar!

# 50

## 25 de dezembro de 2017

Valentin está insistindo há meia hora:

— Vamos, nós dois. Por favor, pai... Antes de voltar pra Lyon amanhã.

Étienne acaba dizendo:

— Está bem...

— Mas não vamos contar pra mamãe, senão ela vai querer ir com a gente.

— E daí?

— E daí que eu não quero, ela não gosta muito de animais.

— Eu também não gosto muito.

— Pai, você finge.

— Finjo? — pergunta Étienne, chocado.

— Que não gosta.

Étienne encara o filho. Ele sempre vai surpreendê-lo. Tenta imaginá-lo dali a dez, vinte, trinta anos. Desiste. Não tem mais forças para se machucar.

Primeiro, tomar um banho. Étienne deixa o calor da água invadi-lo, uma sensação agradável. Há quanto tempo não sente isso. Depois da briga com Marie-Castille no quarto, ele exagerou, pesou na dose de remédios receitados pela irmã. Os analgésicos o aliviam, o impedem de pensar. Ele fecha os olhos, mergulhado em imagens bonitas. Visualiza seu skate deslizando pelo asfalto, a piscina, o frescor azul no verão, as batatas fritas, as lágrimas nos olhos porque ele encheu o cachorro-quente de mostarda, as gargalhadas a três, o *pain au chocolat*, os filmes de terror, a mão de Nina na sua, suas unhas fincadas na pele dele, as festas, a música, a adega, o sintetizador, o cheiro de frutas podres no jardim de Nina, o tabaco, o álcool, o lago, Clotilde. Ele abre os olhos. Desliga a torneira. Sai do banho. Se olha no espelho, não se vê por causa do vapor. *Melhor assim.*

TRÊS                                                                    245

Cruza com o pai na escada. Os dois mal se olham.

— Sua mãe saiu com Marie-Castille para buscar lenha — resmunga ele.

*Ufa*, pensa Étienne.

Ter que lidar com a esposa naquele instante seria insuportável.

Ele avista o irmão e a cunhada no jardim, brincando com os filhos, Louis e Lola. *Paul-Émile é um desconhecido*, diz Étienne a si mesmo. Quando um irmão tem uma vida a mais que você, é impossível alcançá-lo. Quase dez anos de diferença. Poucas lembranças em comum. Quando Paul-Émile saiu de casa, Étienne tinha oito anos. Ele voltava nas férias, mas ia embora logo depois com os amigos. Conheceu sua futura esposa bem jovem. Só algumas fotos mostram a cumplicidade dos irmãos quando crianças. Étienne sentado no colo do outro. Ele devia ter três anos, e Paul-Émile já era adolescente. Ia para Saint-Raphaël todos os anos, mas estava sempre acompanhado de amigos da sua idade. No fundo, Étienne considerava o irmão um amigo de férias, um sujeito com quem ele jogava vôlei de praia. Uma espécie de modelo, ícone familiar que flertava com a excelência. O primeiro aluno da turma. O orgulho do pai. Mas, mesmo assim, olhava as revistas pornôs esquecidas no seu quarto.

Nesta manhã, Étienne se dá conta de que nunca trocou mais de quatro palavras com a cunhada, Pauline. "Bom dia, tudo bem? E as crianças? E o trabalho?" Ela sempre respondia que sim. "Sim" para tudo. Dava respostas certas, que não pediam outras perguntas. Pauline é muito bonita, discreta, inteligente, amorosa. Era uma pena tê-la deixado passar batido.

Quantas pessoas nós deixamos passar numa vida?

Ele expulsa os pensamentos sombrios e veste o casaco.

Valentin já espera por ele no carro, com fones de ouvido. Quando vê o pai se aproximar, ele tira os fones. Étienne liga o carro e imediatamente Louise sobe no banco de trás. Étienne a encara pelo retrovisor.

— O que você quer?

— Ir com vocês.

— O que é isso? Uma armadilha?

— ...

— Você sabe onde é, pai? — pergunta Valentin.

— Sei, filho. Sei onde é.

No rádio, eles ficam sabendo que já começou a revenda de presentes de Natal na internet. Os infelizes com seus presentes não perdem tempo.

Como todo ano, Étienne não cuidou de nada, foi Marie-Castille que gerenciou tudo. Rêve d'Ossian para Louise, aquele perfume que ela adora e ele detesta. Ele o faz pensar no cheiro da igreja de La Comelle quando Nina acendia uma vela lá dentro. Um drone e uma caixa de som sem fio para Valentin. E, para ele, um fim de semana para dois em Veneza, com tudo incluído. Até o amor, a julgar pelos corações desenhados na caixa.

Marie-Castille é incrível, um fim de semana para duas pessoas. Étienne imagina a expressão da esposa se ele fosse sem ela. "Vou com outra. Tchau, bom fim de semana, até segunda."

*Como eu sou cruel*, ele diz a si mesmo. *Até em pensamento.*

— Em que você está pensando, pai?

— Nada de mais, filhote.

Étienne observa Louise pelo retrovisor. Tem vontade de perturbá-la, como quando eles eram pequenos e ele implicava com ela. É mais forte que ele. Uma coisa de irmãos. Além do mais, vai ser um jeito de se vingar da sua intromissão no quarto naquela manhã. Foi por causa dela que Marie-Castille deu um chilique.

— Você teve uma boa noite? — pergunta ele, num tom irônico.

Louise fica corada.

— Voltou tarde, eu ouvi. Onde estava? — continua ele.

Ele sabe que ela estava com Adrien. Ela não responde. Vira o rosto, olha as calçadas vazias. Muda de assunto:

— Valentin, você tem certeza de que a Nina vai estar no abrigo?

— Tenho. Eu mandei uma mensagem. Você já foi lá, pai?

— Quando a gente era criança, Nina achou um cachorro. Eu e o Adrien levamos ele lá.

— Quem é Adrien?

O sangue de Louise congela.

Étienne dá uma risadinha:

— Responde pro Valentin, Louise. Quem é Adrien?

— Para de me encher — diz ela.

— Quem é? — insiste Valentin.

— Um amigo de infância — responde Étienne. — E um amigão da sua tia.

— Como você é chato — reclama Louise.

— Tia, por que ele está dizendo isso?

— Um dia eu te explico.

TRÊS                                                                    247

— Vai me explicar por que não é casada? Você é tão bonita.

— Obrigada, querido.

Louise está à beira das lágrimas. Ela sonhou tanto em se casar com Adrien. No entanto, sempre recusou o pedido.

Chegam ao local da sua antiga escola. Étienne freia bruscamente.

— Caramba! Eles derrubaram o Vieux-Colombier! — exclama ele.

Ficam ali por alguns segundos, os dois irmãos, lembrando das mochilas pesadas, as alças nos ombros puxando as costas.

Louise observa o terreno baldio. *Exatamente como a minha vida amorosa*, ela pensa. *Uma terra deserta, cheia de amianto. Incapaz de dar vida a um pé de tomate sequer. Ainda bem que eu salvo vidas. No fundo, sirvo para a vida dos outros. Mas não para a do meu irmão. O que vai ser de mim sem ele?* Enxuga as lágrimas discretamente. Étienne a encara pelo retrovisor. Mais uma vez, ele a ouviu pensar. Ela nota o olhar de desespero de Étienne naquele instante, no reflexo do espelho. Ele desistiu. Acabou. Vai se deixar ficar à deriva. Ela vê, no belo olhar azul do irmão, igual ao seu, que ele já partiu. Nada nem ninguém vai detê-lo.

Étienne volta a avançar com o carro, liga a seta e segue as indicações para o abrigo, uma seta vermelha pintada em uma placa instável no cruzamento.

Ele estaciona na frente de um muro, a poucos metros do portão. Avista imediatamente o carro de Nina e mais dois, inclusive um que está dando marcha a ré para sair. Não presta atenção no motorista.

Na primeira vez em que foi até ali, devia ter treze ou catorze anos. A mesma idade que seu filho tem hoje. Nina tinha encontrado um pequeno spaniel bretão. Sem coleira, morrendo de fome. Tinham passado a tarde levando-o de porta em porta, feito vendedores.

— Esse cachorro é de vocês?

— Não.

Às nove da noite, louco de raiva e preocupação, Pierre Beau lhes passou um belo sermão. Quando viu sua neta com o cachorro nos braços, esbravejou:

— Dessa vez, chega! Já temos Paola e quatro gatos! Isso aqui não é a Arca de Noé! Faça-me o favor de levar esse cachorro para a Sociedade de Proteção dos Animais!

— Mas está fechado a essa hora, vô!

— Não quero saber!

Nina virara seus belos olhos tristes para os meninos.

— Eu nunca vou ter coragem de levar ele pra lá.

Étienne pegara o animal nos braços para levá-lo para casa, onde também foi recebido pelos gritos dos pais:

— O que é isso?

— Um cachorro. Achei ele na rua. Vou levar pra Sociedade de Proteção dos Animais amanhã.

— E até amanhã? Vai fazer o quê com ele?

Seus pais tinham exigido que ele deixasse o cão na rua outra vez. O animal acharia o caminho de casa sozinho.

— Até parece, isso aqui não é um desenho animado...

Mas Louise interferira. Duas crianças contra dois adultos era uma disputa mais equilibrada. Ele e a irmã tinham ganhado a batalha, mas não a guerra. Fizeram uma fralda improvisada com uma manta que encontraram no porão e alimentaram o cachorro. Louise dormira no sofá ao lado do cão. Na manhã seguinte, viram que ele tinha cagado na sala toda. Marie-Laure estava à beira de um infarto, e o pai, vermelho de raiva, tinha dito:

— Está vendo só como você é inconsequente?!

— Calma, afinal, é só merda — respondera Étienne.

Ele adorava dar essas respostas ao pai na frente da mãe, porque sabia que o que quer que dissesse, Marie-Laure o defenderia.

Nesse dia, Adrien foi buscá-lo às nove. Eles foram a pé até o abrigo, o cãozinho seguindo atrás, alegremente. Uma senhora os recebeu com rispidez, pegou o animal, resmungando palavras inaudíveis, e desapareceu, fechando o portão na cara deles. O olhar suplicante que o cachorro lhes lançara. Dois traidores. Pudicos, Étienne e Adrien não ousaram chorar na frente um do outro.

Ficaram calados no caminho da volta e cada um foi para a própria casa chorar sozinho.

Louise implorou por muito tempo a seus pais para que fossem buscar o spaniel. Nada os convenceu. Étienne telefonou escondido para o abrigo duas vezes, para saber se o animal fora adotado. Nas duas vezes, desligaram na sua cara.

Por que ele está ali agora? Por que cedeu ao pedido do filho?

Por dois motivos: para agradar a Adrien e para dar um beijo em Nina antes de partir. Uma última vez.

# 51

*Sábado, 1º de julho de 1995*

O cartório da prefeitura está lotado, mas, aos poucos, começa a esvaziar. São essencialmente os membros da família Damamme e seus amigos próximos. Ao lado de Nina, seus convidados se resumem aos Beaulieu, Adrien e Joséphine. Mas eles são tudo de que ela precisa. Ao abraçar as mães de Adrien e Étienne com seus braços frágeis, ela pensa que são suas mães substitutas. Quando o juiz de paz parabenizou os pais dos noivos, ela pensou em Marie-Laure e Joséphine, não em Marion.

Foram elas que a acompanharam até Dijon para escolher o vestido. Parece um vestido de balé, cor de marfim, o corpete de seda e renda emendado numa saia de tule da cintura até o tornozelo, com belos sapatos de fivela, um buquê de rosas pálidas nas mãos e um arco de pérolas finas no cabelo. Nina está deslumbrante. Todos os olhares se voltam para ela, uma luz mais forte que as demais, brilhando. Como parece mais nova do que é, lembra uma menina assistindo ao seu primeiro baile. Emmanuel, tão elegante quanto a jovem esposa com seu terno Dior cinza-claro, tem a imponência de um lorde inglês. Nunca, em toda a história de La Comelle, já se viram dois noivos mais bonitos diante da prefeitura.

Étienne e Adrien, os padrinhos de Nina, acabam de assinar o registro. É como se tivessem assinado a condenação à morte da amiga, fingindo um sorriso, sob o flash do fotógrafo. "Rapazes, olhem pra mim, levantem um pouco a cabeça... Isso, pronto, assim, menos tímidos, mais joviais, por favor."

Na antevéspera, os dois organizaram a despedida de solteira de Nina. Emmanuel não gostou, mas não disse nada. *Depois de amanhã, ela será minha para sempre*, falou a si mesmo.

Ele também saiu para beber com seus antigos amigos de faculdade, que tinham ido até lá especialmente para o casamento. Ele fingiu se divertir, enquanto só pensava em Nina, enlouquecidamente.

Nas duas noites anteriores à união dos dois, Nina dormiu na própria casa e Emmanuel na dele, como manda a tradição. A partir daquela noite, Nina vai morar no Castelo o ano todo. Joséphine vai morar na sua antiga casa.

— Tem certeza de que você quer sair do apartamento, mãe? — perguntara Adrien. — Esse casamento não vai durar.

— Como você é pessimista, meu filho.

— Não, mãe, sou otimista.

— A Nina fica mais tranquila assim. E se eu tiver que sair de lá, eu saio. Posso encontrar outro lugar para alugar. Além do mais, desde que você foi morar em Paris, eu não suporto passar na frente do seu quarto vazio... Tenho a sensação de que você morreu.

— Mãe...

— É verdade. Preciso me mexer, mudar de ares.

Na noite da despedida de solteira de Nina, Étienne e Adrien foram buscá-la às 20h30 na casa dela. Ficaram surpresos ao encontrar Emmanuel lá. Ele tinha "passado rapidinho para dar um beijo na minha futura esposa". Cumprimentaram-se com um aperto de mão vigoroso, embora todos os gestos e olhares demonstrassem uma animosidade recíproca. Depois de fazer algumas perguntas bem-educadas sobre os estudos dos rapazes em Paris, Emmanuel acabou indo embora, lançando, com um tom de voz paternalista: "Comportem-se... não façam a minha mulherzinha fazer muita besteira." Étienne soube manter a calma, mas Adrien teve vontade de arrebentar a cara dele. Como fizera com Py.

Quando Emmanuel saiu pela porta, Nina pareceu quase aliviada. Como se finalmente pudesse se permitir ser adolescente outra vez. Os três começaram a se cumprimentar *do jeito certo*.

Eles não se viam desde o Natal. Sete meses. Uma eternidade. E só dois dias juntos. Quando Étienne e Adrien voltaram para La Comelle, no dia 24 de dezembro, Emmanuel fizera uma surpresa para Nina, levando-a, no dia 26, a uma ilha ensolarada para festejar o novo ano. "Ele fez de propósito", reclamara Adrien. "Sabia que a gente estava vindo." Étienne atenuara as coisas: "É o primeiro Natal dela sem o avô, talvez seja bom ela não ficar aqui."

Eles a abraçaram, um de cada vez, por um longo instante. Adrien desabou, chorou no ombro de Nina. Sussurrou:

— Paris sem você é muito difícil... A vida sem você.

Étienne os olhou sem dizer nada.

TRÊS                                                                    251

Os meninos encontraram a casa de Nina remobiliada e redecorada, os quadros e as janelas reforçadas com isolamento térmico. Mal conseguiram reconhecer o antigo lar de Pierre Beau.

— O Emmanuel realmente comprou a casa pra você? — perguntou Adrien.

— No nome da empresa.

— Quer dizer que não é sua?

— O que é dele é meu.

Houve uma breve troca de olhares entre Adrien e Étienne. Este último disse:

— Não é por nada, não, mas agora a gente tem que ir, é a sua despedida.

— Aonde vocês vão me levar?

Eles cobriram os olhos de Nina com uma venda preta, então a guiaram até o carro e a sentaram no banco do passageiro. Adrien subiu no banco de trás. Dirigiram por cerca de cinco minutos.

Marie-Laure tinha emprestado seu Clio para o filho. Durante os cinco minutos do trajeto, Étienne disse apenas:

— O carro é novinho e o tanque está cheio.

— Estão me levando aonde? Me diz.

— Você acha mesmo que a gente se deu ao trabalho de colocar uma venda nos seus olhos pra te dizer aonde vamos?

Étienne desligou o motor, pegou um objeto no porta-luvas, um barulho metálico.

— Vocês vão me matar e esconder meu corpo, é isso?

— É — respondeu Étienne, os dentes cerrados.

— Estão com raiva de mim?

Étienne e Adrien se entreolharam outra vez. O mesmo olhar de quando Nina dissera: "O que é dele é meu."

— Não — respondeu Adrien. — É de mim mesmo que eu estou com raiva, de não ter te sequestrado à força.

— Estou feliz aqui — falou Nina com uma voz desolada, para tranquilizá-los ou se desculpar.

Eles seguraram as mãos dela, Nina no meio, Étienne à esquerda, Adrien à direita. Caminharam alguns metros. Étienne armou uma escada de metal, Adrien passou na frente, pegou as mãos de Nina e ajudou-a a subir uma grade de ferro. Nina sentiu primeiro a grama sob seus pés, depois o cheiro de cloro.

— Estamos na piscina!

Ela tirou a venda. O dia caía. Àquela hora, a piscina municipal estava deserta, fechada ao público. A água hesitava entre o azul marinho e o roxo. As nuvens de calor ainda estavam refletidas na superfície. Eles tiraram os sapatos. O chão estava frio, o ar, agradável.

— A gente pode entrar aqui a essa hora? — perguntou Nina.

— Não, por isso que é legal — respondeu Étienne, tirando uma garrafa de Malibu e um suco de abacaxi da mochila. — Trouxe sua bebida de menina.

Ele continuou a esvaziar a mochila: pacote de batatas, copos de plástico, uísque, Coca-Cola, *pains au chocolat* (da marca preferida de Nina), bombons e um maiô que ele pegara emprestado de Louise.

— Acho que deve caber em você.

Nina ergueu os braços para o céu e gritou:

— Vocês são os melhores!

— *Shhh*, ninguém pode ouvir a gente…

Em menos de três minutos, eles estavam dentro da piscina grande, mergulhando, tocando o fundo, cronometrando sua velocidade, dando caldos uns nos outros, Nina nas costas dos garotos, os braços em volta do pescoço deles.

Volta e meia, Étienne saía para encher seus copos. Seu pequeno toca-fitas escondido tocava a música preferida dos três, que ele tivera o cuidado de gravar. As que eles mais tinham ouvido nos últimos dez anos. Todas, sem distinção, até as de que ele não gostava. A-ha, "The Sun Always Shines on TV", Cock Robin, "The Promise You Made", Étienne Daho, "Le Grand Sommeil", INXS, "Need You Tonight", Mylène Farmer, "Ainsi soit je", The Christians, "Words", Nirvana, "Smells Like Teen Spirit", Depeche Mode, "I Feel You", The Cure, "Charlotte Sometimes", David Bowie, "Rebel Rebel", Indochine, "Un jour dans notre vie", 2 Unlimited, "Let the Beat Control Your Body"… uma mistura improvável que, no fundo, se parecia com eles.

Nadaram por muito tempo na água escura. De vez em quando, eles se assustavam, Étienne cantarolava a música do filme *Tubarão*, nadando ao redor de Nina, que gritava dentro da água para que ninguém ouvisse. Só saíram uma vez, para subir na prancha de mergulho de cinco metros. Seguraram nas mãos uns dos outros e pularam na noite, sem ver a piscina lá embaixo.

TRÊS 253

Os três voltaram às quatro da manhã para a casa de Nina, completamente bêbados, tremendo de frio, rindo, três idiotas berrando as canções de suas jovens vidas.

— Eu tive a melhor despedida de solteira de todas as solteiras do mundo... Obrigada.

Ela começou a pensar no avô, chorou todas as lágrimas do seu corpo sobre os ombros dos meninos. Tomaram um banho fervente para se aquecer, se deitaram na cama de Nina e começaram a ler revistas em quadrinhos. Os dois rapazes fumaram um baseado. No fim de cada página, Adrien ou Étienne dizia: "Acabei." Então Nina passava para a página seguinte.

Por volta das cinco da manhã, quando começaram a adormecer, Nina perguntou:

— Vocês já me desejaram?

— Cala a boca — respondeu Étienne.

— Podem me dizer tudo, vou me casar.

— Podemos dizer tudo? — indagou Adrien. — Está bem: o tanque está cheio, o carro é novo. Amanhã de manhã vamos te levar pra longe, muito longe. E em setembro você vem morar com a gente em Paris.

— Mas... eu vou me casar.

— Bem, o que o Adrien está tentando dizer é que você ainda pode cancelar.

— E o meu vestido?

— A gente vende o seu vestido.

— Não posso fazer isso com o Emmanuel.

— Foge, Nina, vem com a gente. Vamos cuidar de você — implorou Adrien.

— E a minha casa?

— Minha mãe vai morar lá, pode ficar tranquila.

— Não posso abandonar o Emmanuel, eu amo ele. Ele é maravilhoso.

— A vida é que é maravilhosa. Se ele te ama, vai esperar por você.

— Vocês não entendem... Não podem ficar felizes por mim? Uma vez? Vocês são dois invejosos!

— Invejosos? Minha filha, eu não acredito nem por um segundo na sua vida de castelo! — empolgou-se Étienne. — Quem foi que abandonou a gente? Não era pra morarmos nós três em Paris?

— Você é um babaca que não entende nada!

— Babaca é você!

Adrien interveio:

— Vocês enlouqueceram?

— Ela que está me irritando! — reclamou Étienne.

— Eu não te irritava quando você precisava de mim!

— Quê? Quê? Anda, explica!

— Quem é que ficava fazendo todos os seus deveres de casa enquanto você não fazia porra nenhuma na escola?

— Espera aí, você parecia bem contente aproveitando minha grana!

— Sua grana? Que grana?

— Ficou bem felizinha quando a gente te levou para passar férias na praia!

— Calma! Calma! — pediu Adrien.

— Você pode parar também! — respondeu Nina. — A gente nunca sabe o que você está pensando!

— Ah, é? O que eu estou pensando é que você não deve se casar.

— Por quê? Me dá um bom motivo.

— Você é muito nova.

— O que você não entende, Adrien, é que no dia que o meu avô morreu, eu parei de ser jovem. E quem me deu a mão, quem cuidou de mim, foi o Emmanuel... Quando vocês dois foram pra Paris, a existência dele facilitou a vida de vocês. Não tiveram que lidar com a minha tristeza. Ele, sim.

Eles se calaram, se acalmaram, se olharam. Se arrependeram de ter brigado. Étienne apertou outro baseado. Nina desceu até a cozinha para pegar um resto de uísque e três copos. Ficaram mais de quinze minutos assim, sem dizer nada. O dia começava a nascer. Foi Adrien quem rompeu o silêncio:

— Tenho que contar uma coisa pra vocês.

— Ah, até que enfim — soltou Nina. — Você prefere homens, é isso?

— Não, ele prefere minha irmã — disse Étienne.

Adrien corou.

— Comecei a escrever um romance.

Os outros dois o olharam sem entender.

— É mais fácil de escrever do que de contar — acrescentou Adrien.

— Vai falar de mim no seu livro? — empolgou-se Nina.

— Quando eu falo de mim, necessariamente falo de você.

— E de mim também? — perguntou Étienne, preocupado.

— Por quê? Tem coisas que eu não deveria dizer? — interrogou Adrien.

Os dois garotos se enfrentaram com o olhar.

— Por acaso eu perdi um capítulo dessa história? — quis saber Nina.

Nenhuma resposta.

— Como eu vou me chamar no seu romance? — perguntou ela.

— Como quer se chamar?

— Angélique.

Étienne deu uma gargalhada.

— Como você é cafona!

— E você? — perguntou Adrien a Étienne. — Como você quer se chamar no meu romance?

— Kurt. Como o Kurt Cobain.

— Sim.

— Nina Beau, você aceita Emmanuel Jean-Philippe Damamme como seu legítimo esposo?

— Sim, aceito.

— Estão agora unidos perante Deus. Podem se beijar.

O órgão tocando Johann Sebastian Bach, sinais da cruz, felicitações. Nina lança um olhar para o Cristo branco e pensa no avô, enterrado onze meses antes. Ela tenta não pensar que talvez esteja sendo enterrada agora. Étienne e Adrien plantaram uma semente ruim na sua cabeça. Uma semente que ela quer destruir antes que cresça. O que ela não sabe é que já é tarde demais: quando cortamos a planta, não arrancamos as raízes.

São quatro da tarde, os convidados se reúnem para a foto.

Em seguida, há um coquetel organizado pelos Damamme no jardim da igreja, em homenagem aos recém-casados. Trezentas pessoas pelo menos, quase La Comelle inteira, entre as quais um grande número participará do jantar.

Pessoas que Nina não conhece vão parabenizá-la. Repetem: "Você está tão linda", "Você está deslumbrante", "Você vai despertar muita inveja"... Nina dá a mesma resposta a todos: obrigada.

Os Beaulieu, Adrien e Joséphine estão reunidos. Louise sorri. Parece feliz, não para de admirar Nina. Marie-Laure e Joséphine bebem uma taça de champanhe atrás da outra, papeando alegremente. Marc conversa com Adrien, que parece pensar em outra coisa, como sempre. *Mas no que será que ele está pensando?*, se pergunta Nina. *Adrien e Louise. Eu não vi nada. A gente acha que sabe tudo sobre os amigos, e, no fim das contas, não sabe de nada.*

— Como vai a sra. Damamme? — pergunta Emmanuel para Nina, beijando seu pescoço.

— Ela está feliz… E como vai o meu marido?

— Louco de alegria. Te amo.

— Eu te amo.

*É surreal*, pensa Nina. Ela vai se sentar um pouco afastada, na sombra. Acabam de lhe servir uma taça de champanhe. *Estou no meu casamento*, diz a si mesma. *Hoje é o dia do meu casamento.* Ela varre os convidados com o olhar mais uma vez. Muitos amigos de Emmanuel. Pessoas da idade dele, de quase trinta anos. As mulheres são bonitas, altas, esbeltas. Duas estão grávidas, outras se debruçam sobre cabecinhas louras, de bebês e crianças pequenas. Os carrinhos de bebê e as cadeiras para os velhos estão lado a lado. Vez ou outra, as amigas de Emmanuel olham para Nina com gentileza, oferecendo-lhe sorrisos cúmplices. Nina tirou a sorte grande. Emmanuel Damamme abalou muitos corações, e foi aquela menina que o capturou na sua rede. Aquilo provoca admiração. Muitos de seus amigos ficaram surpresos quando Emmanuel anunciou o casamento com Nina. Tudo tinha acontecido tão rápido. Eles nunca tinham visto seu amigo apaixonado. O mais bonito do grupo emendava aventuras sem nunca permanecer nelas por muito tempo.

De repente, Nina sente um mal-estar. Aquilo se espalha aos poucos dentro dela, alguma coisa a perturba, faz seu estômago se comprimir. Alguma coisa ou alguém. Seu rosto em meio a todos os desconhecidos. Nina aperta a taça entre os dedos. Ela o identifica e dá um zoom no seu rosto, como se fosse uma câmera fotográfica. O que estava turvo fica nítido. Ela o reconhece. Ele está ali, diante do bufê, se enchendo de salame. Veste um terno mal cortado, conversa com a mulher como se não fosse nada de mais. Quem o convidou? Quem ousou? Como seus sogros puderam ser insensíveis àquele ponto? Nina se levanta cambaleando, suas pernas a carregam com dificuldade, ela procura Emmanuel na multidão, como se estivesse pronta para fugir.

"O carro é novo, o tanque está cheio." As palavras dos meninos agora ecoam de um jeito diferente.

TRÊS
257

Alguém segura seu braço, apertando-o quase que forte demais. É Emmanuel.

— Tudo bem, meu amor?

— Não... — responde Nina. — *Ele* está aqui.

— Quem?

— O homem que matou meu avô.

Por um instante, Emmanuel parece não entender do que a esposa está falando.

— Ah... — responde ele, enfim. — Eu o convidei para o coquetel. Os funcionários ficam tão felizes de participar da nossa festa.

— *Você* convidou ele?

— Sim... Desculpa, eu deveria ter falado com você.

— Mas... ele matou meu avô!

— Meu amor, foi um acidente... O pobre sr. Blondin não teve culpa... Vamos lá, sorria... Você não pode ficar de cara feia hoje.

Nina não consegue dizer mais uma palavra. "O pobre sr. Blondin"...

— Vai falar com os seus dois padrinhos — sussurra Emmanuel ao seu ouvido. — Eles parecem entediados.

Nina o olha de repente, procurando algo no belo olhar do seu marido, algo que ela não encontra. Não vê. A sombra na pintura.

— Você convidou o criminoso porque o Étienne e o Adrien são meus padrinhos?

Emmanuel fecha a cara. Ergue os olhos para o céu.

— Do que você está falando?

— Você era contra. Não queria que fossem eles. Admite que não gosta deles, que tem ciúme da nossa amizade.

— Você bebeu demais. Se comporte, por favor.

Depois do acidente que provocou a morte de Pierre Beau, Blondin se aposentou antes do tempo. Os policiais não conseguiram determinar quem fora responsável pelo acidente, Pierre Beau ou o motorista do caminhão. Este último, chegando pela esquerda, era obrigado a ceder a passagem para a bicicleta à sua direita, mas ele garantia que Pierre Beau havia chegado pela rua Jean-Jaurès, situada à esquerda da praça. No entanto, Nina sempre teve certeza de que o avô vinha pela rua Saint-Pierre, à direita do motorista. Como o caminhão havia arrastado o corpo do pobre carteiro por vários metros, os policiais e os especialistas do seguro não conseguiram provar nada. E nenhuma testemunha havia presenciado o acidente.

Algumas semanas depois, Nina foi interrogar os moradores das duas ruas para saber se tinham recebido seu correio naquele dia. Todos responderam que sim. Por qual das duas ruas Pierre Beau teria começado sua distribuição? Ninguém saberia, nunca. Mas Nina ainda tinha raiva de Blondin, que ela considerava um criminoso. Ela tentou interrogá-lo, o seguiu na rua uma vez. Ele acelerou o passo. Então Nina foi até sua casa. Foi a esposa dele quem abriu a porta. Segundo ela, seu marido não estava lá. Nina tinha certeza de que ele estava escondido lá dentro. Ela não insistiu. Para quê? Aquilo não traria seu avô de volta. Além do mais, se ela provasse que o responsável era o motorista, aquilo cairia nas costas dos Damamme, que agora era sua família.

Algumas horas depois, os noivos inauguram o baile, valsando. Foi a mãe de Emmanuel que mostrou os passos para Nina. Com muito humor, Gertrude Damamme explicou à nora que detestava aquele nome de avestruz, e preferia que a chamassem de Gê. Mas não de Gegê, de jeito nenhum. Elas ensaiaram na espaçosa sala de jantar, Gê descalça e Nina de tênis. "Um dois três quatro, um dois três quatro, um dois três quatro." Foi assim que Nina conheceu de verdade sua sogra: pisando nos seus pés. As duas se viram presas entre quatro paredes, em um clima alegre e musical.

Quase não existe intimidade no Castelo. Aos domingos, são pelo menos dez pessoas à mesa, cercadas de serviçais. Nina descobriu uma mulher engraçada e bondosa, o contrário do que ela parecia ser à primeira vista — reservada, quase fria. Gê lhe fez perguntas sobre sua infância, seu avô. Não para saber, mas para entender. Não foram perguntas intrusivas, apenas interessadas. Nina não contou sobre o episódio de Marion, que fora roubar o que ela dizia que lhe pertencia na noite do enterro. Ela só disse a Gê que não conhecia a mãe, que nunca a tinha visto. Não tinha nenhuma lembrança dela, e que o avô a tinha criado com amor.

Quando Nina se dirige aos sogros, ela mede as palavras, pensa bem no que vai dizer. Não deixa nenhum espaço para a espontaneidade. Aquelas pessoas não fazem parte do seu mundo. Fizeram faculdades de renome e nasceram "em berço de ouro" — uma expressão estranha que seu avô usava às vezes. Nina tem medo de Henri-Georges, o pai de Emmanuel. Ela se encolhe quando cruza com ele. Ele tenta ser o mais caloroso possível, mas não é exatamente uma pessoa brincalhona, e seu olhar é tão altivo que Nina tem a impressão de ter que erguer a cabeça para o céu quando ele lhe dirige a palavra. Os dois trocam banalidades e cumprimentos, nada mais.

Naquela manhã, enquanto Nina colocava seu vestido de noiva sob os olhares maravilhados de Marie-Laure e Joséphine, que não paravam de dizer: "Como você está bonita, como você está bonita!", Gê entrou também. Ela exclamou: "Meu Deus, como é linda a minha nora!" Enquanto Marie-Laure preparava café, Gê abriu sua bolsa chique. "A tradição diz que a noiva tenha um objeto azul, um objeto novo, um objeto velho e um objeto emprestado no dia do seu casamento." E deu para Nina uma safira, uma pulseira de ouro branco ainda na caixa e um magnífico anel antigo cravejado de diamantes. Então, tirou seu próprio anel de noivado e o emprestou para Nina.

Nina observou as três mulheres que a cercavam, que cuidavam dela. Por que sua própria mãe nunca quisera saber dela?

O local da festa fica a cerca de sete quilômetros de La Comelle, em uma propriedade com capacidade para receber uma centena de convidados, com cozinhas, um grande salão, jardins, pista de dança e prédios adjacentes com vários apartamentos e dormitórios para quem optar por passar a noite ali. O cenário é suntuoso, as flores, onipresentes. É como se roseiras brancas tivessem invadido as paredes e os tetos há séculos. Tudo está iluminado à luz de velas. Uma decoração de conto de fadas.

Foram os pais de Emmanuel que cuidaram de tudo. Gê pediu aos noivos que escolhessem o cardápio e a música. O baile seria clássico num primeiro momento, com orquestra e violinos. A partir de meia-noite, um DJ iria tocar, e tequila seria servida.

Os recém-casados rodopiam, se olham, sob o brilho dos flashes. Nina está embriagada. Só Étienne e Adrien percebem o que os outros nunca perceberão. Que o que brilha no seu olhar não é alegria, mas champanhe. Alguns casais se juntam a eles. Dançam por cerca de vinte minutos, depois cada um volta para sua mesa. O baile está perfeito e os sorrisos muito presentes, a não ser no rosto de Adrien. Étienne se encontra no mesmo estado que Nina. Bebeu a tarde inteira. Agora ele bebe um pouco de água para ficar mais lúcido: é ele quem vai ler o discurso que preparou com Adrien para o casal. Foi Adrien quem escreveu a maior parte. Mas como ele se recusa a falar em público, fez um pacto com Étienne: "Eu escrevo, você lê."

O tilintar de um talher de prata contra um copo de cristal. Silêncio. Nervoso, Étienne se levanta, pigarreia e tem uma vontade repentina de rir, que ele reprime. *Não é a hora.*

*Como é bonito esse filho da mãe*, pensa Nina, bebendo um gole de champanhe.

Enquanto um é tímido, o outro é igualmente reservado, mas preferiria morrer a demonstrá-lo. A emoção toma conta dela antes mesmo de Étienne abrir a boca. Emmanuel leva a mão ao seu joelho. Ela sente a pressão dos dedos na pele, como se ele estivesse tentando controlar suas sensações.

— Querida Nina, eu e Adrien escrevemos este discurso em sua homenagem... mesmo que você suspeite que quem fez o trabalho todo foi ele... Eu só olhei... Como quando a gente fazia os deveres de casa e estudava juntos. Dos dois meninos, eu sou o menos estudioso... E de nós três, com certeza sou eu. Mas estou divagando...

Étienne busca o olhar de seu pai, desafiador, então desdobra uma folha que tirou do bolso.

— Cara Nina, nós não temos nenhuma lembrança antes de você. No entanto, nos conhecemos aos dez anos. Mas, antes de você, as lembranças não existem. Você é o começo. Nina, você é a boa aluna, a amiga, a artista, o riso, a irmã, nossa luz. E não a luz de uma lanterna de bolso, não, você é o astro, o asteroide, a única, o rio, nosso hífen. Três. Foi assim que crescemos. A expressão é: "Eles são colados como os cinco dedos da mão." Até hoje, nossa mão só tinha três dedos. Mas isso não nos impediu de crescer juntos. Eu à esquerda, você no meio, Adrien à direita. Nós crescemos nos mesmos cômodos, adegas, calçadas, escolas. Crescemos nos mesmos sonhos. Você sabe o que é o cumprimento de três dedos? O polegar, o indicador, o médio. É um gesto que representa o sermão de fidelidade. Nós seremos sempre fiéis a você, para todo o sempre. Você, por definição, é o dedo médio, mesmo se foi no anelar que o seu belo marido colocou hoje uma aliança que representa o amor e a união de vocês. Mas, voltando a você, Nina, artista, antes de mais nada. Viva e cheia de vida. Desenhista brilhante em tempo integral e cantora nas horas vagas. Horas que nós te devolvemos. Nossas músicas vão se juntar às lembranças, às da nossa infância e adolescência, você tem uma vida para construir. Sem a sua voz, nossas composições vão se decompor. Mas não importa. Nosso público não vai sentir a nossa falta, já que ele não existe. As feiras de fim

TRÊS                                                                    261

de ano e as festas ficarão melhores. Hoje, nós te perdemos um pouco, mas sem dúvida será pela sua felicidade. Você nunca fez nada como os outros. Sempre esteve uma época à nossa frente. Você é a menina e nós somos os meninos, simplesmente. Um menino é tão pequeno perto de uma menina. Parece sempre que ele tem uma vida a menos. O poeta não disse que a mulher é o futuro do homem? Querida Nina, antes, você tinha duas famílias, as nossas. A partir de hoje, você entra para uma terceira. Esse número que sempre volta, como a Santíssima Trindade. O Pai, o Filho, o Espírito Santo. O ritornelo da sua existência. Você vai inaugurar uma nova família com Emmanuel. Hoje, sua felicidade pertence a ele, pertence a vocês. Emmanuel, hoje, nós confiamos nossa irmã a você. Há certas coisas sobre ela que você ainda desconhece, que vai descobrir ao longo dos anos, como o seu bom humor. É algo natural para ela, sorrir. Fizemos uma lista não exaustiva, porque as listas mudam, dividida em três pontos: o que Nina gosta, o que Nina não gosta e, finalmente, o que nós não gostamos em Nina. Nina gosta de *pain au chocolat* e de café preto, de cães, gatos, porcos, bezerros e vacas livres, nunca no prato à sua frente. Ela pode chorar diante de um *boeuf bourguignon*, Emmanuel, não diga que não foi avisado… E ela já nos encheu de vergonha muitas vezes diante de um salame. Ela também gosta de cheiro de baunilha, na pele e nos pratos, de piña colada e de Malibu, de sal na batata frita, de mostarda, de tomate, de vasculhar gavetas, de dançar, nadar, de *Columbo*, de tênis feios, de torta de maçã, de sobremesas cremosas, de molho de pimenta, de batata, de queijo, de torrada com geleia, de cereja. Ela não gosta do amargo da toranja, de fazer fila, de pessoas que têm um aperto de mão mole, de gelo e de sobremesas quentes. Nunca lhe dê um casaco de pele, a menos que você queira se livrar… não do casaco, mas da sua esposa. O que nós não gostamos em Nina: ela nos desenha o dia inteiro, até depois de acordar, até quando estamos dormindo, quando estamos com espinhas e com olheiras, ela nos faz posar durante horas, é péssima em videogame e no tênis, mas faz *questão* de jogar, um pesadelo. E faz perguntas estranhas também, o tempo todo. Tipo: "Por que as bananas são amarelas?", "De onde vem a saliva?", "Por que ele não olhou pra mim?", "Por que as lágrimas são salgadas?", "Por que certas pessoas são silenciosas?", "Por que as pessoas geralmente não estão nem aí?", "Por que a gente diz 'colher de chá'? Por que 'chá'?", "No que pensam as minhocas?"… Emmanuel, a gente avisou. Sempre dissemos que ela não tem nenhum senso de direção, que ela se perde à toa. Não é verdade. E temos a prova irrefutável disso hoje, já que ela encontrou você. Desejamos a vocês toda a felicidade do mundo, do mundo de vocês. O resto se resolve sozinho.

Étienne se senta, todos aplaudem, Nina se levanta para abraçar os dois garotos. Sem graça, Étienne diz:

— Eu não fiz nada, não fui eu, não escrevi.

E Adrien sussurra no ouvido dela:

— Pra você a gente sempre vai ter um carro novo com o tanque cheio.

# 52

*25 de dezembro de 2017*

Meu sangue congelou. Reconheci seu 4x4 com a placa de final 69. Ele não me viu quando passei por ele. Nem um olhar. Percebi que era Louise no banco de trás, seu cabelo louro. Ela também não me viu. Como sabiam que eu estava ali? Qual era a probabilidade de a gente se encontrar na frente do abrigo no dia de Natal? Desacelerei enquanto eles desciam do carro.

Observei-os pelo retrovisor. Passei um tempo despindo-os com o olhar. Minhas mãos tremiam, agarradas ao volante como se o meu corpo estivesse suspenso no ar.

Eu tinha acabado de dizer a Nina que queria uma irmã para Nicola. "Vem buscar ela daqui a três semanas." Ela olhou no calendário. "Dia 19 de janeiro. Vai ser uma terça-feira. Terça-feira é um bom dia pra adotar." Não sei por que ela disse isso. Tentei rememorar todas as terças-feiras da nossa infância, mas não me veio nada.

Tive vontade de sair do carro, de segui-los para dentro do refúgio, de ouvir. De escutar suas vozes.

Étienne usava um casaco pesado e um gorro na cabeça. Seu andar não tinha mudado. Avistei seu nariz e sua boca, mas não vi seus olhos, ele baixava a cabeça. E o adolescente ao seu lado, seu filho, uma cópia. Então Louise também surgiu. Parecia cansada.

Eu estava parada, incapaz de ir embora, de desligar o motor e sair do carro. De repente, imaginei que Étienne ia pegar a irmã adotiva de Nicola. Que Nina ia se vingar assim, dando o meu gato do dia 19 de janeiro. Que eles estavam vindo buscar a ninhada de três gatinhos para não separá-los. E comecei a chorar. Não sei quanto tempo fiquei assim, soluçando ao volante.

Ergui a cabeça e os vi novamente pelo retrovisor, com a senhora que tinha me recebido e me levado até os gatos. Ela segurava uma coleira com um cachorro, cercada por Nina, Étienne, seu filho e Louise. Eles olharam na minha direção. Nina disse algo. Étienne virou a cabeça e aquele momento em que ele olhou fixamente para o meu carro durou muito tempo. Ele hesitou, então se aproximou, sozinho. Eu não me mexi. Impossível ir embora. Esperei. Meu coração batia tão forte que parecia prestes a explodir.

Quando ele me alcançou, bateu na janela. Disse:

— Polícia! Documentos, por favor.

Na superfície dos seus olhos, eu vi nossa infância surgir feito uma pele morta. No seu olhar, uma mistura de riso e desespero. Dezessete anos sem se ver. Catorze anos sem se falar.

Na última vez, quase nos batemos. Nunca detestei alguém mais do que ele.

Ele estava ali, naquela manhã glacial, debruçado na minha direção.

Abri a janela. O frio entrou. Eu o olhei demoradamente, ele também. Acho que medimos as nossas rugas, as de preocupação e as de pé de galinha, nossas pálpebras caídas, nossos sulcos no canto dos lábios, quem havíamos beijado? Quantas vezes?

— Por que você está chorando? — perguntou ele.

— Porque você vai pegar meu gato.

# 53

*Maio de 1996*

Faz dez meses que eles estão casados.

São sete da manhã quando Emmanuel dá um beijo no pescoço dela antes de sair. Ela geme de prazer e mergulha novamente no sono. A cada manhã, ela abre os olhos uma primeira vez por volta das dez, adormece de novo, os reabre lá pelas 10h15, 10h20, 10h30. Sem ânimo. Volta aos seus sonhos. Acaba se levantando lá pelas 11h15, quer estar com uma boa aparência quando Emmanuel voltar para o almoço, como se ela tivesse se levantado às oito. Toma um banho ouvindo rádio. Gosta da voz dos radialistas.

Quando chega na cozinha, Nathalie, a governanta, já está lá. Os funcionários invisíveis apareceram, para o grande desespero de Nina. Ela preferiria cozinhar e limpar a casa por conta própria, mas nem ousou propor isso ao marido, que teria contestado imediatamente. Nina não gosta daquela mulher, mas, como ela trabalha para os Damamme há uma eternidade, acha melhor não dizer nada.

Nathalie prepara todas as refeições. Emmanuel volta para casa por volta de uma da tarde para passar um tempo com Nina. Diz que assim os dias passam mais rápido. Exceto quando tem reuniões de negócios ou está viajando. Desde setembro do ano anterior, aquela é a sua rotina.

Dois dias depois do casamento, Emmanuel pediu que Nina apresentasse sua demissão.

— Você não pode mais trabalhar como secretária do diretor financeiro agora que é minha mulher.

— Eu gosto do que faço... É divertido. E o sr. Le Camus é um amor.

— Eu sei. Mas você tem que achar outras atividades. Nina, ano que vem eu vou virar diretor. Não é adequado a mulher do chefe trabalhar de secretária no escritório. Você não precisa mais ganhar dinheiro.

— Mas o que você quer que eu faça durante o dia?

— Quero que você cuide do seu marido, se arrume bem e gaste nosso dinheiro... Não quero que você se preocupe mais. Faça o que você gosta, Nina. Eu te amo. Estou aqui para te mimar. Pra deixar a sua vida mais bonita. Maior. Seja leve.

Nina roeu a unha do polegar, pensando.

— Então vou voltar a estudar.

— Pra quê?

— Pra aprender. Posso fazer isso por correspondência.

— Se tem vontade... Seu desejo é uma ordem, meu amor.

Ela se inscreveu no Greta, um curso de formação de adultos a distância, e comprou um computador. Aguentou até o inverno. Três meses. Estudar de casa, se sentir motivada, entregar trabalhos regularmente, entender os tutoriais em disquetes: não teve forças para tudo isso. Então enrola na cama, se maquia, troca o vestido e a cor do cabelo, almoça com o marido, assiste televisão, escuta música, lê, faz compras. Às vezes, vai até sua antiga casa para tomar um café com Joséphine e ver os bichos. Paola morreu de velhice enquanto dormia. Nina a cremou e jogou suas cinzas no túmulo do avô. *Vocês vão poder fazer a sesta juntos, como antes.*

Restam apenas os dois gatos velhos que não saem de casa e dormem na cama o dia inteiro. Nina poderia tê-los levado para a propriedade, mas Emmanuel é alérgico a pelos de animais. Ele prometeu a Nina que faria a dessensibilização, mas que não garantia nada. "Às vezes funciona, às vezes, não."

No domingo, eles se juntam ao resto da família Damamme na grande sala de jantar, a mesma em que Nina aprendeu a valsar com Gê. Almoçam e conversam sobre política, negócios e acontecimentos recentes. Nina escuta, mas raramente fala alguma coisa. Só teve uma ocasião em que se manifestou, quando o assunto da conversa passou para os últimos testes nucleares na Polinésia Francesa. Animada depois de beber um Bourgogne de 1989 selecionado pelo sogro, ela se pronunciou, escandalizada pela decisão de Chirac. Surpresa, a família lhe lançou um sorriso amarelo, sem entender de fato aquela veemência. Os polinésios e a barreira de corais são um assunto muito distante de Borgonha.

Ao voltar daqueles almoços dominicais, sempre um pouco embriagada, Nina telefona para Adrien e Étienne. É o ritual das tardes de domingo. Enquanto Emmanuel tira um cochilo, ela conversa com eles, os escuta, faz perguntas. Contam sobre suas vidas, a deles em Paris, com a cara enfiada nos livros, estudando para os concursos, a dela, ociosa e feliz.

— Você não está entediada? — pergunta sempre Adrien.
— Não, estou aproveitando.
— Aproveitando o quê?
— A vida.

Ela diz que vai vê-los em breve, junto com Emmanuel, assim que a agenda dele permitir. Eles conversam sobre o verão seguinte. Ela diz que eles precisam ir até a casa dela, a piscina é incrível, vão fazer churrascos e jantares com os pés na grama. Adrien e Étienne também prometem que vão visitar.

Ela não desenha mais. Como se sua arte pertencesse à vida de antes, a que tinha com o avô. Certa manhã, ela fez um rascunho de Emmanuel dormindo. Ele riu ao se ver no papel Canson, zombou dela um pouco, não achou parecido.

— Meu amor, acho que você não é nenhum Renoir.

Na hora, Nina ficou profundamente magoada. Depois, disse a si mesma que o amor era aquilo, aquela sinceridade, dizer a verdade a quem a gente ama. Que ela tinha sido enganada quando era jovem, iludida sobre o seu talento. Ela olhou o rascunho que havia feito de Emmanuel e entendeu que seu trabalho era medíocre. Desde então, suas caixas de desenhos, seus lápis e seus papéis brancos dormem no fundo de um armário.

Emmanuel retorna por volta das sete da noite, eles bebem, jantam tarde, fazem amor. Emmanuel diz que nunca foi tão feliz, que ela está lhe dando a vida com que ele sempre sonhou. Quando ele finalmente adormece, ela liga a televisão e assiste a programas até as duas da manhã. *Sopa de cultura, Como uma segunda-feira, Isso se debate*. Ela ouve, fascinada, as pessoas que vão contar suas histórias a Jean-Luc Delarue, às vezes disfarçadas, com perucas e óculos escuros.

Ao assinar sua certidão de casamento, Nina assinou um contrato de férias para a eternidade.

— Sr. Bobin?
— Sim.
— O sr. Désérable está aguardando.

Com a boca seca e um aperto na garganta, Adrien entra em uma sala repleta de livros arrumados em estantes de cerejeira. Ele enviou seu original a várias editoras. Todas responderam que o romance dele não correspondia às suas linhas editoriais. Todas menos uma, uma instituição famosa, com autores prestigiosos.

Certa noite, Thérèse Lepic disse a Adrien que alguém telefonara para ele.

— Um tal Fabien Désérable da editora... da editora... esqueci.

— O que ele disse, Thérèse? O que ele disse exatamente?

— Nada de mais, pediu pra você retornar a ligação.

Adrien entendeu de imediato que aquilo era um bom sinal. Aquelas pessoas não telefonavam, enviavam uma carta padrão quando não estavam interessadas. A não ser que fosse para insultá-lo ou se revoltar ao vivo por conta da natureza do seu texto.

Eram oito da noite quando, febril, Adrien discou o número. Secretária eletrônica. Ele não dormiu naquela noite. Ficou olhando para o teto, projetando imagens mentais, umas mais loucas do que as outras. Na manhã seguinte, ele pegou o trem e o metrô, como sempre, para ir à faculdade. Ao meio-dia, saiu atrás de uma cabine telefônica e discou o número que Thérèse havia rabiscado num pedaço de papel. Uma mulher marcou um horário com ele sem dizer mais nada. Adrien não ousou fazer perguntas. E agora estava ali, diante de um homem pequeno de cerca de quarenta anos, com um olhar malicioso, caloroso, a voz grave, sem um fio de cabelo na cabeça. Aperto de mão firme.

— Sente-se. Chá? Café? Água?

— Não, obrigado.

— Você tem algum parentesco com Christian Bobin?

Adrien pensa. Não sabe quem é Christian Bobin. O nome do seu pai é Sylvain. Será que tinha um tio ou primo chamado Christian? Afinal, ele não sabia nada a respeito da família do pai.

— Acho que não... — respondeu ele, acanhado.

Fabien Désérable o encara. Adrien não está à vontade.

— Vou direto ao assunto. Seu original é muito bom, muito, muito bom, até. Profundo, fascinante, forte. Eu nunca li nada tão... original. Peço desculpas se minhas palavras parecem inadequadas... Não quero de forma alguma ser indelicado.

— ...

— Você seduziu nosso comitê de leitura quase que unanimemente. Só uma ou duas pessoas tiveram algumas reservas... Mas acho que é por causa da particularidade da obra. O texto pode parecer desconcertante. Você mandou para outras editoras? Teve outros retornos? Propostas?

— Não.

— Agradeço a sua sinceridade. Gostaria de assinar com a nossa editora?

Adrien solta um "sim" quase inaudível. Como se hesitasse, enquanto seu coração grita com entusiasmo.

— O título, *Branco de Espanha*, é excelente.

— ...

— O que você faz da vida?

— Estou estudando literatura.

— Quantos anos você tem?

— Vinte.

— Já tinha escrito antes?

— Não. Quer dizer, algumas músicas, assim, nada importante.

— Não vou esconder que fiquei impressionado com a natureza do seu texto.

— ...

— Já está trabalhando em outra coisa? Preparando outro romance?

— Não.

— Então é bom começar a pensar nisso.

— ...

— Tenho uma pergunta que você não é obrigado a responder: o livro é autobiográfico ou fictício?

Adrien demora um pouco a responder.

— Acho que em todo romance há algumas verdades, raízes que se nutrem de realidade, e em toda autobiografia há muitas mentiras.

Sorrindo, Fabien Désérable o encara novamente.

— Você é muito bom... Vou mandar prepararem o seu contrato. Assim que estivermos prontos, entraremos em contato... Haverá algumas correções, muito poucas, alguns cortes. Vamos fazer isso juntos, e só se você estiver de acordo. Vou ser seu editor, vamos trabalhar juntos, eu e você. Bem-vindo.

Fabien Désérable se levanta e estende a mão para ele.

Cinco minutos depois, Adrien está na rua, perdido. Mal consegue entender o que aconteceu. Seu texto vai ser como uma bomba ao seu redor. Suas palavras certamente mudarão sua vida. Seu romance vai ser editado, publicado! Tudo aconteceu tão rápido. Ele não anda, voa, levado por um orgulho sinuoso. As palavras que ele jogou no papel estão impregnadas de dores profundas, e aquelas pessoas gostaram delas, ou as entenderam. Ele está entrando no brilho do holofote, e pela porta principal. É como sonhar acordado. Tem que ligar para Nina e para sua mãe. Tem que anunciar a grande novidade.

Adrien para de repente na calçada. Claro que não. Não vai dizer nada. Só para Louise. Não vai ter nem champanhe, nem rufar de tambores em torno daquele acontecimento.

Adrien esqueceu de avisar a Fabien Désérable que deseja permanecer anônimo. Que seu nome não deve aparecer na capa.

Louise desliga. Adrien acaba de lhe dizer que vai ser publicado. Ela respondeu: "É maravilhoso, mas não me surpreende nada." Ela é a única a saber. Leu o original antes que Adrien enviasse a várias editoras. Prometeu guardar segredo. Antes de desligar, ela sussurrou:

— Te amo.
— Eu também.

Ela mora em Lyon, onde está cursando o primeiro ano de medicina. Está entediada sem os Três. Sente falta do idiota do seu irmão. Nina ficou em La Comelle e Adrien vai brilhar em outro lugar, ela tem certeza.

Toda vez que Louise vai a La Comelle, diz a si mesma que deveria fazer uma visita a Nina. No domingo à noite, logo antes de ir embora, ela pensa: *Droga, esqueci dela.*

Étienne sai do auditório da universidade. Daqui a um ano, ele e Arthur, com quem divide seu apartamento, vão prestar o concurso para entrar na academia de polícia.

Étienne estava praticamente riscando os dias no calendário. Está doido para entrar na academia, para fazer o que lhe interessa, para existir de verdade. O pior de tudo, a punição, é a faculdade de direito. Perto daquilo, até o inferno devia ser tranquilo. Direito civil, direito privado, direito constitucional... um pesadelo. Mas ele aguenta firme, entrar para a polícia virou sua obsessão. Se passar no concurso, que é intenso, vai entrar na escola dos oficiais de Cannes-Écluse, e, caso se saia bem, em um ano e meio vai ser tenente. Dezoito meses de formação, entre os quais seis de estágio em delegacias, onde vai participar de buscas, prisões, perseguições.

Dependendo das disponibilidades, sua colocação permitirá que ele escolha seu posto. Vai ter que se esforçar, quer ficar entre os melhores da turma de 1996. Ele contratou uma professora assistente da Sorbonne, que vê três vezes por semana. No início, era tão ruim que tinha vontade de chorar. Lembrava do que Nina dizia: "Tenta entender o que você está copiando, porque um dia eu não vou mais estar aqui."

Nina não está mais ali. Ela não morreu, mas é como se tivesse.

Terminando a formação, Étienne vai pedir um posto em Lyon como primeira opção. Ele não se interessa por Paris. Paris era um sonho para fazer música, o sonho de antes. Lyon é um bom meio-termo, o mar não muito longe, a montanha ali perto, Louise.

Ele sabe que já se enquadra em todas as condições de aptidão física, e que é excelente no tiro. Não fuma mais. E, nas raras noitadas em que um baseado circula, ele vai até a janela ou para o cômodo ao lado.

Leva suas roupas esportivas na mochila. Três vezes por semana, pega a linha nove do metrô para ir correr, dar a volta nos dois lagos do Bois de Boulogne, escutando Sonic Youth nos fones de ouvido.

Ele nunca passa muito perto da água, e se por azar tem que fazer um desvio e passar na beira, fica angustiado. Aquela água silenciosa que reflete invariavelmente o céu, aquele espelho que na sua imaginação vira um olho que o observa, o leva de volta ao lago da floresta. Àquela noite em que ele esperou Clotilde. Em breve vai fazer dois anos que ela desapareceu. Parece que os pais dela querem participar do programa *Perdidos de Vista*. Étienne se lembra da própria mãe assistindo àquilo quando ele ainda morava em La Comelle. Na época, revirava os olhos quando ouvia a música dramática usada para intensificar as emoções. O conceito do programa era chamar testemunhas de um desaparecimento preocupante ou de um homicídio não resolvido. Um voyeurismo que costumava perturbar Étienne. E, sobretudo, colocava a polícia numa situação delicada: "Vocês não são capazes de resolver um caso? Então vamos pedir a ajuda da imprensa."

Será que ele teria que dar seu testemunho? Não poderia escapar, se pedissem. Senão, pareceria suspeito. Correr esvazia sua mente. E o mantém ocupado.

Hoje, ele vai dar a volta nos dois lagos. Pegar os caminhos que atravessam o bosque. Desde que passou a imaginar os pais de Clotilde pedindo ajuda diante das câmeras, ele evita encarar a água e ver um olhar com que ele não quer cruzar. Desde que sua mãe lhe informou "Titi, os pais de Clotilde se inscreveram no programa do Pradel, estão estudando o caso", os lagos do Bois de Boulogne são como um rosto, uma máscara assustadora.

Ele assistiu ao último episódio junto com Adrien. Não teve coragem de fazer aquilo sozinho. Era uma noite de segunda-feira. Geralmente, eles se encontram aos sábados ou domingos, nunca em dias de semana. Mas Étienne disse que era importante. Pediu pizza, que os dois comeram lado a lado, com os sintetizadores atrás, desligados vinte e quatro horas por dia, servindo atualmente como porta-casacos e porta-objetos. Como dois corpos adorados, venerados durante anos, e agora esquecidos.

— Por que você quer que a gente veja isso? — perguntou Adrien, surpreso.

— Porque os jornalistas com certeza vão querer me ligar. Minha mãe disse que os pais da Clotilde decidiram aparecer no programa.

— Está falando sério?

— Eu não brincaria com isso.

— O que você vai dizer?

— O que você quer que eu diga? Eu esperei e ela nunca apareceu.

# 54

## 25 de dezembro de 2017

Étienne pega sua xícara de café com as duas mãos, bebe um gole, faz uma careta.

— Feliz Natal — diz finalmente.

Parece cansado. Tirou o gorro, mas ainda está de casaco. Não consigo acreditar que estou no mesmo cômodo que ele. Às vezes, passamos tanto tempo imaginando ou temendo certas coisas que, quando elas acontecem, nós só ficamos de fora, observando.

Nina não tira os olhos de Étienne. Naquela sala minúscula, ele parece um gigante. Acende um cigarro sem pedir permissão. Ela não diz nada. Procura palavras como procuramos um caminho quando estamos perdidos.

Louise e Valentin foram com Simone ver a ninhada de gatinhos na maternidade. Louise levou os dois para nos deixar a sós.

Ela já estava pálida quando chegou, mas quando me viu sair do carro, ficou transparente. Não esperava me ver aqui.

Eu me aproximei deles, com Étienne ao meu lado. Fiquei surpresa ao ver seu filho de perto de novo. A semelhança.

Não toquei nem beijei ninguém.

Quando Nina era jovem, ela gostava de contato físico. Tinha necessidade de tocar os outros para se conectar a eles. Ela beijava, segurava as mãos, acariciava o rosto como se os tivesse esculpido. Eu a admirava, porque era incapaz de fazer isso. Sempre tive medo de encostar nos outros.

Agora, estou sozinha diante de Étienne e Nina, com as mãos atrás das costas para que não percebam que estou tremendo.

— Você não tem nada mais forte pra beber? — pergunta Étienne a Nina. — Seu café é horrível... Um álcool, pra comemorar o Natal?

— São onze horas da manhã — responde Nina. — E acho que não é uma boa ideia, visto o seu estado.

Étienne sorri. Ele me olha.

— Louise contou pra você?

— Contou o quê?

Minha voz é inexpressiva.

— Que eu vou morrer.

Nina intervém. Fico aliviada. Não sou obrigada a responder.

— Se você não se tratar, com certeza — diz ela.

— Não começa você também... Me deixem em paz... Não tem o que tratar.

— O que você quer fazer?

— Nada.

— Como assim, nada? — insiste Nina.

— Vou voltar pra Lyon amanhã.

— E?

— E... vou embora, pra algum lugar ensolarado. Quero ver o mar antes de... Louise me deu o necessário. Não vou sentir dor.

— Quer ir aonde? — pergunto.

Eu queria com todas as forças ficar fora dessa conversa, mas foi involuntário. Tem palavras que a gente não consegue conter. Palavras silenciadas há anos, que escapam de repente.

— Não sei ainda... — responde ele. — Pra Itália ou pra Grécia... alguma coisa assim...

Nina e Étienne continuam como se eu não estivesse mais ali:

— Você contou os seus planos pro seu filho?

— Ainda não. Vou fazer isso antes de ir embora.

— Quando está pensando em ir?

— O quanto antes. Semana que vem, provavelmente. Não tenho muito tempo.

— Como sabe disso?

— Você não viu a cara do meu tumor — responde ele, amargo.

— Você pode ser operado. E tem quimioterapias que são eficazes — rebate Nina, sem muita convicção.

— Está falando que nem a minha irmã! Ela que te ensinou?

— Não. Tenho amigos que sobreviveram.

— Que amigos? — pergunta Étienne.

Nina não responde.

— Joséphine? — continua Étienne, quase agressivo. — Você acha que eu não sei o inferno que ela passou?

— Você não foi nem no enterro dela!

Acabo gritando mais alto do que gostaria. Fico paralisada. Tenho vontade de sair correndo. Já ouvi demais. É insuportável. Saí do carro por amor a Louise e a Nina, não por Étienne. Quero mais é que ele morra. Para mim, já está morto há muito tempo. Eu me viro em direção à porta para sair, Étienne me segura.

— Eu fui ver o túmulo da Joséphine... no dia depois do enterro... Quando todo mundo já tinha ido embora. Na época, eu não queria encontrar ninguém.

# 55

*6 de setembro de 1997*

Dois bilhões de pessoas estão diante de suas televisões, acompanhando o cortejo, perplexas. Os jovens príncipes, sob um sol escaldante, curvados pela dor feito juncos sob o peso de um bando de pássaros. O mundo não aguenta ver aquelas cabeças coroadas sofrendo. Muito menos duas crianças perdendo a mãe.

Ainda por cima, o mesmo mundo acaba de ficar sabendo da morte de Madre Teresa. Podemos imaginar as duas diante de São Pedro, a princesa dos corações e a dos pobres, de mãos dadas. A voz doce em comum. Será que perdemos a voz ao morrer?

*O que esse fim de verão está tentando contar?*, pensa Adrien.

Em outro lugar, um filho enterra sua mãe, sem milhões de flores ou uma multidão. Uma mulher que fez o seu melhor. As mãos cobertas de tinta, a massinha debaixo das unhas, ela passou a vida limpando as crianças alheias, recebendo os pais de manhã, entregando os filhos à tarde. Pronta para o dia. Seu trabalho era fazê-las rir, brincar, dançar, comer, dormir, cuidar delas, limpar seu catarro, separar os bichos de pelúcia, ler histórias, ocupar suas horas antes que entrassem para o jardim de infância. Vinte anos de creches municipais. Cabeças louras, morenas, teimosas, dóceis. Ela lidou com os primeiros dentes e os primeiros passos. As costas arqueadas para segurá-los quando iam cair.

São onze horas quando Nina, Adrien e Louise entram no cemitério de La Comelle. Louise à esquerda, Nina no meio, Adrien à direita. É a primeira vez que Louise substitui o irmão, que está ocupado na academia de polícia na qual entrou. Louise, Nina e Marie-Laure ajudaram Adrien a organizar o funeral. É como se Marie-Laure fosse a autoridade quando morre alguém. Quando morrem os pais dos amigos do seu filho.

TRÊS

Nina e Adrien são atingidos pelo luto com três anos de intervalo. É claro que Sylvain Bobin insistiu em pagar tudo. Ele também está presente nesta manhã.

Joséphine demorou menos de dois meses para ir embora. Certa manhã, seu médico pediu um exame de sangue porque ela se sentia um pouco mais cansada do que de costume. No dia seguinte, ela soube que tinha um câncer generalizado.

Tentaram quimioterapia, mas Joséphine partiu antes que seu cabelo caísse. Foi Nina quem cuidou dela, quem a acompanhou ao hospital de Autun até que ela falecesse, cercada por Adrien, Nina e Marie-Laure. Mesmo atarefado com a faculdade, Adrien foi visitá-la todos os fins de semana.

A verdade é que Adrien não passou no concurso. A verdade é que ele mentiu para todo mundo: desde o lançamento de *Branco de Espanha*, em março de 1997, o romance já vendeu mais de quinhentos mil exemplares na França, e teve seus direitos vendidos em vinte países. É um verdadeiro fenômeno. O tema provoca fascínio, e o fato de o autor querer permanecer anônimo tem a ver com isso. Adrien escolheu o pseudônimo "Sasha Laurent".

Todas as suposições foram feitas, suspeitaram de pessoas famosas, homens e mulheres. Chegaram a imaginar que o autor estivesse morto há tempos, que fosse um texto póstumo.

O valor pago como adiantamento pelo seu segundo romance foi tão alto que Adrien saiu do apartamento de Thérèse em Vincennes e se instalou no sexto *arrondissement* de Paris, em um apartamento confortável de sessenta metros quadrados com vista para o pátio, bem ao lado da sua editora. Uma vida clandestina, contrabandeada. Ele diz que é estudante para não ter que contar às pessoas próximas que é o autor de *Branco de Espanha*. Finge para o seu editor que está trabalhando no segundo romance, quando na verdade não tem a menor ideia do que escrever. Está seco. Seu cotidiano é uma página em branco. *Branco de Espanha* foi um desabafo. E, atrás da mentira, mais mentiras. Com certeza ela virou sua segunda pele.

Sem se dar conta, feito o conta-gotas ao qual sua mãe ficou presa em suas últimas semanas de vida, Adrien mudou. Ficou mais confiante e começa a olhar seu reflexo nas vitrines das lojas para ajeitar o cabelo. Um feio que se tornou belo graças ao sucesso. Um sucesso do qual ele não tira nenhum proveito, a não ser na sua conta bancária.

Ele sai todas as noites com seu editor, Fabien Désérable, que o apresenta como um de seus jovens prodígios, sem acrescentar nada. Quando alguém pergunta o que ele escreveu, ele só responde: "Estamos na fase de revisões por enquanto, um pouco de paciência..."

Adrien e Désérable assistem a todos os espetáculos, sempre nas primeiras fileiras. Adrien termina suas noites em boates da moda e bebe drinques caros com canudo enquanto observa os outros dançarem.

Pela primeira vez, tem consciência de que é atraente, sem dúvidas graças à sua atitude. O menino que só fazia corar está morto e enterrado. O sucesso o deixou mais confiante. Durante as noites parisienses, Adrien sempre se senta de frente para a pista para assistir ao espetáculo. Não imagina nem por um instante que já morou em Borgonha. Inventa um passado para si, no qual cresceu em Saint-Germain-des-Prés. Ora filho de artistas, ora filho de ninguém. Nascido em Buenos Aires ou Nova York, ele cria uma vida para si a cada encontro. Não usa mais transporte público, raramente sai do seu bairro e, quando tem que ir a algum lugar, chama um táxi. Não liga mais para Thérèse, sua "locatária", como a chama atualmente. Afinal, ela o abrigou em troca de dinheiro.

Ele não vê mais Étienne, que entrou para a academia de polícia de Cannes-Écluse em Seine-et-Marne.

Não foi Joséphine quem contou sobre sua doença a Adrien, foi Nina. Joséphine não queria preocupá-lo. Disse a si mesma que ia se livrar rapidamente daquele câncer, depois contaria tudo ao filho, quando estivesse curada.

Certa noite, Nina telefonou para Adrien para dizer que ele tinha que ir até lá, que sua mãe estava mal. Quando ela disse a palavra "câncer", ele congelou.

No dia seguinte, Adrien pegou um trem para encontrá-las no hospital. Ao empurrar a porta do quarto, foi pego de surpresa: sua mãe tinha emagrecido e já usava a máscara da morte no rosto. Ele viu aquilo como uma punição. Tinha escrito *Branco de Espanha* sem contar nada e a vida estava se vingando. Havia colocado tudo no papel, mas em silêncio. Nina também estava diferente, o rosto inchado, o corpo parecendo o de outra pessoa. Tinha engordado dez quilos, talvez mais. Adrien achou que ela estava grávida. Teve vontade de fugir, de sair correndo para voltar às suas belas vidas inventadas. Nina foi até a máquina de café e, quando ele se viu sozinho com Joséphine, teve vontade de confessar tudo: "Mãe, fui eu que escrevi *Branco de Espanha*, me perdoa." Mas não teve coragem.

TRÊS                                                                        279

Ela morreu sem saber.

À exceção de alguns antigos amigos de escola e de colegas de trabalho de Joséphine, não havia muita gente na igreja. As pessoas ficaram em
casa para assistir ao funeral da princesa Diana na televisão. No cemitério,
apenas um punhado de gente apareceu para enterrá-la.

Louise e Nina estão de mãos dadas com Adrien. Rígido feito uma
pedra, Sylvain Bobin está atrás deles. Adrien poderia sentir a respiração
do pai na sua nuca se chegasse um centímetro para trás.

Ele pediu que as garotas o levassem para longe depois do enterro.
Não queria falar com ninguém, apenas ficar sozinho com as duas. Nina fez
uma careta. Era difícil não voltar para casa. Emmanuel detestava quando
ela ficava longe dele, mas naquelas circunstâncias, era impossível abandonar Adrien. Ela mentiu, fingiu para Emmanuel que todos iam se reunir
em memória de Joséphine após a cerimônia.

— Onde? Até que horas? Quer que eu vá com você?

— Não, tudo bem.

Nina chegou a arriscar:

— Prefiro ficar sozinha, ainda mais que o Étienne não vai estar.

Após a morte de Joséphine, Louise telefonou para o irmão:

— Ela vai ser enterrada no sábado.

— Tem enterros no sábado? — foram as únicas palavras que ele disse.

— Pelo visto, sim.

— Não posso ir. Meu chefe não quis autorizar a folga. Estou preso.

— Pelo menos liga pro Adrien.

— Está bem.

Étienne desligou e se lembrou de Joséphine. Ela era legal. Nunca
levantava a voz. Estava sempre rindo. Com um cigarro na boca. A mão
no cabelo deles. Quantas boas lembranças no seu pequeno apartamento.
Ele pensou na tristeza de Adrien. Na solidão de Nina. Sua juventude
abortada. Ele e Nina tinham morrido no mesmo dia e ninguém sabia. Ele
daria tudo para voltar à adolescência. Aquela despreocupação que lhe era
característica.

Na manhã seguinte, ele comprou uma passagem na Gare de Lyon,
pegou um trem e, quando chegou na plataforma, avistou Adrien e Louise
sentados lado a lado, diante de uma máquina de bebidas, na parte interna.
Pareciam perdidos.

Ele devia estar voltando a Paris, ela, a Lyon.

Étienne se encolheu para não ser visto, como no dia de Natal em que os vira saindo do Hôtel des Voyageurs.

*Que casal estranho. Parece que estão juntos há cem anos. Dois velhinhos em corpos jovens. Por que não assumem que estão juntos? Por que ainda se escondem?*

Étienne pegou um ônibus para La Comelle e subiu a pé até o cemitério, sob um sol escaldante. Procurou e encontrou o túmulo de Joséphine Simoni. Ele se deu conta de que não sabia o sobrenome dela.

Para ele, ela sempre fora "Jo" ou "a mãe de Adrien".

Sentou-se em um banco ao lado dela e começou a falar. Primeiro, agradeceu pelos chocolates e sanduíches. Então, voltou para a noite de 17 de agosto de 1994. Nunca tinha falado sobre aquilo com ninguém. De onde Joséphine estava agora, ela não poderia contar nada. Só ouvir. Ele precisava aliviar sua consciência.

Foi na noite do enterro de Pierre Beau. Étienne, perturbado, tinha chegado antes da hora no lago da floresta. Tinha levado alguns bolinhos e uma bela garrafa de uísque que roubara dos pais. Estava temendo aquele reencontro com Clotilde, que não via fazia mais de um mês. Só cruzara com ela de manhã, no enterro, e de tarde, na casa dele, mas fora rápido, já que ele não largara a mão de Nina.

Um reencontro que terminaria em separação. Seu pequeno discurso estava pronto: "Eu te amo, mas estou indo pra Paris daqui a quinze dias. Talvez a gente se reencontre daqui a alguns anos. Vamos acabar nos casando, você vai ver... Mas agora, vamos dar um tempo, senão vamos ficar muito infelizes." A palavra "tempo" era menos violenta, mais covarde, porém menos definitiva do que "acabou". Queria evitar gritos e lágrimas. Não era muito chegado a dramas.

Já tinha bebido bastante uísque e adormecido, cansado por causa dos últimos dias e do álcool, quando Clotilde chegou. Ele teve um sobressalto ao vê-la toda maquiada.

Ela se jogou sobre ele e o beijou. Então o encarou:

— Você não recebeu a minha carta? — perguntou ela.

— Que carta?

Ela lhe lançou um sorriso estranho e depois deu de ombros. Ele reparou que seus traços estavam mais marcados, como se o verão a tivesse feito envelhecer. Ela quis nadar, imediatamente.

— Está muito calor... e com essa história do avô da Nina, esse enterro, fiquei deprimida, coitada...

TRÊS                                                                    281

Nenhuma daquelas palavras foi sincera. Era uma péssima atriz. Tinha ciúmes de Nina, da proximidade dos Três. Étienne ouviu o contrário:
"Não estou nem aí para Nina Beau."

Ele ficou enojado ao ouvir aquilo. Quase foi embora, mas Clotilde
percebeu e mudou radicalmente de atitude.

— Vamos achar um canto escondido? Assim a gente pode tirar a
roupa — disse ela com uma voz lasciva, acariciando a parte interna das
suas coxas.

A carne é fraca, sobretudo a de Étienne. Ele bem que transaria com
ela uma última vez. Afinal, era por isso que estava namorando com ela há
tanto tempo. Concordou.

Subiram na moto e adentraram a floresta. Encontraram um canto
escuro, longe dos olhares, sem margem. Os outros banhistas estavam do
lado oposto, em piscinas feitas grosseiramente com areia de construção,
onde adolescentes assavam linguiças.

Étienne e Clotilde foram em direção ao barranco de mato alto queimado pelo verão.

Ele se despiu. Mergulhou. A água estava lamacenta. Ele a observou
tirando a roupa, ela estava de costas. Tinha uma espécie de bandagem no
corpo, aquelas coisas de velho para sustentar a lombar. Ela virou apenas a cabeça na sua direção e sorriu, um sorriso estranho. Ele se sentiu incomodado
outra vez, com vontade de fugir, perdeu a ereção na mesma hora. Não queria
mais trepar com ela. *Que idiota de ter vindo até aqui... Que idiota.*

Ele nadou, fugindo da borda. A lama já havia desaparecido. A água era
mais clara, e estava tão gelada que o deixou sóbrio. Ele se virou e viu Clotilde
nadando em sua direção, rindo alto demais. Quando o alcançou, ela sussurrou:

— Tenho uma surpresa. — E desapareceu.

Étienne achou que ela ia fazer algo tipo felação subaquática. Mas
voltou à superfície e se deitou de costas para boiar. Uma barriga redonda.
Feito uma excrescência. Um pesadelo. Ele nunca tinha visto a barriga de
uma mulher grávida. Por baixo da roupa, sim. Mas nunca nua, com o
umbigo um pouco curvo.

Ele relembrou a história toda na sua mente, em uma fração de segundo. Deveria ter suspeitado, sentido: ela não tinha abortado.

No entanto, ele a acompanhara até Autun, a aguardara na frente do
hospital. Ela saíra no meio da tarde. "Foi tudo bem?", perguntara ele, um
pouco envergonhado. "Sim, é melhor assim", havia respondido.

Naquele instante, foi impossível emitir qualquer som. E ela, de costas, com o olhar sorridente, quase orgulhosa da sua piada de mau gosto. Ele fechou os olhos, mergulhou a cabeça na água e nadou para voltar à beira e fugir. Quis cancelar aquele momento. Como num computador, com a tecla "deletar".

Ela o seguiu, nadando *crawl*. Era uma nadadora excepcional. Ele tinha se esquecido desse detalhe. Sentiu as mãos dela agarrarem seus tornozelos. Ele se debateu e saiu apressado da água. Viu sua bandagem jogada no chão, ao lado de suas roupas.

*Uma louca*, ele pensou.

Ela teve dificuldade para sair da água, pediu que Étienne a ajudasse. Ele não se moveu, olhou-a friamente. Ela agarrou a raiz de uma árvore e saiu, atrapalhada. Étienne teve vontade se segurar a cabeça dela para que ela desaparecesse no fundo do lago.

Quando saiu da água, Clotilde começou a gritar:

— Relaxa, eu não vou te pedir nada. Ninguém sabe, nem meus pais.

Ela tirou pilhas de dinheiro da bolsa. Milhares de francos.

— Olha, eu tenho um monte de dinheiro. Vou embora.

— Embora pra onde?

— Ainda não sei... Hoje, nosso encontro, era pra você terminar comigo, né?

Ele não respondeu. Ela começou a chorar, dando uns gritos estranhos. Mencionou novamente uma carta que teria escrito. Ódio e pena. Ele pegou a garrafa de uísque na mochila e bebeu vários goles. Álcool sempre o apaziguara. Ele se acalmou. Sentiu tontura, se sentou na grama.

— Puta merda, eu não tenho nem dezoito anos... Por que você fez isso?

— Não tive coragem de fazer um aborto.

— Não acredito em você, Clotilde. Fala que você quis me prender. Mas não vem com essa baboseira de coragem pra cima de mim.

Ela se vestiu sem dizer nada, fungando de vez em quando. Não enfaixou a barriga. Ele apertou um baseado. Continuou a beber. Ela se sentou ao seu lado.

— Quando nossos pais souberem, eles vão pirar... Os seus e os meus.

— Vou embora antes que eles fiquem sabendo — respondeu ela.

— Mas pra onde você vai, pelo amor de Deus?!

Ela sorriu.

— Eu sempre me virei.

— Não quero ter filho. Nunca quis. Nunca vou querer. Você me enganou. É horrível.

— E você, não é horrível por querer me largar?

Ele fechou os olhos. Um pesadelo acordado. Naquela manhã, o enterro de Pierre, e agora, ela aparecendo com aquele barrigão. Teve vontade de chorar. Mas na frente de uma garota, nunca. Sua cabeça girava. Ele se deitou, ainda de olhos fechados. Nas costas, a grama seca e pontuda. De vez em quando, tirava uma formiga do braço ou do pescoço. Clotilde levou uma das mãos à barriga dele, uma mão ágil e morna. Ele a empurrou uma vez, duas vezes. Na décima, cedeu. De que adiantava resistir? E resistir a quê? Ela o havia capturado na sua armadilha. Por que não tirar daquilo um prazer qualquer? Ela o acariciou, sempre soubera agradá-lo. Ele gozou e dormiu, embalado pelo calor e pelo uísque.

A noite começava a cair quando foi acordado por um baque surdo. Chamou Clotilde várias vezes, nenhuma resposta. Suas roupas e sua bandagem haviam desaparecido, não havia mais qualquer rastro da sua presença, como se tudo não tivesse passado de um pesadelo.

Ele se levantou com uma sensação desagradável, bebeu demais, tinha dificuldade de ficar de pé. Fedia a lodo.

A duzentos ou trezentos metros dali, pensou ver algo afundando na água. Étienne acabou entendendo que não era fruto da sua imaginação: um carro estava afundando diante de seus olhos, engolido pelo lago. Ele não pensou em mergulhar, em ver se havia alguém lá dentro para tentar salvar. Disse a si mesmo que devia ter a ver com tráfico, com um carro roubado. Sempre havia uns caras meio esquisitos por ali, pequenos traficantes e maconheiros. Naquela noite, Étienne não fez qualquer conexão entre Clotilde e aquele monte de ferro.

Subiu na moto sem olhar para trás e foi até a casa de Nina.

Afinal, estava pouco se fodendo. Aquela criança era um problema de Clotilde, não seu.

No dia seguinte, ficou sabendo do desaparecimento de Clotilde.

Uma testemunha a identificara formalmente na estação de trem de La Comelle por volta das dez da noite. Os horários se encaixavam. Então Étienne mentiu: Clotilde não aparecera no encontro marcado. Era mais simples. Ao dizer que não a vira, ele se convencia de que nada acontecera. Ia partir para Paris e ninguém iria impedi-lo. Ele viraria policial, usaria a lei para impedir Clotildes ou outras ladras de enganar os homens.

# 56

*25 de dezembro de 2017*

— O que você tem feito da vida? — me pergunta Étienne, apoiado na grade do abrigo como se nós tivéssemos nos encontrado por acaso na esquina.

Ao longe, ouvimos os cães latindo quando Simone, Louise e Valentin passam por eles.

— Eu moro aqui. Voltei.

— Por quê?

— Porque é o lugar que eu conheço. Comprei uma casinha.

— Fala a verdade — insiste ele.

Não sei aonde ele quer chegar. É como se quisesse que eu confessasse algo.

— Nina, talvez... Eu...

Naquele instante, Nina se junta a nós.

— Podemos ir pra sua casa? — implora ela.

— Sim.

— Vou pedir pra Louise levar o Valentin em casa. Meu carro só tem dois lugares, você pode levar a gente no seu?

— Sim.

Entendo logo que ela está com medo de que Étienne escorregue pelas suas mãos. Quer a minha ajuda. Está nervosa, não perde tempo. Já está pronta para partir. Simone sai do abrigo com um cachorro nos braços, seguida de Louise e Valentin, de mãos dadas. Digo a mim mesma que preferiria ter eles dois no meu carro, em vez de Étienne e Nina.

— Vou levar o Bolinho em casa e volto no fim da tarde — diz Simone a Nina.

Estamos todos congelando, com a extremidade das orelhas e o nariz vermelhos. Nina observa Simone colocando Bolinho no banco de trás do carro. Adotar é ter um projeto. Fazer castelos no ar. Ela achava que Simone tinha uma única perspectiva: morrer. Valentin também a observa, com inveja.

— Quando eu crescer, vou ter um cachorro — diz ele.

Étienne sorri para o filho, sem responder. Não teve nem a decência de dar um cachorro para o garoto.

— Acho bom você vir buscar um aqui — provoca Nina, para aliviar a tensão.

— Não sei, não... — responde Valentin, tristemente. — É horrível escolher só um e deixar os outros.

— Não se preocupa, eu escolho pra você... Louise, a gente vai embora com o Étienne. Você pode pegar o carro dele? — pede Nina.

Resignado, Étienne estende as chaves para a irmã.

— Relaxa, eu sei dirigir seu carrão — diz Louise na mesma hora.

Ele aponta para mim e para Nina.

— Se eu não tiver voltado pra casa à uma da tarde, liga pra polícia. Nunca se sabe, né? — brinca ele, sem sorrir.

Nina senta no banco de trás, ele, do meu lado. Sinto o seu perfume. Ele abaixa o vidro e acende um cigarro.

— Não esquece que eu sou asmática.

Étienne joga o cigarro fora e fecha a janela. Apoia a nuca no encosto e fecha os olhos. Nina segura os ombros dele. Étienne cobre uma das mãos de Nina com a sua.

Só abre os olhos quando paramos o carro na frente da minha casa.

— É aqui que você mora? — ele me pergunta.

— É.

Lá dentro, somos recebidos por Nicola. Étienne examina meu escritório, meu computador. Dá a volta pelo térreo como se quisesse comprar ou fazer uma busca na propriedade.

— Você mora com alguém?

— Com o meu gato.

— Vai ficar aqui?

— Vou.

— Pra sempre?

— É, quer dizer, acho que sim... Alguém quer um café?

Étienne se senta no sofá. Pega Nicola no colo para brincar. Parece drogado. Seus olhos se fecham sem querer, como se ele tivesse injetado.

Depois de beber um expresso, voltando a si, Étienne se dirige a Nina:

— Por que você me fez vir aqui?

— Se você vai embora, nós vamos com você.

# 57

*12 de julho de 1998*

É a noite da final da Copa do Mundo. Adrien e Étienne estarão presentes. Nina empurra seu carrinho pelos corredores do supermercado, escolhendo os ingredientes que Nathalie, a cozinheira, vai preparar para o jantar.

Uma vez por mês, os amigos de Emmanuel vão jantar na casa deles. Geralmente, é tajine de frango com limão. Todos amam. São cerca de dez pessoas em torno da mesa, todas antigas alunas da faculdade de negócios em Lyon, a BBA INSEEC. Eles dormem na propriedade e voltam para casa na manhã seguinte.

Quando chegam, Nina nunca fica muito à vontade com seus perfumes, fragrâncias da cidade, de mulheres que trabalham, um cheiro de independência. Depois de algumas taças de champanhe, Nina relaxa. Ela leu os jornais, se informou, participa das conversas como uma aluna que aprendeu a lição de cor. O que a tranquiliza é que eles nunca levam os filhos. É a noite *deles*, dos casais.

Emmanuel está começando a ficar obcecado. Quer um bebê logo. Ele se joga em todas as crianças que eles veem e nos carrinhos de bebê, dizendo: "Olha como ele é lindo!" Acompanha os ciclos hormonais de Nina, faz amor com ela de manhã e à noite, fica muito tempo dentro dela, torcendo tanto que quase dá para ouvir. Só falta ele fazer uma oração enquanto sua semente se espalha dentro do corpo de Nina. Ela tem a sensação de que seu corpo não lhe pertence mais, de que está desaparecendo pouco a pouco.

Todo mês, quando sua menstruação volta feito uma maldição, Emmanuel se fecha. Durante alguns dias, ele sai cedo e volta tarde do trabalho. Pula os almoços com ela.

Faz três anos que estão casados, um ano que tentam procriar. No mês que vem, vão consultar um especialista em fertilidade.

Nina tem medo de ser igual à mãe. De não amar a criança. De abandoná-la. Esses pensamentos a impedem de engravidar. Mas a verdade é que ela está fazendo de tudo para que isso não aconteça.

Depois de ter passado pela parte refrigerada do supermercado, ela se demora diante de artigos dietéticos, hesita entre dois produtos, um para emagrecer, o outro para drenar. Qual é a diferença? Qual é a diferença entre a felicidade e a alegria? A esperança e a vontade? A tristeza e a melancolia? O amor e o hábito? O medo e o desespero?

Além dos amigos de Emmanuel, naquela noite, Adrien e Étienne estariam presentes. Ela repete aquela frase como se fosse uma prece. Não os vê desde o Natal.

Escolhe três frangos assados, aleatoriamente. Não vai comer, só vai fingir se servir, como sempre. Desde que Emmanuel cismou que quer ter um filho, ele a repreende por não comer carne.

— Talvez não esteja funcionando porque você está anêmica...

— Eu nunca estive anêmica.

— Você não sabe, meu amor. Um ser humano precisa comer carne.

— Claro que não.

— Precisa, sim, é natural.

Limão, cebola, alho, gengibre, coentro, vinho branco, vinho tinto, champanhe. Seu carrinho está cheio.

Nina pensa na última vez em que se reuniu com os amigos de Emmanuel. A noite tomou um rumo esquisito. Todos estavam embriagados. Fazia sol, eles estavam à beira da piscina, as velas dançavam em cima da mesa. Depois da sobremesa, Emmanuel iniciou um jogo: dizer três frases mentirosas ou verdadeiras, mas não revelar qual é qual. Os outros é que tinham que adivinhar.

Emmanuel começou, dizendo primeiro que fora a São Francisco, em seguida que consultava seu horóscopo todas as manhãs, e em terceiro que tinha lido os sete volumes de *Em busca do tempo perdido*, de Proust. Depois, todos foram se empolgando: "Roubei dinheiro da carteira da minha mãe", "Não fumei um baseado hoje", "Estou com medo", "Estou feliz", "Estou estressado", "Na véspera de uma viagem do meu irmão, roubei o passaporte dele pra que ele não fosse", "Adoro crianças", "Tenho medo do futuro", "Meu marido nunca me traiu", "Faz seis meses que eu não faço amor", "Eu fiz amor hoje de manhã", "Escrevi o número de telefone do meu ex na porta de um banheiro público em um centro comercial com a legenda: tenho fogo no cu", "Engoli uma minhoca", "Comi uma mosca", "Devorei uma borboleta", "Roubei e li as cartas dos outros", "Eu amo tripa de bode com molho", "Adoro Malibu", "Já andei sobre brasas", "Ganhei um campeonato europeu de xadrez em 1990", "Fiz hipnose para parar de fumar", "Fiz xixi num elevador quebrado", "Eu deveria me chamar Juliette", "Meu filme preferido é *Brinquedo Proibido*", "Tomei um drinque com Bono e The Edge no bar de um hotel", "Dancei a 'Macarena' pelada na cama"...

Quando eles ficaram a sós, Emmanuel perguntou a Nina quais eram as mentiras e as verdades que ela dissera. Nina tentou fugir da pergunta.

— Não, o objetivo do jogo é não contar... senão não tem graça.

— Não tem graça ler o correio dos outros... Sobretudo pra neta de um carteiro.

Nina corou.

— E eu queria que você dissesse "Eu amo meu marido", ou "Sonho em ter um filho com o meu marido"... Pode acreditar, é grave. Você poderia ser presa por isso.

— Isso o quê? — respondeu Nina, bruscamente. — Por não ter dito que eu amo meu marido?

— Você não me ama mais?

— Claro que amo...

— Talvez você não esteja engravidando porque não me ama mais...

— Que besteira.

— Você está engordando. Uma mulher apaixonada não engorda.

Chateada, Nina fechou os olhos, como se isso a impedisse de ouvi-lo também. Ele a jogou na cama e fez amor com ela de forma brutal. Era a primeira vez que havia aquela quase violência. Nina conversou com o universo mentalmente. Ela poderia ter dito aquilo à mesa, mais cedo, naquela brincadeira idiota do marido: "Eu converso com o universo."

*Universo infinito, antes de morrer, eu gostaria de ser feliz.*

Naquela noite, Emmanuel adormeceu dentro dela, repetindo:

— Eu te amo, Nina, eu te amo demais.

Andando em direção ao caixa, Nina passa pela seção de livros. Uma mistura de revistas em quadrinhos, receitas e literatura. Na última vez em que ela foi ao supermercado, comprou *A marca do anjo*, de Nancy Huston. Ela o devorou em duas noites. No primeiro ano de seu casamento, Nina e Gê trocavam romances, mas os pais de Emmanuel se mudaram para o Marrocos. A casa principal da propriedade estava sendo ocupada pelos funcionários encarregados de cuidar dela. Aquela mudança isolara Nina. Desde a morte de Joséphine, ela se sente cada vez mais sozinha. A leitura permite que ela rompa essa solidão. Lendo, ela desenha dentro da própria cabeça, vê os personagens, os imagina posando para ela. Cria seus próprios quadros. Através da leitura, também reencontra Étienne e Adrien. Telefona para eles sempre aos domingos. Étienne entrou para a academia que queria, conta sobre seus dias de estágio, de buscas e de interrogatórios.

Adrien é mais calado. Prefere escutar o que ela diz do que falar.

Bem na frente do caixa, Nina vê o livro *Branco de Espanha*, de Sasha Laurent, o romance de que todos estão falando. Ela lê a quarta capa:

> *O branco de Espanha é um pó de giz que serve frequentemente para esconder as vitrines das lojas que estão sendo reformadas, ou quando estão mudando de proprietário.*

Nina não fica encantada, mas acha a capa bonita. Além disso, leu em algum lugar que o romance tinha boas avaliações, então acaba colocando o livro dentro do carrinho.

Vai em direção ao caixa, repetindo para si mesma, feito um mantra: *Esta noite, Adrien e Étienne estarão presentes.*

No mesmo instante, Adrien coloca um ponto-final no seu novo texto. Faz meses que trabalha nele, desde a morte da mãe. Através das palavras, ele a faz renascer de outra forma.

Ele não escreverá mais romances. Sabe disso, mas ainda não contou a seu editor. Como a escrita faz parte da sua vida agora, ele experimenta a dramaturgia. Acaba de escrever uma peça em três atos intitulada *As mães*. É a história de cinco amigos que falam de suas respectivas mães, e, sobretudo, das dos outros.

A primeira se parece com Marie-Laure, a segunda com Joséphine. As três outras ele imaginou, se inspirando em características de Thérèse Lepic, Louise e Nina. Partiu da realidade para inventar essas mães doidas, duras, inconstantes, imaginárias, irresponsáveis, temperamentais, amorosas, egoístas.

Um catálogo de maternidades.

Ele já tem tudo em mente: cinco casinhas geminadas, dez personagens, cinco filhos e suas mães, evoluindo lado a lado, se amando, se rasgando, se reunindo, se questionando, festejando. Os atos são ritmados pelos acontecimentos que cada um vive ao longo de dez anos. Os que partem, os que ficam e os que retornam. Histórias de amor e de separação. Dez existências que se esbarram. Sem maridos nem pais.

Adrien tem um encontro marcado com um diretor de teatro dali a alguns dias. Esta noite, foi convidado para a casa de Nina e seu marido bonitão. Está apreensivo. Étienne também estará lá. Melhor assim. Ele não é muito chegado a jantares com futebol, mas Nina insistiu muito.

Embora tenha usado sua "vida anterior" para escrever a peça, Adrien sente que está cada vez menos interessado nela. Está se afastando. Se sente melhor em Paris, no anonimato. E agora que Joséphine não está mais lá, nada o prende a La Comelle, a não ser Nina e Louise.

# 58

*25 de dezembro de 2017*

Étienne não disse nada quando Nina falou: "Se você vai embora, nós vamos com você." Nicola brinca com o zíper do casaco dele, então cansa e se refugia nos braços de Nina. Étienne se levanta, dá a volta na sala, olha minha videoteca, meus CDs e vinis, e dá de cara com algumas fitas cassete, entre as quais uma da banda Três, gravada em 1990, no ensino fundamental II.

— Você guardou isso? — pergunta ele.

— Pode pegar, se quiser... Pro seu filho.

— Hoje em dia as crianças não sonham mais em criar uma banda, só querem virar youtubers famosas.

— O que é um youtuber? — Nina pergunta a Étienne.

— YouTube é tipo um canal de televisão, mas na internet. As pessoas postam vídeos que todo mundo assiste.

— Vídeos de quê?

— De música, humor, moda, videogames... Nossa, dá pra ver que você nunca morou fora de La Comelle...

— Vai te catar.

— É só o que eu quero, mas você me sequestrou na frente do seu abrigo.

— Aonde você quer ir pra... morrer? — sussurra ela.

— Ainda não decidi... Eu disse pra vocês, queria ver o mar... Não é muito original como créditos finais.

Ele volta a se sentar perto de Nina. Os dois estão lado a lado. Eu estou de pé, contra a porta da cozinha, a alguns metros de distância. Como se tivesse medo deles.

— Você não vai dizer nada? — me pergunta Étienne.

— O que você quer que eu diga? A Louise falou com você. Ela está enlouquecendo por você não querer se tratar.

— E você? Vai se tratar? — retruca ele.

Meu sangue ferve.

— Sai da minha casa, Étienne.

— Eu suplico, parem já com isso! — intervém Nina.

Eu respiro, tentando acalmar a tempestade que me atravessa. O que Étienne provoca dentro de mim. Eu me detesto por deixar que suas palavras me afetem.

— Estamos andando em círculos — diz ele, irritado. — Se vocês me fizeram vir até aqui pra pedir que eu faça a operação, não adianta.

Ele se levanta do sofá.

— Podem me levar em casa?

Nina desaba em prantos. Étienne volta a se sentar. Ele segura a xícara de café com tanta força que suas mãos ficam brancas. Dá vários goles.

Dou alguns passos na direção de Nina, toco o ombro dela. Ela não me rejeita. Não tem mais forças.

— Nina, por que você nos trouxe aqui? O que quer que eu faça?

— Quero que a gente vá com o Étienne — ela consegue murmurar.

Eu me viro na direção dele, ainda parado no sofá. Com uma expressão de dar medo.

— Quer que a gente vá com você, Étienne? — pergunto.

— Só se eu dirigir.

# 59

*1999*

Quatro anos de casamento.

Nina só tem vinte e três anos, mas parece ter trinta. Faz dois anos que Emmanuel tenta engravidá-la. Mas ela ainda não quer.

Faz tratamentos com hormônios para aumentar sua fertilidade e nada acontece. São dosagens pesadas que a fazem engordar e a deixam enjoada. Seu rosto está inchado. Não se olha mais no espelho. Emmanuel e ela fizeram uma série de exames, mas nada parece fora do lugar. Só eles.

Nina não telefona mais para Adrien e Étienne uma vez por semana. Eles foram se afastando aos poucos. Pula-se um domingo porque estamos viajando, depois um segundo porque esquecemos ou ficamos doentes. Os bilhetes de ausência da vida. Quando a separação faz parte da rotina. Os: "De que adianta, afinal? Não somos mais crianças."

Além disso, podemos fazer novos amigos quando nos mudamos. Para Étienne, são seus colegas de trabalho. Para Adrien, são atores, diretores, autores. Sua peça, *As mães*, foi um sucesso. Desde então, ele escreveu mais duas, uma das quais foi comprada pelo teatro Abbesses. Vai ser o acontecimento de setembro de 2000.

Então, quando o telefone toca na casa de Nina naquela manhã e ela reconhece a voz de Adrien, pensa em algo grave. Senão, por que ele ligaria no meio da semana?

— Tudo bem? — começa ele.

— Sim, tudo.

— Por que está falando baixinho?

— Porque a cozinheira está escutando atrás da porta.

— Por quê?

— Porque ela não gosta de mim.

— Todo mundo gosta de você, Nina.

TRÊS                                                                295

— Todo mundo gostava de mim quando eu era jovem.

— Você ainda é jovem.

— Todo mundo gostava de mim quando eu era pequena, digamos. Por que está me ligando? Está tudo bem?

Nina prende a respiração enquanto aguarda a resposta.

— Sim.

— E com o Étienne?

— Sim, acho que ele está bem também.

— Então, por que está me ligando, Adrien? Não é domingo.

— Ontem à noite eu pensei numa coisa.

— ...

— Eu escondi uma bolsa no prédio da Damamme.

— Que bolsa?

— A do seu avô.

— ...

— Encontrei ela num banco no dia do acidente. No pânico, alguém deve ter deixado lá. Eu peguei. E quando cheguei na Damamme pra te levar pra Marselha, antes de entrar na sua sala, eu enfiei ela num canto, em cima de uma estante.

— Adrien, já faz cinco anos, por que você não me disse antes?

— Eu tinha esquecido. Mas essa noite sonhei com isso... Foi um sonho tão estranho. Como se...

— Como se o quê?

— Eu sonhei com ele... Pierre estava falando comigo.

— ...

— E no meu sonho ele me pedia pra te dizer. Pra você ir buscar a bolsa. "Uma porta menor que as outras, não muito longe da sala onde eu te achei naquele dia. Tinha caixas por todo lado, umas de papelão também, lembro de um pôster na parede, com montanhas ou um lago, enfim, uma paisagem."

As instruções de Adrien estavam certas. Nina não precisa procurar por muito tempo. Ela sobe numa mesa e vê a bolsa.

Ninguém encostou nela. Faz cinco anos que está ali, na sombra e na poeira, na quinta prateleira contra a parede da esquerda. Parcialmente esmagada.

Depois que Nina consegue pegar a bolsa, ela treme, refletindo. Está confusa, não ousa abri-la. Volta e meia, uma lâmpada deve tê-la iluminado, mas nunca colocaram uma caixa de documentos naquele local inacessível. Como Adrien conseguira jogá-la tão alto?

Estava desesperado, ele confessará mais tarde para Nina.

Ela acaricia o couro. Na hora em que seu avô faleceu, ainda tinha algumas ruas para distribuir, o que significava que ainda devia haver cartas na bolsa. Ela a aperta contra o peito, a esconde dentro do sobretudo e sai do escritório sob o olhar curioso de Claudine, uma antiga colega, a única com quem ela cruzou ao chegar na Damamme, o coração a mil. Nina disse que precisava encontrar uma velha bolsa esquecida numa estante logo antes do seu casamento, quando ela ainda trabalhava com Yves-Marie Le Camus. Falou sem parar enquanto a outra a encarava. Viu nos olhos dela que Claudine quase não a reconheceu quando ela entrou.

— Achou o que procurava?

Nina se assusta. Ela tinha esquecido da presença de Claudine.

— Sim, muito obrigada... Por favor, não diga para o Emmanuel... digo, pro meu marido, que eu vim aqui. Estou preparando uma surpresa.

— Pode deixar... Como vocês estavam lindos no dia do seu casamento...

Nina sente que Claudine a examina da cabeça aos pés... O que resta do jovem cisne esbelto? Nina não sabe nem onde está seu belo vestido cor de marfim. Devia estar perdido entre duas caixas, dois armários novos. Emmanuel é obcecado por decoração, comprar, encontrar ou mudar os móveis de lugar. Ele adora fazer fogueiras no jardim para queimar as "velharias".

— Minha nossa senhora, você está grávida! — exclama Claudine olhando as curvas de Nina, entre as quais está a bolsa que ela esconde no peito, debaixo do sobretudo.

Nina não consegue responder. Fica pálida, baixa os olhos e resmunga:

— Não. Tchau.

Então foge feito uma ladra, entra no carro e sai rapidamente do estacionamento, com medo de encontrar Emmanuel. Não há nenhum motivo para isso, já que ele está viajando.

Antes, quando ele viajava, ela sofria. Agora, fica feliz ao arrumar uma mala de uma semana para ele. Ela fica ansiosa pelos dias de descanso e alívio. O peso no seu estômago vai embora. Nina não trabalha, mas está sempre cansada.

Ela colocou a sacola do carteiro no banco do passageiro. Tem a sensação de que o avô está do seu lado. Eis ali o que resta daquele homem, uma prova de sua morte trágica. Como sua mãe levou tudo, Nina não tem nada dele, a não ser suas memórias. Não tem sequer uma roupa. Felizmente, ela guardou dentro de uma caixa uma foto em tom sépia: a foto do casamento de seus avós.

Pierre sempre saía para trabalhar com duas bolsas, uma para as cartas registradas e outra para o correio geral. Era esta última que Nina tinha no carro. A bolsa da qual ela roubava cartas, para lê-las em segredo.

No fim das contas, a única coisa que sua mãe lhe deixou de herança foi o roubo. Nina não ousa olhar a bolsa. Ela deveria ir até o correio ou até a polícia para devolvê-la, mas sabe que nunca fará isso.

Está longe de ser o primeiro interrogatório de Étienne. É o comissário Giraud que conduz este, enquanto Étienne fica quieto, observando.

Uma história banal de furtos. Duas garotas de aparência totalmente inocente, menores de idade, rostinhos angelicais, reservadas. Uma delas para um passante para pedir indicação ou perguntar a hora. A outra esvazia os bolsos ou a bolsa da vítima. Dinheiro, cigarros, carteiras de couro, relógios. Só se interessam por isso. Não estão nem aí para os documentos. Jogam-nos no lixo. Em compensação, o uso de celulares tem aumentado nos últimos dois anos, e com isso, um belo mercado ilegal foi criado em Lyon. O comissário tem esperanças de que as duas garotas o ajudem a encontrar a rede para a qual trabalham.

As duas foram pegas por um segurança em uma loja de luxo. Com a mão dentro de uma bolsa Louis Vuitton. Tentaram fugir, se defenderam, se debateram, até que dois grandalhões as seguraram e as entregaram de bandeja.

Elas negam tudo, alegando que "erraram de pessoa".

No entanto, faz meses que as duas atuam em volta do Parque Tête d'Or. Foram identificadas e seus retratos falados correspondem à realidade. Émilie Rave e Sabrina Berger.

Émilie parece ser a mandachuva da dupla. Insolente, ela não para de sorrir quando o comissário faz perguntas, e de desafiar Étienne com o olhar desde que ele entrou na sala de interrogatório. Sabrina é reservada, não fala, baixa os olhos, fica no seu canto.

Como as duas são menores de idade, um advogado as representa. Não têm o mesmo perfil que os pequenos ladrões que eles costumam prender. Duas riquinhas que brincam de Arsène Lupin e se comportam como putas de luxo. Duas otárias.

Os pais não vão demorar a aparecer.

Desde que entrou para a polícia, Étienne já ouviu de tudo:

"Não fui eu, senhor, eu não fiz nada. É culpa das vozes que eu ouço, elas mandam em mim. Eu não posso fazer nada. Não fiz de propósito. Vocês estão enganados. Foi meu irmão gêmeo, estão me confundindo com meu irmão."

"Você não tem irmão."

"Tenho, sim, senhor, juro que tenho um primo que é como meu irmão, é meu sósia, todo mundo vai dizer que eu tenho um sósia, eu tinha bebido, não lembro mais, me deu um branco, sou sonâmbulo..."

E sempre: "Juro que nunca mais vou fazer isso." Quantas vezes Étienne ouvira aquela frase...

— Eu posso confessar tudo — acaba dizendo Émilie —, mas quero ficar sozinha com esse aí.

Ela aponta para Étienne. Todos os olhares se voltam para ele, que responde imediatamente:

— Não acho que você esteja em posição de decidir nada.

— Quanto à posição, pode deixar que eu já tenho uma ideia — diz a menina.

— Para com isso, você mal largou a mamadeira.

— Mamadeira nada, eu tenho coisa melhor em mente.

— Chega! — grita o comissário Giraud. — Não estamos de brincadeira aqui! Vocês estão correndo risco de prisão, senhoritas!

— Somos menores de idade — solta Émilie, revirando os olhos. — Não corremos risco nenhum.

— Você está sonhando, garota — responde Étienne. — Já mandamos menores de idade pra cadeia... Normalmente, as menininhas que nem você ficam separadas dos adultos, mas pode acreditar, as celas são coladas... Se eu fosse você, abria o bico... A menos que você fique excitada de roçar o corpo em mulheres velhas que vão te ensinar a vida.

— Faça o favor de moderar suas palavras — interrompe o advogado.

Étienne não dá atenção ao sujeito, não tira mais os olhos das meninas. Passa de uma a outra. Giraud o deixa agir. Tem total confiança no seu jovem recruta, que tem talento para tirar a verdade até dos suspeitos mais difíceis. Então, com ele, aquelas duas meninas vão ser como um passeio no parque. Étienne tem um lado impiedoso, ele nunca se deixa influenciar. Seus olhos azuis intimidam, se tornam duas geleiras quando ele está diante de um suspeito.

— Para quem vocês revendem os celulares? — indaga ele.

Émilie para de sorrir, mas não baixa os olhos, ainda desafiando Étienne com o olhar.

— Meu pai nunca me deixaria ir pra cadeia... — diz ela, por fim.

— Seu pai não pode decidir nada — rebate Étienne. — A juíza de menores é quem vai cuidar disso... Ela é uma cobra, você nem imagina, não vai suportar esse seu sorrisinho... Camarada, você devia explicar pras suas clientes que o risco é grande. Temos cem testemunhas que viram as duas agindo, prontas pra identificá-las. Faz meses que estão nessa brincadeira. Vamos começar com uma pequena busca na casa delas, depois confrontamos as duas com as vítimas, para encerrar... Vai ser feio... A menos que elas digam para quem estão revendendo os celulares...

Uma hora depois, está no bolso. O relatório, como sempre, será redigido por um colega de Étienne, um combinado entre eles. Ele próprio tem um ódio visceral de toda e qualquer questão administrativa. Em troca, faz favores e passa telefonemas a informantes.

Gosta das buscas e perseguições, não de digitar na máquina de escrever. Há alguns computadores na delegacia em que ele trabalha, mas ele *quer* a rua. Passar nos bares, fazer perguntas, observar, vigiar. Esse é o seu lugar.

No momento, Étienne está bebendo uma cerveja no sofá enquanto escuta "Where Is My Mind?". Adora essa música dos Pixies. Ele a ouve sem parar, pensando em Nina, nos sonhos musicais do passado. Nos sonhos, simplesmente.

Abre uma segunda latinha pensando que sente um prazer particular quando está diante de mulheres suspeitas. Adolescentes eram raras, mas uma delícia de capturar. Não precisava de uma sessão de terapia para entender que aquilo tinha a ver com Clotilde. Era uma vingança pessoal que ele reiterava há cinco anos.

A imagem do carro afundando na água escura do lago da floresta nunca o deixou. Aquilo aconteceu mesmo ou foi um sonho? Se fosse verdade, de quem seria o veículo? Tinha alguém lá dentro? Quem o jogou na água? Ela? Clotilde não tinha carteira nem carro. Ele tinha visto alguém atrás do volante? Uma sombra, talvez. Por que não dissera aos policiais de La Comelle que eles tinham nadado juntos naquela noite? Que ele tinha adormecido ao lado de Clotilde por causa do uísque, do cansaço, da emoção depois do enterro de Pierre naquela manhã?

Que tinha visto um carro na água. E aquela barriga redonda.

# 60

*25 de dezembro de 2017*

Adrien acaba de abastecer o tanque. Está sentado em um banco, do lado de fora, diante das lixeiras-cinzeiro. Ao longe, um balanço oscila, abandonado pelas crianças, empurrado pelo vento. Protegido por seu casaco pesado, ele fuma um cigarro no ar glacial. Roubou o maço da bolsa de Louise naquela manhã. Acaba de encontrá-lo no fundo do bolso, com um isqueiro rosa-claro dentro. Fazia tempo que não dava um trago. Nojento e delicioso.

No frio, Adrien pensa em Étienne. No seu câncer. Naquela morte que o ronda. Nunca estamos preparados para a morte dos nossos amigos, mesmo quando eles deixam de ser amigos.

Adrien se lembra.

Janeiro de 1997. Fazia pouco mais de um ano que ele e Étienne tinham ido morar na capital. Adrien em Vincennes e Étienne em Nation. Ele ainda não entrara para a academia de polícia em Cannes-Écluse. Pela segunda vez, Étienne pediu socorro a Adrien.

— Não consigo assistir sozinho. Você tem que vir pra minha casa, tem que estar comigo. Eles vão falar do caso Clotilde Marais.

Era estranho que Étienne dissesse seu sobrenome. Como se estivesse tentando se afastar de Clotilde, mantê-la distante.

Ele estava falando do programa *Perdidos de Vista*, que passava no horário nobre no canal TF1.

— Os pais de Clotilde pediram pra você participar?

— Não — respondeu Étienne com a voz de uma criança pega com a mão no pote.

Adrien chegou na casa dele às sete da noite. Étienne tinha pedido duas pizzas, as preferidas dos dois, uma portuguesa para Adrien e uma de presunto para ele, na qual derramou uma tonelada de molho de pimenta, como sempre. Apesar da situação, do seu nervosismo, ele tinha fome. Étienne estava sempre esfomeado.

Adrien ficou impressionado com o fato de Étienne ter telefonado para ele. Quer dizer que ele o considerava um amigo. Mesmo sem Nina, ele era de fato importante para Étienne.

Por que aquela dúvida existia desde sempre?

Étienne abriu uma garrafa de vinho rosé, ligou a televisão, tirou o som. Eles assistiram sem prestar atenção a uma reportagem sobre Yasser Arafat, e depois sobre Bill Clinton. Falaram de tudo e de nada.

Adrien tinha terminado de escrever *Branco de Espanha*, mas não tocou no assunto. E Étienne não fez perguntas sobre o romance que Adrien havia mencionado na noite da despedida de solteira de Nina.

Então o programa começou.

Étienne ligou o som, acendendo um cigarro. Seus olhos brilhavam como se ele estivesse com febre. Uma mistura de terror e empolgação que surpreendeu Adrien.

A abertura era angustiante. Parecia doentio se apropriar da dor dos outros para fazer um programa de televisão.

Os Marais surgiram sob a luz dos holofotes, sentados lado a lado, assim como eles dois, no sofá, com suas taças de rosé na mão.

O olhar embaçado dos pais, feito dois naufragados, resignados. O pai, devorado pela preocupação, preso entre o pudor e a vergonha de aparecer na TV daquela forma, mas resoluto. "Nossa última chance", murmurou a mãe.

Retratos de Clotilde foram exibidos repetidamente na tela.

Primeiro, os pais foram questionados a respeito da filha: "Como ela era? Era mais reservada ou se abria com facilidade?", "Ela estava diferente nos últimos dias? Alguma coisa tinha mudado no seu comportamento? Parecia irritada?", "Ela já havia viajado sem avisar? Uma testemunha disse que a viu na estação de La Comelle por voltas das dez. Aonde ela foi? Em que direção?", "Outro ponto muito importante: Clotilde tinha limpado sua poupança duas semanas antes de partir, por que vocês acham que ela faria isso?"

Então Jacques Pradel se dirigiu à câmera:

— Vocês podem ter informações fundamentais e, graças a elas, o enigma desse desaparecimento pode ser resolvido. Se você se lembrar de qualquer acontecimento, por menor que pareça, não hesite em nos contatar. E se por acaso Clotilde estiver assistindo ao programa, se quiser tranquilizar seus familiares, pode discar o número que vai aparecer embaixo da tela. Seu anonimato será respeitado.

Depois, uma reportagem:

"La Comelle, uma cidadezinha pacata de Saône-et-Loire. Foi aqui, no coração da tranquila Borgonha, que Clotilde Marais, dezoito anos, desapareceu no dia 17 de agosto de 1994. Há dois anos e meio seus familiares não têm notícias dela. Nem um sinal de vida."

As ruas de La Comelle foram filmadas, depois a casa da família Marais, e, finalmente, o quarto de Clotilde. Quando viu as bonecas em cima de uma colcha de retalhos, Étienne se levantou depressa e foi vomitar sua pizza no banheiro.

Adrien não soube o que fazer. Não encontrou as palavras certas. Étienne murmurou, ao voltar:

— Sou emotivo demais para virar policial, preciso ficar mais forte.

— Quer desligar a TV?

Étienne segurou a cabeça entre as mãos.

— Não, deixa... Mas puta merda, o que foi que ela fez?

— Quem?

— A Clotilde...

*Como pude ser tão idiota?*, se perguntou Adrien. *Como pude fazer uma pergunta tão imbecil?*

Adrien não gostava de Clotilde. Os dois mal se falavam quando se cruzavam nos corredores da escola ou nas festas. Adrien era um verme qualquer para Clotilde, e ela não fazia nem um pouco seu tipo. Era sofisticada demais, e fazia tudo alto demais. Rir, falar. O volume estava sempre no máximo. O olhar duro, os lábios rígidos. Desprovida de qualquer doçura, da beleza e inteligência que que ele via em Nina e Louise.

No fundo, Adrien não dava a mínima para o que tinha acontecido com ela. Tinha certeza de que era o tipo de garota capaz de desaparecer só para chamar atenção. Que ela reapareceria um dia ao lado de um príncipe, de um guru ou em uma comunidade hippie. Adrien nunca havia imaginado que algo grave pudesse ter acontecido, que aquele sumiço fosse algo sério. Era só mais um capricho para se fazer de esperta. Ela devia estar na maior alegria diante da televisão.

O que mais preocupava Adrien era como essa situação afetava Étienne. Não sabia que o amigo gostava tanto dela.

E, de repente, as coisas mudaram de rumo. O apresentador anunciou que uma testemunha, que queria permanecer anônima, havia informado a eles que, na noite de 17 de agosto de 1994, Clotilde estava com seu "namorado da época". Aquelas alegações tinham que ser verificadas, pois aquilo contradizia o testemunho segundo o qual ela fora vista na estação, esperando um trem.

Quem era aquele namorado?

A mãe de Clotilde interveio: "O rapaz tinha um encontro marcado com a minha filha naquela noite. Ele esperou, mas ela não apareceu." As perguntas começaram: por que ela não fora? Teria encontrado alguém no caminho? Clotilde teria estado no lugar errado na hora errada? No entanto, a primeira testemunha fora categórica: ela estava sozinha na estação.

Na tela, um rio de lágrimas.

Adrien não escutava e nem via mais nada. Suas mãos tremiam. Étienne desmoronara quando o apresentador evocara o encontro de Clotilde Marais com seu "namorado". Desde então, Adrien sentia algo germinar em sua mente. Primeiro, a sombra de uma dúvida, depois, uma certeza.

Étienne tinha visto Clotilde naquela noite. Alguma coisa havia acontecido. Algo irremediável. Senão, Étienne jamais teria tido aquela reação. Todo o seu ser tensionado, o rosto deformado pelo medo, o assombro.

— Étienne, o que você fez?

— Nada. Eu não fiz nada. Juro.

— Mas... você a viu... naquela noite?

— Vi.

Um longo silêncio. Os dois garotos se encararam.

— Vocês brigaram?

— A gente nadou, deu uns amassos. Eu caí no sono. E depois... nada.

— Nada? Como assim, nada?

— Quando eu acordei, ela tinha ido embora.

— Você está mentindo? Étienne, você está mentindo pra mim?

— Não!

— Você machucou ela?

— Não. Eu juro.

— Um acidente?

— Não!

— Mas... é um pesadelo.

TRÊS

— É... Na hora eu achei que ela tinha ido embora, sei lá pra onde. Mas ela nunca deu notícias.

— Quem é a testemunha que viu a Clotilde na estação?

— Não sei.

— Que horas eram quando a Clotilde chegou no lago?

— Não sei... Eu não estava de relógio. Acho que entre oito e nove.

— Alguém viu vocês?

— Acho que não.

— Você falou sobre isso com alguém? Nina?

— Ninguém. Só você. Eu nunca contei que vi a Clotilde naquela noite, e mesmo sob tortura não vou dizer.

— Por quê?

— Por que o quê?

— Por que você não contou?

— Não quero ser preso.

— Por que você seria preso?

— Sou o suspeito ideal... O namorado é sempre o suspeito ideal... Ainda mais que...

— Ainda mais o quê?

— Nada.

— Ainda mais o quê, Étienne?

Adrien sentiu um vazio imenso ao seu redor depois de fazer aquela pergunta. O que Étienne ia lhe contar?

Pela primeira vez, Adrien se sentiu o mais forte dos dois, o menos vulnerável.

— Ela estava grávida.

# 61

## 1999

Nina volta para casa. Ninguém. Um alívio. A "cozinheira" — é assim que ela chama Nathalie agora — foi fazer compras.

Emmanuel só volta dali a dois dias.

Ela põe a bolsa com as cartas sobre a mesa da cozinha. É como se ela tivesse levado um tesouro para uma casa morta.

No começo, Nina achava incrível encontrar o chão e o carpete limpos, sua roupa passada e guardada no armário, as refeições quentes na mesa. Mas esse luxo tem um lado negativo: nenhuma intimidade. A cozinheira entra e sai da casa deles sem bater na porta. Nina pode encontrá-la no meio de um cômodo a qualquer momento. Quantas vezes levou um susto ao dar de cara com ela segurando um pano? Ela não a suporta mais. Já até desejou sua morte. Nathalie está em idade de se aposentar, mas Nina sabe que ela nunca vai deixar Emmanuel Damamme.

Nina está convencida de que o marido pede à cozinheira para vigiá-la quando ele se ausenta: "Conto com você, vou deixar Nina nas suas mãos, ela é muito jovem." Jovem ou inconsequente? Que palavras ele usa?

Nina bem que tentou dizer a Emmanuel que preferia que Nathalie batesse antes de entrar na casa, mas ele a repreendeu, sorrindo: "Ela faz parte da casa, é fiel, é uma pérola, é uma sorte nossa ter ela aqui, para de ser caprichosa, no fundo você é muito mimada."

Nina imagina seus dias caso engravidasse. Essa perspectiva a paralisa. A cozinheira ficaria em cima dela o dia inteiro. Ela não suportaria. Além disso, se ela tivesse um filho *dele* ficaria presa para sempre. Por enquanto, ela guarda uma luzinha de esperança dentro de si. Quer fugir, não simplesmente ir embora, mas *fugir*. Aquele pensamento a apavora, mas ele existe. Ela imagina como seria se refugiar em uma ilha. Mesmo que nesse momento aquela ilha seja inacessível, um dia, talvez...

TRÊS

Para aguentar, ela bebe no mínimo três drinques por dia. Tem consciência de que está se destruindo, mas não encontra outra solução. O álcool torna o insuportável suportável, ele a ajuda a encarar a volta de Emmanuel. Ela bebe o primeiro drinque a partir das cinco. Um bem forte. O segundo, às seis. O terceiro, meia hora depois. Assim, quando Emmanuel chega, Nina parece radiante.

Jantam enquanto trocam palavras alegres. Nina transforma seu rosto numa máscara sorridente para criar a ilusão de que está tudo bem, de que a vida é bela graças a ele. Sobem para se deitar, sempre juntos, os passos dele logo atrás dos seus. Quando entram no quarto, ela percebe os olhos dele a observando engolir os medicamentos que estimulam a ovulação deixados sobre a mesa de cabeceira.

Ela aguarda o barulho da escova de dentes elétrica de Emmanuel para tomar uma de suas pílulas anticoncepcionais. Nunca guarda as cartelas. Renova o pedido com um médico a cada três meses. Ele não faz perguntas e atende no consultório mais afastado do centro de La Comelle. Ela paga as consultas em dinheiro e não pede reembolso. Quando sai da farmácia, esvazia as cartelas e joga as pílulas em uma bolsa com seus remédios homeopáticos, suas aspirinas e seus batons.

É aquela mistura improvável de hormônios e álcool que a desfigura e a paralisa dia após dia. Sua luta a destrói. Mas ela luta mesmo assim.

Não pode contar a ninguém. Não tem mais amigos. Étienne e Adrien foram embora. Louise também. Antes, havia Joséphine. Até um café com ela era empolgante, mas agora acabou. Marie-Laure e Marc Beaulieu trabalham o dia inteiro. E desde que Emmanuel assumira as rédeas da empresa, seus sogros raramente deixavam o Marrocos. Gê telefona para Nina todas as semanas, trocam algumas palavras vazias, alguns títulos de romances, uma distância polida e amigável. Mas como dizer a uma mãe que seu filho é levemente desequilibrado? Mortalmente possessivo?

Restam apenas os fins de semana, uma vez por mês, em que eles recebem amigos de Lyon, mas são os amigos de Emmanuel, não os seus. São simpáticos, agradáveis, sempre gentis com ela. Mas quando voltam para suas casas, ela nunca sente falta deles. Ao contrário de Étienne e Adrien.

Ela acaricia novamente a bolsa do avô. Acaba abrindo-a, observando seus dedos inchados. Como pôde chegar tão fundo? Como pôde aceitar aquelas atitudes que não significavam nada além do vazio que ela e Emmanuel formavam juntos?

Os envelopes brancos ficaram levemente amarelados. Há mais de uma centena de cartas e cartões-postais. Todos têm o carimbo do dia 11 de agosto de 1994. A véspera do acidente.

Faz cinco anos que palavras dormem lá dentro. Frases enviadas no verão, durante as férias. Ela precisa entregá-las, uma por uma. Certamente seria a primeira vez que alguém receberia uma carta com cinco anos de atraso na sua caixa de correio.

Mas primeiro ela tem que esconder a bolsa, para que nem Emmanuel nem a cozinheira possam encontrá-la. Algum lugar no seu quarto, atrás dos vestidos, no armário? Não. Arriscado demais. O único local da casa em que Nina conseguia ter um pouco de privacidade era o banheiro anexo ao quarto. Era o seu refúgio, o lugar para onde ela ia quando queria tomar um banho e ler um livro. Nina decide guardar as cartas — menos as contas, que não lhe interessam — dentro de três grandes toalhas que ela dobra e esconde cuidadosamente atrás das outras, na prateleira acima da banheira. Então, ela volta para o carro e tranca a bolsa dentro da mala.

Tem a impressão de viver feito uma ex-presidiária em liberdade condicional.

Ela se pergunta se o avô permitiria que ela lesse as cartas. Haveria um prazo limite? O destino delas era acabar numa prateleira do edifício Damamme. Nunca seriam entregues, muito menos lidas. Como receber um sinal dele? Onde procurar para saber se ele estaria de acordo ou não?

O telefone toca. É Adrien outra vez. Dois telefonemas no mesmo dia, e isso porque ela já estava se acostumando a ouvir cada vez menos sua voz.

— Você achou? — pergunta, impaciente.

— Sim.

— Ninguém tinha mexido?

— Não.

— Incrível.

— ...

— Deixou onde?

— Na mala do meu carro.

— Tem cartas dentro?

— Sim, muitas.

— Vai ler?

— Não sei. Não sou mais criança... Além disso, é roubo.

— Não é roubo, é um empréstimo.

— ...

— É como pegar uma velha história emprestada com alguém antes de devolver...

— Você não dizia isso antigamente.

— Antigamente já passou. É um presente que seu avô está te dando agora. Ou, eu não teria sonhado com isso.

— Você acha?

— Acho.

— Se eu fosse para Paris, você me ajudaria?

— Por quê? Seu casamento não está bem?

Ele pergunta com um tom arrogante que esconde um "eu te avisei".

— Não, perguntei por perguntar...

Adrien fica em silêncio. Um silêncio incômodo que Nina acaba rompendo:

— Você tem noção que já estamos quase no ano 2000...? Acho que a gente está se afastando, Adrien.

— Claro que não, Nina, para de se preocupar à toa — responde ele, quase irritado.

— Não estou me preocupando à toa. Você acha que a gente vai passar o ano-novo juntos?

— Não sei ainda... Tenho que ir, não estou sozinho.

— Está bem. Mas, Adrien, jura pra mim que estaremos juntos nesse ano-novo.

— Eu juro, Nina.

— É verdade?

— É.

— Beijo.

— Beijo.

Ela volta ao banheiro e se tranca. Abre a torneira da banheira, pega uma das três toalhas e a desdobra. Dezenas de cartas caem sobre os azulejos. Ela pega uma, aleatoriamente. Passa o verso do envelope acima da torneira de água quente e consegue abrir sem rasgar.

Nina encontra uma nota de 20 francos entre duas folhas.

*Meu amorzinho, feliz aniversário. Pode comprar o que quiser. Espero que esteja sol. Aqui, estamos sufocando, estou com dor nas pernas. Não se esqueça de colocar um potinho com água lá fora para os passarinhos.*

*Da sua vovó que te ama*

Nina fecha o envelope e o coloca de lado. Vai deixá-lo mais tarde na caixa de correio de Rachel Marek, rua Pépinière, nº 6. Como Emmanuel não volta esta noite, ela vai entregar o que está lendo aos poucos, quando escurecer. Exceto as notícias ruins. Com cinco anos de atraso, não adiantaria de nada.

Nina abre e fecha outros envelopes. Faz uma pilha para a entrega daquela noite. Lê as cartas em voz alta, como se o avô estivesse ao seu lado e ela compartilhasse as palavras com ele. Às vezes Pierre Beau lia as cartas para aqueles que pediam, para os que não sabiam ler ou que não entendiam um documento administrativo. "Carteiro, o que quer dizer isso?"

São nove da noite quando ela liga o carro com cerca de vinte envelopes no banco do passageiro. Sabe que depois de amanhã a cozinheira vai contar a Emmanuel que ela saiu após o jantar. Nina já imagina as perguntas traiçoeiras que ele pode fazer, então avisa a Nathalie que está ajudando a organizar a festinha de aniversário de um dos seus professores de ginástica. Ginástica, até parece. Ela não coloca os pés lá há mais de dois anos. Mas continua pagando a mensalidade. Ela estaciona diante da academia e vai caminhar sozinha pela margem do rio.

Pega o caminho que o avô deveria ter feito naquele dia. Parte da praça Charles-de-Gaulle, onde ele encontrou sua morte. Sua intuição estava correta, Pierre vinha pela rua Saint-Pierre, não pela Jean-Jaurès. O motorista mentiu.

*Mas todo mundo mente, não é mesmo?*

Um único destinatário se mudou. O nome foi arrancado da caixa de correio, as cortinas estão fechadas e as ervas daninhas devoraram o caminho de cascalhos. Nina entrega o cartão-postal de Jacques Laurent mesmo assim, o que ele deveria ter recebido no dia 12 de agosto de 1994.

*Meu Jacquô,*

*Quando eu sair do Sul, vou passar na sua casa. Estou doido para irmos pescar juntos, já que é a única coisa que podemos fazer aí. Pode começar a colocar as cervejas na geladeira e limpar a churrasqueira. Vou levar meu violão, como nos velhos tempos.*

*Beijos, meu amigo.*

*Sergio*

TRÊS

Nina interrompe seu circuito às onze da noite. Volta para casa com o coração pesado. Acaba de fazer os gestos que o avô teria feito naquele dia. Gestos interrompidos por uma merda de um caminhão.

Ainda lhe restam cerca de cem envelopes para distribuir. Por enquanto, ela sobe para se deitar, tranquilizada pela ausência de Emmanuel.

Antes, quando ele viajava, telefonava o tempo todo. "Tudo bem, meu amor? O que você está fazendo? Como está vestida? Estou com saudades…"

Agora, ele liga para avisar que chegou bem. Depois, nada.

No último Natal, deu um celular de presente para ela. "Assim a gente pode se falar o tempo todo."

Um pesadelo. Ficar disponível o tempo todo, quem gostaria de uma coisa dessas?

Ela teria preferido ganhar um cachorro. Mas ele disse: "Não, com o bebê, não seria higiênico. Além do mais, Nathalie já tem muito trabalho. Imagina os pelos de cachorro pela casa toda? E você com certeza o deixaria subir nos sofás."

Depois da morte de Joséphine, Emmanuel vendeu a casa do avô de Nina. "Não serve para mais nada."

E os dois gatos foram morar com a família Beaulieu. "Não tem a menor possibilidade de trazermos eles para cá, você sabe que eu sou alérgico."

Marie-Laure prometeu a Nina que cuidaria deles.

Deitada na cama, Nina bem que gostaria de voltar ao banheiro para abrir mais uma toalha e ver os envelopes espalhados pelo chão. Convocar o espírito do avô. Voltar ao mês de agosto de 1994. Quando Étienne e Adrien ainda lhe davam a mão.

# 62

*25 de dezembro de 2017*

Deixei Étienne e Nina de novo no abrigo. Vamos partir amanhã de manhã.
Tenho um dia para me organizar.
Aceitei ir com eles, acompanhar Étienne "até a beira do mar".
Somos todos compostos de sins e nãos. Faz tempo que digo não a tudo. Mas Nina precisa de mim. Ela sorriu quando eu disse sim. Eu esperava receber aquele sorriso há anos.
Dirijo a esmo, pensando que nunca entreguei minhas chaves a ninguém, desde que voltei a morar em La Comelle.
Nina me deu o número de telefone de uma voluntária do abrigo que fica de babá de animais. "Uma pessoa de confiança", ela me garantiu.
Combinei de conhecê-la no fim da tarde. Assim como quase todo mundo, hoje está comemorando o Natal em família.

Marie-Laure e Marc Beaulieu estão ocupados na cozinha.
Marie-Castille coloca a mesa, acende as velas e arruma as decorações de Natal e as taças de cristal na toalha de mesa de papel dourado.
Pela janela, ela avista Louise ao volante do carro de seu marido, com Valentin ao seu lado.
*Onde está Étienne?*
Valentin entra na casa em disparada e não lhe dá tempo de abrir a boca.
— O papai volta daqui a pouco, está com uns amigos.
— Que amigos?
— Nina e outra pessoa.
— Quem?

TRÊS 313

— Não sei quem é.

— Cadê o seu pai?

— Foi beber com eles, já falei.

— Onde?

— Não sei, mãe — lança Valentin, com um ar derrotado.

Marie-Castille questiona Louise com o olhar enquanto pendura seu casaco na entrada.

— Onde está o Étienne? — insiste Marie-Castille.

— Ele já volta.

— Por que vocês brigaram hoje de manhã?

— Porque eu queria que ele fosse ver alguém.

— Quem?

— Sou obrigada a responder suas perguntas? Não estamos na sua delegacia aqui — se irrita Louise, com os nervos à flor da pele.

Ela falou com mais agressividade do que desejava. Marie-Castille a encara, perplexa. À beira das lágrimas, Louise sobe para o seu quarto.

Marie-Castille tenta ligar para Étienne, mas cai na caixa postal.

— Valentin! Onde vocês estavam?

Valentin sai da cozinha.

— No abrigo. Eu implorei pro papai ir.

— Por quê?

— Porque queria que ele visse uma coisa.

— Que coisa? Eu já falei que não quero bicho em casa!

Valentin a olha como se ela tivesse enlouquecido.

— É uma surpresa pra vovó — sussurra ele.

— Que surpresa?

— Um gato, presente de Natal — diz ele ao seu ouvido.

Marie-Castille faz uma expressão desconfiada e termina de colocar a mesa.

Não gosta de ir a La Comelle, prefere a vida deles em Lyon. Lá, conhece os amigos de Étienne. São todos policiais, colegas com quem ela se dá bem. Não gosta que Étienne veja Nina. Não gosta de não estar no controle das coisas. E não pode controlar as lembranças do marido. Tem vontade de arrancar todos aqueles retratos de Étienne desenhados com carvão que Marie-Laure pendurou por toda parte.

— Valentin! É a Nina que vai trazer seu pai de volta? Ela vai almoçar com a gente? — grita Marie-Castille.

— Não. Ela vai encontrar o namorado — responde Valentin.

— Ah, é? Ela tem um namorado?

— Tem.

— Ela te contou?

— Não. Foi a Simone.

— Quem é Simone?

— Uma senhora que trabalha no abrigo. Ela adotou um cachorro hoje. Ele se chama Bolinho, porque parece um bolinho de baunilha.

Marie-Castille fica tão contrariada que quebra um copo, sem querer. Tem vontade de chorar, mas engole as lágrimas diante do filho. Ele a ajuda a catar os cacos.

— Cuidado, meu amor — diz ela, calmamente.

Ela precisa se recompor. Não pode perder a cabeça por aquilo. Seu marido só foi beber com amigos de infância. Ela observa Valentin. Ele parece triste e um pouco pálido. Uma indigestão?

— Tudo bem, meu amor?

— Tudo.

— Está com dor de barriga?

— Não.

— Filho?

— Oi, mãe.

— Não é que eu não queria um cachorro... mas você sabe que seu pai e eu não ficamos em casa durante o dia. Ele seria infeliz lá.

— Eu sei.

— A não ser que...

— A não ser que o quê?

Ele sopra uma mecha de cabelo para tirá-la da testa e a encara com seus belos olhos. Ela não pode amarelar agora. No fundo, qual era o problema?

— A não ser que a gente encontre alguém pra cuidar dele.

— Não entendi.

— Tipo uma babá. Devem existir babás de cachorro, não? Ela pode ficar com ele durante o dia até você chegar da escola.

— Está falando sério?

— Claro que sim.

— Vamos ter um cachorro?

— Eu preciso conversar com o seu pai primeiro... Quando ele voltar.

*Será que ele vai voltar?*, pensa Valentin, de repente. E se fosse embora hoje? Louise tem medo de que ele desapareça sem dizer nada a ninguém.

Marie-Castille vê o olhar do filho se entristecer novamente. Ela fica terrivelmente decepcionada, estava esperando uma explosão de felicidade.

*Natal de merda.* E agora é tarde demais para voltar atrás. Logo ela, que morre de medo de animais.

Étienne está em silêncio.

— Tudo bem? — pergunta Nina.

— Tudo.

— Você está com dor?

— Não. A Louise me deu o necessário.

Nina estaciona a cem metros da casa dos Beaulieu. Ela não quer entrar na casa de Marc e Marie-Laure. Rever a esposa de Étienne. *Coitada.*

— Até amanhã, então.

— É.

— Você precisa falar com o seu filho.

— Eu sei. Que Natal de merda.

— Sinto muito... E pra sua mulher, você vai contar?

— Impossível.

— Por quê?

— Impossível... Vou escrever pra ela. Tem certeza de que você pode ir e largar o seu trabalho? Os cachorros não passeiam sozinhos.

— Alguém vai me substituir.

— De qualquer forma, não vai demorar...

Ele dá um beijo na sua bochecha e sai do carro, murmurando:

— Até amanhã.

Então volta correndo.

— Nina, você promete que não vai ser triste? Que a gente não vai passar nossos últimos dias chorando?

— Eu prometo — responde Nina.

Antes de ir para casa, Nina passa na padaria, que está fechando. O padeiro a reconhece, é a "garota do abrigo". Ele gosta dela, adotou um gato no ano anterior. Ela pede desculpas por aparecer por lá tão tarde, pede notícias do gato, compra um pão e o último bolo que resta, um de frutas exóticas.

*Eca*, ela pensa.

— Feliz Natal.

Quando chega em casa, ela aumenta a temperatura do aquecedor e passa o aspirador de pó. Depois, abre uma lata de milho e faz um molho. Arruma alguns aspargos sobre um prato e dois pedaços de queijo em outro. Então vai tomar um banho. Suas veias estão pulsando, seu corpo está carregado de eletricidade, de promessa. Ela troca os lençóis e borrifa perfume na cama. Tem cheiro de desodorante velho. Nina ri sozinha, mesmo sem ânimo para sorrir. Está dividida entre o passado e o presente. Perder e encontrar. Tristeza e alegria. Medo e amor. Perder Étienne e encontrar Romain em alguns minutos.

Ela recorda o que Adrien e ela costumavam dizer: "Quando a vida leva algo embora, ela dá algo em troca." Mas às vezes a vida erra. Redistribui as cartas de forma desonesta. Às vezes a vida mente, nos engana.

Ela ouve o portão externo se fechar. Romain bate na porta, ela abre. Ao ver Bob, os gatos de Nina saem correndo.

— Eles vão ter que se acostumar — comenta Romain.

— Por quê? Você tem a intenção de vir muito aqui?

— Claro.

— Espera só até provar minha comida e você vai mudar de ideia.

Romain olha o milho e os aspargos.

— Não estou com muita fome — brinca.

— Mas tem bolo! De frutas exóticas! — exclama ela.

— Eca — responde Romain.

Nina dá uma gargalhada. Leva as mãos à boca como se tivesse acabado de dizer uma besteira, um absurdo, quando, na verdade, só deixou sua alegria escapar.

# 63

*Um beijo grande de Nice. Pensando em você em Chipre. Amizade de Portugal. Um abraço com todo nosso carinho. Eu me despeço com um beijo. Esperamos vocês com saúde. Seu Joseph. Toda a família manda um alô. Faz sol, mas venta. Georgette vai se juntar a mim. Risco de chuva. Nadamos todos os dias. Com todo o nosso amor. Está sol. Estamos com saudades. Atenciosamente. Cordialmente. Eu te amo. Nossos melhores cumprimentos.*

### *Maio de 2000*

A chegada de cartas antigas, de cinco anos atrás, nas caixas de correio de La Comelle deu o que falar no *Journal de Saône-et-Loire*. O canal France 3 Régions chegou a fazer uma matéria sobre o assunto no fim do ano anterior. Nos últimos seis meses, nada menos do que cento e sessenta e quatro envelopes com o carimbo de 11 de agosto de 1994 foram recebidos. A véspera da morte acidental de Pierre Beau, o carteiro da época.

Onde essas cartas estavam esse tempo todo? Por que tinham reaparecido assim, logo antes da mudança de século? Um mistério que intrigava os moradores. Sorte de quem encontrasse um desses envelopes na sua caixa de correio. Bilhetes banais e cartões-postais chegavam de tempos em tempos, como que caídos do céu.

A entrega das cartas correspondia às ausências de Emmanuel. Nina sempre as entregava durante a noite, era impossível fazer esse trabalho à luz do dia.

Ela segura os três últimos envelopes. É como o fim de uma história. Ela está apreensiva. Diz a si mesma que vai partir depois que entregar todas as cartas. Não sabe para onde, mas vai deixar La Comelle.

Ela ainda não as leu. Só lerá duas, porque a terceira está endereçada a Étienne. Vai entregá-la em mãos. Lyon não é longe. Fará um bate e volta no dia.

Étienne foi passar as festas de fim de ano em La Comelle. Natal em família e ano-novo com os amigos, ele avisou a Nina. Era impossível os três não estarem juntos na virada para o ano 2000.

— Louise também vai. Meus pais emprestaram a casa. Vamos fazer uma noite com DVDs, música e vodca.

Mas, no dia 23 de dezembro de 1999, Emmanuel disse a Nina:

— Querida, vai arrumar sua mala. Surpresa! Coloca só roupa leve e não esquece o maiô e protetor solar.

— Mas... vamos passar o ano-novo com os nossos amigos...

— Nossos amigos vão estar lá...

— Até Étienne e Adrien?

— Ah, não... Eles, não... Mas todos os outros.

— Que outros?

— Os de Lyon.

A ideia de vestir um maiô na frente das ninfas louras a deixou em pânico. Um detalhe que lhe pareceu insuportável.

Ela relembra o momento em que fez Adrien prometer que eles passariam o ano-novo juntos.

— Eu prefiro ficar aqui... — ela acabou dizendo, com lágrimas nos olhos. — Só nós dois no Natal e com os meus amigos no ano-novo.

— Não seja infantil, a gente sai daqui a duas horas.

Logo antes de pegar o avião no aeroporto de Lyon-Saint-Exupéry, sem coragem de avisar a Étienne, Nina telefonou para Marie-Laure Beaulieu, com um aperto no coração:

— Diz a eles que eu não vou estar aqui no dia 31... O Emmanuel está me levando pra viajar.

— Boas férias, aproveitem! — respondeu Marie-Laure distraída, sem prestar atenção à voz trêmula de Nina, ocupada demais com um problema de trabalho.

*Os outros trabalham*, pensou Nina, desligando. *Eu não sirvo para nada.*

Emmanuel vinha organizando tudo há meses, enquanto via Nina feliz com a ideia de passar o ano-novo na casa de Étienne, escolhendo fitas cassete antigas e CDs para levar, ele já havia alugado uma mansão em uma praia paradisíaca nas Ilhas Maurício. Todos do grupo "um fim de semana por mês" estariam lá, e dessa vez com uma dezena de filhos. Dois coelhos com uma cajadada só.

Nos dez dias após a partida, o marido de Nina esteve radiante, nadou no mar, se bronzeou, correu na praia, brincou de bola com os filhos dos outros, com o olhar ávido, e trepou com ela todas as noites, permanecendo dentro do seu ventre estéril por muito tempo e repetindo sem parar: "Eu te amo, eu te amo tanto."

Nina não viu quase nada do oceano Índico. Ela começava a beber coquetéis e tudo o que continha álcool no café da manhã. Encerrou o século semiconsciente, sem que ninguém percebesse. Cada um estava ocupado com a própria felicidade.

No entanto, a luz era bonita, os mauricianos, deslumbrantes, a comida, divina. Mas nenhum quarto com vista substitui um amigo.

Ela pega um livro ao acaso na biblioteca do seu quarto para enfiar as últimas três cartas lá dentro. Olha o título: *Branco de Espanha*. Tinha se esquecido de ler aquele romance. Fazia tempo que ela o comprara. Ela dá uma olhada distraída na quarta capa e guarda o livro em meio a outros, esquecidos, já lidos, ou abandonados no meio da leitura.

O despertador indica que são cinco da tarde. Está na hora do primeiro drinque. Ela enfia suas garrafas dentro das botas. Nina é experiente na arte de dissimular. Não se orgulha disso, mas dissimular significa dar a si mesma espaços de liberdade. Aqueles instantes, aqueles atos pertencem somente a ela. Nina serve o álcool dentro de uma xícara de chá de porcelana para não levantar suspeitas.

A cozinheira está lá embaixo, atarefada junto ao fogão.

*Nana, neném, que a Cuca vem pegar, papai foi na roça, mamãe foi trabalhar...*

Ela pediu cem vezes a Nathalie que não chegasse cedo demais para preparar o jantar. Mas a cozinheira não dava a mínima para o que Nina pedia. Aparecia às quatro da tarde, sendo que eles nunca jantavam antes das oito. Antes, ela ficava para tirar a mesa. Não mais. Eles que se virem.

"São problemas de gente rica, meu amor", repete Emmanuel. "Para de reclamar... Você não faz nada o dia inteiro, para de reclamar. Temos uma vida de milionários, para de reclamar... Temos sorte, muita sorte, para de reclamar... Faz um esforço, come carne, para de reclamar... Você engordou mais, não? Eu poderia trair você, sabia? Não faltam mulheres atrás de mim, para de reclamar..."

## Agosto de 2000

À exceção de Fabien Désérable, todos desconhecem que Sasha Laurent, a autora do campeão de vendas *Branco de Espanha*, é Adrien Bobin. Ele escrevera aquela história para viver, para continuar a viver. Mas não fizera nada com ela. Ele carrega e carregará para sempre uma clandestinidade dentro de si. Mas foi graças a essa clandestinidade que ele se tornou financeiramente independente aos vinte anos, uma ironia risível do destino.

O ensaio geral da sua peça, *Filhos em comum*, será em quinze dias. Em Paris, cartazes espalhados por toda parte anunciam a estreia no teatro Abbesses.

Adrien assiste aos últimos ensaios, sentado três fileiras atrás do diretor. Observa os atores buscando, se movimentando, escuta suas propostas com alegria. É como entrar num sonho. Aqueles que o fascinavam quando era criança, diante da televisão. Escutá-los recitar suas palavras o enche de energia. São palavras que lhe pertencem, que saíram da sua cabeça.

Para escrever sua peça, Adrien se inspirou em um domingo em que acabara de chegar em Paris e morava com Thérèse Lepic, em Vincennes. Nesse dia, ele havia aceitado almoçar na rua Rome, na casa do pai, já que, afinal, era ele que pagava seu aluguel e demais necessidades. Além disso, sem Nina, Adrien não tinha motivos para se mudar para a residência estudantil. Os outros estudantes não o interessavam. O aterrorizavam, até. O apartamento de Thérèse era seu único consolo, seu refúgio limpo e confortável.

— O número do prédio é 6754C, sexto andar — indicara Sylvain Bobin ao telefone.

Adrien encontrou um belo edifício ao estilo haussmaniano. No elevador com grade de ferro forjado, ele se olhou no espelho antigo. Como sempre, tinha perguntas e respostas prontas, morria de medo de que os dois ficassem num silêncio constrangedor.

Era a primeira vez que Adrien entrava no universo do pai. Geralmente, os dois almoçavam no restaurante.

Encontrou seu nome na porta. O mesmo sobrenome que o dele. Aquilo sempre o espantara. Pai e filho só tinham o nome em comum.

Uma mulher abriu a porta. O cabelo curto e louro, um falso ar de Isabelle Huppert, cerca de cinquenta anos, bonita e bem-arrumada. Adrien se sentiu corar e se detestou por isso.

— Olá, meu nome é Marie-Hélène.

— Olá, me chamo Adrien.

— Eu sei — disse ela.

Ele estendeu a mão, ela segurou seu ombro e o beijou com gestos atrapalhados. Ele sentiu seu perfume, um Laura Ashley que sempre o deixava enjoado. Fugia das mulheres que usavam aquele perfume no metrô.

Seguiu Marie-Hélène. Ela usava uma camisa de seda branca e uma saia preta justa até os joelhos, com uma pequena fenda na parte de trás. Adrien pensou que ela tinha belas pernas, finas e musculosas. Pensou também na mãe, que nunca vestira aquele tipo de saia. Só coisas longas, fúcsia ou turquesa.

Adrien passou perto da porta da cozinha. Sentiu o aroma de um prato com molho no fogão.

— É um *coq au vin* — disse Marie-Hélène como se tivesse ouvido os pensamentos dele.

No corredor que levava à sala, Adrien viu várias fotos. Marie-Hélène mais nova diante de um pinheiro de Natal ou de um oceano. Vestindo uma canga ou um casaco de esqui. E Sylvain Bobin, sempre ao seu lado. Outros retratos de desconhecidos, crianças com camisas de times de futebol e idosos posando à mesa de um banquete, com uma taça de vinho na mão.

Adrien percebeu que estava conhecendo a vida pessoal do pai pela primeira vez. Toda uma vida que começara muito antes do seu nascimento e que seguia seu rumo.

Mas por que sua mãe transara com aquele homem casado? De repente, ele quis saber como aqueles seres que pareciam tão opostos tinham acabado na mesma cama. Foi ao descobrir Marie-Hélène que Adrien sentiu a necessidade de saber. Vira o pai aparecer em seu apartamento de La Comelle muitas vezes, beber um café em silêncio, com Joséphine ao seu lado desejando que ele fosse embora. Mas nunca quis saber por que eles ficaram juntos. Será que ela o fizera rir? Tinham se amado? Como ele a seduzira? O que os atraíra um no outro? Ele, a caricatura de um contador que conta as ervilhas que acabam de lhe servir para calcular o preço do centímetro quadrado do prato do dia, e ela, avoada, adepta do budismo e das medicinas naturais.

Na mesa da sala, taças de champanhe e biscoitos em pratinhos. No sofá, Sylvain Bobin ao lado de dois homens jovens. Cerca de vinte e cinco e trinta anos.

Os três se levantaram para apertar a mão de Adrien. Ele nunca dera um abraço no pai.

— Olá, eu sou o Laurent — disse o mais novo dos dois.

— Olá, eu sou o Pascal.

— Oi... Adrien.

Eles se sentaram. Pascal e Laurent perguntaram a Adrien onde ele morava, o que estava estudando e onde ficava La Comelle.

Às vezes, estamos tão desconectados da realidade que demoramos a enxergar algo que está na nossa frente. Adrien sempre fora taxado como o "tímido que vive no mundo dele". E, naquele dia, recolhido no seu mundo, ele precisou de duas taças de champanhe para entender que Pascal e Laurent eram seus meios-irmãos. Meios-irmãos que tinham o mesmo sobrenome que ele e que haviam sido reconhecidos, como ele. A diferença é que eles haviam crescido com o pai.

Quando entendeu que todo aquele mundinho conversava naturalmente sobre o silêncio das nações a respeito do genocídio em Ruanda, sobre a atuação de Tom Hanks em *Forrest Gump*, Adrien disse a si mesmo que as pessoas eram loucas, e teve vontade de vomitar os salgadinhos de queijo.

Sentaram-se à mesa. Marie-Hélène foi buscar as entradas.

— Eu te ajudo, mãe — ofereceu Pascal.

Adrien observou seus irmãos, se perguntando se sofriam do mesmo mal que ele. Mas como saber? Seu mal era invisível. E os dois grandalhões que estavam diante dele não se pareciam em nada com Adrien. Seu pai tivera que ir plantar sua semente longe dali para fabricar um jovem raquítico feito ele.

Adrien deixou o apartamento por volta das quatro da tarde, levemente embriagado, prometendo a Marie-Hélène que voltaria.

Ele só voltou em pensamento. Examinou e dissecou cada minuto daquele domingo, um estranho na própria família, para criar uma obra que "o meio teatral" caracterizara como "magistral".

Ele viu o pai outras vezes, mas sempre em restaurantes lotados, durante a semana, na hora do almoço. Sylvain Bobin nunca mais mencionou sua outra vida para Adrien. Por quê?

Ele não devia ter causado boa impressão. Era muito reservado, muito pálido, não era o suficiente.

Era como se aquele domingo nunca tivesse existido.

## *Agosto de 2000*

Étienne desliga o telefone. O azar nas mãos e na mente. Aquela história o persegue há tempo demais.

Foi o policial Sébastien Larand, um antigo amigo de escola, que avisou a ele. Um homem telefonou novamente para a delegacia de La Comelle afirmando que Clotilde e Étienne estavam juntos na noite do desaparecimento. "Certamente é a mesma pessoa que ligou para o programa de Pradel em 1997", acrescentou Larand.

Três anos de silêncio e eis que aquilo voltava.

O caso fora arquivado, mas os policiais não podiam ignorar aqueles telefonemas anônimos feitos de uma cabine telefônica situada no bairro baixo de La Comelle.

Era como se alguém o perseguisse. Mas quem? Os pais de Clotilde? Como saber? Falar? Dizer o que ele viu? Aquele carro que afundou no lago teria alguma relação? Um acidente? A ideia lhe causa calafrios.

E se ele começasse interrogando a testemunha da estação de trem, a mulher que teria visto Clotilde na plataforma aquela noite?

Ele liga de volta para Sébastien Larand na mesma hora:

— Preciso te pedir um favor.

# 64

*25 de dezembro de 2017*

Étienne está sentado na cama. Ele reflete sobre o seu desaparecimento. Depois de Clotilde, agora é sua vez.

Marie-Castille é chefe de polícia. A esposa vai encontrá-lo em cinco minutos, se ele não se organizar minuciosamente.

Ela não pode saber com que carro ele vai fugir, nem pode rastrear suas movimentações bancárias. Sacou uma boa quantia no banco na semana anterior, a fim de pagar todos os pedágios e hotéis em dinheiro.

Ele ainda não sabe aonde eles vão, nem com que veículo.

A primeira solução era alugar um. Mas não no seu nome, nem no de Louise ou de Nina. Eles teriam que ir buscar um carro em Autun sem usar seus documentos de identidade, mas o de outra pessoa. Os de um vizinho ou primo distante que não dirá nada. Para que Marie-Castille nunca pudesse conectá-lo a eles. A segunda solução era pegar emprestado um carro de um desconhecido. "Olá, será que você pode me emprestar seu carro? É pra eu ir morrer em paz... Vão trazer de volta depois do meu enterro. Desculpe o incômodo, você será recompensado."

Morrer. Nesse instante, ele enxerga aquilo como uma viagem. Como se fosse pegar um avião para descobrir paisagens até então desconhecidas, que não aparecem em nenhuma revista.

Ele organiza os pensamentos novamente. Não pode se permitir divagar nem se entristecer.

Teria que desativar todos os celulares. Deixá-los no silencioso dia e noite. Fazer ligações importantes com cartões pré-pagos. Pensa nas chamadas urgentes para Louise, caso ela tivesse que enviar uma receita a uma farmácia. Se bem que, com todos os remédios que ela lhe passara, ele já tinha o suficiente para uma dose letal.

Conhecendo Marie-Castille, ela iria colocar escutas em toda parte dentro de vinte e quatro horas. Do abrigo de Nina à casa dos seus pais. Ela vai enlouquecer. E quando Marie-Castille enlouquece, é o mundo inteiro que sofre as consequências. Ela não recua diante de nada. Se ficasse sabendo, ela o prenderia e o algemaria na mesma hora para levá-lo à força até o hospital. Seria capaz até de inserir o cateter ela mesma, para injetar a quimioterapia.

Ele ouve sua voz no andar térreo da casa, chamando a família para o almoço de Natal:

— Está na mesa, pessoal!

Antes de descer, Étienne envia uma mensagem de texto para Nina. Depois de enviada, ele a apaga do telefone. Com o filho e a esposa por perto, precisava ser vigilante.

Falaria com Valentin naquela noite.

Notificação. Nina lê a mensagem de Étienne várias vezes.

*Precisamos de um carro desconhecido pra partir. Senão minha mulher vai colocar todos os policiais da França atrás de nós. Se você precisar se comunicar comigo, mande mensagem para Louise.*
*Até +.*
*E*

Nina reage rapidamente. É assim desde a infância, principalmente depois que seu avô morreu. Quando ainda era casada com Emmanuel, ela sempre pensava rápido, sabia se adaptar, conhecia todas as táticas. No abrigo, agia da mesma forma. Tem a habilidade de escapar de situações dificílimas. Para Nina, o impossível não existe. Ela manda imediatamente uma mensagem para Louise.

*Diz pro seu irmão que OK. Obrigada.*
*Nina*

— Eu vou viajar — diz a Romain, observando seu belo perfil.

Os dois estão deitados na cama de Nina, com Bob aos seus pés. Assistem a um filme bobo de Natal enquanto comem batatas fritas.

— Pra onde?
— Ainda não sei. Vou acompanhar um amigo. Meu amigo de infância.
— Quanto tempo?
— Não sei. Ele está em fase terminal. Não quer nem ouvir falar em quimioterapia.

Romain fica visivelmente mexido.

— Quando vocês vão?
— Amanhã. E eu preciso de um carro. A mulher dele é policial. Vai procurar em toda parte.
— Por que seu amigo não viaja com a esposa?
— Porque ela quer obrigá-lo a se tratar.

Romain desliga a televisão. Tira uma migalha da bochecha de Nina.

— Quer ir no meu carro, é isso?
— É. É isso — responde ela, com uma mistura de segurança e desolação.
— É um dos garotos que você desenhou no ensino médio?
— É.
— Não esquece de pegar seu caderno e seus lápis antes de ir.

*Por que eu só encontrei você agora?*, pensa Nina. *Por que a minha vida está tão atrasada?*

— Obrigada.

Louise lê a mensagem de Nina. Observa enquanto Étienne finge devorar as torradas com *foie gras*. Ele não a engana. Ela sabe que dali a cinco minutos ele vai cuspir tudo no banheiro. Nina não conseguiu convencê-lo a se tratar. Mas saber que o irmão não vai partir sozinho a tranquiliza. Ela não deve chorar. Não deve olhar para ele. Marie-Castille não deve suspeitar de nada. Louise deve beber champanhe, mas não demais. Só para ficar um pouco zonza, não muito. Quando fica muito zonza, a tristeza transborda.

Ela deve falar com os sobrinhos, Valentin, Louis e Lola. Fazer perguntas sem dar a menor importância para as respostas — "Então, o que é *Game of Thrones*? Me contem a história." —, até achar o momento certo para dizer ao ouvido de Étienne o que Nina acabara de lhe enviar por mensagem.

O nome de Louise aparece no meu celular. Atendo na mesma hora. Não é ela.

— Está fazendo o quê? — pergunta Étienne.

— Estou arrumando minha mala... E esperando alguém.

— Quem? — pergunta ele, como se estivesse com ciúme.

— A moça que vai cuidar do Nicola.

— Quem é Nicola?

— Meu gato. Você viu ele hoje de manhã.

— Ah, é...

Um longo silêncio se segue. Ouço sua respiração.

— Não tem ninguém te fazendo companhia no Natal? — pergunta ele, finalmente.

— Não sou fã dessas refeições comemorativas. Escuto música. Fico bem.

Tento adivinhar o que ele está fazendo. Não há ninguém ao seu redor. De repente, entro em pânico, acho que ele partiu sozinho e está me telefonando para avisar.

— Onde você está?

— Na casa dos meus pais. Trancado no banheiro.

Sinto um alívio imediato. Ele não partiu sem nós.

Étienne acrescenta:

— É o único lugar onde me deixam em paz.

De novo, um silêncio. Como se ele quisesse me dizer algo, mas não soubesse como.

— Por que você me ligou, Étienne?

— Eu escrevi uma carta pra minha mulher... Não sou chegado a concordâncias, formulações ou belas palavras líricas... essas coisas... Posso mandar pro seu e-mail?

— ...

— Como você é craque em francês... Pode dar uma ajeitada?

— Eu não conheço a sua mulher.

— Você não precisa conhecer pra saber o que eu tenho a dizer. Porque você me conhece.

— Eu te conheci muito tempo atrás.

— Mas você pode me ajudar, por favor?

— Está bem.

Recebo a carta, enviada pelo e-mail de Louise. Eu a envio de volta alguns minutos depois.

*Étienne,*

*Corrigi dois erros de ortografia. Não mexi no resto, porque as palavras pertencem àqueles que as escrevem.*

*Sobretudo essas.*

*Marie-Castille,*

*Eu fui embora. Você tem o direito de ter raiva de mim.*

*Talvez você me ache egoísta, repulsivo, vil. É um direito seu.*

*Mas a escolha é minha.*

*Não há outra mulher. Eu não conheci ninguém.*

*Estou doente.*

*Louise vai explicar a você. Não fique ressentida com ela. Eu a proibi de contar.*

*Eu me recuso a deixar que você e Valentin me vejam sofrer como um animal de laboratório. Definhando. Não quero que a última imagem que tenham de mim seja a de um velho enfermo. Você sabe que eu odeio hospitais, e que sou orgulhoso feito Artaban. Você sempre me diz: "Meu amor, você é orgulhoso feito Artaban." Portanto, sou ao mesmo tempo orgulhoso e, sem dúvida, covarde demais para morrer diante dos seus olhos.*

*Não procure por mim, eu imploro. No início, vou estar com dois amigos de infância que vão me acompanhar na minha última viagem.*

*Não ver nosso filho crescer e não envelhecer com você é uma dor do caramba, mas eu me rendo.*

*Você sabe que eu não acredito em Deus e que, para mim, é impensável ficar preso numa caixa que um padre abençoaria antes de ela ser carregada por homens que eu não conheço. Ou pior: por nossos colegas de trabalho. Eu prefiro me jogar na água, me adiantar. E é isso que vou fazer: me jogar na água quando sentir que chegou a hora.*

*Não vou lamentar meu destino. Eu te imploro: nunca vista preto em minha memória. Vista aquele casaco seu de que eu gosto, com os losangos vermelhos. Compre vários. Gaste nosso dinheiro. Não seja minha viúva. Conheça outros homens e se divirta. Sim, divirta-se, exagere ao máximo, e aproveite o sol. Faça isso por mim.*

*Étienne*

# 65

*Setembro de 2000*

Segunda-feira de manhã. Nina tem duas semanas pela frente. Emmanuel acaba de viajar com uma malona.

Era tempo suficiente. Aleluia.

A cozinheira estava de férias. Comprara um pacote turístico para a Ilha da Madeira.

O sonho finalmente estava se tornando realidade. Aleluia.

Dez horas de diferença entre a França e a Austrália, vinte horas de avião a separariam de Emmanuel. Ele vai decolar no fim do dia em Paris. Dois dias sem poder telefonar para ela.

Emmanuel não viajava a trabalho desde novembro do ano anterior, então Nina nunca tinha um tempo sozinha. E era sempre a mesma história se ela não estivesse em casa quando ele voltasse do trabalho: "Onde você estava? Com quem? Por quê? Eu estava preocupado. De que adianta eu te dar um celular se você sempre deixa desligado? Eu te amo."

Ele anunciou a viagem para Sydney dois dias antes do voo.

— Meu amor, tenho uma má notícia: preciso viajar durante quinze dias. Sinto muito. Tentei cancelar até o último minuto, mas não deu. Posso fechar um contrato muito importante. O que me chateia é que vai cair bem durante as férias da Nathalie... Eu não queria deixar você sozinha.

Nina achou primeiro que era brincadeira. Achou realmente que ele ia concluir sua longa fala com um: "Ta-rã! Peguei você! Não, claro que eu não vou viajar! Vamos ficar juntinhos, só nós dois... minha mulherzinha e eu. E dessa vez vai funcionar, vamos fazer o nosso filho."

Mas quando Nina viu a passagem de avião dentro do passaporte em cima da cama, ao lado da camisa que ele acabava de tirar, percebeu que era verdade. Que ele ia viajar.

*Não demonstre alegria.*

Ela arregalou os olhos e respondeu com toda a inocência do mundo:

— Não se preocupe, meu amor, quinze dias passam muito rápido.

— Eu queria que você implorasse um pouco pra eu ficar.

Ele sorria, meio achando graça, meio acusando.

Sempre fazia aquela expressão de vítima incompreendida. E sempre falava naquele tom de brincadeira para fingir ser um sujeito tranquilo.

Ela sentia uma vontade cada vez maior de bater nele. O amor que ela sentira por ele se transformara em nojo. Não uma inimizade constante, mas intermitente. Ondas de ódio que surgiam e podiam desaparecer na mesma hora ou se instalar por um longo tempo. Feito um veneno nas suas veias. Ela, que era só empatia e bondade, se transformava em bruxa. Estava se tornando sua própria inimiga. Chegava a imaginar o assassinato do marido. Empurrá-lo da escada. Queimá-lo vivo. Nocauteá-lo, colocá-lo ao volante do seu carro esportivo e jogá-lo do alto de um penhasco. Cenas monstruosas dignas de Hitchcock que a apavoravam. Sobretudo de manhã, ao acordar, quando ele trepava com ela antes de ir para o trabalho. Rápido e eficiente, para plantar sua sementinha. *Quero mais é que ele morra*, ela pensava, fechando os olhos enquanto ele montava nela.

Mas, naquele instante, o mais importante era que ele não mudasse de ideia. Aquela viagem à Austrália era inesperada.

*A oportunidade da minha vida.*

Ela o abraçou, fechou os olhos, pensou no avô, em Étienne e Adrien, e caiu em prantos, murmurando ao ouvido do marido:

— Ver você ir embora me destrói, mas não se preocupe comigo, eu sei o quanto você luta por nós dois... pela empresa... Eu te amo... Tenho muito orgulho de você.

Então ela se deitou na cama, invocando toda a sua doçura. Ela pensava que não havia nenhuma diferença entre ela e uma puta. A não ser o fato de que o cliente era sempre o mesmo e que ela dormia em lençóis bordados com o brasão de uma propriedade. Nós nos tornamos aquilo que os outros fazem de nós e aquilo que aceitamos.

Nina pega *Branco de Espanha* na estante. Tira os três últimos envelopes do dia 11 de agosto de 1994, inclusive o que está destinado a Étienne. Por que levá-lo a Lyon? Ele não fala com ela desde o ano-novo que deu errado, ressentido de ela ter preferido ir para as Ilhas Maurício na virada do ano 2000.

TRÊS                                                                    331

Ao voltar de viagem, ela telefonou para ele, mas Étienne não atendeu. Ela deixou uma mensagem de voz: "Sou eu, Nina... Feliz ano novo e feliz século novo... Estou com saudade. Passei na sua casa, mas sua mãe me disse que você tinha acabado de ir embora... Vamos nos ver logo... Te amo muito... E feliz ano novo outra vez... Prenda os ladrões malvados e assassinos cruéis."

Étienne respondeu três dias depois, por mensagem, palavras frias e distantes:

*Feliz ano novo pra sua família. Beijos.*

Família? Que família? A dos Damamme? Na palavra "beijos", ela lia mais a raiva de Étienne do que qualquer beijo real.

Como quando ele ficava emburrado, na infância.

Ela abre o primeiro envelope, endereçado a uma tal de Julie Moreira, e encontra um cartão-postal com um desenho do personagem Marsupilami.

*Minha Juju,*

*Eu larguei o François. Dois anos com um psicopata! Perdi os cem quilos que pesavam nos meus ombros. Estou respirando! Tenho a impressão de que, desde que fui embora, me deram uma máscara de oxigênio. Ele tinha se tornado tão ciumento que não suportava nem que a sombra de alguém esbarrasse em mim. Quanto tempo perdido. Eu me arrependo tanto, se você soubesse. Mesmo que não adiante nada. Como sanduíches todos os dias e não tenho mais um centavo, mas estou pouco me lixando.*

*Estou doida para ver você. Semana que vem, vamos pular do trampolim de cinco metros da piscina, como quando éramos crianças, e vamos chupar balas. É melhor do que pirus de babacas.*

*Um beijão, minha querida,*

*Lolo*

Nina lê e relê o cartão-postal. As palavras "psicopata" e "respirando" se misturam na sua mente. É como se aquela Lolo estivesse lhe dando as instruções para partir. Parece tão simples e tão empolgante simplesmente ir embora.

Abre o segundo envelope, endereçado à APA. Nina demora a entender que é o nome do abrigo para animais de La Comelle. Ela nunca pôs os pés lá. Sempre fugiu daquele lugar, com medo de ficar traumatizada. Lembra-se do pequeno spaniel que eles tinham encontrado quando ainda eram três, de baterem nas portas para encontrar um possível dono, do ataque que o avô teve quando os viu entrando com aquele cachorro nos braços. Não havia nenhuma possibilidade de ficarem com ele. Os dois meninos se encarregaram de levá-lo ao abrigo, enquanto Nina chorava todas as lágrimas do seu corpo.

*Senhor, Senhora,*

*Gostaria de comunicar que um cão de raça labrador/golden retriever passa seus dias e noites preso numa varanda que dá para um pátio interno privado. Ele fica em meio aos seus excrementos e duvido que seja alimentado regularmente. Sua dona viaja com muita frequência.*

*Para que possam verificar, o endereço é o seguinte: Cristelle Barratier, rua Cent-Pas, n.10, La Comelle.*

A carta não tem assinatura. Não há nome de remetente no verso do envelope. Seria uma vingança de alguém insatisfeito com um problema qualquer de vizinhança ou uma denúncia de maus-tratos verdadeira? A carta tem seis anos. O que havia acontecido desde então? O animal tinha sido resgatado? De qualquer forma, certamente estava morto agora.

Ela fecha os dois envelopes sem deixar nenhum rasgo.

Coloca a carta endereçada a Étienne de volta dentro de *Branco de Espanha* e devolve o livro à estante, em meio a outros.

Disca doze no teclado do telefone fixo. Uma telefonista atende na mesma hora.

— Olá, eu gostaria do número de telefone do teatro Abbesses, A-B--B-E-S-S-E-S, em Paris, no décimo oitavo *arrondissement*.

Ela anota o número, telefona para o teatro e reserva um lugar para a noite seguinte. Como é a estreia, todos os lugares bons já foram vendidos, restam apenas alguns, no fundo. Não tem problema. O importante era estar lá. Ela vai assistir a *Filhos em comum*, peça escrita por Adrien. Vai fazer uma surpresa, aparecer sem avisar.

Dali a pouco, vai comprar sua passagem de trem na agência de viagens. Vai esperar que escureça para achar as caixas de correio de Julie Moreira e da APA.

Toma um banho ouvindo o álbum de Étienne Daho, *Corps et armes*. Foi Emmanuel quem lhe deu o álbum de presente, dizendo: "Em homenagem ao show que nunca aconteceu, na noite em que eu te beijei pela primeira vez."

Nina sabe a letra de "La Baie" de cor. Aquela música é feito uma viagem imóvel. Ela acompanha a estrada que ladeia o mar, a que é descrita pelo cantor, o caminho daquele que parte.

Nina seca o cabelo e começa a arrumar a mala.

Dessa vez, ela vai embora.

Segunda-feira. São nove horas deste mesmo dia quando Étienne entra em La Comelle. Tem um encontro marcado com Sébastien Larand, seu velho amigo de escola que virou policial.

Étienne saiu de Lyon às seis. Não vai ver os pais. Não avisou ninguém, como no dia em que foi visitar o túmulo de Joséphine. Ele pensa em Nina. Devia estar sozinha em casa, vegetando no seu cotidiano de mulher-casada-que-não-trabalha. Ele poderia passar lá para beber um café com ela, surpreendê-la, mas não tem a menor vontade.

Não ter vontade de ver Nina àquele ponto o deixa nauseado. Ele nunca achou que aquilo seria possível. Ainda não digeriu o que ela fez no ano-novo. Partir no último minuto, quando eles tinham combinado de ficar todos juntos. Ele sabe que não é culpa dela, que o problema é o marido, mas Nina poderia ter recusado. Étienne tem raiva de como ela se dobra a tudo o que o sujeito lhe impõe.

Esta manhã, Étienne vai finalmente conhecer a testemunha que viu Clotilde na estação de trem na noite do seu desaparecimento. Ela se chama Massima Santos. Sébastien Larand marcou com ela em um bistrô. Era menos formal do que a delegacia. Também era menos impressionante.

Étienne precisa saber o que aquela mulher viu e como ela conhecia Clotilde.

Já se passaram seis anos, será que ela lembra? Sébastien Larand enviou o testemunho de Massima para Étienne por e-mail. Um testemunho registrado cinco dias após a suposta partida de Clotilde.

No dia 17 de agosto de 1994, Massima fechou a mercearia onde trabalhava às sete da noite. Voltou para casa para arrumar a mala e entregar as chaves aos vizinhos para que eles regassem as plantas e alimentassem o gato. Então caminhou até a estação, para pegar o último trem em direção a Mâcon, o das 22h17. Clotilde Marais estava sentada em um banco, na plataforma de número dois, com uma bolsa de viagem na mão. Ela a cumprimentou e entrou no trem regional. Teria visto Clotilde entrar também? Era impossível afirmar que sim. Quando Massima voltou a La Comelle, cinco dias depois, sua patroa lhe informou que Clotilde Marais era alvo de uma investigação devido a seu desaparecimento. Então ela telefonou para a polícia.

Étienne entra no bistrô. Alguns homens jogam cartas em uma mesa perto da janela. Mal erguem a cabeça quando ele entra. Sébastien já está ali. Com seu quepe debaixo do braço, ele bebe um café no balcão enquanto conversa com o proprietário. Étienne conhece o sujeito de vista. Em La Comelle, todos se conhecem de vista. É a primeira vez que ele entra ali. É um lugar velho, um pouco escuro, que não mudava desde os anos 1950. Ali, não havia nem videogames, nem rock.

Étienne e Sébastien pegam uma mesa no fundo do salão. Pedem um café e um copo de água para cada um. Estão quinze minutos adiantados. Contam sobre seus respectivos percursos. Sébastien fica impressionado com o de Étienne. Tenente de polícia não era pouca coisa. Os concursos e estudos eram muito difíceis.

Então, chegam no assunto. Antes de desaparecer, Clotilde trabalhara como garçonete. Um bico de verão.

— Na época — conta Sébastien —, eu ainda era estudante, mas os colegas que cuidaram da investigação me contaram que a garota tinha umas mudanças de humor intensas. Isso eles não mostraram no programa do Pradel, na televisão. Foi o dono da pizzaria onde ela trabalhava que contou. Nos últimos dias, parece que ela não parava de olhar pra fora, como se esperasse alguém.

Étienne se segura. Não deixa transparecer nenhuma emoção. Aprendeu a se controlar para as provas orais do concurso, a colocar uma máscara sobre o rosto, a da escuta e da reflexão.

— Clotilde não apareceu no encontro aquela noite… então eu fui embora… Quem pode estar telefonando regularmente pra dizer o contrário?

Sébastien faz uma careta.

— Recebemos delações o tempo todo… Um dia, pra você ficar tranquilo, seria bom que seu amigo, dono da casa onde passou a noite, também prestasse depoimento. Nunca se sabe.

— Nunca se sabe o quê? — interrompe Étienne.

— Podem acabar enchendo seu saco. A única pessoa que se manifestou desde o programa na TF1 foi o sujeito que liga o tempo todo pra dizer seu nome… Quem pode ter raiva de você?

TRÊS

— Mas quando ele liga, não me acusa diretamente.

— Não, mas dá no mesmo... Ele diz que vocês estavam juntos no lago naquela noite e desliga...

Quando Massima Santos empurra a porta, os dois erguem a cabeça.

Ela parece intimidada. Talvez aquele bistrô não fosse uma boa ideia. Ela não era do tipo que frequentava bistrôs. Os jogadores de cartas, que mal tinham olhado para Étienne quando ele entrou, largam as cartas no tapete verde como se tivessem sido pegos em flagrante. Eles a cumprimentam com um ar culpado. Massima lhes agradece com um aceno de cabeça e pede um café, como se estivesse se desculpando por estar ali.

Étienne também a conhece de vista. Ele se lembra de suas roupas escuras, sua pele fina e clara, seus olhinhos escuros e fundos, seu crucifixo de ouro ao redor do pescoço. Uma mulher muito magra, que manca de leve. Ele deve ter acompanhado sua mãe até a mercearia alguma vez, ou cruzado com ela, assim como com todos os outros moradores dali, nas quatro calçadas do centro.

Sébastien e Étienne se levantam ao mesmo tempo para puxar uma cadeira, na qual ela se senta, pouco à vontade. Ela pousa as mãos brancas e esqueléticas sobre a mesa de fórmica. Étienne pensa imediatamente em pés de galinha.

Sébastien pergunta sobre sua saúde e apresenta Étienne, "um grande tenente de polícia de Lyon". Massima parece ao mesmo tempo amedrontada e impressionada. Étienne a tranquiliza imediatamente, mantendo um tom de voz doce, como todas as vezes em que quer acalmar uma testemunha ou fazê-la falar. Ele abre um grande sorriso, apesar da acidez no seu estômago, que dói para cacete. Muitos cafés à beira da estrada entre Lyon e La Comelle, muitas noites em claro, muitos pesadelos nos quais vê Clotilde afundando em uma água salobra.

— Eu conhecia Clotilde Marais... — começa Étienne. — A gente namorou uma época... e na noite em que a senhora a viu na estação, eu estava esperando por ela... A gente tinha combinado de se ver. Será que pode me dizer o que a senhora viu, exatamente?

— Bem, como eu já falei, ela estava na estação. Sentada em um banco.

— Estava sozinha?

— Sim.

— Tem certeza? — insiste Étienne, com um tom de voz reconfortante.

— Sim.

— O que ela estava fazendo? Lendo? Ouvindo música? Usava um fone de walkman nos ouvidos?

Massima franze a testa, vasculhando sua mente.

— Não. Ela olhava reto à frente.

— Parecia chateada? Feliz? Cansada?

— Parecia estar esperando o trem.

Étienne fica calado. Ele pensa. Repete as mesmas perguntas a si mesmo, as que o deixam obcecado e dão voltas na sua mente há anos: que horas eram quando Clotilde se juntou a ele no lago? Ela teve tempo de ir até a estação? Como? Quem estava naquele carro que ele viu afundar no lago? Ele o vira de fato? Tinha bebido muito naquela noite.

Massima mexe seu café com leite, olhando fixamente para a xícara.

Étienne sabe que muitos depoimentos não valem nada. As pessoas se esquecem, se enganam, se confundem. São repletas de certezas, e não são fisionomistas, só pensam em si e não ligam para os outros. É fácil revirar o cérebro delas em poucos instantes. Retratos falados são a prova irrefutável disso. Quantas vezes ele procurou o indivíduo errado por causa de uma pista falsa? "Ele era louro." "Tem certeza?" "Sim, certeza absoluta." "Mas alguém viu um homem moreno que parece corresponder... Olhe essa foto." "Ah sim, pode ser. Estava de noite..."

Quantas vezes ouvira aquilo?

*Estava de noite!* Étienne reprime na mesma hora duas perguntas que os policiais certamente não haviam feito a Massima Santos, pensando se tratar de uma fuga banal de adolescente: "Estava de noite quando você diz ter reconhecido Clotilde na estação, e você usa óculos de grau?"

*O sol deve começar a se pôr lá pelas nove horas da noite no mês de agosto. Então, depois de dez horas está escuro...,* pensa Étienne. *A velha não deve ter visto Clotilde com nitidez... Há luzes numa plataforma de trem... Quando eu acordei, quando vi o carro afundar na água, já estava escuro. Já devia passar de nove e meia da noite.*

Étienne observa Massima novamente. Deve ter cerca de sessenta anos. Quer dizer então que já tinha mais de cinquenta em agosto de 1994. Quem ainda tem uma vista excelente com essa idade?

Se, na situação atual, o testemunho de Massima o exime de toda e qualquer responsabilidade, Étienne quer saber se a velha beata está enganada ou está dizendo a verdade. Então tem outra ideia. Quem, em 1994, em La Comelle, podia *se parecer* com Clotilde? A mesma fisionomia, o mesmo estilo, alta e de cabelo louro? Várias garotas, evidentemente. Clotilde teria alguma característica particular? Só de pensar nisso, Étienne sente uma dor violenta no estômago, feito um golpe com barra de ferro na sua barriga. Suas lembranças se voltam para o rosto de Clotilde, buscam uma verruga, uma tatuagem, uma mancha de nascença. Nada. A pele lisa. Ele evita pensar na barriga dela.

Sébastien o tira de seus devaneios.

— Como a senhora conhecia Clotilde Marais? — pergunta ele a Massima.

— Ela ia até a loja com a mãe quando era pequena. E às vezes sozinha. Ela costurava.

Étienne intervém sem querer... não se pode controlar tudo.

— A senhora deve estar confundindo... Ela não era o tipo de garota que costurava.

A mulher o olha com superioridade.

— Costurava, sim. Fazia até camisas, sozinha. Belos modelos... Minha patroa sempre dizia para ela abrir o próprio negócio. Que faria um baita sucesso... Sim, ela dizia assim: "Um baita sucesso."

*E que sucesso...*, pensa Étienne.

Os dois se encontravam na casa dele, na maioria das vezes. Muito raramente na casa dela. Ele não se lembra de ter visto uma máquina de costura no quarto de Clotilde ou em qualquer outro cômodo. E ela nunca falara sobre roupas ou costura. Era feminina, mas mais chegada a roupas de ginástica. Étienne tenta se lembrar das matérias de que ela mais gostava no ensino médio. Ela ia para Dijon cursar educação física, não para virar estilista ou qualquer coisa do tipo.

— Vamos verificar se tem uma máquina de costura na casa dos pais dela — diz Sébastien, erguendo a mão na direção do garçom. — Quer beber mais alguma coisa?

— Não, obrigada.

*O que diabos você está fazendo?*, pergunta Étienne a si mesmo. *Está cavando sua própria cova. Se o depoimento desta mulher cair por terra, todos os olhares se voltarão para você. Sobretudo os dos pais de Clotilde. Era conveniente para os outros acreditar que a garota tinha ido embora, ido morar em outro lugar. Mas não para seus pais. Além disso, quem fica ligando para a delegacia para dizer que eu estava com ela naquela noite? Talvez esteja na hora de pedir uma ajudinha a Adrien.*

Adrien abre os olhos.

Como vai se vestir para participar do programa *Vol de nuit*?

É a primeira pergunta que faz a si mesmo.

A noite anterior foi a da estreia de *Filhos em comum*. Adrien ainda está nas nuvens. Paris inteira de pé, aplaudindo. Atores, escritores, jornalistas, dos que aparecem na TV aos que escrevem em revistas semanais ou mensais, todos ali, na ponta dos pés.

Adrien não se cansa de ler as críticas positivas que chovem sobre ele desde sua peça *As mães*. Espera que o velho Py também as leia. Mas não, que ideia estranha. O velho Py pertence a outra vida.

"Adrien Bobin, o pequeno príncipe", "Adrien Bobin nos espanta. Uma linguagem majestosa e fluida que fala direto ao coração", "Há algo de Shakespeare no jovem Bobin", "O acontecimento Adrien Bobin", "Adrien Bobin sacode a poeira do teatro contemporâneo"... Ele lê e relê as manchetes sem parar, seus pés mal tocam o chão. Coleciona as revistas culturais nas quais aparece. Cultiva seu jardim secreto.

— Você divide a vida com alguém?

— Sim, mas não vou contar nada.

Na rua, algumas pessoas começam a reconhecê-lo, sobretudo estudantes e atores iniciantes.

Thierry Ardisson compareceu ao ensaio geral para preparar o programa *Todo mundo está falando nisso*, o de maior audiência do país, do qual os três atores principais vão participar.

Patrick Poivre d'Arvor, que adorou a peça, também quer fazer um *Vol de nuit* sobre os dramaturgos. Quer convidar Adrien para o set, com outros autores de teatro para conversar sobre seus diferentes registros: "Como começamos a escrever?" "Por que o teatro? Qual parte é ficção e qual é a vida?", "Pensam em um ator ou uma atriz específicos para se inspirarem?" "Como vocês imaginam as cenas? E o que sentem quando percebem suas palavras na boca dos atores?"

Quando lhe dizem que "seus pais devem estar orgulhosos", ele faz uma expressão triste e responde, com um lenço diante da boca: "Minha mãe morreu." Sem acrescentar nada. As pessoas não insistem. Não ousam fazer perguntas a respeito do pai. Sobretudo aqueles que assistiram à pré-estreia de *Filhos em comum*.

Adrien não pede notícias de Sylvain Bobin há meses. Para quê? Almoçar num restaurante com cheiro de batatas fritas e molho madeira olhando as moscas voarem? Falar banalidades para preencher o silêncio? Suportar o olhar tépido e vazio do pai sobre ele?

Amanhã à noite é a estreia de *Filhos em comum*. Ele vai ter que confrontar o público real.

Adrien não convidou ninguém.

Nem o pai, nem a madrasta, e muito menos os meios-irmãos. Ele os usou, usou sua matéria teatral para tecer sua intriga. Fim da história.

A assessora de imprensa perguntou se ele gostaria de convidar pessoas próximas. Adrien respondeu que as havia perdido. Poderia ter convidado Louise, mas isso significaria convidar também Étienne. Étienne no teatro, que contraditório. Quanto a Nina, ela nunca viajava sem o marido playboy, que jamais iria assistir a uma de suas peças. Adrien nem sequer tentou propor algo.

Ele evita pensar em Nina, senão sente um mal-estar. A sensação de tê-la abandonado, apesar de sua promessa: "Pra você, a gente sempre vai ter um carro novo com o tanque cheio." E aquela frase que sempre vinha à tona: "Não existe amor, só existem provas de amor."

Ele evita pensar que, talvez, devesse ter feito algo. E acaba dizendo a si mesmo que cada um tem sua vida, que é impossível salvar o mundo inteiro. Que as pessoas também têm que salvar a si mesmas.

Tudo bem, mas Nina não é "as pessoas". Ao mesmo tempo, quantas vezes ele a convidou para morar com ele no apartamento de Thérèse Lepic?

— E a dona da casa onde você morou quando chegou em Paris, tem notícias dela? — perguntou Désérable certa noite, quando os dois jantavam no Arpège para comemorar seu sucesso e enterrar definitivamente a esperança de um segundo romance.

— Ela está caquética — respondeu Adrien sem dar mais detalhes.

Mas, levado pelo delicioso vinho que eles saboreavam desde o início da refeição, seu editor tomou coragem. Nunca tinha se arriscado a perguntar sobre a vida pessoal de Adrien. Guardava certa distância do mistério Sasha Laurent, o pseudônimo dele.

— E as pessoas que você menciona em *Branco de Espanha*... leram o livro?

— *Branco de Espanha* é uma ficção.

Désérable o encarou. E, pela primeira vez, ousou dizer:

— Acho que não.

Adrien corou, levando um Montrachet 1984 aos lábios.

— Pode achar o que quiser.

Adrien continua deitado em sua cama. Devem ser umas nove horas, a julgar pela luz que entra pelas persianas e pelos barulhos da rua.

Hoje, ele está livre. Certamente vai ao cinema. Gosta das sessões do fim da manhã. Ainda não viu *Harry Chegou Para Ajudar*.

Já faz alguns meses que não consegue escrever como antes. Agora, ele se pega buscando belas frases. Ao querer deslumbrar a plateia, tem consciência de perder qualquer sinceridade.

Escrever *Branco de Espanha* foi uma necessidade. Hoje, escrever significa brilhar aos olhos dos outros, não salvar sua vida. Agora, onde ele encontrava imenso prazer, subsiste apenas uma obrigação.

Deve ser o cansaço. Não para desde que foi morar em Paris. Seis anos, já.

Como o tempo passa. Ele pensa em Louise e Étienne. Gosta de vê-los em La Comelle, não em Paris. Não gosta nem de pensar em buscá-los na Gare de Lyon. Já foi até lá para buscar Louise. Assim que ela aparece na extremidade da plataforma, fica incomodado. Tem a sensação terrível de não saber o que fazer com ela. Leva-a para passear e visitar restaurantes e museus, feito uma turista. Sente-se como um monstro sem coração e, quando ela vai embora, fica aliviado.

# 66

### 25 de dezembro de 2017

Nina abre os olhos. Romain está dormindo profundamente, com a cabeça debaixo do travesseiro. Os dois adormeceram no calor um do outro. Há restos do almoço de Natal nas mesas de cabeceira e no velho aparador.

Deve ser umas cinco da tarde. Os gatos estão sonolentos nas poltronas, olhando Bob estirado em cima do edredom.

Nina se levanta sem fazer barulho.

Coloca seus pensamentos em ordem: telefonar para Simone e ir até o refúgio para organizar sua partida. Mas antes pega o caderno de desenho e o lápis carvão que Romain lhe deu de presente na véspera e começa a desenhar seu perfil. Só consegue ver uma parte do seu rosto, o cabelo bagunçado. Encontra o desejo sob seus dedos. Graças aos movimentos da sua mão, ela se reconecta ao corpo. À sua sensualidade também. Seu pulso esbarra no papel, seus olhos vão dos traços de Romain para as linhas que ela risca. Sente um prazer nítido que não sentia há anos, o prazer de transcrever uma individualidade através de nariz, boca, olhos, testa. Ela escreve "Natal de 2017" no canto inferior do papel e o coloca perto dele na cama.

Nina pensa outra vez no que Simone lhe disse de manhã a respeito da adoção de Bolinho e da noite de amor que havia vivido com o seu aprendiz de dançarino: "Sabe, Nina, a gente acha. E a gente se engana."

*Faz cem anos que não arrumo uma mala*, ela diz a si mesma, olhando suas roupas. Guardou a de sua avó Odile. A mala feiosa de couro falso e papelão com a qual tinha ido a Saint-Raphaël em 1990. Ela também a usou em setembro de 2000 para a estreia de *Filhos em comum*, a peça de Adrien. Poderia ter pegado uma das malas que Emmanuel tinha lhe dado, maiores, mais resistentes, com rodinhas, mas fez questão de levar a de sua avó para *partir*.

Quando Nina chegou na Gare de Lyon, deixou-a num depósito. Lá dentro estavam os restos de seis anos de vida partilhada com Damamme, guardados e passados a ferro.

Era a primeira vez que ela ia a Paris.

Saiu da Gare de Lyon com o mapa do metrô na mão e pegou a linha catorze até a estação Madeleine. Subiu a pé até a rua Abbesses, cortando caminho pela praça Blanche. Teve que pedir ajuda duas vezes e descobriu por acaso que o Moulin-Rouge era minúsculo. Um cenário de filme.

Quando chegou na rua Abbesses, ela se instalou no café Saint-Jean, bem ao lado do teatro. Ela sabia que Adrien estaria presente na noite da estreia, e que talvez passasse ali para beber alguma coisa ou encontrar amigos.

Eram seis da tarde quando ela enviou uma mensagem de texto para ele:

*Passa no café Saint-Jean, na rua Abbesses. Deixei uma surpresa pra você lá.*

Ela observou a rua durante duas horas, os passantes, os clientes, dando um pulo a cada vez que uma sombra aparecia atrás da porta. Às oito da noite, ela foi até o guichê do teatro sem ter recebido qualquer resposta de Adrien.

Nina se convenceu de que ele devia estar nas coxias com os atores. Que não estava com o celular. Que eles se encontrariam mais tarde. Que ela lhe diria, lá pelas onze da noite, com uma taça de champanhe: "Fui embora de La Comelle, quero ficar em Paris, será que você pode me abrigar na sua casa até eu me situar?"

Adrien ficaria feliz, aliviado. Nina pensava com frequência naquela frase que ele sussurrara ao seu ouvido no dia do seu casamento: "Pra você, a gente sempre vai ter um carro novo com o tanque cheio." Ele esperava aquilo há tanto tempo.

Seis anos haviam se passado entre o dia em que os meninos partiram e aquela estreia no teatro. Ela demorara seis longos anos para largar Emmanuel. Ele tivera de ir até a Austrália para que Nina tomasse coragem de fugir. Não dissera nada a ninguém, sequer telefonara para os seus sogros. Emmanuel era capaz de qualquer coisa, sobretudo das piores. Antes que ele tivesse tempo de voltar à França e perceber que ela não estava mais lá, Adrien encontraria uma solução para escondê-la por um tempo. Ele tinha contatos agora.

TRÊS                                                                    343

Na rua Abbesses, ao ver seu reflexo nas vitrines, Nina disse a si mesma que precisava emagrecer, parar de beber todos os dias e de se encher de hormônios. E, sobretudo, voltar a desenhar... e talvez a cantar.

Entre La Comelle e Paris, ela sonhara olhando as paisagens: por que não voltar a fazer música? Agora que ele era famoso e admirado, Adrien podia escrever as letras e ela cantaria. E se insistissem um pouco, Étienne se juntaria a eles. Estava realmente feliz em Lyon, trabalhando na polícia? Nina saberia encontrar as palavras para que ele se juntasse aos dois. Para que formassem a banda Três novamente. Ainda eram jovens. A vida, a vida de verdade, iria começar com seis anos de atraso.

No guichê do teatro, pegou o ingresso que reservara na véspera por telefone e caminhou pelo hall em meio a uma multidão.

Estava tomada pelo orgulho, pela alegria de ser amiga daquele cujo nome aparecia no cartaz. Ela também estava apreensiva. Não via Adrien desde o dia em que a França ganhara a Copa do Mundo.

Estava fazendo o cálculo: dois anos, vinte e seis meses exatamente desde que cruzara seu olhar.

Em vinte e seis meses, aquele olhar havia mudado. Seu olhar sobre os outros talvez não, mas sobre ela, sim. Primeiro, ele corou, percebendo que era realmente ela. Nina, sua Nina. Alguns metros os separavam.

Ele buscou com os olhos para ver quem a acompanhava. Étienne, uma esperança; Emmanuel, uma evidência. Acabou constatando que ela estava sozinha. Mas ele não se moveu. Não deu um passo na sua direção. Foi Nina quem se aproximou, sorrindo. Ela se jogou nos seus braços. Sentiu Adrien se retesar.

Muita emoção. O pudor de Adrien. Sua imensa timidez.

Eles se encararam, trocaram algumas palavras:

— Tudo bem?

— Tudo.

— Está nervoso?

— Um pouco.

Diante do seu silêncio, de seus gestos um pouco forçados que pareciam dizer "Não é uma boa hora", de suas roupas bem cortadas demais, de seus sapatos novos e seu corte de cabelo elaborado, ela falou algumas banalidades que não pertenciam àquele lugar que, de repente, lhe pareceu imenso e frio. Ela balbuciou algo como: "Eu vim de trem. Te mandei uma mensagem. Bem, vou sentar, até daqui a pouco."

Ele olhou ao redor como que para se assegurar de que ninguém os observava, ou como se procurasse alguém. Nina não soube interpretar.

— Até daqui a pouco — respondeu ele, dando um pequeno sorriso cúmplice.

*Coitado, ele está aterrorizado, por isso não está no seu estado normal.* Foi o que ela disse a si mesma enquanto tomava seu assento.

No fim da peça, ela foi uma das primeiras a se levantar para aplaudir. Estava feliz, tinha gostado de tudo: das atuações, da *mise-en-scène*, dos diálogos, das situações, e disse a si mesma que voltaria todas as noites.

Ela lembrava que Adrien tinha ido almoçar na casa do pai e descoberto sua "outra família": dois irmãos mais velhos e uma madrasta, de surpresa. Adrien telefonara para ela, dizendo: "Nina, você não acredita no que acabou de acontecer." Depois de dez minutos de conversa, Emmanuel ficou impaciente. Começou a fazer gestos com as mãos, apontando para o relógio: "Dá pra desligar?" Então ela fechou os olhos para deixar de ver o marido e tapou a orelha esquerda com a mão. Falara com Adrien por mais de uma hora. Depois, tivera uma briga violenta com Emmanuel. Ela bebera mais do que de costume para calar a dor do seu corpo. Com o álcool, ela se acalmava. Tudo se calava por dentro. Ela transformava o inferno em um falso paraíso.

Dez minutos de aplausos.

Adrien tinha um dom ímpar para a narração. A maneira como transcrevera aquelas horas da sua vida era de tirar o fôlego. Os atores chamaram o diretor e Adrien ao palco. Os aplausos e gritos se intensificaram. Vendo Adrien em meio àquelas "grandes" figuras, Nina se deixou tomar pela emoção. Ele tinha *conseguido*.

Então, uma cortina se fechou ou o palco escureceu, ela não se lembra. Houve as vozes e os barulhos de passos em direção à saída. Ninguém para conversar com ela. Esperou Adrien em um canto, fingindo interesse nos panfletos de vários espetáculos.

Quando o hall se esvaziou, ela não ousou perguntar aos últimos funcionários onde estava Adrien. Voltou ao Saint-Jean para esperar por ele. Enviou uma segunda mensagem de texto:

*Estou te esperando no café ao lado.*

Seu telefone tocou, ela levou um susto. Finalmente, ele estava retornando. Finalmente, ia dizer a ela para encontrá-lo no camarim e apresen-

TRÊS                                                                    345

taria os atores, os figurinistas, os técnicos. Tinha que estar presente para partilhar do seu triunfo.

Um número de telefone que ela não conhecia. Ela atendeu com o coração a mil.

— Alô?

— É você?

— Oi?

— Não estou reconhecendo a sua voz.

— É a Nina.

— Desculpa, foi engano. Sinto muito.

Por que alguns enganos são mais cruéis que outros?

Nina mordeu a parte interna da bochecha para não chorar na frente de todos.

Depois de duas horas e quatro taças de vinho branco, ela desceu a pé até a estação Madeleine, pegou a linha catorze outra vez e voltou à Gare de Lyon. Pegou a mala da avó no depósito. Já era mais de meia-noite. O próximo trem para Mâcon só saía às 6h30.

Ela caminhou pelas ruas atrás da estação, encontrou um hotel qualquer e escolheu um quarto simples por 394 francos. Teve dificuldade para dormir, ficou repassando a noite na sua cabeça, o telefone em mãos, aguardando uma ligação de Adrien. Quando, às quatro da manhã, seu celular finalmente tocou, ela disse a si mesma, com o coração a mil, a respiração ofegante: *É ele, ele acabou de chegar em casa, onde tinha esquecido o celular, ele acabou de ver minhas mensagens, ele me procurou depois da peça, vai me pedir desculpas, me pedir pra ir até a casa dele, deve estar morrendo de preocupação.*

— Alô?

A voz de Emmanuel. Eufórico.

— Meu amor, estou fazendo uma escala! Não posso falar muito. Te amo. Estou pensando em você. Comporte-se.

E desligou.

No fim das contas, ela estava sozinha no mundo. Se era assim, melhor estar sozinha na sua casa. Melhor escolher a facilidade. Duas horas depois, ela pegou o primeiro trem para Mâcon. Chegou em casa no fim da manhã. Esvaziou a mala. Guardou suas coisas. Pegou *Branco de Espanha* na estante para deixar a última carta, a de Étienne, lá dentro.

Mas finalmente, não. Ela deixou *Branco de Espanha* na mesa de cabeceira e abriu o envelope...

— Você está sonhando? — pergunta Romain.
Nina leva um susto, perdida nos seus pensamentos.
— São lembranças que estão voltando à tona.
Romain acaba de encontrá-la no térreo da casa. Uma mala aberta sobre a mesa da cozinha, o olhar voltado para fora, como se ela observasse alguém entrando no jardim. Ele beija seu pescoço.
— Você é cheirosa.
— Eu tenho cheiro de cachorro. E, talvez, de gato — brinca.
— Não, talvez você esteja sentindo o meu cheiro... — Ele funga seu pescoço. — É um cheiro morno, como se você sempre ficasse no sol... Adoro seu cheiro.
— Qual o seu problema?
— Todos — diz ele, com ironia.
Ele se espreguiça e prepara um café.
*O que esse homem bonito está fazendo na minha cozinha?*, pergunta Nina a si mesma. *Minha cozinha toda ferrada que não vê uma camada de tinta desde o primeiro mandato de François Mitterrand. Um cara desses não existe na vida real. Sobretudo na minha. É feito para outras. As bonitas, bem cuidadas e sorridentes. Ou então é um presente caído do céu. Como no filme ruim que vimos mais cedo. Amanhã, o Papai Noel vai levá-lo embora rapidinho para dá-lo de presente a outra mulher ano que vem.*
— Acho que eu não tirava um cochilo desde o jardim de infância... — diz ele, bebendo um gole de café.
Ele se aproxima dela e a abraça. Ela se deixa levar, sente um exército de formigas na barriga. Não diz nada, fecha os olhos. Romain sussurra ao seu ouvido:
— Ninguém nunca tinha feito um retrato meu... Obrigado.
Na hora em que Romain diz "obrigado" ao seu ouvido, Nina ouve novamente as palavras de Simone: "Sabe, Nina, a gente acha. E a gente se engana."

Acabo de dar uma cópia da chave para a cuidadora de gatos, uma menina bonita e gentil chamada Élisa. Ficou doida ao ver a cara de Nicola, apesar de já estar acostumada. No abrigo, vê gatinhos como ele todas as semanas. Também deve ver alguns machucados, velhos e mancos, mas aquilo me surpreendeu. Talvez as almas sensíveis nunca se acostumem com nada.

TRÊS                                                    347

A partir de amanhã, ela vai dormir na minha casa até eu voltar. Sabe que vou partir por tempo indeterminado e que vai ser difícil entrar em contato comigo. Sabe também que Nina vai estar comigo na viagem.

Élisa é estudante, está no nono ano. Frequenta a nova escola Georges-Perec. É o estabelecimento dirigido pelo sujeito que está transando com Nina. Enfim, imagino que os dois estejam transando. O tal R. Grimaldi, cujo nome vi escrito em caneta preta na caixa de correio da casa na qual Nina entrou semana passada. Não se entra na casa das pessoas às onze da noite à toa. Depois disso, fui procurar mais informações sobre ele. O sujeito mora sozinho. Chama-se Romain Grimaldi e, segundo as informações de um colega do jornal, foi expulso de Marnes-la-Coquette por causa de um escândalo sexual. Uma aluna menor de idade teria denunciado suas atitudes. Mas, como ninguém pôde provar nada, ele foi transferido, não demitido. Mandado para lá, com os caipiras, longe da cidade. No campo, as pessoas se contentariam com ele. Já era um luxo ter uma escola nova para trabalhar.

Será que Nina tinha um dom para atrair psicopatas?

Perguntei a Élisa o que ela achava do seu diretor. Ela pareceu surpresa com a minha pergunta.

— Ele é legal — respondeu.

Só isso. Então eu insisti:

— Legal como?

— Legal normal. Acho que todo mundo gosta dele na escola. Ele é meio bonitão.

Interrompi a conversa na mesma hora. Sou ciumenta. Tudo o que diz respeito a Nina me deixa boba e má.

Élisa me perguntou o que eu faço da vida. Expliquei um pouco sobre as traduções e os frilas para o jornal.

— Você traduz que língua?

— Inglês.

— Que legal… O que acha de quinze euros por dia? — perguntou ela.

— Sim, perfeito.

— Quando eu voltar às aulas, no começo de janeiro, vou trazer meu jantar para cá. Você tem micro-ondas?

— Tenho.

— Posso fazer uma última pergunta?

— Pode, claro.

— Você escolheu ficar sozinha no Natal?
— Sim, foi uma escolha minha.
— Está bem. Senão, você pode jantar lá em casa hoje à noite. Mamãe está fazendo uma sopa de cebola pra toda a vizinhança.
— É muito gentil, mas eu vou dormir cedo.

Uma menina que me convida para o Natal sem sequer me conhecer certamente vai cuidar bem do meu gato.

Ao fechar a mala, digo a mim mesma que também preciso avisar ao jornal. Teria que ficar de plantão até o dia 2 de janeiro, pelo menos em teoria, data em que o jornalista que eu costumo substituir volta das férias. Vou mentir. Dizer que preciso fazer uma cirurgia urgente. Um caso de força maior.

Eu não a ouvi entrar na minha casa. Nem o barulho do motor, nem a porta de entrada. Louise me abraça por trás. Eu poderia reconhecer seu cheiro entre mil outros. Sua respiração no meu pescoço.

— Feliz Natal...
— Tudo bem?
— Meu irmão vai morrer.
— Você sabe que a gente viaja amanhã, nós três?
— Sei.
— Quer beber alguma coisa?
— Quero.
— Vai dormir aqui?
— Não. Prefiro estar em casa amanhã de manhã, quando a Marie-Castille descobrir que o Étienne foi embora. E também vou ter que cuidar dos meus pais... coitada da minha mãezinha.
— Vai dizer a verdade?
— Vou. Não quero mais me afundar em mentiras. E vai ser melhor pro Valentin.

Ele está na garupa, o pai pedala muito rápido. A criança agarra sua camiseta de algodão branco com a cara de Jim Morrison, que ele usará durante anos. O cabelo do pai ao vento. A primeira lembrança dele. Daquele homem grande, forte e belo. Seu herói. Aquele que o protege, nunca briga com ele, sempre lhe sorri. Valentin grita a plenos pulmões: "Hoje eu faço cinco anos!" E seu pai pedala, morrendo de rir, inventando quebra-molas e berrando: "Feliz aniversário, meu filho!"

Estão de férias. Uma estrada ladeada de pinheiros na ilha de Porquerolles. Às vezes, têm vislumbres daquele mar que brinca de esconde-esconde atrás das árvores. Então eles chegam numa praia. Feito uma baía descolorida, a água perdeu o azul, está transparente. Eles descem o caminho de areia branca, jogam suas toalhas e correm até a água.

Seu pai, com a pele bronzeada, é o tipo de homem que os outros observam. A criança tem consciência, desde muito cedo, daquela beleza peculiar, de que papai não se parece com um mortal qualquer. E todos lhe repetem: "Você é a cara do seu pai."

*Então, mais tarde, eu vou ser como ele.* Valentin cresceu assim, dizendo sempre isso a si mesmo: *Mais tarde, eu vou ser como o meu pai. Vou fazer tudo igual a ele.*

*Mas não existe isso de fazer tudo igual. Porque ele é ele, e eu sou eu.*

*Eis a prova disso.*

São seis da tarde.

Os dois estão sentados de frente um para o outro no quarto que Valentin ocupa quando vai para a casa dos avós. Uma cama num mezanino.

— Por que você não quer se tratar? — pergunta o jovem, olhando a ponta de seus tênis. — Estamos em 2017... não na Idade Média.

Étienne se pergunta então por que somos colocados no planeta para acabar vivendo um momento como este. É um castigo? Ele está vivendo este instante digno de um pesadelo porque terminou com Clotilde há vinte e três anos? Porque nadou até a margem dizendo que ela era louca?

Ter que dizer ao filho no dia do Natal:

— Tenho que conversar com você, estou doente... mas isso você já sabe... E há doenças que não se curam.

— Isso não existe — responde Valentin, à beira das lágrimas, com os punhos cerrados.

— Existe, sim, meu amor.

Étienne segura as mãos do filho. Ele se entrega, mordiscando os lábios. Gosta da pele do pai. Pergunta-se se, mais tarde, vai ter a barba dura e loura como a dele. A que ele deixa crescer nos dias de folga.

— A titia disse que você não *quer* se tratar, não que você não pode.

— Sua tia está enganada... Eu me recuso a te iludir.

— Eu nunca vou ver você de novo?

Étienne gostaria de mentir, de tranquilizar o filho, mas para quê? Estão ali juntos para dizer a verdade. Étienne não confia na verdade. Ele a considera sorrateira, muitas vezes. Contém vários caminhos, várias nuances e vias. Não é tão simples quanto parece. Ele sabe bem, com o trabalho que tem. Mas agora, neste instante, ele deve a verdade ao filho.

— Hoje você está me vendo como eu sou. Quando a doença tomar conta de mim, eu... não quero... Quero partir antes. É muito importante pra você. Bem mais importante pra você do que pra mim.

— Você vai se suicidar?

A pergunta é tão violenta que Étienne recua.

— Não sei... Não. Não. Não vou me suicidar. Sua tia me deu remédios pra eu não sofrer.

— Você tem medo da morte?

— Não. Tenho medo por você. De te deixar sozinho... Mas a mamãe é ótima. Com uma mãe como a sua, você nunca vai estar sozinho. Está me ouvindo, Valentin? Nunca.

— Então por que você está indo embora sem contar pra ela?

Étienne não responde. Ele baixa os olhos. Então os dirige aos do filho. Eles se encaram, se entendem. Sempre se entenderam.

— Eu escrevi uma carta explicando tudo pra ela... Vai ser complicado, mas tenho certeza de que ela vai acabar entendendo.

— Você vai sozinho?

— Nina vai estar comigo. E a pessoa que você viu na frente do abrigo mais cedo.

— Por que não vai comigo e com a mamãe?

— Porque assim é mais simples. Mais simples pra mim. E pra vocês.

De novo, um longo silêncio se instala entre eles. Lá embaixo, na sala, as vozes abafadas da família jogando cartas.

É Valentin quem acaba falando:

— Não vou dizer nada.

— Vou telefonar pra você. Vou me virar pra falar com você todas as noites. Quando você estiver sozinho no quarto. Eu juro. Juro, está me ouvindo? Você tem que atender todos os telefonemas, até de números que não conhece, tudo, está bem?

— Aonde você vai?

TRÊS

— Não sei. Vamos decidir no caminho... Não quero que você sinta o cheiro do hospital em mim... os remédios... Tudo isso fede.

Ele abraça o filho com força.

— Quero que você guarde o cheiro do seu pai, a lembrança do homem que te ama. Não a de um doente.

# 67

## *10 de agosto de 1994*

*Étienne,*

*Na primeira vez que te vi, eu soube que um dia você seria meu.*

*Eu soube ou quis.*

*Saber, querer, qual é a diferença? O resultado é o mesmo: estamos juntos.*

*Eu nunca teria imaginado que você me faria sofrer tanto. E mesmo se eu tivesse sabido, teria ido direto para a cama com você.*

*Acabo de ler em uma revista que quanto mais o seu namorado faz você gozar, mais você sofre quando ele não está. O imposto sobre a trepada custa caro.*

*É tão fácil se apaixonar por você que eu tenho vontade de vomitar com a minha besteira. Você é o típico bonitão do pedaço. Seu sorriso é um primeiro motivo para derreter, e o resto vem em seguida. É tão fácil...*

*Que papel de idiota eu estou fazendo. Burra como uma porta, como dizia minha avó.*

*Trabalhar durante todo o mês de julho permitiu que eu não pensasse demais depois da sua partida, quando você viajou nas férias. E a Pizzaria do Porto é o lugar ideal em matéria de gorjetas.*

*Enchi meu cofre de lágrimas e dinheiro ao voltar para casa todas as noites.*

*Eu subia até o meu quarto correndo para ver se tinha alguma carta ou algum cartão-postal na minha mesa.*

*Nenhuma notícia sua desde que você viajou, no dia 15 de julho. Antes da sua partida, senti que você estava mais distante, mas achei que era porque a gente ia se separar durante as férias. Disse a mim mesma que você estava com medo de se afastar de mim.*

*Então fui até Fréjus visitar uma amiga no fim de semana passado. Não fiquei muito tempo, mas as horas que passei no Sul foram muito instrutivas.*

*Fréjus. Saint-Raphaël fica a três quilômetros de lá. E eu sei o nome da praia aonde você vai desde criança. Um bom jeito de encontrar você. De fazer uma*

TRÊS                                                                 353

surpresa. E quanto a ver você, eu vi direitinho. Quer dizer, para ver de verdade
eu teria que ter tirado a garota que estava deitada em cima de você. Não sabia
que seu segundo emprego era servir de toalha de banho para louras empreende-
doras. Eu me senti humilhada quando vi você apalpando a garota. Cheguei a
cuspir meu cachorro-quente no lixo. O amor é difícil. Difícil de engolir. O ciúme
pode matar. Acredite em mim. Fiquei muito tempo olhando você, sem conseguir
me mexer. Pior que um pesadelo, quando você grita e sabe que está lá dentro,
mas não consegue acordar. Pensei em furar seus olhos lá mesmo, mas visto o meu
"estado", eu preferi dar meia-volta.

Que babaca, você.

Que hipócrita.

Eu bem que suspeitava. Não, eu sentia que o seu passeio de barco na
Córsega era mentira.

Voltei para La Comelle ontem à noite.

Voltei me arrastando, os olhos vermelhos.

Hoje de manhã, várias perguntas lutam na minha cabeça: será que você
vai terminar comigo quando voltar? Será que vai me olhar nos olhos? Ou vai me
largar por telefone? Talvez você se finja de morto até setembro, já que o plano é
você ir a Paris e eu para Dijon.

A menos que eu venha frustrar seus planos.

Antes de tomar uma decisão, tenho que contar uma coisa a você. Uma
coisa que vai fazer você pesar os prós e os contras.

Fiz dezoito anos no dia 27 de julho. Esperei seu telefonema, seus "Parabéns".

Fui até acender uma vela para pedir à Virgem Maria um sinal seu. Eu,
que sou ateia… está vendo ao que fui reduzida?

Reduzida, sim.

Ainda assim, eu tenho dezoito anos. Pronto, sou maior de idade. Posso
fazer o que quiser, mesmo nunca tendo esperado para fazer o que eu queria,
meu amor.

Na primeira vez que te vi, eu soube que um dia você seria meu.

Então, voltemos ao dia 25 de maio. Quando você me acompanhou ao
hospital. Quer dizer, "acompanhou" é um exagero. Digamos que você me
levou até a porta da emergência. Feito um pacote que a gente larga num capacho por falta de coragem. Porque, supostamente, você não aguenta o cheiro
dos corredores, desmaia só de sentir cheiro de éter. Então você entrou numa
espelunca na frente do hospital, bebeu "o pior café do mundo" e me esperou.

Você me deixou sozinha.

*Tive que me apresentar sozinha na recepção. Subir de elevador até o terceiro andar, setor obstétrico, sozinha. Uma sala de espera, sozinha. Me deitar numa cama, sozinha. Sem ninguém para me dar a mão.*

*As três perguntas que me fizeram: "Está de jejum? Está com os seus documentos? Está sozinha?"*

*— Não, meu namorado está me esperando aqui na frente.*

Quanto tempo meu namorado vai esperar por mim?, *eu perguntei a mim mesma.* Hoje ele está aqui, mas e amanhã?

*Quando saí de lá, algumas horas mais tarde, você me viu empurrar a porta do café e mudou de cor. Uma mistura de vergonha e alívio nos seus belos olhos claros.*

*Pronto. Você podia retomar sua vida normalmente. Prestar o vestibular. Próximo.*

*Eu, em compensação, fiquei enjoada com os cheiros, uma mistura de vinho ruim e fumaça de cigarro.*

*Náusea de merda.*

*Parece que quando a gente faz um aborto, os enjoos passam na mesma hora. Mas isso eu nunca vou saber.*

*Porque, na verdade, eu fui embora antes que me chamassem. Vaguei pela cafeteria por duas horas, observei você de uma janela comendo um sanduíche e bebendo cerveja enquanto me esperava. Como no intervalo de um jogo de futebol.*

*Depois, subimos na sua moto, eu me agarrei a você e fechei os olhos.*

*Vi a vida passar diante dos meus olhos. A que estava por vir. Minha vida futura com o nosso bebê.*

*Eu pedi para você passar a noite comigo, dizendo que estava "cansada". Você não ousou dizer não. Telefonou para Nina Beau e ouvi você mentir para ela, porque tinham combinado de estudar juntos, e então você dormiu na minha casa. Com o corpo colado ao meu. Nessa noite, eu adorei carregar esse segredo no meu ventre. Eu era a única que sabia que a gente ia ter um filho.*

*Hasta la vista,*
*Clotilde*

### Outubro de 2000

No dia em que descobriu as palavras de Clotilde, Nina soube que nunca mais abriria as cartas dos outros.

Mas, enquanto isso, devia entregar a carta para a polícia? Se bem que o próprio Étienne era policial. E talvez aquilo lhe trouxesse problemas. Destruir a carta, simplesmente?

Não, Étienne precisava saber.

Nina interrogou o avô em voz alta: "Vovô, o que eu faço com isso?"

Deixar a carta na caixa de correio de Marie-Laure e Marc em La Comelle? Como com as cartas anteriores? Ou entregá-la em mãos ao próprio Étienne, em Lyon? Ele sabia que Clotilde estava grávida? Será que ela estava blefando? Ele a teria visto na noite do seu desaparecimento?

Nina estava sentada ao lado de Clotilde e Étienne quando os dois combinaram de se encontrar no dia 17 de agosto, no lago. Quando Clotilde se levantou para deixar a casa dos Beaulieu, onde haviam servido comes e bebes após o enterro, Étienne dissera:

— Vou ficar mais um pouco com a Nina, mas a gente se vê hoje à noite?

— Está bem. Te encontro no lago, embaixo da nossa árvore.

Ela se debruçara para beijá-lo. Ele retribuíra seu breve beijo na boca.

— Até mais tarde — murmurara ele.

Nina lembrava da cena porque, quando Clotilde dissera as palavras "embaixo da nossa árvore", aquilo a fizera pensar na árvore do seu avô, no jardim.

E naquela pergunta sem resposta: por que ele fora atropelado no dia em que devia entregar aquela carta? Para que ela nunca chegasse a seu destinatário? Quem segurava as rédeas de suas vidas? Qual Deus ou qual destino permitia tudo aquilo? Aquela farsa sombria?

O que acontecera com Clotilde? Étienne teria um filho de seis anos em alguma parte? Por que Clotilde agira daquela forma? Como alguém podia fazer uma coisa dessas com um homem, só para prendê-lo? Étienne sempre dizia que se protegia. Falava sempre que fazia parte de uma geração que crescera "com uma camisinha no pau". Nina detestava que ele se expressasse assim.

— Étienne, que coisa mais vulgar!

— A verdade é vulgar — respondia ele, quando já tinha bebido.

É verdade que eles viviam com o fantasma da aids desde que tinham nascido. Todos os anúncios, cartazes, davam ordens para que saíssem protegidos.

Os três tinham onze anos quando as campanhas de prevenção começaram a circular o tempo todo na televisão. Se os velhos nos ministérios estavam falando sobre a sexualidade dos jovens, é porque era sério. No fundo, Étienne tinha razão: eles faziam parte de uma geração que trepava com camisinha.

Ao descobrir a carta de Clotilde, por instinto, Nina pensara em telefonar para Adrien para pedir conselho.

Mas era impossível, depois do que ele fizera com ela.

Nina ainda tinha um gosto amargo no fundo da garganta. Uma mistura de desilusão, sensação de abandono e humilhação. Ondas de tristeza não paravam de se mover dentro dela, suas lágrimas corriam sem cessar. Chegara a pensar em morrer no trem que a levava embora de Paris. Deitar-se na cama e ir se juntar ao avô, a Joséphine, a Joe Dassin, a Paola e aos seus gatos. Até que abriu aquela última carta destinada a Étienne.

Um choque elétrico.

Fazia três semanas que ela abrira a carta. Que a lera e relera sem saber o que fazer.

Ainda não sabia.

Adrien não retornara seu telefonema. Nem no dia seguinte, nem dois dias depois. Nem na semana após sua ida a Paris. A mala de sua avó retomara velhos hábitos, juntando-se às outras no closet.

Quando Emmanuel voltou da Austrália, quinze dias após a estreia de *Filhos em comum*, Adrien ainda não havia telefonado. Nem uma palavra, uma carta, para lhe agradecer por ter ido até lá.

Nem isso.

Adrien tem um encontro com Étienne.

Este lhe enviou uma mensagem de texto:

*Estou de passagem em Paris, precisamos nos ver.*

Adrien leu a mensagem várias vezes antes de escrever:

*Ok. Restaurante La Lorraine, praça Ternes, às oito da noite?*

*Ok.*

Adrien se pergunta o que significa "precisamos". A última vez em que viu Étienne foi no ano-novo, na passagem para o ano 2000. Na tarde do dia 31 de dezembro, ele se encontrou com Louise, Étienne e cerca de vinte amigos deles, estudantes de medicina, jovens policiais e antigos alunos da escola. Marie-Laure e Marc Beaulieu tinham ido passar o réveillon em outro lugar e Nina havia furado no último momento. Foram dois dias excelentes. No cardápio, salmão defumado com torradas velhas "porque esquecemos o pão", pizza, bandeja de ostras e ervilhas em conserva, álcool, dança, música, "Tu m'oublieras", de Larusso, sem parar, séries, videogames e cochilos. Como adolescentes sozinhos em casa. Apesar de sua distância daquela antiga existência, Adrien tinha aceitado se juntar a eles, sob a insistência de Louise, e tirou algum prazer daquilo: não precisava mais fingir, nem procurar palavras bonitas para agradar uma plateia elitista. Dois dias andando com pantufas velhas, comendo qualquer coisa a qualquer hora.

Na hora de se deitar, na manhã do dia 1º de janeiro, por reflexo ou hábito de quando voltava a La Comelle, Adrien quase foi até a casa de sua mãe, para se deitar na sua cama. Louise se juntou a ele alguns minutos depois em um dos quartos de hóspedes. No dia 2 de janeiro, ela o deixou na estação, antes de voltar a Lyon. Desde então, não vira mais Louise ou Étienne, e já estavam em meados de outubro.

Adrien chega primeiro. Observa seu reflexo. Sempre fica surpreso com a imagem que os espelhos lhe refletem. Um belo sobretudo azul-marinho, bem cortado. Não tem mais medo de entrar nos lugares e dizer calmamente, com a voz pausada:

— Boa noite, fiz uma reserva em nome de Bobin. Estou adiantado.

— Pode me acompanhar, por favor — responde a *hostess*, uma bela ruiva que lembra um pouco Julia Roberts.

Adrien fez uma reserva na área de fumantes, para Étienne. É a primeira vez que se encontram, só os dois, num restaurante. Geralmente, Adrien janta no seu bairro. Tem seus locais favoritos. Mas disse a si mesmo que Étienne ficaria mais à vontade naquela bela *brasserie* de frutos do mar.

— Quer beber alguma coisa?

— Uma água Chateldon, por favor.

Enquanto aguarda Étienne, Adrien se pergunta se o amigo leu *Branco de Espanha* ou alguma de suas peças. *Mas será que Étienne já leu algum livro? Sim, certamente, para os concursos. Mas não romances, e muito menos teatro.*

Então, por causa daquele encontro, feito uma terrível lembrança, Adrien revê Nina no teatro Abbesses, procurando-o em meio à multidão.

Recebeu suas mensagens depois da peça. Apagou-as imediatamente, feito um marido que apaga as palavras de uma amante que dá muito trabalho. Tinha combinado de jantar com o diretor, Fabien Désérable, os atores e alguns jornalistas rigorosamente selecionados naquela noite. O teatro fechara uma sala no Café de la Paix. Adrien disse a si mesmo que telefonaria para Nina na manhã seguinte, quando tudo estivesse terminado. Não era certo aparecer do nada, sem avisar. Ele tinha trabalhado com empenho para chegar ali. Seu destino dependia daquela estreia. Parecia-lhe impossível apresentar sua antiga vida à nova. Na manhã seguinte, profundamente envergonhado, disse a si mesmo que telefonaria para ela no fim do dia. Então, na semana seguinte. Então, que esperaria seu aniversário. Mas no dia 2 de agosto, seu silêncio se tornara tão ensurdecedor que ele não conseguiu pegar o telefone para falar com ela. Ele afasta imediatamente esse pensamento, ergue a mão e pede uma taça de champanhe.

Adrien recusa toda e qualquer lembrança do olhar de Nina para ele, aquele olhar que buscava encontrar, atrás da sua máscara de frieza e vaidade, o jovem que ela amara, seu quase irmão.

Étienne abre a porta. Adrien se esqueceu dele, de tão ocupado que está colocando a poeira do passado debaixo do tapete.

Étienne chega na hora marcada. Adrien o observa de longe. Não acena para ele. Aquilo lhe dá tempo de observá-lo da cabeça aos pés. Jaqueta de couro, calça jeans, tênis. A fantasia perfeita do policial. Cada um com a sua. A dele era a do escritor de sucesso. Roupas escuras e elegantes, o traje certo para qualquer ocasião.

A beleza de Étienne é de tirar o fôlego. Ele emagreceu. Seu rosto fino agora tem olheiras e uma barba por fazer. Seu cabelo escureceu de leve. Os olhares de todos os clientes sentados às mesas se movem em direção aos seus belos olhos azuis, seu ar ao mesmo tempo esportivo e jovial.

Étienne se dirige à Julia Roberts do balcão. Até ela parece sorrir exageradamente.

*Eu nunca vou fazer alguém corar como ele faz*, pensa Adrien.

A *hostess* aponta para a mesa, Étienne se vira, e, quando vê Adrien, sorri para ele. Adrien se levanta, eles se cumprimentam com dois beijinhos. As bochechas de Étienne estão frias e espetam. Ele usa um perfume

TRÊS                                                                              359

inebriante, uma mistura de vetiver, especiarias e cítricos. Adrien esconde
sua emoção.

— Tudo bem? — pergunta Étienne, tirando sua jaqueta e acendendo
um cigarro.

— Tudo.

— Nossa, vi que as coisas estão indo de vento em popa pra você. Até
li uma matéria sobre uma das suas peças semana passada.

— Ah, é? Qual?

Étienne dá de ombros. Não tem ideia. Adrien sorri. Não tem vontade
de falar de trabalho com ele.

— Como está sua irmã?

— Trabalhando que nem uma louca. Estudar medicina é coisa de
maluco.

— E você?

— Ainda estou gostando do meu trabalho. As buscas, as investiga-
ções, o carro, não tem rotina, foi feito pra mim. Menos a burocracia...

Um garçom pergunta a Étienne o que ele deseja beber.

— Uísque sem gelo, por favor.

— E outra taça de champanhe pra mim — acrescenta Adrien.

Os dois mergulham no cardápio. Adrien pede um linguado com legumes da estação, Étienne um *vol-au-vent* com batatas fritas e salada.

— Quer ostras, camarões ou mariscos pra começar? Vamos pedir
uma bandeja? — pergunta Adrien, animado pelas duas taças de champanhe que bebeu de um só gole.

— Não, obrigado.

Adrien enxerga naquela recusa o recado de que Étienne não quer se
demorar ali. Desde criança, ele é louco por frutos do mar. Em Saint-Raphaël
e no último réveillon, entre pedaços de bolo, só comeu isso.

— Quer beber um vinho?

— Uma taça de vinho tinto com o *vol-au-vent*. Pode escolher pra
mim, você tem cara de que entende do assunto agora. Você está puro
luxo.

Adrien ignora o comentário. Detecta um toque de ironia na voz de
Étienne.

— Dá muito dinheiro escrever seus negócios?

— Depende... O que mudou de verdade a minha vida, enfim, as
coisas, foi o meu romance.

Étienne franze a testa enquanto passa manteiga em um pedaço de pão morno.

— Que romance?

— *Branco de Espanha.*

Étienne faz uma pausa. Encara o amigo. Adrien vê no seu olhar que ele já ouviu falar naquele livro. Que aquele título lhe diz alguma coisa. Mas o quê? Quando? Onde? Ele busca, mas não parece encontrar.

Adrien não sabe por que acaba de confessar ser o autor daquele livro que se tornara famoso. Ele, que não contara isso sequer à sua mãe. Até hoje, só Fabien Désérable e Louise sabem do seu segredo.

Adrien sorri, dizendo a si mesmo que amanhã Étienne já terá esquecido até o título do romance. E, como foi escrito sob o pseudônimo Sasha Laurent, ele não vai poder fazer a conexão. Ou então vai telefonar para ele: "Qual é mesmo o nome do livro que te deu a maior grana?" Ou perguntará a Louise, que fingirá surpresa. Que nunca o trairá.

Adrien faz a pergunta que arde na sua garganta desde que Étienne entrou no restaurante:

— O que você veio fazer em Paris?

— Vim ver você — lança ele, entre dois goles de uísque.

— Me ver?

— É. Vou precisar de você.

— De mim?

— Clotilde...

— Tem novidade?

— Ainda não. Mas vai ter.

— ...

— Estão percebendo que o depoimento não se sustenta.

— Que depoimento?

— O da velha que disse ter visto a Clotilde na estação. Na noite do desaparecimento dela... Então vai acabar sobrando pra mim.

— Como eu posso te ajudar?

— Você tem que dizer que estava comigo... Primeiro, no lago, depois, na casa da Nina.

— Eu estava na casa da Nina com a Nina. Você veio mais tarde.

— Eu sei.

— Está me pedindo pra mentir?

— Sim.

— A Nina vai mentir? — questiona Adrien.

— A Nina está totalmente atordoada desde que se casou. E vai dizer o que eu pedir pra ela dizer. De qualquer forma, é melhor deixar ela fora de tudo isso. Naquela noite, ela estava na casa do Damamme.

— Não, não exatamente — corrige Adrien. — Naquela noite, ela estava comigo, na casa dela, quer dizer, na casa do avô dela. A gente estava junto. Ela foi embora antes de você chegar.

Adrien vê que Étienne está contrariado, como quando era criança e não conseguia o que queria. É imperceptível para quem não o conhece. Uma sombra no olhar, uma ruga na testa, o lábio superior tremendo discretamente.

*Parecem os três instrumentos da discórdia se afinando*, pensa Adrien.

— Mas ninguém precisa saber disso — retorque Étienne, irritado. — Temos que deixar a Nina fora dessa história.

Adrien não diz mais nada. Corta seu linguado sem cruzar os talheres.

— Eu vi a Nina ontem — lança Étienne.

Adrien ergue a cabeça.

— Onde?

— Em Lyon. Ela fez um bate e volta pra levar uma carta pra mim.

— Que carta?

— Uma velha carta da Clotilde… Você sabia que ela mexia nas cartas do avô quando a gente era criança?

— Sabia. Mas não vejo o que isso tem a ver.

— Eu vejo. Sou policial.

— Você vai prender ela? — ironiza Adrien.

— Ela me contou sobre o teatro Abbesses… De como você não deu a mínima pra ela.

Adrien cora e fica calado.

— Sabe qual é a parte do meu trabalho de policial que eu mais gosto?

— As algemas?

Étienne dá um sorriso estranho diante da resposta de Adrien.

— É o teatro durante as detenções. Virei um ator exímio. Até o Belmondo tem que tomar cuidado. Malvado, gentil, falso, idiota, crédulo… Conheço todos os registros. Poderia entrar no conservatório de artes dramáticas com facilidade.

— Vou te contratar pra atuar em uma das minhas peças, então.

Étienne dá um risinho.

— Adrien, você acha *mesmo* que eu não li *Branco de Espanha?* Acha *mesmo* que minha irmã não me contou nada? Quando seu livro saiu, eu percebi que estava acontecendo alguma coisa... E sou o melhor em arrancar a verdade dos outros. Da minha irmã, então...

O sangue de Adrien congela. É vertiginoso. Como se ele estivesse nu, exibido numa feira, em um estrado, aos olhos de todos, e Étienne reunisse o público: "Aproximem-se, senhoras e senhores, venham ver quem é Adrien Bobin de verdade! Venham admirar essa aberração!"

— Você leu? — murmura Adrien.

— Li — responde Étienne, mordendo seu pedaço de pão sem desviar os olhos de Adrien.

Adrien assimila aquilo.

— Você contou pra Nina?

— Sim. Disse ontem, quando ela me contou o que você fez com ela. Como a situação não estava muito boa, falei do seu livro.

— O que ela disse? — pergunta Adrien.

— Que seu romance estava na mesa de cabeceira dela há muito tempo, mas que ela não tinha lido.

Adrien está paralisado. É um pesadelo. Gostaria de acordar em casa, deitado no seu sofá. Gostaria que alguém lhe dissesse que tudo o que ele está vivendo é uma mentira, é fruto de sua imaginação fértil.

— Sei o que você acha. Que eu não leio. Que sou uma anta. Mas você se engana, meu camarada. Li tudo o que você escreveu. E a matéria, semana passada, falava da sua última peça, *Filhos em comum.*

Étienne se cala e parece saborear o resto de seu jantar. Adrien o observa, à beira do enjoo, suando frio. *Ele é que está em uma situação de merda com a história de Clotilde, e eu é que me sinto culpado.*

— O que você quer, Étienne? — pergunta Adrien, enfim.

— Que você seja meu álibi. Que diga que estava comigo no lago da floresta no dia 17 de agosto de 1994, que esperou a Clotilde comigo, e que a gente voltou junto pra casa da Nina...

— E ninguém vai estranhar o fato de eu nunca ter falado isso antes?

— Não, porque antes ninguém achava que eu tinha a ver com o desaparecimento dela.

— Você fez alguma coisa com a Clotilde?

— Não. Juro pra você...

— Por que eu acreditaria?

TRÊS                                                                    363

Étienne faz uma pausa antes de lançar:

— Acho que eu vi uma coisa naquela noite.

— Que coisa?

— Um carro afundando no lago.

Étienne ergue a mão e pede mais uma taça de vinho.

— Que carro? — insiste Adrien.

— Não faço ideia. Um carro vermelho. Acho que era vermelho. Mas isso não tem nada a ver com o seu depoimento. Você só precisa dizer que estava comigo.

— E se eu recusar?

— Por que você recusaria?

— Falso testemunho.

— Não totalmente. Faço questão de te lembrar que terminamos aquela noite juntos… Tudo bem, a gente era jovem e todo mundo se apalpava, mas…

Adrien se levanta. Étienne o segura com a mão. A mão firme. Quase duas vezes maior que a sua, esmagando seus dedos. Seus olhos claros deixam de sê-los. Duas sombras cinzentas os cobrem. Seu lábio superior não treme mais. Étienne passou da irritação à determinação.

— Senta. Ainda não acabei. Você se lembra de quando a Nina dizia "Nunca se sabe"?

— Do que você está falando? — pergunta Adrien, encharcado de suor, à beira das lágrimas.

— Eu copiava as provas de vocês, os deveres de casa, e ela insistia que eu tinha que entender o que copiava. Ela dizia: "Nunca se sabe." E eu perguntava: "Nunca se sabe o quê?" Ela sempre respondia a mesma coisa: "Nunca se sabe." Acontece que a Nina tinha razão. Devo tudo a ela. Porque de tanto ouvir isso, acabei fazendo. Entendendo o que eu copiava.

— …

Étienne larga a mão de Adrien e suaviza sua voz.

— Podemos voltar juntos, se você quiser.

— …

— Imagino que você tenha um apartamento lindo. Tão bonito quanto as roupas que usa.

— …

— Podemos brincar de médico, se você quiser.

Adrien joga seu copo de água na cara de Étienne e se arrepende na mesma hora.

— Eu amo a sua irmã.

— É uma pena — responde Étienne, enxugando o rosto com seu guardanapo. — Eu não teria feito nada por obrigação, saberia mostrar minha gratidão... Quer uma sobremesa?

Adrien é incapaz de pronunciar uma palavra sequer, de fazer qualquer gesto.

— Eu fiz uma besteira — continua Étienne. — Um mês atrás, me encontrei com a testemunha... e estraguei tudo. Plantei uma dúvida na cabeça dos policiais de La Comelle. A pessoa que a velha viu na plataforma da estação não pode ter sido a Clotilde.

— Por quê? — Adrien consegue articular.

— Porque ela a confundiu com outra garota.

— Como você sabe? Você já tinha matado ela?

Étienne dá de ombros, como quem diz: "Para com essas idiotices."

— Uma história de costura. De máquina de costura.

— Você está ficando louco, Étienne. Não está dizendo coisa com coisa.

— Pode parar com isso. De nós dois, o louco é você, não eu.

Adrien aguenta em silêncio. Tem vontade de quebrar a cara de Étienne. Ali, agora. Sente-se submerso em ondas de ódio. O momento Py vem à tona.

— Não quero te ver nunca mais.

— Eu também não. Mas antes de me tirar da sua vida, vai fazer a gentileza de ir até a delegacia e dizer que a gente não se largou naquela noite.

— Senão?

— Senão vou contar pro mundo inteiro quem é Sasha Laurent... E pode acreditar que não vou poupar detalhes. Minha irmã vai adorar saber que é de mim que você fala em *Branco de Espanha*.

Adrien se levanta e segura a gola da camisa dele. Julia Roberts se aproxima. Os poucos clientes sentados ao redor fazem silêncio. Étienne empurra Adrien violentamente, que perde o equilíbrio e cai na sua cadeira.

— O jantar é por minha conta — diz Étienne.

— ...

— Eu insisto.

Ele se dirige ao caixa e pega seu cartão de crédito. Adrien fica parado na cadeira feito uma boneca de pano.

# 68

*26 de dezembro de 2017*

Marie-Castille lê a carta de Étienne várias vezes.

Geralmente, é ela que interroga, espanca. É ela que julga a existência patética dos acusados. Seus desvios, seus erros, suas loucuras. Nesta manhã, é a vida que a detém, que a julga sem cerimônia.

Ela larga a carta na cama.

Sempre soube que ele estaria ali de passagem, que não ficaria. Não por causa de uma doença, mas de outra mulher. Sempre achou que ela teria que lutar contra rivais.

Étienne, *doente...*

Como foi embora? O carro deles está parado lá embaixo. Deve ter ido no carro de Nina. Ou então pegaram um trem. Talvez até um avião. Certamente já estavam longe.

O corpo inteiro de Marie-Castille estremece. Ela entende que nunca mais vai ver o marido. Que ele acaba de organizar sua morte. Por reflexo, tenta telefonar para ele. Caixa postal.

Como Étienne podia confiar tão pouco nela? Ir embora deixando uma carta de desculpas e explicação no travesseiro.

*É como o cara que quer que eu me trate.*
*E abandona seu cachorro no mês de agosto na Espanha...*

Esta manhã, ela se sente tão sozinha quanto um cachorro largado à beira da estrada nas férias. Um refugiado. Uma bateria gasta.

"Temos a idade dos atentados do Onze de Setembro", eles diziam quando perguntavam há quanto tempo se conheciam.

Conheceram-se diante de uma televisão. A de um traficante e seus dois cúmplices, que suas brigadas acabavam de apreender.

Étienne trabalhava na delegacia do sexto *arrondissement* de Lyon, e ela acabava de entrar para a do primeiro *arrondissement* de Lyon.

Como os indivíduos eram perigosos e estavam armados, tinham pedido reforço.

Na hora de deixar o apartamento, Marie-Castille empurrou uma porta e avistou um homem sentado numa poltrona na frente da televisão. Estava sozinho. Tinha uma faixa com a palavra POLÍCIA escrita no braço. Ele não a viu entrar no cômodo, hipnotizado pelas imagens apocalípticas.

Quando sentiu sua presença perto dele, disse somente:

— Eu tirei o som, é insuportável.

Sem sequer saber a quem se dirigia.

Então, enquanto uma parte do mundo desabava, enquanto só havia fumaça na tela da televisão, Marie-Castille se apaixonou.

Apaixonar-se no dia em que milhares de inocentes morriam e morreriam, lá, aqui e em qualquer outro lugar: isso deveria ser proibido por uma espécie de lei interior. Uma deontologia do coração. Um péssimo presságio. Carma ruim, começo ruim, encontro ruim. Enquanto seu ser deveria estar fechado a qualquer forma de intromissão, seu amor ousou nascer no dia dos atentados do Onze de Setembro.

Seu celular vibrava sem parar no bolso da calça jeans. Ela deveria ter atendido de imediato, mas se sentou ao lado dele, no braço da poltrona. Quase colada nele. Seu ombro tocava o braço dele. Ela respirou seu cheiro. Conteve-se para não levar uma das mãos ao cabelo dele. Observou-o olhar as imagens. Enquanto o proprietário do local a aguardava dentro de uma cela para ser interrogado.

— Como é seu nome? — ela acabou por perguntar.

— Tenente Beaulieu.

— Eu sou a comissária Blanc.

— Você é a nova? — perguntou ele sem rodeios, embora se dirigisse a uma superior.

— Sou.

Ele falava sem tirar os olhos da televisão, feito um adolescente mergulhado em um videogame com cenário de catástrofe.

Saíram por voltas das nove da noite, aterrorizados, e encontraram, atônitos, as ruas desertas.

Parecia um domingo de janeiro em Lyon. Todos tinham ido para suas casas. Os bares, que costumavam ficar cheios, estavam fechados ou vazios.

Comeram um sanduíche e beberam uma cerveja com os olhos fixos na tela de uma televisão no balcão de um bistrô. Todos os canais transmitiam sem parar a imagem dos dois aviões se chocando contra as paredes de vidro. Quatro clientes assistiam ao símbolo da potência econômica dos Estados Unidos ruir feito um castelo de cartas, sem hesitação.

Marie-Castille perguntou onde Étienne morava.

— Num apartamentinho perto daqui. E você?

— Alugo um apartamento mobiliado enquanto não vou pro seu.

Ela corou.

— Desculpa, enquanto... Estou com medo de dormir sozinha essa noite. Posso ficar com você?

Étienne não acreditou. Aquela mulher não tinha medo de nada. Ele podia sentir isso pela maneira como ela o olhava discretamente. Gostou dela. Tinha um lado "menino", mas era ao mesmo tempo muito feminina. Anéis nos dedos, sem aliança, cerca de dez anos a mais que ele. O cabelo louro bem curto, uma boca sensual, olhos verdes. Um olhar cafajeste e curioso.

— Aviso logo: meu apartamento é um caos. Todas as faxineiras que passam por lá acabam tomando ansiolítico.

Ela o seguiu feito um cachorro segue o dono. Conheceu o apartamento de Étienne. Nenhum rastro de mulher ou criança.

Solteiro.

Disse a si mesma que tinha que prendê-lo na sua rede imediatamente, antes que outra o fizesse. Com inteligência, na ponta dos pés.

Marie-Castille veste uma camisola e entra no quarto de Louise sem bater na porta. Louise não está dormindo. Está bebendo um chá, sentada no peitoril da janela olhando a rua fixamente, como se aguardasse sua cunhada.

— Faz muito tempo que ele está doente?

— Faz, com certeza tempo demais.

— Você sabia que o Étienne ia embora?

— Sabia.

— Foi por isso que vocês brigaram ontem?

— Foi... Eu queria que ele te contasse.

Marie-Castille fecha os punhos e engole as lágrimas. Rios de desespero e rancor a inundam.

— E o Valentin, ele sabe?
— Sabe. Viu uma troca de mensagens minha com Étienne.
Marie-Castille recebe aquele novo golpe. É como se o mundo todo tivesse conspirado pelas suas costas. Como se ela fosse a inimiga, ou o elo fraco. A que não era capaz de lidar com a verdade.
— Não tem mais nada a fazer, mesmo?
Louise desaba. Parece exausta. Feito um soldado valente que perdeu as armas no campo de batalha.
— Sempre tem algo a fazer, a tentar. Não posso dizer que ele teria se curado, mas um tratamento poderia ter prolongado a vida dele.
— Ele sabe disso?
— Falei pra ele cem vezes. Não quis ouvir.
— Ele decidiu morrer — diz Marie-Castille, como que para si mesma. — Sabe onde eles estão?
— Não tenho ideia.
— Acho que eu mereço a verdade.
— Não sei onde eles estão. Eu juro. Os três foram embora no meio da noite.

Fomos buscar Étienne às quatro. Ele nos aguardava no fim da rua, com uma bolsa de viagem no ombro.
— De quem é esse carro? — perguntou ele a Nina.
— Do meu namorado.
— Você está namorando?
— Estou.
— Um cara normal?
— Sim.
Fiquei calada. Sentada no banco de trás, me belisquei para ficar quieta e não revelar o que tinham me contado a respeito de Grimaldi.
Fomos até Mâcon. Étienne roía as unhas enquanto olhava um mapa da Europa aberto no seu colo. Hesitava entre a Grécia e a Itália.
— Vocês podem ficar comigo por quanto tempo? — perguntou ele.
— Desde que eu comecei a trabalhar no abrigo, não tirei muito tempo de férias.
— Isso quer dizer quanto tempo?

— O tempo que for necessário.

Étienne se virou para mim.

— E você?

— Eu também.

— De qualquer forma, não vamos prolongar as coisas...

Ele não deixou a voz falhar. Retomou logo em seguida.

— Eu queria dizer pra vocês... obrigado. E... desculpa também.

Nina e eu ficamos em silêncio enquanto Étienne traçava possíveis trajetos com o dedo no mapa. Acabou tirando uma moeda de um euro do bolso.

— Se der coroa, vamos pra Grécia, se der cara, Itália.

Ele jogou a moeda, virou-a no dorso na mão.

— Cara.

# 69

*Outubro de 2000*

Fazia muito tempo que ela não contava toda a verdade a Emmanuel. Ele a aguardava, tenso, sentado no sofá da sala. Eram oito e meia da noite. A cozinheira tinha preparado um escondidinho e uma salada. Como Nina não comia carne, ela se serviria da camada superior do prato, mas aquilo a enojava. A funcionária não tentava mais evitar revirar os olhos quando Nina mencionava o preparo das refeições. Para ela, o vegetarianismo de Nina era moda. Um simples capricho. Ela resmungava às vezes: "Se ela tivesse fome de verdade, comeria esse bife, dá pra ver que essa nunca passou por uma guerra."

*Você também nunca passou por uma guerra*, pensava Nina, mas fingia que não ouvia.

— Eu passei o dia em Lyon — começa ela. — Tinha que entregar uma coisa pro Étienne.

— Que coisa? — interrogou Emmanuel, irritado.

— Uma coisa velha que eu achei.

— E seu celular? Tentei ligar pra você o dia inteiro.

— Eu esqueci de carregar.

Ela vê que ele cerra os punhos. Emmanuel nunca suportou Étienne. Era bonito e arrogante demais, e emanava uma tranquilidade que certamente o irritava.

Além disso, Nina ainda ama Étienne, enquanto seu marido só lhe inspira repulsa. Mesmo que ela se esforce para sorrir o tempo todo, seu corpo não sabe mais mentir.

Há quanto tempo ela fingia gozar? Quantas mulheres fingem e pronto, enquanto tédio ou nojo profundo as invade?

*Quantas*, ela pensa enquanto finge um orgasmo, *quantas estão fazendo a mesma coisa que eu neste instante?*

TRÊS

Nina não *tolera* mais o marido. Em nenhum sentido. Até o cheiro dele lhe causa náuseas. Ela aprendeu a respirar só pela boca quando ele está presente.

Falou sobre isso com Étienne depois de lhe entregar a carta de Clotilde: "Vou largar o Emmanuel."

Quando acordou naquela manhã, a decisão estava tomada. *Preciso ir ver o Étienne. Devo a verdade a ele, e a carta de Clotilde.*

Primeiro ela tentou telefonar para ele diversas vezes. Na terceira, Étienne acabou atendendo.

Ouviu uma voz fria quando ele reconheceu a sua. Ele ainda estava com raiva por causa do réveillon passado. Nina não o deixou falar. Disse tudo de uma vez, com urgência:

— Preciso te dar uma coisa… Vou te entregar hoje. Estou saindo de La Comelle em cinco minutos. Te explico tudo quando chegar em Lyon.

Houve um longo silêncio.

— Estou te esperando. Me encontra na delegacia. Vamos almoçar juntos.

Étienne lhe passou o endereço.

— Você vai ver, é fácil de achar, tem um estacionamento bem do lado. Qual é mesmo o seu carro?

Sempre aquela obsessão por carros.

— Um Polo preto.

— Ok.

Dessa vez, Nina sentiu a alegria na voz de Étienne porque iam se encontrar. Mesmo estando bravo com ela, ele não sabia fingir. Quando ela chegou, achou-o preocupado. Antes mesmo de cumprimentá-la, ele disse:

— O que você tem pra me dar? Uma foto de turma?

— Oi, primeiro.

— Oi, desculpa.

Ao contrário de Adrien, Étienne não tinha mudado. Ainda existia em seu estado bruto. Não colocara várias camadas de ouro falso sobre sua verdadeira natureza. Ela ficou feliz em revê-lo. Abraçou-o por um longo tempo, murmurando:

— O que aconteceu com a gente? Por que a gente se perdeu?

— Não se esqueça que foi *você* que largou a gente que nem lixo no ano-novo.

— Se você tivesse um pouco de noção, teria entendido que eu não tive escolha.

— A gente sempre tem escolha. Divórcio não é uma coisa inventada para os cachorros.

Ele a levou até a rua.

—Vem, vamos sair daqui.

Caminharam um pouco, lado a lado. Ela havia entrelaçado o braço ao dele. Quando eram crianças, ele detestava que ela fizesse aquilo. "Para, vão achar que você é minha namorada." Adrien, no entanto, aceitava de bom grado.

— Tem um bom restaurante típico de Lyon na esquina, mas é mais pra quem gosta de cabeça de vitela e cérebro de cordeiro, não sei se você vai gostar — ironizou Étienne.

Eles riram ao mesmo tempo. Entraram em uma *brasserie* ao meio-dia.

— Eu não posso demorar, senão o Emmanuel me mata — lançou Nina, olhando o relógio pendurado na parede.

— Se ele encostar em você um dia, me liga.

— Ele é esperto. Se encostar em mim um dia, vai ser tarde demais.

Eles se sentaram num canto. Étienne pediu uma garrafa de vinho.

— Policial pode beber? — espantou-se Nina.

— Estou de férias.

— Desde quando?

— Desde que você me ligou hoje de manhã.

— Estou tão feliz de ver você... Viu como eu estou feia?

— Você não está feia, está com a bunda grande. Que nem as senhoras casadas. Vocês sempre acabam fabricando gordurinhas.

Nina contou sobre sua vida com Emmanuel, sem drama nem lamúrias. Ela via o fim do túnel, saía de uma espécie de escuridão, depois de ter permitido que a prendessem numa engrenagem infernal. Cada passo seu monitorado pelo marido e pela cozinheira. Nenhuma intimidade dentro do próprio quarto. A outra podia entrar sem bater para guardar lençóis nos armários. A obsessão de Emmanuel por ter um filho. O contraceptivo que ela tomava escondido. Nenhum dinheiro pertencia a ela. O carro também não era seu, e todas as suas compras eram feitas com o cartão da empresa e analisadas, item por item, pela contadora de Damamme.

— E eu que achava que você estava cheia da grana.

— Todo mundo acha.

— E a casa do seu avô?

— Faz tempo que ele vendeu...

TRÊS                                                                        373

Sim, ela ia partir, encontrar um trabalho. Só tinha vinte e quatro anos, embora parecesse ter trinta. Ia emagrecer, recuperar o controle do seu corpo e do seu espírito.

Ela certamente precisaria que Étienne a protegesse, porque estava só no mundo. Ela não ousava tocar no assunto com Marie-Laure, e refugiar-se na casa dos pais de Étienne lhe parecia a pior das ideias. Seria o primeiro lugar onde Emmanuel iria. Precisava sair de La Comelle, fugir. Senão seu marido a encontraria. Em janeiro, ele ia fazer uma viagem de trabalho de três semanas. Ela aproveitaria para desaparecer. Esperar mais três meses não era grande coisa depois de tantos anos difíceis. Além disso, ela precisava confessar a Étienne que bebia todos os dias, para aguentar, para suportar sua prisão de ouro.

— Cacete! — exclamou Étienne. — Parece até um livro do Zola. Lembra, na escola? A gente tinha que ler *L'Assommoir*, *Naná*, *Germinal*... Me enchia tanto o saco que você leu eles pra mim em voz alta no seu quarto. O que você está me contando é igualzinho.

Eles riram muito. Zombaram de si mesmos, de suas péssimas escolhas. Então Nina falou sobre Adrien. Contou a Étienne que tinha ido a Paris para se refugiar na casa dele. Que ele a ignorara de tal forma na noite do teatro que ela quase morrera de tristeza.

Étienne tentou defender Adrien:

— Talvez seja por causa do que ele escreveu no livro dele.

— Que livro? — perguntou Nina.

— *Branco de Espanha*.

— Do que você está falando?

— Achei que você sabia.

— Sabia o quê?

— Foi ele que escreveu esse livro.

Nina assimilou aquilo. *Branco de Espanha*... O romance dentro do qual ela escondera os envelopes. Como era possível que ela não soubesse? Que Adrien não tivesse lhe contado?

— Você deve estar confundindo. Foi Sasha alguma coisa que escreveu.

— É um pseudônimo.

— Foi a Louise que te contou?

— Foi.

— E o livro fala de quê?

— Você vai ver.

Segunda traição. Nina sentiu as lágrimas subirem, as engoliu. Varreu a imagem de Adrien esnobando-a no teatro para longe. Ela achava que ele era seu amigo, seu irmão, aquele que lhe jurara amor eterno. Ele não era mais nada.

Nina mudou de assunto intencionalmente, fez perguntas a Étienne, sem, no entanto, esquecer o que acabava de descobrir. Como estava Louise? A vida em Lyon? Ele estava apaixonado?

— Tenho cara de quem se apaixona? Sério, Nina. Não é pra mim. Mas francamente, eu fiz a escolha certa. Quando tenho três dias de folga, vou esquiar ou surfar, tenho o mar e a montanha por perto. Meus colegas são legais... os cafés gelados, o frio na barriga, o cansaço no fim das detenções, pegar os mesmos pivetes a cada mês porque um juiz idiota decidiu dar mais uma chance. Chegar nas cenas dos crimes. Então, até você pegar o culpado, você não faz mais nada. Eu nem durmo.

— Você já fez alguma busca sobre a Clotilde?

Étienne fica perplexo.

— Já. Por que está me perguntando isso?

— Quando eu era criança, eu roubava as cartas do meu avô. Foi por isso que ele me deu um tapa na escola, lembra?

— Claro que lembro. Eu sempre me perguntei por quê.

— Quando ele morreu, eu me senti culpada. Achei que a culpa era minha... Que Deus estava me castigando.

— Você sabe que eu não acredito nessas baboseiras.

— Eu sei. É uma longa história... Mas ano passado, recuperei a bolsa que estava com o meu avô quando ele morreu. Estava cheia de cartas que ele não teve tempo de entregar. Ninguém soube... Eu li tudo, fechei os envelopes e entreguei cada uma... Cinco anos depois.

— Está falando sério?

Nina baixou os olhos sem responder. Étienne tinha muita experiência com mentiras alheias, aquilo fazia parte da sua rotina, e entendeu que ela não estava inventando nada. E por que inventaria uma coisa dessas? Ele se lembrou daquele dia, no pátio da escola, quando Pierre Beau apareceu feito um louco para bater na neta. Ele ficara profundamente marcado. Não soubera protegê-la. Como hoje. Como com o doente que lhe servia de marido. Ele era capaz de defender pessoas cuja identidade nem conhecia, mas não sua amiga de infância.

— Junto com essas cartas — continuou Nina — tinha uma pra você. Uma carta da Clotilde.

Étienne se perguntou se estava sonhando, como aquela conversa podia ter virado um pesadelo. Nina percebeu seu desespero, leu o pânico em seu olhar.

— E a carta é de quando?

— Do dia 10 de agosto de 1994. Dois dias antes do acidente do vovô...

Étienne ficou pálido feito um cadáver.

— Mas você não abriu, pelo menos.

— Abri. Na noite em que o Adrien me traiu... eu estava com raiva dele, de você... E passei vários dias me perguntando se eu deveria te entregar a carta ou não.

Ela pegou a carta e a entregou a Étienne, que a leu várias vezes, em silêncio. De vez em quando, voltava o olhar furioso para Nina. Estava envergonhado, humilhado. À exceção de Adrien, ele nunca contara a ninguém que Clotilde estava grávida.

Ele enfiou a carta no bolso interno da jaqueta.

— Sabia que eu posso prender você por roubo? Sabia que o que você fez dá cadeia?

— Eu sinto muito... Não vou fazer isso de novo, eu...

Nina não conseguiu terminar a frase. Ele se levantou, jogou algumas notas em cima da mesa:

— Pra pagar a conta e sua gasolina.

Então saiu do restaurante feito um doido. Nina gritou seu nome, mas ele não se virou.

Estava sozinha no mundo. Ela foi até seu carro no estacionamento e voltou "para casa".

No sofá, Emmanuel continua a observá-la.

— Vamos comer? Estou morrendo de fome depois dessa merda toda... O Étienne está bem?

— Sim — responde Nina, tirando a camada superior do escondidinho.

— Entrei em contato com uma agência de adoção.

— O quê?

— Você ouviu muito bem.

Normalmente, naquele horário, Nina já tinha bebido algumas taças de vinho para suportar Emmanuel. Mas, agora, está sóbria. Ela se dá conta de que faz anos que não fica sóbria na presença dele.

— Você fez isso sem falar comigo? Eu? A mãe?

Depois de pronunciar aquelas duas palavras, "a mãe", Nina cospe o purê na mesa sob o olhar horrorizado do marido. Ela própria fica chocada. Pega um papel-toalha e limpa, envergonhada.

Mas, inesperadamente, tem um ataque de riso que não consegue conter.

— Você bebeu? — pergunta Emmanuel.

Aquela pergunta só faz aumentar sua risada. Ela tenta dizer "dessa vez, não", mas não consegue. Está debruçada sobre as próprias pernas, na cadeira. Há quanto tempo ela não ria assim? Lembra-se das palavras de Étienne: "Sua vida é um livro do Zola." Impossível largar aquela frase, aquela constatação implacável.

Ela se vê na sua cozinha caríssima, perto do marido que é o sonho de todas as mulheres, raspando o purê do prato porque não gosta de carne e a cozinheira faz questão de só preparar isso, descobrindo que o marido entrou em contato com uma agência de adoção sem falar com ela.

"Sua vida é um livro do Zola."

O que deveria fazê-la chorar rios provoca a reação contrária. Seu riso de nervoso se choca contra as belas tapeçarias da casa que ela ocupa sem de fato viver lá dentro.

Nathalie se aproxima deles com um ar desconfiado e, quando a vê, Nina fica chocada.

*O que diabos ela está fazendo aqui?*

Nina tem dificuldade de respirar. Está a dois dedos de uma crise de asma. Ergue o corpo na cadeira e para de rir. Começa a gritar com a cozinheira:

— Sai da minha casa! Não quero mais olhar pra sua cara! Sai! Fora!

Em choque, a mulher olha para Emmanuel buscando orientação.

— Para de olhar pro meu marido assim! Eu é que estou falando com você, sai agora!

Nathalie pega o casaco no vestíbulo e fecha a porta sem olhar para trás.

— O que deu em você? — pergunta Emmanuel à esposa.

— Deu que eu não quero ter um filho. Nunca vou querer. Enganei você esse tempo todo. Me deu que eu estou me perguntando, sim, estou me perguntando como é possível que você tenha iniciado um processo de adoção sem falar comigo!

Ela começa a tremer. Acaba de soltar palavras reprimidas por muito tempo. E elas saem mal, como tudo o que deixamos escapar em momentos de raiva. A reação de Emmanuel é tão inesperada quanto o seu ataque de riso: ele sorri para ela, com desprezo. Seguro de si, ele olha para Nina como se ela não fosse ninguém, como se fosse um objeto que tivesse começado a falar, uma inconveniência. Então, ela se lança para bater nele. Primeiro nos ombros, depois nos braços, na barriga. Ela bate, cega de raiva, bate mais, dando chutes. E ele sorri cada vez mais. Quando ela se dá conta do que está fazendo, começa a gritar. Ele a olha, sempre sorrindo. Um sorriso que dá medo, que aterroriza, até.

— Coitada de você... Eu te catei na rua. E pode acreditar: a gente vai ter esse filho. E você vai cuidar dele dia e noite. Agora, faça o favor de ligar pra Nathalie e pedir desculpas...

— Nunca.

— Pensa bem. Eu tenho o poder de te prender agora mesmo. Os hospícios estão cheios de pessoas que nem você, sozinhas, depressivas, desocupadas e alcoólatras. Eu tenho muitos contatos. Um telefonema pro nosso respeitado médico de família e você passa o resto da vida numa camisa de força. Não vai nem saber seu nome. Não esqueça nunca, nunca, que você é minha mulher... Sou eu que assino os papéis. Os papéis de adoção, de divórcio, de internação. E não pense que pode contar com os seus falsos amigos pra virem te buscar, seu policial e seu veado estão pouco se fodendo pra você. Vão deixar você se enfiar na merda sem levantar um dedo. A única pessoa que te ama, com a qual você sempre vai poder contar nesse mundo, sou eu. Mas você é muito burra pra entender isso.

Emmanuel sobe até o quarto, deixando Nina sozinha para limpar os restos do jantar.

Alguns minutos depois, Nina também sobe. Tira a roupa, toma um banho, pensa na raiva de Étienne e na palavra "adoção" dita pelo marido. Passa hidratante no corpo sem olhar para ele, se cola a Emmanuel com docilidade. Feito um cachorro que acaba de estragar o sapato do dono e busca seu perdão.

Ela deixa acontecer, dá um gemido ensaiado.

Quando seu marido adormece em cima dela, ela aguarda cerca de vinte minutos, com os olhos abertos na escuridão. Então o empurra delicadamente para o lado, se levanta sem fazer barulho, acende a lâmpada de cabeceira e pega *Branco de Espanha*, que estava bem ao lado, ao alcance da mão, desde o dia da final da Copa do Mundo de 1998. Ela se lembra perfeitamente do momento em que colocou o livro no seu carrinho de compras. Foi um momento feliz. Desde de manhã, ela repetia a si mesma: *Esta noite, Étienne e Adrien vão jantar lá em casa.* Eles chegaram juntos. Conteve suas lágrimas para que Emmanuel não visse que amava muito mais os dois amigos do que ele. Havia também os amigos de Lyon. Todos gritaram de alegria diante da televisão.

Foi o último dia bonito do resto da sua vida. Depois, os três se perderam de vista. O tempo se arrastara para ela. Como era exata essa expressão: "O tempo se arrasta."

Silêncios, vazios e ausências se inseriram entre os telefonemas e reencontros. Ela guardou o romance cuja quarta capa a deixara pensativa, hesitante. Era como se ela tivesse deixado Adrien passar sem saber. Tem livros que a gente perde, como alguns encontros, deixamos passar histórias e pessoas que poderiam mudar tudo. Por causa de um mal-entendido, de uma capa ou de uma sinopse medíocre, de um preconceito. Ainda bem que, às vezes, a vida insiste.

*"A aparência não é nada. A ferida se encontra no fundo do peito."*
*Eurípedes*

Tenho três anos. Brincamos de ciranda no pátio. Tem balões, bambolês no chão, percursos de brincadeiras riscados com giz. Às vezes, somos separados. Meninas com meninas, meninos com meninos. Eu fico no grupo das meninas. Elas riem. Engulo seus risos como os marshmallows que nos dão depois da soneca.

Tenho seis anos e conto para alguém pela primeira vez. Eu me livro. É um velho que não conheço, e que não me inspira grande confiança. Eu me lembro do seu cheiro ruim, de suas sobrancelhas espessas e cinzentas, da sua pele pálida.

Estou com uma amidalite séria, tremendo de febre na mesa de exame. Minha mãe está na sala de espera. É a primeira vez que fico a sós com um adulto.

"O médico serve para cuidar de você quando algo dói."

Algo em mim dói.

Faz cinco minutos que observo, fascinada, dois cartazes presos na parede, lado a lado, perto de uma fita métrica. A ilustração de uma menina e de um menino pré-adolescentes. Todas as partes de seus corpos, assim como seus órgãos, estão nomeadas. São idênticos. Aparelho digestivo, fígado, rins, estômago, braços, pernas, pés, coração. Só no baixo-ventre é que os nomes são diferentes. Tenho dificuldade de ler "órgãos genitais" e não faço ideia do que isso significa.

Tomada por essas imagens, eu abro a jaula do meu segredo pela primeira vez:

— Eu sou uma menina.

— Como? — indaga o homem, concentrado em seu monitor de pressão.

— Eu sou uma menina.

O médico franze as sobrancelhas descabeladas, o que lhe dá um ar bondoso, por causa da bagunça em sua testa. Mas, de repente, ele lembra um palhaço, daqueles que me apavoram, mas fazem as outras crianças rirem em circos e festas de aniversário. Ele não responde e leva uma de suas mãos ásperas à minha testa.

— Você está ardendo de febre, está delirando, garoto.

— O que é "delirar"?

— Você está doido. São sintomas da febre.

Tenho vontade de engolir meu segredo, mas as últimas palavras saem sozinhas. Quando soltamos uma frase presa há tempo demais, ela aproveita sua liberdade.

— Com que idade meu piru some?

Ele para de franzir as sobrancelhas e segura meus ombros. Me machuca. Sua pele pálida muda de cor quando todo o sangue do seu corpo parece lhe subir à cabeça. Ele fica da cor de um vinho tinto.

— Quem disse essas besteiras pra você?

Entendo então que preciso trancar a menina que tenho aqui dentro. Prendê-la no silêncio. Então minto, dissimulo. Começo a rir, minha garganta arde.

— Ninguém. Ouvi um amigo dizer isso na escola...

— Não se fala essas coisas, está me ouvindo? Seus pais fizeram você como você é: um menininho. Você nasceu menino e vai morrer menino. Não fique achando outra coisa. São ideias antinaturais.

— O que quer dizer "antinatural"?

— Quer dizer o diabo... E a gente espanta o diabo da nossa alma... Da cabeça, se preferir. Para isso, você tem que estudar muito e praticar esportes.

Ele volta a se sentar atrás da escrivaninha, escreve uma receita de antibiótico, aspirina, um spray e pastilhas para a garganta.

*Entrego o cheque que minha mãe já preencheu e digo:*
*— Tchau, doutor.*
*Não toco mais no assunto.*

Emmanuel acorda. Diz a Nina que tem que acordar cedo na manhã seguinte, que a luz não o deixa dormir. Nina fecha *Branco de Espanha* e apaga a luz.

Ela treme.

Apaga. Sim, ela apagou a luz como as pessoas que não querem ver mais nada. Fechar as cortinas, trancar as portas.

Ela aperta o livro contra o peito, sente seu cheiro. Procura o aroma de Adrien entre as páginas, o cheiro da sua pele, ou o da *outra*. Como pôde não senti-la, não adivinhá-la?

Durante oito anos eles comeram juntos, caminharam, dormiram, tomaram banho, fizeram deveres de casa, nadaram, cantaram, fizeram tudo juntos. Falavam ao telefone todas as noites antes de dormir. "O que você está fazendo, está vendo o quê, está pensando em quê?... Boa noite, te amo, até amanhã."

*— Por que você nunca diz nada, Adrien?*
*— Estou bem, estou te ouvindo.*

Durante oito anos, eles não se largaram. Do primário ao ensino médio. Fizeram projetos para o futuro, misturaram seu sangue, choraram, riram, tremeram. Ficaram de mãos dadas, prevendo ou sentindo o que o outro estava fazendo e vivendo, até quando não estavam juntos.

Ao descobrir o que Adrien escondia, Nina tem a sensação de não se conhecer. Quem é ela? Quem é aquela pessoa ingênua e cega?

Ela se sente como aquelas mulheres que nunca desconfiaram que seus maridos são criminosos de guerra ou *serial killers*.

Porque estão em negação.

Porque seu inconsciente não quer saber.

Essas mulheres acordam uma bela manhã, como todas aquelas idiotas dos contos de fadas, Branca de Neve, Bela Adormecida, Chapeuzinho Vermelho, e caem das nuvens quando se confrontam com a realidade.

Em um primeiro momento, Nina sente que aquele romance é uma acusação. Um dedo apontado para ela: "Você não entendeu nada. Você não me amou."

Mas ao reler *Branco de Espanha*, Nina acaba assimilando que o menino e a menina eram a mesma pessoa com quem ela havia convivido por oito anos.

Seu interesse pela leitura, a escrita, o cinema, o azul, o babá ao rum, o bolo de reis, Louise, os ovos cozidos e o verão, a aversão a cobras, palhaços e feiras vinham todos de um mesmo ser de carne e osso.

# 70

### 26 de dezembro de 2017

Estou deitada no banco de trás, olhando as nuvens pelo vidro no teto do carro. Gotas de chuva caem, parecem se agarrar ao vidro por alguns segundos e se deixam levar pelo vento.

Étienne está no banco do passageiro.

Nina dirige devagar, e isso parece irritá-lo, mas ele não diz nada. Nós duas percebemos sua impaciência. Ele lança olhares furtivos e desesperados para o velocímetro que indica cento e dez quilômetros por hora quando estamos na autoestrada.

Fizemos um acordo ao sair de La Comelle: Nina e eu nos alternaríamos no volante e pararíamos a cada duzentos quilômetros para beber um café e comer alguma coisa.

— Eu aceitei a companhia de vocês com a condição de poder dirigir... Não sou incapaz. Estou com câncer.

Nina se rendeu.

— Duzentos quilômetros para cada um. Vamos dividir a viagem em três.

Também concordamos na escolha da estação de rádio. Vai ser RTL2, uma mistura de pop rock que reúne mais ou menos os nossos gostos.

*Todas as noites na terra*
*Com você*
*De braço dado em toda parte*
*Eu sei tudo da sua vida*
*Deus me disse*
*Meu amigo, vem, eu sei tudo sobre você...*

É no fim de "Karma Girls", uma música da banda Indochine, que eu decido falar.

— Eu fui ver o Py.

Minha frase provoca o efeito de uma bomba. Nina freia bruscamente, eu me desequilibro e seguro no seu encosto de cabeça. Ela passa para a pista da direita, entre dois caminhões.

Étienne, que está pálido, desliga o rádio e me encara pelo retrovisor.

— Quando? — pergunta Nina sem tirar os olhos da estrada.

— Quando voltei a morar em La Comelle.

— Onde?

— Na casa dele.

— Quantos anos ele tem agora?

— Não sei. Uns oitenta...

— Por que você fez isso? — questiona Étienne.

— Eu precisava vê-lo com meus olhos de adulta. Toquei a campainha, foi ele que abriu. Ele me reconheceu na mesma hora. Não conseguiu dizer uma palavra. A gente se olhou por uns dois minutos, em silêncio, e então eu lhe entreguei um exemplar de *Branco de Espanha*. Ele pegou, mudo. Voltei pro meu carro. Quando levantei a cabeça, ele já tinha fechado a porta.

— Como foi vê-lo de novo?

— Eu encerrei alguma coisa ali. Definitivamente. Fiquei aliviada.

— Você acha que ele leu?

— Não tenho ideia. Mas hoje em dia tanto faz pra mim.

*Tenho dez anos. Estou na quarta série. Acabo de conhecer meus dois amigos de infância, um menino e uma menina. Graças a eles, não me sinto mais sozinha. Eu os amo.*

*Para os outros, sou um magricelo sem interesse. Eles não sabem que tenho uma menina escondida dentro de mim.*

*É um segredo de família só meu.*

*Feito a filha bastarda de alguém. A que a gente esconde no porão, que tem que passar pelas portas e corredores dos fundos para nunca cruzar o olhar de alguém.*

*A filha ilegítima, repudiada pelas religiões e pelo Estado. Que nunca será batizada e nunca receberá a extrema-unção. Enfim, a que nunca será nomeada.*

*Não, ninguém pronunciará meu verdadeiro nome.*

*Mais tarde, eu me encontrarei, me nomearei.*

*Faço listas. Élodie, Anna, Marianne, Lisa, Angèle, Virginie.*

*Tenho dez anos. Meus dois amigos e eu somos inseparáveis. Às vezes, eu gostaria de contar a eles quem eu sou, tenho essa menina na ponta da língua, mas não ouso. Engulo.*

*Tenho medo de que eles me rejeitem, me julguem.*

*Somos três ou nada. Três ou a solidão.*

*Se eles me expulsassem, eu voltaria ao exílio. Onde eu vivia antes de me mudar. Quando os outros me achavam estranha, no silêncio.*

*A timidez é um saco dentro do qual enfiamos tudo para não fazer perguntas a nós mesmos.*

*Na sala de aula, passo horas observando as costas da minha amiga, seus ombros, seu longo cabelo preto, sua nuca quando ela faz tranças ou as ergue com um gesto natural.*

*Certa manhã, ela usa uma presilha nova. Quando se senta à sua carteira e se debruça para pegar algo na mochila, eu avisto uma borboletinha vermelha de bolinhas brancas acima da sua orelha. Fico tão perturbada com aquela presilha na sua cabeleira que me esqueço de tudo. Até mesmo de onde estou. Não escuto mais o professor. Entre os meus dedos, a caneta morreu. Estou enfeitiçada por aquela presilha. De vez em quando, minha amiga a ajeita. Tenho vontade de roubá-la. De tirá-la das suas mãos.*

*Logo antes do recreio, a borboleta cai no chão da sala sem fazer barulho. Como se o chão estivesse coberto de neve. O professor se debruça sobre a minha folha branca, belisca meu braço — "Está sonhando ou o quê?" — e me faz ficar na sala para copiar a lição escrita no quadro.*

*Chamam de "mestre" este monstro de óculos vestido com uma camisa cinza de algodão áspero. É uma cobra que desliza sorrateiramente entre as carteiras.*

*Todos saem da sala, menos eu e o pequeno mártir do mestre. Estou na segunda fileira, ele, na primeira.*

*A cobra saiu da sala com os outros alunos, que ouço rindo e falando alto lá fora. Imagino suas brincadeiras. E volto ao silêncio da sala vazia.*

*Observo o mau aluno debruçado sobre seu papel por alguns segundos, a língua passeando sobre seu lábio inferior, como que perdida. Escrever exige um esforço considerável para ele.*

*Eu, no entanto, ergo a cabeça, leio uma frase e a copio sem dificuldade numa folha dupla com quadrados grandes. Mas não paro de olhar a borboleta no chão, quase aos meus pés.*

*Eu me viro várias vezes. Ninguém.*

*O outro aluno me ignora. Quando somos constantemente perseguidos, esquecemos das pessoas ao nosso redor. Sei do que estou falando. Antes dos meus dois amigos, me olhavam como se eu fosse um erro de ortografia.*

*Acabo me abaixando e pegando a presilha. É uma pequena pinça colada num pedaço de cetim, um desses grampos minúsculos que seguram algumas mechas. Eu o abro delicadamente e coloco acima da minha orelha. Queria saber, entender a sensação de usar aquilo, senti-lo no meu cabelo.*

*Fico com a mão na presilha por um longo tempo, como se fosse um minúsculo animal que acabava de pousar em mim. Fico decepcionada, percebo que ser menina não tem nada a ver com o fato de usar um acessório. Descubro que é mais complexo, certamente mais profundo. Estou perdida nos meus pensamentos quando cruzo um olhar repleto de ódio: a cobra entrou na sala outra vez, em silêncio. Arranco a borboleta e o pedaço de cetim sai, levando alguns fios de cabelo.*

*O professor não diz nada. Sinto vergonha e orgulho ao mesmo tempo. Não baixo os olhos. Eu o olho fixamente. Estou repleta de ódio por ele. Seus olhos pequenos cospem seu desprezo dentro dos meus.*

*Neste instante, o mestre troca de bode expiatório.*

*De agora em diante, serei eu.*

# 71

*Outubro de 2000*

Nina está na parte de frutas e legumes do supermercado quando alguém pousa a mão em seu ombro. Ela está pesando maçãs vermelhas, as preferidas de Emmanuel, crocantes, doces e orgânicas. No instante em que aquela mão a toca, Nina se pergunta como vai sair dessa, fugir, pôr um fim àquela vida. Não vê nenhuma saída. No entanto, há urgência. Precisava ir embora antes que seu marido aparecesse com uma criança debaixo do braço. Ele é capaz de tudo, até de roubar uma. Quanto mais o tempo passa, mais ela entende que a obsessão dele não é tanto ter um herdeiro, mas aprisioná-la. Nunca mais ela partirá se eles tiverem um bebê. Nina está zonza, sente-se nauseada. Ela já bebeu. Três taças de vinho no almoço. Geralmente, começa mais tarde. Mas hoje decidiu beber até cair. Porque ontem foi a gota d'água.

Lyon, Étienne deixando o restaurante porque ela tinha lido a carta de Clotilde, a cozinheira que ela expulsou, a adoção, *Branco de Espanha*...

Em seu carrinho, debaixo de duas bandejas de salmão defumado embaladas a vácuo, duas garrafas de uísque. Junto com calmantes, era o suficiente para causar um coma etílico sem volta.

Ela vai se juntar ao avô na sepultura dos Beau.

A cara que Adrien e Étienne farão diante do seu túmulo. Como os dois vão se arrepender de tê-la abandonado.

Ou não. Para eles, Nina pertencia ao passado. Afinal, são os amigos de *depois* que importam, não aqueles que conhecemos na escola.

Desde ontem ela tenta falar com Étienne, sem sucesso. Ele desliga na sua cara todas as vezes.

E quanto a Adrien? Como poderia perdoá-lo? E como poderia se perdoar? Fazer o caminho inverso lhe parecia impossível.

# TRÊS

*Quem deixa de ser um amigo nunca o foi.*
*E quanto mais meu coração pensa nisso, mais ele fica ferido.*

Sim, ela precisa ir embora.

Além de tudo, aquela ameaça de internação. Nina afunda mais e mais a cada dia e não vai ser complicado interná-la. Emmanuel também é capaz disso. Ele sempre a preferirá numa camisa de força a vê-la livre.

O que quer que aconteça, o que quer que ela faça, não vai escapar dele.

Tudo se confunde na sua mente.

Até mesmo as palavras de Adrien descobertas ontem à noite em *Branco de Espanha*. Retomou a leitura do romance esta manhã. Leu tudo de uma vez, chorando todas as lágrimas do seu corpo. Até que Emmanuel telefonou para saber se ela havia se desculpado com Nathalie.

— Não.

— Liga pra ela agora.

— Está bem.

A cozinheira atendeu no primeiro toque.

— Olá, Nathalie, é Nina. Me perdoa por ontem à noite. É o tratamento que estou fazendo para engravidar. Acho que os hormônios estão mexendo com a minha cabeça... Eu sinto muito, de verdade. Volta pra casa, por favor. Precisamos de você.

Nina ouviu o júbilo na respiração da outra, que não respondeu.

Então sim, no instante em que aquela mão toca o ombro de Nina, que está procurando o preço da maçã Pink Lady diante de uma balança há mais de cinco minutos, ela está desesperada. Por isso a mulher tem que repetir seu gesto várias vezes, até conseguir sua atenção.

— É você?

Nina leva um susto.

— Como?

— Sim, eu tenho certeza que é você. Estou te reconhecendo.

A mulher está radiante. Tem cerca de sessenta anos, usa uma calça de ginástica preta que não lhe cai nada bem e uma blusa esportiva onde se misturam losangos de cores espalhafatosas. Ela deve pesar oitenta quilos. Seu cabelo descolorido está preso com um elástico felpudo cor-de-rosa. Seus dentes são brancos, retinhos. Sua pele é um pouco opaca. Seus olhos verdes brilham. Nina nunca a viu. No seu carrinho, uma pirâmide de caixas de ração para cães e gatos.

— Como encontrou aquela carta?

Nina sente o chão oscilar sob seus pés.

— Não estou entendendo — murmura ela.

— Era você na associação de proteção dos animais há três semanas...

Claro que era ela. Entregou a carta anônima que denunciava as condições deploráveis de vida de um cachorro que morava numa varanda. Foi na véspera de sua ida a Paris. Nina não se sente bem. Sua interlocutora percebe e segura seu braço.

— Vem comigo, vamos beber um café.

A frase é dita de forma doce, porém decidida. Não permite recusa. Nina não tem escolha a não ser seguir a desconhecida. Ela não entende. Tinha certeza de que não havia ninguém no abrigo aquela noite. Elas vão até o caixa, pagam, a desconhecida vê as duas garrafas de uísque na esteira, mas não diz nada. Ela se contenta em sorrir. Um sorriso gentil. Sem julgamento ou falsidade.

As duas mulheres se encontram na pequena cafeteria do centro comercial, logo ao lado de um videogame em que se leem as palavras: EM MANUTENÇÃO.

— Então, me conta, como você achou aquela carta?

Nina não responde. Tem que ir embora. Voltar para casa antes do marido. Tem que se livrar daquela senhora gorda.

— Quantos anos você tem? — insiste ela.

— Vinte e quatro.

— Tem a vida toda pela frente.

— ...

— Eu me chamo Éliane, mas todo mundo me chama de Lili.

— Que nem na música do Pierre Perret...

Nina não sabe por que disse aquilo, por que evocou aquele cantor.

— Ah, não, Lili não é do Pierre Perret, é do Philippe Chatel. Pierre Perret canta "Mon p'tit loup". "T'en fais pas, mon p'tit loup, c'est la vie ne pleure pas..."

"Não se preocupe, meu lobinho, a vida é a assim mesmo, não chore..."

Nina começa a chorar. Ela esconde o rosto atrás das mãos. Certa manhã, ela se surpreendeu ao ouvir o avô cantarolando aquela música que tocava no rádio. Ele, que, à exceção dos discos da esposa, não ouvia música. Aquilo a surpreendeu. Ela não ousou perguntar como ele conhecia aquela canção.

Lili acena para o garçom.

— Vamos querer duas doses de álcool com os cafés.

TRÊS                                                                389

— Que tipo? — pergunta ele.

— Do tipo que coloca as ideias no lugar.

Lili observa Nina.

— Você não parece bem, minha querida.

— Como sabe que fui eu... a carta?

— Eu vi você. Moro na frente do abrigo. Quando ouço um motor de carro à noite, pode ter certeza que é alguém deixando uma caixa cheia de gatinhos na frente do nosso portão... Eu me levantei pra olhar. Não esperava ver uma jovem deixando uma carta na caixa de correio às onze da noite. E se você soubesse o efeito que isso me causou... não pode nem imaginar... Porque quem escreveu aquela carta fui eu.

*Que estranho*, pensa Nina, *enviar uma carta a si mesma, é como enviar flores a si mesma*. Ela permanece muda, não reage. Bebe seu café e seu licor de pera em goles pequenos, olhando fixamente sua interlocutora, mas sem a ver. Lili fica perturbada com o desespero da jovem.

— Onde você mora? — pergunta ela, como se estivesse falando com uma criança perdida que procura seus pais.

— Na casa do meu marido.

— A casa do seu marido não é a sua casa?

— ...

— Quer comer alguma coisa?

— Não, obrigada. Tenho que ir.

— Pra casa do seu marido?

— É.

— Fico feliz por ter te encontrado.

— ...

— Queria te agradecer... porque...

— Eu tenho que voltar pra casa...

— Espera um pouco... Seu marido está te esperando?

Nina parece pensar antes de responder.

— Não... Ele volta lá pelas sete da noite.

— São só duas da tarde, você tem tempo.

— Mas tenho coisas pra fazer antes.

Lili sente que precisa ganhar tempo. Como quando tem que salvar uma gata perdida e prenha, que dá voltas ao redor de uma caixa de transporte. Aquela jovem parece estar à beira de um precipício cuja origem ela desconhece. Além do mais, Lili nunca acreditou no acaso.

— Seis anos atrás, quando eu mandei essa carta pro abrigo, dois meses se passaram sem que ninguém fizesse nada, até que a dona do cachorro saiu de férias... e o deixou sozinho. Eu fui até a associação de proteção dos animais e briguei com a diretora da época. Perguntei o que ela estava esperando pra reagir. Ela não estava ciente desse caso de maus-tratos, não tinha recebido a minha carta. Eu não acreditei nela. Não vou entrar em detalhes, mas foi difícil salvar o cachorro. Depois, eu simpatizei com a diretora, virei voluntária e comecei a levar os cachorros pra passear, fazia faxina, a ajudava com a contabilidade e o lado administrativo, então, quando ela se aposentou, me pediu pra ficar no lugar dela. No fundo, se ela tivesse recebido a minha carta, eu nunca teria ido lá. Antes eu fugia desse tipo de lugar como do diabo. Todo mundo que é sensível ao sofrimento dos animais tem medo desses abrigos. Achamos que não vão aguentar, mas se enganam. Na primeira vez, a gente chora muito, e depois passa.

— Eu não aguentaria nunca — murmura Nina.

— Claro que sim. O que é insuportável é não fazer nada.

Nina tem a sensação de que Lili não está mais falando dos animais, mas dela.

— Por que você mora lá? — pergunta Nina.

— Lá ou em outro lugar, que diferença faz? E você? Por que mora na casa do seu marido?

— Porque não tenho aonde ir... É complicado. Ele me encontraria. Estou sozinha.

Nina seca raivosamente duas lágrimas na sua bochecha.

— Desculpa.

— Temos é que pedir desculpas pras pessoas na frente de quem não choramos nunca... Fico tocada que você chore na minha frente. É o medo que impede, que paralisa. Mas pode acreditar, a gente sempre pode ir embora. Como você se chama?

— Nina.

Nada é oficial ainda, mas o boato já corre: no próximo mês de maio, a peça *Filhos em comum* deve ganhar todos os prêmios na cerimônia dos Molières. Revelação, melhores atores e atrizes nos papéis principais e coadjuvantes, direção e, sobretudo, o que Adrien repete a si mesmo sem parar: a categoria de Melhor Dramaturgo.

Prêmio Molière de Melhor Dramaturgo. Prêmio Molière de Melhor Dramaturgo. Prêmio Molière de Melhor Dramaturgo.

A cerimônia ocorrerá dali a sete meses, mas ele não pode ficar pensando nisso. Não é nada oficial.

Mas Adrien pensa.

Aquele acontecimento hipotético o desperta todas as noites.

E se me chamarem no palco? "O vencedor do Molière é Adrien Bobin!" E se Isabelle Adjani o entregasse? Ah, não, certamente seria o vencedor desse ano. Quem era mesmo? Dario Fo, por Morte acidental de um anarquista.

Ele imagina a salva de palmas, ele se levantando com a expressão de quem não consegue acreditar, deixando passar um tempo de surpresa, alguns segundos, sorrindo para si mesmo, para mostrar que está assimilando que o nome dele foi chamado, fechando os olhos, balançando a cabeça, abraçando os atores, o diretor... "Não, de verdade, eu não esperava." Colocar aquelas palavras no corpo inteiro. Andar lentamente, apertando mãos no caminho, subir no palco, pegar seu Molière e agradecer. Ele pensa no seu discurso. A verdade é que já o escreveu e decorou.

Ele é interrompido pelo toque do telefone. Estava se arrumando para sair. Um jantar na casa da diretora Danièle Thompson. Adorou seu filme, Três Irmãs, ao qual assistiu três vezes. Ele deu um jeito de fazer com que a informação chegasse nela, e ela o convidou por intermédio de um amigo em comum.

Ele atende, irritado.

— Cadê ela? — grita Emmanuel Damamme.

— Como?

— Cadê a Nina? Não brinca com a minha cara, quero saber onde ela está!

— Aconteceu alguma coisa?

— Sim, aconteceu que ela não voltou pra casa desde ontem... Ela está com você?

Adrien sentiu uma dor mais intensa do que se alguém acabasse de lhe dar um soco no estômago. De repente, ele se deu conta de que Nina tinha ido embora de casa sem telefonar para ele, sem lhe pedir ajuda. E com razão. Nina está em algum lugar sem ele, e talvez ele não a veja nunca mais.

Silencia aquela dor imediatamente. Sabe controlá-la. Assim como sabe controlar todo o resto: o que ele é. Desde que escreveu Branco de Espanha, seu coração está gelado. Ele trancafiou sua identidade e jogou a chave fora.

Adrien só permite que os outros vejam o jovem calado e talentoso. Um pequeno príncipe que certamente ganhará o Molière de melhor dramaturgo.

Ele não tem amantes, nem homens, nem mulheres. Flerta, seduz, se deixa seduzir, mas sempre encontra um pretexto para voltar sozinho para casa.

Exceto quando encontra Louise.

— Não tive notícias dela — finalmente responde a Damamme. — A última vez que eu vi a Nina foi há um mês, em Paris...

— Ela esteve em Paris há um mês? — indaga Emmanuel com frieza na voz.

Então, com um tom ameaçador, ele diz:

— Presta atenção, Adrien, se você estiver mentindo, eu vou saber.

Adrien dá uma risada sem querer. Tem apenas desprezo por Emmanuel Damamme e ninguém o assusta.

— Para mim, a Nina deixou de existir há muito tempo.

Adrien desliga. O telefone toca novamente, com insistência. Ele não atende, veste um sobretudo e vai até o banheiro para se olhar no espelho antes de sair. Seu táxi está aguardando.

*Nina leu a carta de Clotilde...* Étienne está com um ódio mortal dela. Isso foi uma violação. Ele nunca a perdoará. Não liga a mínima para o fato de ela abrir as cartas de desconhecidos desde quando era criança. Mas a sua, não.

Que decepção.

Ele não sabe o que dói mais. Que Nina tenha descoberto que Clotilde estava grávida dele ou que ela tenha invadido sua intimidade. Uma mistura de raiva e vergonha que não o abandona.

Que choque, aquela carta. Inacreditável que ele só a recebesse agora. Aquelas palavras vinham como que do além.

Ele tenta se lembrar de Clotilde na manhã do enterro de Pierre Beau. Que tipo de olhar ela lhe dirigia, achando que ele sabia de tudo, quando ele não fazia ideia da gravidez? Impossível lembrar. Havia tanta gente na igreja e no adro. Além de toda aquela tristeza, com a qual ele não sabia o que fazer. A mão frouxa de Nina na sua. Seu olhar certamente se desviara do de Clotilde naquela ocasião, ou, pelo menos, ele tem certeza de não tê-lo buscado.

Clotilde não estava no cemitério, que ele lembre. Ela se juntou a eles mais tarde.

Pela milésima vez, Étienne pensa na dor de Clotilde. Como ela deve ter sofrido por causa dele, de sua inconsequência. Ele ainda não consegue acreditar que ela foi até Saint-Raphaël sem dizer nada. Só para vê-lo nos braços de outra garota.

Quantas vezes, na sua profissão, ele não se deparou com homens que violentavam suas mulheres? Que buscavam uma espécie de solidariedade na sala de interrogatório, um tipo de cumplicidade. "Entre homens, a gente se entende, às vezes um bom tapa ajuda" ou "Eu não medi a minha força, ela me fez passar dos limites, você sabe como é".

Étienne sente por eles apenas desprezo. Mas, no fundo, será que ele não é pior?

Esperamos que os policiais sejam íntegros, mas será que um homem de uniforme é irrepreensível? Quem acreditaria nesses disparates? Seriam menos repugnantes que os outros, sob pretexto de terem feito um juramento? A vida cotidiana não era muito mais complexa do que isso? Quantas vezes Étienne ou um de seus colegas desejou a morte de certos crápulas? Não faziam mentalmente o processo de alguns indivíduos antes mesmo de passarem por um tribunal?

A imagem do carro afundando no lago vai assombrá-lo para sempre. E ele se perguntará até o fim da vida se Clotilde estava lá dentro. Às vezes, tem vontade de voltar ao lago e mergulhar lá, sozinho, de noite, para saber.

Mas tem medo demais. Um temor irracional.

Viu um filme com Harrison Ford e Michelle Pfeiffer que o aterrorizou. A história de uma amante assassinada pelo homem que traía a esposa, largada no fundo de um lago perto da residência do casal. O fantasma da morta preso em um carro e seu cabelo louro dançando no fundo da água voltavam para assombrá-lo.

Étienne não conseguiu ver o filme até o fim.

Seu telefone toca. É sua mãe.

— Tudo bem?

— Tudo.

Marie-Laure está com sua voz dos dias ruins, das notícias ruins.

— A Nina foi embora.

Sob o choque da notícia, Étienne precisa se sentar. Suas pernas não o carregam mais. Ele interpreta "foi embora" como "morreu". É como a palavra "desaparecida", que ele associa a Clotilde.

Ele nunca achou, desde aquela noite de agosto de 1994, que ela pudesse estar viva em algum lugar, criando sozinha o filho deles.

Percebendo a emoção do filho, Marie-Laure continua:

— Ela mandou uma carta de despedida pro Emmanuel.

*Uma carta de despedida. Nina morreu...* Ele deveria ter atendido seus telefonemas. O que contara a ele dois dias atrás deveria tê-lo alertado sobre a fragilidade dela. Sua vida tinha se tornado infernal com aquele louco.

Étienne treme. Não consegue chorar ou dizer uma palavra sequer. Está sentado, o telefone ao ouvido.

— O Emmanuel veio aqui em casa hoje de manhã. Está procurando por ela em todos os lugares. Parece um louco.

— ...

— Ela escreveu três cartas de despedida. Uma pro Emmanuel, e as duas outras pra você e pro Adrien.

Emmanuel anda de lá para cá dentro de casa.

Ela foi embora sem levar nada. Todos os seus pertences ainda estavam lá quando ele voltou do trabalho. Nathalie estava de volta à cozinha. A pedido dele, Nina telefonara para a cozinheira de manhã, se desculpando.

Um cheiro delicioso de ensopado. Ah, que bela noite eles teriam. Ele estava com fome e de bom humor. Tinha passado na joalheria para comprar um solitário para sua mulherzinha.

Na véspera, eles tinham brigado, ela dissera que não queria ser mãe, mas tinham feito as pazes na cama. Nina gostava de trepar, ele a segurava assim. A cada noite, ela pedia mais.

Nina? Não, Nathalie não a vira. Quando a cozinheira chegara no trabalho, às duas da tarde, o carro dela não estava lá.

Onde ela poderia ter ido?

Na véspera, tinha feito um bate e volta para Lyon. Hoje, deveria ter ficado quieta.

As horas passaram, e seu celular continuava caindo na caixa postal.

Às dez da noite, Emmanuel pensou num acidente. Foi à polícia para alertar sobre o desaparecimento da esposa, mas disseram que era cedo demais.

— Vocês sabem quem eu sou?

— Sim, sr. Damamme.

TRÊS                                                                    395

— Eu sou responsável pelo emprego de metade da população de La Comelle, então façam o favor de iniciar as buscas imediatamente.

Revistaram a cidade e o campo nos arredores durante toda a noite e no dia seguinte, em busca do carro preto, mas não encontraram nenhum rastro.

Então Emmanuel recebeu a carta que Nina postara em La Comelle, na véspera.

Ele jogou suas roupas, seus livros, suas fitas cassete e de vídeo, até mesmo suas escovas de dente no jardim, para queimar tudo. Uma grande fogueira sem comemoração.

Ela ficara com o cartão de crédito, mas não fizera nenhum saque ainda. No dia do seu desaparecimento, tinha feito compras no supermercado que sempre frequentava, e depois, mais nada. O que teria comprado? Emmanuel interrogou as funcionárias do caixa, elas não se lembravam.

Seu telefone estava permanentemente desligado. Impossível falar com ela.

Nina já estava planejando sua fuga há muito tempo? Por quem? Por quê?

Emmanuel acabou entrando em contato com dois detetives particulares: "Pago o preço que for para vocês encontrarem a Nina. Viva, se possível."

Pediu a cada um deles que se postassem diante da casa de Étienne Beaulieu e Adrien Bobin. Mas não havia rastro de Nina, nem em Lyon, nem em Paris.

Por enquanto.

Porque o pássaro tem asas pequenas. Ela com certeza vai aparecer ou cometer um deslize. Vai voltar com o rabo entre as pernas, implorando. É aí que ele vai pegá-la de vez.

Ele relê pela milésima vez a carta de Nina, mesmo já tendo-a decorado.

*Adrien, Emmanuel, Étienne,*

*Estou indo embora. A decisão de partir é minha, ninguém me obrigou.*

*Meus dois amigos, vocês iluminaram a minha infância. Ela foi maravilhosa graças a vocês.*

*Fui muito feliz por ter encontrado vocês. Assim como fui muito infeliz ao perder os dois.*

*Mas parece que a vida é assim mesmo.*

*Meu marido, desejo a você toda a felicidade do mundo, com uma pessoa boa. Coisa que eu não sou mais, nem para você, nem para mim, nem para ninguém.*

*Um beijo nos três.*

*Nina*

Primeiro, Emmanuel achou que fosse uma estratégia. Ela se dirigia aos três ao mesmo tempo para que ninguém suspeitasse dos outros dois. Mas Marie-Laure confirmou que Étienne também tinha recebido aquela carta, escrita à mão. Fora postada no mesmo lugar, na rua da Liberdade, no mesmo dia que a dele, antes da leva das 16h30.

Tentou falar com Adrien para saber se o mesmo acontecera com ele, mas Adrien não atendeu.

Emmanuel foi até a delegacia para declarar um abandono de domicílio e deixou um pedido de divórcio por procuração com um advogado: quando um dos membros de um casamento desaparece sem deixar endereço e por vontade própria, esse é o procedimento habitual. Não existia a menor possibilidade de ela ficar com um centavo da família Damamme. Avisaram-no que ela poderia pedir uma indenização compensatória, por mais que eles tivessem se casado com separação de bens. Se ela fizesse isso, ele faria tudo o que estivesse ao seu alcance para que ela não conseguisse nada, nunca.

A única coisa que deixa Emmanuel feliz agora é imaginar Nina morrendo de fome em algum lugar.

Mas tem coisa pior que isso: imaginá-la nos braços de outro homem. Emmanuel nunca achou que fosse possível sentir tanta dor. Uma dor mortal. Ele passou a tomar antidepressivos desde que ela foi embora. Seu médico não lhe deu escolha. Dava pena olhar para ele. Não comia mais e quase não dormia. Quando acordava, procurava por ela na cama. Agora, dorme no sofá da sala.

Ele avisou aos pais, fez a mãe prometer que o telefonaria imediatamente caso Nina entrasse em contato com ela. Gê prometeu, pensando, ao mesmo tempo, que se Nina lhe pedisse ajuda ela não diria nada a ninguém.

# 72

*26 de dezembro de 2017*

Louise está sentada perto de Marie-Laure, na cozinha. As duas tomam chá, perdidas em seus pensamentos.

Valentin e Marie-Castille acabam de partir para Lyon. Paul-Émile, Pauline e seus dois filhos voltaram a Genebra.

Pronto, a casa está vazia. Como sempre, todos retornaram às suas vidas. Mas, desta vez, Étienne não volta mais. À melancolia e à tristeza que vêm depois das festas acrescentam-se o pavor e a vertigem do impensável.

Marc está na garagem, onde montou uma oficina de trabalhos manuais. Sempre vai para lá quando surge qualquer assunto que envolva Étienne. Deve ter encontrado algo para consertar.

*Se ao menos ele pudesse consertar nosso filho,* pensa Marie-Laure.

Ela tem raiva de si mesma, não viu nada, não entendeu nada. Achou que Étienne estivesse apenas cansado. Além do mais, todos tinham uma aparência ruim naquela época do ano. Saímos pouco de casa, comemos muito, bebemos muito, fazemos muitas coisas em excesso. Feliz de ter os filhos e netos debaixo do seu teto, ela não prestou a devida atenção ao seu garoto.

*Meu garoto,* ela pensa.

Nossos filhos permanecem crianças na nossa alma de mãe. Ocupam todo o espaço, mas permanecem pequenos. Pensamos neles como se tivessem acabado de nascer. Ela pensa no beijo que deu nele na véspera, quase distraído. "Boa noite, meu querido, até amanhã." Étienne sabia que não ia rever a mãe, mas não se demorou nos seus braços. Dois beijinhos na bochecha e cama.

— Você não sabe mesmo aonde eles foram? — pergunta Marie-Laure mais uma vez a Louise.

— Não. Sei que Étienne queria sol e água. Imagino que estejam indo em direção ao mar.

— Talvez pra Saint-Raphaël. Os três.
— Pode ser.
— Étienne adora Saint-Raphaël... Acha que ele vai ligar pra gente? Dar notícias?
— Sim, com certeza.
Louise pousa a mão sobre a de sua mãe.
— E tem certeza de que ele não vai sofrer?
— Tenho sim, mãe.
Marie-Laure observa suas lágrimas caindo dentro da tigela. Então olha sua filha, tão bonita, tão só. Ela é feliz? Um percurso acadêmico brilhante, um trabalho interessante e uma solidão que ela parecia ter escolhido. "Assumida", como diziam atualmente.
— Por que você nunca se casou com o Adrien?
Louise não consegue acreditar que a mãe tenha tocado naquele assunto. Elas nunca conversaram sobre isso. Todos parecem saber a respeito da história que ela vive com Adrien desde seus nove anos, mas nunca tocam no assunto. Mas também, ela se fecha diante de qualquer alusão.
— É por causa do seu irmão? — insiste Marie-Laure.
— Não, eu é que nunca quis.
— Por quê?
— Por causa dela.
— Ela quem?
— Adrien.

*A primeira vez que a vejo é no pátio da escola nova. Por instinto, sei que não é por acaso que cruzo seu caminho. Sinto que ela se posicionou ali de propósito, no meu caminho, feito uma flor.*

*Ela segura uma pedrinha na mão. Acaba de abandonar um jogo de amarelinha, está ofegante, estamos no mês de setembro, faz calor, algumas mechas de cabelo louro grudam no seu rosto. Seu cabelo, aliás, não é louro, mas quase branco. Descolorido pelo verão. Ela é isso: uma pequena estudante de cabelo prateado. Suas bochechas coram quando ela dirige o olhar para mim.*

*Chama-se Louise. Tem nove anos. No entanto, Louise é tudo menos uma menininha.*

*É a irmã do meu novo amigo.*

TRÊS

Eles se parecem. Têm os mesmos olhos azuis. Porém, cada um leva no olhar coisas opostas. Ele, a errância, ela, a conquista.

Ninguém jamais me olhou como Louise. E sei, no instante em que escrevo estas palavras, que ninguém me olhará como ela outra vez. Aquele olhar é uma sorte, a minha.

Ela adivinha quem eu sou apesar da minha aparência.

Seu irmão nos apresenta: "É a minha irmã."

Ela diz: "Oi." Eu emito minha identidade e, desde já, ela não acredita. Algo na maneira como ela me encara não aceita meu nome. Eu sinto. É imediato. Não há sala de espera entre nós.

Louise é seda. É preciosidade. É também metal e porcelana. É a aliança entre a sutileza e a força. Ela é indestrutível, doce e delicada.

Eu a vejo com frequência no pátio, às quartas-feiras na casa do irmão, durante as férias. Ela faz parte da minha vida. Comporta-se muitas vezes feito as bonecas decorativas que colocamos no sofá. Louise também é renda. Silenciosa, o nariz sempre metido em um livro. Ama aprender. É sua natureza. Sua coisa preferida é descobrir.

Quando sente minha presença em um cômodo, ela ergue a cabeça e sorri para mim sem baixar os olhos. Suas bochechas sempre coram, então ela retoma a leitura sem que seu sorriso se apague. É como se eu fosse o sol de Louise, e quando alguém vê você como um astro, você busca se aproximar da pessoa. Ficar junto dela.

Mas há um muro entre nós que me impede, durante anos, de sentir seu calor: nós três. Meus dois amigos e eu nunca nos separamos. Todas as vistas dão para o nosso trio. Não temos outras perspectivas. Formamos um bloco.

Certo verão, viajamos todos juntos nas férias. Louise, deitada sob um guarda-sol, sorri para mim com frequência. Sua beleza me perturba. Mas estou ocupada dissimulando para os outros a menina que sou. No meu jeito, nos meus gestos, na minha voz, "dou uma de menino". Minha voz deve engrossar em breve.

Faço catorze anos este ano, e só penso em uma coisa: meu pomo de adão. Quando vai aparecer? Ainda não é proeminente, mas até quando? Eu raspo a barba, embora não tenha pelo algum, para que ela comece a crescer. Enquanto, ao mesmo tempo e paradoxalmente, eu a temo feito a morte. Por que tenho tanta vergonha de quem eu sou? Por que minha obsessão é escondê-la? Com a distância do tempo, penso que sem meus dois amigos ela teria me levado ao suicídio.

E que, sem Louise, eu nunca teria conhecido o amor romântico.

*Durante esse mês de férias, certa manhã, acordo com Louise sentada na poltrona de balanço do quarto que ocupo. É uma bela aparição.*

*A casa está vazia. Todos foram passar o dia fora, menos nós duas. É a primeira vez que ficamos sozinhas.*

*— Você me ama?*

*É a primeira pergunta que eu lhe faço. Porque não consigo acreditar que alguém possa me amar.*

*— Sim, desde criança.*

*— Você ainda é criança.*

*— Não, tenho treze anos. Você já beijou uma menina?*

*— Na boca?*

*— É.*

*—Não. Nunca beijei ninguém.*

*— Você já fez amor?*

*Sua pergunta me deixa perplexa.*

*— Não, já que eu nunca nem beijei ninguém.*

*— Quer tentar? — pergunta ela.*

*— Fazer amor?*

*— Não, me beijar.*

*Respondo que sim. Ela se deita debaixo do lençol ao meu lado, mas não em cima mim.*

*— Está sentindo como está batendo forte?*

*Ao mesmo tempo, ela pega minha mão e a pousa sobre seu seio.*

*Sinto os batimentos do seu coração. Seu corpo é quente.*

*Ela tira a roupa sem fingir qualquer pudor. Oferece-me sua nudez, e eu seguro seu vestido. Não posso segurá-la, agarrá-la. Somos jovens demais, atrapalhadas, apavoradas. Temos que respeitar certa distância. Percorro seu corpo com os olhos. Ela é linda. Tenho inveja dela. Permito-me tocá-la, registrá-la com a ponta dos dedos. Ela fecha os olhos, estremece, geme, se contorce. Ainda estou com seu vestido na outra mão, seguro-o com força, me agarro àquele tecido como a uma corda, para não cair no abismo provocado pelo medo.*

*Após um longo momento, como que ao fim de um imenso corredor, Louise diz: "Eu me toco muitas vezes pensando em você, quer ver como é?"*

*Aquilo me deixa novamente estupefata. Como uma menina pode ter tanta audácia e, sobretudo, confiar em mim?*

*Respondo que sim.*

Ela se deita de bruços, vira a cabeça na minha direção e me olha. Nunca tive a oportunidade de ver uma pessoa tão linda.

Colo seu vestido contra o meu corpo. É como se eu a deitasse sobre mim. Também tiro minhas roupas, pego a mão de Louise, nós não tiramos os olhos uma da outra. Ela me reconcilia, nos reconcilia. Não sei mais. Sinto-me tão bem que não sei quem sou.

Louise está apaixonada, mas por quem? E quem, em mim, a deseja?

Fico espantada com as minhas atrações porque não as tenho. Minhas "preferências sexuais", como as chamam, não se revelam. Como sou menina, eu deveria gostar de meninos. Seria o curso natural das coisas. Mas nada é coerente. Nenhuma história de amor é. E Louise me perturba. Ela me excita.

Nós dormimos juntas.

Quando acordo, ela segura meu sexo.

Eu a afasto: "Não, não encosta nisso, não é meu."

Na noite passada, na hora de ir embora, Louise me disse:

— Como você vai acompanhar meu irmão até a morte, gostaria que aproveitasse para matar Adrien de uma vez por todas.

— É muito violento o que você está dizendo, Louise.

— A vida é que é violenta, eu não tenho nada com isso.

Louise decidiu se tornar cirurgiã por minha causa. Ela sempre me corrige quando digo isso assim: "Não por sua causa, graças a você."

Tenta me convencer a passar por uma transição hormonal, depois cirúrgica.

Virar o que eu sou.

Eu fujo disso há anos.

Fugir, postergar, rejeitar, adiar, mentir, inventar. Conheço todos os subterfúgios de cor.

Tenho medo.

Sei que sou uma mulher, ela vive comigo. Louise nunca quis morar comigo *por causa dele*. Diz que eu minto para todo mundo, a começar por mim. Diz que vai continuar me amando quando eu tiver "tetas e xoxota". Quando ela usa esse vocabulário, eu me fecho na mesma hora. Não suporto a vulgaridade. Ela sabe, usa essas palavras para me provocar. Já tentou de tudo.

Eu nunca me entendi bem com meu corpo, mas nunca consegui dar esse passo. Essa transição que hoje está ao alcance de "pessoas como eu", pelo que se fala na mídia, que parece quase simples... eu a rejeito. Louise tentou me levar pela mão centenas de vezes para que eu fizesse esse caminho, em vão.

Ela me apresentou a psiquiatras e endocrinologistas, mas eu não consigo falar, tomar uma decisão. Ela se irrita quando menciono o médico que me examinou aos seis anos, ou Py. "Isso ficou no passado. Você tem que seguir em frente."

Às vezes ela se irrita ao ponto de chorar. Certa vez, esgotada, ela chegou a me bater, dizendo que detestava Adrien, que queria vê-lo morrer. Ela me chamou de covarde.

Foi a nossa maior briga. Ficamos sem nos ver durante onze meses.

São oito horas da noite. Nina, Étienne e eu estamos sentados de pernas cruzadas, lado a lado, numa cama grande. Acabamos de achar uma hospedaria em Savona, bem ao lado de Gênova, no norte da Itália. Estamos exaustos.

Colocamos uma bandeja à nossa frente, cobrimos torradas com molho pesto fresco e degustamos vinho branco, tudo comprado na pressa. Étienne fazia questão de que dormíssemos no mesmo quarto. A proprietária do lugar não disse nada quando nos viu ocupar um só quarto, os três. Imediatamente concordamos: eu dormiria na cama de solteiro e eles na cama de casal.

Nina já tomou banho. Está usando um pijama feio, de algodão cor-de-rosa. Étienne caçoou dela quando Nina saiu do banheiro:

— Nossa senhora, que negócio feio, parece até o presente daquele filme, *Papai Noel É um Picareta*.

Nós rimos como antes. Como quando éramos crianças, quando dormíamos na casa de Pierre Beau e nos amávamos.

Nina respondeu a Étienne que ela morava sozinha há tanto tempo que dormia nua, mas, ali, não ia ficar andando pelada na nossa frente.

— Amanhã a gente compra roupas pra você... e chips pré-pagos — diz Étienne. — Tenho que ligar pro Valentin.

— E eu pro meu namorado — acrescenta Nina.

— Se você tem namorado, é bom queimar esse pijama. E o que esse aí tem de diferente dos outros?

— Ele é normal e gentil. E ainda por cima é bonito.

— O que você sabe sobre ele?

Não consegui me conter. Étienne e Nina me interrogam com o olhar.

— Por quê? Tem alguma coisa pra nos contar?

— Não.

Nina muda de tom.

— Você está mentindo. Sei quando está mentindo. Quer dizer, agora eu sei. Li *Branco de Espanha*.

— ...

— Tem alguma coisa a dizer sobre o Romain? — insiste ela.

— Pergunta pra ele por que foi embora de Marnes-la-Coquette.

Ela fica intrigada, não entende aonde quero chegar.

— Como você sabe que ele trabalhava em Marnes?

— Eu sei.

— No fundo, você é um monstro. Quer sabotar a minha vida, é isso?

— Nem um pouco.

— Não? Então por que está falando esse tipo de coisa?

— Porque me contaram umas coisas.

— Que coisas?

— Que ele foi demitido da escola porque teve problemas com uma aluna. E o caso foi mais ou menos abafado.

— Quem te disse isso?

— Um colega do jornal.

— Ele contou isso assim? "Ah, aliás, o novo diretor da escola Perec teve problemas com uma aluna..."

— Não, eu perguntei sobre ele.

O volume da conversa aumenta. Vejo no olhar de Nina que está com raiva de mim. Que nada jamais será como antes.

— Por que perguntou sobre ele?

— Porque vi você entrar na casa dele.

— Você me seguiu?

— Sim.

— Psicopata!

Étienne tenta acalmar as coisas.

— Ei, ei, ei, devagar, pessoal.

— Liga pra ele — digo. — Assim ele te conta o que aconteceu... E você pode ficar tranquila.

— Tranquila? O que você tem a ver com isso? Quem de nós três é tranquilo?
— Vamos parar? — pede Étienne. — Vamos ver uma série?
— Qual? — pergunta Nina.
— *Breaking Bad?* — sugere Étienne.
— Nunca vi.
— Eu também não — confesso.
— Vocês são péssimos... É ótima.
Étienne some no banheiro depois de engolir um exército de remédios. Nina e eu nos entreolhamos por um longo tempo. Já nos amamos tanto.
— Eu nunca te pedi desculpas por Paris, pelo teatro Abbesses... Minha arrogância foi inadmissível. Tenho vergonha até hoje.
— E eu nunca te pedi desculpas por não ter te visto. Eu, que achava que te conhecia... eu, que achava que você era meu irmão quando, na verdade, era uma irmã silenciosa. Uma menina que você amordaçava.
— Então pronto.
— É.
Nina se levanta, calça seus tênis sem amarrar os cadarços, cobre os ombros com o casaco de Étienne e sai do quarto.
— Já volto — me diz ela.

Ela desce até o térreo e encontra os proprietários da hospedaria diante da televisão. Eles levam um susto ao avistá-la atrás do sofá. Ela cruza as mãos, pedindo desculpas por atrapalhá-los, estende uma nota de vinte euros ao homem e diz que gostaria de usar o telefone. Como Étienne está paranoico com a esposa policial, pediu a eles para que não ligassem seus celulares nem sacassem dinheiro. "Em nenhuma circunstância... Senão estou morto...", ele ironizou.
— Pode ficar com o seu dinheiro — responde a mulher para Nina em um francês perfeito.
Os dois mostram em um mesmo gesto o telefone fixo situado em uma salinha ao lado da cozinha. Nina disca o número de Romain, enquanto o homem, com o controle remoto na mão, aumenta o volume da televisão.
Romain atende de imediato. O que ela vai lhe dizer? Vai mencionar aquela história sórdida para ficar "tranquila"? Ela está bem com Romain.

Não quer saber de mais nada. Depois de tanto tempo, alguém a fez sentir algo, quando Nina já não acreditava mais nisso.

— Sou eu — fala.

— Como você está? Onde estão?

— Na Itália...

# 73

*Dezembro de 2000*

Já faz dois meses que Nina foi embora. Emmanuel a procurou em toda parte. Até mesmo nas valas, debaixo de camas e dentro dos armários da casa.

Até enlouquecer.

Percorreu todas as estradas rurais. Dia e noite. Bateu em portas, ao acaso, mostrando sua foto. Ninguém a viu. Pagou ao *Jornal de Saône-et--Loire* para que divulgasse o retrato dela com a legenda DESAPARECIMEN-TO INQUIETANTE.

Era mentira. Nina escrevera a carta para Adrien, Étienne e Emmanuel para não deixar dúvidas de que sua partida era uma escolha.

Os dois detetives que Emmanuel contratou têm certeza de que ela não se escondeu na casa de um dos dois amigos.

Não havia qualquer rastro de Nina na casa de Adrien Bobin. Nem no seu apartamento, nem nos arredores. A situação era a mesma em Lyon: Étienne Beaulieu morava sozinho e via pouca gente fora do horário de trabalho, a não ser alguns colegas e encontros casuais.

Quem restava? Quem poderia ter abrigado Nina?

Como última opção, Emmanuel pensou na mãe de Nina. Não sabe muito sobre ela, só que se chama Marion Beau e nasceu no dia 3 de julho de 1958 em La Comelle. "Com essa informação, talvez eu consiga encontrá-la... Com o número do seu documento de identidade", disse um de seus detetives há algumas semanas.

É com o coração a mil que Emmanuel lê o endereço que acaba de receber por mensagem:

*Encontrei: Marion Beau, Vilain nº 3, 14640 Auberville.*

TRÊS
407

Emmanuel checa imediatamente o endereço em um mapa; a mãe de Nina mora na Normandia. Em uma vila perto de Deauville. Ele conhece bem o local, já passou férias lá diversas vezes.

Chega uma segunda mensagem do detetive:

*Quer que eu vá até lá?*

*Não.*

Emmanuel sai do escritório e informa seus funcionários que vai se ausentar.

— Mas... a conferência telefônica e as reuniões de...

— Se virem — interrompe ele.

Ele nunca tinha sido desrespeitoso com eles. Mas, desde a partida de Nina, perdeu o chão. Ninguém o reconhece mais. Está sempre olhando para o nada. Murmuram pelas suas costas que aquilo "vai acabar mal".

Ele percorre quinhentos quilômetros sem pensar, o pé no acelerador. Para duas vezes para encher o tanque, beber um café e comer uma barra de chocolate.

Quando chega no endereço indicado, encontra uma dúzia de casas geminadas pré-fabricadas. Já é quase meia-noite. A rua está vazia. Alguns postes lançam uma luz pálida sobre o asfalto molhado e as habitações sociais. Uma garoa gelada cai sobre seu para-brisa. *Aqui, até no verão deve fazer frio*, ele pensa.

No número três, atrás de uma cortina de poliéster, uma grande televisão emite raios luminosos. Marion não parece dormir. A menos que seja Nina. Será ela quem vai lhe abrir a porta dali a alguns minutos? Ele sente a necessidade de bater na porta. Sente isso em seus punhos. Não a deixará falar nem pedir desculpas. Vai arrastá-la pelo cabelo. Ela pode gritar e se debater o quanto quiser, quando ele a pegar, não vai largá-la nunca mais.

Ele sai do carro cambaleando. Suas pernas têm dificuldade de sustentá-lo devido ao cansaço das últimas semanas. Ele ainda está tomando antidepressivos, ou se mataria sem pensar duas vezes. Mas antes de acabar com a própria vida, tem uma única obsessão: levar Nina consigo. Ele não vai partir sozinho.

Emmanuel empurra um portão destruído pelo tempo cuja fechadura parece nunca ter fechado nada. Toca a campainha. Aguarda um minuto. Uma mulher de olhos turvos abre a porta. Devia estar dormindo.

— Você é a Marion?

Ela não responde. Pergunta-se o que aquele jovem bonito, elegante, de sapatos novos está fazendo no seu capacho velho à meia-noite. Ela olha o carro esportivo estacionado sob um poste bem atrás dele. Será um daqueles programas de câmera escondida? Patrick Sabatier aparecia às vezes na casa de pessoas como ela com suas equipes para fazer surpresas e entregar presentes. Como se chamava mesmo esse programa? Mas aquilo não passa mais na televisão.

— A Nina está aqui? — pergunta o jovem bonito.

A pergunta é tão surpreendente que Marion Beau tem dificuldade de responder.

— Que Nina?

— Sua filha.

Nunca se referiram a ela naqueles termos: "sua filha".

Quando a largou com o velho, a pequena tinha acabado de nascer. Quando pensa nela, é assim que a chama, para manter distância. Nunca "minha filha". Porque nada é dela, nada lhe pertence.

Já não pertencia há muito tempo.

Quando lhe perguntam se tem filhos, ela responde que não. Assim, não fazem mais perguntas. De qualquer forma, ninguém se interessa por ela. Nunca lhe fazem perguntas.

— Posso entrar?

Marion hesita por alguns segundos. Então, se lembra de que a casa está limpa, de que ela fez faxina mais cedo, com esfregão e espanador. Faz um aceno com a cabeça:

— Pode.

Emmanuel sente um cheiro de tabaco frio.

A televisão ocupa todo o cômodo principal. Há um sofá de couro falso cinza bem na frente, uma mesa de centro e, ao fundo, uma cozinha onde reina um micro-ondas.

— Eu sou o marido da sua filha — diz Emmanuel com um tom abatido, ocupando um lugar no sofá.

Ele fecha os olhos. Entende, só de varrer o cômodo com os olhos, que Nina nunca havia colocado os pés ali. Está cansado. Gostaria de ficar ali. Acaba de percorrer mais de quinhentos quilômetros para nada. Só para se ver diante daquela mulher que Nina havia descrito como esquelética e vulgar. Ela não é esquelética, está inchada, e parece desanimada com suas pantufas murchas.

— Ah, eu não sabia que ela tinha se casado — diz Marion, vestindo um casaco. — Quer beber alguma coisa?

— Se você me acompanhar.

Marion sorri. Abre a porta de um armário da cozinha onde estão guardadas garrafas abertas de licores, *pastis* e vinho do porto.

— Também tenho um moscatel na geladeira.

— Aceito o moscatel.

Ela serve um pouco de vinho para Emmanuel e para si.

— Você é de onde?

— De La Comelle.

— Ah... É estranho ouvir falar de lá.

— Você mora sozinha?

— Moro... E por que está procurando por ela?

Ela não consegue dizer "Nina" nem "minha filha".

— Porque ela desapareceu.

— Desapareceu como?

— Foi embora, do dia pra noite.

— Por que ela foi embora?

— É justamente isso que estou tentando entender.

Emmanuel bebe seu vinho de um só gole.

— Gostaria de um pouco mais do seu moscatel.

Marion serve na mesma hora e também enche sua própria taça, quase até a borda. Ela não ofereceu, mas Emmanuel decidiu que vai dormir naquele sofá. Não tem nem coragem nem forças para encontrar um hotel ali perto àquela hora. Sentada em uma cadeira diante dele, Marion o observa enquanto beberica seu vinho. Muito bem, ele conseguiu tocar no seu ponto fraco, tal mãe, tal filha. Ela já quase terminou a segunda taça.

— Veja você, filho de peixe peixinho é... Eu também fui embora.

— Ela entrou em contato com você recentemente?

— Não — responde, como se lamentasse aquilo.

Parece sincera.

— Onde você acha que ela está? — pergunta ele, parecendo desesperado.

Marion o encara como se fosse louco. Ou como se tivesse confundido ela com outra pessoa. Ele não sabe que ela a abandonou quando tinha dois meses?

Não abandonou, na verdade. Ela a *confiou* aos velhos. E quando quis recuperá-la, era tarde demais. O tempo havia passado. Ela andava e falava feito uma boneca descontrolada que crescera rápido demais.

Marion foi vê-la duas vezes, beijou aquela pequena desconhecida, mas não sentiu nada. A menina pertencia aos velhos. Ao confiá-la a eles, Marion entendeu que a havia perdido.

O que teria feito com ela, de qualquer forma? A garota estava bem melhor onde estava.

Será que o jovem sentado à sua frente, bebendo sua terceira taça de vinho sabia que ela nunca havia encontrado a menina adulta?

A última vez fora no dia do enterro do velho. Marion sente o álcool aquecer seu sangue. Sempre tem aquele efeito. Uma vontade de falar, de esvaziar o balde.

— Eu era uma garota legal. Bonita e tudo. Era alegre também. Ria o tempo todo. E ia bem na escola... A gente não pode acreditar no que vê. Eu conhecia palavras bonitas e tudo mais. Tirava boas notas. Aí minha mãe ficou doente. Implorei que ela fosse se tratar durante meses, mas o velho nunca quis... E ela dizia: "Não, que nada, não se preocupa, vai passar." Ele não queria que ela passasse pela porta, que ela saísse, que fosse pro hospital. Queria guardar ela só para si, que se tratasse na própria cama, na nossa casa. Ele chamava o médico de família, que estava perdido, passava os remédios errados. E eu implorava pros meus pais... dizia pro velho: "Leva a mamãe pra se tratar onde eles sabem." Mas ele era teimoso como uma mula. Se pudesse voltar atrás, eu mesma a teria levado ao hospital... Isso tudo durou um ano. Quando ele se decidiu, já era tarde demais. Ela morreu no hospital. Não teve nem tempo de desfazer a mala... Quando perdi minha mãe, eu pifei. Aquilo me... matou. Fui pelo mau caminho. Saí de casa. Fiquei descontrolada. Meu velho dizia isso, "descontrolada". As pessoas, os vizinhos também diziam isso: "Aquela Marion está descontrolada." Todo mundo lamentava a situação do velho. "Pobre coitado", diziam. Pobre babaca, isso, sim.

— Quem é o pai da Nina?

Ela acende um cigarro. A fumaça empesteia o ar.

— Estou tentando parar... mas não consigo... Quer mais vinho?

— Por favor.

— O pai dela... foi embora, pra longe. Tive ela sozinha. Como já falei, segui pelo mau caminho...

— Por que você não ficou com a Nina?

— Eu não podia. Era incapaz. Posso perguntar uma coisa?

— Pode.

— Você tem o telefone da... Nina?

— Tenho.
— Pode me dar?
— O celular dela está desligado o tempo todo. Não adianta nada.
— É só pra ter alguma coisa dela. Mesmo que sejam só números.
Emmanuel se deita.
— Posso dormir um pouco?
— Está bem.

Ela apaga o cigarro. Olha o homem deitado no seu sofá comprado em dez parcelas sem juros quando ela largou Arthus. Ele tinha a mão pesada demais, no fim. De tanto apanhar, ela acabou indo embora.

Assim como Nina. Por que *ela* tinha partido? O marido parecia bonzinho.

Será que isso existe, um marido bonzinho?

*Agora*, pensa Marion, *estou tranquila. Alimento os gatos que vagueiam pelo bairro. No verão, rego meus gerânios. Trabalho em meio período em uma cantina e recebo um auxílio do governo. Não é uma vida luxuosa, mas é uma vida. E ninguém mais me enche o saco. Não quero mais saber de homens, nem na minha cama, nem na minha cozinha. Atingi minha cota...*

Mas por que ela *foi embora*?

Cinco horas da manhã. Um cachorro a desperta.

Nina aprendeu a reconhecê-los ao longo das últimas semanas. A distingui-los uns dos outros. Quem acaba de latir é o velho Páprica, uma mistura de spaniel bretão com cocker spaniel. Tem a voz rouca de quem já gritou demais. Ela dá uma olhada no despertador. Por que está latindo tão cedo? Teria ouvido algo ou alguém? Geralmente, os cachorros começam a latir mais tarde, quando Lili chega, seguida dos funcionários e voluntários.

O medo desperta: é *ele* que os cachorros estão sentindo.

É mais forte que ela. Suas mãos, seus músculos, seu estômago se contraem, se tensionam, se fecham. Paralisada de medo, ela fica deitada por um tempão, os olhos arregalados, encarando o teto, os sentidos aguçados, buscando qualquer barulho fora do comum. Chega a ouvir *alguém* mexer na maçaneta da porta.

Nina se levanta com dificuldade. São 5h35, não acende a luz. Faz tudo no escuro, já se acostumou a nunca ligar a luz do teto. Viver na escuridão.

Ela se arrasta até o basculante do banheiro, sobe na privada, puxa a cortina. Não há ninguém. Suas pernas tremem tanto que ela quase cai. Coloca água para ferver. O chá vai acalmá-la.

Aumenta a temperatura do aquecedor e cobre os ombros. Sobe de novo na privada e observa, seus olhos vasculham a escuridão, todos os canis estão mergulhados na noite. Páprica deve ter sentido a presença de outro bicho, uma raposa ou um rato.

Lili tinha razão. No começo, é difícil ver os animais presos. Depois, nos acostumamos. Na primeira vez, eles nos olham como se representássemos a possibilidade de fuga. Ou já sofreram tanto que se escondem o dia todo atrás de uma parede que os isola do frio e dos olhares. Depois, eles nos veem como aquele ou aquela que vai levá-los para passear ou alimentá-los.

Os animais chegam de tudo quanto é lugar. Sobretudo de ruas, florestas e lixos. Na semana anterior, cinco foram tirados de uma fábrica de filhotes falida.

Nina dorme ao lado deles há dois meses.

A diferença entre ela e os animais é que ela não espera que ninguém venha buscá-la. Quer apenas ficar em paz. E assim que ouve o motor de um carro, em vez de se animar, ela se esconde. Desaparece dentro do próprio corpo. Sabe que Emmanuel a está procurando por toda parte. Pode senti-lo. Acorda todas as noites encharcada de suor porque sente seu cheiro. Como se ele estivesse no mesmo cômodo que ela, inclinado sobre sua cama.

Lili lhe mostrou o anúncio que Emmanuel havia mandado publicar no jornal. Ela ficou apavorada ao ver aquele velho retrato seu. Ele deve ter vasculhado todos os seus pertences. Buscando um rastro, como quando caçamos um animal. Ele é tão louco que deve ter cheirado suas roupas.

É capaz de tudo.

Ela desconfiava disso havia muito tempo, mas afastar-se dele fez Nina realmente tomar consciência disso. Finalmente entendeu a perversão do marido.

Não consegue deixar de sentir culpa, às vezes. "Ele era gentil quando o conheci. Foi por minha culpa que ele ficou assim." Quando Nina fala esse tipo de coisa, Lili responde com bom humor: "Tenho vontade de dar dois tapas na sua cara para colocar suas ideias no lugar."

A única coisa de que Nina se arrepende é de não ter passado em casa para pegar alguns pertences, sua camiseta e seu casaco preferidos,

TRÊS

seus livros e sua caixinha de fotos. Ela tinha uma de seus avós no dia do seu casamento e muitas de Étienne, Adrien, Louise, Joséphine e Marie-Laure.

No dia da partida, tudo aconteceu tão rápido que Nina não teve tempo de pensar. Deixou tudo para trás. Como alguém que se mata num acidente de carro, e depois encontram sua xícara de café frio, as migalhas do café da manhã na mesa de casa. O cabide um pouco torto, onde pegou seu sobretudo com pressa antes de partir.

Era o que tinha de ser feito. Não pensar.

No dia em que Nina e Lili se conheceram, depois de saírem da cafeteria do centro comercial, elas foram até o estacionamento onde estavam seus carros. As duas se entreolharam.

Lili falou:

— Tem certeza de que quer voltar pra casa do seu marido?

— Eu tenho escolha?

— Você não tem família?

— Não.

— Amigos?

— Eu poderia ir pra casa dos pais do Étienne... os pais de um amigo... mas meu marido conhece eles, me encontraria em cinco minutos.

Lili colocou as latas que estavam no carrinho dentro da mala do carro, ergueu a cabeça e respondeu:

— Eu recupero cachorros e gatos. Já me aconteceu de salvar porquinhos-da-índia e galinhas... Mas nunca uma mulher.

Nina sorriu pela primeira vez desde que Lili a abordara no setor de frutas e legumes.

Meia hora depois, o Polo estava dentro de uma garagem fechada com cadeado cuja chave só Lili possuía, e Nina acomodada no quarto de hóspedes. E depois, mais nada. Um silêncio abissal.

— E agora, o que eu faço?

— Espera — respondeu Lili. — O tempo que for necessário.

Era como estar na prisão, entre quatro paredes. Só que na prisão temos direito a visitas, a conversar uma vez por semana.

Para que os policiais não a procurassem, Lili aconselhou que Nina escrevesse uma carta de despedida ao marido. Nina escreveu três cópias da carta. A mesma para Emmanuel, Adrien e Étienne.

Quando entregou os três envelopes a Lili para que ela pudesse postá-los, Nina teve a sensação de estar jogando seu passado no lixo. Só restava o vazio do presente. Tudo deveria ser reconstruído.

Quinze dias após sua chegada, o tempo de limpar tudo, Lili a instalou em um pequeno estúdio dentro do abrigo, bem no fundo, longe de olhares. De todos os olhares, até mesmo dos funcionários.

— Assim você vai ter privacidade. E de noite é só atravessar a rua pra jantar comigo.

Nina mora em um cômodo de vinte metros quadrados, cujas duas janelas têm vista para o campo. Apenas um basculante no banheiro dá para os canis. Foi naquele estúdio que a fundadora do local, Annie-Claude Miniau, morou, tempos atrás.

— Aqui você vai estar em casa de verdade. Tem uma televisão, muitos livros e comida na geladeira.

— Eu não tenho nada, Lili. Nem um centavo pra te recompensar.

Nina tirou a aliança, sua safira e seu anel de diamantes.

— Se eu vender isso vou poder me sustentar por um tempo.

— Guarda suas tralhas — falou Lili. — Depois a gente vê isso.

Mas depois quando? Quanto tempo ela vai ter que se esconder? Guardou as joias numa gaveta.

Quando sai para esticar as pernas, ela veste um casaco com capuz e uma calça jeans. Já perdeu dez quilos. Não precisa mais beber para aguentar a rotina nem continuar com aqueles tratamentos hormonais que acabavam com ela. Só precisa tomar alguma coisa para dormir, senão tem pesadelos demais. Lili comprou roupas para ela, e alguns artigos pessoais. Compra sua comida também. Faz dois meses que Nina não sai do abrigo.

— É como se você estivesse escondendo uma clandestina... Ou uma criminosa de guerra.

— Na terra, há dois lugares para se esconder: os cemitérios e os refúgios. Ninguém vem aqui à toa. As pessoas morrem de medo de doenças e de serem mordidas.

O abrigo fica distante do centro de La Comelle. Entre dois edifícios abandonados. Lili é a única funcionária que passa o dia todo lá. De manhã, uma dezena de pessoas trabalha das nove da manhã à uma da tarde. Poucos são os visitantes que aparecem sem telefonar antes. Quanto àqueles que vão largar seus cachorros ou uma ninhada de gatos, eles baixam a cabeça e vão embora feito ladrões, por isso não há risco de saírem dizendo que viram um vulto de capuz circulando pelos canis... O que se sabe sobre os vultos que vagueiam por ali?

Só é preciso tomar cuidado com os dois guardas municipais que às vezes passam para deixar os animais que encontram. Nunca pode cruzar o caminho deles.

A partir da uma da tarde, quando todos foram embora, quando ouve o último carro deixar o estacionamento, Nina sai, passa de animal em animal, faz carinho, conversa. Agora que a conhecem, os bichos fazem festa, não têm mais medo: ela faz parte do seu grupo. Não fazem diferença entre ela e eles.

Neste mês de dezembro de 2000, há trinta e dois cães e quarenta e nove gatos. Depois de cumprimentar todos eles, ela e Lili dividem um sanduíche no escritório, na recepção. Na hora do almoço, o portão é fechado. As duas ficam tranquilas, conversam sobre tudo e nada, como velhas amigas. Informam uma à outra sobre seus respectivos mundos.

— Por que está fazendo isso por mim, Lili?

— Por que não?

# 74

*27 de dezembro de 2017*

— Eu sei trechos de *Branco de Espanha* de cor — nos diz Nina.

Deitados lado a lado na cama grande, acabamos de assistir a dois episódios de *Breaking Bad*. Eu adorei, Nina não se empolgou tanto.

Volto então para a minha cama de solteiro. No fundo, desde a infância, eu sempre deveria ter dormido numa cama de casal.

É este momento que Nina escolhe para dizer aquilo, que conhece meu romance de cor. Ela começa a recitar uma passagem. No escuro, sua voz me perfura.

*Ela. Quando lhe pergunto: "Como você gostaria de se chamar no meu romance?", ela responde: "Angélique." Ele caçoa dela: "Angélique é brega." Quando pergunto a ele: "E você, como gostaria de se chamar?", ele responde: "Kurt, que nem o Cobain." Ela não comenta, se contenta em sorrir. É assim que Angélique vive. Contentando-se. E eu me alimento disso, do seu contentamento permanente.*

Nina se interrompe por alguns instantes. Como se estivesse com o livro debaixo dos olhos, como se estivesse virando as páginas e retomando a leitura.

*Adoro olhá-los dançar, andar, se mexer. É possível passar a vida olhando certas pessoas. Eles não fazem de propósito, pois nada é provocado. É por isso que são diferentes dos outros. Até hoje, não entendo por que olharam para mim. No dia da chamada na escola, nossos sobrenomes começam com as mesmas letras, eles se tocam. É graças ou por causa desse acaso do alfabeto que Angélique segura nossa mão. Um menino de cada lado. Como três peças de um quebra-cabeça que se encaixam, a ordem das coisas. Fico colado em*

*Angélique. Ela tem um cheiro bom. Conheço seu cheiro de cor. Uma mistura de sabonete de amêndoas e do hidratante que passam nos bebês. Ela larga esse aroma nas roupas que roubo e acabo devolvendo: "Toma, você deixou isso na minha casa." Quando ela faz onze anos, se cobre de baunilha. Eu seria capaz de comê-la. Suas formas mudam, suas linhas se arredondam de leve, lentamente. Eu gostaria de ser ela. Sempre que faz um retrato meu, espero descobrir nele a menina que sou. Sonho que ela me veja. Que seus lápis mostrem a ela o caminho que a levaria até mim. Quando brinco com Angélique, sou a irmã, sem que ela saiba. Mas nunca me visto de menina. Não sou um menino efeminado. Sou uma menina fracassada. Errada. Malfeita.*

Nina se interrompe outra vez. Sou incapaz de dizer qualquer coisa. Faz tempo que escrevi *Branco de Espanha*, e nunca o reli. Redescobri-lo na voz de Nina me perturba. Étienne fica calado. Eu o ouço respirar. Tem medo de que Nina cite um trecho que o deixe incomodado ou inseguro?

*Kurt é magnífico. Tem uma peculiaridade no olhar, uma errância que marca sua liberdade, a sustenta. Uma indiferença que nunca pede por nada. Ele nunca pede esmola para a vida. Fica à vontade em toda parte...*

— Ainda tem vinho? — pergunta Étienne.
Eu me levanto e esvazio a garrafa em uma taça que passo para ele.
— Obrigado.
Nina segura minha mão.
— Quando eu descobri que você era a autora de *Branco de Espanha*, achei que ia morrer de tristeza por não ter sido capaz de perceber. E depois entendi que, no fundo, você só tem uma alma. Seja a de Adrien ou a de Virginie, você é a mesma pessoa, sua alma não tem gênero. A gente não se aproxima das pessoas porque são meninas ou meninos, mas pelo que elas exalam.
Dou um beijo na mão dela e vou me deitar outra vez na cama estreita, sem dizer uma palavra. Nada a acrescentar.

Devem ser três da manhã e eu perdi o sono. Fico revendo lembranças repetidas, é mais forte que eu. Ouço-os respirar. Desde a despedida de solteira de

Nina não durmo perto deles. Naquela noite, nós também nos despedimos da nossa infância. Embora Nina não esteja mais recitando trechos do meu romance, tenho a sensação de a estar ouvindo, feito um eco imaginário.

Achei que tinham adormecido, mas então Étienne se levanta e me diz:

— Já estou com saudades do meu filho.

Não vejo sua expressão, só percebo seu vulto gigante atravessando o quarto.

— Quer voltar? — sussurro, para não acordar Nina.

— Pra onde?

— Pra Lyon. Quer que a gente dê meia-volta?

— Não existe possibilidade de voltar.

— Segundo Louise, existe, sim.

— Não começa você também.

— ...

Eu o ouço abrir a janelinha do banheiro e acender um cigarro.

— Além do mais, imagina se forem os ossos da Clotilde que eles acharam... — continua ele, baixinho. — Vou ter problemas. Só vou ouvir falar nisso... Você não imagina como fiquei aliviado quando tiraram o carro do fundo do lago.

— Achei que você ficaria ansioso.

Ele demora um instante para responder.

— Não, foi o oposto, é a prova de que eu não sonhei. Não sou louco, eu vi mesmo aquele carro, aquela merda de carro, afundar. Quantas vezes me perguntei se ele existia de verdade.

— Você acha que era a Clotilde que estava lá dentro esses anos todos?

— Ela era capaz de tudo... De qualquer forma, eu nunca vou saber.

— Por que está dizendo isso? O DNA vai acabar dando a resposta.

— Eu vou morrer antes disso.

— ...

— Você vai cuidar da Louise?

— Sim.

— Jura?

— Juro.

— Ainda tem raiva de mim?

— Muita... Detesto você. Por ter me usado, por ter me feito falar...

— Entendo. Eu me comportei que nem um babaca.

— Eu também... Com a Nina.

TRÊS

— Por que você largou tudo? Paris, as peças de teatro, tudo isso? As coisas estavam indo muito bem pra você.

— Eu vivi um pesadelo. Voltar pra La Comelle me salvou.

Ele fecha a janela e vem se sentar na minha cama. Fico parada.

— Por que você nunca cortou sua pica fora?

— Porra, Étienne, que delicadeza... Que elegância.

— *Shhh*... Fala mais baixo, você vai acordar a Nina.

— ...

— Desculpa... Você sabe muito bem que eu não fico à vontade com essas coisas. Tenho zero noção sobre esses assuntos de... de...

— De veado? É essa a palavra que você está procurando? Eu não sou homossexual, Étienne, sou uma mulher.

— Você é uma mulher que ama minha irmã. Então é homossexual.

— Não quero conversar com você sobre isso.

— Por quê? Eu vou morrer, não custa nada me contar tudo... Está com medo, é isso?

— É exatamente isso: estou com medo.

— Medo de quê?

— Da felicidade, da libertação, de virar quem eu sou. Não sei quem eu sou.

# 75

*Maio de 2001*

Cinco indicações aos Molières por *Filhos em comum*, mas foi a peça *Une bête sur la lune*, de Richard Kalinoski, que ganhou tudo. Direção de Irina Brook. Prodigioso, magistral. Adrien nunca viu nada tão comovente. Nunca esquecerá a atuação de Simon Abkarian e Corinne Jaber. Quando saiu do Théâtre de l'Œuvre, suas mãos ainda tremiam.

Ainda assim, ele tem raiva dos jurados. É como se toda a categoria tivesse rejeitado sua peça. Ele rumina, sentindo-se amargo. *É muito mais fácil dar um lugar de honra ao genocídio na Armênia do que a uma cena familiar.*

Após a cerimônia, ele não participa do jantar organizado em homenagem aos ganhadores. Prefere voltar para casa, a pé, abandonando o resto da trupe. Nem sequer alega uma dor de cabeça, diz que tudo aquilo o deixa exausto, que prefere ir embora. Não tem nenhuma vontade de parabenizar os vencedores.

Caminha sozinho por Paris, o tempo está ameno. Mais um verão se aproxima a passos lentos. E o que ele vai fazer no verão?

Há algumas semanas, ele deseja Louise e mais ninguém. Por que pensa aquilo? Nunca desejou ninguém além de Louise.

*Como a sua existência é sombria, meu pobre amigo, ah, desculpe, minha pobre amiga... meus pobres amigos... Vocês formam um par e tanto.*

Adrien telefona para Louise com frequência. Ela queria acompanhá-lo aquela noite, estar perto dele, usar um vestido bonito. Ele explicou que preferia "preservar o mistério".

— Não quero que ninguém saiba que tenho uma relação na minha vida. Tenta entender, Louise, imagina se eu ganho um Molière, ninguém pode saber que você existe.

— Que eu existo... eu? Ou que você não existe?

E ela desligou.

TRÊS                                                                                    421

*Bem feito para mim.*
Mesmo assim, ela enviou uma mensagem antes da cerimônia:

*Boa sorte, estou orgulhosa de você.*

Ele respondeu:

*Eu te amo.*

Adrien não teve nenhuma notícia de Nina. Louise também não. Ela desapareceu de verdade. Mas não como Clotilde. Com ela foi diferente. Nina foi embora há sete meses sem deixar um endereço, mas enviou uma carta de despedida. Toda vez que seus pensamentos o dirigem a Nina, Adrien os rejeita.

Depois de ter encontrado Étienne no restaurante La Lorraine, no último mês de outubro, Adrien não pensou, nem aguardou um dia sequer para telefonar para a delegacia de La Comelle. Pediu para falar com Sébastien Larand, como havia instruído Étienne, "um amigo da escola que é sargento lá".

— Adrien Bobin? Sim, claro. Poxa vida, como você ficou famoso... Eu e minha mulher vimos você no programa do Poivre d'Arvor... você falou muito bem, sério.

— ...

— A que devo sua ligação?

— Eu queria te dizer que na noite em que Clotilde Marais foi embora, eu estava com Étienne Beaulieu.

— Sim, ele me disse.

— Na verdade, não larguei do Étienne o dia inteiro... nem à noite. Depois do enterro do Pierre Beau, fomos junto pro lago da floresta, esperamos a Clotilde... Eu ia deixar os dois sozinhos quando ela chegasse, mas ela não foi. Então voltamos juntos pra casa da Nina Beau e...

— Com licença, Adrien, mas por que está me contando tudo isso hoje?

— Pra ninguém chatear o Étienne... Caso alguém suspeite dele... E...

— Você não está sabendo?

— Sabendo de quê?

— Parece que alguém viu a Clotilde Marais.

— ...

— Uma mulher de Chalon-sur-Saône, de férias em Salvador, na Bahia... Tem certeza de que era ela.

— Como ela pode ter certeza? Conhece a Clotilde?

— Viu a foto dela no programa do Pradel. Uma menina idêntica a Clotilde Marais estava tomando um drinque e quando a mulher se aproximou pra falar com ela, pra perguntar se era mesmo a menina desaparecida na TV, ela foi embora sem responder... Como que pega no flagra. Esse tipo de depoimento não vale grande coisa, mas por que não? De qualquer forma, não podemos investigar. Não foi um sequestro, foi uma partida voluntária. Cada um faz o que quer. Para nós é um caso arquivado.

A notícia se espalhou feito um incêndio em La Comelle: alguém teria visto Clotilde Marais no Brasil. Emmanuel ficou enfurecido. Aquele desgraçado do Étienne Beaulieu nunca terá problemas, então.

No entanto, não foi por falta de tentativa.

A primeira vez em que Emmanuel apertou a mão de Étienne, quando Nina o apresentou como "seu outro melhor amigo", ele o detestou. Era descontraído de uma forma que ele, Emmanuel Damamme, o filho prodígio, nunca fora.

Ele não sentira nada ao cumprimentar Adrien. Mas o outro ele odiou de cara. Aquele jeito que Nina e ele tinham de se olhar, sua cumplicidade... Foi no dia do enterro de Pierre Beau. Nina não havia largado seus dois amigos. Mas foi a mão de Nina segurando a de Étienne que deixou Emmanuel particularmente enojado.

Ele não foi ao cemitério após a cerimônia, só conhecia Nina havia poucos dias, não era seu lugar. Ele a encontraria mais tarde, na casa dos Beaulieu.

Foi embora com os pais, seu pai o deixou no escritório. Emmanuel passou cinco minutos sentado, incapaz de se concentrar, olhando para o nada. Então pegou um carro da empresa, já que o seu era muito fácil de reconhecer, para segui-los até o cortejo.

Passou novamente na frente da igreja, o carro funerário ainda estava lá.

No cemitério, ficou muito longe deles. O calor era insuportável. Posicionou-se sob uma árvore, observando Nina e seus dois amigos colados uns aos outros. Três figuras que formavam uma única sombra. Ele aguardou que todos tivessem ido embora para voltar ao carro. Passou em casa para tomar um banho e trocar de roupa e foi até a casa dos Beaulieu. Assim que chegou, viu Nina sentada num sofá, o olhar perdido, segurando a mão de Étienne. Clotilde Marais estava sentada perto deles. Uma garota bonita de aparência triste. Ela não parava de olhar para Beaulieu, que a ignorava.

Emmanuel se aproximou de Nina, que olhou para ele. Naquele instante, ele entendeu que a havia perdido. Que ela ia partir e não havia nada que ele pudesse fazer para segurá-la. Emmanuel conversou com Marie-Laure enquanto tomavam uma bebida. O que poderia dizer do defunto sobre quem todos ao seu redor falavam? Ele não conhecia o "bom carteiro". O mais terrível era que um caminhão de sua empresa o tivesse atropelado. Nina certamente o culparia por aquilo. Ele se aproximou dela, beijou seu cabelo. Ela tinha cheiro de suor e xampu de coco. Teve vontade de jogá-la no sofá, ali mesmo, na frente de todos, para fazer amor com ela.

Estava perdido. Loucamente apaixonado. Sussurrou:

— Até hoje à noite, talvez, me liga.

— Está bem.

Ela disse as palavras para o nada, como se falasse com o vento.

Emmanuel saiu da casa, pálido.

Mas não conseguiu ir embora, ficou esperando. Pelo quê?

Primeiro, viu Nina voltar para casa, sozinha, pelas ruelas, curvada pela tristeza. Ela caminhava rápido, como se quisesse escapar da própria existência.

Ele a seguiu com prudência, de carro. Não podia deixar que ela o visse. Perto da casa dos Beau, ele estacionou em uma rua paralela e desligou o motor.

Bobin e Beaulieu chegaram cerca de uma hora depois dela.

Emmanuel passou a tarde inteira no carro, com as janelas bem abertas, sem coragem de voltar para casa.

Por volta de seis ou sete da noite, Étienne Beaulieu saiu da casa do avô de Nina, sozinho. Feito um homem que perdeu a cabeça, Emmanuel o seguiu de longe. Ao contrário de Nina, Beaulieu caminhou devagar até sua casa. Desapareceu lá dentro por cinco minutos, depois saiu e subiu numa moto.

Emmanuel disse a si mesmo que estava na hora de voltar para casa e dar um mergulho na piscina. Estava fazendo loucuras. Sua camisa estava encharcada e ele estava enjoado. Tudo isso por causa de uma garota de dezoito anos. Uma pobre coitada que tinha crescido numa cidade operária.

No instante em que ele ia pegar a rua que levava ao Castelo, deu meia-volta e seguiu a moto. Pensou por um momento que poderia derrubá-la. Uma acelerada apenas e o bonitão se confundiria com a paisagem. Além do mais, Emmanuel não estava ao volante do seu carro, mas em um carro da empresa, ninguém perceberia um amassado no metal.

Curiosamente, Beaulieu havia tomado a direção oposta à da casa do avô de Nina, a do lago da floresta.

Faz sete meses que Nina está escondida no abrigo de La Comelle. Porém, os dias passam rápido. Nina está quase feliz na sua vida reclusa. Fica entre suas quatro paredes até os funcionários irem embora, à uma da tarde. Faz vários objetos que são vendidos nos dias de portas abertas, um sábado por mês: pequenas colagens que ela enquadra, castiçais, mosaicos, pinturas em azulejos.

Lili fica maravilhada com as pinturas. Nina foge do assunto, diz que fez aulas de desenho quando criança. Ela não encosta mais em lápis carvão ou nos pastéis oleosos. Se Emmanuel visse um de seus croquis, poderia reconhecê-lo e encontrá-la.

Nesses dias, o público pode deixar comida, dinheiro, cobertores, detergentes, sacos de lixo. Tomam café com os funcionários e conhecem os animais que estão disponíveis para adoção. As criações de Nina ficam expostas na entrada e a maioria é vendida. As pessoas se espantam com a beleza dos objetos à mostra. Eles atraem cada vez mais gente. Aquilo começa a trazer uma quantia relevante. E quando perguntam a Lili de onde eles vêm, ela sempre responde: "De várias escolas de arte que têm parceria com a ADPA."

Os dias parecem mais longos, o campo que Nina vê da janela do seu estúdio transformado em ateliê mudou. As árvores recuperaram suas folhas e o amarelo dos dentes-de-leão toma conta do prado. Por volta das três da tarde, ela às vezes leva uma cadeira para perto das jaulas e passa meia hora no sol, ou então se senta num banco do gatil. Ajuda Lili a cuidar, tratar, enfaixar, escovar, limpar.

Às vezes, depois que anoitece, Lili a leva para dar uma volta no centro de La Comelle, quando os comerciantes já baixaram as cortinas, só para saírem um pouco. Nina tem a sensação de ter morrido e de estar de volta entre os vivos durante os passeios de carro.

# 76

*27 de dezembro de 2017*

Romain fecha seu livro. Não consegue se concentrar. Está pensando nela.

*Nelas*, para ser mais exato.

O bem e o mal se misturam na sua mente.

Nina foi quase fria ao telefone ontem. Por que algumas pessoas que acabamos de conhecer parecem nos compreender logo de cara?

Ela disse que estava em uma hospedaria na Itália com seus dois amigos, os três no mesmo quarto, como quando eram crianças e ela dividia uma cama com Étienne.

A voz de Nina estava abafada pelo som de uma televisão. Ele teve que pedir para ela repetir certas frases várias vezes, o que pareceu irritá-la. Como seus jovens alunos que ficavam impacientes com um velho professor meio surdo.

Por egoísmo, Romain espera que Nina volte logo. Que aquela viagem não demore.

Logo antes de desligar, ela lançou: "Na verdade, você nunca me disse por que foi transferido de Marnes-la-Coquette para La Comelle." Mais uma vez, Romain não entendeu, ou não quis entender. Pediu que ela repetisse. Nina falou mais alto: "Por que você foi transferido para La Comelle? Por que foi embora de Marnes?"

Dessa vez, ele pareceu entender a pergunta. Aliás, era uma pergunta ou uma insinuação? Aquelas palavras o surpreenderam tanto que ele não soube responder. Houve um longo silêncio. Uma vontade de desligar na cara dela. Ele se sentiu sujo. Não há nada pior para um homem do que ser condenando antes mesmo de ser julgado. Sentir que os outros nunca mais o olharão como antes. Uma paranoia que ele leva consigo feito uma quimera, que gruda na sua pele.

Após um longo instante, ele respondeu: "Eu não te disse nada porque não tenho a menor vontade de falar nesse assunto." Ele, por sua vez, ficou distante com ela. Trocaram algumas banalidades sobre o tempo e o carro que não gastava muita gasolina, então Nina desligou. Romain se arrependeu na mesma hora. Deveria tê-la tranquilizado. Não reagir à besteira com besteira. Porque, pela primeira vez, Nina se mostrara idiota. Como podia ser como os *outros?*

Não, claro que ela não era como eles.

Ele telefonou de volta imediatamente.

Ela não saíra do lugar. Olhava seus tênis desamarrados sobre o tapete feio de cores desbotadas. Se perguntava como podia ter sido tão babaca com Romain. Quando o telefone tocou, ela soube que era ele. Soube ou esperou que fosse. Atendeu logo no primeiro toque.

Romain nunca esquecerá sua partida de Marnes, mas pensa menos nela atualmente. A pergunta de Nina na véspera o fez reviver o um momento traumatizante. Até hoje ele se pergunta como superou aquilo.

Ela se chamava Rebecca, como o personagem do romance de Daphne du Maurier. Seria um sinal?

Rebecca Lalo. Seus amigos a chamavam de Becca.

Romain a conhecia, como a todos os alunos da escola onde era diretor. Conversava sobre o futuro, sobre as escolhas e os resultados de cada um deles nas reuniões trimestrais com os professores. Quando um aluno entrava no sexto ano, Romain precisava de alguns meses para conseguir identificá-lo. No fim do ano letivo, já reconhecia todos, e, do sétimo ao nono ano, os chamava pelo nome. Romain não era um diretor rígido, mas tinha que ser respeitado. Devido à sua pouca idade, não podia parecer íntimo de ninguém. Já lhe acontecera, ao longo de sua vida profissional, de se irritar com um aluno, de se deixar levar pela raiva por causa de um comportamento que julgava inadequado. Sabiam que ele era capaz de se irritar, de levantar a voz e de bater na mesa com o punho fechado para que o ouvissem.

Rebecca Lalo estava no oitavo ano. Durante o terceiro trimestre de 2014, no dia 8 de abril, precisamente, ela apareceu na sua sala. Raros eram os alunos que iam vê-lo por iniciativa própria. Geralmente, apareciam na sua sala apenas quando eram convocados, com os pais ou um professor. Para as demandas do dia a dia, os alunos se dirigiam aos orientadores, nunca ao diretor. Logo depois de entrar, Rebecca falou:

— Você transou com a minha mãe no fim de semana passado. A loira bonita e gostosa que você beijou no Dickens era minha mãe. Eu vi vocês. Ela passou a noite na sua casa.

TRÊS                                                                                    427

Era a primeira vez que Romain ficava espantado com uma aluna. Incapaz de responder qualquer coisa.

— Se não me der mil euros, vou contar pra todo mundo.

Aquela última frase o deixou ainda mais perplexo. Então ele deu uma gargalhada, uma risada sarcástica.

— Eu só posso estar sonhando!

— Não, você está tendo um pesadelo. Minha mãe é casada. Se eu contar pro meu pai, além da sua reputação, você é um homem morto.

Romain nunca se deixara manipular ou intimidar. Aquelas palavras o revigoraram.

— Para sua informação, srta. Lalo, eu faço o que quiser da minha vida pessoal. Vou tentar esquecer essa conversa, esquecer que você acaba de tentar me chantagear. Você vai sair da minha sala. Nós nunca conversamos, nunca nos vimos e nada disso aconteceu, está entendido? Acho bom me obedecer.

— O que significa... — perguntou ela descaradamente, sem tentar esconder um sorriso provocador.

— O que significa que o que acaba de acontecer entre essas quatro paredes nunca aconteceu. E é para o seu bem. Ou...

— Ou?

— Vou fazer o necessário para que cale essa sua boca de uma vez por todas.

Rebecca começou a choramingar. Lágrimas de crocodilo que irritaram completamente Romain Grimaldi. Em toda a sua carreira, aquela era a primeira vez que ele tinha vontade de dar um tapa numa aluna.

— E se eu contar? — perguntou ela, fungando. — O que vai acontecer?

— Vai ser a sua palavra contra a minha... E vou expulsar você dessa escola por insubordinação e chantagem.

Suas lágrimas se intensificaram.

— Não, sr. Grimaldi — gemeu ela —, eu imploro.

— Para com esse teatro, srta. Lalo, ou vou ficar bravo de verdade... Isso está indo longe demais. Peço que saia da minha sala imediatamente.

Ela o olhou, suplicante.

— E se eu não contar nada pra ninguém, vai me deixar em paz? Posso terminar meu ano?

— Sim... Obviamente.

— Promete?

— Sim. Agora some.

— Nunca vai contar o que aconteceu?

— Sai daqui!

Naquele instante, ela se jogou nele e o beijou na boca. Romain a segurou pelos ombros e a empurrou. Rebecca se deixou cair e bateu a cabeça na escrivaninha. Ela se levantou na mesma hora, com muco e sangue misturados escorrendo do nariz.

— Meu Deus... — disse ele.

— Até mais, sr. Grimaldi, não vou dizer nada.

Romain quis segui-la e levá-la até a enfermaria. Mas pensou bem e se sentou, atordoado.

Em pânico, o vice-diretor entrou na sala e perguntou o que havia acontecido. Ele acabava de ver uma aluna sair dali aos prantos, sangrando. "Prefiro não falar", respondeu Romain, secamente. O outro não insistiu, mas dirigiu-lhe um olhar desconfiado. O primeiro de muitos.

A mãe de Rebecca Lalo... Romain se lembrava perfeitamente dela. Chamava-se Sylvie. "Mas todo mundo me chama de Syl." O encontro no Dickens, a noite que se seguira ao evento regado a álcool. Como ele poderia saber que era a mãe de uma aluna? Encontrou o número dela no seu celular: "Nome: Syl. Sobrenome: cerveja."

Telefonou para ela e contou tudo. Desesperada, Sylvie Lalo o fez prometer que nunca contaria que os dois tinham passado a noite juntos. Romain prometeu.

No dia seguinte, ele foi convocado à delegacia e a descida aos infernos começava.

GRAVAÇÃO ENVIADA ÀS AUTORIDADES

VOZ DE REBECCA LALO: Se eu contar pro meu pai, além da sua reputação, você é um homem morto.

VOZ DE ROMAIN GRIMALDI: Para sua informação, srta. Lalo, eu faço o que quiser da minha vida pessoal. Vou tentar esquecer essa conversa, esquecer que você acaba de tentar me chantagear. Você vai sair da minha sala. Nós nunca conversamos, nunca nos vimos e nada aconteceu, está entendido? Acho bom me obedecer.

VOZ DE REBECCA LALO: O que significa...

# TRÊS

VOZ DE ROMAIN GRIMALDI: O que significa que o que acaba de acontecer entre essas quatro paredes nunca aconteceu. E é para o seu bem. Ou...

VOZ DE REBECCA LALO: Ou?

VOZ DE ROMAIN GRIMALDI: Vou fazer o necessário para que cale essa sua boca de uma vez por todas.

*Rebecca Lalo chorando.*

VOZ DE REBECCA LALO: E se eu contar? O que vai acontecer?

VOZ DE ROMAIN GRIMALDI: Vai ser a sua palavra contra a minha... E vou expulsar você dessa escola por insubordinação e chantagem.

*Rebecca Lalo chorando.*

VOZ DE REBECCA LALO: Não, sr. Grimaldi, eu imploro.

VOZ DE ROMAIN GRIMALDI: Para com esse teatro, srta. Lalo, ou vou ficar bravo de verdade... Isso está indo longe demais. Peço que saia da minha sala imediatamente.

VOZ DE REBECCA LALO: E se eu não contar nada pra ninguém, vai me deixar em paz? Posso terminar meu ano?

VOZ DE ROMAIN GRIMALDI: Sim... Obviamente.

VOZ DE REBECCA LALO: Promete?

VOZ DE ROMAIN GRIMALDI: Sim. Agora some.

VOZ DE REBECCA LALO: Nunca vai contar o que aconteceu?

VOZ DE ROMAIN GRIMALDI: Sai daqui!

*Ruídos de luta.*

VOZ DE ROMAIN GRIMALDI: Meu Deus...

VOZ DE REBECCA LALO: Até mais, sr. Grimaldi, não vou dizer nada.

A jovem havia gravado tudo com o celular, menos o começo da conversa. Com um ferimento na cabeça, ela contara à polícia que seu diretor a havia assediado. Que ela havia ameaçado revelar tudo e que ele a atacara violentamente. Que tinha tanto medo dele que havia gravado tudo para o caso de o encontro acabar mal.

Romain não negou nada.

Tudo aquilo era culpa sua. Deveria ter permanecido calmo. Deveria ter levado a garota à enfermaria, deveria ter lembrado que ela tinha catorze anos, deveria ter sabido que ela era frágil, deveria…

Não esperou ser expulso para enviar sua carta de demissão ao reitor. Passou duas semanas trancado em casa, com as cortinas fechadas, pedindo comida pelo telefone e não atendendo às ligações de ninguém.

Até o dia em que, no início de junho, seus pais apareceram na sua casa. Começaram abrindo as janelas. "Não precisava pegar um voo de vinte horas só pra vir limpar meu apartamento", dissera ele, aos prantos.

Ficou sabendo que Rebecca Lalo voltara atrás nas suas declarações e ele fora inocentado. Mas era tarde demais. Sua reputação em Marnes-la--Coquette estava destruída. Nunca poderia colocar os pés na escola outra vez. Mal conseguia comprar um pão sem corar ou tremer.

Tinha a sensação de que todos o olhavam, desconfiavam dele.

Apesar daquela absolvição que o reabilitava, ele se sentia corroído até a alma de vergonha. Um sentimento que só o fazia ter vontade de desaparecer.

O fato de a jovem ter voltado atrás nas suas declarações o perturbava, em vez de aliviá-lo. Ela era decididamente mais forte do que ele. E havia lhe ensinado uma boa lição. Ele se afundou ainda mais, mergulhou num torpor alarmante. Só saía da cama para ir ao banheiro. Encorajado por seus antigos colegas de trabalho, acabou aceitando ser internado e tomando antidepressivos na veia. Foi uma professora que salvou sua vida, uma psiquiatra que o fez falar. Por que se culpava a ponto de querer morrer?

Até hoje, Romain tinha certeza de que tudo fora culpa sua. Que nunca deveria ter reagido daquela forma diante de uma criança de catorze anos.

Apesar de tudo, ele voltou a ter gosto pela vida. Reaprendeu a se alimentar, a andar, a gostar do aroma do chá e do café, a degustar uma sobremesa, a andar de bicicleta, a fazer compras, a escutar música, a comer pipoca numa sala de cinema, a passear por uma livraria. Hesitou por muito tempo em retomar o trabalho de diretor e enfrentar novamente o cotidiano de uma escola. Olhar as crianças nos olhos sem pensar nos de Rebecca olhando para ele quando se levantou, com sangue no rosto.

Ele tinha sido um diretor ruim, um jovem arrogante que acreditava estar guiando e ajudando jovens com grandes teorias humanistas. E quando se vira numa posição delicada, caíra.

TRÊS                                                                      431

Iam abrir uma nova escola em Borgonha, estavam recrutando uma equipe. Um amigo o incentivou a se candidatar: "Você foi feito pra esse trabalho, Romain, anda, aceita, e para de ter medo."

Romain contou tudo para Nina ao telefone. Antes de desligar, ela falou:

— Obrigada pela confiança, obrigada por me contar a verdade, obrigada por ter ido buscar o Bob.

## 77

*Se eu fosse eu*
*Nem as páginas a escrever*
*Nem encontrar as palavras para dizer*
*Me daria medo...*
*Mas eu solto minha mão*
*Me afasto de mim*
*Me reencontro de manhã*
*Na rota errada*
*Quando nos perdemos no caminho*
*Como chegar ao fim*
*Desses esforços desumanos*
*Que nos levam a nós*
*Se eu fosse eu*
*Nem a mulher que sou*
*Nem sequer o homem que dorme na minha cama*
*Me dariam medo*
*Se eu fosse eu*
*Nada do que carrego no peito*
*O que eu faço de pior e de melhor*
*Me daria medo...*

**Novembro de 2001**

Oito pessoas jantam ao redor de uma bela mesa. Bacalhau com aspargos. Conversam sobre o discurso de Tony Blair sobre o futuro da Europa. Ao fundo, uma música que Adrien não conhece. A letra se sobrepõe à conversa, por mais que o volume esteja baixo. Ele só ouve aquilo, a letra da música. E quanto mais se concentra no que ouve, mais seus gestos desaceleram. Até se interromperem. Fica paralisado. Acabam lhe perguntando:

— Tudo bem, Adrien?
Ele se levanta e responde:
— Eu não sou Adrien.
Todos ficam perplexos.
— Me chamo Virginie.
Ninguém entende nada. Ninguém fala. Ninguém ousa rir.
Adrien pergunta à anfitriã:
— Que música é essa?
— Qual música?
— A que eu acabei de ouvir.
— Não prestei atenção.
Quando ele se dá conta do que acaba de dizer, dos olhares em sua direção, aqueles dos quais ele foge desde a infância, Adrien desmaia.
Ele acorda deitado em uma maca, alguém lhe diz:
— O senhor está no hospital Saint-Louis, passou mal. As pessoas que nos alertaram disseram que o senhor estava fora de si antes de desmaiar. Vamos fazer alguns exames neurológicos. Ok?
— Sim.
— Primeiro vamos verificar algumas coisas. Em que ano estamos?
— 2001.
— Que mês?
— Novembro.
— Qual é o seu nome?
— Adrien Bobin.
— Sua data de nascimento?
— 20 de abril de 1976.
— Perfeito.

## 27 de dezembro de 2017

— Quando saí do hospital Saint-Louis, peguei um trem e fui embora de Paris definitivamente. Sem ver ninguém. Só mantive contato com o meu editor e amigo, Fabien Désérable. Foi ele quem cuidou da venda do meu apartamento.

Nina e Étienne me encaram. Acho-os bonitos na luz pálida da manhã. Entrego minha vida a eles, aos pedaços, a vida que eles nunca conheceram. A que veio depois de nós três.

Minha vida depois deles.

Estamos sentados atrás de uma porta de vidro em um posto de gasolina entre Gênova e Florença. Nina mergulha um *pain au chocolat* no café, Étienne não tem fome e se obriga a beber um café expresso. É um lugar estranho para fazer confissões.

Nina arregala seus belos olhos castanhos.

— Você largou tudo por causa de uma música?

— Graças a uma música. Estava de saco cheio de mentir pra todo mundo. A começar por mim mesma... No fundo, *Branco de Espanha* não serviu pra nada. Achei que se colocasse aquelas palavras no papel, eu me curaria... Mas me curar de quê? Não estou doente, só nasci no corpo errado.

— E o que você fez durante esse tempo todo? — pergunta Étienne.

— Viajei. Voltava pra França no Natal para encontrar Louise no Hôtel des Voyageurs. Depois, cansei. Ir embora ainda é fugir. Acabei comprando uma casa em La Comelle.

— Mas por que em La Comelle? — disse Étienne com espanto, como se aquela escolha fosse semelhante a um funeral de primeira categoria.

— Nina, Louise, minha tília.

— Por que eu? — indaga Nina. — A gente não se falava fazia anos.

— Não é porque não falamos com alguém que não sabemos que a pessoa está ali, bem perto.

— Por que não contou a verdade pra gente? — ousa perguntar Nina.

— O que é verdade a meu respeito?

— Não foge da pergunta. Admite que você não confiou na gente.

— Eu não confiei em mim.

Nina volta a bebericar seu café.

Étienne faz uma careta.

— Está difícil de engolir esse café... Por que Virginie? Por que não Simone ou Julia? — pergunta ele.

— Tem uma ressonância entre esse nome e a mulher que eu sou. Virginie é a minha identidade. Posso mudar a aparência de Virginie, mas não sua identidade. Quando cheguei em Paris, escrevi isso em *Branco de Espanha*. Posso mudar minha aparência a cada dia, cada hora, cada minuto, como nos jogos infantis em que o corpo e o rosto são intercambiáveis.

TRÊS                                                              435

Fiquei tão acostumado com isso, um hábito ruim, que fico apavorada com a simples ideia de fazer uma transição. Hoje, tal como sou, aos quarenta e um anos, sou alta, morena e uso franja.

Étienne me olha como se estivesse encarando alguém desequilibrado. Tenta transparecer uma expressão impassível, mas leio nos seus olhos a loucura que ele vê em mim. A destrambelhada. Entendo mais uma vez por que nunca contei nada a ninguém. Na infância, eu não teria suportado essa incompreensão. Não estava pronta.

— Você faz amor com a minha irmã?

— Eu nunca vou responder a essa pergunta, Étienne. Ainda mais vindo de você.

Nina sorri. É um sorriso doce. Como fica bonita quando deixa a luz entrar.

— Pros outros, eu sou Adrien. Pra mim, sou Virginie.

Ela segura minha mão. Acho que não faz isso desde o enterro da minha mãe. Pensar nela me estilhaça. Desabo em prantos. Nina me abraça.

— Estou sofrendo por causa de mim. Por causa do meu medo de mudar de corpo.

— Por que você tem medo?

— Não tenho medo... fico apavorada só de pensar em descobrir quem eu sou *de verdade* no espelho. A Louise já tentou de tudo, me apresentou aos melhores especialistas... Mas eu sei que tem gente que se arrepende de fazer a transição. A cirurgia não é reversível. Os hormônios, a remoção do pênis, as alterações, os implantes mamários, cada procedimento é uma montanha a se escalar... E tem outra coisa...

— Que coisa?

— Eu não me sinto atraída pelas roupas femininas, os vestidos, a maquiagem, os saltos altos...

— Eu também não — responde Nina. — Isso não me impede de ser mulher.

— Eu cresci desse jeito, nasci menina num corpo visto como de menino, e faz quarenta e um anos que sobrevivo assim. Talvez matar Adrien seja a mesma coisa que matar Virginie. Como siameses. Se um morre, o outro vai atrás.

— Você é uma mulher que não tem afinidade pelos clichês de gênero — fala Nina. — Vestidos, saltos altos, maquiagem. Mas quem corresponde exatamente ao clichê? Isso não quer dizer mais nada hoje em dia. As categorias não fazem nenhum sentido.

Um longo silêncio se segue, e Nina o rompe outra vez:

— Em *Branco de Espanha*, sua personagem faz a operação, vai até o fim. É a história de uma libertação. Não quer escapar do Adrien? Gostei tanto do momento em que a sua personagem anda na rua com o corpo novo... "Tudo mudou, nada mudou, tenho a mesma percepção do que me cerca, mas os outros se dirigem a mim pela primeira vez, acabo de nascer e tenho vinte anos." É tão bonito e enche a gente de esperança. Quando você voltou pra La Comelle, quando eu te via de carro, não entendia por que você ainda era Adrien.

— *Branco de Espanha* é um romance. Os romances servem pra gente escrever o que somos incapazes de fazer na vida real.

— Não só pra isso — insiste Nina.

— E a minha irmã? — interrompe Étienne. — O que ela acha?

— Que é normal ter dúvidas, incertezas. Mas que não é só porque tenho medo que isso quer dizer que eu não estou errada. A Louise acha que eu sou um pássaro enjaulado desde que nasci. E que tenho que me libertar.

— Quando você pensa em você, pensa num homem ou numa mulher? — pergunta Nina.

— Numa mulher.

— É a primeira vez que fala com a gente sobre você. De verdade, digo. Sendo que a gente se conhece há trinta e um anos. Já é alguma coisa.

— É, já é alguma coisa.

Saímos do posto para o estacionamento externo. Nina no meio, Étienne à esquerda, eu à direita. Ela segura nossas mãos. O céu está puro, azul claro.

— Vamos parar em Florença?

— Eu prefiro dormir em Nápoles esta noite — responde Étienne. — Mas se a Nina for dirigir, a gente só vai chegar lá amanhã de manhã. Vão ter que me deixar pegar o volante. Foi o combinado inicial.

— Estamos a uns seiscentos quilômetros de Nápoles — eu digo.

— Étienne, você dirige, mas a gente vai parar a cada duas horas, como combinamos.

— Está bem, mãe.

— Como você está se sentindo? — pergunto.

— Sinceramente, pra um cara que vai bater as botas, até que bem.

# 78

*1º de janeiro de 2003*

Os amigos de Lyon foram passar o réveillon na casa dele ontem à noite. Ao contrário da outra, aquela vadia perversa, eles não o tinham abandonado.

Todos ainda dormiam no segundo andar e nos anexos. Havia algumas garrafas vazias de champanhe aqui e ali, embora Nathalie tivesse tirado a mesa do jantar antes de voltar para casa. Mas eles continuaram festejando o ano-novo a noite inteira.

São só oito da manhã. Emmanuel não pregou o olho. Sentado no sofá com uma xícara de café na mão, ele reflete.

Faz pouco mais de dois anos que Nina desapareceu. Ele já perdeu toda e qualquer esperança de encontrá-la.

Chegou a consultar feiticeiros e videntes. Pêndulos, cartas, bola de cristal: tentou de tudo, escutou de tudo. Que ela estava morta e enterrada em Puy-de-Dôme, que havia fugido para a Irlanda, mas ninguém nunca a vira por lá, Emmanuel fez questão de verificar. A última, uma astróloga supostamente famosa, afirmou que Nina estava tão perto de La Comelle, "em um raio de três a quatro quilômetros, no máximo", que ela podia sentir seu perfume. Charlatões prontos a extorquir dele todo o dinheiro possível em troca de informações disparatadas.

Mais nenhuma esperança.

Ela não voltará nunca. E por que voltaria para aquele fim de mundo?

A menos que...

A menos que ela achasse que a barra estava limpa.

Nina é apegada a Marie-Laure Beaulieu. Se ficar sabendo que Emmanuel partiu, vai voltar na ponta dos pés para visitar a mãe de Étienne.

E então, ele vai pegá-la. Aquele pensamento o faz sorrir.

Emmanuel disca o número do telefone dos pais no Marrocos. Após cinco toques, é Gê quem atende:

— Alô?

— Feliz ano novo, mãe.

Sua mãe parece estar acordando. *A voz dela está estranha*, pensa Emmanuel imediatamente.

— Feliz ano novo, meu querido — acaba respondendo.

— A Nina te ligou?

— Não... Claro que não.

— Jura pra mim?

— Juro.

— Pela minha vida?

— Pela sua vida.

— Fala: "Eu juro pela sua vida."

— Eu juro pela sua vida.

— Fala tudo: "Eu juro pela sua vida que não tive nenhuma notícia de Nina."

— Eu juro pela sua vida que a Nina não me ligou. E que não recebi nenhuma notícia dela.

— O papai está perto de você?

— Sim.

— Ele está me ouvindo?

— Espera, vou passar pra ele.

— Tomei uma decisão. Vou embora da França. Vou vender a Damamme.

Alguns minutos depois, Gê caminha sozinha no jardim que cerca seu *riad*. Pensa que ela e o marido foram covardes por terem se mudado para o Marrocos.

Sempre faz sol ali, e os perfumes que ela inala nesta manhã são inegavelmente inebriantes. E tem aquela luz permanente, peculiar, simplesmente bela. Mas ela sabe que só há luz onde nossos entes queridos estão. Aqueles que nós realmente amamos.

Quando Emmanuel era criança, ela pensava: "Eu seria capaz de esconder um cadáver se meu filho me pedisse." Nunca amou ninguém tanto quanto Emmanuel. Ela sempre o perdoou, não importava o que fizesse.

Então chegou Nina, e Gê percebeu a mudança em seu filho. Ela viu a loucura surgir nos olhos de Emmanuel enquanto Nina se apagava aos

TRÊS 439

poucos. E a insanidade dele só crescia. Ele estava obcecado, a seguia por toda parte, a rastreava, era quase como se estivesse caçando uma presa.

Uma vez, uma única vez, Gê ousou fazer um comentário: "Você devia deixar a Nina em paz." Emmanuel a repreendeu, argumentando que sua esposa era muito nova, que "precisava de um pai".

Aquela resposta a paralisou. *O que foi que eu fiz? Como criei esse menino? O que ou quem eu deixei passar? Fui eu que coloquei esses absurdos na cabeça dele? Nossos filhos sempre se parecem conosco?*

Sim, Gê foi covarde por se mudar.

Um ano após o casamento de Emmanuel e Nina, quando o filho assumiu as rédeas da empresa, Gê mencionou a mudança para o Marrocos, uma nova vida para os dois. Eles poderiam voltar sempre que quisessem para a França, caso sentissem falta dos amigos e da família. Nada era irremediável, sempre poderiam voltar atrás. Surpreso com aquela proposta, Henri-Georges mostrou-se reticente em um primeiro momento, mas ficou cada vez mais entusiasmado.

*Quantas vezes somos capazes fechar os olhos?*, pensa Gê. *Uma criança que chora demais, um vizinho violento, uma senhora solitária que conhecemos de vista ou um animal maltratado... e em vez de agir, de fazer alguma coisa, arrumamos as malas. Para deixar de ver. Para não sentir.*

Esta manhã, quando o telefone tocou, Gê não pensou: *É o Emmanuel*. Não pensou *É o meu filho ligando para desejar feliz ano novo*, mas, sim: *Estão me ligando para dizer que aconteceu alguma coisa com o Emmanuel*.

Ficou quase surpresa ao ouvir a voz dele. "Feliz ano novo, mãe."

Ela sabe que a loucura do filho se espalhou feito uma doença incurável desde a partida de Nina. Ela foi visitá-lo duas vezes, mas ficou pouco tempo. De que adiantava tentar colocar juízo na cabeça dele? Andava em círculos feito um leão enjaulado, falando sozinho, passava horas ao telefone com seus detetives, marabutos e curandeiros de todos os tipos. Quando Gê tentava intervir, ele ficava nervoso, quase ameaçador. Proferindo sempre a mesma coisa: "Vou encontrar *ela*." Enquanto Gê suplicava ao Senhor: *Meu Deus, faça com que ele não a encontre nunca.*

Até mesmo Henri-Georges tentara falar com o filho, mas foi o mesmo que falar com a parede.

Durante uma conversa ao telefone sobre a venda da empresa, Henri-Georges propôs uma mudança de gestão. Emmanuel não quis saber:

— Abrir mão só da gestão ainda é manter a empresa. Vender é colocar um ponto-final. Aliás, já recebi várias ofertas de compradores.

— Não se abre mão de três gerações de trabalho duro da noite para o dia. E não esqueça que eu ainda tenho ações na empresa.

— Não estou nem aí pro dinheiro, vou deixar tudo pra você, pai.

As coisas esquentaram entre eles e Gê tentou acalmar Henri-Georges, suplicando com o olhar.

— Se um dia você for pai, vai ficar feliz de poder passar a empresa adiante como eu fiz com você.

— Eu nunca vou ser pai.

Quando Emmanuel finalmente desligou, Gê explicou novamente ao marido que desde a partida de Nina o filho deles perdera o chão. Por isso tinham que deixá-lo vender, era uma questão de vida ou morte. Talvez partir fosse o único jeito de escapar daquilo. E a vida do filho deles era mais importante do que a empresa.

Mortificado, Henri-Georges telefonou para Emmanuel para dar seu consentimento. Ele venderia suas ações para não atrapalhar o processo.

Esta manhã, Nina transita livremente pelo abrigo. Não havia risco de cruzar com ninguém ali no dia 1º de janeiro, a não ser com Lili. Ela acabava de ser chamada para lidar com uma emergência, um mastim napolitano fora encontrado amarrado ao lado de uma ferrovia em Allier. Lili pegou a estrada com um dos agentes municipais, não achou que seria uma boa ideia ir sozinha. Lili não tem medo de nada, mas "tudo tem limite", conforme ela gritou ao entrar no seu carro.

Para comemorar o ano-novo, fizeram uma festa à fantasia no centro comunitário de La Comelle. Todos compraram suas fantasias no mercado, ou pegaram velhas camisolas, roupas e ternos dos pais ou avós no fundo dos armários. Máscaras de plástico com o rosto de Bernadette e Jacques Chirac, boás, maquiagens feitas em casa. Foi tudo uma grande brincadeira. Chamaram uma banda da cidade para tocar. Uma grelha imensa, copos de plástico, *kir* à vontade, feito com espumante rosé. Lili lhe emprestou um vestido hippie — "Uma relíquia da minha mãe" — e levou Nina à força. "Confia em mim, ninguém vai te reconhecer." Ela colocou uma máscara veneziana colorida e uma peruca loura na cabeça.

— Uma relíquia da minha antiga vida.

— Você usava perucas louras, Lili?

— Pode acreditar.

— Você nunca contou sobre a sua vida antes do abrigo.

— Eu sou de Nogent.

— Onde é Nogent?

— Não muito longe de Paris.

Mais uma vez, Lili não falou muito sobre o assunto. Vestiu uma roupa verde e um capuz de Shrek na cabeça, fazendo Nina rir como não ria há muito tempo. Ela gostaria de saber mais sobre Lili, mas sente que seu passado é uma área restrita. Certo dia, enquanto almoçavam juntas, Lili lhe disse: "Não vou te contar minha história, Nina, porque é horrível e não tem a menor graça. No dia em que larguei minha antiga vida, joguei tudo fora. Mudar de vida é fazer uma transformação. Temos que fazer o presente brilhar feito uma moeda nova. Você nem sabe como eu tenho apreço por todo segundo da minha existência."

Lili mora sozinha. Às vezes, um homem passa a noite com ela. Nina não sabe quem ele é, nunca o encontrou. Quando Lili o menciona, diz apenas: "Esta noite meu derriço vem dormir comigo."

— O que é derriço? — perguntou Nina da primeira vez.

— É como eu chamo um velho amante. Não prometemos nada um ao outro, não dizemos palavras de amor, mas nos respeitamos e passamos bons momentos juntos.

Fim da conversa. Nina não era de insistir.

Faz pouco mais de dois anos que ela está escondida no abrigo. Às vezes, pergunta a Lili:

— Até quando você acha que posso ficar aqui?

— Até você se sentir pronta.

— Mas eu...

— Não enche a cabeça de caraminholas, quando se sentir pronta você vai embora.

No último mês de outubro, Nina ficou horrorizada e apavorada com a jovem que foi queimada viva em Vitry-sur-Seine. *Se o Emmanuel me achar, vai fazer a mesma coisa comigo.* Depois dessa tragédia, Nina sentiu novamente a presença dele no meio da noite, como se estivesse debruçado sobre ela, para matá-la. Ela diz a si mesma que, no fundo, quando escolheu desaparecer da face da terra, foi uma resposta ao desejo sombrio do marido.

É por isso que dançar "Macarena" e "Free From Desire", usando um vestido longo e amarelo com flores verdes e uma peruca loura sintética, foi um momento de alívio para ela. Um respiro. Dançou com Lili-Shrek até as quatro da manhã, emendando as coreografias mais improváveis no piso laminado do centro comunitário. Duzentas pessoas as cercavam, umas mais embriagadas do que as outras. No entanto, Nina não tirou a máscara do rosto. Livre por algumas horas, mas não liberta. A voz em sua cabeça lhe avisando para se manter alerta nunca a deixava.

É meio-dia quando Lili volta de sua missão com o mastim na ponta de uma coleira. Ela acaba de deixar o agente municipal em casa. O cão é impressionante. Nina se aproxima deles.

— Ele é calmo?

— Parece. Geralmente esses grandões são os mais tranquilos — responde Lili. — Tem identificação, mas nem o telefone nem o endereço são válidos.

— De onde você veio, hein? — pergunta Nina ao cachorro.

O cão rosna e, antes que Lili tenha tempo de puxar a coleira ou Nina de se afastar, ele morde sua panturrilha.

Apesar das súplicas, Lili a leva até o pronto-socorro. Ela fez um torniquete na altura do joelho de Nina. O hospital mais próximo fica em Autun.

— Fala comigo! — grita Lili. — Não dorme!

Nina não consegue conter um risinho, ao mesmo tempo que enxuga suas lágrimas de dor.

— Não corro o risco de dormir, está doendo... pra cachorro...

Uma hora depois, um residente dá duas vacinas em Nina, contra tétano e raiva, porque ela não sabe onde está sua caderneta de vacinação. Em seguida, fecha sua ferida, que foi profunda. Uma enfermeira vai ter que fazer a troca dos curativos por um tempo.

Não é mais possível se esconder. Nina foi obrigada a revelar sua identidade. E Lili teve de explicar a origem do animal.

Assim que elas deixam o hospital, a informação se espalha: Nina Beau esteve no pronto-socorro de Autun.

# 79

*28 de dezembro de 2017*

Étienne perdeu o sono. Sente dor. Sente que seus pensamentos sombrios arruínam seu corpo, sua resistência.

Fica remoendo a confissão de Adrien no posto de gasolina. "Virginie é a minha identidade. Posso mudar a aparência de Virginie, mas não sua identidade."

Étienne não teve uma boa atitude. Era inadmissível, mas ao mesmo tempo tão fácil tirar proveito da situação. A primeira vez que eles dormiram juntos, sem Nina, foi no dia 17 de agosto de 1994. Aquilo nunca acontecera desde que os Três se conheciam. Nina estava sempre entre os dois. Étienne sempre sentiu que Adrien era diferente, sentia que ele buscava e calava algo. Percebera os olhares dele na sua direção, imediatamente desviados. Será que Adrien era gay, apesar da atração que sentia por sua irmã?

Naquela noite aterrorizante, ele voltou para a casa de Nina bêbado. Precisava do apoio de alguém, ter uma esperança. Encontrou Adrien no jardim, pálido e tão perdido quanto ele. Étienne o atraiu até o quarto de Nina e ele deitou-se ao seu lado sem dizer nada, sem resistir. Étienne era quem reinava sobre os Três. Nada lhe era recusado. Levou Adrien intencionalmente até ali. Hoje, ele sabe disso no fundo de sua alma e de sua consciência. Não fez aquilo por desespero ou solidão, mas por vontade. Eles se apalparam e beijaram no escuro. "Entre a amizade e o amor existe só um passo." Era uma idiotice que Marie-Laure repetia para eles e que o incomodava. "Para, mãe", vociferava ele enquanto bebia seu achocolatado.

Teria sentido aquela menina escondida em Adrien? Étienne a teria amado sem saber?

Depois daquela noite, nunca mais tocaram no assunto. Continuaram suas vidas como se nada tivesse acontecido. Étienne minimizou suas atitudes: uma brincadeira de criança, dois moleques de dezessete anos que se provocam.

Mas como tinha sido para Adrien?

Quando Étienne descobriu *Branco de Espanha*, sentiu-se ao mesmo tempo traído e envergonhado. O mesmo sentimento que Nina, as mesmas palavras ditas, mas com um significado totalmente diferente.

Étienne também sabe de cor alguns trechos do maldito romance. A narradora se chama Sasha. Está a poucos dias da sua cirurgia de "redesignação sexual". Um termo brutal, que lembrava uma fórmula matemática, para dizer "virar o que ela é desde o nascimento". Sasha passa uma noite com um homem, um desconhecido, uma única noite de amor. Uma noite acidental.

*Estamos deitados um ao lado do outro. Eu nunca encostei no corpo de um garoto, ele também não. Ele transa com garotas, e eu com Louise. Somos jovens e inexperientes. É uma reciprocidade. É ele quem dá o primeiro passo, a primeira mão em mim, eu nunca teria ousado tocá-lo. Sou um grão de areia, ele é o oceano. Embora estejamos no mesmo quarto, não vivemos no mesmo mundo. Ele é soberano enquanto eu sou um súdito entre tantos. Ele começa levando os dedos ao meu pescoço, acho que vai me estrangular. Por que penso que ele quer me matar? Não somos delicados, mas abruptos e inadequados. Não há penetração durante a noite, ficamos à beira um do outro. Quando ele põe os lábios nos meus, percebo que aquilo está acontecendo de verdade. Ainda hoje sinto o gosto da sua língua na minha boca, sua saliva salgada e alcoolizada. Nosso corpo fica colado no do outro por muito tempo, somos mestres das horas que nos são dadas, feito um casal que faz amor pela última vez, dois condenados à morte que sabem que o amanhecer colocará um ponto-final àquela história que nem começou.*

*No fundo, pensa Étienne, eu traí Clotilde, Adrien e Louise no mesmo dia. O dia do enterro de Pierre Beau foi também o enterro da minha honra e da minha integridade.*

Quando Étienne leu aquelas linhas, teve vontade de matar Adrien. Como podia ter falado deles, dele? Alguém poderia identificá-lo.

Quando Étienne ameaçou Adrien dizendo que se não prestasse depoimento ele revelaria a identidade do autor de *Branco de Espanha*, estava blefando.

*Ainda bem que Valentin existe*, ele pensa.

Telefonou para ele mais cedo, chegando em Nápoles, de uma cabine telefônica. Valentin já estava deitado, com o celular na mão.

— Papai... — murmurou ele, aliviado.

A única pessoa no mundo que vê Étienne como uma boa pessoa. A única que tornou Étienne uma boa pessoa.

No ano em que ele foi estudar em Paris, Nina costumava escutar uma música sentimental demais para o seu gosto, "Juste quelqu'un de bien". Só uma boa pessoa.

Étienne segura a mão de Nina adormecida e a aperta com força. Abafa as lágrimas no seu travesseiro. *Homem não chora.*

*Homem não chora.* Nina pensa mais uma vez no título desse romance de Faïza Guène de que ela tanto gosta. Finge dormir enquanto a mão de Étienne aperta a sua. Ele não pode sentir ou adivinhar de jeito nenhum que ela está acordada, que ouve seu choro abafado. Ela se finge de morta, sendo que é ele quem vai morrer.

"Vai" porque ela se recusa a acreditar. Um milagre ainda vai acontecer, um sopro de vida, uma tentativa de tratamento, uma suspensão de pena. Na vida real, Étienne não pode morrer.

Nina se finge de morta, mas sua vida está só começando. Ela sente centelhas de renovação aos quarenta e um anos de idade. *Nunca é tarde*, como diria a canção.

Que canção? A que tinha escrito com Adrien. Deviam ter treze ou catorze anos. Ela não se lembra muito bem da letra. Algo péssimo, do tipo: "Nunca é tarde para se olhar no espelho, nunca é tarde, mesmo quando você acha que está velho"... Desde Emmanuel, Nina aprendeu que não se constrói nada com alguém, nem por alguém. Que a existência é algo que fundamos sozinhos e que se, por milagre, encontramos uma alma um pouco gêmea, é um presente. Com Romain, pela primeira vez em sua vida adulta, Nina tem a sensação de não ser mais inabitada. Também sentiu isso com Lili, mas com Romain é diferente. Ele é seu namorado. Talvez não se separem. Talvez fiquem juntos. Nina tem certeza de que somos feitos de "talvez".

Nina sente Étienne partir, mergulhar no sono. A mão dele pesa menos na sua. A respiração desacelera. Ela ouve seu ritmo, ele adormece.

Ouço a respiração de Étienne. Está aos prantos. Não ouso me mexer. Ele não suportaria que eu tentasse consolá-lo, é orgulhoso demais. Sempre tivemos que fingir não perceber o que ele sentia de verdade. É como esses homens que se exibem, que são bonitos de olhar, mas nunca se sabe o que estão sentindo. Que fazem de tudo para se esconder atrás de uma fachada que é apenas ilusão.

A configuração é a mesma da noite anterior: estou na cama de solteiro; Étienne e Nina, na cama de casal.

Encontramos um hotel perto da praia de Mappatella.

Comemos linguine ao vôngole e bebemos uma garrafa de um vinho branco delicioso. É como se não estivéssemos acompanhando Étienne na sua última viagem, mas simplesmente passando férias na beira do mar.

Assim que desce do carro, ele tira a roupa e se joga na água, gritando. Eu não saberia dizer se os gritos eram de alegria ou de desespero. Certamente um pouco dos dois. Nina berrou: "Está um gelo! Você é louco!" Tentou dissuadi-lo, puxá-lo pela mão até a beira. Étienne suplicou: "Me deixa ser louco, por favor."

Enquanto ele nadava, Nina não tirou os olhos de Étienne, e eu fui comprar duas toalhas de praia numa loja. Quando ele saiu do mar, congelado, nós o esfregamos por um bom tempo, cada uma com sua toalha. Seu corpo estava vermelho de frio, mas seu rosto continuou pálido. Ele tremia, mas sorria. Parecia feliz. Era a primeira vez que eu o via sem camisa desde o dia da despedida de solteira de Nina. Sua pele, seus ombros, sua barriga, seus pelos, um corpo de adulto.

*Hoje temos quarenta e um anos, nossa geração queria mudar o mundo e nós falhamos*, pensei.

Assim que chegou no hotel, Étienne entrou na banheira com água quente depois de engolir uma tonelada de remédios. Eu e Nina esvaziamos o minibar, escolhendo as garrafinhas de bebida aleatoriamente, sem olhar os rótulos. Ela pulou na cama. Coloquei música para tocar, uma playlist aleatória.

Étienne gritou do banheiro: "Vocês sempre tiveram o mesmo gosto de merda!"

Somos exatamente como irmãos que se encontram depois de um tempo separados. Assim que adultos que foram crianças juntos se reúnem, a infância vem à tona.

TRÊS                                                                                            447

Apesar das instruções de Étienne, ligo o celular discretamente para ver meus e-mails, e sobretudo para ter notícias de Nicola.

— Nina.

— Oi — responde ela, sussurrando.

— Acabei de receber um e-mail confidencial do jornal. Os ossos no carro são de uma mulher... De uma única pessoa.

— Clotilde? — murmura Nina como se tivesse medo de pronunciar aquele nome.

— Ainda não dá pra saber.

— Você acha que se for ela... vão achar os ossos do... bebê?

— Não depois de todos esses anos... Um embrião é feito sobretudo de cartilagem, não de ossos.

— Que horror.

— Estou ouvindo vocês — lança Étienne. — Ainda não morri... Se for Clotilde, vão encontrar o crânio, a bacia e o fêmur do feto. A água doce é menos corrosiva do que a água do mar. E o corpo deve ter sido protegido pelo lodo... Faz vinte e três anos que só penso nisso.

# 80

*Sábado, 13 de agosto de 1994*

Uma dor surda. Clotilde está aprisionada em um pesadelo do qual gostaria de escapar. Ela conta: *Um, dois, três e eu vou acordar.*

É sempre aquela música de Francis Cabrel que toca sem parar em todas as estações de rádio no momento, que ocupa sua mente até durante o sono.

> *Não precisa ser mais óbvio*
> *Essa história já acabou*
> *A gente faria o mesmo*
> *Se fosse para recomeçar*
> *É simplesmente, simplesmente*
> *Um sábado à noite na terra...*

*Um, dois, três, eu acordo e tenho dez anos. Sou a princesa dos meus pais, sua filha única, mamãe preparou um café da manhã no jardim de inverno, o céu está azul, nossa vida parece uma propaganda em que todos são perfeitos, a começar por mim. Sou loura e o forro das minhas pantufas de lantejoulas roxas aquece meus pés. Estou no quinto ano. Gosto daquele garoto que está sentado na segunda fileira ao lado de Nina Beau. Ele se chama Étienne Beaulieu. Coloco um pouco de blush e brilho labial para que ele me veja. Mas ele só olha para seus dois amigos, um garoto magricelo e uma criança. Sempre colado neles. Vou esperar. Um dia, ele vai olhar para mim.*

*Um, dois, três, eu acordo. Meus pés. Estou com muito frio, eles estão gelados. Há uma camada de neve na minha cama.*

Então a dor fica tão intensa que ela abafa um grito.

Clotilde abre os olhos. Ela conseguiu. *Um, dois, três, eu acordo. Acabou a música.*

TRÊS                                                                                    449

Na vida real ainda é noite. Ela pode voltar a dormir antes de retornar ao trabalho na pizzaria. Só mais quinze dias. Ela não aguenta mais ziguezaguear entre as mesas.

Ontem, enquanto Clotilde servia uma pizza de quatro queijos, uma portuguesa e lasanhas, a empregada dos Beaulieu deve ter encontrado sua carta na caixa de correio e colocado-a sobre a escrivaninha do quarto de Étienne. Enquanto a santa família se bronzeava no Sul, havia uma bomba-relógio no quarto do filho. Um projétil que estouraria seus miolos assim que voltassem.

Clotilde ri sozinha, suando, sentindo cada vez mais dor. É aquela merda de pesadelo que retorce suas entranhas.

Achou que estava acordada, mas é prisioneira do seu sono.

*Um, dois, três e eu vou acordar.*

No entanto, ela pensa em voz alta: "A carta na mesa de Étienne…"

Quantas vezes ela e Étienne se encontraram naquele quarto, naquela cama? Quantas vezes ela se vestiu ali? Catando roupas espalhadas, jogadas com pressa antes do amor? Procurando-as feito o Pequeno Polegar em busca de suas pedrinhas brancas no caminho de volta? Ao contrário da criança do conto de Perrault, Clotilde gostaria de se perder nos braços do lobo mau, de nunca voltar para casa.

Quantas vezes, enquanto ela procurava suas roupas, desejou que ele dissesse "Fica"?

O corpo ainda entorpecido de prazer, debruçada em busca do seu sutiã, ela o observava por trás da cortina do próprio cabelo louro. Ele, deitado, nu, a pele dourada, acendia seu baseado com um gesto ao mesmo tempo gracioso e desenvolto. A ausência no seu belo olhar, um sorriso enigmático nos lábios. No que ele pensava? Em quem?

Ele finalmente olhou para ela no ensino médio, depois de passar anos ignorando sua existência. Mal dizia um "oi" entredentes quando eles se cruzavam. Então, entraram no terceiro ano do ensino médio e, dois meses depois, ele finalmente a nota. A festa de aniversário de um amigo, 3 de novembro. "Étienne vai estar lá."

*Étienne vai estar lá.*

Ele não se dá ao trabalho de seduzir Clotilde. Não sabe o que é paquera. Não sabe dizer palavras bonitas, não liga a mínima para isso, se aproxima dela e a beija. "Zombie", da banda Cranberries, está tocando e todo mundo canta a plenos pulmões em torno deles: *In your head! In your heeaadd!*

Pronto. Seu sonho de menina se realiza. Eles transam na primeira noite no quarto de Étienne. Por que esperar? Quem foi que disse "nunca na primeira noite"? A vida é muito curta. O hálito do príncipe cheira a álcool, mas a vida é assim mesmo.

Faz tempo que Clotilde se livrou das pantufas roxas de lantejoulas numa venda de garagem. Lembranças são como armários, uma hora nos livramos do que há lá dentro.

Clotilde tem dezessete anos, mas já entendeu isso. É uma jovem velha. Não tem qualquer ilusão. Sua única obsessão é Étienne Beaulieu. Mesmo que, no fundo, ela saiba que um dia vai acabar perdendo o interesse por ele.

"É a primeira vez que eu gosto de verdade de transar com alguém."

Étienne vive repetindo aquela frase para Clotilde. Para ela, aquela primeira vez tem o sabor do amor.

Mais cólica, Clotilde se contorce de dor. *Não, não, não. Não é nem a hora nem o lugar. Não é possível. É cedo demais.*

Clotilde tenta negociar com o sono. *Um, dois, três, eu acordo.*

Acende o interruptor. Sangue por todos os lados. Gostaria de gritar: "Pai! Mãe! Socorro!" Mas nenhum som sai da sua boca.

Ela se levanta, vai até o banheiro. Terminou. Vai ter que recomeçar tudo do zero. O pavio da bomba-relógio se apaga. Clotilde tira a capa do colchão e os lençóis, atravessa o corredor, sabão em pó, água sanitária, máquina de lavar a noventa graus, volta para o quarto.

Toma um banho. Não sente mais dor. Tem vontade de fazer força, mas a contém. *Aqui não.* Clotilde chora. Não porque está perdendo o bebê e Étienne Beaulieu, mas porque são seus últimos sonhos a escorrer pelo ralo.

*Um naufrágio.*

Ela coloca um velho vestido preto e feio que comprou dois anos antes porque dava um ar de dançarina, mas que nunca usou. Caminha ao raiar do sol, os sapatos encharcados pelo orvalho matinal. Não há vivalma naquela cidade horrível. Ela faz as coisas no automático, quase como os zumbis do clipe de Michael Jackson ou aqueles filmes horríveis de que ela nunca gostou em que meninas frágeis e pálidas choram por causa de seu destino enquanto os homens bebem e riem juntos.

Pensa em Étienne na praia de Saint-Raphaël e na garota loura deitada em cima dele.

A cólica passou.

TRÊS 451

Clotilde se agacha e o joga em uma vala. Nenhuma dor. Nenhum olhar. Aquilo não respira, está morto. Decidiu estar morto, sair sozinho, largá-la, não quer saber dela.

Nunca quis ser mãe. Aos dezoito anos, quem gostaria? Só quis segurar Étienne, castigá-lo. Queria que ele se transformasse num pai coruja. Que o "acontecimento feliz" causasse uma mudança radical nele. Um sujeito bonzinho que ela acabaria detestando. Odiando, até.

Clotilde assoa o nariz no seu vestido. *Que besteira, garota. Ainda bem que isso está acontecendo. O que você teria feito com um bebê? Agora vai ter que se vingar. Tem que acabar com a vida dele. Senão seria fácil demais.*

Ela volta para casa às sete da manhã. Deita-se no colchão, envolta numa manta.

Dorme até as nove. Lá embaixo, ouve a voz dos pais, o barulho da louça tilintando.

*Tenho que ir trabalhar. Tenho que ir trabalhar. Tenho que ir trabalhar.*

Está exausta. Ainda sangra, a volta da menstruação. A volta à vida normal.

Não foi ao médico. Não fez ultrassom nem teve acompanhamento. Ninguém soube. Ela leu um livro sobre gravidez como se fosse ficção. Algo que acontece com os outros, mas que não tem nada a ver com a sua vida. "No quarto mês, o feto pesa cerca de duzentos gramas e mede quinze centímetros." Calculou que tinha engravidado em meados de abril. Numa tarde de quarta-feira. Era feriado. Não fora nada acidental como ela fingiu. Tinha planejado tudo. Furou a ponta da camisinha com a unha do dedo indicador, tão cortante quanto uma lâmina de canivete.

Lembra-se do dia em que fez o teste de gravidez; dois traços, sim, um traço, não. Ficou exultante, sentada na privada, ao descobrir o resultado. *Étienne é meu.*

Clotilde toma outro banho, põe outro vestido, mas então percebe que esqueceu de enfaixar a barriga, algo que ela faz há cerca de um mês. Sua barriga ainda está arredondada como a de uma mulher grávida. Por quê? Por quanto tempo?

Seus pensamentos são interrompidos pelas batidas da mãe na porta do quarto.

— Querida, o avô da sua amiga morreu.

*Eu não tenho amigas,* pensa Clotilde. *Detesto garotas. Minha fantasia é virar cafetina e deixá-las na esquina para me trazerem um monte de dinheiro.*

*A verdade é que eu gostaria de jogar baralho com outros homens enquanto elas rodam bolsinha. A verdade é que não gosto de ser garota.*

— Que avô? Que amiga, mãe?

— A do cabelo escuro... O carteiro... Pierre Beau. Ele foi atropelado... Por um caminhão. Coitado do homem.

Clotilde se segura na soleira da porta. *Isso quer dizer que o Étienne vai voltar antes do previsto. Vai estar aqui amanhã. Vai ler minha carta amanhã... Talvez até... hoje!*

— Quando foi?

— Ontem de tarde.

Uma hora depois, como todas as manhãs desde o dia 10 de julho, Clotilde põe as mesas, ajeita as toalhas, verifica se a louça está limpa. Os primeiros clientes chegam ao meio-dia em ponto e às 14h30 da tarde todos já acabaram de comer. Durante o almoço, alguns clientes falam do acidente, do carteiro atropelado, do caminhão que ele não viu.

Clotilde tem um intervalo à tarde e volta a trabalhar às seis para preparar as mesas da noite. Durante sua pausa, ela costuma se deitar nos gramados da piscina municipal, mas hoje passa pela biblioteca e consulta discretamente alguns livros sobre gravidez. Acaba encontrando o que procura: "O útero precisa de um tempo para voltar ao tamanho inicial após um aborto espontâneo ou o parto, o abdômen fica deformado e a pele da barriga, distendida. Várias semanas são necessárias para recuperar a forma." Mas Clotilde não tem a menor intenção de recuperar a forma. Ao sair da biblioteca, ela devora dois doces da confeitaria sem degustá-los nem um pouco.

Ela percebe que tem duas horas livres pela frente, volta ao parque da biblioteca e se deita num banco ao lado de um grande pinheiro. Não tem ninguém, os balanços estão desertos, o ar está quente, ela tem sede. Fecha os olhos.

*Não precisa ser mais óbvio
Essa história já acabou...*

Fique quieta, música.

Clotilde pensa novamente em Étienne na praia de Saint-Raphaël. Quando foi mesmo? Ela pensa em silêncio. Três dias antes.

Ela se lembra do dia em que o avô de Nina Beau irrompeu no pátio da escola para bater nela. Clotilde teria morrido de vergonha se os pais tivessem feito algo parecido. Teria preferido desaparecer a voltar para a escola.

Étienne certamente está devastado com a notícia. Tudo o que dizia respeito à "melhor amiga" o deixava louco. Bastava ver sua expressão naquele dia, quando o velho estapeou a cara da neta. Étienne ficou embasbacado, pálido feito um fantasma.

Clotilde olha o céu, sentindo-se como uma bolsa vazia, uma bolsa cujo conteúdo fora roubado. Sente suas lágrimas correrem, fecha os olhos, se lembra da expressão dele quando ela lhe dissera, em maio passado, logo após o amor, que estava grávida. Étienne gemeu: "Que merda... Que merda."

Durante o turno da noite, ela olha para a rua o tempo todo para ver se ele está ali. Se passa, se olha para ela. Espera que ele venha buscá-la, que faça uma surpresa. Não consegue tirar os olhos das três janelas grandes que dão para a rua. O dono do restaurante acaba perguntando se ela está esperando alguém, e Clotilde o manda pastar.

Ao sair, faz um desvio e passa pela rua onde moram os Beaulieu. Sente um choque violento no peito ao avistar o carro da família estacionado em frente à casa.

*Eles voltaram.*

Não há nenhuma luz acesa no quarto de Étienne. Será que saiu depois de encontrar a carta? Será que a esperava na frente da casa dela? Ela dá meia-volta e percorre as ruas, incerta. *E se ele quiser se livrar de mim?*

Clotilde passa na frente da casa de Nina, com a cabeça baixa. Não há ninguém. Nem dentro, nem fora.

Onde estão os Três? Onde se esconderam? Onde estão consolando Nina?

Já é quase meia-noite quando Clotilde chega em casa, exausta. Seus pais não estão em casa. Será que Étienne lera sua carta? A menos que tenha reconhecido a letra no envelope e, como todos os covardes, evitado abrir. Talvez tenha até jogado fora, rasgado antes de ler.

Clotilde vai para o quarto, mortificada. Fica muito tempo à espreita, aguardando um sinal, um movimento, uma presença na rua. Nada.

Não se dá ao trabalho de passar no banheiro ou de tirar a roupa, deita-se na cama e adormece no mesmo instante.

Domingo, dia 14 de agosto. Segunda-feira, dia 15. Dois dias de folga. Angústia absoluta. La Comelle está vazia, arrasada de calor. Todas as lojas estão fechadas, as cortinas, cerradas.

Só a piscina municipal está aberta. Ela não vai colocar os pés lá. Com sua barriga vazia, estaria se entregando. Recusa-se a sair. Fica em casa aguardando um telefonema ou uma visita...

Sua mãe já está preocupada, achando-a inquieta. Tenta fazê-la falar, em vão. Sugere que passe aqueles dois dias de folga onde quiser.

— E se a gente alugar um quarto em um hotelzinho ao lado de Valence? Seu pai encontrou um lugar simpático, com massagem e piscina. São só duas horas de carro.

— Não, mas vão vocês.

— Não vamos te deixar sozinha, querida.

— Vão, sim. Eu quero e preciso disso. Vou começar a separar minhas coisas antes de me mudar.

Ela se matriculou na faculdade de Dijon, vai cursar educação física. Tirou quase a nota máxima no vestibular, será a melhor aluna do seu ano.

*A melhor em idiotice, isso, sim.*

Ela não vai estudar em Dijon, nem em outra faculdade. Vai partir para longe. Como havia planejado caso Étienne rejeitasse ela e o bebê. Agora não há mais bebê. Então, mesmo que ele ache que ela está grávida, o que ela pode fazer? Sua barriga vai acabar derretendo feito neve ao sol e Étienne vai largá-la para sempre.

Anda de um lado para outro dentro de casa. Não tem mais planos, não tem mais futuro, não tem mais Étienne Beaulieu.

Clotilde se entope de comida para não emagrecer. Engole pães inteiros cobertos de pasta ou creme de avelã.

O telefone toca. Étienne, finalmente! Não, só uma amiga da escola.

— O enterro do avô da Nina Beau é na quarta-feira, você vai?

— Vou — responde ela sem pensar.

— Vai vestir o quê?

*Que idiota. Não estamos indo pro Club 4 nem para o concurso de Miss França. Tenho meus motivos para achar que todas as garotas merecem a guilhotina...*

— Não sei.

— Vai estar calor.

— Com certeza.

— Vai ser tão triste...

A outra continua seu monólogo, mas Clotilde não está mais prestando atenção. Agora tem certeza: dali a três dias vai vê-lo... A idiota tem razão.

TRÊS                                                                         455

Como vai se vestir, se maquiar, se pentear? Vai ter que fazer de tudo para parecer natural... Clotilde volta à conversa quando a outra pergunta:

— Você tem notícias do Étienne?

— Tenho — mente ela. — Ele me liga todo dia. Voltou antes do previsto pra consolar a Nina. Está sendo difícil pra ela.

— Coitada de você, deve estar mal por ele.

— Demais. Tenho que ir, alguém está batendo na porta, deve ser o Étienne.

Clotilde desliga.

Na terça-feira, 16 de agosto, vai para o trabalho sentindo-se arrasada. Seu chefe diz que ela está com uma aparência péssima.

— Você devia ter aproveitado a folga pra pegar um pouco de sol.

Clotilde não responde. Dobra os guardanapos enquanto olha pela janela, caso ele apareça. Voltou há três dias e ela não teve uma notícia sequer.

*Que filho da mãe. Parece que entre o amor e o ódio é um passo. Nem me fale. Um passo minúsculo.*

O dia se estende, os clientes são chatos, ela tem vontade de jogar tudo para o alto. Antes de ir embora, Clotilde avisa:

— Não vou poder vir amanhã, tenho um enterro.

— Ah, o coitado do carteiro... mas o enterro não vai durar o dia todo.

— Pra mim, sim.

Seu chefe faz uma careta, como quem diz: "E o que eu faço sem você?" Mas não insiste. Ele nunca teve uma garçonete tão eficiente. Sabe servir, é boa no caixa, lida bem com a clientela. Se tivesse que dar uma nota a ela, apesar de suas estranhas mudanças de humor, Clotilde Marais tiraria dez em tudo. Se dependesse dele, a manteria ali o ano inteiro, mas não tinha ilusões quanto a isso, a garota não ficaria lá. Mesmo que aumentasse seu salário, lhe desse vale-refeição e bônus no fim do ano, ele sabia que ela tinha mais o que fazer do que passar o dia todo servindo pizza.

Após o expediente, Clotilde volta direto para casa, esperando encontrar Étienne.

Ela não está mais sangrando. Desfaz a atadura e olha seu reflexo de perfil no espelho. Sua barriga não mudou. Como Clotilde é magra, a barriga fica ainda mais saliente.

Faz três dias que ela o perdeu. Menina ou menino? Que diferença aquilo fazia agora?

Passa um creme de argila para hidratar o rosto. Põe lápis preto no canto dos olhos. Assim, amanhã de manhã, o azul dos seus olhos ficará realçado sem que ela pareça estar maquiada.

Clotilde se deita remoendo o que terá que fazer ao acordar. Lavar o cabelo, secá-lo delicadamente e aplicar um creme nas pontas. Curvar os cílios, passar corretivo, um pouco de blush, um brilho labial levemente cintilante, tirar o excesso com um papel. Passar hidratante no corpo, borrifar um pouco de perfume nas têmporas e nos pulsos. Vestir uma camiseta de algodão cinza e uma calça combinando, descontraída, elegante e discreta, e as sandálias de tiras pretas. Não pode se esquecer de verificar que sua pedicure esteja perfeita. Nada mata um romance mais rápido do que calos nos pés.

*Mata um romance.*

Ela repete em voz alta, para si mesma: "Mata um romance."

O que Étienne está fazendo? Onde está? No que está pensando? Será que abriu a carta? Quando a recebeu?

Ela precisa se vingar. E encontrar um jeito. Rápido, muito rápido. Antes que ele saiba que ela não está mais grávida.

O adro da igreja já está lotado quando Clotilde chega, no dia 17 de agosto. Fica aliviada ao entrar e sentir o clima mais fresco. Arruma seu cabelo discretamente e tenta encontrar um lugar perto da nave principal para vê-los chegar. Quase empurra uma senhora gorda para se encaixar. Aguarda cerca de quinze minutos, enquanto observa ou cumprimenta as pessoas, então todos se põem de pé. O órgão, o caixão, Nina, Étienne e Adrien atrás. De mãos dadas. Como três órfãos seguindo um pai. Nesse instante, Clotilde sente seu coração se partir ao se dar conta do quanto eles se amam. Ela nunca ocupou esse lugar no coração de Étienne. Até mesmo seu amigo, o magricelo, é mais importante para ele.

Parece que Nina encolheu, atrofiada pela tristeza. Adrien continua insípido. Quanto a Étienne, com seu cabelo alourado pelo sol, o bronzeado perfeito, a dor lhe dá aquele ar grave e o deixa ainda mais bonito do que é permitido ser. Ele, ao contrário de Nina, parece ter crescido ainda mais.

Étienne não a vê, avança com a cabeça erguida. Os três são seguidos pelas famílias Beau e Damamme, e pela mãe de Adrien, em cuja casa to-

TRÊS                                                                457

dos festejaram a formatura há pouco mais de um mês. Quando ainda não tinham tantas preocupações. Menos ela, Clotilde. Porque estava grávida e era a única que sabia.

Étienne não se move durante toda a cerimônia. De vez em quando, leva seu olhar triste na direção de Nina. Clotilde só vê uma parte do seu rosto. Tem vontade de tocar nele e dizer: "Vem, vamos embora daqui."

Do lado de fora, após a missa, enquanto desconhecidos se aproximam de Nina para cumprimentá-la, Clotilde sente alguém segurar seu braço. É como num sonho. Ela não esperava.

— Oi, passa lá em casa depois do funeral? Minha mãe vai receber as pessoas mais próximas.

Clotilde faz que sim com a cabeça para dizer que vai. Étienne já voltou para perto de Nina.

A esperança renasce. Se ele a chamou é porque as coisas ainda não terminaram. Talvez queira retomar a história deles. Talvez, no fundo, aquela loura deitada em cima dele em Saint-Raphaël não fosse nada de mais. Étienne é assim, vive no presente.

Cheia de esperança, ela se segura para não gargalhar na frente de todos. Mal tem tempo de ver os Três entrarem no banco de trás do carro dos Beaulieu, que parte para seguir o rabecão.

Dá meia-volta, não tem vontade de conversar com os que não vão ao cemitério, mas ficam prostrados diante do livro de condolências, com uma caneta na mão. Ela dá uma olhada nas palavras alinhadas lado a lado e é quando lê: "Partilhamos da sua dor, nossas sinceras condolências, nunca esqueceremos o sorriso do nosso colega", que Clotilde entende que precisa recuperar a carta. Étienne talvez não a tenha aberto ainda. Ela tem tempo.

Caminha até a casa dos Beaulieu. Se organizaram algo para depois da cerimônia, alguém certamente está cuidando dos preparativos. *A empregada, como é o nome dela mesmo? Senhora... senhora...? Anda, vai, faz um esforço, você sempre encontrava com ela quando chegava e quando ia embora da casa do Étienne... Um sobrenome estranho. Um nome de sentimento. De ressentimento. Senhora Rancoeur! Isso, óbvio.*

Clotilde bate na porta. É estranho estar ali novamente. Ela não põe os pés naquela casa desde o início das férias. Após o falso aborto, os dois haviam se concentrado nos estudos e o amor vespertino foi esmorecendo até desaparecer. Na noite em que comemoraram a formatura na casa da mãe de Adrien e depois no lago da floresta, ela dormiu na casa dele. Étienne a tomara rapidamente, bêbado demais para perceber que sua barriga e seus seios tinham crescido.

Ela aguarda alguns minutos e, como ninguém abre a porta, entra. Ouve barulhos ao longe, a porta da sala que dá para o jardim está aberta. Clotilde aproveita para subir e entrar no quarto de Étienne. Se alguém lhe perguntar o que está fazendo ali, vai dizer que Étienne pediu que ela o esperasse ali, "como sempre".

Começa a procurar a carta. Nada ali por cima. Abre as gavetas da escrivaninha, folheia algumas revistas *Rock & Folk*, um dicionário Larousse, vasculha as estantes, não encontra nenhum envelope. Olha dentro do lixo: só guimbas de cigarro e um velho guia de TV. No armário, roupas nos cabides e lençóis dobrados.

Ela se senta na cama e pensa. A mochila coberta de rabiscos e broches do Nirvana e do Pearl Jam lhe chama a atenção de repente, presa na janela, atrás da cortina. Todos os colegas de escola de Étienne haviam deixado suas marcas. Ela reconhece uma frase escrita por ela com caneta de feltro preta debaixo de uma das alças: MAIS QUE ONTEM E MENOS QUE AMANHÃ.

Ela abre a mochila e encontra lições copiadas apressadamente em folhas duplas, um manual de trabalhos práticos, um álbum do Velvet Undergound. Mas nenhuma carta. Pega a agenda de 1993-1994, onde Étienne desenhava bonecos de todos os tipos quando ficava entediado nas aulas. Não dava a mínima para os estudos, bastava seguir Nina Beau ou Adrien, o magricelo, para passar de ano.

Clotilde folheia a agenda, página por página. Encontra um ingresso para o show da banda Indochine no dia 29 de abril de 1994. Lembra que Étienne quis ir com os dois outros, e não com ela.

Onde está aquela merda de carta? E por que ela a enviou? Estava arrependida. E se ele não a tivesse recebido? E se estivesse um caos nos correios por causa da morte do carteiro?

"Me livrei!"

O olhar de Clotilde se demora nessas palavras rabiscadas por Étienne no dia 25 de maio de 1994. Ela demora alguns segundos para entender. Não saberia dizer se são as palavras ou o ponto de exclamação que a chocam mais.

Não, o que a perturba mesmo é a data na qual ele escreveu aquilo. O dia 25 foi quando Étienne a deixou na entrada do hospital de Autun.

Como pôde fazer isso?

E sem erros de ortografia. Logo ele, que comete tantos.

*Esse babaca de merda é mesmo um escroto.*

Agora ela está pouco se lixando se ele recebeu a carta. Seu sangue ferve. Ela joga a agenda no lixo, sai do quarto a toda velocidade e dá de cara com a sra. Rancoeur.

— Ah, Clotilde, tudo bem?

— Tudo.

— Está esperando o Étienne?

— É.

— Não ouvi você entrar... Te vi outro dia na pizzaria... O trabalho está indo bem?

— Está.

— Que tristeza, o coitado do carteiro... E a menina, o que vai ser dela agora? Ainda bem que a sra. Beaulieu está cuidando de tudo. No fundo, é bom que o Étienne a leve para Paris. Ela vai mudar de ares.

— ...

— Está quente demais lá fora, você pode me ajudar a trazer a mesa do jardim pra sala?

— Está bem.

— Foi bom você chegar antes, eu estou atrasada nos preparativos... Você pode me ajudar enquanto os outros não chegam.

Enquanto Clotilde ajuda com os últimos detalhes, pensa naquele "Me livrei!" escrito no dia 25 de maio. As palavras não a deixam em paz. Morre de vontade de roubar alguns remédios da família para criar uma combinação mortal e colocar no copo de Étienne. Mal acabou de arrumar as tigelas de frutas e os refrescos quando ele chega. Ela sente seu perfume antes mesmo de ouvir sua voz. Paixão é isso, é adivinhar a presença do outro.

— A gente se vê hoje à noite? — diz ele ao seu ouvido.

*Me livrei*, pensa Clotilde.

— Onde? — pergunta ela.

— Não sei, um lugar calmo.

— Está bem.

Clotilde vai falar com Nina. Diz: "Sinto muito pela sua perda." Nina responde: "Obrigada pela gentileza."

Clotilde fala sem nenhuma sinceridade. Nina responde sem pensar, como um robô.

Clotilde se senta no sofá ao lado de Étienne e da sua "melhor amiga". Ela não sabe o que fazer com as próprias mãos quando Étienne segura a de Nina. Procura seu olhar, mas ele olha fixamente para a parede à sua frente.

Uma hora depois, Clotilde finalmente se levanta.

Sugere a Étienne que eles se encontrem às nove da noite no lugar de sempre, debaixo da árvore deles. Ele diz: "Ok, até mais."

Depois, mais nada.

A rua diante da casa dos Beaulieu. As calçadas fervendo. Ela volta para casa sozinha.

Dali a quinze dias, Étienne e Nina vão morar em Paris. E ela? O que vai ser dela?

Tem vontade de viver ou de morrer?

Por que Étienne sugeriu que se encontrassem esta noite? Deve estar planejando terminar com ela direito.

*Me livrei.*

Ela sai outra vez por volta de 19h30. Trocou de roupa, está usando um chemise preto de bolinhas brancas fácil de tirar, com botões de joaninha na frente.

*Joaninha mocinha*
*Besouro ao léu*
*Joaninha mocinha*
*Voa rumo ao céu...*

Ela leva uma hora para chegar no lago a pé. Está ansiosa para tirar a carteira de motorista. Seus pais nunca lhe deram permissão para andar de moto ou lambreta, era perigoso demais.

Mas não tão perigoso quanto amar Étienne.

Ela atravessa La Comelle, passa pela igreja e depois pela última área residencial, que termina numa estrada rural. Um carro que se aproxima no sentido inverso desacelera e para ao alcançá-la. Ela não reconhece o motorista quando ele abre a janela.

— Posso te dar uma carona?

TRÊS                                                                          461

É o jovem Damamme. Estava no enterro de manhã, e na casa dos
Beaulieu à tarde. Dá para ver que está caidinho por Nina Beau. Clotilde
fica surpresa de vê-lo ao volante de outro veículo que não seu carro esportivo, e de encontrá-lo ali, naquela estrada deserta. Não era o tipo de sujeito
que frequentava as regiões periféricas de La Comelle.

Ele não espera que ela responda e manobra. Clotilde hesita, então
senta no banco do passageiro.

— Está indo pro lago? — pergunta ele.

— É.

— Não é bem um lago, é mais um esgoto, não é? — diz ele em tom
de zombaria.

— Depende.

— Depende do quê?

— Tem lugares que são limpos.

— O que você vai fazer lá?

— Tenho um encontro. Com o Étienne.

— Ah. Faz tempo que vocês estão namorando?

— Nove meses. E você? Está namorando com a Nina?

— Mais ou menos.

— Mais? Ou menos?

— Com a morte do avô dela, menos. Além do mais, eles vão embora.
O seu namorado vai levá-la pra Paris.

— Você parece triste.

— Você também. Estamos empatados.

— Não tem lugar pra gente na história deles. São três. Sempre vão
ser três... Se você não gosta do lago, está vindo de onde assim? — pergunta Clotilde.

— Segui a moto do Étienne.

— Por quê?

— Estava com vontade de matar ele.

— Está de brincadeira.

— Sim. E não. Você não tem vontade de matar ele?

— Tenho. Às vezes — confessa ela.

— Está vendo, ele machuca todo mundo.

— E como ele machuca você?

— Nina.

— Mas não tem nada entre a Nina e o Étienne! — exclama Clotilde.

— Como você é ingênua... Posso te deixar aqui?

Emmanuel Damamme deixa Clotilde Marais na beira da estrada, bem ao lado da moto de Étienne, e vai embora no mesmo instante.

Étienne está deitado de costas, debaixo da árvore onde eles sempre se encontravam, coberta de iniciais e corações. Mas não deles. Muito cafona. O mato alto esconde parcialmente Étienne. Clotilde reconhece o cabelo e a camiseta dele. Ele não se move. De repente, ela se pergunta se Damamme o machucou. O sujeito é tão estranho.

Clotilde se aproxima dele com prudência, sentindo uma forte apreensão, não era o que ela imaginava ao ir até ali. Parado, Étienne mantém os olhos fechados. A seu lado há um pacote de biscoitos salgados e uma garrafa de uísque aberta. Quando ele abre os olhos, ela faz uma pausa. Deita-se sobre ele para beijá-lo e não consegue conter a visão da loura de Saint-Raphaël, sente vontade de arrancar sua língua, mas vai deixar isso para mais tarde. Primeiro, tinha que brincar. Não se divertir, brincar.

Faz a pergunta que arde em seus lábios:

— Você não recebeu a minha carta?

— Que carta?

Ela vê imediatamente que ele não está mentindo.

Étienne a encara, e o que ela vê em seus olhos não a agrada. Ele não tem o olhar de um jovem apaixonado, mas de um jovem constrangido.

*Me livrei.*

Ela diz que quer nadar, está muito quente... Fala do avô de Nina. E quanto mais ela fala, mais Étienne a encara com frieza. Ela sente que ele vai partir, fugir dela. Então usa sua maior arma. Acaricia-o no lugar certo, onde ela sabe que funciona. Ele reage na mesma hora. Uma vitória pouco gloriosa. Étienne é um garoto fácil. Difícil de manter, mas fácil de satisfazer.

Eles sobem na moto e adentram a floresta, afastando-se dos olhares.

Tiram as roupas ao mesmo tempo, ele com rapidez, ela devagar, para criar o elemento surpresa.

Ele mergulha, se afasta da margem, nada para longe, virando a cabeça de vez em quando para olhá-la. Ela fica de costas, tira sua atadura, pensa: *E se a gente se afogasse aqui, nós dois? Como numa tragédia grega... Morrer com ele seria o fim mais bonito possível...* Ela já imagina as manchetes: "Trágico acidente, dois jovens apaixonados perdem a vida."

TRÊS                                                                                                                     463

Seriam sepultados juntos. Gravariam seus nomes lado a lado pela eternidade, como Romeu e Julieta. "Aqui descansam Étienne Beaulieu e Clotilde Marais. 1976-1994."

Mas como segurar Étienne debaixo d'água? Ele é muito mais forte que ela. Teria que estar drogado ou extremamente embriagado.

Ela o observa de longe e espera sua cabeça estar submersa para mergulhar também. Nada na sua direção rindo alto demais, ela sabe disso, mas não consegue conter o nervosismo imaginando a expressão dele quando descobrir sua barriga.

Ela se junta a ele no meio do lago, pensando que talvez ele a faça desaparecer, a afogue para se livrar dela de uma vez por todas agora. À exceção de Nina e Damamme, ninguém sabe que eles estão juntos esta noite.

*Melhor assim, acabamos logo com isso.*

— Tenho uma surpresa — sussurra ela.

Clotilde mergulha, dá algumas braçadas e vem à tona para boiar. *O resultado deve ser espetacular,* ela pensa, estufando a barriga o máximo possível.

Vê Étienne mudar de cor ao avistar seu ventre. Vê que está repassando a toda velocidade o dia 25 de maio na sua mente, e entendendo que foi enganado, que é um idiota, que deveria ter suspeitado.

Ele é incapaz de falar qualquer coisa, enquanto ela finge alegria, desafiando-o com o olhar, um sorriso malicioso nos lábios. Espera que ele se jogue sobre ela, empurre sua cabeça, afogue-a. Ela pensa numa segunda hipótese, a mais terrível de todas: *Ele me mata e passa o resto da vida na cadeia. A mais bela vingança.*

Mas nada acontece como Clotilde imagina. Ele desaparece dentro d'água. Ela sente medo. Chama seu nome. Grita seu nome. Quando ele reaparece, já está próximo da margem.

*Covarde, está fugindo mais uma vez.*

Ela reúne todas as suas forças para alcançá-lo nadando. Foi muito bem na prova final de natação.

Em alguns segundos, ela agarra os tornozelos de Étienne para impedi-lo de sair da água. Pensa nas palavras de Damamme: "Você não tem vontade de matar ele?"

Mas Étienne é forte demais para ela. Ele se debate e sai da água correndo como se fugisse do diabo.

Ela segura uma raiz e sai do lago também. Só há desprezo no olhar de Étienne. Aliás, ele não olha mais para a barriga dela, mas para os olhos, com um ódio que o deixa desfigurado.

Clotilde o perdeu.

Ela desaba em prantos:

— Relaxa, eu não vou te pedir nada. Ninguém sabe, nem meus pais. Pega sua bolsa e mostra para ele o dinheiro que guardou.

— Olha, eu tenho um monte de dinheiro. Vou embora.

— Embora pra onde?

— Ainda não sei... Hoje, nosso encontro, era pra você terminar comigo, né?

Ela está enlouquecendo, enchendo o saco dele. Étienne não a aguenta mais, ele a detesta. Se ela continuar falando, ele vai embora e ela não vai vê-lo nunca mais. Precisa se acalmar, dar um jeito de segurá-lo. Nem que o apague com uma pedrada. Está quase confessando a verdade, que ela perdeu o bebê, que a natureza fez o trabalho para ele.

— Puta merda, eu não tenho nem dezoito anos... Por que você fez isso? — geme Étienne depois de beber grandes goladas de uísque.

— Não tive coragem de fazer um aborto.

— Não acredito em você, Clotilde. Fala que você quis me prender. Mas não vem com essa baboseira de coragem pra cima de mim.

Ela se veste rapidamente. Na água, sua barriga engana, mas agora ela tem medo, sente-se vazia.

Sentado na grama, ele aperta um baseado. Suas mãos tremem.

Ela se senta ao seu lado.

— Quando nossos pais souberem, eles vão pirar... Os seus e os meus — diz ele, molhando a seda com a ponta da língua.

— Vou embora antes que eles fiquem sabendo — respondeu ela.

— Mas pra onde você vai, pelo amor de Deus?!

Ela sorri.

— Eu sempre me virei.

— Não quero ter filho. Nunca quis. Nunca vou querer. Você me enganou. É horrível.

— E você, não é horrível por querer me largar?

Ele fecha os olhos. Ela sente, sabe que o está irritando. Gostaria de fazer amor com ele uma última vez. Ganhar tempo. Agora não liga mais se vai viver ou morrer. A única coisa que importa é tocá-lo. Vê-lo gozar. Ela tem esse dom que as outras não têm. Com ela, ele tem prazer. Ela sabe fazê-lo decolar. Ele está deitado, ela passa a mão pelo seu corpo, ele a afasta, uma vez, duas vezes, e acaba cedendo. Clotilde o acaricia por muito tempo, vê seu sexo em ereção, o manipula, ele geme cada vez mais alto, sua respiração se agita, ele goza nas mãos de Clotilde. Suas pálpebras permanecem fechadas, ele não diz mais nada, seu baseado apagado ao lado da garrafa quase vazia.

*É o fim do mundo*, ela pensa. Ele nem sequer a olhou. Ela o enoja. Seu corpo deformado pela gravidez o enche de repulsa. Ele tem dezessete anos, quer mulheres jovens e belas.

Ela observa Étienne adormecer. Seu hálito tem cheiro de álcool. Tem migalhas de biscoito ao redor dos lábios. Ele também a enoja.

Ainda está calor, mas ela sente frio de repente. Quer voltar para casa, para o seu quarto. *Não, meu quarto, não. Meu chuveiro, não. O ralo, não.* Ela nunca mais quer ver os pais, nem ninguém.

Clotilde se veste, tem lama seca nos pés e nas pernas. *Estou suja.*

Caminha pela floresta em busca da estrada de terra que leva de volta a La Comelle. Ela se situa pelas luzes na linha do horizonte. Depois de cerca de dez minutos caminhando sob as árvores, ouve vozes distantes e música eletrônica tocando.

Quando ela encontrar a estrada, faltarão dois quilômetros para alcançar as primeiras casas.

*Noventa e nove quilômetros, noventa e nove quilômetros... Não precisa ser mais óbvio, essa história já acabou...*

Ela não vai ver Étienne outra vez. Dali a alguns anos, talvez eles se esbarrem por acaso no supermercado, ou na tabacaria de La Comelle, e digam: "Oi." "Ah, oi. Esse é o meu marido." "Olá, prazer, essa é a minha esposa... Como vai? O que tem feito?... Até mais."

*Acabou. Acabou*, ela pensa ao chegar na estrada de terra.

Ela pula por cima da vala que separa a estrada da floresta. Ouve um carro atrás de si. Um carro vindo do lago. O jovem Damamme? Talvez ele os tenha seguido. Talvez os tenha visto na água, e depois, quando ela... Tudo escurece na sua mente.

Terceira hipótese. Vão encontrá-la morta, atropelada: acidente banal ou suicídio? Ela estraga a vida de Étienne Beaulieu, que se sente culpado. *Até parece, ele vai se recuperar muito rápido.*

Clotilde sente um cansaço imenso.

*A gente faria o mesmo*
*Se fosse para recomeçar*
*É simplesmente, simplesmente*

*Um sábado à noite na terra...*
*Ele chega, ela o vê, ela o deseja*
*E seus olhos fazem o resto*
*Ela dá um jeito de acender o fogo*
*Em cada gesto...*

*Maldita música... Que dia é hoje mesmo? Quarta-feira. Como quando eu engravidei...*

O carro que levanta uma nuvem de poeira vai alcançá-la em breve. Clotilde se vira enquanto caminha a toda velocidade, avalia a distância, não enxerga o motorista que acelera de repente.

Cinco metros, quatro metros, três metros, dois metros, ela se prepara para pular.

# 81

*2 de janeiro de 2003*

Alguém bate na porta do seu estúdio. Dois cachorros latem.

Três batidas rápidas. Lili nunca faz aquilo. Sabe que Nina vive com medo, quando tem uma emergência ou uma informação para lhe dar, ela grita: "É a Lili!"

Quem acaba de entrar no refúgio? Às nove da manhã, ele está fechado ao público. Quanto aos funcionários, eles ainda não parecem suspeitar que alguém está escondido naquele barraco.

Nina não ousa se mover. Ainda está deitada na cama, grogue sob o efeito dos analgésicos que lhe receitaram na véspera no hospital. Ela ergue o lençol até o queixo. Batem outra vez. E mais outra.

Ela cerra os punhos e grita, hesitante:

— Quem é?

— Sou eu.

Nina reconhece a voz, se acalma, respira melhor.

Ela se levanta, veste um casaco comprido, faz uma careta de dor por causa da mordida. O cachorro ficou com medo quando ela se aproximou. Nina sabe melhor do que ninguém o que o medo pode fazer.

Ela passa uma das mãos pelo cabelo e abre a porta.

O imenso vulto de Étienne aparece na soleira. Ela sente seu perfume. Nina tem vontade de se jogar em seus braços, mas não faz nada. Na última vez em que o viu, ele estava com raiva e a largou no meio de um restaurante em Lyon.

Eles não se dão dois beijinhos. Ele entra. Observa o cômodo, se demora na bancada onde ela deixou pincéis, cola, papéis, tubos de tinta, arame, pérolas, mosaicos… Uma lâmpada de cabeceira cujo pé acaba de ser pintado seca ali no meio.

— Eu faço coisas pro abrigo — diz Nina, como que para justificar aquela bagunça. — Como você me achou?

— Um informante.

— Sim, e o que mais?

— O hospital...

Étienne olha o curativo no tornozelo de Nina. Ela usa um casaco longo, suas pernas estão nuas. Ela está mais parecida com a Nina que ele conheceu na infância: magra, os braços e pulsos finos. Seu corpo e seu rosto recuperaram a graça. Mas mora num pardieiro, junto com cachorros. O lugar é quase miserável. Ele não ousa dizer isso a ela. Se Nina não estivesse com o curativo no tornozelo, pareceria alguém que acaba de chegar de férias. Parece tão mais serena que da última vez em que ele a viu, quando morava naquela espécie de fortaleza com o psicopata...

— Você nunca saiu de La Comelle — acaba dizendo ele, como que para si mesmo. — Está morando aqui há... dois anos?

— Dois anos e dois meses.

— Que loucura.

— Tenho medo de que ele me ache — confessa Nina.

— Damamme?

— É.

— Vou dar um jeito nisso.

A expressão de Nina muda, se tensiona, em pânico.

— Ninguém pode dar um jeito nos loucos. Nem a polícia. Você não pode falar com ele. Ele vai fazer você dizer onde eu estou... Jura pra mim?

— Juro — diz Étienne de má vontade.

— Obrigada — fala ela, unindo as mãos.

Ela vai até a chaleira, pega duas xícaras e dois sachês de chá. Étienne não tem coragem de recusar.

— Você tem notícias de Adrien? — pergunta ela.

Nina vê passar uma sombra de ciúme no olhar de Étienne. Ele mal entrou ali e ela já está falando do *outro*.

— Parece que largou tudo de repente. Paris, as peças de teatro, a vida boa. Segundo Louise, ele está viajando. Às vezes eles se encontram... Você sabe, eles sempre foram estranhos... por que não podem se casar e ter filhos como todo mundo?

— Por que você veio aqui, Étienne?

— Pra te ver. Eu perdi a cabeça da última vez por causa da carta da Clotilde... Fiquei arrependido... Porque depois você foi embora... e eu te deixei na mão quando você estava mal... Como está ganhando a vida?

TRÊS                                                                    469

— Não estou.

Étienne encara Nina, incrédulo.

— Não é caro me manter... Quis vender minhas joias de família, mas Lili não deixou. Lili é a diretora do abrigo. É minha amiga. Ela me salvou. Compra duas ou três roupas por ano pra mim, na promoção, pasta de dente e sabão, aspirina quando tenho dor de cabeça. Lavo minhas roupas na casa dela. Ela tem uma horta, eu me sirvo quando quero. Faz legumes e biscoitos caseiros. Em troca, eu ajudo a cuidar de tudo aqui e faço um monte de coisa que a gente vende nos dias de portas abertas.

— Mas você pensa em ficar muito tempo aqui?

— Não sei.

— Mas, Nina, isso não é vida!

— É a minha vida.

— Você está vivendo como uma fugitiva! E não fez nada de errado!

— Fiz, sim. Errei quando casei com Emmanuel Damamme.

— Você tinha dezoito anos! Tinha acabado de perder seu avô.

Nina estende uma xícara de chá para Étienne e olha lá fora, perdida em seus pensamentos.

— Pode pedir pra Marie-Laure ir até o cemitério, por favor? Não posso ver o vovô, queria que ela checasse se está tudo bem... deixasse flores lá de vez em quando... Mas você não me viu. Não sabe onde eu estou.

— Nina, você não pode ficar nessa situação.

— Essa situação me convém. Estou bem aqui... Étienne, eu te conheço bem o bastante pra saber o que você pensa desse lugar, pra ver o nojo no seu rosto quando olha as paredes, as juntas, a janela ferrada, mas você não imagina como me sinto bem. É claro que eu ia adorar passear pela cidade livremente e tomar café num terraço, mas ainda não me sinto pronta. Sei que Emmanuel está me procurando, sinto isso. É irracional, você deve estar me achando louca, mas enquanto a Lili estiver perto de mim, vou me sentir segura.

— Sua Lili se chama Éliane Folon... Sabia que ela era puta?

— ...

— Ela chegou a ser presa e...

— Quero que você vá embora, Étienne.

— Não me leve a mal, Nina, mas admita que você tem um dom pra se cercar de pessoas estranhas.

— Levo a mal, sim. Você veio aqui pra aliviar sua consciência? Pois então, estou bem, pode voltar pra Lyon. Não estraga a única pessoa que me estendeu a mão sem esperar nada em troca.

— Até o dia em que ela te colocar na calçada?

— Vai embora, Étienne.

— Como quiser.

— Eu quero. Obrigada pela visita.

— Você continua insuportável.

— Faço o possível.

Nina se arrepende. Tem vontade de segurá-lo, quer que ele se sente outra vez. Que aquela conversa recomece do zero. Étienne certamente foi ali lhe propor uma solução. Com certeza ele tinha boas intenções. Ela precisa convencê-lo com delicadeza a não ir embora.

— Conheci alguém — diz ele, na soleira da porta.

— Fico feliz por você.

— Pode me ligar quando quiser... Não mudei de número...

— Eu não uso mais meu celular.

Eles se entreolham uma última vez. Nina leva uma das mãos ao rosto de Étienne, ele a pega e beija seus dedos.

Étienne passa pelo canil. Dois jovens limpam o chão com um jato de água, uma passeadora amarra um vira-lata meio collie e se dirige para a saída, Étienne lê a ficha do cão preso na grade: DEBBY: RAÇA PASTOR X, FÊMEA, ESTERILIZADA. NASCIDA EM 1999, NO ABRIGO DESDE 2001. Dois outros cães latem abanando o rabo.

Quando ele passa diante da sala que fica ao lado da entrada, Lili o interpela:

— Foi ver a Nina?

— Sim.

— Ela contou que está com medo?

— Sim.

— Você é o policial?

— Sou.

— Vai fazer alguma coisa pra prender aquele louco?

— Não.

TRÊS                                                                    471

— E o que está esperando? Que ele venha aqui matar ela?

— Não vou receber ordens suas. Sei quem você é, o que fez.

— O que eu fiz só diz respeito a mim, rapaz.

Étienne se arrepende na mesma hora de suas palavras inapropriadas. Tem raiva de si mesmo, não daquela pobre mulher.

— Me desculpe.

— Desculpo.

— ...

— É uma boa menina. Quando a encontrei, parecia uma criatura miserável. Não fica plantado aí, entra pra beber um café antes de ir embora.

Étienne a segue. Ocupa a poltrona destroçada de frente para Lili. Ela afasta os papéis e põe duas xícaras fumegantes em cima da mesa. Éliane Folon usa uma calça de náilon verde e um casaco comprido com pompons amarelos e rosa. Seu cabelo está preso num coque com uma grande presilha preta.

— Viu minha ficha? — pergunta ela.

— Vi. Tentativa de homicídio.

— Um passado sombrio.

— Não sou juiz.

— É, sim, rapaz. Acaba de jogar na minha cara que sabe o que eu fiz, que nem um procurador.

— ...

— Mas está desculpado, como eu disse.

— Como você veio parar aqui? — indaga Étienne.

— Saí há dez anos. Meu conselheiro penitenciário encontrou um trabalho pra mim em La Comelle. Como faxineira na fábrica Magellan. E por causa de uma história com um cachorro maltratado, eu conheci a antiga diretora do abrigo, que acabei substituindo. Basicamente, os cachorros salvaram a minha vida. Então agora eu salvo a deles.

— Por que está ajudando a Nina?

— Ela me lembra uma menina que conheci na minha outra vida. Só que a outra morreu... Quando tentei intervir, o cafetão já tinha feito ela desaparecer. Sabe, eu tenho um dom pra enxergar o medo do olhar das meninas, e Nina tinha esse medo nos olhos.

Étienne cerra os punhos. Percebe que deixou passar tudo. Foi um amigo de fachada.

— Quem é o sujeito que você tentou matar?

— Meu namorado.

Étienne fica surpreso com a resposta de Lili. Achou que ela ia dizer "meu cafetão" ou "meu cliente". Ela dá uma gargalhada.

— Sua cara! Estou brincando. Um sujeito horroroso, pra falar a verdade. Uma manhã, por causa de um xingamento e um tapa a mais, eu o fiz sangrar. Ele se recuperou, mas deixei uma bela cicatriz. Depois, o tempo se encarregou das coisas, ele tomou uma bala perdida. Estava no lugar errado na hora errada, você pode pensar, mas eu acho que Deus escolheu o lugar certo e a hora certa pra empurrar o sujeito pra saída.

# 82

### 29 de dezembro de 2017

Nós três estamos sentados lado a lado no chão de uma balsa que nos leva a Palermo, ao sol, com o queixo apoiado nos joelhos dobrados. Étienne à esquerda, Nina no meio e eu à direita. Encostados no parapeito, deixamos que o calor do ar nos embale. O mar parece nos observar.

— A Primeira Guerra Mundial foi há cem anos.

— Que doido, Nina... De onde você tirou isso? Você não mudou nada e eu acho isso "irado", como diria meu filho. Por que está pensando na Primeira Guerra?

Nina sorri, deixando a luz entrar.

— Não sei, as trincheiras, o tempo que passa... O tempo ficou mais arrastado quando a gente parou de se dar parabéns, nós três. Foi um silêncio danado na minha cabeça da primeira vez. Todos os acontecimentos que marcam um ano, e, de repente, nada. Sendo que antes a gente comentava tudo.

— Eu nunca fui bom com datas — lembra Étienne.

Ele acende um cigarro. Vejo que Nina morre de vontade de interromper seu gesto, de soprar a chama do isqueiro, mas não ousa.

Eu fico calada, como sempre. Esse silêncio me faz bem. E sei que nem Étienne nem Nina vão perguntar por que estou quieta. Conhecer alguém desde a infância também é isso.

— Por que vocês vieram comigo? Por que estão fazendo isso por mim? — questiona Étienne. — No fundo, eu sempre fui desleal com vocês.

— Desleal? — exclama Nina. — E o dia 2 de janeiro de 2003, quando você visitou o abrigo? Não sei o que você fez, nem o que aconteceu, mas aconteceu.

— Do que vocês estão falando?

— Do dia que eu te liguei — responde Étienne para mim. — Você estava em Cagliari com a minha irmã. Pertinho daqui. Lembra?

— Como eu poderia esquecer? Foi a última vez que falei com você, até quatro dias atrás.

— Vocês se falaram aquele dia? — pergunta Nina levando as duas mãos à boca, feito uma menininha pega no flagra.

Eu me contento em dar um sorriso como resposta e volto ao meu silêncio. Étienne fecha os olhos, estica as pernas.

Lembra-se do olhar de Éliane Folon, Lili, como a chamava Nina, no escritório do abrigo, duas bolas de gude verdes encarando-o. Fazendo-o compreender que estava mais do que na hora de "dar um jeito" em Emmanuel Damamme para que Nina recuperasse um esboço de vida.

Ao sair do abrigo, Étienne telefonou para Adrien, sem muita fé. Ele atendeu na mesma hora.

— Achei que você tinha mudado de número — foram as primeiras palavras que Étienne falou.

Os dois não se viam desde o confronto violento no restaurante La Lorraine.

— Pra quê? Ninguém me liga, a não ser Louise e meu antigo editor.

— Achei que não ia me atender.

— Se você está me ligando, é pra falar da Nina. Ou não me ligaria. Teve notícias dela, é isso?

— É. Eu a encontrei. Pessoalmente.

— Onde ela está?

— Você não vai acreditar...

A última vez que Étienne pusera os pés na propriedade Damamme fora na noite da final da Copa do Mundo de 1998. Por que não arrancara Nina daquela vida naquele dia? O que o impedira? Ela já parecia tão infeliz.

No dia 2 de janeiro, Étienne encontrou Emmanuel em casa, às dez da manhã, desgrenhado, magro e sozinho. Sua barba havia crescido, usava uma camiseta e uma cueca samba-canção. Dava pena de olhar.

— Veio me desejar um feliz ano-novo? — ironizou ele ao ver Étienne.

— O que aconteceu para você ficar nesse estado?

— O amor — disse ele com uma risadinha. — Você sabe onde a Nina está?

— Esquece ela.

— Nunca.

— Por quê? Se ela te largou é porque quer que você a esqueça.

— Pode ser, mas eu quero ver a Nina.

TRÊS 475

— Você devia deixar pra lá de uma vez por todas.

— Foi pra me dizer esse tipo de idiotice que você veio aqui?

— Você pode ter problemas. Problemas sérios.

— De que tipo?

— Do tipo definitivo.

— Está me ameaçando?

Emmanuel gesticulou de forma grotesca, cantando cada vez mais alto:

— Étienne Beaulieu está me ameaçando! Étienne Beaulieu está me ameaçando!

— Entendo por que ela foi embora, você é totalmente louco.

Emmanuel parou com seu teatro. Um longo silêncio se instalou entre eles. Finalmente:

— Então... você sabe onde está a Nina? Anda, me diz. Diz! Diz! Diz! — gritou Emmanuel, pulando feito um menino histérico.

Étienne se sentou no sofá. Tudo acontecia conforme previsto.

— Por que hoje? Por que você apareceu na minha casa? Você a viu? Sabe onde ela está? Sim, é isso, porra! Admite que você sabe! — berrou Emmanuel antes de dar um soco na parede.

— Seu psicopata de merda... — murmurou Étienne entredentes.

Emmanuel ficou sério de repente.

— Vai à merda, Beaulieu, você e seu moralismo... De qualquer forma, estou vendendo minha empresa e depois vou embora.

— Pra onde?

— Ainda não decidi. Longe. Muito longe. Você tem razão, tenho que esquecer aquela puta.

Étienne se segurou para não esmagar a cabeça dele ao ouvi-lo insultar Nina.

— Você sabe que fui eu que levei a Clotilde Marais pro lago na noite que ela desapareceu? Você disse pra todo mundo que ela não foi, mas eu sei que você mentiu... Deixei ela do lado da sua moto...

Étienne fez cara de quem não acreditava naquilo. Mas Emmanuel o atingira em cheio. Devia estar jogando verde para colher maduro. Como aquele louco podia ter cruzado com Clotilde naquela noite? Emmanuel percebeu a confusão de Étienne, que estava preparado para tudo, menos para aquilo.

— O que você fez com a coitada? — disse Emmanuel.

— Não vim aqui pra falar da Clotilde, mas sim da Nina.

— Você não acredita em mim, é? Mas posso descrever o vestido que ela estava usando aquela noite, preto de bolinhas brancas. Com botões na frente, botões vermelhos em forma de joaninha. E usava tênis brancos. Eu lembro porque pensei que não era uma boa ideia usar tênis branco para andar lá.

— Você é mitomaníaco — retorquiu Étienne. — Todo mundo sabe o que ela estava usando... Estava nos cartazes de busca... Além do mais, o que você estaria fazendo naquele lugar? Tem uma piscina olímpica no meio do seu jardim... Você nunca frequentou o lago.

Emmanuel Damamme deu um sorriso ao mesmo tempo maldoso e infeliz. Étienne ficou entre a pena e a aversão. O homem que perdera tudo estava obviamente agonizando e não controlava mais nada. Olhava para Étienne sem vê-lo, perdido nos seus pensamentos.

— É a primeira vez que me dou conta de que seu nome tem a palavra "beau", de bonito.

— ...

— No dia do enterro, eu vi vocês chegarem na casa do avô da Nina de tarde, você e o veado. Esperei, e vi você ir embora sozinho. Não sei por que, mas te segui, vi você entrar e sair da sua casa, subir na moto. Eu só tinha uma vontade: jogar você na vala. Estava atrás de você, não no meu carro... num da empresa. Quase te atropelei várias vezes... Adeus, Beaulieu. Só não fiz isso por causa do avô da Nina. Seria morte demais de uma vez só. Fiquei com medo de ela não suportar. Depois vi você deitar na grama na beira do lago, quer dizer, do esgoto público, enchendo a cara de uísque. Então tive um momento de lucidez, me perguntei o que eu estava fazendo ali. Enquanto voltava pra La Comelle, vi Clotilde Marais andando na beira da estrada. Manobrei e dei carona pra ela. Ela me disse que ia te encontrar. Dava pra ver na cara dela que estava perdidamente apaixonada.

— Foi você que machucou a Clotilde? — perguntou Étienne sem pensar.

— A única maldade que fiz foi deixá-la do lado da sua moto. Você é quem mais se envolveu nessa história, então não me venha com lição de moral!

— Você ficou perto da gente? Espionou a gente?

— Não. Voltei pra cá.

— Mentiroso.

— Eu não estava nem aí pra vocês dois, a única coisa que me interessava naquela hora era a Nina. Eu tinha que estar em casa caso ela precisasse de mim. Não existia celular. Eu esperei horas ao lado do telefone. E o milagre aconteceu. Quando eu achava que nunca mais veria a Nina, ela me ligou, pediu pra eu ir buscá-la. Estava sozinha com o veado...

— Para de chamar o Adrien assim.

— Por quê? Tem uma quedinha por ele? A Nina não é o suficiente pra você?

Emmanuel se contorceu de rir. Uma risada doída que deformou seu rosto.

— E por falar na Clotilde, você sabe que sou eu que ligo pra polícia dizendo que você estava com ela naquela noite?

Étienne se segurou para não atacá-lo. O sujeito não era louco, era perverso, manipulador. No entanto, ficou quase aliviado com aquela confissão. Pensara muitas vezes que o desconhecido que o denunciava à polícia era seu próprio pai. Aquele pai que não o amava a ponto de acusá-lo do pior.

— Inclusive, fui eu que liguei pra TV quando falaram do caso dela — continuou Damamme. — Sempre sonhei em ver você na prisão... Quando penso que virou policial... Você é uma fraude, Beaulieu. Anda, admite que matou a Clotilde Marais.

Esquecendo toda e qualquer estratégia, Étienne não conseguiu mais se conter e falou:

— Eu não sou louco, não aterrorizo mulheres, ao contrário de você. Aliás, nenhuma mulher nunca me abandonou.

Emmanuel pegou uma frigideira no fogão e bateu em Étienne com tamanha violência que ele desmaiou. Étienne foi pego de surpresa...

Quando acordou, em uma poça de sangue, tinha uma ferida de dois centímetros na sobrancelha. Emmanuel não estava mais ali. Étienne conteve o sangramento, louco de raiva de si mesmo. Por que tinha provocado aquele doente? Étienne o procurou em todos os cômodos da casa. Chegou a abrir os armários do quarto, e constatou que todos os rastros da presença de Nina tinham sido apagados.

Ao mesmo tempo, dizia a si mesmo que tanto fazia se ele tinha fugido, aquela agressão o beneficiava: violência contra um representante da autoridade pública. Étienne podia mandá-lo para a cadeia. Contanto que conseguisse achá-lo.

Damamme estava lá, na cozinha, de pé perto do aparador, lívido, ausente, com um copo de água na mão.

Era a hora certa para contar tudo:

— Eu sei onde a Nina está.

Emmanuel olhou para Étienne como se ele fosse o diabo. O que ele aguardava há mais de dois anos, o que buscava feito um caçador enfurecido, de repente não parecia mais querer ouvir. Como se alcançar seu objetivo destruísse sua busca.

Ele se sentou com o copo de água na mão, um condenado aguardando sua sentença. Étienne falou com doçura e condescendência. Escolhendo bem suas palavras.

— Encontrei o rastro da Nina graças a um informante. Ela está morando a trezentos quilômetros daqui. E... acho que está feliz. Mora com um homem dez anos mais velho que ela... Eles têm um filho. Um menininho de nove meses chamado Lino. Vão ter mais um na primavera... Nina conheceu o companheiro no trabalho.

Emmanuel teve vontade de gritar: "Mas eu sou o marido dela!" Então se deu conta de que não, ele não era mais nada.

Étienne continuou, com a sensação de enfiar cada vez mais fundo a lâmina de um punhal.

— Ela trabalha num ateliê de restauração de quadros. Era o sonho dela. Você sabe que ela sempre gostou de pintar... Sinto muito... Eu nunca gostei de você, Damamme, mas você merece a verdade, estou vendo que não está bem... por causa de alguém que não existe mais. Você está morto e enterrado pra ela. Nós também, eu, Adrien, meus pais, La Comelle. A gente nunca mais vai ver a Nina.

— Onde ela mora? — Emmanuel teve forças para perguntar.

— Em Annecy, uma casa bacana na beira do lago... Eu fui lá ver. Foi um choque... A vi de longe, grávida, bonita. Estava passeando com o filho no carrinho, um cachorro na coleira... Ela virou a página. Você tem que fazer o mesmo. Acabou.

Emmanuel se deitou em posição fetal, com os joelhos dobrados, e começou a chorar. Ele, que imaginava sua esposa perdida, sozinha, arrependida e tremendo de medo. Nunca havia imaginado aquela cena. Outro homem, dois filhos, um cachorro... Ela havia construído uma nova vida. Encontrá-la, matá-la, suicidar-se, tudo isso de repente lhe pareceu muito absurdo. Nina, *sua* Nina, submissa e apavorada, estéril e alcoólatra, estava morta e enterrada. A mulher de Annecy com seus dois filhos já não era mais ela.

Ao voltar para o carro, Étienne ligou de novo para Adrien a fim de avisar que o plano tinha sido um sucesso. Adrien não atendeu.

TRÊS

Quando Étienne saiu do abrigo, antes de ir até a casa de Emmanuel Damamme, ele e Adrien tinham pensado juntos ao telefone.

Tinham que encontrar um jeito de libertar Nina do marido. Mandar matá-lo, impossível. Matá-lo, de jeito nenhum. Convencê-lo a cometer suicídio dizendo que Nina havia morrido não funcionaria. Dar um endereço falso na Polinésia esperando que ele não voltasse era uma fantasia...

Adrien encontrou a solução: simplesmente fazer com que ele acreditasse que Nina havia construído uma vida feliz com marido e filhos. Adrien ditou as palavras para Étienne: o lago de Annecy, o homem, as crianças, o cachorro, o carrinho, a primavera, a restauração de quadros, tudo o que Damamme não fora capaz de oferecer à esposa. Ele jamais ousaria confrontar aquela realidade e talvez abandonasse qualquer esperança de reencontrá-la.

— Dá pra ver que você escreve livros — comentou Étienne, feliz da vida. — É uma puta ideia.

Depois disso, Adrien e Étienne nunca mais se falaram.

# 83

*29 de dezembro de 2017*

Bernard Roi sempre foi mediano. Nunca se destacou na escola. Fazia de tudo para não ser notado. Se Bernard Roi tivesse feito um teste de QI, sua inteligência seria considerada "normal ou média".

Chegou ao oitavo ano do ensino fundamental, mas largou a escola antes do nono e decidiu virar mecânico.

No ano em que completou dezesseis anos, seu patrão, dono de uma oficina em La Comelle, o demitiu devido a seus inúmeros atrasos. Bernard fumava muito baseado, por isso tinha dificuldade para acordar.

No fim de 1994, Bernard foi contratado para trabalhar na usina Magellan, fabricante de peças de reposição para automóveis, onde trabalhou na saída das linhas de produção e no controle de qualidade. A princípio, era um emprego temporário, mas depois foi efetivado. Vinte e três anos sem se destacar. Bernard passou pelos cortes de funcionários e outras demissões voluntárias. Guardou dinheiro, abriu uma poupança, comprou uma casinha e um carro a prestações.

Na época da escola, escutava The Clash e usava camisetas dos Sex Pistols, mas não lembra muito bem por quê. Quando seus filhos lhe perguntam "Pai, como as coisas eram quando você era mais novo?", Bernard responde: "Era ruim, todo mundo dizia que eu me achava muito."

Na adolescência, na festa tradicional de La Comelle, uma senhora a quem ele não ousara dizer não, pegou sua mão e previu que ele teria um casamento mais ou menos feliz e dois filhos, mas que um acontecimento perturbaria sua vida quando tivesse dezessete anos. "É turvo, mas brutal", ela havia dito, pedindo dez francos, os olhos arregalados apontados para as linhas da sua mão.

Bernard não pensou mais no assunto, até o dia em que o "acontecimento" realmente aconteceu. Então ele se lembrou das últimas palavras da senhora: "Diga a verdade, menino, senão você estará perdido."

TRÊS 481

Bernard nunca disse a verdade.

Bernard Roi é um pai gentil com uma vida perfeitamente regrada: de manhã, bebe seu café mergulhando uma *madeleine* na xícara, pega a bicicleta e vai até a usina que fica a um quilômetro de casa. Almoça um sanduíche ao meio-dia e cinco no *seu* banco e volta para casa às 17h30 para ajudar a esposa com as tarefas domésticas.

Este ano, ele tirou férias no Natal, a partir de 22 de dezembro. Mas, ao contrário dos outros anos, ele assistiu aos programas de televisão com os netos sem prestar atenção e respondeu aleatoriamente sim ou não às perguntas que lhe faziam sem ouvi-las.

E, ontem à noite, decidiu tirar aquele peso das costas.

São nove da manhã do dia 29 de dezembro quando Bernard pega sua bicicleta. Não para ir até a usina, mas para ir à delegacia.

Uma sorte no meio do azar: ele dá de cara com Sébastien Larand, que passa pela recepção, um antigo colega de escola que não chegava a ser seu amigo, mas o fato de conhecê-lo tranquiliza Bernard. Ele teria detestado dar de cara com um desconhecido uniformizado ou, pior, ter que lidar com uma mulher.

O policial sorri para ele.

— Oi, o que te traz aqui tão cedo?

— Clotilde Marais — responde Bernard olhando para os sapatos engraxados por sua esposa, Céline.

O sorriso de Sébastien Larand se desvanece na mesma hora. Ele, que achava que ia passar cinco minutos ali e depois ir embora... Há vários dias que os moradores de La Comelle só falam naquilo: o corpo encontrado no fundo do lago seria o da jovem desaparecida? Notícias como essa não eram comuns por ali.

Sébastien e Bernard se conhecem desde crianças. Bernard Roi devia ter um ou dois anos a mais que ele. Não era do tipo que fazia gracinhas, se tinha ido até ali era porque a coisa era séria, pensa o policial.

— Vem comigo. Vamos ficar mais à vontade na minha sala.

— Você não vai me deter? — pergunta Bernard, espantado.

— Isso aqui não é um episódio de *Law & Order*...

No instante em que se senta, Bernard se arrepende de ter ido. Para quê? Que diferença vai fazer?

— Estou te ouvindo — diz Sébastien Larand, servindo um copo d'água para ele.

Após um longo silêncio, Bernard diz:

— Naquele dia, no dia em que ela supostamente desapareceu... a Clotilde Marais... eu não estava bem. Seis meses antes eu tinha sido demitido da oficina. Estava passando por maus bocados, fumando muita erva. Bastante haxixe também. Mas nunca usei nada além disso. Juro pela vida dos meus filhos. Estava calor naquele dia. Um clima triste, também. De manhã tinham enterrado nosso carteiro, um cara gentil. Eu estava mal. Entediado, todo mundo de férias menos eu, como sempre, como todos os anos. Então eu fazia merda... Andava por aí... Não estou atrás de desculpas, hein... Está vendo meu corpo? Na época eu era só osso... Não tinha coragem de ir pra piscina municipal. Por causa da zombaria. "Ei, Roi, você é um fracote", essas coisas. Só restava o lago. Lá eu podia fumar e beber. Eu tinha preguiça de tudo e não tinha carteira, meu irmão tinha pegado a bicicleta... Decidi pegar o carro do vizinho, o sr. Desnos. Não suportava o sujeito porque ele tinha envenenado nosso cachorro no ano anterior. A gente não tinha provas, mas sabia que tinha sido ele. O carro dele estava sempre de porta aberta, era fácil acionar o motor, eu sabia mexer no sistema. Fui pro lago com o cu na mão: sem carteira, carro roubado, maconha e álcool no porta-luvas... Eu não ia devolver aquela lata velha pro Desnos. Ia aproveitar, passear e abandonar o carro em algum lugar. Nadei a tarde toda, longe de olhares, fumei, dormi, viajei. Quando começou a anoitecer, peguei o carro de novo, aquela música estava tocando no rádio, "Foule sentimentale", uma música melosa. Nunca mais consegui ouvir essa música... Porque quando cheguei no fim do caminho, vi uma garota na beira da estrada. Ela se virou uma vez e eu a reconheci. Uma garota de La Comelle que eu já tinha visto na escola, que não andava por aí com gente feiosa que nem eu. Mas fiquei com medo. Paranoico por causa do baseado. Entrei em pânico e acelerei pra ela não me ver dentro do carro roubado. Acelerei pensando: *Passa rápido do lado dela e abaixa a cabeça.* Não tive nem tempo de baixar a cabeça, ela se jogou pro lado, parecia uma mergulhadora ou uma ginasta tentando bater um recorde nos Jogos Olímpicos. Ela se jogou debaixo dos pneus como se estivesse voando. Mirou certinho. Não tive tempo de frear. Gritei. Um medo da porra. Foi tão violento que os faróis estouraram. Fiquei muito tempo atrás do volante sem coragem de sair do carro. Minhas mãos estavam tremendo. Com tudo o que eu tinha fumado aquela tarde, não sabia mais se o que estava acontecendo era realidade ou uma alucinação. E aquela música no

TRÊS 483

rádio. Eu desliguei. O motor ainda estava ligado. Depois eu chorei. E então dei ré. Vi a garota na luz do farol, estirada na estrada. Um animal morto. Pensei de novo no meu pobre cachorro que o outro tinha envenenado, o corpo dele frio no jardim quando eu cheguei. Acabei saindo do carro. Aí procurei o pulso dela. Morta... Por que isso aconteceu comigo? Por que a garota tinha feito aquilo? Se suicidar na minha frente? Por que uma princesa que nem ela se matava na frente de um coitado que nem eu? Eu estava chapado, achei melhor dar um sumiço no carro e na garota e esquecer aquilo. Esquecer tudo. De qualquer forma, quem ia acreditar em mim? Quem? Ninguém. Com todo o álcool e maconha que eu tinha no sangue... o carro roubado, sem carteira, meu pai ia me matar antes que a polícia me prendesse. Peguei a garota no colo, chorando, perguntando por que ela tinha feito aquilo. Eu não parava de fazer a mesma pergunta: "Por que você fez isso?" Os mortos são pesados. Ela parecia leve, mas foi difícil de carregar. Ainda estava quente, com suor debaixo dos braços. Botei ela deitada no banco de trás com o máximo de delicadeza, como se estivesse com medo de machucar a garota. Peguei a estrada do lago no sentido inverso, rezando pra não encontrar ninguém. Achei um lugar que dava direto na água, uma clareira no meio das samambaias, acelerei por uns cem metros, o carro chiou, peguei velocidade, fiz que nem o James Dean em *Juventude Transviada*, abri a porta e me joguei. Quebrei o pulso. O carro voou, como a Clotilde se jogando debaixo dos pneus, e então afundou... Vinte e três anos. Achei que não a encontrariam nunca. Até ler a matéria no jornal. Não precisa perder tempo procurando o DNA ou sei lá o quê. É a Clotilde Marais. O pior é que quando a menina se jogou na frente do meu carro, ela salvou minha vida. Eu nunca mais encostei em droga nem álcool. Ela me fez retomar o rumo na vida. Pensei muitas vezes nos pais dela, mas achei que seria melhor eles pensarem que ela estava viva em algum lugar, como todo mundo dizia. Alguém até disse que a viu no Brasil. Eu não queria ser a pessoa que ia dizer pra uma mãe e um pai que a filha deles tinha se suicidado. Quase confessei quando vi os dois na TV, no programa do Jacques Pradel. Mas na época meu filho mais velho tinha um ano e minha esposa estava grávida do segundo. Sem ofensas a essa gente de Paris, mas eles não sabem como é difícil alimentar e proteger uma família. Às vezes, a verdade fica melhor escondida. Ela dói demais.

# 84

*30 de dezembro de 2017*

Marie-Castille desliga o telefone.

Assimila a informação.

Marie-Laure acaba de ler a matéria para ela. Clotilde Marais teria se jogado na frente de um carro. O sujeito que dirigia não tinha ficha na polícia, era um bom pai de família que havia preferido ficar calado, porque não estava bem na época. Falta provar isso. Talvez ele a tenha atropelado porque estava bêbado, e se livrou do corpo.

Aquele antigo caso estava resolvido. Aquela história havia sido encerrada. Tudo graças a uma obra qualquer da prefeitura que decidiu recuperar uma parte do lago.

Marie-Castille estava perto de Étienne, três semanas antes, quando ele soube que um carro havia sido encontrado no fundo do lago. Ficou branco feito um fantasma. Disse várias vezes:

— Eu vi mesmo, eu vi de verdade, não sou louco.

— O quê, meu amor? O que você viu?

— O carro.

*Quantas vezes Étienne já acordara chamando Clotilde?*, ela pergunta a si mesma. Foi isso que o matou. Devastou. Clotilde Marais foi o animal que roeu Étienne por dentro. Ao morrer, ela o levou consigo, arrastou-o para o túmulo.

Étienne *precisa* saber. Marie-Castille sente isso. É essencial. Se ele souber que não tem nada a ver com aquele desaparecimento, talvez tudo mude. Podemos inverter o sentido dos rios? Às vezes, sim, certamente. Existem correntes contrárias.

Ela precisa voltar para casa, o único que pode contar a ele é Valentin. Marie-Castille suspeita que Étienne tem falado com o filho. Valentin é o único que ainda liga o pai ao mundo, o mundo dos vivos. Se seu marido partiu com Nina e a outra é porque eles representam o passado, não o presente. São fantasmas.

Ela entra no carro e repete em voz alta o que vai dizer ao filho: "Meu amor, quando o papai ligar pra você, sim, eu sei que ele te liga, diga essas palavras exatas pra ele: um homem se entregou no caso do carro no lago. Diz isso mesmo, um homem se entregou pelo caso do carro no lago. Seu pai vai entender."

*Valentin vai fazer perguntas*, pensa Marie-Castille. *Vai perguntar os detalhes desse caso. Merda. O que eu vou responder? Merda! Merda! Merda!*

Ela freia abruptamente e para no acostamento. Desaba sobre o volante, soluçando descontroladamente. Ela não pode dizer ao filho de catorze anos: "Quando o papai era jovem, ele engravidou uma garota que desapareceu na noite em que eles tinham marcado um encontro. Esse fato o assombrou para o resto da vida… e ele foi morrer longe da gente."

Seu celular vibra dentro do bolso. Marie-Castille olha a tela, número desconhecido. Ela assoa o nariz e acaba atendendo. Ouve: "É a Nina."

Palermo, dezoito graus sem vento. Étienne e eu estamos deitados na Spiaggia dell'Arenella, a dois passos da nossa pensão. Faço desenhos na areia, casas estranhas com paredes inclinadas, enquanto Étienne olha o mar. Longe de nós, reconheço o vulto de Nina caminhando na água. É bonito o inverno na Itália.

— Está precisando de alguma coisa? — pergunto a Étienne.
— Não — responde ele, com os olhos fixos no horizonte.
— Está com fome?
— Não.
— Está com dor?
— Não.
— Quer que eu ligue pra alguém? Que eu dê notícias pros seus pais?
— Não. Meu pai não me ama.
— Por que você diz isso?
— Porque eu sei. Ele não deve ir com a minha cara. Talvez se eu tivesse outros filhos, eu amasse um menos que os outros. O amor não se discute.
— Eu não vejo o meu pai desde que escrevi *Filhos em comum*. Há séculos.
— Você não sente falta dele?

— Não dá pra sentir falta de quem você não conhece.

— Ele sabe que no fundo você é mulher?

Negocio tanto com as minhas duas existências que a pergunta de Étienne me pega de surpresa. Sempre que ficamos a sós, ele só fala de mim.

— Minha mãe nunca soube. É o meu maior arrependimento... Ter deixado ela morrer sem contar.

— A Louise... ela sabe que a gente está aqui, em Palermo?

— A Louise sabe de tudo. Quer que eu peça pra ela vir pra cá?

— Não, de jeito nenhum. Quando eu estiver morto... Quero que você faça a operação. Porque eu sei que não fez até hoje por minha causa. Você tem medo do meu olhar. Eu é que te impedi.

— Você não tem nada a ver com isso, Étienne. É muito mais complicado que isso.

— Promete pra mim que vai fazer.

— Não posso prometer.

— A Louise vai estar com você? Digo, se um dia você se decidir, é ela que vai te acompanhar?

— Sim. É tudo o que ela quer. Eu. Está esperando a Virginie há trinta anos.

— Então faz. Jura pra mim.

— Eu juro.

— Pela minha vida?

— Não adianta nada jurar pela sua vida, já que você vai morrer. A gente jura pela vida de quem está com saúde.

Nós gargalhamos juntos.

Nina volta correndo na nossa direção, como se tivesse visto o diabo. Quando nos alcança, ela está ofegante demais para emitir qualquer som. Resta apenas a respiração rouca que conhecemos bem.

Étienne briga com ela:

— Por que você correu assim? Está maluca?

— Porque... porque... Étienne... porque... a Clotilde... acabou...

A mãe de Clotilde Marais está sentada no sofá. Não troca de sofá desde que a filha foi embora, ela pensa.

Vinte e três anos.

TRÊS

Ela mudou os quadros, os tapetes da sala de jantar, colocou um carpete novo no quarto, mas manteve o velho sofá.

Ouve o marido andando de um lado a outro no andar de cima. Deve estar pensando no processo, nos advogados. Certamente é o jeito dele de resistir, de buscar o que ainda vive dentro dele. Vai querer provar que Clotilde não se suicidou, que foi atropelada por um homem embriagado. E talvez pior.

Mas eu sei que minha filha não estava bem, pensa ela. Vou dizer isso. Vou dizer que esse Bernard Roi é uma vítima colateral.

Como nós.

Somos todos vítimas da "desaparecida".

Faz vinte e três anos que, para os outros, sou a mãe de Clotilde Marais. A mãe da garota que desapareceu no dia 17 de agosto de 1994. A mãe da garota que renegou a família. A mãe que apareceu na televisão, cheia de olheiras. Que abriu o coração.

Ninguém sabe como eu me chamo. Sou como todas as mães de filhos desaparecidos. Não passamos de "mães de...". Ficamos destituídas porque nossos filhos sumiram. Partiram sem deixar endereço. Faz vinte e três anos que perdi meu nome, e agora estou velha. Aposentada.

"Pronto, acabou." Tem uma música que diz isso. Eu nunca gostei dela, é triste demais.

Pensar que Clotilde morava em Salvador, na Bahia, era a melhor opção para os outros. Que ela bebia água de coco no café da manhã, seu belo cabelo louro em um coque. Que está crescendo em outro lugar.

Fomos ao Brasil em 2001. Mostramos um retrato dela levemente envelhecido por um programa de computador. Mas eu sabia muito bem que ninguém a vira. Eu fingia procurar por ela para agradar meu marido.

Sempre pensei que ela tinha se escondido para morrer. Não para viver.

Minha filha não me contava nada. Era um mistério absoluto. Carregava uma nuvem de tristeza consigo. Fingia tudo. Eu tinha a sensação de viver sob o mesmo teto que uma atriz ruim. Uma estrangeira que tinha sufocado minha menininha.

Eu deixava todo mundo acreditar que Clotilde tinha quarenta e um anos quando, no fundo, sempre soube que ela tinha dezoito.

Uma mãe sente essas coisas.

Dezessete de agosto de 1994. A data não corresponde nem a um nascimento, nem a uma morte, nem a um aniversário. É apenas a data de um desaparecimento.

E quando a mulher de Chalon insistiu que tinha cruzado com Clotilde em Salvador, eu fingi acreditar. Fiz o mesmo com a velhota que disse tê-la visto na estação aquela noite.

Fingir acreditar permitiu que nós continuássemos a viver sem ela.

Acabei até profanando o quarto dela, coloquei seus pertences em sacos plásticos que deixei em uma caçamba de doação. Tirei a cama e coloquei uma escrivaninha no lugar, com um computador em cima. Uma mesa com muitos fichários vazios que não servem para nada. Meu marido ficou com raiva de mim.

Eu me pergunto por que não nos mudamos. Caso ela voltasse? Caso encontrasse o caminho?

Até os nossos vizinhos partiram. Os velhos foram substituídos por jovens, famílias novas, crianças.

Ficamos só nós dois. Nossa filha nos condenou a ficar. A esperar por ela. E eis que agora acabou.

Não a esperaremos mais.

O telefone. Não para de tocar. Pêsames, amigos, curiosos, jornalistas. Étienne Beaulieu na linha. Quantas vezes sua filha esperou ouvir aquela voz ao atender? Quantas vezes voltara para casa perguntando: "Alguém me ligou?"

E eis que a ligação chega, com vinte e três anos de atraso.

— Eu sinto muito, Annie — diz ele.

— Fico tocada por você lembrar meu nome.

— ...

— Sua mãe passou aqui hoje de manhã. Ela me contou do seu câncer, que você não quer se tratar.

— Estágio 3... Já era.

— Já era nada, Étienne. Só se pode dizer que "já era" quando a polícia aparece na sua casa pra dizer que sua filha morreu... Você sabia que a Clo estava grávida?

Étienne demora um longo instante para responder.

— Sabia.

— Sabia que ela teve um aborto espontâneo?

— ...

— Eu nunca contei pra ninguém... Quatro dias antes de ela desaparecer, encontrei os lençóis dela na máquina de lavar. Cobertos de sangue. Ela nunca soube usar a máquina. Tinha esvaziado uma garrafa de água

TRÊS

sanitária lá dentro antes de apertar o botão errado. Eu entendi na hora. E depois encontrei um livro sobre gravidez na gaveta da mesa de cabeceira dela... Nessa manhã, fui até o quarto da Clo pra avisar que o carteiro tinha morrido. Eu sabia que era o avô da sua melhor amiga. Mas essa intromissão no quarto dela foi um pretexto. Eu queria ver... Não vou esquecer nunca o rosto dela, tão pálido, lívido, até. Ela estava saindo do banho, vi seu vulto. Suas formas. Não disse nada. Eu deveria ter falado. Respeitei o silêncio dela por pura covardia... Joguei os lençóis no lixo e fingi não ver os absorventes no banheiro.

Um longo silêncio. Étienne acha que a ligação caiu.

— Ainda está aí?

— Sim — murmura ela.

— Tenho que te contar uma coisa, Annie...

Ela o interrompe, como se não quisesse saber mais nada.

— Você vai vir para o enterro dela? — pergunta.

— Eu vou morrer.

— Do que está falando? Você ainda está respirando.

— Não por muito tempo.

— Quem disse?

— Eu sinto.

— Então luta, pelo amor de Deus.

Ela desliga.

# 85

*2 de janeiro de 2003*

Étienne Beaulieu acaba de sair da sua casa.

Emmanuel ainda está deitado no sofá.

Faz mais de dois anos que ele procura por Nina em toda parte, mas ela está feliz, é mãe em outro lugar. Gastou toda a sua energia para descobrir a última coisa que ele poderia ter imaginado.

O que ele fazia antes de conhecê-la? Sempre temos que nos perguntar como era a nossa vida antes de conhecer a pessoa que a bagunçou. Talvez seja melhor recomeçar de onde estávamos antes de errar o caminho.

*De que adianta prender-se a alguém que não vai derramar uma lágrima sequer no dia da sua morte? Que nunca desviará do caminho para deixar uma flor no seu túmulo? Que foi embora do dia para a noite, abandonando você feito um pobre coitado. Que literalmente construiu uma vida nova em poucos meses, como se a história de vocês nunca tivesse existido*, pensa Emmanuel.

Ele sente vontade de tomar banho, fazer a barba, se vestir. Faz tempo que ele não sente isso. Um impulso.

Ele se levanta e sobe a escada até o banheiro. Olha seu reflexo no espelho: miserável. Pele e osso.

Vai deixar aquela casa, partir para Lyon, aproximar-se dos amigos, conhecer alguém, não uma qualquer, mas uma mulher de verdade. Faz muito tempo que ele não faz amor. Que não sente um corpo contra o seu. Quer sujar a *outra* tocando peles novas, esquecê-la, apagá-la de tanto pisar no seu fantasma.

Recentemente, os amigos de Lyon o cadastraram num site de relacionamentos. "Você tem que conhecer alguém." Criaram um perfil para ele, mudando seu sobrenome. "Emmanuel Mésange, um metro e oitenta e sete, olhos verdes, cabelo castanho. Interesses: golfe, literatura clássica, cinema, corrida de automóveis."

— Por que golfe?

— Porque soa bem — responderam eles.

— Mas eu joguei golfe pouquíssimas vezes.

— Dane-se.

— Não quero entrar nesse negócio de vocês.

— Mas vai entrar mesmo assim. Vai sair, tomar um drinque, arejar a cabeça. Não precisa se comprometer.

— Eu não vou ao cinema desde que lançaram *Itinerário de um Aventureiro*... Faz... catorze anos.

— De qualquer forma, não se fala sobre esse tipo de coisa num primeiro encontro.

— Ah, é? E é pra falar sobre o quê?

— Você vai ver.

Escolheram uma foto em que Emmanuel está de perfil nas Ilhas Maurício, bronzeado, sorridente.

Centenas de mulheres enviaram mensagens. Garotas se oferecendo.

Emmanuel olhou o perfil de cada uma como se estivesse analisando um catálogo, sem nenhum interesse. Apenas uma chamou sua atenção.

Isabelle, trinta e cinco anos, moradora de Chalon-sur-Saône, amante de equitação. Um metro e setenta, loura, de olhos azuis: fisicamente, era o contrário de Nina.

Sua primeira mensagem começava assim:

*O que está fazendo neste site, sr. Mésange? Que sobrenome de pássaro é esse? Quem se esconde por trás do seu perfil? E não venha me responder que foram seus amigos que o inscreveram aqui contra a sua vontade, eu não vou acreditar.*

Emmanuel respondeu, porque aquela mensagem o fizera sorrir, e aquilo não acontecia há séculos.

*Sim, foram mesmo os meus amigos que me inscreveram neste supermercado.*

*Por que eles fizeram isso?*

*Estão cansados de me ver miserável. Não sou um homem engraçado.*

*Sinto muito.*

*Sente muito porque eu não sou engraçado?*

Eles trocaram outras mensagens, depois se telefonaram. Continuaram se comunicando e Isabelle acabou propondo um encontro:

*E se a gente se encontrasse no Hexagone para tomar um café? Se for agradável, levo você para jantar em algum lugar, senão, vamos embora com uma amizade, ou não.*

Emmanuel demorou uma semana até aceitar.

Então deu um bolo nela.

Na primeira vez, uma gripe violenta. Na segunda, um acidente, nada grave, só o capô amassado. Na terceira, uma viagem imprevista para fora do país.

Na noite de 31 de dezembro, Emmanuel enviou uma mensagem de feliz ano novo para Isabelle, que não respondeu. Ela desistira.

E se ele desistisse também? Se desistisse de Nina?

Não estava na hora de se jogar? De conhecer algumas Isabelles?

Ele entra no carro. Vai telefonar para ela quando chegar em Chalon. "Sou eu, estou aqui, estou pronto, desculpa o atraso."

Vai até Beaune para pegar a autoestrada. Está no meio do caminho quando seu telefone toca. Não reconhece a voz do interlocutor.

— Encontrei a Nina Beau...

— Sim, eu sei, ela está morando em Annecy. Tanto faz. Vamos deixar pra lá. Me manda sua fatura e não falamos nunca mais dessa piranha.

— Nada disso...

A ligação é interrompida. Emmanuel joga o celular no banco do passageiro. *O lugar da Nina,* ele pensa. *Esquece ela, pelo amor de Deus, esquece ela.* O detetive telefona outra vez.

— Ela não está em Annecy. Não foi embora... Está morando no abrigo de La Comelle.

Emmanuel sente uma tontura repentina.

— Que abrigo?

— A sociedade de proteção dos animais. Ela trabalha lá.

— Pode ser alguém parecido com ela...

— Não, é ela. Nina Beau, número de identidade 276087139312607. Ela foi ao hospital de Autun ontem.

Emmanuel desliga sem dizer nada. Seu coração dispara. Beaulieu o enganou. Como pôde acreditar naqueles absurdos? Nina casada... quem iria querer se casar com aquela alcoólatra inchada? Ela está limpando bunda de cachorro, claro, nunca vai deixar de ser uma desleixada. Como pôde acreditar que ela tinha um filho? Nina era estéril. O abrigo... então era lá que ela estava escondida aquele tempo todo, bem pertinho. Não tinha sequer conseguido percorrer mais de três quilômetros. Étienne inventou Annecy, o carrinho e o cachorro. E ele foi burro o bastante para acreditar. Nunca deveria ter aberto a porta e o deixado entrar.

Ele tem duas opções, agora.

Segue a estrada até Chalon, estaciona no centro, procura o Hexagone, se senta e pede um café, liga para Isabelle e pede para ela encontrá-lo. "Por favor, vem, estou esperando você numa mesa pra dois, na frente do espelho. Estou com um sobretudo azul-marinho, não vou sair daqui, vou me amarrar na cadeira se for necessário, assim ninguém vai me expulsar quando o bar fechar. Vem, você não tem nada a perder. Me encontra aqui e nós vamos juntos para algum lugar, onde você quiser. Seu trabalho? Diz que está doente."

Ele espera alguém.

Há quantos anos aquilo não acontecia?

Ela finalmente aparece, sorrindo, é ainda mais bonita do que nas fotos. Ele gosta da sua voz, das suas mãos, do seu cheiro. Usa o perfume L'Heure Bleue e uma pulseira de prata no pulso direito. Os dois já se sentem íntimos e bem um com o outro. Não precisam inventar assuntos para conversar, as palavras fluem naturalmente. Ela pede um chocolate quente.

— Já conheceu outras mulheres pelo site? — pergunta ela.

— Não, você é a primeira.

— Mentiroso.

— Juro. E você? Outros homens?

— Não, você é o primeiro.

— Mentirosa.

— Juro.

Ela olha para ele de um jeito delicado. Emmanuel sente que lhe agrada. O peso que comprime seu peito há dois anos diminui, ele corrige a postura, se sente desejado, compreendido. Quanto mais eles conversam, mais Emmanuel se afeiçoa àquela desconhecida. Passa a noite com ela. E por que não o dia seguinte, a semana seguinte?

Ele faz perguntas. "Você tem duas irmãs, é isso?" Adora sua voz, suas respostas, seus dentes, sua boca. Ela usa um lenço em torno do pescoço e mexe nele com frequência. Veste um sobretudo bege que não tirou ao se sentar, só desabotoou, suas unhas estão feitas, mas sem esmalte, ela não tem nada de sofisticado, só um pouco de brilho nos lábios vermelhos. Seus grandes olhos azuis estão focados nele. É inteligente. *Ela é uma candidata perfeita*, ele pensa, *se fosse uma eleição, com certeza ganharia*.

Ele conta um pouco sobre a Damamme, diz que vai vender a empresa, tirar o peso familiar das costas.

— Quero recomeçar do zero, sei que é estranho. Mas pra mim é o que convém agora. E você, monta a cavalo com frequência?

— Sempre que posso, de noite, depois do trabalho, e todos os fins de semana.

— Você é bonita.

— Você também não é nada mau.

Ele tem duas opções agora.

Não vai até Chalon, nunca conhece uma Isabelle, não imagina um futuro, fica preso no presente por toda a eternidade.

Volta a La Comelle, passa em casa, pega uma das armas de caça do pai, vai até o abrigo, a encontra, acaba com ela em dois cartuchos. Sim, dois cartuchos devem bastar para apagá-la da face da Terra. Ele não a deixa sequer falar. Nem uma palavra. *Pá*.

Não, antes de matá-la, ele faz com que ela se ajoelhe para implorar. É o mínimo, ouvi-la pedir perdão. Em seguida, vai para Lyon, encontra Beaulieu. Tem o endereço da sua casa e da delegacia. E *pá*, dois outros cartuchos para aquele sujeito bonito que o sacaneou naquela manhã. "Feliz ano-novo", ele dirá. *E saúde, filho da puta*.

Ele tem duas opções. Passado, presente. Nina o ancorou no presente e o impede de se afastar. Só ele pode soltar as amarras. Ele tem mais cinco quilômetros até ter que tomar uma decisão: seguir reto ou dar meia-volta. Depois do pedágio, ele segue a estrada até Chalon, ou percorre quinhentos metros na contramão para retornar a La Comelle.

Primeiro, Nina não acreditou em Lili: "Seu marido se matou na autoestrada."

Então, ela pensou em Étienne. O que ele teria feito ao sair do abrigo? O que teria provocado? Aquilo não podia ser uma coincidência.

Três semanas após o enterro de Emmanuel, Lili e Nina foram até o cemitério visitar o túmulo de Pierre Beau. Em seguida, visitaram o de Emmanuel, que descansava a duzentos metros de distância, no jazigo da família. Gê e Henri-Georges não tinham colocado nenhuma fotografia no mármore preto. Apenas uma placa: "A nosso filho tão amado."

Por que Emmanuel dirigia na autoestrada na contramão? Suicídio ou acidente? Estaria perturbado com o que Étienne lhe dissera? Eles teriam se encontrado?

Ela nunca saberá.

Nina sentira um calafrio diante do túmulo dele. Pouco a pouco, ficara paralisada. Sentira a presença do homem cujo sobrenome ela ainda carregava. Como se seu marido ainda estivesse ali, gritando de ódio ao vê-la diante dele.

Ela não voltaria mais.

Ao sair do cemitério, Nina reativara o celular. Dezenas e mais dezenas de mensagens, alternando entre ameaças, gritos, soluços, súplicas. "Cadê você? Volta, eu não vou te machucar." A voz de Emmanuel, como que vinda do além, do passado.

Ela ouvira cada uma das mensagens, esperando escutar, em meio àquela loucura toda, a voz de Adrien. Escutar: "Nina, sou eu."

Nada.

Ela apagara tudo.

Então pedira a Lili que a levasse à Agência Nacional de Emprego. Ela tinha que encontrar um trabalho, uma vida, um apartamento.

# 86

*31 de dezembro de 2017*

Uma festa de réveillon está sendo improvisada na Spiaggia dell'Arenella. Uma centena de pessoas, a maioria vinda das casas de praia, acendeu uma imensa fogueira. Montaram mesas coladas umas às outras, cobertas de toalhas de papel mantidas no lugar por tigelas de frutas. Cada um deixa ali comida, louça, garrafas.

Nós nos juntamos a eles com os braços carregados de mantimentos: azeite de oliva, pão de ervas e tomate, saladas diversas, biscoitinhos, amêndoas, sobremesas sicilianas, champanhe, uísque e vinho.

Duas enormes panelas de aço repletas de água fervente aguardam o linguini que será servido com molho de tomate ao alho e parmesão.

Todos se arrumaram para a ocasião, a elegância está por toda parte.

Se a separação iminente não pairasse sobre nós, e os fantasmas de Valentin e Marie-Castille não perseguissem Étienne, estaríamos quase felizes aqui, juntos, neste cenário idílico, ninados pelas vozes cantantes e pelo lendário bom humor dos italianos. Aqui é como se as pessoas fossem acesas por dentro. Como quando Nina sorri.

Étienne está vestido de branco, com olheiras, seus traços fundos, cada dia mais pálido. O azul de seus olhos parece turvo, certamente devido ao coquetel de remédios que o mantém numa espécie de torpor permanente. Apesar de sua letargia, tem um esboço de sorriso nos lábios.

Nina e eu estamos certas de que amanhã de manhã ele não estará mais no quarto, de que terá ido embora.

Ele não sabe que nós descobrimos que ele já planejou tudo, pagou pela noite anterior e pela próxima que vamos passar juntos em Palermo. Certamente vai deixar dinheiro para a balsa e a gasolina da volta. Como quando éramos crianças e ele largava moedas nas nossas mochilas de propósito para que pudéssemos comprar balas na piscina.

Ele vai se obrigar a escrever um bilhete para nós. "Obrigado por terem me acompanhado até aqui. Vou embora para morrer em paz."

— "Morrer" é com um *r* ou dois? — ele nos perguntou há pouco, enquanto se arrumava para sair da hospedaria.

Nina o olhou e respondeu, como quem não quer nada:

— Dois. Mas "viver" é mais fácil, tem um *r* só.

Neste momento, Étienne só pensa em acabar com a música da festa. Os refrões italianos gritados num microfone pela moça morena acompanhada de um violonista de aparência sinistra não são exatamente o que ele quer para o nosso último réveillon. Quer achar uma caixa de som portátil, se afastar e botar sua playlist para tocar.

— Eu tenho uma caixa de som na mala — digo. — Vou esperar a Nina acabar e busco.

— Eu não vou ter direito a um enterro — diz Étienne —, mas como a gente nunca sabe, quero que vocês prometam que não vai ter música de merda… Quero rock. Só rock alternativo… Prometem?

— Sim — respondemos.

Formamos um círculo no topo de uma rocha. A temperatura está maravilhosamente agradável. Não há vento, apenas o céu estrelado. O cheiro de tomates cozidos, de alecrim e de fogueira. Nina, sentada de pernas cruzadas, segura seu caderno de desenho com a mão esquerda e nos desenha com um lápis-carvão na direita. Ela observa nosso rosto, franze a testa como se nos descobrisse pela primeira vez e seus dedos se voltam para o papel. Está de calça jeans, com uma camisa branca que pegou emprestada de Étienne. Tem um casaco preto sobre os ombros. Não perdeu nada de seu vulto juvenil. Seus olhos escuros brilham, alegres. Ela está apaixonada.

Eu estava perto dela quando telefonou para Romain Grimaldi da hospedaria, uma hora atrás. Nina disse que estava ligando para dar notícias do carro. Ela riu feito uma garotinha quando Romain respondeu que ia congelar o jantar do réveillon até ela voltar. "Mesmo se a gente só festejar o ano-novo no dia 15 de março, me recuso a começar o ano sem você."

Quando Nina desligou, quase perguntei se essa história não estava indo rápido demais, mas me contive. O que eu tenho a ver com isso?

Telefonei para Louise.

— Tudo bem?

— Tudo.

— Meu irmão não está com dor?

— Acho que não.

— ...

— Louise?

— Oi.

— Você se apaixonou pelo Adrien, não pela Virginie.

— Adrien e Virginie são a mesma pessoa. É ela que eu amo — ela me disse pela milésima vez. — Mas eu me recuso a viver com uma mulher aprisionada... Quando você libertar ela, podemos até adotar uma criança.

— Mas eu tenho um gato, em breve terei dois!

Eu a ouvi sorrir.

— Uma coisa não impede a outra.

— Está falando sério?

— Sim.

— Você confia em mim?

— Sim. Vai me ligar à meia-noite?

— Vou.

Quando desliguei, Nina me abraçou. Eu respirei em seu cabelo, depois em seu pescoço, doce e morno, minha *madeleine* de Proust.

— Que legal isso, uma criança e dois gatos... Vamos dar uma festa? — murmurou ela. — De verdade, a gente enche a cara e tudo...

— Com certeza!

Ela segurou minha mão e começou a cantar feito uma adolescente triste, caminhando em direção à praia. Eu tinha quase esquecido sua voz peculiar, que se tornara mais rouca com os anos. Uma voz de fumante que nunca fumara.

*E se um dia você duvidasse de mim*
*Eu tenho uma prova de amor, a prova de três*
*Eu te amo tanto, eu te amo tanto*
*Com meu sangue marquei no meu braço*
*Na vida e na morte, isso não se apaga*
*Eu te amo tanto, eu te amo tanto.*

Nina nos entrega os desenhos que fez de nós. Ela me desenhou pela primeira vez.

— Obrigada — digo.

— Estou com uma cara péssima — comenta Étienne, fazendo uma careta.

Nós nos levantamos ao mesmo tempo. Não podemos dar trela à nostalgia e à melancolia, senão vamos estragar a noite, o que não pode acontecer. Vou até o nosso quarto para buscar a caixa de som.

— Eu liguei pra Marie-Castille — confessa Nina a Étienne.

— Você não fez isso...

— Fiz. E você devia ligar pra ela... Sabe que ela não está perseguindo a gente.

Sentimentos contraditórios atravessam o olhar de Étienne: medo, alegria, irritação, alívio, vergonha, renúncia, esperança.

Ele me agradece com um grande sorriso quando volto com a caixa de som na mão. Antes de selecionar a playlist, ele diz a Nina:

— Está vendo como eu sou um babaca?

# 87

*27 de abril de 2003*

BADI. RAÇA SPANIEL. IDOSO. MACHO. NASCIDO EM 1991. NO ABRIGO DESDE 1999.

— Badi é o nosso último velho... Depois de mim — brinca Lili.

Lili usa uma calça legging preta, tênis verdes e uma camiseta amarela comprida esta manhã. Prendeu o cabelo com um elástico, formando uma espécie de palmeira no topo da cabeça. Ela lembra um abacaxi.

Nina acaba de chegar. Passa pelo abrigo todas as manhãs a caminho do novo trabalho em uma seguradora. Está alugando uma casinha no bairro onde cresceu com o avô, a duas ruas de distância de seu antigo jardim.

Faz três meses que Emmanuel Damamme morreu. No entanto, ela se assusta com qualquer barulho, acorda encharcada de suor depois de terríveis pesadelos em que descobre que o caixão dele está vazio.

— Você vai precisar de tempo pra assimilar que ele não está mais aqui.

— De quanto tempo, você acha?

Nina ajuda Lili a pregar um cartaz onde se lê: "Para a tranquilidade dos cães, favor não estacionar muito tempo na frente das divisórias. Agradecemos a compreensão."

— Sabe que é você que vai assumir as rédeas, né?

— Que rédeas?

— Daqui. Estou cansada. Trabalhei a vida inteira.

— Do que você está falando?

— Eu vou me aposentar.

— Pra fazer o quê? — brinca Nina.

— Dormir até tarde — responde Lili sem sorrir.

— Está falando sério?

— Estou, sim. Agora que sua vida está de volta nos trilhos, eu posso ir embora.

Nina observa Lili, em pânico. Por que diabos todas as pessoas que ela ama acabam desaparecendo?

— Minha vida não está de volta nos trilhos. Eu ainda tenho medo do Emmanuel, sonho que ele não morreu... Se você for embora, eu vou com você — afirmou Nina.

— Vamos lá, menina, não acha que está na hora de largar do meu pé? É natural que você vire a nova diretora do abrigo. Trabalhando aqui você não vai ter tempo pra pesadelos.

— ...

— Algumas coisas são óbvias, e essa é uma delas.

— ...

— Perdeu a língua?

— Aonde você vai? — indaga Nina sem convicção.

— Cagnes-sur-Mer.

— É longe.

— Tem uma igreja amarela bonita lá. Na praia do Cros.

— Lili, você é ateia — lembra Nina, irritada.

— Não é porque eu sou ateia que não gosto de igrejas. E você pode me visitar.

— A gente diz isso, "você pode me visitar", e nunca acontece. Eu sei do que estou falando.

# 88

*1º de janeiro de 2018*

Étienne entra numa igreja, está sozinho. Acende uma vela. Não sabe se comunicar com Deus, nunca soube. É como com seu pai. Nunca sabemos nos comunicar com aqueles em quem não acreditamos.

Como ele ficou decepcionado no dia em que telefonou para os pais para dar a boa notícia. Foi Marc quem atendeu, o que Étienne desejava no fundo da alma, num recanto escondido de si.

— Pai, você não vai acreditar, eu passei no concurso!

— Que concurso?

Um branco, Étienne teve a sensação de estar em queda livre num abismo. Conseguiu dizer, com dificuldade:

— Pra ser tenente de polícia… Poucas pessoas conseguem passar… Quer dizer que eu estou entre os melhores.

— Ah, isso… Parabéns, que orgulho. Vou passar pra sua mãe.

Uma simples fórmula de cortesia. "Que orgulho" não significa "eu estou orgulhoso de você".

Foi porque o pai nunca acreditou nele que ele deixou de acreditar no pai. Afastou-se dele feito um barco do atracadouro.

Quando telefonou para anunciar o nascimento do filho, Étienne desligou ao ouvir a voz de Marc. Discou o número várias vezes até que Marie-Laure atendesse:

— Mãe, o nome dele é Valentin, é lindo, quatro quilos, olhos azuis.

— Talvez seja cedo demais pra saber a cor dos olhos, meu amor.

— Ah não, mãe, eu te garanto, meu filho tem os olhos azuis.

Esta manhã, ele só quer deixar uma luz atrás de si, ali, na Itália, depois que a porta pesada se fechar. Feito um rastro da sua passagem.

Ele ouve um zumbido no ouvido esquerdo. Quando eram crianças, Nina dizia que se você ouvir um zumbido no ouvido esquerdo, ou seja, do

TRÊS                                                                    503

lado do coração, quer dizer que alguém está falando bem de você. "Isso é a maior idiotice, Nina."

Quem poderia estar falando dele às seis da manhã? Marie-Castille e Valentin, em casa?

Ele ligou para o filho e a esposa na noite anterior:

— Feliz ano-novo, amo vocês.

— Quando você volta? — perguntou Marie-Castille.

— Eu não volto.

— A Nina te contou sobre a Clotilde Marais? Acabou.

— É, eu sei.

Ele está a três ruas do mar. Ouve a própria respiração. Étienne nunca teve tanta certeza.

Algumas pessoas voltam para casa gritando: *Buon anno!*

Ele acaba de viver um dos melhores réveillons da sua vida. Conforme tinham prometido, os Três se isolaram em um canto da praia com sua caixa de som, champanhe, uísque, azeitonas e pão de ervas. Não perceberam quando deu meia-noite. Dançaram ao som da playlist de Étienne até que o céu começou a clarear, *sua* música, Spacemen 3, Sonic Youth, Radiohead...

Um táxi para na frente dele. Étienne encontrou um único voo Palermo-Paris.

No aeroporto, todos os estandes estão fechados. Uma aeromoça despacha sua mala e lhe entrega a passagem. Ele embarca e dorme apoiado na janela. É a primeira vez que não sonha com Clotilde. Ela deixou seus sonhos.

Depois de passar pela recepção, onde lhe pedem um documento de identidade, ele se instala no quarto de número vinte e um. Coloca na cama o retrato que Nina fez dele na véspera, uma foto de Valentin e Marie-Castille, uma de Louise, Paul-Émile e a mãe deles, e uma dos três no show do Indochine em 1994.

"Então luta, pelo amor de Deus." Desde que a mãe de Clotilde dissera aquelas palavras, elas se agitam dentro dele feito um animal furioso.

Ele abre seu nécessaire, tira os remédios lá de dentro, os engole e se deita, fechando os olhos. Mais nenhuma dor. Está no pátio da escola Pasteur, aguardando o veredito, o nome do professor. Aquele instante está gravado em *Branco de Espanha*:

*Esta manhã, eu só vejo os dois, como se tivessem engolido a luz, como se os outros alunos que nos cercam fossem figurantes, e sou eu que eles escolhem, que ela escolhe, ela segura minha mão.*

Os três fazem um show na calçada, no dia da Festa da Música, têm catorze anos, Nina canta, uma alegria profunda, interna, uma mistura de nervosismo e felicidade absoluta, nirvana. Nunca houve tantos aplausos nas ruas de La Comelle. Eles andam de bicicleta, de skate, gravam suas músicas com o gravador antigo, nadam, se filmam com a câmera que ele roubou do pai, ele faz amor, dança, faz sol, as memórias do verão são sempre as primeiras, ele observa a irmã discretamente, toca numa festa, coloca uma mecha de cabelo para trás da orelha verificando se as garotas o veem fazer esse gesto, sabe que é bonito, que "incorpora a luz", como está escrito em *Branco de Espanha*.

Logo antes de adormecer, deixa uma flor no túmulo de Clotilde. Está sozinho e sem voz.

Ele dorme.

Sonha que está nadando com o filho, que estão se afastando da beirada, é uma delícia e, pouco a pouco, torna-se angustiante. Étienne diz a Valentin para ir embora. "Não, pai, eu vou ficar com você."

Étienne é despertado por uma desconhecida de roupa branca. Sua mão está pousada no antebraço dele, sua voz é suave, o tom de voz delicado, porém firme.

— Olá, sr. Beaulieu, me disseram que você estava aqui. Como está se sentindo? O professor recebeu sua ficha médica, estamos planejando um bloco operatório no dia 3. Amanhã vamos fazer os últimos exames complementares e você vai conhecer o anestesista. Vou lhe entregar alguns papéis administrativos pra preencher. Sua irmã nos informou do seu desejo de não ser reanimado caso a gente encontre um problema durante a operação, você vai ter que assinar um documento. O senhor precisa de alguma coisa?

— Não.

— O jantar é servido às 18h30. Está seguindo alguma dieta específica?

— Não.

— Tem alguma alergia?

— Não.

— Sua irmã disse que você não quer receber visitas. Fora ela, alguém mais sabe que você está no centro Gustave Roussy?

— Não. Eu queria ficar longe de Lyon.

— Uma última coisa: isso aqui é um formulário pra você indicar o nome das pessoas que a gente deve contatar em caso de urgência. É preferível que adicione mais de um.

— Nina e Virginie.

— Vou precisar dos dados completos. E se tiver o número delas, é melhor.

# 89

*2011*

Sete anos depois de assumir a direção do abrigo, Nina recebe um telefonema. Sua mãe acaba de sofrer um AVC e está no hospital de Caen, entre a vida e a morte. Se ela deseja vê-la, tem que ir rápido.

— Como conseguiu meu telefone?

— Na bolsa dela.

— ...

Lili deixa Cagnes-sur-Mer para acompanhá-la. "Não tenho coragem de ir sozinha."

Onde é esse lugar, "entre a vida e a morte"?

Nina encontra uma desconhecida deitada em uma cama de UTI. Ela não é mais a mesma pessoa que Nina viu aquela noite no jardim, com a máquina de costura de Odile nos braços. Marion engordou. Nina se pergunta se não houve um engano, vai verificar com a equipe de enfermagem: "Vocês têm certeza de que essa mulher é Marion Beau?"

— Vou deixar vocês a sós — diz Lili antes de sair do quarto.

Nina entra em pânico. Tem medo de ficar sozinha com a quase-morta. Ela começa a falar como se estivesse em um grupo de apoio, para matar o silêncio.

— Sou eu, a Nina. Peço desculpas quando sou convidada a algum lugar. Eu abaixo a cabeça. Não comer carne é que nem ser uma alcoólatra que é obrigada a dizer não para uma taça de vinho. Nem um aperitivo? Nem uma fatia de salame? Somos suspeitas, anormais, marginais. Vivemos num mundo em que se filma os bois como se fossem estrelas de cinema no Salão da Agricultura, fazemos carinho neles, os admiramos. E alguns dias depois a gente acaba com eles num lugar escuro, com a porta fechada. Isso me choca. Me faz pensar na minha vida com o Emmanuel, quando eu era mais casada do que feliz. Eu vivia num mundo em que fingia tudo. Um mundo em que a gente gosta de dizer: "Prefiro não saber." Eu ouço muito isso: "Cuidar de um abrigo é um sacerdócio." Sempre dá pra achar o que é gratificante e bom dentro disso. Aguentar o tranco. A gente faz pelo olhar deles. Amar os animais, mas sobretudo não ter adoração por eles, senão você morre de tristeza. Tem muitos momentos no ano em que eu fico com vontade de largar tudo. Abandonar os abandonados. Achar um emprego tranquilo, em outro lugar que seja limpo, quente, seco e silencioso. Onde não vou mais ouvir os cachorros latindo ou cheirando minha bunda quando vou passear com eles. Onde não vou ter pelos na roupa o tempo todo. Onde o perfume que me deram de Natal ano passado vai ter o que fazer na minha pele. Onde as pessoas não vão me olhar como uma pobre coitada, uma louca, desesperada. "Ah, você cuida de animais, isso paga bem?" Ou então: "Mas tem tanta gente precisando que cuidem delas." É difícil, quase impossível explicar que, no fundo, é a mesma coisa. Para um homem ou um animal, o gesto é exatamente o mesmo. Depois de alguns anos, passei a encontrar galinhas, coelhos, porcos-da-índia ou furões dentro de caixas de papelão. As pessoas mudam de animais domésticos, mas não de hábitos. Sem contar a quantidade de telefonemas anônimos para falar de gado sem comida ou água. Cães de caça e outros animais que morrem amarrados numa corrente, amontoados num canil ou numa varanda. "Alô, os vizinhos abandonaram o cavalo no jardim há três meses", "Alô, tem dois tigres de circo numa jaula em pleno sol do lado da rotatória do supermercado"... Parece um departamento de reclamações. A gente faz o que pode. Organizamos encontros, reuniões com croissant e café, senão a gente não aguentaria. Os invernos são cruéis, os verões, desesperadores. Quando os outros saem de férias, você rala, abriga novos cachorros que não couberam no banco de trás dos carros e gatos que são só pele e osso. Temos que abrir espaço. O lugar fica lotado. Damos um jeito e arranjamos espaço. Aqui cabe todo mundo. Não mandamos ninguém para o corredor da morte. Enquanto isso, os Salões de Filhotes continuam crescendo. São as pessoas do governo que fazem as leis. E o governo está a anos-luz da merda que gruda nos nossos sapatos. O mais difícil talvez seja ter que recuperar o animal de companhia de um velho, morto ou de alguém que foi mandado para um asilo, que nenhuma criança quer em casa. Eu quase parei várias vezes, já procurei emprego em escritórios, tentei retomar os estudos, abrir uma lojinha de souvenirs, mas não. Porque uma bela manhã você acorda, vai até lá com o coração pesado, e alguém adota. Isso muda o rumo do dia, você respira melhor, pelo menos serviu para aquela vida ali, que não é menos importante do que qualquer outra. Fora isso, eu tive uma infância feliz com o seu pai.

Enquanto falava, Nina não se sentou ou tocou em Marion. Então ela vai embora com Lili. É tarde demais. Ela sentia falta da mãe, mas isso foi muito tempo atrás.

# 90

## 2 de janeiro de 2018

É quase meia-noite. Nina acaba de me deixar em casa depois de algumas paradas rápidas nos postos de gasolina para tomar um café ou comer um sanduíche.

Encontro Louise deitada no meu sofá, em vez da moça que contratei para cuidar de Nicola. Uma manta cobre suas pernas, ela está de calça jeans, a minha preferida, e com um casaco meu, um velho, mas confortável. Nicola está aninhado em seus braços. Em sete dias, ele dobrou de tamanho. Nem parece o mesmo gato. Largo minha mala sem fazer barulho para não acordá-los. Louise nunca adormece quando está comigo, é como se precisasse fugir na primeira hora do dia. Uma maldição sobre nós que só eu posso resolver.

Penso no almoço com meu pai no restaurante do Hôtel des Voyageurs no dia 18 de agosto de 1994, o dia seguinte ao enterro de Pierre Beau.

Ele queria comemorar minha formatura e o meu desempenho, falar do meu futuro em Paris. Eu tinha preparado minhas perguntas há mais de uma semana: "Seu trabalho, seus colegas, a vida em Paris, as exposições, os shows, você vai ao teatro de vez em quando?" Eu falaria de música, dos últimos romances que tinha lido, de Nina e Étienne. Nós três em Paris, nossa vontade de morar juntos, a residência estudantil.

E então Pierre Beau morreu. Uma reviravolta.

Ele chegou mascando um chiclete que colocou dentro de um guardanapo de papel, achei aquilo nojento, repulsivo. Era um mau começo. Pediu duas taças de champanhe. "Temos que comemorar seu desempenho."

Ele me conhecia tão pouco que não sabia que eu havia acabado de perder minha única figura paterna.

Bebemos uma segunda taça. Na terceira, eu já havia esgotado todos os meus tópicos de conversa, os silêncios já se anunciavam e eu estava bêbada. Era a primeira vez que me embriagava com o meu pai. A primeira vez que pensava nele como meu pai.

— O que você quer comer?

— A mesma coisa que você.

Ele pediu as entradas e o prato do dia.

— Vamos brindar ao seu futuro.

— Meu futuro é incerto.

— Por que diz isso?

— Quem eu sou... é como se eu tivesse um defeito de fabricação — falei, gargalhando.

— Não estou entendendo.

— Você viu aquele filme, *Um Dia de Cão*, com o Al Pacino?

— É velho — disse ele, raspando o molho do prato.

— É de 1975.

— Ah, é, como eu falei, não é recente. Devo ter visto, não lembro... Você não está com fome? Não está comendo nada.

— É a história de um homem que rouba um banco pra pagar uma cirurgia pro amigo. Uma cirurgia bem específica... Uma mudança de...

— É triste essa história.

— Sim, absurdamente triste.

Eu me levantei, fingindo que precisava ir ao banheiro. Tinha dificuldade para respirar. Subi uma escada, cheguei num longo corredor coberto de carpete vermelho-sangue, encontrei a porta de um dos quartos aberta, a cama bagunçada, a janela entreaberta. Eu me debrucei para fora, pensei em me jogar na calçada de cabeça. Nina estava com Damamme, Étienne deitado na cama de Nina. Os lençóis ainda deviam ter o cheiro do nosso corpo.

Vi o telefone, disquei o número da casa dos Beaulieu, o fixo que eu sabia de cor. Foi Louise quem atendeu.

— Sou eu. Tudo bem?

— Tudo. Quer falar com o meu irmão?

— Não, com você.

— Onde você está?

— No Hôtel des Voyageurs, num quarto.

— Achei que estava almoçando com o seu pai.

— Estou almoçando com ele. Ele está lá embaixo, no restaurante.

— Por que está num quarto? Está com uma voz estranha. Você bebeu?

— Vamos voltar juntos pra esse hotel?

— Você está indo morar em Paris.

— Eu vou voltar pra La Comelle. No Natal. As pessoas sempre voltam pra casa no Natal. Jura pra mim que vamos estar juntos nesse quarto no próximo dia 24 de dezembro, à meia-noite.

— Eu juro.

Desliguei. Acho que se ela tivesse me dito "Não, vai se foder, você e seu hotel", eu teria me jogado pela janela. Louise sempre me disse sim, é a maior sorte da minha vida. Quem pode se gabar de ter um amigo que sempre diz sim? Eu desci, terminei o almoço, o coração um pouco mais leve. Eu não estava sozinha. Neste dia, soube que nunca estaria.

Louise abre os olhos, sorri para mim.

— Eu sei onde o Étienne está, mas não posso dizer, eu jurei. Feliz ano-novo, meu amor... Foi bom na Itália?

— Eu trouxe azeite, pesto, um terço com a imagem do Papa Francisco e tomates secos pra você. O Étienne me perguntou se a gente transa.

Louise dá uma gargalhada, depois começa a chorar. Eu a abraço.

— Faz tempo demais, Louise. Você ainda topa me acompanhar?

— Sim.

Eu a olho e a acho linda. Gostaria de poder escrever sobre sua beleza neste instante, seu olhar, sua profundidade, seus traços fortes com resquícios de infância no rosto. Uma doçura.

— Se eu mudar de ideia, se eu desistir na última hora mais uma vez, você vai continuar comigo mesmo assim?

— Acho que sim. Talvez. Não sei mais. Não. Estou te esperando há muito tempo.

— É a primeira vez que você diz não pra mim.

— Eu li uma coisa há uns dias. Imagina que você não consegue se mexer há anos porque está com o punho preso dentro de um recipiente e pra conseguir tirar a mão, se libertar, basta largar o que está segurando no punho fechado.

Ela faz um gesto com a mão para acompanhar suas palavras:

— Você abre a mão e perde o que tem dentro, que cai no fundo do pote, mas você fica livre.

# 91

*2018*

Estamos no mês de abril e deveria estar fazendo sol. Sentada nos cascalhos da praia do Cros, Nina observa a igreja amarela sobre a qual Lili lhe falou pela primeira vez quinze anos antes. Desde então, Nina entrou lá muitas vezes para acender velas. *Quem quer que você seja, proteja as pessoas que eu amo.* Há alguns meses, Romain tinha entrado na sua lista de pedidos.

Esta manhã, o mar se derrama. Tons de azul e verde brigam, a linha do horizonte está violeta, o vento seca os lábios.

Nina chegou em Cagnes-sur-Mer ontem com Romain para passar a Páscoa com Lili.

Romain e Lili foram à feira. Nina adora aquela solidão. Ouvir música nos fones, se isolar do mundo no seu pedacinho de terra imaginário, observando o Mar Mediterrâneo, sua valsa lânguida e ofuscante que dói nos olhos. Ela pensa no avô, que nunca o viu.

Começa a chover. Ela volta, sobe os três andares do prédio velho, o piso vermelho de terracota, o aroma de cozinha na escada. Na varanda, onde as duas janelas salientes estão entreabertas, vibrando ao vento, Lili plantou pés de tomate-cereja em potes que têm a mesma cor de suas roupas: vermelhos, amarelos e verdes.

Nina vai ao banheiro para secar seu rosto, se olha no espelho. Hoje, Romain lhe disse que ela parecia sino-afegã. A cada dia, ele inventa uma mistura diferente para ela. É sua grande brincadeira ao acordar: "Hoje você está com cara de turco-russa... Árabe-polinésia... Tailandesa-servo-croata... Ítalo-brasileira... Ítalo-marroquina..."

Ela passa a mão no cabelo escuro chanel, seus olhos têm a mesma cor que sua cabeleira, algumas manchas marrons acabam de aparecer em torno de seus lábios carnudos.

TRÊS                                                                              513

Seu telefone toca, um número que começa com 03. Ela reconhece o código de Borgonha. Não é nem o número do abrigo, nem o de Simone.

— Eu não podia esperar até terça-feira pra falar com você.

É a voz da sua médica, agitada feito o vento lá fora. Mylène Vidal substituiu o dr. Lecoq em 2006, quando ele se aposentou. Na primeira vez em que a viu, Nina sentiu confiança, a consulta durou mais de uma hora, ela contou sobre sua infância e o dia em que viu a ficha médica de sua mãe nas mãos do dr. Lecoq, vinte anos antes.

Mylène Vidal fez uma busca no seu computador e viu que a ficha de Marion Beau havia sido enviada para um centro médico em Villers--sur-Mer em 1999. Ela entrou em contato com os colegas na Normandia: "Olá, estou fazendo uma busca genética para uma doação de órgãos, gostaria de falar com Marion Beau, uma antiga paciente, nascida no dia 3 de julho de 1958..." Um minuto depois, Nina tinha o endereço da mãe, assim como seu número de telefone nas mãos.

Nina olhou aquele endereço e os números anotados, no fundo de uma gaveta. Ela chegou a discar o número diversas vezes, e desligou antes que alguém atendesse.

Então viu Marion "entre a vida e a morte" em 2011. E descobriu que sua mãe também tinha seu número de telefone. Como o conseguira? Por que elas nunca haviam se ligado? Por que tiveram tanto medo uma da outra?

No dia do enterro de Marion, só havia quatro pessoas: Nina, Lili, a funcionária da casa funerária e um homem baixinho e careca, de olhos claros e aspecto bondoso. Nina não esperava ver um desconhecido no cemitério de Auberville naquela manhã. Era como se um intruso tivesse aparecido numa festa organizada por ela.

— Conhecia a Marion Beau?

— Sim, era minha amiga de infância.

— Você é meu pai?

— Não — respondeu ele, sorrindo. — Marion era apenas uma amiga, simples assim.

— Não existe amizade simples.

O sujeito ficou perturbado com as palavras de Nina. Eles se despediram e partiram cada um para um lado.

Algumas semanas depois, Nina recebeu uma carta no abrigo.

*Cara Nina,*

*Eu sou Laurent, o amigo da sua mãe. Nós nos falamos brevemente no cemitério.*

*Pensando bem, eu acho que você tem razão, não existe amizade simples. Marion era como a irmã que nunca tive.*

*Conheci bem os seus avós, sobretudo a sua avó. É uma das razões pelas quais te escrevo. Porque a gente precisa saber de onde vem. E eu te senti cheia de perguntas.*

*Sua avó era uma mulher doce e delicada. Faço questão que você saiba que Odile Beau é uma das minhas lembranças mais bonitas. Quando ela fazia um bolo, fazia sempre o bastante para oferecer aos outros. Tigelas de sopa eram distribuídas para os solteiros e os velhos do bairro. Eu nunca saía da casa dela de mãos vazias. "Leva isso para os seus pais." Sempre um pedaço de torta, um pote de geleia, maçãs do jardim. Às vezes eu saía da casa dela discretamente para que ela não me visse, estava cansado de ter que levar aquelas coisas que ela sempre me dava. Você não imagina como me arrependo.*

*A vida é injusta, mas eu não estou escrevendo para te ensinar isso, Nina. O diabo mexe mais com os anjos do que com os canalhas, como sabemos, o coração deles é mais fácil de devorar. Em 1973, Odile ficou doente. Ela falava do câncer que tinha como se fosse uma gripe: "Vai passar." Não queria fazer alarde. Eu já te disse: ela era delicada. Delicada demais, sem dúvida. Sua saúde se deteriorou. Dali em diante, eu saía da casa dela de mãos vazias, sem me esconder.*

*Marion mudou. Ela, tão engraçada e leve, enérgica e desenvolta, ficou séria e ofensiva. Ela me insultava, insultava os céus, Deus e tudo o que lhe acontecia. E, sobretudo, acusava o pai. Tinha raiva dele por minimizar a doença da esposa.*

*"Ele não quer levar ela no hospital, quer guardar a mulherzinha em casa! Cacete, Laurent, minha mãe vai morrer!" Eu tentei explicar a Marion que seu avô não era o único responsável. Eu dizia: "Permita que as ideias sombrias sobrevoem sua cabeça, mas não permita que elas façam ninho no seu cabelo." Mas Marion não me ouvia mais.*

*Quando Odile faleceu no hospital, seu avô ligou para os meus pais para dizer que havia acontecido. Marion estava na minha casa. Ela quebrou tudo, ficou incontrolável.*

*Ela não foi ao enterro. Aquilo chocou a cidade inteira, mas ela não estava nem aí para isso, sofria demais para se importar com o que as pessoas pensavam.*

*A partir desse dia, ela nunca mais colocou os pés na escola. Começou a beber, sair, sumir, a fazer de tudo. Quanto mais ela se destruía, mais tinha*

TRÊS                                                                                        515

*a sensação de destruir o pai. Não quero entrar nos detalhes sórdidos que suja-*
*riam a memória de Marion, jovem demais para viver um drama tão intenso.*
*Perder a mãe é perder o mundo.*

*Nós ainda nos encontrávamos regularmente num pequeno café de La Co-*
*melle que não existe mais.*

*Em relação a você, agora.*

*Me perguntou se eu era seu pai.*

*Você não se chama Nina por acaso. Se fosse menino, teria se chamado Nawal.*

*Certa noite, Marion me disse que estava apaixonada, que sua vida ia*
*mudar. Ela tinha dezessete anos, o menino também. Eu o conhecia de vista, ele*
*pegava o mesmo ônibus que eu para ir à escola. Chamava-se Idras Zenati, era*
*da Argélia, um garoto tímido, bonito. O comportamento de Marion melhorou*
*depois que se conheceram. Eles só se separavam na hora de voltar para casa, à*
*noite. Marion pegava o ônibus conosco, mas não ia para a aula, esperava num*
*café o dia todo.*

*Ela engravidou. Os dois apaixonados tinham planejado aquela gravidez. O*
*plano deles era deixar suas respectivas famílias para criar um lar. Como não eram*
*maiores de idade, já tinham iniciado o processo para saber como se emanciparem.*

*Mas tudo desabou.*

*Quando Idras falou sobre a jovem por quem estava apaixonado, francesa,*
*grávida dele e com quem queria se casar, seu pai ficou furioso. No dia seguinte,*
*levou a família inteira de volta para a Argélia. Foram embora feito ladrões,*
*deixando tudo para trás para fugir da "vergonha".*

*Idras conseguiu avisar a Marion pelo telefone: "Eles estão me sequestran-*
*do, vou voltar quando for maior de idade. Me espera, eu volto."*

*Marion estava grávida de seis meses. A solidão se juntou ao vazio e à*
*ausência. Ela só tinha a mim. Os outros haviam se afastado dela.*

*Comemoramos os dezoito anos dela um mês antes do seu nascimento, só*
*nós dois, e Marion já havia bolado um plano diabólico para "destruir" o seu*
*avô, como dizia.*

*Ela teve você e quase imediatamente a largou com ele e foi para Paris comigo.*
*Foi na minha casa que sua mãe se refugiou após o seu nascimento. Morávamos*
*os dois num quartinho. Eu estava estudando e ela trabalhava numa padaria do*
*bairro. Ela não queria mais ouvir falar em estudo, aprendizagem, futuro, Idras.*

*"No fundo, é bom pra mim ele ter ido embora", dizia ela, "o que eu teria*
*feito com um marido na minha idade?" Ela estava mentindo. Ainda esperava*
*que Idras voltasse para a França e que eles fossem buscar você.*

*Mas ele nunca voltou.*

*E a coisa fica pior, Nina: Marion tinha tanta raiva de Pierre por ter deixado Odile morrer que inventou uma história horrível. Disse a ele que você era fruto de um estupro. "Você não imagina a cara que ele fez quando eu disse isso", ela me falou, sorrindo com tristeza, "agora eu vinguei minha mãe".*

*Certa noite, eu voltei da faculdade e Marion tinha ido embora. Ela me deixou um bilhete: "Obrigada por tudo! Beijão."*

*Tinha cansado de esperar por vocês, Idras e você.*

*Eu imagino que o pai de Idras o tenha convencido de que Marion era uma garota promíscua, que ele não podia ser o pai da criança. Se ele tivesse visto você por um segundo que fosse, saberia que não era verdade.*

*Marion me ligou anos depois. Estava morando na Bretanha, se juntara com um sujeito que conhecera por lá. "Sinceramente, meu Lolo, estou bem, tenho minha vida agora."*

*O que significava "tenho minha vida agora"?*

*No verão de 1980, eu fui ver seu avô. Você estava brincando no jardim. Ver você mexeu comigo. Era tão bonita, parecia uma corça. Sim, eu tenho essa lembrança de você, um pequeno animal gracioso e dócil. Você me disse: "Olá, senhor." E eu caí em prantos.*

*Nesse dia, contei a verdade a Pierre: que você era filha de Idras Zenati, que não havia a menor dúvida a respeito disso. Ele fingiu que acreditou. Respondeu: "A Nina é meu pequeno, não importa de onde ela veio, é meu pequeno."*

*Pronto, Nina, você sabe de mais algumas coisas agora.*

*Envio aqui meu número de telefone e uma foto de turma que encontrei. Seu pai é o segundo garoto da primeira fileira, a partir da esquerda, o que está com um casaco de listras azuis. Nessa foto, ele tinha dezesseis anos.*

*Um abraço afetuoso,*

*Laurent*


Nina olhou por muito tempo aquele belo adolescente de olhar límpido e doce. Tinha vontade de gritar a plenos pulmões: "Ele é meu pai! Eu tenho um pai! Olha como ele é bonito!"

E a foto foi parar na gaveta onde ela havia guardado o endereço de Marion na Normandia, o que a dra. Vidal anotara anos antes num pedaço de papel.

Seu pai teria dezesseis anos para sempre.

Idras e Marion tinham se amado, isso era o mais importante.

TRÊS                                                                    517

Seu avô a criara, isso era o mais importante.

Ela nascera de um amor da juventude.

Nina havia esperado aquela carta a vida inteira. Finalmente, ela a recebera.

Nina ainda está no banheiro, com o telefone colado ao ouvido. Ouve as risadas de Romain e Lili na escada, dois adolescentes num corredor de escola. Romain tem a leveza de uma borboleta e a alegria dos alunos que supervisiona.

— Nina, o laboratório acaba de me enviar o resultado dos seus exames.

É um choque de realidade violento. O tom de voz de Mylène Vidal é quase solene. Nina pensa imediatamente na doença de Étienne e Odile. Aquele cansaço que ela arrasta há semanas, a dor lancinante nas costas… Nina treme, senta-se na borda da banheira. Pensa nos três e em Romain. *E a gente estava tão bem.*

— Onde você está?

— Na beira do mar — responde Nina.

— Não está em La Comelle?

Mylène Vidal parece contrariada.

— Não — diz Nina. — Estou viajando esse fim de semana…

— Sozinha?

— Em família, com o meu amigo.

*É muito idiota a palavra "amigo"*, pensa Nina de repente, *mas é menos pior do que "companheiro", essa eu deixo pros meus cachorros. E não vou dizer "meu homem" ou "meu namorado" pra minha médica.*

Estamos no mês de abril e deveria estar sol.

Ela tranca a porta do banheiro. Ouve as vozes alegres de Lili e Romain na cozinha. *Eles ainda não sabem*, ela pensa.

Nina tem vontade de desligar o telefone. *E se a gente esperasse até semana que vem para as notícias ruins…*

— Estou com uma coisa grave? — ela acaba perguntando, baixinho.

— Nem um pouco, Nina, está tudo perfeito.

— Então o que é?

— Você está grávida.

# 92

*4 de dezembro de 2018*

Esta manhã, Nina me viu pela primeira vez. Olhou para mim por um bom tempo enquanto eu deixava os trinta quilos de ração debaixo das placas de ABANDONO MATA e FAVOR FECHAR BEM A PORTA AO SAIR.

Seu olhar não escorregou como as gotas de chuva na minha capa.

Ela se aproximou de mim sorrindo. Estava caindo uma tempestade. Usava galochas grandes demais e segurava uma mangueira comprida nas mãos, que acabou largando atrás de si.

# Agradecimentos

Obrigada às minhas leitoras e aos meus leitores. Pelo seu entusiasmo que me espanta a cada dia da minha vida e me faz seguir em frente. A minha promessa de dias melhores são vocês.

Obrigada a meus três fundamentais: Valentin, Tess, Claude.

Obrigada a meus três anjos da guarda: Mickaël, David e Gilles.

Obrigada a toda a equipe da Associação de Proteção dos Animais, o Abrigo Annie-Claude Miniau: www.adpa-refuge.annieclaudeminiau.fr

Obrigada a Maud, a diretora, que me ajudou a domar Nina.

Obrigada a Annie, a presidente, que me telefonou me convidando para virar madrinha do abrigo.

No momento em que escrevo isto, Badi, nosso "último velho", está indo para um lar adotivo e Perrengue se juntou a Pascale no céu no verão passado.

Obrigada à www.fondationbrigittebardot.fr por sua ajuda inabalável.

Obrigada a todos os abrigos, sejam eles quais forem, onde forem. Cada ser deveria ter um abrigo. Obrigada aos VOLUNTÁRIOS do mundo inteiro.

Obrigada a minha inigualável família da editora Albin Michel: sem vocês eu não seria nada.

Obrigada a minha incrível equipe da Livre de Poche.

Obrigada aos encantadores da banda Indochine, meus heróis de sempre. Seu talento, suas vitórias, suas celebrações, que história. Nicola, Olivier: obrigada pelo olhar de vocês. É uma alegria e um orgulho imenso.

Obrigada a Philippe Besson por seu livro *Arrête avec tes mensonges*. A necessidade de *Três* veio graças ou por causa de você.

Obrigada a Vincent, Noa e Boaz por terem me confiado um pouco de sua adolescência.

Obrigada a Steph por ter me dado muito.

Obrigada a Cécile e Dominique, que tiveram mil vidas, inclusive uma de carteiro.

Obrigada ao meu comitê pessoal de leitura, meus amigos, minha família, minha sorte: Maëlle, mamãe, papai, Tess, Claude, Angèle, Julien C. (que me soprou as últimas linhas), Juju, Salomé, Sarah, Shaya, Simon, Caroline, Grégory, Amélie, Charlotte, Émilie, Audrey D., Audrey P., Béatrice, Florence, Elsa, Cath, Laurence, Arlette, Emma, Manon, Paquita, Carol, Paty, William, Michel e Françoise.

Obrigada a Christian Bobin, Baptiste Beaulieu, Virginie Grimaldi, François-Henri Désérable: peguei o sobrenome de vocês emprestado e não foi por acaso.

Obrigada a todos que me inspiraram e são citados ou incorporados neste romance: Indochine, Calogero, Zazie, Joe Dassin, Étienne Daho, Francis Cabrel, Michel Berger, Alain Souchon, William Sheller, Alain Bashung, Kurt Cobain, Nirvana, Bono, U2, Depeche Mode, Pierre Perret, Philippe Chatel, a-ha, Madre Teresa, Irmã Emmanuelle, Lady Diana, Jean-Jacques Goldman, Peter Falk, Richard Kalinoski, Irina Brook, Simon Abkarian, Corinne Jaber, Dario Fo, Victor Hugo, Faïza Guène, Nancy Huston, Patrick Süskind, Isabelle Adjani, Camille Claudel, Danièle Thompson, Claude Lelouch, Henri-Georges Clouzot, Jean-Pierre Jeunet, Jean-Loup Hubert, Luc Besson, Patrick Poivre d'Arvor, Jacques Pradel, Patrick Sabatier, Christophe Dechavanne, Jean-Luc Delarue, Bernard Rapp, Marcel Pagnol, KOD, les Inconnus, Lio, Jacno, Larusso, Françoise Hardy, The Cure, Madonna, Mylène Farmer, Enzo Enzo, The Cranberries, INXS, The Clash, Oasis, The Pixies, Sonic Youth, Spacemen 3, Bérurier Noir, Matthieu Chedid, Billy Ze Kick et les Gamins en Folie, madame Bléton, Roger Federer, Marie Trintignant, Nelson Mandela, Cabu, Wolinski, Stromae, Prince, Michael Jackson, David Bowie, Jim Courier, Youri Djorkaeff, CockRobin, The Christians, 2 Unlimited, Bruce Springsteen, Négresses Vertes, Mano Negra, Jim Morrison, Johnny Hallyday.

Obrigada a Vincent Delerm, que me deu tanta sorte que serei grata a ele eternamente.

Obrigada a Éric Lopez, Sylvaine Colin, Alain Serra, Isabelle Brulier, Patrick Zirmi, Marie-France Chatrier, Stéphane Baudin, Émilie e Benjamin Patou, Vincent Vidal, Yves-Marie Le Camus, Didier Lopes, Michel Bussi e Agnès Ledig.

Obrigada a Laure Manel: foi enquanto você escrevia a dedicatória para mim em *La Délicatesse du homard* que Virginie veio à tona.

Obrigada a todos os meus animais passados, presentes e futuros, vocês me engrandecem.

intrinseca.com.br

@intrinseca

editoraintrinseca

@intrinseca

@editoraintrinseca

intrinsecaeditora

| | |
|---|---|
| *1ª edição* | OUTUBRO DE 2023 |
| *reimpressão* | FEVEREIRO DE 2025 |
| *impressão* | IMPRENSA DA FÉ |
| *papel de miolo* | HYLTE 60 G/M² |
| *papel de capa* | CARTÃO SUPREMO ALTA ALVURA 250 G/M² |
| *tipografia* | ADOBE JENSON PRO |